JENNIFER BENKAU

HER WISH SO DARK

DAS REICH DER SCHATTEN

W0325714

JENNIFER BENKAU

HER WISH SO DARK

DAS REICH DER SCHATTEN

Band 1

Ravensburger

MIX
Papier aus verantwortungsvollen Quellen
FSC® C111262

1 3 5 4 2

Copyright © 2021 by Jennifer Benkau
© 2021 Ravensburger Verlag GmbH,
Postfach 2460, D-88194
Dieses Werk wurde vermittelt durch die Literarische Agentur
Thomas Schlück GmbH, 30161 Hannover.

Lektorat: Sarah Heidelberger (www.sarah-heidelberger.de)
Umschlaggestaltung und Vorsatzkarte: Carolin Liepins
Verwendete Bilder von © Aleshyn Andrei, © Ironika, © BestPhotoStudio,
© Bokeh Blur Background und © Ukki Studio, alle von Shutterstock

Alle Rechte vorbehalten

Printed in Germany

ISBN 978-3-473-40198-7

www.ravensburger.de

Ich verlange von mir
die Erfüllung meiner Träume.

INTRO

Es heißt, in einer Zeit, bevor die Zeit gezählt wurde, lange vor dem Zeitalter der Clans und selbst vor der Zeit der Königinnen, lebte unter den Menschen ein Mann, der die Magie beherrschte. Kein Zauberkünstler, der mit Geschick für Illusionen sorgte, sondern ein Magier, der einzige vielleicht, der alle Magie beim Namen kannte und zähmte, sodass sie tat, wie er verlangte.

Er sah Gutes in den Menschen, die seine Wege kreuzten, doch auch Schlechtes. Und wo immer etwas Schlechtes geschah, da sah er es Wurzeln schlagen und sich ausbreiten. Und so schmiedete er den Plan, das Schlechte an ebenjenen Wurzeln auszureißen und an einen anderen Ort zu bringen, wo es kein Leid verursachen konnte.

Er wanderte nach Lyaskye, und dort angekommen sagte er zu ihr, der Herrscherin aller Länder: »Gute Mutter, ich komme, um Euch von den Schlechtigkeiten zu befreien. Alles, was ich benötige, ist ein Stück Land von Euch, Land mit unüberwindlichen Grenzen, wohin ich die Schlechten verbannen kann.«

Lyaskye jedoch war nicht einverstanden. Das Schlechte zu nehmen, schwäche das Gute, ließ sie den Magier wissen. Und wer träfe die Ent-

scheidung, was gut sei und was nicht und wie viel Schlechtigkeit es brauche, um eine Verbannung zu rechtfertigen?

Und so kam es, dass Lyaskye dem Magier verweigerte, was er begehrte.

Dies erzürnte den Magier, und so rief er die Magie vom Himmel herab, auf dass Lyaskye sah, was geschah, wenn ihren geliebten Menschen so viel Macht zuteilwurde. Wie Regen fiel Magie vom Himmel, benetzte Tiere, Pflanzen und Steine und sickerte in die Erde, wo neue Magie aus ihr entstand.

Die Magie aber war wild und stark, und kaum ein Mensch verfügte über die Kraft, die es brauchte, sie zu zähmen.

Hilflos musste Lyaskye mit ansehen, wie ihre geliebten Menschen an der Magie zugrunde gingen, ganze Generationen fielen und ihre Körper zu Erde wurden.

Als nur mehr wenige Familien übrig waren, sprach der Magier ein zweites Mal zu Lyaskye: »Bist du nun bereit, mir zu geben, wonach ich verlange?«

Und Lyaskye tat, was sie nie zuvor getan hatte; etwas, von dem sie nicht wusste, dass sie dazu fähig war.

Sie gab nach.

Aus tiefster Verzweiflung riss sie einen Teil aus sich selbst heraus und überreichte ihn dem Magier. Eine klaffende Wunde blieb zurück, in der ihr Kummer bis heute schwelt: die Abyssschlucht.

Auch der Magier riss ein Stück aus sich heraus: die Macht, die Magie zu beherrschen. Er brach sie in fünf Teile, legte jeden davon in die Hände einer überlebenden Familie und schuf so die Clans.

Der Magier aber ging fort und nahm das Land mit sich, welches Lyaskye ihm gegeben hatte, verbarg es in den Falten der Dimensionen, wo es unsichtbar wurde, und schuf darin sein Reich der Verdammnis, in dem ein jeder Mensch, der es betritt, seine Seele lässt und zur Daema wird.

Den Schuldigsten unter ihnen, den Herren aller Schlechtigkeiten, ernannte er zum Lord der Daema.

Und die Kunde von dem Reich zwischen den Welten verbreitete sich in allen Landen, und die Mutigen und die Verzweifelten teilten miteinander das Geheimnis vom Lord der Daema und dass es nicht mehr brauchte als seinen Namen, um ihn in die eigenen Dienste zu zwingen, auf dass er jene, die einem übel mitspielten, zu sich nahm und zu seinen Sklaven machte.

Wie alle Geschichten, die wahr sind, geriet auch diese in Vergessenheit. Wunden verheilen, Tränen trocknen, und auf Gräbern wachsen Feld und Wald.

Doch einen Ort gibt es, an dem die Erinnerungen überdauerten, denn dorthin zog der Magier sich zurück. Ein Land, in dem es keine Menschen gab zu jener Zeit und damit niemanden, der die Magie gesammelt und gezähmt hätte.

Ein Land, dessen junges Volk die Berge seine Familie nennt und die Winde seine Freunde.

Willkommen in Nemija.

KAPITEL 1

LAIRE

Die Nacht drohte mir davonzuhuschen.

Entschlossen schob ich das Schmuckkästchen zurück in sein Versteck unter der losen Bodendiele. Das Armband aus rotem Achat blieb zurück. Auf meiner Mission brauchte es keinen Schmuck, erst recht nicht diesen, der vor Erinnerungen glühte. Nur den erbsenkleinen, kugelrunden Stein, der unter meinem Leinenhemd an einem Lederband um meinen Hals hing, würde ich mitnehmen. Als Glücksbringer hatte er bisher versagt, aber wer konnte schon wissen, ob unser beider Zeit nicht vielleicht noch kam. Zurücklassen wollte ich ihn nicht. Die Magie darin war kaum zu spüren, aber sie war mehr als genug, um Mutter in Schwierigkeiten zu bringen, sollte ihn jemand hier finden.

Zunächst hatte sich das Warten endlos angefühlt, aber jetzt, da ich endlich meine Sachen zusammengepackt hatte – Proviant für mehrere Tage, Wasser, Wechselkleidung, einige Heilmittel sowie die Anemonenlampe, die still und friedlich in meinem Rucksack vor sich hinglomm, als wäre alles wie immer –, musste ich mich sputen, wenn ich das Senketal vor dem ersten Licht des Morgens verlassen haben wollte. Die anderen würden früh genug merken, dass ich verschwunden war. Und sobald der Fürst, der einst so viel mehr für mich gewesen war als nur mein Fürst, davon Wind bekam, hätte ich die Garde Nemijas im Nacken. Doch ich war bereit, weitaus größere Gefahren auf mich zu nehmen, um Desmond zu befreien. Ich war bereit, dem Lord der Daema und all seinen Kreaturen gegenüberzutreten. Was sollten Menschen mir im Vergleich zu ihnen schon antun?

Etwas erregte meine Aufmerksamkeit, und ich lauschte in die Dunkelheit, hörte aber nichts mehr. Vielleicht war bloß Zugluft durch die Bretterwände gekommen? Das leise Schnarchen meiner Mutter hatte aufgehört, in unserer Schlafkammer war es grabesstill.

Irgendwann würde diese Stille ewig andauern.

Der Gedanke erzeugte ein Gefühl von Leere in meiner Brust, in der jeder Herzschlag von einem Echo begleitet wurde. Am liebsten wäre ich zu meiner Mutter gestürmt, hätte sie wachgerüttelt und so fest umarmt, wie ich konnte. Dumme, naive Gedanken. Ich würde ihr bloß wehtun. Sie war so schwach geworden. Die Schmerzen in ihren Gliedmaßen fraßen sie langsam, aber sicher auf. An guten Tagen kam sie noch bis zum Brunnen, um sich zu waschen, an schlechten brauchte sie sogar Hilfe, um vom Bett bis zum Sessel zu gelangen. Es galt als seltene Ausnahme, wenn Menschen vor dem Greisenalter an der Welke erkrankten. Meine Mutter hatte es schon als junge Frau erwischt, und mit jedem Winter wurde es schlimmer.

Ich fühlte mich eisig kalt wie der Nordwind Myr, weil ich sie allein ließ. Zwar hatte ich unsere Nachbarin Anken gebeten, für Mutter zu sorgen, und ich wusste, dass sie es gewissenhaft tun würde. Aber wie konnte ich gehen, ohne sicher zu wissen, dass ich jemals zurückkehren würde? Wie lange würde Anken warten? Wann würde sie durchschauen, dass ich gelogen hatte und meine Reise nichts damit zu tun hatte, seltene Kräuter für eine Medizin zu suchen?

Still kniete ich an der Kleiderkiste nieder und stemmte den Deckel hoch. Ganz weit unten, unter Tüchern, Hemden, Kitteln und groben Hosen für die Stallarbeit – Sachen, die ich früher niemals hätte tragen dürfen –, lag mein letztes Ballkleid. Das smaragdgrüne, das wir weder verkauft noch zu etwas Praktischerem umgenäht hatten, nachdem wir ins Dorf verbannt worden waren. Mutter war immer der Meinung gewesen, dass ich es noch brauchen würde. In gewisser Weise hatte sie recht, denn verborgen in den Rockfalten wartete mein Myrodem, die traditionelle Waffe der Nema, die zu tragen ich nicht mehr würdig war, weshalb ich sie verstecken musste. Ich zog die gebogene Klinge, schon vor Tagen hatte ich sie geschliffen und poliert sowie den Hüftgurt der Lederscheide gereinigt und geölt. Er schmiegte sich an meinen Körper und positionierte die Waffe so ausbalanciert an meiner Seite, als wäre sie ein Teil von mir. Der Rucksack dagegen war schwer. Nur noch die Handschuhe überstreifen, ohne die ich unsere Hütte niemals verließ. Noch einmal blickte ich zurück, ließ meinen Blick über die Schemen von Schrank und Truhe gleiten, über mein Bett und das, in dem Mutter schlief. Mehr Platz bot unsere Hütte nicht. Im zweiten Raum, der Küche, stießen wir aneinander, wenn wir uns gleichzeitig dort aufhielten.

»Laire?«

Ich schloss die Augen und seufzte lautlos, als ich die schwache Stimme meiner Mutter hörte. Nun musste ich mich doch verabschieden und konnte die Erklärung nicht dem Brief überlassen, den ich auf den Tisch neben ihrem Bett gelegt hatte.

»Luilaire, bist du wach? Kannst du mir etwas Wasser bringen, bitte?«

»Natürlich.« Ich huschte zum Küchentisch, wo die Karaffe stand, und füllte einen Becher. Meine Hand zitterte beim Einschenken, ich ließ die verschütteten Tropfen auf dem Holz zurück, wo sie zu Flecken werden würden, und brachte Mutter das Wasser. Sie griff nach meiner Hand und drückte sie.

»Danke, mein Liebes. Entschuldige, dass ich dich aufscheuche. Ich hätte mich früher darum kümmern müssen, du brauchst doch deinen Schlaf.«

»Ist schon gut«, unterbrach ich sie. »Ich war ohnehin wach.« Bemerkte sie gar nicht, dass ich angezogen war? Dass ich eine Linnenhose und sogar die Lederhandschuhe schon trug? In schlechten Zeiten schlug ihr die Krankheit auf die Sinne und sie nahm alles wie durch einen Schleier wahr. Aber dass ihr nicht einmal der wollene Umhang auffiel, der meine Silhouette in der Dunkelheit in einen formlosen Schatten verwandelte, erschreckte mich. Konnte ich denn gehen, wenn sie sich in einem so schlimmen Zustand befand?

Ich half ihr beim Trinken und griff nach einem Tuch, um wegzuwischen, was ihr aus dem Mund tropfte. Sie sah schlecht aus, ihre Haut schien grau. Die Antwort lag klar wie ein Sternhimmel vor mir. Ich musste gehen. Nicht nur für Desmond, auch für sie.

»Ich werde ein paar Tage lang fort sein«, flüsterte ich. »Aber ich möchte, dass du dir keine Sorgen machst, in Ordnung? Anken wird sich gut um dich kümmern.«

Zu meiner Verwunderung lächelte sie, im Schein des Mondes, der durchs Fenster auf ihr eingefallenes Gesicht fiel, sah ich es genau. »Gehst du zur Burg, Laire? Wirst du deinen Liebsten treffen?«

Wie gut, dass sie nicht bemerkte, wie sich meine Augen mit Tränen füllten. »Ja, Mama. Ich gehe zu Desmond.« Zur Burg nicht, denn mein Verlobter war nicht länger dort. Er war an einem vollkommen anderen Ort. »Ich sorge dafür, dass die Hochzeit nicht noch einmal aufgeschoben wird. Im Spätsommer, Mama, wirst du wieder auf der Burg leben, im Flügel von Desmonds Familie. Du wirst nicht mehr frieren müssen, wenn der Herbst mit seinen Regenstürmen und der Winter mit Myr und Kälte kommen, und die besten Heilerinnen kümmern sich dann um dich. Nach der Hochzeit wird alles besser.« Gut nicht, das würde es niemals wieder werden. Aber besser.

»Hauptsache, ich seh dich dort tanzen, Laire.«

Ich zwang mich zu einem kleinen Lachen. »Dir zuliebe tanze ich dann jeden Tag.«

An ihrem Bett wartete ich, bis ihr seufzender Atem verriet, dass sie wieder eingeschlafen war, und beugte mich über sie, bis meine Lippen ihr Haar berührten. »Sei mir nur nicht böse, Mama. Du wirst es nicht gutheißen, aber ich tue es für dich.«

Dann schulterte ich den schweren Rucksack, nahm meine Lederstiefel in die Hand und trug sie bis zur Tür. Leise nun, leise.

Nachdem ich mich durch einen Spalt nach draußen geschoben hatte – trotz des frühen Sommers war es kühl –, zog ich die Tür Millimeter für Millimeter ins Schloss. Es klackte wie ein geheimes Signal, und erstarrt wartete ich darauf, dass hinter den Fenstern der benachbarten Häuser Lichter entflammt wurden, dass Türen aufgingen und Gardisten die Straße entlanggaloppiert kamen.

Reiß dich zusammen, schalt ich mich und bat die Berge stumm um ein wenig Schutz in ihren Schatten. Ich hatte mit kaum jemandem über mein Vorhaben gesprochen und mich unauffällig verhalten. Als vor wenigen Tagen die ersten Gerüchte um Desmonds Verfluchung das Dorf erreichten, hatte ich es wie alle anderen zunächst nicht wahrhaben wollen. Doch dann hatte ich plötzlich den Beweis vor mir gehabt, einen Beweis, der keinen Raum für Zweifel ließ. Die Briefe, die Desmond mir geschrieben hatte, waren in meinen Händen zu Asche zerfallen. Jedes Kind in Nemija wusste, was folgte, wenn der Lord kam und einen Menschen mit sich nahm: Er vernichtete alles, was dieser Mensch geschaffen hatte. Kein Mensch, der in seinem Leben nicht ein Stückchen Unsterblichkeit schuf. Der Lord nahm dieses Stückchen mit und vernichtete es.

Doch erst nachdem die Verkündung, Desmond es Yafanna, der Sohn und Erbe des Obersten Ministers, sei von Unbekannten verflucht und vom Lord der Daema geholt worden, verlesen worden war, hatte ich meinen Tränen freien Lauf gelassen. Jeder im Dorf verstand mich, schließlich hatte ich gerade meinen Verlobten verloren. Dass ich mich nun aufmachte, das verwunschene Reich der Daema zu finde, um vor ihren Lord zu treten und zu verlangen, er möge Desmond freigeben – das erwartete jedoch niemand hier. Nicht von mir, der stillen, zurückhaltenden und stets unauffälligen Laire.

Im Dorf kannte man mich als Bücherwurm, weshalb man sich das Maul darüber zerriss, was ein Mann wie Desmond es Yafanna nur an mir fand, war ich doch ganz und gar gewöhnlich – von dem hässlichen Umstand abgesehen, dass ich eine Verstoßene war.

Seit fünf Jahren sorgte ich für mich und meine Mutter, indem ich Käse unserer Ziegen und Eier unserer Hühner verkaufte. Darüber hinaus handelte ich mit Wild- und Heilkräutern, die ich in den Bergen sammelte, wo sich nur wenige hinwagten. Mehr wusste hier niemand über mich. Sie kannten weder den wahren Grund, aus dem ich in die Berge ging, noch wussten sie von den Umwegen, die ich auf mich nahm, um die Waren zu verkaufen, von denen ich keinem erzählte. Nicht einmal meine Mutter ahnte, wovon ich die Medizin gegen ihre Erkrankung bezahlte, und hätte sie es gewusst – oh, sie war seit Jahren nicht mehr in der Lage, mich zu züchtigen, aber in diesem Fall hätte sie sich über ihre geschwundenen Fähigkeiten hinweggesetzt und mich windelweich gehauen. Sie war in anderen Belangen nie grob zu mir gewesen, nicht einmal streng. Nur in einer einzigen Hinsicht kannte Mutter keinerlei Gnade mit mir. Denn es gab Gesetze in Nemija, und meine Mutter hatte sehr gründlich dafür Sorge getragen, dass niemals jemand erfuhr, dass ich eines davon mit meiner puren Existenz brach.

Warum nur war ich jetzt, da ich im Mondlicht zwischen den einfachen Holzhäusern hindurchschlich, so sicher, jemand würde mir folgen? Ich war allein auf den staubigen Wegen, das einzige Lebenszeichen war der Geruch von Rauch, der Tag und Nacht aus der nahen Schmiede drang. Selbst in den Verschlägen der Hühner herrschte Ruhe, die wenigen Geräusche kamen vom Wald, auf den ich zuhielt. Die Winde ließen die Blätter murmeln, und irgendwo rief ein Uhu.

Zwischen den Bäumen mit ihren ausladenden Kronen hüllte mich Finsternis ein, und wenn ich den Weg nicht verfehlen wollte, musste ich das Leuchtglas hervorholen. Eine grün-goldene Flussanemone schwamm darin im Wasser und gab buttriges, weitreichendes Licht ab, mit dessen Hilfe ich den schmalen Pfad fand und mir nicht den Kopf an Ästen aufschlug. All das aber, was mein Licht nicht erreichte, versank in Schwärze. Ich hörte es in der Schwärze knacken und knistern, als würden sich Schritte an mich heranpirschen. Doch wenn ich verharrte und lauschte, war sogleich alles wieder still.

Erst als nach Stunden bleiches Licht durch die Baumkronen drang und vom frühen Morgen flüsterte, wurde mir klar, dass niemand hinter mir herschlich außer meinen Schuldgefühlen.

KAPITEL 2

DESMOND

In den Liedern sangen sie, der Tod wäre schön. Warm und friedlich und voller Licht und wohlklingender Melodien; immerhin führte einen das Sterben in die Arme von Lyaskye.

Alles gelogen.

Desmond bereute, nie vertraut und stattdessen immer diese zweifelnden Fragen gestellt zu haben, woher die Priester und Gelehrten denn vom Tod wissen wollten, waren sie selbst doch allesamt quicklebendig. Denn hätte er ihnen geglaubt, wüsste er nun, dass er noch lebte.

Eine gefühlte Ewigkeit blieb er mit geschlossenen Augen liegen, sein Körper taub vor Kälte, sein Mund ausgetrocknet und das Gesicht in etwas Klebrigem, Eisigem, Nassem. Es stank bestialisch, als hätte man sein Innerstes nach außen geholt und ihn hineingeworfen, damit er darin verfaulte. Aber solange er nicht versuchte, die Augen zu öffnen, um nachzusehen, ob er wirklich tot und in der Ewigkeit angekommen war, bestand noch die Aussicht, dass es eine Erklärung gab. Einen Weg aus dieser Kälte hinaus.

Er konnte sich an nichts Besonderes erinnern. War er nicht schlafen gegangen, ganz normal, wie an jedem Tag? Er entsann sich, Hemd und

Hose über den Stuhl gehängt zu haben. Durch das blaue Fensterglas hatte der Nachthimmel hell ausgesehen, dabei war es spät gewesen, fast schon wieder Morgen. Warum war er so spät zu Bett gegangen? Er erinnerte sich an Musik. An Tänze auf einer Terrasse, wo die Lieder der Streicher und Sänger nur gedämpft zu hören waren. Ihm war kalt gewesen, aber er wollte – wieso denn nur? – nicht mehr in den Ballsaal zurückkehren, dabei warteten dort alle auf ihn. Stattdessen schlich er sich an etlichen Menschen vorbei, ging in sein Zimmer, warf ein Kristallglas an die Wand und kippte sich Weinbrand direkt aus der Flasche in den Mund. Beim Myr, der aus dem Norden kam – er hatte Weinbrand aus einer Flasche getrunken! Ein Glas geworfen! Aber warum? War er zornig gewesen? Frustriert? Traurig? Es schien alles wie ausradiert. Er war schlafen gegangen, seine letzte Erinnerung das weiche, warme Fell seines Jagdhundes Bo, der sich an seine kalten Fußsohlen geschmiegt hatte.

Einen Moment lang drifteten seine Gedanken davon; fast wäre er in seine Erschöpfung gestürzt und eingeschlafen. Doch rechtzeitig erinnerte er sich wieder an die Träume, die ihn in jener Nacht gequält hatten und ihn nun wieder mit sich zu reißen drohten. Albträume von monströsen Gestalten mit langen Schnauzen, Reißzähnen hinter zurückgezogenen Lefzen, Flügeln mit spitzen Krallen am Ende jedes Knochens und lederner Haut dazwischen. Sie hatten ihn an den Armen, an den Füßen, im Genick und am Haar gepackt und mit sich durch tiefste Dunkelheit gezerrt. Oh, da war er lieber hier, in der Kälte, im Gestank, als zurück in diese Träume zu sinken.

Es half nichts, er musste sich dem stellen, was hinter der Dunkelheit seiner geschlossenen Lider wartete.

Vorsichtig zwang er die Augen auf. Sie waren verklebt, und er musste sich mit klammen Fingern Verkrustungen aus den Wimpern reiben. Erschüttert stellte er fest, dass er halbnackt auf einer löchrigen Schicht aus schmutzigem, schimmligem Stroh lag. Hatte man ihn ausgeraubt und in eine Gosse geworfen? Er trug bloß die knielangen Unterhosen, mit denen er zu Bett gegangen war, sie hatten sich mit der Feuchtigkeit vollgesogen, die in den Fugen der Pflastersteine stand. Erschrocken keuchte er auf, als sein sich langsam aufklarender Blick im diffusen Licht flackernder Wandfackeln auf die Gitterstäbe traf. Dies war ein Kerker. War er vielleicht …? Er stemmte sich hoch, kam mit zitternden Muskeln auf die Knie und kroch an das Gitter. Die Zelle, in die man ihn gesperrt hatte, unterschied sich nicht groß von jeder anderen: gepflasterter Boden, drei steinerne Wände sowie eine aus Bronzegittern. Neben dem bisschen Stroh gab es einen Blecheimer, vermutlich für körperliche Bedürfnisse. Es schüttelte ihn. Nein, dies waren nicht die Kerker der Burg es Retneya, in der er zu Hause war. Oft genug war er als Kind mit Laire und Vika verbotenerweise dort hinuntergeklettert, auf der Suche nach Banditen, Schmugglern und Abenteuern. Gefunden hatten sie unter den Gefangenen allerdings nur gebrochene, arme Schlucker, die ihnen für ein Stück Käse oder Speck sicher die Füße geküsst hätten.

Desmond erinnerte sich gut genug, um zu wissen, dass es in keinem Kerker der Burg Gitterstäbe aus Bronze gab. Er legte seine Hände um das kühle Metall, hielt sich daran fest und kämpfte sich auf die Füße. Seine Knie waren so nachgiebig, dass er fast gestürzt wäre.

Ein leises Lachen erklang von außerhalb seiner Zelle. »Sieh an. Der Prinz ist erwacht.«

»Ihr denkt, ich wäre ein Prinz?« Desmond hätte gern zurückgelacht, um den Schein zu wahren, er hätte keine Angst. Doch allein die wenigen Worte fielen ihm schwer. Seine Zunge war aufgequollen wie ein toter Fisch in der Sommerhitze.

»Für ihn bist du es«, antwortete die Stimme eines jungen Mannes, vielleicht noch ein Bursche. »Für den Lord.«

»Dein Lord hat einen Fehler gemacht«, erwiderte Desmond tonlos und wischte die feuchten Strohhalme fort, die ihm an der nackten Brust klebten. *Wer auch immer dein Lord sein mag.*

Der andere schwieg eine Weile. Dann sagte er heiser: »Du solltest vorsichtig sein mit dem, was du sagst. Wenn sie dich hören …«

Wer, verdammt?

»Wenn der Lord dich hört …«

Der Lord, der Lord. Das einzelne Wort wirbelte in seinen Gedanken so wild umher, dass ihm schwindelig wurde. Natürlich hatte er einen Verdacht, wen der Mann – es musste ein anderer Gefangener sein – damit meinte. Nur ein einziges Wesen trug diesen Titel. Doch Desmond hatte nichts getan, was es rechtfertigte, in den Kerkern des Daemalords zu landen. Er hatte nichts … Entsetzen ballte sich zu einem Eisklumpen in seiner Brust zusammen, als ihm gewahr wurde, dass Teile des gestrigen Abends in seiner Erinnerung fehlten. Er war wütend gewesen … wütend auf … er bekam es einfach nicht zu fassen. Zu viel Weinbrand? Da war mehr gewesen.

Himmelskraut – er hatte Himmelskraut verbrannt und sich an dem Rauch berauscht. Es hatte ihn beruhigen sollen, aber in Verbindung mit dem Weinbrand und einem Gefühl ewiger Kälte war es nicht gelungen. Er schürfte tiefer in seinen Gedanken, aber da war nur noch der bittere Nachgeschmack von Zorn. Hatte er sich mit jemandem gestritten? Aber mit wem? Und warum?

Was war geschehen? Er begann wieder zu zittern, weniger aus Kälte diesmal, sondern mehr aus der Furcht heraus, was er getan haben mochte. Es musste etwas Unentschuldbares sein, wenn er aus diesem Grund verflucht worden war.

»Sie kommen«, flüsterte der andere Mann, plötzlich bebte seine Stimme vor Furcht. »Schon wieder. Sie haben dich gehört, du hättest schweigen sollen.«

Auch Desmond vernahm Schritte durch die Gänge hallen, klappernde Füße von vielen Sohlen, die sich unisono bewegten, als gehörten sie zu einem einzigen Wesen.

Ein leiser werdendes Schaben in der Zelle neben ihm verriet, dass der andere Gefangene sich bis an die hintere Wand zurückzog.

Desmond aber straffte die Schultern und blieb an den Gitterstäben stehen.

Ja, sie kamen. Sie kamen, um ihn zum Verhör zu holen. Er würde erfahren, was man ihm zur Last legte. Sollte er eine Schuld auf sich geladen haben, würde er sie begleichen. Nichts, keine Strafe und kein Urteil, konnten annähernd so schlimm sein wie seine Vorstellung, etwas Unentschuldbares getan zu haben und nicht zu wissen, was.

Denn für nichts anderes als etwas Unentschuldbares wurde man mit einem Daemafluch belegt.

KAPITEL 3

ALARIC

»Spielst du noch einmal das Feuerlied von zu Hause?«

Bowen gab ein genervtes Grunzen von sich, lächelte jedoch unter seinem Bart in sich hinein. Niemand schlug Caleja einen Wunsch ab, erst recht nicht ihr mürrischer alter Leibwächter, auch wenn er permanent darüber schimpfte, wie verwöhnt das Mädchen doch war.

Alaric verkniff sich das Grinsen und senkte den Blick zurück auf seine Zeichnung, während Bowen die Mundorgel an die Lippen führte und dem kleinen Instrument seine glucksenden Laute entlockte, die kein bisschen zu dem wilden Feuerlied und erst recht nicht zu einem alternden Krieger wie Bowen passten. Doch auf ihrer Reise hatten sie kein anderes Instrument dabei – und Bowen hätte auch kein anderes spielen können.

Auf die Kohlestriche konzentriert, das Knistern des Feuers in den Ohren und seinen flackernden Schein im Gesicht, ließ Alaric die Gedanken treiben. Noch einen Vollmond, vielleicht zwei, dann waren sie wieder zu Hause, und bislang hatte er nicht herausfinden können, ob er sich freute, seine Eltern nach der langen Reise wiederzusehen, oder ob die Furcht überwog. Als die Zwillinge mit Bowen aufgebrochen waren, um den Kontinent zu bereisen, wie es für Fürstenkinder von Keppoch üblich war, waren sie zehn gewesen. Nun waren sie zwölf, und man erwartete die Stärke, die Vernunft und den Mut von Erwachsenen, wenn sie an den Hof ihrer Heimat zurückkehrten. Ob er das schaffen würde? Noch immer träumte er manchmal schlecht und konnte dann den ganzen Tag nicht aufhören zu denken, der Traum wäre ein böses Omen. Erst letzte Nacht hatte er wieder einen solchen Albtraum gehabt. Im Morgengrauen hatte er Caleja seine Sorgen anvertraut, etwas Schlimmes würde passieren, er spürte es doch! Sie hatte ihn ausgelacht, seine wilde Zwillingsschwester mit dem Feuerhaar und den Eisaugen. Aber sie musste auch nicht befürchten, Vaters Erwartungen zu enttäuschen. Caleja war Vaters ganzer Stolz, all das, was ein Keppochaner sich von einem Kind wünschen konnte. Klug und stark war sie, und ungestüm mit glutrotem Haar. Alarics Haar dagegen war schwarz wie das seiner Mutter, nur das Tageslicht ließ ein paar dünne Strähnen dunkelrot leuchten. Nicht gerade ein Zeichen besonderer Stärke. Sie waren in der gleichen Flamme geboren, Caleja und er, aber die Flamme musste ihre Hitze ungerecht verteilt haben.

Um das Lager herum zog sich Dunkelheit zusammen, und die Winde, von denen in Nemija jeder einen eigenen Namen trug, lärmten und tobten in den Ästen wie Tiere im Verborgenen. Alaric bemerkte, dass auch Caleja näher an das wärmende Feuer rückte. Nächte unter freiem Himmel waren immer noch eine aufregende Ausnahme.

»Hast du Angst?«, fragte er. »Wenigstens ein bisschen?«

Seine Schwester sah ihm mit Stolz in die Augen. »Wovor sollten wir uns denn fürchten, du und ich?«

Er zuckte mit den Schultern. »Wir sind zwei Jahre gereist, und du weißt die Antwort immer noch nicht?«

Sie lächelte. »Ich habe einen Plan. Ich will sie niemals finden, diese Antwort, nie.«

In diesem Moment durchschnitt ein scharfes Zischen das keppocher

Feuerlied und es verstummte. Mit ihm die Kinder, mit ihnen die Geräusche der Tiere und mit ihnen selbst die Winde, als hielten sie den Atem an.

»Was war das?« Alaric schämte sich dafür, dass seine Stimme vor Schreck so hoch klang, aber nur kurz, denn dann erreichte sein Blick Bowen, der noch immer an den Baum gelehnt dasaß. Die Mundorgel fiel ihm in den Schoß, seine Hand sank einen Augenblick später nieder. In der Stirn des Leibwächters steckte ein Pfeil. Ein dünnes Rinnsal Blut lief Bowen über den Nasenrücken und die Wange wie eine Träne. Das Rot schimmerte im flackernden Feuer.

»Alaric!«, schrie Caleja aus voller Kehle. »Alaric!«

Aber was sollte er tun?

Natürlich nahm er das Schwert, natürlich stand er vor seiner Schwester, als die Räuber kamen. Natürlich rief er das Feuer, bat es, flehte. Die Flammen schlugen aus, aber sie erreichten nicht die Kraft, die Feinde zu versengen. Er war nicht stark genug. Natürlich griff er an, ohne zu zögern.

Es wurde ein kurzer, harter Kampf, der Bowen stolz gemacht hätte, und am Ende war der Angreifer schwer verletzt und Alaric atmete noch – das war es, was zählte. Aber es kamen weitere Gegner, und während Alaric das schwere Schwert herumwirbelte, nicht sicher, wie lange er es noch halten konnte, hatten sie Caleja längst gepackt. Einer von ihnen drehte sich noch einmal um und streckte Alaric beiläufig mit einem Faustschlag nieder, als wäre er nichts weiter wert als eine Maulschelle.

Während er das Bewusstsein verlor, dachte er an nichts anderes als seine Schwester, und ohne sein Zutun breitete sich eine Gewissheit in ihm aus: Das Leben, das er kannte, war nun vorbei. Alaric Coljas aus Keppoch war zwölf Jahre alt geworden. Nun gab es ihn nicht mehr.

Mit einem Stöhnen kam Alaric zu sich und rieb sich die Stirn. Wann immer er diesen Traum hatte, erwachte er mit dröhnenden Kopfschmerzen, als wäre es gestern gewesen, dass ihn die Männer niedergeschlagen und seine Schwester entführt hatten. Dabei war es zehn Jahre her.

Ihm war übel, und er konnte sich nicht entscheiden, aus welchem Grund.

Das Gebräu, das ihm die Nema in ihren Kaschemmen günstig anboten, solange sie ihn für einen Gast aus Lyaskye hielten, und das er gestern Abend hatte trinken müssen, um Schlaf finden zu können, war sicher nicht unbeteiligt.

Dazu kam das Bild des guten alten Bowen. Es hatte sich so tief in Alarics Gedanken gefressen, dass er es nach dem Traum stets wochenlang nicht aus dem Kopf bekam. Wohin er auch sah, die dunkle Blutlinie in dem fast erstaunt wirkenden Gesicht war immer da. Er konnte die Leichen nicht zählen, die er seit jener Nacht gesehen hatte. Einigen hatte er selbst das Leben genommen; Leuten, die er kaum oder gar nicht kannte, Leuten, die ihm nichts getan hatten. Und obgleich Alaric die Schuld mit sich genommen hatte, ihre Gesichter hatte er verloren, allesamt irgendwo verloren – bis auf Bowens.

Was ihm noch größere Übelkeit verursachte, war die Tatsache, dass seine Träume tatsächlich schlechte Omen waren, wie er es damals befürchtet hatte. Sie kamen nie ohne einen Grund. Wann immer er diesen Traum hatte, den vom Feuerlied, von Calejas Entführung und Bowens Tod, bedeutete das, dass der Bote nach ihm suchte, der Bote seines Schuldherren, dem Alaric sein Leben in die Hände gelegt hatte. Er hatte Caleja damals von seinen Vasallen entführen lassen, und es war Alaric bis heute ein Rätsel, warum dieser Unbekannte, der stets nur über Boten mit ihm kommunizierte, das Lösegeld nicht von ihren Eltern, sondern von *ihm* forderte.

Nun ja, bei genauerer Betrachtung war es vielleicht bloß folgerichtig. Wer auch nur halbwegs Ahnung von den Sitten des Keppochaner Fürstenhauses hatte, der wusste, dass man ihnen viele Schwächen nachsagen konnte, doch eines waren sie gewiss nicht: erpressbar. Mit nichts und niemandem – und ein Balg, das schwach und dumm genug war, sich entführen zu lassen, ohne sich selbst befreien zu können, brauchte in Keppoch ohnehin niemand.

Was ein erneuter Beweis dafür war, dass Alaric kein würdiger Nachfolger seines Vaters war. Denn er sah das anders. Er brauchte seine Schwester.

Zehn Schuldhölzer hatte der Schuldherr für Calejas Freiheit geboten, und Alaric – dummer Junge, der er gewesen war – hatte zugestimmt, sich die magischen Bänder anlegen lassen und kaum erwarten können, die Schuld zu erfüllen. Bis das zehnte Schuldholz zerbrochen war, gehörte Caleja dem Schuldherrn. Doch das Erste, was brach, war nicht etwa eines der Hölzer, sondern Alarics naive Hoffnung, er könne die Aufgaben in wenigen Wochen oder einigen Monaten erledigen.

Es zerriss Alaric bis heute jeden Tag aufs Neue, nicht zu wissen, wo seine Schwester war, was in der Gefangenschaft mit ihr geschah und wie es ihr ging.

Neun Schuldhölzer waren inzwischen gebrochen, er hatte das Fragenstellen und Verhandeln aufgegeben und im Auftrag des Schuldherren Leben in beinah jedem Land des westlichen Kontinents zerstört. Indes war er vom Jungen zum Mann geworden, und jede einzelne seiner körperlichen Veränderungen hatte ihn in gewisser Weise entsetzt. Seine Schultern waren breit geworden, Arme und Beine lang und kräftig, und seine Züge hatten alles Kindliche schon vor Jahren abgelegt. Sein Erscheinungsbild gefiel den Menschen, und sie zeigten es ihm deutlich, vor allem hier in Nemija, wo sein dunkles Haar zu den blauen Augen etwas Besonderes war. Er hasste dieses Gefühl aus tief in Abscheu getränkter Seele. Denn Caleja und er waren in der gleichen Flamme geboren. Und wenn er nun ein attraktiver Mann war, dann bestand wenig Zweifel daran, dass seine Schwester mit den Feuerhaaren und den Eisaugen eine mindestens ebenso anziehende Frau geworden war. Alaric war Mann genug, um sehr genau zu wissen, was Männer mit schönen Frauen taten, die ihnen ganz allein gehörten.

Ein Schuldholz war übrig, bis Caleja freikommen würde. Oder das, was nach all den Jahren noch von ihr übrig war.

Was würden sie beide dann tun? Zurückkehren? Nach … Hause? Der Gedanke lag nah und doch fern, so alt und blass war die Erinnerung an Keppoch inzwischen geworden. Er war in all den Jahren nicht in Keppoch gewesen, galt wie seine Schwester schon lange als tot und vergessen, und man würde ihn im Palast nicht willkommen heißen. Er würde die Erwartungen nicht erfüllen. Er würde schon daran scheitern, dass er jenen vergeben musste, die ihn auf diese gefährliche Reise gesandt hatten. Seiner Familie.

KAPITEL 4

LAIRE

Ich war ein Huhn, das mitten durch den Fuchsbau schlich. Schutzlos hielt ich auf Volarian zu, den Berg, in den die trutzige Burg es Retneya gebaut worden war. Die Burg, in der auch ich einst gelebt hatte und – wenn ich Desmond retten konnte – bald wieder leben würde. Sie stand seit Hunderten von Jahren und wurde doch nie fertig, wuchs beständig wie ein uralter Baum und wurde mit jedem Jahr größer und größer. Tiefgrau und unübersehbar hoben sich ihre Gemäuer vom hellen Grauton des Berges ab, und der Himmel über es Retneya schien immer besonders blau zu leuchten, als täte er es ihr zu Ehren.

Ich durfte auf dem Weg in Richtung Burg nicht erkannt werden, man würde Fragen stellen und mich aufhalten. Noch immer hielt man mich für das Eigentum des Fürsten und unterrichtete ihn über alles, was ich tat. Doch jeder andere Weg als der direkte in Richtung der Gebrochenen Brücke, die mich an mein Ziel bringen würde, kostete zu viel Zeit. Ich musste es vor Neumond bis zum Lord schaffen. Einen Morgen zu spät, und Desmond war verloren, würde in einen Daema verwandelt und zu einem Sklaven ihres Herrschers werden. So hieß es in den Büchern. Und auch, dass, wer mit Liebe im Herzen um das Leben eines Verfluchten bat, bessere Chancen hatte als die stärksten Krieger, wenn sie aus dem falschen Antrieb heraus vor den Daemalord traten: der Grund, aus dem ich ging.

Selbst im Schein der Vormittagssonne glaubte ich, schon jetzt überall Schatten der Daema zu sehen, so wie ich sie aus Büchern, Gemälden und von den schwarzen Vulkanglasskulpturen im Tempel kannte: riesig, mit Raubtierzähnen, Schlangenaugen und dornenbesetzten, peitschenden Schwänzen.

Auf den ersten bangen Blick hielt ich sogar die Reiter – ich machte zwei und ein Packpferd aus, die sich im Galopp näherten – für Daema. Sie kamen zum ungünstigsten Zeitpunkt, denn ich hatte das bewaldete Hügelland verlassen und befand mich auf freiem Feld, ausgerechnet auf dem Streifen meines Wegs, auf dem es keinen Schutz für mich gab. Links und rechts von mir lagen Rüben- und Kartoffelacker sowie Felder, auf denen Kohl, Hafer und Dinkel mir bestenfalls bis zum Knie reichten. Zudem hatten mich die Reiter sicher längst gesehen. Nun galt es, nicht aufzufallen. Vielleicht bemerkten sie nicht, dass sich vor Anspannung Schweiß auf meinen Schläfen bildete, womöglich hielten sie mich für eine harmlose Dörflerin auf dem Weg zur Burg. Den Myrodem allerdings würden sie kaum übersehen. Ob ich ihn ins Feld werfen und mir zurückholen sollte, wenn sie fort waren? Meine zitternden Finger tasteten bereits nach der Schnalle der Scheide, als mir an dem linken Reiter etwas auffiel.

Ich … kannte diese Silhouette.

Schlagartig schlug meine Angst in Erleichterung um, die sich jedoch schnell in Fassungslosigkeit wandelte. Auf dem lackschwarzen Pferd saß meine Freundin Vika; es bestand kein Zweifel. Die zierliche Gestalt, das wie immer eng an den Kopf geflochtene helle Haar und zuletzt: Vikas Lachen, das ihr vorauseilte, als sei sie auf dem Weg zu einem Fest. Ich kannte sie gut genug, um zu wissen, dass es pure Erleichterung war, mich noch gefunden zu haben. Vika war die Einzige, die wusste, dass ich zum Lord der Daema ging. Doch den Zeitpunkt hatte ich ihr nur ungefähr genannt.

Neben ihr ritt ihr Leibwächter, das Gesicht hinter einem Staubschleier verborgen.

»Was tust du denn hier?«, rief ich Vika entgegen, während sie das Pferd durchparierte. Die Hufe wirbelten Staub zu einer Wolke auf, und Vika sprang mitten hinein, ließ die Zügel los und zog mich in eine Umarmung, die mich erst nach Luft schnappen und dann mein Gesicht an ihrer Halsbeuge verbergen ließ, damit sie mich nicht heulen sah.

»Du hast doch nicht wirklich geglaubt, ich würde dich allein losziehen und Daema verprügeln lassen, Laire.«

»Vika …« Ein Kloß machte meine Kehle eng, und ich wusste nicht, ob er aus Erleichterung bestand, dass sie hier war, oder aus nackter Panik. Ich war nie ängstlich, wenn Vika bei mir war. Ihr Mut setzte etwas in mir frei, das stärker war als jede Androhung der schlimmsten Strafen.

Doch nun bewirkte das kämpferische kleine Grinsen in ihren feinen Gesichtszügen, dass mir ganz anders wurde.

Der zweite Reiter nahm den Schleier ab, und sein Gesicht weckte eine Ahnung in mir, die meine Gefühlswelt völlig überforderte.

»Jero?« Warum fragte ich denn? Ich hatte ihn seit sieben Jahren nicht gesehen, damals war ich ein Kind gewesen, gerade einmal zwölf, und meine Welt noch in Ordnung. Inzwischen hatte sich alles geändert. Nicht aber Jeros strahlend hellblaue Augen, wenn sich auch einige Fältchen um sie herum gebildet hatten. Er musste inzwischen das dreißigste Jahr weit überschritten haben, und seine harten Züge ließen vermuten, dass das Leben nicht ausschließlich gut zu ihm gewesen war.

Früher hatte er zu den Paladinen gehört, den höchsten unter den Kriegern Nemijas. In ihren Akademien wurde das Wissen gelehrt, das es brauchte, um das Reich der Daema zu überleben. Für das Ziel, jemanden aus den Verliesen des Lords zurückzuholen, wurden sie ausgebildet, und auch wenn sich nur selten Gelegenheit bot, war die Erfüllung dieses Auftrags für sie die größte Ehre, nach der sie zeit ihres Lebens strebten.

Jero trug Marschgepäck sowie seinen Myrodem, und mir war klar, was das bedeutete. Sie hatten Pläne geschmiedet.

Er stieg aus dem Sattel, warf Vika die Zügel des dritten Pferdes zu, ließ seines einfach stehen und kam zu mir.

Ich hatte so viele Fragen an ihn. Warum war er damals vom Hof verschwunden? Warum ohne eine Erklärung? Immerhin war er über Jahre nicht nur Vikas Leibwächter gewesen, sondern darüber hinaus auch ein Freund und vermutlich mehr Familie für sie als ihre eigenen Eltern.

»Warum bist du zurück?«, fragte ich mit einem Zittern in der Stimme, so gerührt war ich, ihn zu sehen.

»Bin ich das?« Er lächelte verschmitzt. »Oder bin ich nur ein Schatten, der über Nemija hinweghuscht, auf dem Weg zu seiner Bestimmung?«

»Du willst mit mir kommen?« Hilfe suchend sah ich zu Vika. Das war zweifelsfrei ihre Idee. Aber konnte ich das annehmen? Es war eine Sache, das eigene Leben zu gefährden, aber einen anderen diesem Risiko auszusetzen … Ich würde mir nie verzeihen, wenn Jero dabei etwas zustieß.

Vika lächelte mich verhalten an. Das tat sie sonst nie, und es machte mich misstrauisch. Ihr Gesicht war normalerweise offen und ehrlich. »Laire«, sagte sie zögerlich. »Wir *beide* werden mit dir kommen.«

Hatte ich mich verhört? »Nein, Vika. Auf keinen Fall, das geht nicht.«

Meine Freundin sah mich ernst an. »Ich frag dich nicht um Erlaubnis. Ich habe das entschieden.«

»Hast du den Verstand verloren?«, entfuhr es mir. Ich konnte mich nicht erinnern, je so mit meiner besten Freundin gesprochen zu haben. Mein Herz raste, in meinen Ohren rauschte das Blut. Die Vorstellung, am Ende auch noch Vika zu verlieren, war unerträglich. »Verstehst du nicht, wie gefährlich das ist?«

Vika ließ die Zügel der Pferde einfach los und umarmte mich ein zweites Mal ganz fest. Ihre Gelassenheit bekam Risse, ich spürte ihr Zittern. »Eben weil es so gefährlich ist«, flüsterte sie, »lass ich dich erst recht nicht allein gehen. Ich habe die ganze Nacht mit Jero darüber gesprochen, ich kenne die Risiken besser als du. Und ich will dich trotzdem begleiten. Desmond mag dein Verlobter sein, ich weiß. Aber er ist auch mein bester Freund. Wir gehören zusammen, wir drei. Mit der Waffe bin ich ohnehin geschickter als du. Und mit Jero zusammen, der die Ausbildung der Paladine hat, können wir es tatsächlich schaffen.«

Ich blickte zu ihm. Ruhig stand er da und wartete auf unsere Entscheidung.

»Arbeitet Jero wieder für deine Familie?«, fragte ich Vika.

Sie schüttelte den Kopf. »Er hat seine eigenen Gründe, uns begleiten zu wollen. Er ist als Freund hier, nicht als Leibwache und nicht als Söldner.«

Jero nickte. »Ich wurde auf diese Aufgabe vorbereitet, solange ich denken konnte. Was soll ich sonst mit diesem Leben«, er legte sich eine Hand auf die Brust, »anstellen, wenn nicht, mein Schicksal zu erfüllen?«

Ich schluckte, denn die Geschichte der Paladine war mir bekannt. Die Jungen und Mädchen waren Waisen oder wurden ihren Müttern regelrecht von der Brust gerissen und dann nach Eshrian verschleppt, wo in der Tempelschule ihre Erziehung stattfand. Die Familien bekamen ihre Kinder niemals wieder. Irgendwann kehrten sie als Paladine nach Nemija zurück, aber bis dahin waren sie längst erwachsen und trugen neue Namen. Selbst wenn Eltern ihre Kinder aufgrund von Ähnlichkeiten erkannten, stand ihnen jemand Fremdes gegenüber, dessen Lebensinhalt darin bestand, die Anweisungen der Obrigkeit zu befolgen.

»Laire, ich war immer ehrlich zu dir«, fuhr Jero fort, »und daran hat sich nichts geändert. Ich weiß, dass du deine Chance darin siehst, dass du Liebe für Desmond empfindest, und ich halte es durchaus für möglich, dass es dir gelingen wird, ihn zu retten. Nach allem, was wir über den Lord wissen, liebt er es, mit Gefühlen zu spielen. Das bedeutet allerdings auch, dass du jemanden brauchst, der einen kühlen Kopf bewahrt. Jemanden, der das Reich versteht und die unterschiedlichen Daema kennt.«

»Es gibt unterschiedliche?« Ich wusste jetzt schon, dass ich die Antwort lieber gar nicht hören wollte.

Jero sah mich fest an. »Wir wissen von zwei Dutzend Arten. Und wir wissen, dass wir recht wenig wissen.«

Ich schluckte. Es gab selbst in der Universitätsbibliothek nur vage Informationen über das Daemareich, lediglich ein paar Legenden und Geschichten. Zu wenige brachen auf, und noch weniger kehrten zurück. Und wenn sie es taten, dann waren sie oft … verändert. Ihr Geist war nicht mehr wach, ihre Worte wurden langsam und träge, und sie vergaßen im Satz, was sie sagen wollten. »Lebende Kadaver«, nannte meine Mutter die zurückgekehrten Paladine. Sie wurden als Helden verehrt. Und wussten allesamt nicht, warum.

»Du brauchst uns«, sagte Vika. »Und wir brauchen dich, denn ohne dich und deine Liebe zu Desmond sinken unsere Chancen.«

Ich hob die Augenbrauen, und Vika nickte. »Ich meine es, wie ich es gesagt habe: Wenn du nicht mit uns zusammen gehst, gehen wir ohne dich. Aber wir gehen.«

Jero rieb sich verlegen den Nacken, wo die fingerdicke Narbe inzwischen verblasst, aber immer noch so gut erkennbar war, dass mir kurz schummrig wurde. Dass Vika so schnell klare Tatsachen schuf, behagte Jero offenbar nicht, aber er widersprach nicht.

Bei den Bergen. Wäre ich doch früher aufgebrochen. Ich glaubte nicht, die Schuld ertragen zu können, wenn einem von ihnen etwas zustieß. Doch Vika machte nie leere Versprechungen. Trotzdem suchte mein Verstand fieberhaft nach einer Möglichkeit, meine Freundin zu beschützen. Und sie spürte das.

»Laire.« Vika nahm meine Hand. »Du weißt, wie lieb ich Desmond habe. Aber das ist es nicht allein. Ich werde im Winter zwanzig Jahre alt. Meine Eltern lassen sich nicht länger hinhalten. Ich werde diesen Sommer einen Ehemann präsentiert bekommen und heiraten müssen.« Etwas Bitteres färbte ihre Stimme. »Mein Mann wird vermutlich kein Desmond sein, er wird Erwartungen hegen. Mit etwas Pech habe ich im nächsten Jahr schon ein Kind im Bauch, ohne auch nur einen meiner Träume verwirklicht zu haben.«

»Das, was vor uns liegt, ist aber keine von den abenteuerlichen Reisen, von denen du träumst«, warf ich ein.

»Nein. Es ist etwas Bedeutsames. Etwas Großes. Wir retten einen Freund, den wir lieb haben. Den besten, den wir haben, und den Mann, der wiederum dich retten wird. Wir vollbringen eine Heldentat. Lass uns zusammen gehen.«

Ich sah sie vor mir, wie sie als Kind dastand, auf der Mauer vor dem Burggraben, einen aus Holz geschnitzten Myrodem in die Luft gereckt, sich selbst und uns allen das Versprechen machend, eine Heldin zu werden, die jenseits der Berge all die Kriege beendete, die uns ängstigten wie in den dunkelsten Winkeln auf der Lauer liegende Tiere.

»Wer bin ich, dir etwas zu erlauben oder zu verbieten? Du bist wie der Wind, Vika, du bist frei, zu tun, was du kannst und willst.« *Aber ich wünsche mir so sehr, du würdest es nicht wollen.*

»Wie der Wind? Das sagt man allen Nema-Kindern«, murmelte meine Freundin. »Aber sie meinen es nicht so. Nicht uns Mädchen gegenüber.«

»Ich meine es so.«

»Es wird eine lebensgefährliche Reise«, sagte Jero und griff nach den Zügeln seines Pferdes, einer ungewöhnlich großen Stute mit goldbraunem Fell und martialisch wirkender Lederpanzerung an Stirn, Nasenrücken, Brust und Flanken. »Ich kann euch nur eines versprechen: Auch mich wird das Daemareich vor Herausforderungen stellen, mit denen ich nicht gerechnet hatte. Niemand weiß, ob wir zurückkehren; ich kann euch nicht einmal sagen, ob wir das Reich finden und die Grenzen überwinden können. Und sollte es uns gelingen, werdet ihr euch wünschen, wir hätten es nicht geschafft. Und doch denke ich, dass wir Erfolg haben könnten. Meine Ausbildung, Vikas Kampfgeist und Laires … *besonderes Talent* – diese Kombination könnte der Schlüssel zum Erfolg sein. Wenn ihr wollt, dann bin ich auf eurer Seite. Heute wie damals.«

Damals … Er spielte auf den Tag vor neun Jahren an, an dem ich ihm die Wunde in seinem Nacken geschlagen hatte.

»Denkt an die neue Technik, die ihr gelernt habt, wenn ihr mich angreift. Aber der Reihe nach, und lasst alle Gliedmaßen an mir dran.«

Desmond und ich grinsten uns an, während Vika ihren Myrodem hob und ihren ersten Vorstoß versuchte. Jero hätte sie unbewaffnet und mit verbundenen Augen besiegen können, doch das ließ er uns nie merken, was vor allem Vika zu Höchstleistungen anspornte. Ihre Eltern hätten sie über alle Berge gejagt, hätten sie gewusst, dass der junge Paladin, den sie für Vikas Leibwache teuer bezahlten, ihr und uns, ihren besten Freunden, Unterricht im Kampf mit dem Myrodem gab. Vikas feste Überzeugung, das Leben sei sicherer, wenn jeder sich selbst verteidigen konnte – erst recht jedes zehnjährige Mädchen –, war bei ihrem Leibwächter auf fruchtbaren Boden gefallen; wobei Desmond behauptet hatte, dass Jero bloß gelangweilt und dankbar über die Abwechslung war. Eigentlich brauchte Vika als Tochter reicher Kaufleute keine Leibwache, zumal keinen Elitekrieger. Meine Mutter hatte dazu gesagt: »Es geht darum, zu zeigen, dass man es sich leisten kann.« So ganz verstand ich es nicht, aber um darüber nachzugrübeln, war es mir zu lieb, dass Jero mit uns übte. Ich mochte ihn, und wenn ich auch nicht so ungeduldig auf das Kampftraining hinfieberte wie Vika und nicht ganz so ehrgeizig war wie Desmond, machte es mir trotzdem Spaß – wie eigentlich alles, wenn meine Freunde dabei waren. Wenn wir zusammen waren, kam ich mir weniger falsch vor, weniger fremd als mit den anderen Kindern, die mich meist komisch fanden, weil ich oft träumte, in meinen eigenen Gedanken versank oder schwieg, wenn ich nicht wusste, was zu sagen das Richtige war.

»Ich habe eine Idee«, flüsterte mir Desmond zu, während Jero gerade voll auf Vika konzentriert war. »Eine Idee, wie wir ihn schlagen können.«

»Vielleicht, wenn wir ihn im Schlaf fesseln«, gab ich amüsiert zurück. »Wobei ich glaube, Jero lässt sich nicht fesseln. Nicht mal, wenn er schläft.«

»Ich habe einen ziemlich guten Plan gemacht. Bist du dabei?«

Neugierig sah ich Desmond an. Er war groß geworden. Die anderen Mädchen, sogar die etwas älteren, kicherten, wenn wir an ihnen vorbeiliefen, erst recht, wenn er sie anlächelte und seine grünen Augen dabei funkelten. Das taten sie jetzt auch – wie immer, wenn er eine seiner Ideen hatte. Oft endeten sie mit Ärger, aber meistens war der Spaß jeden Ärger wert. Und Jero hatte uns schließlich neulich erklärt, dass in einem Kampf nicht nur Kraft und Technik entscheidend waren, sondern vor allem ein guter Plan. Typisch für Desmond, dass er dies umsetzte, bevor es verlangt wurde. So war er auch in der Universität: Während Vika noch über die Aufgaben nörgelte, die sie nicht einmal begonnen hatte, und ich noch in den Texten versank, weil ich mir immer alles bildlich vorstellte, versuchte er bereits zu erahnen, was unsere Professoren wohl als Nächstes verlangten, um es gleich mitzuerledigen. Er dachte stets einen Schritt voraus. Ich war sicher, er würde ein fabelhafter Oberster Minister werden, wenn er den Posten irgendwann von seinem Vater erbte. Spätestens dann würde es wohl vorbei sein mit den Ideen, die Ärger verursachten.

»Was hast du vor?«, fragte ich. Die Erwartung kribbelte in mir.

Desmond beugte sich zu mir und flüsterte mir etwas ins Ohr. Mein Herz schlug immer schneller. Ich war vielleicht nicht so wagemutig wie Vika und Des, aber immerhin geübt darin, meine Ängste zu überwinden.

»Machst du es?« Desmond grinste bereits. Er wusste, dass ich nicht kneifen würde.

Natürlich nickte ich.

»Laire, was ist los?«, rief Jero mir zu.

Ich hatte gar nicht gemerkt, dass ich schon an der Reihe war.

»Willst du nicht? Wenn du keine Lust auf das Training hast, bringe ich euch gern zum Tanzunterricht.«

Vika machte mit herausgestreckter Zunge das Geräusch einer Nachtkatze, die einen Fellballen hervorwürgte. Sie hasste die Tanzstunden und alles, was damit zusammenhing. Dabei gab es vermutlich nichts, was ihre Mutter so glücklich machte, wie Vikas Flechtfrisuren zu lösen, sodass die goldblonden Locken über ihren Rücken fielen, und Vika in hübsche Kleider zu stecken, die ihr beim Tanzen um die Knöchel schwangen.

Rasch lief ich zu Jero, kontrollierte, ob meine Füße so standen, wie er es uns gezeigt hatte, und hob den Myrodem. Im Training nutzten wir echte Waffen, keine Holzattrappen wie im Spiel, und auch wenn sie verglichen mit anderen Schwertern schlank und leicht waren, fiel es mir schwer, die Klinge lange erhoben zu halten. Jero überprüfte meine Haltung, wies mich allein mit einem Blick an, mehr Körperspannung aufzubauen, und nickte dann, als Zeichen, dass ich loslegen sollte. Ich wirbelte meine Klinge in Richtung seiner unbewaffneten Seite, und Jero nutzte seine Größe, hob die Schwerthand und neigte die Klinge nach unten, um meine nach außen zu schieben. Allein diese Paradetechnik, die ich noch nie gesehen hatte, beeindruckte mich so sehr, dass ich spontan nicht mehr wusste, wie ich weitermachen sollte – zumal ich durch meine geblockte Klinge trotz der Waffe in der Hand so gut wie unbewaffnet war. Jero hatte nun leichtes Spiel mit mir.

Es war Desmond, der mich rettete, denn der begann in diesem Moment zu kreischen, als wäre er nicht elf, sondern fünf. Seinen Myrodem hielt er in der Hand. Dunkelrote Flüssigkeit rann am Stahl entlang und tropfte auf den Boden, wo sie eine Pfütze bildete.

»Desmond!«, rief Jero erschrocken. »Was ist passiert? Hast du dich geschnitten?«

Jero stürzte dicht an mir vorbei, und ich packte blitzschnell zu und griff den Dolch, der an seinem Rücken in einem Halfter hing. Die Waffe zitterte in meiner Hand, als hätte sie ein Eigenleben. Zuerst schob ich es auf meine Aufregung, doch dann breitete sich ein Geschmack von Salz und Eisen in meinem Mund aus. Zu spät begriff ich, was ich da in meiner Hand hielt.

Magie. Der Dolch war voller Magie! Sie jagte wie ein Wind durch meinen Körper und weckte ein unverständliches Flüstern in meinen Gedanken.

Jero war so besorgt um Desmonds Hand, dass er den dreisten Diebstahl gar nicht bemerkte. Desmond aber warf die aufgebrochene Schale der Beerfleischfrucht, deren blutroter Saft für das Massaker verantwortlich war, zur

Seite und begann ohne zu zögern seinen Angriff. Und während Jero nur einen Augenblick verdutzt schien, dann lachte und Desmond in kurzen, harten Attacken eine kleine Lektion in Sachen Tricks erteilen wollte, kam ich zum Einsatz. Desmonds Plan lautete, dass ich mich hinter Jero schlich, ihn die Klinge seines Dolches behutsam durch sein Hemd spüren ließ und ihm erklärte, er sei besiegt. Desmonds Plan war gut und würde aufgehen, ich hatte keinen Zweifel – ich konnte das. Normalerweise.

Doch normalerweise hielt ich nicht eine solche Magie in der Hand. Eine Magie, die nach Salz und Eisen schmeckte und mir etwas einflüsterte, was mein Kopf nicht verstand, mein Herz jedoch …

Ich hob den Dolch über meinen Kopf. Schwang ihn.

Warum ich das tat, wusste ich nicht. Der Dolch wollte es so. Die Magie verlangte danach. Sie war eingesperrt, und obgleich ich über Jahre gelernt hatte, sie auszublenden und zu ignorieren, so zu tun, als gäbe es sie gar nicht, gelang mir das in diesem Moment nicht. Die Magie war stärker als ich. Sie konnte mit mir tun, was immer sie wollte. Und obwohl ich gegen das Gefühl ankämpfte, spürte ich ein seltsames Glück dabei.

Etwas wuchs aus der Klinge hervor, eine Art Rauchsäule. Sie formte ein Seil, das über mich hinwegschwang und sich dann unvermittelt ausstreckte.

»Nein!«, kreischte ich, als ich bemerkte, wohin die Magie schlagen wollte. »Desmond! Runter!«

Jero war schneller als Desmond. Er packte ihn an der Schulter und schleuderte ihn fort, hob dann die freie Hand und senkte den Kopf. Ich verstand nicht, was vor sich ging, nur, dass dies keine Kampfgeste war. Jero beruhigte, beschwichtigte. Zähmte. Er zähmte die Magie.

Doch die Magie war wild und stark und entriss mir, ohne zu fragen, weitere Kraft, die sie für sich beanspruchte. Tief in meinem Inneren war sie groß – und ich mit ihr, egal wie viel Angst es mir machte und wie wenig ich all das wollte. Sie bildete eine Art Schweif, der peitschte wie bei einer nervö-

sen Katze. Mit einem Mal fühlte ich eine schreckliche Furcht, dieser Schweif würde Jero treffen. Und dann, als die Angst sich auf ihren Höhepunkt gesteigert hatte, geschah genau das. Mit weit aufgerissenen Augen musste ich hilflos mit ansehen, wie die Magie nach dem Paladin schlug und er vor Schmerzen so stark zusammenzuckte, dass er ein Stück in die Knie sackte.

Ich wusste nicht, wie es mir gelang, aber plötzlich riss ich meine Hand, die den Dolch hielt, nach unten und schleuderte die Waffe von mir. Klappernd rutschte der Dolch über den Steinboden des Innenhofs und blieb schließlich liegen. Ich wich vor ihm zurück, als würde er mich jeden Moment anspringen. Die Magie flüsterte längst nicht mehr nach mir – sie schrie.

Jero rannte zu dem Dolch, umfasste ihn, und im gleichen Moment ließ das Schreien nach und die Magie verstummte. Blut rann aus Jeros Nacken und versickerte in seinem Hemd.

Ich war allein, so allein wie noch nie in meinem Leben. Was hatte ich nur getan? Wie konnte ich um Verzeihung bitten? Was würden Desmond und Vika sagen? Die beiden standen nebeneinander und starrten abwechselnd Jero und mich schockiert an.

»Ich … ich weiß nicht, was da passiert ist«, stammelte ich, dabei wusste ich es genau. Es war geschehen, was Mutter immer befürchtet hatte. Das, weshalb sie mir Unsinn wie diesen streng verbot. Weshalb ich nicht in Zorn geraten durfte, sondern immer einen kühlen Kopf bewahren musste. Die Magie war ans Licht gekommen. Alle wussten nun, dass ich sie spürte. Und mehr noch – sie *hatte* mich *gespürt, sie hatte auf mich reagiert und mich regelrecht benutzt.*

Auf dem Markt, gar nicht weit von hier, legten sie die Regelbrecher, die sich mit Magie einließen, unter einen Berg von Steinen und holten sie erst wieder hervor, wenn kein Funken Magie mehr im Körper war – und auch kein anderer Funken Leben. ›Es gibt keine Ausnahmen‹, hatte Mutter mir gesagt. ›Glaube nicht, sie würden Gnade zeigen, weil du deines Vaters Tochter bist. An dich haben sie noch höhere Erwartungen als an andere. Man verzeiht dir Skandale und Liebschaften – aber niemals Magie. Niemand verzeiht Magie.‹

Jero trat auf mich zu, langsam, als wäre ich ein halbwildes Tier. Und tatsächlich war mein Drang zu flüchten fast überwältigend. Allein die Scham hielt mich zurück. An Jeros Hals, vom Nacken bis zur Schulter, prangte eine knallrote Wunde, fingerdick, an den Rändern geschwollen und in der Mitte aufgeplatzt. Das Blut lief noch immer. Ich allein trug Schuld an dieser Verletzung, ich musste mich verantworten. Bloß waren in meinem Mund keine Worte.

»Laire«, sagte Jero leise, kam noch einen Schritt näher und nahm meine Hand. »Bist du in Ordnung, Mädchen? Bitte sag etwas.«

Ich konnte nur auf die Wunde starren. »Es tut mir so leid.«

»Das war nicht deine Schuld, Laire, das war der Dolch. Geht es dir wirklich gut?«

Er log. Die Magie war in dem Dolch, ja. Aber bei jedem anderen wäre sie auch darin geblieben. Er wollte mich trösten. Ich zitterte am ganzen Leib.

»Vika, Desmond«, rief Jero. »Kommt her.« Er stellte uns eng nebeneinander, und ich erwartete, dass meine Freunde sich nun abwendeten, vor mir davonliefen und nach ihren Eltern riefen. Sie wirkten allerdings nur unsicher und versuchten verlegen, mich mit einem Lächeln zu trösten.

»Ihr habt gerade etwas ganz Besonderes gesehen«, sagte Jero, als ginge es um ein großes Geheimnis, in das meine Freunde nun eingeweiht wurden. »Laire ist etwas Besonderes. Sie kann Dinge, die andere Menschen nicht können. Wie lange weißt du das schon, Laire?«

Die ersten Tränen lösten sich aus meinen Augen, und mit ihnen fiel ein wenig Druck von mir ab und ich konnte leichter atmen. »Schon lange. Es war eigentlich immer schon so. Ich darf es aber niemandem sagen. Niemandem. Nicht einmal euch. Mutter …« Mir brach die Stimme, bevor ich ihnen verraten konnte, was Mutter mit mir anstellen würde, sollte sie je erfahren, was ich getan hatte.

»Und das ist auch richtig so«, bestätigte Jero. »Was passiert ist, wird für immer unser Geheimnis bleiben, in Ordnung?«

Ich konnte meinen Blick nicht von seiner Wunde lösen. »Aber …«

»Das erkläre ich schon, Laire, mach dir keine Sorgen. Man verletzt sich manchmal im Kampfunterricht. Ich denke mir etwas aus. Wir vier sind die Einzigen, die wissen, was wirklich geschehen ist. Und das muss so bleiben.« Ernst sah er jeden von uns an. »Ihr wisst, warum.«

Desmond schluckte so schwer, dass man es hören konnte, und Vika zog die Nase hoch. Sie kannten die Steinhaufen ebenso gut wie ich. Das Grauen, das einem kalt in den Nacken zog und sich dort festhielt, wenn man die Schreie, das Flehen oder das Stöhnen noch hörte.

Es gab viele Verbote in Nemija. Aber nichts wurde so erbarmungslos bestraft wie die Magie.

»Könnt ihr das? Ein Geheimnis bewahren?«

Desmond nickte entschlossen. »Natürlich! Tut mir leid, Laire. Ohne meine blöde Idee wäre das nie passiert.«

Vika umarmte mich, und obwohl sie ein gutes Stück kleiner war als ich, hielt sie mich ganz fest. »Keiner wird dir was tun. Wir beschützen dich. Und passen gut auf dein Geheimnis auf.«

Jero lächelte. »Solange ihr so fest zusammenhaltet, kann nichts passieren. Ich bin sehr stolz auf euch.« Sein Blick glitt zurück zu mir. »Aber du musst vorsichtiger werden, Laire. Der Unsinn, den Desmond und Vika ungestraft anstellen können, könnte dich das Leben kosten. Vielleicht trägst du besser fortan Handschuhe. Und wenn du wie in diesem Dolch in irgendeinem Gegenstand Magie spürst, dann lass die Finger davon und geh fort. Halte dich fern von ihr. Nur so kannst du verhindern, dass sie dich überlistet und Besitz von dir ergreift.«

Ich senkte den Blick. Die Widerworte, die mir auf der Zunge lagen, schluckte ich runter. Mich fernhalten von der Magie, das konnte ich nicht.

Sie war doch überall.

Eigenartig, dass der damals schlimmste Tag meines Lebens mir rückblickend nun ein Lächeln entlockte. Wir hatten uns über die Jahre verändert, wir alle. Vika war kämpferisch geworden, nicht mehr so verspielt. Ich nahm die Dinge heute ernster und grübelte viel. Und Desmond … über Desmond schwebte seit wenigen Jahren ein seltsamer Schleier, der ihm sein Strahlen nahm, was außer uns jedoch niemand zu bemerken schien und er selbst nicht erklären konnte. Doch all unsere Veränderungen, die guten und die schlechten, hatten uns bloß fester zusammengeschweißt.

»Es scheint mir, dass ich euch so einfach nicht loswerde«, sagte ich zu Vika und Jero.

»Ganz richtig«, stimmte meine Freundin zu.

Ich seufzte. »Dann lasst uns wenigstens nicht noch mehr Zeit verlieren. Je länger ich darüber nachdenke, desto schlechter fühle ich mich.«

Vika reichte mir die Zügel des dritten Pferdes, ein hübscher junger Wallach mit kastanienbraunem Fell. »Ich verstehe. Du hattest dich schon so darauf gefreut, den ganzen Weg zu laufen und allein durchs Reich der Ungeheuer zu spazieren.«

Was sollte ich darauf erwidern? Aber durfte ich mich freuen, nicht allein sein zu müssen? Ich tat es insgeheim, natürlich. Aber ich schämte mich dafür, weil ich meine Freunde in Gefahr brachte.

Durch die Pferde kamen wir rasch voran und verließen die Wege zwischen Feldern und Weiden schon gegen Mittag, um in den Wald am Hang des Bergs Volarian einzutauchen. Die Vegetation war hier nicht so dicht wie im Senketal, in das sich mein Dorf kauerte, sondern bestand aus zotteligen Büschen in allen Größen, struppigen Fichten und Föhren. Die Bäume waren zu licht, um uns Schatten zu spenden, und die Mittagssonne trieb uns vor sich her. Trotz der Hitze genoss ich den krautigen Duft des Waldes und atmete ihn tief ein. Im Daemareich gab es gewiss nicht solche Wohlgerüche.

Um die Pferde zu schonen, ritten wir im Schritt, was Gelegenheit für ein Gespräch mit Jero bot. Ich hatte ihn so viele Jahre nicht gesehen und nie erfahren, warum er damals von einem auf den anderen Tag den Hof verlassen hatte. Bevor mich meine Unsicherheit von innen auffraß, beschloss ich, sie auszuspucken.

»Darf ich dir ganz offen eine Frage stellen?«, begann ich, nachdem ich meinen Wallach neben Jeros große Stute gelenkt hatte. Sie hielt davon nicht viel und zeigte ihren Unmut, indem sie in die Luft schnappte. Mein kleiner Brauner machte einen erschrockenen Satz zur Seite.

»Vorsicht«, sagte Jero, »Lassa ist nicht unbedingt die Freundlichste.« Dann fuhr er mit einem Schmunzeln fort: »*Eine* Frage hast du nur?«

»Lassa? Du nennst dein Pferd nach dem Südwind?«

»Warum denn nicht?«

Ich musterte den trotz der durchhängenden Zügel anmutig gebogenen Hals der Stute. Ihre Haltung passte nicht recht zu ihrem Gesichtsausdruck, den zurückgezogenen Lefzen und angelegten Ohren. Ich war nicht sicher, ob ich Misstrauen oder Verachtung in ihrem edlen Gesicht auszumachen meinte. Kampfbereit und gefährlich schien sie mir. Ganz anders als der Südwind Lassa, der warm war und in bunten Farben schimmerte, weil er den fluoreszierenden Gesteinsstaub von Esaries, dem tückischen Berg im Süden, mit sich trug. Aber er machte auch die Sinne trüb, die Gedanken wirr und kostete dadurch jeden Sommer unzählige Menschen das Leben.

»Das war eine interessante Frage«, warf Jero ein, »wenn man nur eine stellen will.«

»Die zählt nicht.«

»Und ob. Nun habe ich eine an dich: Hast du geübt, sie zu nutzen?«

Diese Frage war so absurd, ja fast schon anmaßend, dass mir das Blut in die Ohren schoss. »Die Magie? Bist du verrückt? Natürlich nicht. Ich habe auf nichts in meinem Leben so viel Konzentration verwendet wie darauf zu verheimlichen, dass ich sie spüre. Es mag dir ein wenig seltsam vorkommen, da ich ins Daemareich gehe – aber ich hänge an meinem Leben.«

Er lachte. »Keine Überraschungen mehr mit stibitzten Dolchen?«

»Nie wieder.« Mein Versuch, mit ihm zu lachen, gelang mickrig. Seit ich mich damals verraten hatte, hielt ich mich an Jeros Rat, die meisten Dinge zunächst zaghaft mit der stets behandschuhten Fingerspitze zu berühren, um sicher zu sein, ob und welche Magie sie enthielten. Manchmal spürte ich es schon auf Entfernung, dann war ich besonders vorsichtig. Die Idee, die Magie bewusst in mich aufzunehmen, sie zu nutzen, schien mir so verwegen, dass allein die Vorstellung mein Herz rasen ließ.

»Du hast deine Fähigkeiten also kein Stück weiterentwickelt?« Wie er das sagte, klang es fast wie Kritik, obwohl er von etwas sprach, womit ich mein Leben jeden Tag aufs Neue rettete.

»Genau das hast du mir damals eingeschärft.«

Er zupfte Lassa ein Ästchen aus der Mähne, das sich dort verfangen hatte. »Das ist lang her.«

Und hier war es, mein Stichwort. »Sehr wahr. Und nun hast du mir zwei Fragen gestellt, ich habe also noch eine frei. Was ist damals passiert, dass du einfach verschwunden bist?«

»Du wärst der einzige Mensch am Hof, der das nicht weiß«, sagte Jero schlicht.

»Es gingen Gerüchte um.« Das war untertrieben. Es hatte einen Skandal gegeben. »Die habe ich natürlich mitbekommen. Aber ich gebe nichts auf ...«

»Sie sind wahr«, fiel mir Jero ins Wort. »Sie sind alle wahr.«

Es verschlug mir die Sprache. Sie waren ...? Unsinn! Den Gerüchten zufolge hatte seine Hand ihn verstoßen. Paladine lebten, arbeiteten und kämpften immer zu fünft, im Verbund ihrer Hand. Schon als Kinder wurden sie einander zugeteilt, und in dieser Konstellation blieben sie ein Leben lang. Die Hand ersetzte ihnen Familie und Freunde.

Die Gerüchte um Jero hatten deshalb so viel Aufruhr verursacht, weil es in der viele Jahrhunderte währenden Geschichte der Paladine nicht ein einziges Mal vorgekommen war, dass eine Hand einen Paladin verstoßen hatte. Ein einzelner Paladin – so etwas gab es nicht. Was musste geschehen sein, dass seine Hand ihm das Unaussprechliche angetan hatte?

»Warum?«

Jero stieß die Luft aus. Sein Gesicht hatte sich verändert. Ohne dass er eine Miene verzog, wirkte es plötzlich starr, als machte irgendetwas – eine Erinnerung, eine Vorstellung oder eine Sorge – etwas an ihm härter. Doch er sagte kein Wort.

Der Weg hatte sich etwas verbreitert, Vika trieb ihr Pferd im leichten Trab neben meines. »Vielleicht hast du mehr Glück als ich. Vor wenigen Wochen, kurz nachdem ich dich zuletzt im Senketal besucht habe, hat er mir geschrieben, und seitdem frage ich ihn danach. Doch er sagt nichts.«

Jero schüttelte den Kopf, eher resignierend als verneinend. »Ich habe genug gesagt. Ich habe damals eine eigene Entscheidung getroffen. Meine Hand ebenfalls. Und es steht keinem von uns zu, die Entscheidung des anderen zu kritisieren.«

Vika hob die Schultern, ich nickte. Jero hatte vor Jahren bewiesen, dass er zu mir hielt, ich schuldete ihm mehr als nur mein Vertrauen. Es kratzte ein wenig an mir, dass er uns sein Geheimnis nicht verraten wollte, doch andererseits verstand ich ihn auch. Wir hatten uns über sieben Jahre nicht gesehen. Ich war ein Kind gewesen, damals. Ein verwöhntes, reiches Mädchen, das ich heute selbst nicht mehr kannte. Wie konnte ich von ihm verlangen, dass er mir gleich seine dunkelsten Geheimnisse anvertraute?

»Warum ich damals gehen musste, tut nichts zur Sache. Ich bin ja auch nicht an den Hof zurückgekehrt.« Jero sprach beiläufig, während er mit der Hand die Augen beschattete und die Steigung ins Auge fasste, die vor uns lag. »Noch werde ich das tun, sollten wir überleben. Ich bin dort nicht mehr willkommen.«

»Ebenso wenig wie ich«, murmelte ich.

»Ich bin gekommen, weil ich noch immer ein Paladin bin. Weil ich mein Schicksal und meine Bestimmung nicht vergessen kann, ganz egal, was zwischenzeitlich passiert ist.«

Ich zwang mich zu einem Lächeln, das mir schwerfiel. »Ebenso wenig wie ich.«

»Und so fügt sich alles«, sagte Vika, ihre helle Stimme klang ein wenig rau. »Sehr passend, dass ich vor Schicksal und Bestimmung fliehe. Sehen wir, wohin es uns führt.«

KAPITEL 5

ALARIC

»Es wird dir fehlen, gib's ruhig zu.« Der Bote grinste mit glasigen Augen, während er die feine Kette um Alarics Oberkörper schlang und die Lage immer wieder veränderte, bis sie seinem verqueren Sinn für Ästhetik entsprach. Dass Alaric schwitzte und der Staub an ihm festbackte, lag nicht allein an der Sonne, die ihn auf der Lichtung durchbriet, obgleich der Sommer noch jung war. Er wandte den Kopf nicht ab, er stellte nur das Atmen ein, um den Mundgeruch des Alten nicht ertragen zu müssen. Offenbar wusste der Bote genau, dass die Stellen, an denen die frischen Wunden die alten Narben kreuzten, am meisten schmerzten. Penibel wie ein Künstler drapierte er die Fessel in seltsamen Mustern. Ob diese etwas zu bedeuten hatten, oder war es nur Sadismus, der ihn dazu trieb?

»Hättest nicht umsonst so viele unnütze Zeichen auf der Haut, wenn's dir nicht gefallen tät, Alaric.«

Alaric schwieg, was ihm schwerfiel. Doch jedes Wort dem Boten gegenüber würde dem Schuldherrn, für den sie beide arbeiteten, mehr über Alaric verraten, als er ihn wissen lassen wollte. Der Unbekannte musste nicht erfahren, warum er die feinen silberweißen Linien, die bei dem Ritual entstanden, von Tätowierern imitieren ließ. Inzwischen waren sein gesamter Brustkorb, der Rücken, die Schultern und die Oberarme bedeckt. Einige der Linien liefen in seinem Nacken aus, und es war für niemanden außer ihm selbst ersichtlich, welche Muster echt waren und welche tätowiert.

»Kann man auch stolz drauf sein«, schwätzte der Bote. Alt war er über die Jahre geworden, die Haut ledrig, der Schädel fast kahl. Ein Wunder, dass er seine dürren Glieder überhaupt noch auf dem Pferd halten konnte und den beschwerlichen Pfad den Berg hinauf geschafft hatte. Schon lange begleiteten ihn vier statt zwei Wachen. Vermutlich lag es daran, dass Alaric es inzwischen locker mit zwei von ihnen hätte aufnehmen können. Er hatte es nie ernsthaft versucht. Sie waren einen Vertrag eingegangen, der Schuldherr und er, und Alaric war noch immer Keppochaner genug, um jeden Handel für gültig zu halten, auch wenn er durch Mord, Entführung und Erpressung eines Kindes zustande gekommen war. Er hatte dem Vertrag zugestimmt, er würde ihn erfüllen.

Nur noch ein letztes Schuldholz.

»Das sollte wohl genügen, dich im Zaum zu halten.« Zufrieden betrachtete der Bote sein Werk, dann zog er ein eingerolltes Papier aus seiner am Boden liegenden Umhängetasche. Wie immer war es versiegelt, wie immer wurde das goldene Wachs schwarz, als die Sonnenstrahlen es streiften. Alaric nahm den Brief an sich und brach das Siegel schnell und ohne Zögern. Sofort durchfuhren ihn die Bilder, die der Schuldherr in jedes Siegel einließ, damit Alaric nicht vergaß, was auf dem Spiel stand. Er wusste nicht, ob es Traum war, Vision oder eine Erinnerung, die man ihm genommen hatte. Aber für einen Moment waren die Lichtung und der erwachsene Alaric von heute weit weg.

Er war wieder zwölf Jahre alt und lag mit dem Gesicht am Boden. Blut lief aus seiner Nase, vermischte sich mit Staub und Dreck. Der Bote stand über ihm, eine Stiefelsohle zwischen seinen Schulterblättern, ein Schwert dicht an seinem Hals. Mit dessen Spitze rasierte er ihm die Haare am Hinterkopf ab, als Beweis, wie scharf die Klinge war. Zwei Wachen schleppten Caleja herbei. Der eine packte sie an den Haaren, schob sie näher zu Alaric, präsentierte sie regelrecht in ihren zerrissenen Sachen. Starr erwiderte sie Alarics Blick, keine Regung mehr in ihren Eisaugen, keine Tränenspur zwischen den Striemen, den Wunden und dem blutverkrusteten Schmutz auf ihren Wangen. Sie war Caleja und sie war es nicht. Es schien, als hätte sie sich selbst verlassen und nur ihr Körper sei zurückgeblieben.

Wie viel Zeit mochte vergangen sein? Er wusste es nicht.

»Die Beute meines Herrn«, schnarrte der Bote. »Du glotzt sie an, als wolltest du sie haben, Junge.«

»Lasst sie bitte gehen.« Es kostete Alaric alle Beherrschung, nicht zu weinen. »Nehmt mich an ihrer Stelle, aber lasst meine Schwester frei.«

»Hmm. Dummerweise bist du nur ein mageres Jungchen. Vielleicht den zehnten Teil von einem hübschen Mädchen wert. Mein Herr mag hübsche Mädchen.«

Alaric würgte, saurer Magensaft verätzte seine Kehle. Der Bote verstärkte bloß den Druck seiner Stiefelsohle. Was sollte er denn nur tun?

»Ich habe nicht mehr als mein Leben. Ich würde alles geben, was ich habe, aber …« Ob er Gold oder Schillinge von seinen Eltern bekommen konnte? Er würde sie bestehlen, um Caleja auszulösen. »Meine Familie hat Gold und Besitz. Wenn ihr mir Zeit gebt, dann kann ich alles beschaffen, was ihr begehrt. Alles!«

»Du hast keine Ahnung, was Männer begehren«, rief einer der Wachen und lachte.

Er irrte. Alaric wäre weniger in Panik gewesen, hätte er es nicht gewusst.

»Hast du denn nicht zugehört?« Der Bote setzte das Schwert an Alarics Nacken an. Er spürte den Schnitt durch seine dünne Haut, Faser für Faser, nur den Schmerz fühlte er nicht. Er war bedeutungslos. »Den zehnten Teil des Mädchens bist du wert.«

»Und ich würde mein Leben zehnmal bieten, wenn ich könnte.«

Daraufhin ließ der Bote von ihm ab, doch bevor Alaric sich aufrappeln konnte, hatte der Wachmann Caleja fortgeschleift und der zweite verhinderte, dass Alaric ihr nachrennen konnte.

»Wenn du mir unterschreibst, dein Leben zehnmal herzugeben, bevor du sie zurückbekommst, kommen wir ins Geschäft.«

»Ihr darf nichts passieren. Ihr dürft ihr nicht wehtun.«

Der Bote lachte. »Glaub mal nicht, Jungchen, dass du *die Bedingungen unseres Handels festlegst. Willigst du ein, tust du es nach unseren Regeln. Du bekommst sie lebend zurück. Wenn dir das nicht reicht – geh, und such dir ein neues Mädchen.«*

Ein heißkaltes Prickeln in seinen Gliedern zog Alaric zurück in die Realität. Die dünne Narbe in seinem Genick, gleich unterm Haaransatz, spannte. Er hasste die Briefe des Schuldherren, er hasste die Illusionen und er hasste das abscheulich schadenfrohe Gesicht des Boten.

»Geht's denn wieder, Jungchen?«

Noch ein Schuldholz. Ein einziges. Sah er den Alten danach je wieder, würde er ihm mit bloßen Händen den dürren Hals umdrehen. Er spielte mit dem Gedanken, das Zeitmesser einzusetzen und den Boten heute schon zu erledigen – nachher starb der Alte ihm noch weg, bevor er ihn wiedersah. Aber es wäre dumm, den Schuldherren jetzt zu provozieren. Zuerst musste er sich auf den Auftrag konzentrieren. Auf Calejas Befreiung. Danach …

Er rollte den Brief auf und überflog die Zeilen.

Im Auftrag des Obersten Ministers von Nemija brach ein Mann mit dem Namen Cadyz Hellna ins Reich der Schatten auf, um den Sohn eines Politikers aus den Fängen des Dunklen Lords zu befreien. Ob er scheitert oder obsiegt – Hellna darf das Daemareich nicht wieder verlassen. Stelle dies sicher, dann brich dein letztes Schuldholz.

»Dieser Cadyz Hellna bleibt beim Lord zurück, und dann lasst ihr Caleja frei?«, vergewisserte sich Alaric. »Egal, ob Hellna tot oder lebendig ist?«

Der Bote hob beide Hände. »Er kann sich auch in einen Fisch verwandelt haben, Hauptsache, er ist fort. Dann bringen wir sie zu dir. Du weißt, dass wir dich immer finden.«

»Lebend und gesund!«

»Und frisch gebadet und entlaust, wenn's dich glücklich macht, sicher doch, sicher.«

»Dann nehme ich das Holz an.« Alaric rollte das Papier zusammen und umklammerte es mit beiden Händen.

»Bist du so weit?«, fragte der Bote erwartungsvoll.

Alaric biss die Zähne zusammen und knurrte ein »Ja«.

»Genieß es nur. Wenn du erfolgreich bist, ist es das letzte Mal.«

»Halt die Klappe und mach schon!«

»Wenn du dagegen ein weiteres Mal versagst … Hm.«

Er musste die Provokationen an sich abprallen lassen. Er hatte nicht versagt, kein einziges Mal.

»Deine Schwester ist so eine Schönheit. Noch. Du weißt, dass die Schönheit von Frauen vergänglich ist. Und wer weiß, wann dein nächster Auftrag kommt. Vielleicht ist es dann vorbei mit der Schönheit. Oder … du kriegst gleich zwei zum Preis von einer.«

Es war wie eine Explosion in Alarics Herzen, roter Nebel in seinem Kopf. Schneller als er begriff, was geschah, spürte er die Kehle des Alten zwischen seinen Fingern. Der Bote röchelte und strampelte mit Armen und Beinen, doch Alaric hielt ihn mit Leichtigkeit auf den Boden gepresst fest. »Ich bin deine Widerlichkeiten gewöhnt, alter Mann. Aber übertreib es nicht!«

Dann waren die ersten beiden Wachen bei ihnen, Alaric entging ihren Fäusten knapp, indem er sich über den Boten hinwegrollte und Abstand schuf. Beschwichtigend hob er die Hände. »Entspannt euch, Männer.«

Keuchend kam der Bote wieder auf die Füße, sein Japsen wurde zu einem heiseren Lachen. »Na, na, na. So wütend hab ich dich seit Jahren nicht mehr erlebt. Bist ja noch lebendiger, als ich dachte.«

Alaric schnaubte. Lebendig? So fühlte es sich nicht an.

Erneut schloss er die Hände um die papierne Rolle. »Komm schon, Alter, lass uns anfangen. Mein Auftrag ist bereits auf dem Weg, und ich muss ihn erwischen, ehe er die Grenze überquert.«

Der Bote ließ es sich nicht nehmen, zunächst in aller Ruhe die Lage der verrutschten Kette wieder zu korrigieren, als wäre es von Wichtigkeit, wo sich die magische Fessel in Alarics Haut fraß. Noch einmal forderte er Alarics Beherrschung, indem er jeden Handgriff doppelt und dreifach ausführte.

Schließlich war alles bereit. Der Bote legte seine Hände auf Alarics, krallte seine gelben Fingernägel in seine Handrücken und schloss die Augen. Das Gemurmel, das er anstimmte, war nicht verständlich, kaum mehr als ein Summen, und es dauerte nervenzerfressend lange, bis etwas geschah. Dann jedoch schlug der böse Zauber mit immer wieder überraschender Härte zu.

Die Papierrolle in Alarics Händen wurde schlagartig heiß wie ein glühendes Eisen. Reflexartig versuchte er, sie loszulassen, so wie jedes verdammte Mal. Doch der Schmerz verkrampfte alle Muskeln und Sehnen, sodass er nur fester zugriff. Die Qual raste durch seinen Kopf, war überall, in den Augen, den Ohren, in allen Gedanken. Gleichzeitig verwandelte sich die Kette, schmolz durch seine Haut und drang in seinen Körper, tiefer noch, vielleicht in seine Seele. Wenn er noch eine hatte.

Alaric kippte auf die Knie, als der Bote ihn losließ, ihm noch eine harmlose Verwünschung zurief und verschwand.

Bewegungsunfähig blieb Alaric zurück. Es dauerte immer ein oder zwei Stunden, bis er seine Glieder wieder unter Kontrolle hatte. Für wildes Getier oder Banditen war er in solchen Momenten ein dankbares Opfer. Doch ein weiteres Mal hatte er Glück. Wenn man es so nennen wollte.

Das Erste, was er tat, war nach seinem Hemd zu greifen und es überzuziehen, auch wenn es auf den frischen Wunden rieb und brannte, die sich leuchtend rot von den älteren silberweißen und seinen Tätowierungen abhoben. Dann nahm er das Schuldholz, einen schwarzen Stock, der von der Papierrolle übrig geblieben war, nur wenig länger als seine Hand und hart wie Stein. Er betrachtete es einen Moment, schob es dann in die Innentasche, die er zu diesem Zweck in sein Hemd genäht hatte, und schloss sich die Knöpfe über der Brust.

»Cadyz Hellna«, flüsterte er. »Wer immer du auch sein magst. Du bist ein verdammt armes Schwein.«

KAPITEL 6

LAIRE

»Woher kennst du eigentlich den Weg zum Daemareich?«, fragte Jero irgendwann. Ich legte den Kopf in den Nacken und sah den Volarian hoch bis zur Burg es Retneya. Wie eine abwartende Gottheit stand sie auf ihrem Plateau weit oben auf dem Westberg, dem höchsten des Bergkessels, und warf ihren Schatten auf uns herab. Dem Fürsten gefiel es, morgens auf seinen Balkon zu treten und im Licht der sich über die Ostberge arbeitenden Sonne sein gesamtes Reich zu überschauen. Von dem versteckten Pfad nicht weit von seinem Hof entfernt wusste er vermutlich überhaupt nichts. Ansonsten hätte er wohl nie zugelassen, dass ich als Kind zwischen Volarians Felsen umhergestreunt war.

»Es kam mir endlich mal zugute, so viel zu lesen und sämtliche Volkslieder und alte Sagen zu kennen« antwortete ich leichthin. »In einigen heißt es: ›Das Reich des Lords am Ende der unbeschriebenen Straßen.‹ Und auf die biegen wir gleich ein. Auf die Straßen, die es gibt – die aber auf keiner Karte verzeichnet sind. Und an ihrem Ende liegt etwas, das ebenfalls in den Legenden, aber nicht auf den Karten beschrieben wird: Die Gebrochene Brücke.«

»Wie hast du die Brücke gefunden?« Das missmutige Gesicht von

Jeros Stute machte meinen Wallach noch immer unruhig; ständig schielte er nach hinten. Auch ich sah mich um und wechselte dabei einen Blick mit Vika, die mir zunickte. Wenn sie Jero vertraute, konnte ich es auch.

»Die Magie hat mich hingeführt.«

Jeros Blick auf meinem Hinterkopf war fast spürbar. »Du hast eben noch behauptet, sie nicht zu nutzen.«

»Das tue ich ja auch nicht. Ich mache etwas anderes mit ihr.« Etwas viel weniger Verwegenes, dabei aber nicht weniger Verbotenes. »Ich verkaufe sie. Am Ende der unbeschriebenen Straße gibt es einen kleinen Markt, auf dem sich Leute treffen, die die Dinge haben oder loswerden wollen, mit denen in Nemija kein Handel getrieben werden darf.«

Als ich mich erneut umwandte, stand Vika in Jeros kritischem Blick. »Was denn?«, fragte sie ihn. »Schau mich nicht so vorwurfsvoll an. Ich wollte, dass Laire es dir selbst sagt.«

»Gehst du auch dahin?«, fragte er sie.

Ich antwortete rasch an Vikas Stelle. »Nein! Dass ich ihr davon erzählt habe, war schon zu viel. Ich habe sie nie mitgenommen oder ihr den Weg beschrieben.«

»Leider«, flötete Vika. »Heute haben wir keine Zeit, den Markt anzusehen.«

»Es gibt einen Gasthof in der Nähe«, wechselte ich schnell das Thema. »Wir sollten die Pferde dort unterstellen. Wir können sie unmöglich mitnehmen, ihr werdet sehen, warum.«

Jero zuckte mit den Mundwinkeln. »Wie kann ich mir den Handel vorstellen, den du treibst?«

Ich seufzte. Selbst jetzt fiel es mir schwer, darüber zu sprechen. Vielleicht weil meine Mutter mir mein ganzes Leben lang beinah jeden Tag eingebläut hatte, wie wichtig es war, dass ich über diese Dinge schwieg. Ich war eine tief geprägte Münze, die ihren Wert nicht ändern konnte. »Um es genau zu sagen: Es sind magische Artefakte, die ich verkaufe. Ich spüre die Magie in den Dingen.« Nicht weit entfernt erklang ein Donnergrollen aus dem Berg. »Sie hat etwas an sich, das für alle anderen nicht wahrnehmbar ist – für mich aber schon. Meist ist es eine Art Kribbeln. Die Magie zieht an meiner Haut und stößt sie gleichzeitig ab. Oft höre ich ein Singen in der Luft, wortlose Melodien aus Tönen, für die es keine Noten gibt, vollkommen disharmonisch – und gleichzeitig wunderschön. Manchmal sehe ich Farben, selten auch Bewegungen, wo alle anderen Stillstand erkennen, oder ich schmecke oder rieche etwas, das nicht da ist.«

Vika lächelte versonnen, als wäre daran etwas auf wilde Art romantisch. Jero hörte mit unerschütterlicher Miene zu.

»Ich sammle Artefakte, in denen Magie ist«, erzählte ich weiter, »und dann gehe ich mit einem Staubschleier maskiert wie eine Frau aus den Wüsten Südamisas zum Schwarzmarkt an der Gebrochenen Brücke und verkaufe sie dort. Wir leben von diesen Schillingen, Mutter und ich, ich kaufe ihre Medizin davon. Mit den paar Kräutern und Salben, der Ziegenmilch und dem Käse, die ich im Dorf verkaufe, kann ich kaum die Schulden für das Holz bezahlen, aus dem unser Haus gebaut ist.«

Vika stieß die Luft aus. »Es wäre leichter, würdest du dir helfen lassen. Ich mag vieles nicht haben, aber Schillinge besitze ich genug.«

Ich trieb mein Pferd näher an ihres und griff nach ihrer Hand. »Kann sein. Aber ich brauchte dich zu sehr als meine Freundin, als dass ich hätte zulassen können, dass du meine Geldgeberin wirst.«

Kurz darauf wurde der Weg zu schmal, um nebeneinander zu reiten, da sich ein tief im Bett liegender Bergbach mit sanftem Gemurmel neben ihn schmiegte. Schweigend trabten wir an ihm entlang die Serpentinen hoch.

»Bleibt wachsam«, rief ich den anderen zu. »Die Friedlichkeit hier kann täuschen. Man begegegnet selten jemandem, aber wenn, bringt es meist Probleme.« Im letzten Jahr war ich hier einem jungen Säbelhornhengst über den Weg gelaufen. Zunächst hatte ich ihn für ein normales Pferd gehalten, da Säbelhörner meist Abstand von Menschen hielten. Taten sie es nicht, sprach das für Verzweiflung – und ein verzweifeltes Raubtier war zu allem fähig. Ich hatte einen bröckelnden Felsen hochklettern müssen, um mich vor seinen messerscharfen Zähnen, dem Horn auf der Nase und den steinharten Hufen in Sicherheit zu bringen.

Inzwischen brach nur noch hier und da ein vereinzeltes zähes Pflänzchen zwischen den Rissen im Stein hindurch, und außer von uns unbeeindruckt dösenden Schlangen und den glänzend schwarzen Felsskorpionen, die selbstbewusst ihre Stachel in die Höhe reckten, wenn wir ihnen zu nahe kamen, entdeckten wir kaum mehr Leben.

Über uns erklang immer wieder ein Geräusch wie fernes Gelächter, dann ein Klackern. Ich hob den Kopf, parierte instinktiv durch, und ein paar Steine fielen vor uns herab und plumpsten in den Bach.

»Ruhig, Alter«, flüsterte ich, zog einen Handschuh aus und legte die Handfläche an den Felsen. »Wir wollen dir nichts, Volarian, wir müssen nur passieren.«

Die Berge von Nemija waren gewaltige, träge Wesen, für die tausend Jahre bloß ein Atemzug waren. Meist scherten sie sich nicht darum, dass wir Häuser und Städte in ihre obersten Hautschichten schlugen, solange wir ihnen gut zuredeten und für ihren Schutz dankten. Doch hin und wieder kratzten oder kitzelten wir sie vermutlich, und dann wehrten sie sich mit einem Schütteln oder Beben, oder sie baten Lyaskye um Hilfe und sie schickte üble Wetter: Stürme, die sich im Talkessel zu vernichtenden Windhosen aufbauten, oder Gewitter, die Regen brachten, der die Menschen veränderte.

Volarian, der große Westberg, machte sich so manches Mal einen Spaß daraus, Wanderer auf seinen Wegen zu ärgern. Der komplette Hofstaat es Retneya hatte schon mehrfach über Tage oder Wochen die Burg nicht verlassen können, weil der Berg die Wege unpassierbar machte und jedem, der die Warnungen missachtete, mit Steinschlägen seine Überlegenheit bewies.

Was Volarian überhaupt nicht mochte, waren zu viele Menschen auf seinen empfindlichen schmalen Pfaden jenseits der offiziellen Straßen.

Doch diesmal spürte ich keine dunkle Ablehnung im Stein, keine glutrote Warnung, ja, nicht einmal gelbgrün schillernde Skepsis. Der Berg war lediglich unruhig, fast hätte man meinen können … in Sorge.

Beruhigend ließ ich meine Hand beim Weiterreiten noch eine Weile über den schartigen Fels gleiten. »Ist schon gut, alter Freund. Uns geschieht nichts, wir können auf uns aufpassen.«

Vielleicht sorgte er sich ja um mich. Vielleicht war wahr, was Mutter immer prophezeite: dass der Volarian auch mein Schutzberg war. Er hatte es mich nie wissen lassen, und obgleich sein Schutz meiner Mutter kein guter gewesen war und ihr viel Unglück in ihrem Leben widerfahren war, hatte ich immer gehofft, er würde sich eines Tages auch mir offenbaren. Er passte besser zu mir als alle anderen, auch wenn Vika überzeugt war, nur ihr Schutzberg würde zu mir passen: Ista, der Berg des Lichts, im Norden. Aber ich war mir sicher: Mein Berg war Volarian; nur schwieg der mich an. Ob es an meiner Magie lag, dass ich als einzige Nema keinen Schutzberg fand? Verachteten mich sogar die Berge für das, was ich war? Oder kannten sie mich besser als ich mich selbst und empfanden mich nicht als würdig? Ich wollte es nicht glauben, denn nie spürte ich Ablehnung im Stein. Im Gegenteil: Ich fühlte mich sicher in ihren kühlen Klammen und wohl an ihren Hängen. Aber warum wollte keiner mich schützen und in seinen Kreis aufnehmen?

Vika war abgestiegen, trat neben mein Pferd und ließ ihres am langen Zügel hinter sich hertrotten. »Ist die Magie so, wie die Bücher sie beschreiben?«

Ihre Frage erstaunte mich. Sie hatte nie viele gestellt – aber wann hatten wir auch reden können, ohne dass ich befürchten musste, jemand könnte etwas mitanhören?

Ich ließ mich ebenfalls aus dem Sattel rutschen, um mit ihr zu gehen. »Du ahnst nicht, wie viel Unsinn in den Büchern steht. Gerade in denen, die sie in der Universität nutzen. Wirklich nützlich sind nur die unbekannten Werke, die man durch Zufall findet, weil sie falsch einsortiert wurden oder in irgendwelchen verstaubten Kisten lagern.«

Ich vermisste die Studien in der Universität so sehr. Desmond hatte mal behauptet, mein Leben hätte mit meinem zehnten Geburtstag erst begonnen – als ich endlich zur Universität gehen durfte. Seiner Theorie nach war ich gestorben, als ich vierzehn war und ins Exil im Senketal gehen musste. Denn fortan hatte ich kaum mehr Zugang zu Büchern, Bildung und Kultur gehabt.

»Und wie verhält es sich in Wahrheit?«, erkundigte sich Vika. »Denn wenn du mit magischen Gegenständen handelst, kann es ja kaum sein, dass alle Magie den Clans gehört, wie es gelehrt wird. Oder«, sie stockte, »stiehlst du die Magie?«

Ich schüttelte den Kopf. »Auch Nemija ist anders, als es in den Büchern steht. Was wir in der Universität gelernt haben – dass alle Magie bezwungen und den Clans in die Hände gelegt wurde –, mag auf dem restlichen Kontinent so sein. In Nemija aber nicht, hier bei uns ist die Magie wild und frei und versteckt sich überall. Vielleicht, weil unser Land so winzig ist und sich zwischen den Bergen verbirgt. Vielleicht ist die Magie bei uns auch so schwach, dass es niemanden je interessiert hat. Die Dinge, die ich finde, vermögen keine Wunder zu bewirken. Ansonsten würde ich das genau jetzt tun.« Ich hätte nicht gemerkt, wie schwermütig meine Stimme mit dem letzten Satz geworden war, hätte Vika nicht die Hand ausgestreckt, um mir aufmunternd die Schulter zu reiben.

»Ich finde es auch ohne Wunder sehr aufregend. Wilde Magie! Wer weiß, wie oft ich schon über etwas Magisches gestolpert bin. Vielleicht trinke ich meinen Tee ja aus magischen Kannen. Hast du vielleicht sogar etwas Magisches bei dir?«

»Das habe ich, ja.« Ich zog den Stein hervor, den ich an einem Lederband unter meiner Kleidung trug. »Ich kann dir nicht sagen, welche Art von Magie in ihm steckt, nur dass er magisch ist.« Selbst durch meinen Handschuh spürte ich eine Art Atem in diesem Stein. Er strömte einen Hauch prickelnde, rotgoldene Energie aus und sog diese sogleich wieder ein. Als würde er Magie spenden und aufnehmen, um von ihr zu leben. »Weißt du, woher ich ihn habe? Du warst dabei damals. Erinnerst du dich, als wir den Schatz gefunden haben?«

»Den Schatz in der Kerkerzelle weit unten in der Burg? Wie könnte ich das vergessen!«

Auch ich wurde mich immer daran erinnern. Es war so aufregend gewesen, als wir zwischen uralten Zellen, in denen zumeist nichts anderes zu finden war als bleiche Knochen und Rattenköttel, eine Kiste mit alten Schillingen, angelaufenem Schmuck und von Ungeziefer zerfressenen Wandbehängen und Teppichen gefunden hatten. Jeder für uns hatte sich als Finderlohn ein Stück aussuchen dürfen, und ich wusste heute noch, dass Vika einen rostigen Dolch genommen hatte und Desmond eine Tabakdose, in der er danach jahrelang Karamell aufbewahrte. Ebenso wie ich bis heute wusste, wie heftig mein Herz geschlagen hatte, als ich den Stein wählte, obschon ich doch einen Bogen um die Magie machen musste. Ich hatte diese Regel damals gehorsam befolgt, aber angesichts des perlrunden Steins … nein! Diesmal nicht. Ich hätte ihn nicht in den Besitz des Fürsten geben können. Unmöglich.

Vika streckte die Finger nach der Perle aus, zögerte dann aber, bis ich abermals nickte.

»Du kannst ihn berühren, keine Sorge.«

Sie ließ die Fingerspitze darübergleiten, und leise Enttäuschung zeichnete sich auf ihrem schmalen Gesicht ab. »Ich spüre nichts.«

»Das würde mich auch wundern. Wenn ich die Magie weiterhin studieren könnte, wenn mir Bücher zur Verfügung stünden, die Ergebnisse der Gelehrten der Clans … vielleicht wüsste ich dann irgendwann, warum ich es spüre und sonst niemand. Oder was man mit diesem Stein anfangen kann.«

Vika presste nachdenklich die Lippen aufeinander. Schließlich sagte sie: »Mir war immer bewusst, dass es schlimm es für dich war, nicht mehr zur Universität gehen zu dürfen. Aber bis jetzt habe ich nie wirklich verstanden, wieso.«

»Es war das Schlimmste daran, ins Exil zu müssen. Alles andere konnte ich verkraften.«

»Weißt du noch?«, fragte Vika. »Desmond und ich haben immer gestöhnt, wenn die Professorin uns auftrug, die Geschichte eines Rituals zu recherchieren. Und du hast dich fast überschlagen vor Freude, etwas Neues herausfinden zu dürfen, egal wie lang du danach suchen musstest.«

Ich erwischte mich bei einem Lächeln. »Dagegen war ich nicht so begeistert, wenn wir etwas auswendig lernen mussten.«

Vika stieß mich amüsiert in die Seite. »Ja, denkst du denn, uns hätte das Spaß gemacht?«

Wir verließen nun den ausgebauten Weg bergan. Unser Pfad führte steil und versteckt zwischen knorrigen Büschen und kratziger Heide hindurch, wir überkletterten Felsbrocken, wo die Pferde aufpassen mussten, nicht wegzurutschen, und begannen allesamt zu schnaufen. Obgleich ich schon einige Male hier entlanggegangen war, empfand ich jedes Mal wieder Sorge, den Weg nicht zu finden. So auch heute.

Doch dann bogen wir um einen weiteren mannshohen Findling – und da war er: der geheime Weg, den keine Karte kannte. Den überhaupt niemand kannte, der nichts Drastisches zu verbergen hatte.

KAPITEL 7

ALARIC

Das Licht lag wie ein hauchfeiner Film aus Gold über den Kuppen der Berge. Die östliche Bergkette hatten bereits die Nachmittagsschatten geholt, und der Südberg hüllte sich mit seinen vielen Höhlen und Schächten, den Eisen- und Kohleminen wie immer ins Zwielicht, das er zu lieben und zu brauchen schien. Der auch im Sommer von Schnee gekrönte Nordberg, in dessen Stein die prächtigsten Städte geschlagen waren, auf dem die Straßen sich wie ein glitzerndes Geflecht die Felsen hoch- und runterwanden und vielerorts ein Fenster neben dem anderen lag, schimmerte bereits in Erwartung des Abends. Dann würde er vor all seinen Lichtern funkeln wie ein Nachthimmel voller Sterne. Im Tal dagegen schien alles schwarz, als schämte es sich und wollte nicht gesehen werden.

Alaric stand auf der mannshohen Mauer, die verhinderte, dass niemand vom Plateau stürzte, der nicht vollkommen überzeugt war, sterben zu wollen, und schämte sich ebenso, wenn er in die Tiefen des Tals hinabblickte. Rasch schüttelte er die Erinnerungen wieder ab. Sie waren nicht zu ändern.

Er musste sich nun auf den Auftrag besinnen, der – man konnte es nicht anders nennen – beschissen begonnen hatte. Die Gruppe um Cadyz Hellna hatte er rasch gefunden, aber sie hatten einen feuchten Dreck auf seine Versuche gegeben, sich ihnen anzuschließen. Nicht einmal angehört hatten sie ihn, sondern mit ihren Waffen Jagd auf ihn gemacht, sodass er gezwungen gewesen war, sich zurückzuziehen. Hellna im Kreise seiner Paladine anzugreifen war vollkommen aussichtslos. Doch wie sollte er ihnen folgen und ohne Suchenden die Grenzen zum Daemareich überwinden? Als er schon befürchtet hatte zu versagen, hatte er auf dem Schwarzmarkt einen Kerl belauscht, der von einer weiteren Gruppe sprach, die ins Reich der Schatten aufbrachen. Sie waren seine Chance, und er musste alles dafür geben, dass sie ihn mitnahmen. Leider ließen diese Leute auf sich warten.

Er war schlecht darin, die Geduld vorzutäuschen, die für die Nema so selbstverständlich war. Sein eigenes Volk besaß eine Menge – aber Geduld war ihm fremd, und Alaric hatte in den letzten Jahren herausgefunden, dass man als Keppochaner zwar viele Fähigkeiten erlernen und ausbauen konnte, Geduld aber nicht. Ebenso wenig wie die Fähigkeit, das Alleinsein zu ertragen. Zehn Jahre Einsamkeit, und weiter davon entfernt, sich endlich daran zu gewöhnen, hätte er nicht sein können. Den Nema wäre vermutlich auch das leichtgefallen. Sie lebten in einer Welt, in der Bergen Macht und Wind Launen zugestanden wurden. Doch es gab etwas, das die Menschen Nemijas streng kontrollierten: sich selbst und ihre Gefühle.

Als er regelmäßige Hufschläge hörte, die vom steinigen Bergpfad zu kommen schienen, war er von einem auf den anderen Moment konzentriert. Es musste die Gruppe sein, auf die er wartete, also sah er den Ankommenden entgegen, holte sein Zeitmesser aus der Tasche und ließ die Kette des Schmuckstücks um seine Finger gleiten.

Drei Personen erklommen die Stufen zum Plateau, ihre Pferde am

Zügel führend. Warum nur drei? Hatten sie denn keine Hand bei sich? Ein Mann ging voraus – ein Soldat der Statur nach. Dichtauf folgten ihm zwei schmalere, in Umhänge gehüllte Silhouetten, deren Gesichter von Kapuzen beschattet wurden. Frauen; eine sah sich zögernd um. Die andere kannte offenbar sowohl den Ort als auch den Weg, denn sie wandte sich zielstrebig in die richtige Richtung.

Alaric setzte mit einem Sprung von der Mauer, federte leicht ab und schlenderte dem Trio entgegen.

»Ich weiß, warum Ihr hier seid«, sagte er ohne Umschweife, und ebenso umgehend glitt die Hand des Kriegers an den Griff seines Myrodems. »Aber keine Angst, ich will Euch weder aufhalten noch bestehlen.«

»Nicht?«, fragte der Mann und musterte die Linie aus Blut, die sich durch Alarics Hemdstoff gefressen hatte. »Schade. Ich hatte mich schon gefreut.«

»Ich muss Euch enttäuschen, Ser. Ich will euch ganz banal und altmodisch … helfen.«

»Wir benötigen keine Hilfe von Euch«, erwiderte der Krieger.

Er würde schon sehr bald einsehen, dass er falschlag.

»Da seid Ihr nicht richtig informiert.« Alaric lächelte. »Ich will Euch etwas anbieten, was Ihr wirklich braucht.«

»Ihr wisst nicht, was wir brauchen.«

»Seid Ihr Euch da sicher? Ich nehme an, es ist ein Schritt in die Zukunft, den Ihr braucht. Ihr wollt doch beim Lord der Daema vorsprechen, ist es nicht so?«

Das Schweigen der drei sagte genug: Ja, dem war so, und man gab sich äußerst irritiert über den Umstand, dass Alaric davon wusste. »Macht Euch keine Sorgen, dieses Wissen hat nur eine sehr kleine Runde gemacht.«

»Was wollt Ihr?«, grollte der Krieger.

»Die Frage ist, was Ihr von mir wollt, wenn ich zu Ende gesprochen habe. Ihr wisst, dass Ihr zu spät seid? Eine Gruppe Söldner überquerte an diesem Nachmittag die Grenzen ins Daemareich.«

»Noch jemand sucht nach Des…?«, fragte eine der Frauen, doch die andere schnitt ihr mit einer Geste das Wort ab.

Alaric zuckte mit den Schultern. »Wer weiß, nach wem sie suchen. Verfluchte gibt es reichlich. Freigegeben wird allen Legenden zufolge nur einer.« Er senkte die Stimme ein wenig. »Auf dem Markt behauptet man, die Grenzen würden sich verschließen, nachdem sie passiert wurden, und sich erst Tage später wieder öffnen. Ihr seid demnach zu spät. Was für ein Glück, dass es Zeit ist, die ich Euch anbieten kann.«

Der Gedanke, seine kostbare Zeit zu verschwenden, schmerzte Alaric schon jetzt. Doch er musste ihnen einen Grund bieten, ihn mitzunehmen, und das kostete ihn wohl oder übel einen Preis. Ohne einen Suchenden würde er nicht über die Grenze gelangen, und nur jenseits der Grenze konnte er sicherstellen, dass Cadyz Hellna im Daemareich blieb. Sie *mussten* ihn mitnehmen, selbst wenn er dafür nackt und im Handstand für sie tanzen sollte, würde er es tun.

»Was für ein Glück, fürwahr.« Der Krieger sah Alaric an, als überlegte er, ihn auf einen Spieß zu stecken, kross anzubraten und mit Zwiebeln und Brot zu verspeisen. Aber er schickte ihn nicht fort. »Und bei all dem Glück ist Eure Zeit vermutlich auch noch billig, ja?«

»Fast geschenkt.«

»So ein Zufall«, sagte die zweite Frau mit glasklarer Stimme, die einen Schwall Eiswasser durch Alarics Adern strömen ließ. Er kannte diese Stimme, er kannte diese Frau. Erst jetzt sah er sie an, und plötzlich war ihm unverständlich, warum er sie nicht sofort erkannt hatte. Ihr Gesicht mochte im Schatten der großen Kapuze verborgen liegen, sodass weder ihre grünen Augen mit dem feinen Silberblick noch die Sommersprossen zu sehen waren. Aber er hätte sie an ihrer Statur erkennen müssen, an ihrer Präsenz und an der Art, wie sie sich bewegte: stolz und aufrecht wie eine Dame vom Hof und dabei geschmeidig und muskulös wie ein Mädchen, das täglich harte Arbeit tat.

Laire.

Die verstoßene Tochter, die Niemandstochter.

Kennengelernt hatte er sie als Laire, nicht ahnend, wer sie wirklich war: Luilaire es Retneya, die Princessa von Nemija; das einzige Kind des Fürsten.

Aus Loyalität zu ihrer verstoßenen Mutter hatte sie das Leben im Exil gewählt, wofür man sie am Hof wegen ihrer Treue und ihres Muts respektiert und bewundert hatte.

Bis Alaric gekommen war. Einen Sommer lang war er an Laires Seite gewesen und hatte sich einer Illusion von Glück und Freiheit hingegeben. Und von Liebe.

Nur um dann alles zu zerstören, was von Laires Leben übrig gewesen war.

Was beim Griff in glühende Kohlen tat ausgerechnet sie hier?

»Alaric Cole.« Laire trat langsam, aber entschlossen auf ihn zu, die Arme verschränkt und den Kopf leicht schief gelegt, die grünen Augen schmal wie bei einer Katze, die sich ganz auf ihr wehrloses Beutetierchen konzentrierte. Ihr Anblick brachte ihn vollkommen aus der Fassung, und das lag nicht allein daran, dass er sie nie zuvor herablassend erlebt hatte.

»Warum wundert es mich nicht, dich an diesem Ort wiederzusehen? Dort, wo die Lügner und Betrüger zusammenkommen? Und ausgerechnet du hast *zufällig* zu verkaufen, was ich *angeblich* brauche?«

»Ich … ich wusste nicht, dass du … ausgerechnet … Laire …«

»Was?«, durchbrach sie sein raues Gestammel. »Tust du dem Fürsten wieder einmal einen deiner kleinen Gefallen?«

»Nein.« Das Wort kam lautlos über seine Lippen, er musste sich räuspern und es wiederholen. »Nein. Ich habe den Fürsten seit drei Jahren nicht mehr gesehen. Ich war in Eshrian.«

»Da wärst du besser geblieben.« Sie glaubte ihm natürlich kein Wort. Das hätte er an ihrer Stelle auch nicht getan.

»Was tust du denn hier, Laire?« Der Gedanke, dass er die falsche Gruppe gefunden hatte, fiel ihm wie Schuppen von den Augen, erleichtert lachte er auf. »Du gehst zu diesem Markt in der Nähe, richtig?«

Sie verzog keine Miene, und er hatte seine Antwort.

»*Du* willst ins Daemareich gehen?«

»Wollen? Ich würde es anders nennen als *wollen*, aber am Ende liegst du wohl richtig. Ich werde dorthin gehen.«

»Nein«, bat er, flehte fast. Doch wenn Laire sich etwas in den Kopf setzte, dann zog sie es durch. Und sie hatte schon als junges Mädchen keine überstürzten Entscheidungen getroffen, sondern jede wohlüberlegt. »Warum … ich meine, was willst du dort?«

Sie blinzelte langsam und hob dann eine Augenbraue. »Ich muss träumen. Der Held, auf den ich schon so lange warte, kommt, um mich zu retten.« Sie kam näher, so nah, dass er sie hätte berühren können – was eine ausgesprochen dumme Idee gewesen wäre. »Ach nein, warte. Weder habe ich auf einen Helden gewartet, noch muss man mich retten oder mir sagen, was ich zu tun oder zu lassen habe. Und wenn es so wäre«, ihr Blick glitt über seine Brust und das besudelte Hemd – er konnte diesen Blick fast körperlich spüren, wie eine Berührung –, »dann wärst du der Letzte, auf den ich hören würde. Der Allerletzte. Das Pferd dort hinten würde mir besseren Rat geben als du. Sag das gern auch deinem Freund, dem Fürsten.«

Bis gerade hatte Alaric nicht gewusst, dass sie zu so beißendem Sarkasmus imstande war. »Laire, bitte hör mir nur einen Moment zu. Es bestand kein Kontakt mehr zum Fürsten, nie wieder. Ich schwöre es dir. Du weißt nicht, worauf du dich einlässt, du …«

Mit einem scharfen »Nein« schnitt sie ihm das Wort ab. »Ich habe keinen Moment für deine leeren Worte. Sie interessieren mich nicht.«

Hätte er ihr doch bloß erklären können, warum er sie damals hatte verraten müssen. Die Worte waren wie glühende Kohlen in seinem Mund, die er ausspucken musste. Aber er konnte nicht.

Der Bann des Schuldholzes verbot es nicht bloß, er machte die Erklärung unmöglich. Das kleinste Stückchen Wahrheit würde ihn zu neuen Lügen zwingen. Er spürte die Fesseln bereits kalt über seine Haut gleiten – eine Warnung, was passieren würde, wenn er die ihm verbotenen Worte aussprach. Sie würden ihn töten, diese Fesseln, und diesen Preis konnte er nicht zahlen. Noch nicht. Nicht, solange Calejas Leben von seinem abhing.

»Tritt aus dem Weg«, sagte Laire, dabei hätte sie an ihm vorbeigehen können.

In seinem Kopf begannen die Gedanken zu rotieren. Sie würde nicht aufgeben, so war sie einfach nicht. Offenbar war jemand in den Fängen der Daema, der ihr sehr wichtig war. Wichtig genug, dass sie dafür ihre kranke Mutter alleinließ?

»Wer ist es, nach dem du suchst?« Er hatte seine Stimme nur mühsam im Griff.

Sie sah ihm direkt in die Augen, so intensiv, als würde sie seine Gedanken lesen, doch ohne den geringsten Hinweis darauf, was sie sah. Ihre Wut war nur an der winzigen Falte zwischen ihren Augenbrauen zu erahnen, ihre smaragdgrünen Augen blieben sanft dabei, ihre Lippen weich und leicht geöffnet. Wie damals, als Alaric sich zum ersten

Mal gefragt hatte, wie sie sich anfühlen würden, wenn er sie mit seinen berührte. Wie ihr Kuss wohl schmecken würde.

Laire folgte mit den Blicken den neuen Linien, die er in seine Haut hatte stechen lassen: Wege aus winzigen weißen Punkten, die schmal an seinem linken Augenwinkel begannen und sich über die Schläfe zogen, hinter dem Ohr entlang in den Nacken glitten und sich dort – das sah sie unter seiner Kleidung natürlich nicht – auf Brust und Rücken teilten. Einige seiner Tätowierungen kannte Laire, andere waren neu. Dass sie alle dazu dienten, seine magischen Fesseln zu verbergen, davon ahnte sie nichts.

»Es geht dich nichts an, wen ich suche.« Ihre Stimme klang milder, als beruhigte sie der Gedanke an die gefangene Person.

»Schadet es denn, wenn du es mir sagst?«

Sie hob die Mundwinkel, der Anflug eines kühlen Lächelns. »Vermutlich, aber du bekommst ja ohnehin alles raus, was du wissen willst«, sagte sie mit erhobenem Kopf. »Ich werde zum Lord der Daema gehen, um von ihm die Freilassung meines Verlobten zu verlangen.«

Ein Verlobter.

Er musste schlucken. Natürlich fand eine Frau wie sie einen Mann, der ihre Liebe frei und ohne Fesseln erwidern konnte. Er dagegen hatte sie verletzt, ihr Vertrauen gebrochen; darum war sie hart und abweisend zu ihm.

Trampelte man nicht gerade auf ihren Gefühlen herum, war Laire warmherzig, loyal und bereit, all ihre Ängste zu überwinden. Leider war sie genau der Typ Frau, die für ihre Liebe ohne zu zögern vor den Lord der Daema trat.

Ach, Laire. Warum nur du?

»Leb wohl, Alaric.« Ihr Abschiedsgruß war leise und klang überraschend ehrlich. Sie raffte ihren Umhang vor der Brust und ging davon.

Die zweite Frau lief zu ihr und sprach auf sie ein, und auch der Soldat murmelte ihr etwas zu, doch Laire schüttelte entschlossen den Kopf. »Mit diesem Mann«, sagte sie laut und warf einen letzten Blick in seine Richtung, »werde ich nicht verhandeln.«

Du wirst, dachte Alaric mit Bedauern. Sie hatte ein Ziel und würde dieses verfolgen. Da war sie nicht anders als er. *Ich würde sehr vieles geben, um das nicht tun zu müssen, Laire, aber du wirst mit mir verhandeln.*

KAPITEL 8
LAIRE

Alaric Cole.

Ich hatte auf dieser Reise mit allen Schrecklichkeiten gerechnet, aber nicht damit, ihn wiederzusehen. All meine Bestrebungen, souverän und ruhig zu bleiben, wie man es von einer Nema erwarteten durfte, zerbarsten in seiner Nähe. Er brachte mein Blut dazu, in meinen Adern zu kochen, und selbst der Stein um meinen Hals fühlte sich plötzlich heiß und schwer und trotz seiner runden Form auf seltsame Weise scharfkantig an. Alaric Cole weckte noch immer zuverlässig den Teil von mir, den ich eigentlich gar nicht hätte haben sollen, und den ich bereits mein Leben lang zu bändigen versuchte, da er mich wieder und wieder in Schwierigkeiten brachte.

Wie groß diese Schwierigkeiten waren, das hatte ich bis zu diesem Moment nicht geahnt. Alaric konnte beteuern, was er wollte, ich war sicher, dass er bereits auf dem Weg zum Fürsten war, um ihm zu verraten, dass ich mein Exil unerlaubt verlassen hatte. Wenn Mutter dadurch Ärger ins Haus stand … verflucht! Zornestränen stiegen mir in die Augen. Ob Jero bereit war, ihn umzubringen, wenn ich ihn fragte?

Ich bat die anderen, mich mit Fragen vorerst zu verschonen. Vika ahnte sicher, wie dünn und rissig meine Beherrschung gerade war, und wollte wohl lieber nicht herausfinden, was geschah, wenn der letzte Damm brach.

Schweigend folgten wir dem Gebirgspfad, der mir immer erschien, als hätte die Zeit selbst ihn zwischen die zerklüfteten Felsen getreten. Ab und an schmiegte der Weg sich so eng zwischen Steinwände und Schluchten, dass ein falscher Schritt der letzte gewesen wäre, und selten gaben die Berge den Blick frei aufs Tal, das wie fast immer in den Schatten versank. Könnte man Erinnerungen doch ebenso unsichtbar machen, wie verarmte Taldörfer.

Beim Gasthof angekommen, hielten Vika und ich uns zurück und beobachteten die wenigen anderen Reisenden aus der Ferne. In der Nähe des Marktes war es nicht unüblich, einander aus dem Weg zu gehen, keine Menschenseele hier oben hatte nichts zu verbergen. Jero betrat den Stall neben dem Gasthaus allein, um unsere Pferde einzustellen. Als er zurückkam, Lassa immer noch am Zügel führend, fluchte er über die Kosten, die man für eine Versorgung »auf unbestimmte Zeit« verlangt hatte. Vika lächelte nur. Wenn sie eines im Überfluss besaß, dann Schillinge, und der Aufenthalt der Pferde war nicht einmal ein Bruchteil dessen, was sie hatte investieren müssen, um ihren aktuellen Leibwächter zu bestechen. Der musste nach Lyaskye reisen, wo auch Vika angeblich hinwollte, um die berühmten Tempel zu besichtigen – ein Vorhaben, das ihre Eltern unterstützten, da eine gewisse Weltgewandtheit zu den Fähigkeiten zählte, die eine junge Nema ihres Standes in die Ehe miteinzubringen hatte.

»Du willst Lassa doch nicht mitnehmen?«, fragte ich Jero irritiert.

»Lassa begleitet mich ins Land fernab der Sonne«, erwiderte er ungerührt und tätschelte den Hals der Stute. »Es heißt, es gäbe keinen Wind im Reich des Lords. Sie wird dort gebraucht.«

»Es wird dort kaum ein Wesen geben, das ein Pferd nicht als Mittagessen betrachtet.«

»Lassa weiß sich zu wehren. Und ich, sie zu verteidigen.«

Ich hatte keine Ahnung, wie er das Pferd über die Gebrochene Brücke schaffen oder vor dem Hunger blutrünstiger Daema schützen wollte. Aber Jero wusste besser als ich, worauf er sich einließ.

»Wir haben ein anderes Problem«, sagte er und blickte zurück zum Gasthof, wo der Wirt gerade eine Gruppe grölender und torkelnder junger Männer hinauswarf.

Sofort war ich alarmiert. »Was denn?«

Jero knurrte. »Sieht aus, als hätte dein alter Freund die Wahrheit gesagt.«

»Alaric?« Ich schnaubte. »Es sieht immer aus, als hätte er die Wahrheit gesagt, das hat nichts zu bedeuten. Und ein Freund ist er schon gar nicht.«

»Er sagte, es wäre bereits eine Gruppe zur Grenze gegangen. Im Stall behauptet man dasselbe. Ein Mann mit einer Hand Paladine.«

Verdammt. Verdammt! »Und stimmt es? Werden die Grenzen ins Daemareich tatsächlich unpassierbar?«

»Für eine gewisse Weile. Ja.«

Ich hörte, was Jero nicht sagte, wohl aber als Andeutung in seinen besorgten Tonfall legte: Diese Weile würde uns weit zurückwerfen.

»Dass sie vor uns hier waren, heißt nichts«, beschloss ich. »Wir beeilen uns, vielleicht überholen wir sie noch.«

Vika blieb schweigend an meiner Seite, als wir zu Fuß weitergingen, darauf bedacht, dass niemand mitbekam, welchen Weg wir einschlugen. Ihre ungestellten Fragen schlichen wie ein Rudel kleiner Raubtiere hinter mir her. Ich war ihr eine Erklärung schuldig, was es mit Alaric auf sich hatte. Für den Moment fühlte ich mich nicht in der Lage dazu. Er hatte mir so unendlich wehgetan, und jedes Wort, das ich über ihn äußerte, besaß genug Schärfe, um meinen Schutzpanzer von oben bis unten aufzuschlitzen, sodass alle Gefühle unkontrolliert und unaufhaltsam aus mir herauslaufen würden, bis ich blass, schwach und blutleer war. Das konnte ich mir jetzt nicht erlauben. Ich brauchte all meinen Mut und meine Kraft, wenn ich Desmond retten wollte.

Desmond. In Gedanken flüsterte ich seinen Namen und rief mir sein Gesicht vor Augen, seinen oft lachenden Mund, seine klugen grünen Augen. Desmond hatte mich nie verletzt. Wir mochten gestritten haben, aber nie hätte er mich fallen gelassen wie einen wertlosen Stein, den er fälschlicherweise für ein Juwel gehalten hatte.

Wenn ich doch nur vergessen könnte, wie verliebt ich in Alaric Cole gewesen war. Wenn ich das Frühjahrsfest vor etwas über drei Jahren vergessen könnte, wo er wie aus dem Nichts aufgetaucht war. Wenn ich doch vergessen könnte, wie er das trostlose, vergessene Senketaldorf für mich zum schönsten Ort der Welt gemacht hatte.

Wir standen uns gegenüber zu beiden Seiten des festlich mit bunten Lichtern und lachenden Gesichtern geschmückten Marktplatzes und bewegten uns nicht vom Fleck – doch wir tanzten.

Er lächelte mich an – ein ehrliches Lächeln, das in meinem Bauch kribbelte, was nicht allein daran lag, wie schön es war. Es war warm, als hätte der Frühling bereits den Sommer an die Hand genommen, und legte eine behagliche Ruhe über meine Sorgen, die mir eben noch so laut und fordernd vorgekommen waren. Es war eine Einladung, dieses Lächeln, für eine Weile zu vergessen. Und ich nahm sie dankbar an. Sein Blick streifte über die Tanzfläche, ohne meinen dabei wirklich loszulassen. Sie bewegten sich geschmeidig, unsere ineinander verschlungenen Blicke, blieben im Rhythmus der Musik, wirbelten herum und wechselten die Richtungen.

Wir sahen uns nicht direkt an, und doch sahen wir nichts anderes als uns. Mir war, als betrachteten wir dasselbe unsichtbare Paar, das ausgelassen den Beginn des Frühlings feierte, und ich bekam das Gefühl, mit einem Fuß aus der Zeit zu treten und mich selbst zu beobachten. Mich selbst in der Zukunft, vielleicht nur eine Stunde später.

Tatsächlich aber war er eine Stunde später verschwunden, und es hatte zu regnen begonnen.

Das Fest des Frühlingsbeginns drohte in einer Enttäuschung zu enden. Die Laternen flackerten und qualmten vom Regen, die Füße der Tänzer ließen Pfützenwasser aufspritzen, das die Rocksäume tränkte, wodurch die Kleider trotz ihrer bunten Farben schwer und traurig aussahen. Ich tanzte zwei Tänze allein und zwang mich weiterhin zu lächeln, weil es weder infrage kam, meine Launen vom Regen abhängig zu machen, der zum Frühling nun mal dazugehörte, noch von einem Jungen, den ich nicht einmal kannte.

Als Theobo Hennigs, der Sohn des Apothekers, mir ein Getränk anbot und im Gegenzug um einen Tanz bat, wie es üblich war, freute ich mich über die Geste. Die Jugendlichen des Dorfs hatten mich lange misstrauisch beäugt, doch langsam, fast zwei Jahre nachdem Mutter und ich hergezogen waren, begannen sie, mich zu akzeptieren.

»Vielleicht tanzt sie später mit dir«, sagte eine ruhige, angenehm raue Stimme in meinem Rücken, während ich Theobo gerade zunickte und das Glas entgegennahm. »Natürlich nur, wenn ich mich jetzt wie ein Trottel anstelle.«

Ich bewegte mich nicht, nur mein Mund verzog sich zu einem neuen, einem anderen Lächeln. Konnte man jemanden an seiner Stimme erkennen, wenn man sie nie zuvor gehört hatte? Bis zu diesem Moment hätte ich es bestritten. Nun nicht mehr.

Er war doch nicht gegangen.

Theobo legte lachend den Kopf schief, seine souveräne Lässigkeit auf diese Provokation bewies, dass er ernsthafte Konkurrenz nicht gewohnt war. Unter den einfachen, oft bettelarmen Leuten hier unten war seine Familie die wohlhabendste. Jeder andere außer Theobo hätte die Gelegenheit genutzt, eine herzhafte Schlägerei zu beginnen. »Du fängst mit der Trottelei in jedem Fall gut an«, sagte er zu meinem Fremden. »Du bist nicht von hier.«

»Absolut nicht.«

»Dann sag ich dir, wie das hier läuft. Besorg Laire ein Getränk, biete es ihr an, und wenn sie annimmt, darfst du mit ihr tanzen. Aber stell dich hinten an und sei versichert, dass sie ablehnen wird. Denn ich habe nicht vor, mich wie ein Trottel anzustellen.«

Natürlich verriet er ihm nicht, dass die Wahl des Getränks – ein Symbol für die Wünsche für den kommenden Sommer – entscheidend war und man sich damit fürchterlich lächerlich machen konnte. Aber das hätte ich an seiner Stelle auch nicht getan. Ich wollte meinen mysteriösen Fremden auf später vertrösten, um nicht unhöflich gegenüber Theobo zu sein, aber den Plan hatte ich ohne den Fremden gemacht. Er nahm mir das Glas aus den Fingern, trank es in einem Zug leer und reichte es Theobo zurück. Spätestens jetzt wären ihm wohl Prügel gewiss gewesen, wäre Theobo für einen Siebzehnjährigen nicht mit einer ungewöhnlich großen Vernunft ausgestattet gewesen. Er maß den Fremden mit Blicken und beließ es dabei, die freie Faust zu ballen und »Was bildest du dir ein?« zu knurren.

Was tatsächlich eine berechtigte Frage war, dicht gefolgt von: Wie konnte ich da mitspielen?

Aber spätestens in dem Augenblick, als ich mich zu dem Fremden umwandte, unsere Blicke aufeinandertrafen und weitertanzten, als hätten sie nie damit aufgehört, verlor sich mein sehnsüchtiges sechzehnjähriges Ich in dem Wunsch, alle Konventionen und Regeln, die ich sonst so zuverlässig be-

folgte, in den Wind zu schlagen, wo sie hingehörten. Ich nahm die Hand des Fremden, ließ mich von ihm nah an sich heranziehen und trat sogar noch einen Schritt näher. Über seinem Körper schien ein feiner Film aus Magie zu liegen. Sie durchdrang meine Haut, kribbelte in meinen Adern und floss wie ein Strom aus Energie durch meinen Körper, um sich dann schwer und leicht zugleich in meinem Bauch zu mischen. Sie flüsterte von Gefahr.

»Ich warte schon ziemlich lange«, sagte ich, mehr zu dem Fremden als zu Theobo. »Wo warst du?«

Er erwiderte nur: »Entschuldige, Laire«, und sein leichter Akzent, der meinen Namen in eine glühende Farbe hüllte, klang wie ein Versprechen, dass es auch für mich mehr gab als dieses Tal, welches mein Exil war. Dass es einen Weg hinaus gab aus diesem Gefängnis ohne Mauern.

»Kannst du denn überhaupt richtig tanzen?«, neckte ich ihn leise, während er mich mitten in die Menge schob.

»Kann man falsch tanzen, solange man nicht gezwungen wird?«, fragte er zurück.

Der Regen prasselte auf uns nieder, klebte mir das Kleid an den Körper und malte glitzernde Streifen auf das Gesicht meines Fremden. Seine Augen waren blau wie Regenwolken, und sein Haar war wie der Nachthimmel über uns: Es schien schwarz, aber ich vermutete, dass es bei Licht anders aussah. Er führte mich sicher, kannte jede Bewegung des Tanzes, so wie ich ihn bei Hofe gelernt hatte, und ließ nicht, wie die Dörfler, die anspruchsvollen Schritte aus. Er ignorierte lediglich die Formationen des Tanzes, bei denen er mich loslassen und eine andere Tanzpartnerin empfangen musste, und scherte sich nicht darum, dass wir alle anderen damit durcheinanderbrachten.

»Du magst Chaos«, vermutete ich, während wir weitertanzten und die Formation sich um uns herum mühevoll wiederfand.

»Überhaupt nicht. Nur keine aufgezwungene Ordnung.«

»Und hier alles durcheinanderzubringen« – in erster Linie mich – »… gehört das zu einer aufgezwungenen oder einer von dir selbst gewählten Ordnung?«

»Das zählt gar nicht zum Element der Ordnung, sondern ist etwas anderes.«

Mein Herz schlug sehr tief in meinem Körper. Ich kannte ihn nicht, aber die Vorstellung, ihn kennenzulernen, fühlte sich wunderbar an. »Und was?«

Er lachte. Wie alt mochte er sein? In heiteren Momenten schien er nicht viel älter als ich. »Dieses Tal ist voller ehrlicher Menschen. Hier gefällt es mir. Vielleicht bleibe ich eine Weile.«

Seine Worte berührten mich. Es war nicht nur die Tatsache, dass sie trotz seines Lächelns Sehnsucht versprühten, sondern eher die Vorstellung, was er in diesem Dorf sah. Ich verabscheute diesen Ort, egal wie sehr ich mich bemühte, es niemanden merken zu lassen, vor allem nicht meine Mutter. Die tiefste Senke des Tals – für mich glich dieser Ort einem Loch, in das mein Vater uns geworfen hatte, um unseren Anblick nicht mehr ertragen zu müssen.

Und für diesen Fremden war mein Exil ein potenzielles Zuhause? Was hätte ich gegeben, um einen Blick durch seine Augen zu werfen und das Dorf in anderem Licht scheinen zu sehen.

»Du musst aus der Hölle kommen, wenn es dir hier gefällt«, erwiderte ich, und sein Lachen übertönte einen Moment sogar die Musik.

»Kann schon sein, ja. Aber angenommen, ich komme morgen hier zum Markplatz zurück. Werde ich dich dann wiedersehen?«

»Nein.« Ich musste nicht überlegen, auch wenn ich gern etwas anderes gesagt hätte. »Morgen muss ich meine Arbeit tun. Aber das ist ein kleines Dorf, und falls du nicht verschwindest, werden wir uns wohl früher oder später über den Weg laufen.«

»Das Schicksal herausfordern?«, fragte er gespielt besorgt. »Ich bin Abenteurer, aber mein Mut hat Grenzen. Und Geduld ist nicht meine Stärke.«

»Du wirst ein Risiko eingehen und dazulernen müssen. Wenn es dir das wert ist.«

In dem Moment erklangen aufgeregte Rufe, die sogleich in Laute des Entzückens übergingen. Mein Fremder sah sich verwundert um, ich wies nach oben und drückte dabei seine Hand vor Aufregung. Ein silbernes Licht, kaum breiter als ein Seidenfaden, glitt über den Nachthimmel wie eine in glitzernde Tinte getauchte Feder.

»Wir hoffen jedes Jahr beim Frühlingsfest auf dieses Zeichen«, rief ich, um die Jubelschreie der Älteren zu übertönen. Die Jüngeren starrten nur gebannt hinauf. Wie ich hatten sie das Spektakel noch nie gesehen, es hatte sich über zwei Jahrzehnte nicht mehr gezeigt.

»Ist es ein gutes Omen?«, fragte mein Fremder.

Ich nickte, den Blick abwechselnd zum Himmel und auf sein Gesicht gerichtet, in dem sich unverhohlenes Staunen zeigte. »Mehr als das! Es verspricht Glück und erfüllt gute Wünsche. Was war in dem Glas, aus dem du vor dem Tanzen getrunken hast?«

»Nur Wasser«, erwiderte er leise, und ich verstand ihn bloß, weil ich so nah kam, dass meine Schulter seine Brust berührte.

»Nur Wasser?« Ich lachte. »Wasser steht für Klarheit. Jedes Wort, das du heute Nacht sagst und gesagt bekommst, wird wahr.«

»Dann kann ich nur hoffen, dass das Omen sich nicht darum schert, dass das Wasser gar nicht für mich bestimmt war, sondern für dich.«

Ich fasste ihm mit einer Hand in den Nacken und zog ihn sanft zu mir runter. Kurz stockten wir beide, dann neigte ich den Kopf, um ihm ins Ohr zu flüstern: »Solange es dich nicht kümmert, dass dein Herz jetzt für alle Ewigkeit innigst mit Theobos verbunden ist …«

»Ich hätte es deutlich schlimmer treffen können«, raunte er amüsiert.

Dass er lächelte, als hätte er gerade einen Hauptgewinn gemacht, verlieh ihm mehr Sympathie, als ich jemals zuvor einem Menschen nach so kurzer Zeit entgegengebracht hatte. Ob er wusste, dass die Sache mit dem Herzen bloß ein Scherz war?

»Schau hin!«, sagte ich, denn die feine Silberlinie durchzog den schwarzen Himmel nun vollends. Im nächsten Moment riss die Wolkendecke auf wie mit einer scharfen Klinge durchtrennt und gab den Blick frei auf schwebendes Licht, das sich bewegte, ineinanderfloss, sich zu Bändern aus Farben fand und mit anderen verflocht. Rosa und Orange drehten sich zu ineinander verschlungenen Spiralen und krönten die Gipfel der Berge. Blau und Rot trafen sich in Wogen, wurden zu Violett und trennten sich wieder, um sich gleich darauf um sich selbst zu drehen. Grün spannte ein Band übers Firmament, Gelb zersprang an tausend Stellen zu winzigen Perlen, die sich mit dem Regen vermischten. Mein Herz lief über vor Glück darüber, dieses unvergleichliche Phänomen, das viele Menschen nur von Bildern und aus Büchern kannten, mit eigenen Augen erleben zu dürfen. Die Regentropfen kribbelten, und als ich meine Hand betrachtete, sah ich den hauchfeinen goldenen Schimmer, den das Gelb überall zurückließ. Der Regen leuchtete auf meiner Haut – auf der Haut aller Menschen. Und obwohl es später Abend, fast schon Nacht war, wurde es plötzlich hell.

»Ich habe viel gesehen von dieser Welt«, sagte mein Fremder andächtig. »Aber nichts, was annähernd so schön ist.«

Als ich zu ihm aufsah, bemerkte ich, dass sein Blick auf mir ruhte, und plötzlich ergab der Wahlspruch, für den ich mich Jahre zuvor in den Hallen meines Vaters entschieden hatte, einen wunderbaren, lebendigen, ernsthaft verrückten, an Goldregen und klarem Wasser und spontanem Glück betrunkenen Sinn. Wie alle Fürstenkinder von Nemija hatte ich ein Motto wählen sollen; eine Maxime, die mein Leben begleiten und an der ich mich messen sollte. Lange hatte ich überlegt und mich am Ende für jene entschieden, die zusammenfasste, was mir wichtig war: meine Ausbildung, die Sicherheit meiner Mutter, etwas Glück und nicht zuletzt Gerechtigkeit und Frieden in Nemija. Meine Träume.

Ich verlange von mir die Erfüllung meiner Träume.

Ich sah meinen Fremden an, und dann ging alles sehr schnell, denn ich verbot mir das Nachdenken. Der Moment war verzaubert, und ich erkannte denselben Zauber in ihm und mir, und so schwiegen mein Misstrauen und alle warnenden Gefühle. Weil ich es von ihnen verlangte.

Ich verlangte von mir die Erfüllung meiner Träume.

Stürmisch zog ich meinen Fremden zu mir herab, und wir küssten uns, während Glück vom farbenfrohen Nachthimmel regnete und bis zum nächsten Morgen jedes Wort die Wahrheit war.

Ich hatte vergessen, dass diese Träume mir längst nicht mehr zustanden.

Doch nie hatte ich damit gerechnet, dass ausgerechnet er sie allesamt in Stücke brechen sollte.

»Laire?« Vika, die nach wie vor neben mir ging, räusperte sich leise. »Geht es dir gut?«

»Entschuldige, hast du etwas gesagt? Ich war in Gedanken.« In Erinnerungen, eher gesagt, die ich mir verbieten musste.

»Ich hatte dich gefragt, ob du über ihn reden möchtest.«

Immer wieder hatte ich sie entschuldigend angelächelt, als Zeichen, dass ich noch Zeit brauchte. Inzwischen wog mein schlechtes Gewissen, ihr nicht die Wahrheit zu sagen, schwerer, als meine Furcht, zu heulen.

»Seit wir diesem Kerl begegnet sind, habe ich Angst, dass er dir wehgetan hat«, gestand Vika. »Bei Hof sagen sie, die Leute aus den Dörfern sind primitiv und grob. Ich habe das immer für blöde Vorurteile gehalten.«

Ich lächelte müde. »Er hat mir wehgetan, sehr. Aber nicht, wie du denkst. Er hat mir …« Es kam nicht oft vor, dass mir die Stimme brach.

»Bei Istas Leuchten!«, fuhr Vika auf. »Er ist der Junge, von dem du immer erzählt hast, oder? Dein früherer Freund, den du bei beim Frühlingsfest kennengelernt hast? Natürlich ist er es, du hast ihn mir doch beschrieben: blasse Haut, blaue Augen, schwarzes Haar, das im Licht einen glutroten Schimmer bekommt. Das ist mir vorhin gar nicht aufgefallen!«

Verstohlen wischte ich mit dem Handrücken über meine Augen. Vika war in jenem Sommer nicht im Dorf gewesen, und Alaric hatte mich nie zur Burg hoch begleitet. Im Nachhinein verstand ich, warum. »Er ist es, und er war mein Freund.« Zumindest dachte ich das. Einen Sommer lang war ich so glücklich gewesen. Nach all dem Elend, der harten Arbeit, uns jenseits der Burg ein neues Leben aufzubauen, den Haushalt zu führen und für unser tägliches Überleben zu sorgen, hatte ich in dieser Beziehung endlich zu Leichtigkeit zurückgefunden. Ich hatte wieder Hoffnung geschöpft, mir meine Träume nicht nehmen zu lassen, unabhängig von den Umständen, die ich nicht ändern konnte.

»Aber bitte, lass uns die Vergangenheit jetzt nicht hervorholen. Entscheidend ist: Er war der, der mich verraten und zu einem Nichts gemacht hat.« Ich war nach meinem Höhenflug so hart aufgeschlagen, dass ich danach lange nicht mehr wusste, wie ich wieder aufstehen sollte. Drei Jahre war das her, und die Details war ich Vika bis heute schuldig geblieben. Ich schämte mich viel zu sehr und fürchtete ihr Mitleid. Am Ende *war* ich wieder aufgestanden. Und dennoch hatte sein Anblick heute gereicht, um mich wieder genauso verloren und erniedrigt zu fühlen wie damals.

»Der Punkt ist: Er weiß genau, dass ich mittellos bin.« Er hatte selbst dafür gesorgt. »Und nun taucht er auf und will einen Handel mit mir treiben?« Unwirsch fuhr ich mir durch die Haare. »Er weiß, dass ich nichts habe.«

Vika stieß die Luft aus. »Wir haben einen Fehler gemacht, Laire. Wir sollten zurückgehen.«

Ich stöhnte auf. »Jetzt fall du mir nicht in den Rücken! Ich werde nicht mit ihm verhandeln.«

»Verhandeln will ich auch nicht.«

»Sondern?«

»Ich will zurückgehen und diesem Mistkerl für sein widerwärtiges Verhalten so fest in seine Weichteile treten, dass der Heiler, zu dem er sich heulend schleppt, der festen Überzeugung ist, er hätte ein Mädchen auf dem Tisch.«

KAPITEL 9

LAIRE

Steintreppen zweigten beinah unsichtbar vom Weg ab und führten uns zwischen Felsen hindurch. Einige waren von Flechten bewachsen und überwuchert, andere wirkten, als wären flache Steine nur zufällig in die Form einer instabilen Treppe geraten. Die Sonne ging hinter dem Volarian unter und färbte den Himmel rot wie schweren Wein. Es würde bald dunkel werden, doch wir hatten die Gebrochene Brücke auch fast erreicht, und so beschleunigte ich meine Schritte den Berg hinauf, sodass uns zum Reden kaum mehr Luft blieb.

Schließlich lag die Brücke vor uns. Man hätte sie für den Eingang einer kreisrunden Höhle halten können oder für den Bau eines wirklich großen Tieres.

Vika warf mir einen beklommenen Blick zu. »Das ist doch keine Brücke.« Leichtfüßig kletterte sie einen Felsen hinauf, um einen Überblick zu bekommen, und zog dann scharf die Luft ein. Ich wusste genau, was sie sah, ich hatte es selbst erst vor einem halben Jahr entdeckt, kurz vor dem Winter.

Die Gebrochene Brücke war einer dieser Anblicke, die man niemals mehr vergaß. Sie bestand aus einem gewaltigen hohlen Baumstamm, der irgendwann – vielleicht Jahrtausende vor unserer Zeit – umgestürzt sein musste und inzwischen versteinert war. Erdbeben hatten Felsbrocken und Steine auf sein unteres Ende geworfen und einen Hügel geformt, sodass der Stamm den Anschein eines Höhleneingangs angenommen hatte. Doch hinter dem Hügel ging es in die Tiefe. Der hohle Stamm führte über eine Klamm, von der niemand wusste, wie tief sie war und was sich dort unten befand. Doch was Vika blass zu uns zurückklettern ließ, war die Tatsache, dass die Brücke schon seit Ewigkeiten nicht bis zu den Bergen auf der anderen Seite reichte. In der Mitte war sie durchgebrochen und endete in gewaltigen Zacken über dem Nichts.

»Da können wir nicht rübergehen«, sagte Vika resigniert. »Die Brücke führt nirgendwo mehr hin.«

»Wollen wir nicht genau dorthin?«, fragte Jero. »Ins Nirgendwo?«

Ich trat in den Schatten der Öffnung, zog meine Handschuhe aus und strich mit den Fingerspitzen über das versteinerte Holz. Magie war in den meisten Fällen schnell und beweglich, sie sprudelte oder floss mit einem Kribbeln durch meine Haut. Die Magie der Gebrochenen Brücke war anders. Sie wärmte mich nur minimal, fast nicht von einer Einbildung zu unterscheiden. Sie klang kaum wahrnehmbar in meinen Ohren; ein Geräusch, als hätte vor ewigen Zeiten jemand eine gewaltige Glocke geschlagen und ich hörte bis heute ihren Nachhall. Es war eher, als spürte ich die Erinnerung von Magie.

»Genau das ist unser Weg«, flüsterte ich.

»Dann sag es ihr«, murmelte Jero. »An dieser Brücke beginnt das Grenzland, und für die meisten endet hier der Weg, bevor er begonnen hat. Nicht für dich, Laire, denn du bist eine Suchende, und damit stehen dir die Grenzen offen, die der Lord der Daema bewacht. Die Brücke ist sein erster Wächter. Sag ihr, dass du die Suchende bist, und sie lässt dich hindurch.«

»Das bin ich«, flüsterte ich ins Innere der Brücke. »Ich bin die Suchende und werde Desmond es Yafanna finden. Bitte lass mich und meine Freunde passieren.«

Nichts geschah. Dennoch nickte Jero zufrieden. »Dann mal los.«

»Hast du das schon einmal ausprobiert, Laire?« Vika trat neben mich und setzte einen tastenden Fuß in den Röhrengang, als würde jeden Moment alles einstürzen. Es tröstete mich, dass sie mir nicht blindlings vertraute, sondern skeptisch blieb.

»Noch nie«, gab ich zu.

»Und wenn du irrst? Dann stürzen wir nach etwa hundertfünfzig Schritten in die Tiefe.«

Jero hob unbeeindruckt die Schultern. »Wie gut, dass die Mutter uns Augen geschenkt hat.« Damit führte er Lassa an uns vorbei und trat in den Tunnel. Ich hoffte, dass dieser sich nicht verschmälerte, das Pferd hatte oberhalb seines Rückens nicht viel Platz und musste bereits den Kopf senken.

Vika fasste nach meiner Hand, ich drückte ihre aus Dankbarkeit, dass sie mir von ihrem Mut lieh, und wir folgten Jero. Vika zählte die Schritte, die wir taten, laut mit, und mir fiel auf, dass es mit jedem dunkler wurde. Ein Heulen drang durch das uralte Holz. Der Boden unter unseren Füßen schwankte leicht.

»Wartet. Ich hab ein Licht.« Ich tastete über Lassas Flanken nach den Rucksäcken, die wir an ihren Sattel gebunden hatten. Die Ruhe der großen Stute hatte etwas Tröstliches.

Das Glas mit der fluoreszierenden Flussanemone in den Händen, verharrte ich. Die Anemone leuchtete normalerweise wie das Licht von tausend Kerzen. Nun glomm sie nur noch schwach und schien mit jeder Sekunde mehr zu verlöschen. Vielleicht ertrug sie die Magie im Inneren der Brücke nicht? Ich wusste nicht, was mich mehr traf: der Dunkelheit nichts entgegenzusetzen zu haben oder schuld daran zu sein, dass die schöne Anemone starb. Mutter hatte sie gefangen, als sie ein Kind gewesen war, und seitdem hatte sie uns geleuchtet, wann immer wir Licht gebraucht hatten.

»Wir müssen so weiter«, flüsterte Vika.

Der Wind und das Heulen schwollen an. Einmal schwankte die Brücke so stark, dass wir um unser Gleichgewicht kämpfen mussten und gegen die Wände prallten. Inzwischen tappten wir durch absolute Schwärze. Es wurde entsetzlich kalt, und unsere Schritte wurden kürzer, weil unsere Glieder sich wie gegen einen Widerstand bewegten. Der Abstand zu Jero und Lassa wuchs, und obwohl ich nach ihm rief, antwortete er nicht. Vielleicht hörte er mich nicht mehr?

»Nicht langsamer werden!« Vikas Stimme war kaum zu vernehmen, so laut pfiff es außerhalb des Tunnels. Meine Hand zitterte so stark in ihrer, dass ich befürchtete, sie nicht mehr lange festhalten zu können.

»Ich … kann nicht mehr.«

»Komm schon, Laire. Es ist bestimmt nicht mehr weit.« Sie legte mir einen Arm um die Schultern und schob mich beharrlich weiter, aber meine Beine wurden schwerer und schwerer, als watete ich durch hüfthohen Morast.

Der Wind grollte und rüttelte an der Röhre. Die Kälte drang mir in alle Knochen. Die Brücke wollte mich nicht weitergehen lassen; ich spürte, wie die Magie sich gegen mich stemmte. »Zwing mich weiter!«, presste ich Vika durch die Zähne zu. »Zieh mich, wenn du musst.«

Sie zerrte an mir. Im nächsten Moment drang ein brennender Schmerz in meine Hand.

»Etwas hat mich gebissen!«, schrie ich.

»Sicher nicht.« Vika tastete nach mir, doch da durchfuhr auch meine Hüfte ein scharfer Schmerz.

»Beruhige dich. Du gerätst in Panik. Hier ist nichts.« Doch Vika log. Ich spürte, wie auch sie zusammenzuckte, wenn sie die engen Tunnelwände streifte, und hörte, dass Furcht in ihrer Stimme mitschwang. Sie zog mich nicht weiter, sondern blieb stehen, als wäre der Weg vor ihr zu Ende.

Ich verkniff mir jeden weiteren Laut. Mit angehaltenem Atem fühlte ich ins Nichts und stieß auf einen Widerstand. Doch das war … nicht möglich. Aus dieser Richtung waren wir gekommen! Meine Finger fuhren starre, unbewegliche Kanten entlang, ertasteten einen Bogen und dann plötzlich scharfe Zacken. Magie brodelte darin, wie durch eine Glasschicht von mir getrennt. Zu fühlen fiel mir schwer, weil meine Hände so eisig kalt waren, trotzdem erkannte ich nun, was da in der Dunkelheit stand und uns den Rückweg abschnitt.

»Es sind Statuen«, flüsterte ich Vika zu. Ich kannte diese Statuen aus dem Tempel im Hof der Burg, der Lyaskye geweiht war und doch von Abbildungen der Daema beherrscht wurde. Sie waren aus Vulkanglas und zeigten die scheußlichen Fratzen der Daema.

»Statuen?«, fragte sie. »Das ist gut. Dann können sie uns nichts tun.«

Sicher war ich mir dessen nicht. Wie kamen Statuen der Daema auf diese Brücke – warum verhinderten sie, dass wir zurückgingen? Sie waren … oh, verdammt.

»Sie sind überall! Überall, Vika! Wir sind eingeschlossen!«

»Nein, das ist nicht möglich!«

Sie hatte recht. Sie *musste* recht haben. Das konnte doch nicht … Ich tastete mich die gebogene Wand entlang. Irgendwo musste der Tunnel weitergehen. Doch ich spürte nichts anderes als Fratzen. Gefletschte Zähne, aufgerissene Mäuler, ausgestreckte Klauen.

»Wir sitzen in der Falle!«

»Nein!«, presste Vika durch die Zähne. »Reiß dich zusammen. Du bist die Suchende, Laire. Sag dieser beschissenen Brücke, wer du bist und dass sie dich durchzulassen hat!«

Ich ließ von den Wänden ab. Sie waren zu kalt, zu magisch, zu alt und zu böse. Stattdessen nahm ich Vika wieder bei der Hand und erinnerte mich an die Abenteuer unserer Kindheit. Ich war mutig, wenn sie bei mir war. »Ich bin die Suchende«, sagte ich, so ruhig ich das mit meinem heftigen Atem konnte. »Dies ist unser Weg, und wir gehen ihn!«

In der Dunkelheit hatte ich die Orientierung längst verloren. Ich konnte nur raten, in welcher Richtung es eben noch weitergegangen war. »Wir holen Desmond zurück.«

»Wir holen Desmond zurück!«, wiederholte Vika so viel entschlossener als ich.

Wir gingen los, und wie durch ein Wunder prallten wir nicht gegen weitere Wände mit Monsterfratzenreliefs. Es war, als machten sie uns nun Platz. Schritt für Schritt ließ die Brücke uns weitergehen. Tiefer in das Dröhnen und Pfeifen der Winde, tiefer ins Schwanken und Ächzen. Ich glaubte, in all der Kälte die Daemaskulpturen heiß atmen zu spüren, und immer wieder hörte ich ein leises Fauchen gleich hinter mir. Doch wir gingen weiter, Hand in Hand, und wenn wir etwas sagten, dann nur, um einander zu versichern, dass wir Desmond zurückholen würden.

Als der Sturm um uns herum seinen Höhepunkt erreicht haben musste und wir uns nur noch schwankend vorantasteten, weil die Brücke wackelte wie ein Schiff in Seenot, ging ein Knistern durch die Luft und fuhr uns in die Knochen. Licht brach durch feine Risse am Boden und erhellte den Tunnel so weit, dass wir uns panisch anstarren konnten.

»Desmond«, flüsterte ich. Und im nächsten Moment zerbrach die Brücke unter unseren Füßen, und wir stürzten ins Nichts.

KAPITEL 10

DESMOND

Er hatte Ketten erwartet.

Doch die Wachen – er vermutete Menschen hinter den in Form von Vogelköpfen mit gebogenen Schnäbeln gearbeiteten Eisenhelmen – hatten ihn lediglich gepackt, aus der Zelle geschleift und ihm wortlos befohlen, mit ihnen zu kommen. Menschen! In all den Legenden, die er über dieses Reich gehört hatte, war nie von Menschen die Rede gewesen. Zwei gingen vor ihm, zwei flankierten ihn, zwei folgten dichtauf. Sechs kräftige Gegner, zwar auf den ersten Blick unbewaffnet, doch geschützt von Helmen, Kettenhandschuhen und Rüstungen. Vermutlich kannten sie jeden Stein in den Gängen, die wie ein Labyrinth anmuteten. Er war kein schlechter Kämpfer – mit den Fäusten vielleicht sogar geschickter als mit jeder anderen Waffe. Aber barfuß und ohne die geringste Orientierung wäre jeder Fluchtversuch eine Dummheit gewesen. Desmond beschränkte sich darauf, alles zu beobachten. Doch allein sich die Wege einzuprägen, erwies sich als schier unmöglich. Die Tunnel waren nur schwach erhellt von Lichtquellen, die ihm verborgen blieben. Sie sahen alle gleich aus. Eine ewig anhaltende Aneinanderreihung von feuchten, glitschigen Wendeltreppen und nackten Gängen, von denen verschlossene Türen aus dunklem Holz abgingen. Er musste bereits an die hundert Türen passiert haben. Führte man ihn im Kreis herum oder war diese Festung groß wie ein Berg?

Schließlich öffnete einer der Vorangehenden eine Tür, die aussah wie jede andere auch, und ohne Vorwarnung schleuderte man Desmond mit einem brutalen Stoß hindurch. Noch während er um sein Gleichgewicht rang, krachte die Tür ins Schloss.

Hastig drehte er sich im Kreis. Er befand sich in einem Saal, eher noch in einer Halle. Die Wände waren konkav und die Decke zu hoch, um sie sehen zu können – es musste sich um einen Turm handeln. Alle paar Schritte ging eine Tür ab, und Desmond wusste bereits jetzt nicht mehr, durch welche er gekommen war.

»Hoher Besuch in meinen herrlichen Hallen.«

Desmond fuhr herum und keuchte auf. Aus dem Nichts war ein Monster erschienen, gleich hinter ihm. Das Wesen überragte ihn um einen Kopf. Er hatte viel erwartet, und doch taumelte er nun einen Schritt zurück. Schwarz glänzende Augen hielten ihn im Blick. Die Schnauze des Monstrums erinnerte an einen Wolf, doch es stand aufrecht wie ein Mensch auf zwei Beinen und war in dunkles Leder gekleidet. Die Haare trug es bis fast zur Hüfte, länger als jeder Fürst es je gewagt hätte. Die gebogenen Dornen auf seinen Schultern sowie die Reihe spitzer Hörner, die ihm über der Stirn aus den Haaren ragten wie eine Krone wirkten beunruhigend echt.

»Ein Prinz sollte bessere Manieren haben«, sagte das Wesen mit dunkler, rauer Stimme, in der etwas Gelangweiltes mitschwang. »Wollt Ihr mich nicht begrüßen, wenn Ihr in meine Halle kommt, als wärt Ihr ein geladener Gast? Euch vorstellen? Ich nehme an, Ihr wisst, wer ich bin?«

Dies war der Daemalord, zweifelsfrei. Desmond war nur nicht so sicher, ob er wirklich hier war oder bloß ein Trugbild, ein Fieberwahn vielleicht.

»Warum bin ich hier?«, fragte er das Einzige, was von Bedeutung war. Im nächsten Moment schoss ein Schatten auf ihn zu, etwas Hartes traf ihn schmerzhaft an der Schläfe, und er stürzte zu Boden. Als er hektisch den Kopf hob, um einen möglichen weiteren Angriff früher erkennen zu können, sah er, wie der Daemalord seinen gewaltigen Flügel wieder auf dem Rücken zusammenfaltete, wo sie beinah unsichtbar wurden, als verwandelten sie sich in Schatten. Die großen Dornen auf seinen Schultern gehörten zu den Flügeln. Warmes Blut rann über Desmonds Gesicht. Der Daemalord senkte seinen Kopf und blähte die Nasenflügel, als schnuppere er an einer vielversprechenden Mahlzeit.

Es war keine bewusste Entscheidung zu fliehen. Desmonds Instinkt riss die Kontrolle an sich, und er warf sich herum, stieß sich mit einem kraftvollen Satz vom Boden ab und rannte wider alles bessere Wissen auf eine der Türen zu. Er schaffte es, meterweit zu laufen, hatte die Tür fast erreicht – da stand der Lord der Monster plötzlich direkt vor ihm. Beinah wäre er in ihn hineingerutscht. Er konnte sich mit Mühe fangen und in die andere Richtung flüchten, doch wieder gelangte er nicht bis zur Tür. Der Lord erschien abermals aus dem Nichts, versperrte ihm den Weg und stieß ein Knurren aus. Desmond stolperte, fiel und sah sich bereits gegen das gewaltige Monster stürzen, als dieses ihn mit einem fast beiläufigen Schlag mit dem Handrücken quer durch den Turm schleuderte. Der Aufprall donnerte ihm durch Mark und Knochen, der Raum drehte sich, obschon Desmond still am Boden lag, das Gesicht in seinem eigenen Blut.

»Schluss damit«, befahl der Lord und erschien mit weit ausgebreiteten Schwingen direkt vor ihm, so nah, dass er ihm mit seinen schweren Stiefeln beinah auf die Finger trat.

Desmond zwang sich zur Vernunft und rappelte sich mühsam auf. Ruhe bewahren. Informationen sammeln. Schwächen feststellen. Die Schwingen wirkten trotz ihrer gewaltigen Spannweite, der schlanken, aber stabilen Knochen, die ihre Form vorgaben, und der Krallen an den Enden jedes Knochens überraschend verwundbar. Die Flughäute erinnerten an sehr dünnes Leder, wie das, aus dem man feinste Handschuhe nähte. Schwach schimmerte ein Geflecht aus bläulichen und violetten Adern hindurch. Desmond schmeckte Blut im Mund und schluckte hart daran. Ein Messer, eine Scherbe oder ein spitzer Stein würden reichen, um selbst den Lord der Daema bluten zu lassen. Nicht dass er etwas Waffenähnliches gehabt hätte. Und er war sicher auch nicht der erste Gefangene, dem dieser Gedanke gekommen war. Warum sollte es ihm gelingen, wenn all die anderen gescheitert waren? Doch die Vorstellung, einen Plan schmieden und kämpfen zu können, war das Einzige, was ihn davon abhielt, augenblicklich den Verstand zu verlieren.

»Muss ich dich auf den Boden zwingen?«, fragte der Lord mit unbeteiligter Stimme.

»Verzeiht«, rang Desmond sich ab und sackte auf die Knie. »Verzeiht, Lord.«

»Geht doch.« Der Lord hob die Lefzen zu einem Grinsen. »Willkommen, Prinz.«

»Was meint Ihr damit? Ich bin kein Prinz.« War es dumm, seinen Namen zu nennen? Brachte er damit seine Familie in Gefahr? Oh, er hasste sich für das Durcheinander in seinem Kopf. Es nahm ihm jede Möglichkeit, klar zu denken. Aber wenn der Lord der Daema ihn für einen Prinzen hielt, dann musste er ihn mit jemandem verwechseln.

»Du bist Desmond es Yafanna«, sagte der Lord und nahm ihm damit alle Hoffnungen und zugleich die Würde. »Sohn des Obersten Ministers in Nemija. Ich weiß also, wer du für die Nema bist. Für mich bist du etwas anderes, und ich nenne dich, wie immer ich will.«

Er sah auf ihn herab wie auf ein Blatt Briefpapier, von dem er noch nicht wusste, wie er es beschreiben sollte: frustriert, aber nicht ernsthaft besorgt, daran zu scheitern.

Desmond wagte es nicht, auf die Füße zu kommen, sondern blieb auf den Knien, auch wenn das spätestens nun, da sein Name verlautet worden war, Schande und Beleidigung über seine Familie brachte. Doch er befand sich im Daemareich. Hier war er ein Niemand. Kein guter Zeitpunkt, um an Stolz und Stand festzuhalten. »Was wollt Ihr von mir? Ich weiß nicht einmal, warum ich hier bin. Ich habe nichts …« Er stockte. »Ich weiß nicht, ob ich etwas Unverzeihliches getan habe.«

Der Lord verschränkte seine Arme und begann ihn zu umkreisen. Desmond hasste es, seine schweren Schritte hinter sich zu hören und den Raubtierblick auf seinem nackten Rücken zu spüren. Jeden Moment erwartete er die scharfen Flügelkrallen in seinem Fleisch oder die Zähne des Monsters in seinem Genick. Hatte er es verdient?

»Habe ich etwas Unverzeihliches getan, Lord?«

»Das werde ich herausfinden. Du wirst befragt werden.«

»Aber ich weiß nichts!«

»Idiot«, fauchte das Monster dicht an seinem Ohr und zog sich im gleichen Moment wieder zurück. »Wie kannst du behaupten, nichts zu wissen, wenn du nicht einmal weißt, welche Fragen ich stellen werde?«

»Mylord.« Eine Mischung aus Angst, Abscheu und Zorn ließ Desmond erzittern. Er konnte nur durch fest zusammengebissene Zähne sprechen. »Ich habe keine Erinnerungen an die Nacht. Ich weiß nicht einmal, wer den Fluch gesprochen hat.«

»Lässt der Fluch sich denn rückgängig machen?« Der amüsierte Ton, in dem der Lord sprach, ließ durchklingen, dass es eine Fangfrage war.

»Nicht nach allen Legenden, die ich kenne.«

»Red nicht drum herum. Die Antwort lautet nein, und du weißt es. Warum also sollte es mich interessieren, wer den Fluch gesprochen hat? Er *wurde* gesprochen.«

»Wenn ich wüsste, wer es war, Mylord, hätte ich einen Anhaltspunkt, warum er gesprochen wurde.«

»Das interessiert mich nicht.«

Eine Beschimpfung schwoll in Desmonds Kehle an, sie würde ihm den Atem abdrücken, wenn er sie nicht ausspuckte. Doch er durfte den Herrn der Monster nicht unnötig reizen. Das Biest war in der Lage, ihm mit bloßen Händen die Glieder abzureißen.

»Die Fragen beginnen, mein Prinz. Wirst du sie beantworten?«

Erneut eine Fangfrage. Wie konnte er sie bejahen, solange er nicht wusste …

Ein Tritt knallte ihm in den Rücken, direkt zwischen die Schulterblätter, und er schlug auf dem Boden auf. Für einen Moment spürte Desmond nicht einmal die Kälte der Steine. Dann kamen die Empfindungen zurück, und mit ihnen der Schmerz. Es fühlte sich an, als stünde das Biest immer noch mit beiden Stiefelsohlen auf seinem Rückgrat.

In Wahrheit aber umkreiste es ihn wieder. »Ich helfe dir. Die Antwort lautet: Ja, mein Lord.«

Mühsam hob Desmond den Kopf vom Steinboden. »Ja. Mein Lord.«

»Hervorragend«, lobte dieser herablassend. »Das war natürlich nicht sehr schwer. Beginnen wir mit etwas ebenfalls sehr Einfachem. Eine ehrliche Antwort, und du kannst dich noch heute über Privilegien freuen. Der Kerker ist doch kein Ort für dich, nicht wahr? Denk nicht lange nach, mein Prinz. Nenn spontan die ersten drei Namen, die dir einfallen – und vergiss nicht: Die Legenden sind wahr, sie sind alle wahr. Ich rieche es, wenn du lügst. Hast du verstanden, was ich will?«

»Ja, mein Lord.«

»Dann sag mir, welche Menschen du am meisten liebst.«

In dem Moment war Desmond klar, dass er verloren war. Niemals würde er jene an den Lord verraten, die er liebte. Selbst Gedanken konnten nun einen Verrat bedeuten, und doch drängte sich ihm eine Erinnerung aus dem letzten Winter auf, gegen die er nicht ankam.

»Dein Pferd schwitzt ja.« Laire rieb über den Hals des Rappen. Unter der langen Mähne, in der Eiskristalle festgefroren waren, kräuselte sich das Fell vor Feuchtigkeit. »Du solltest nicht so eilig reiten, wenn es derart kalt ist.«

Desmond sprang aus dem Sattel und schloss sie zur Begrüßung in die Arme. »Jedes Mal wenn wir uns sehen, wirst du vernünftiger, Laire. Was passiert da mit dir? Wirst du etwa erwachsen?«

Sie schnippte ihm Schnee von ihrem Ärmel ins Gesicht. »Nicht, solange ich es verhindern kann. Aber irgendwer muss dir Vernunft einbläuen, deine Mutter hat ja schon aufgegeben, und dein Vater hat nur seine Politik im Kopf. Er kann mit aller Länder Herren in jeder Sprache Briefe schreiben, sich aber nicht mal ein Schmalzbrot schmieren.«

»Ich glaube, das schafft er gerade noch, wenn eine Magd ihm die Scheibe vom Laib schneidet und das Schmalzfässchen öffnet.«

Sie lachten beide so sehr, dass die Dörfler, die vom Markt kamen oder hinwollten, sich zu ihnen umdrehten und in sich hineinschmunzelten. Zu Anfang hatte es die Senketalleute irritiert, ja, sogar verängstigt, wenn er hergekommen war, um Laire zu besuchen. Inzwischen hatten sie sich an seinen Anblick gewöhnt, und hin und wieder getraute sich einer zu ihm, um ihn zu bitten, seinem Vater eine Botschaft zu übermitteln, dass die Steuern zu hoch oder die Arbeit zu viel sei.

»Mein Vater ist Oberster Minister und kümmert sich um die Außenpolitik«, pflegte er zu sagen, und weil viele damit nichts anzufangen wuss-

ten, meist noch dazu: »Er sorgt dafür, dass uns Waren geliefert und unsere gekauft werden, und er verhindert, dass der Krieg zu uns kommt.«

Dann nickten die Leute eifrig. »Dass der Krieg nicht zu uns kommt, ist das Wichtigste! Das Allerwichtigste. Den wollen wir hier nicht haben.« Und damit gaben sie sich zufrieden und wünschten ihm alles Gute.

»Ich bin doch bloß schnell geritten«, brachte Desmond zu seiner Verteidigung ein, »weil man eine schöne Frau nicht warten lässt. Erst recht nicht bei dieser Hundskälte.« Wobei er zugeben musste, dass sie hübsch aussah in ihrem Wintermantel. Schnee hing am Pelzrand ihrer Kapuze, und die Kälte hatte ihre Wangen gerötet. Doch sah man genauer hin, schimmerte das Elend durch Laires Schönheit. Die viele Arbeit bei kargem Essen hatte ihre Haut blass und ihr Gesicht schmal gemacht. Unter ihrem langen Rock lugten die Stiefelspitzen hervor. Das Leder war verschlissen, und dort, wo Laire es hatte flicken müssen, drang sicher längst wieder Feuchtigkeit ein. Es versetzte ihm einen Stich, sie so zu sehen, aber die Versuche, ihr mit Schillingen zu helfen, verletzten immer nur ihren Stolz. Nur die Medizin für ihre Mutter nahm sie an – und das, was seine Satteltaschen schwer machte. Sie schmulte bereits unauffällig, aber voller Erwartungen in die Richtung.

»Der alte Bibliothekar wird langsam misstrauisch.« Desmond öffnete die erste Schnalle. »Fragt mich ständig, was ausgerechnet ein Stumpfsinnshirn wie ich mit so anspruchsvollen Büchern will.«

In gespielter Empörung verzog Laire das Gesicht. »Du bist doch nicht stumpfsinnig.«

»Nein, bestimmt nicht, aber einem Bücherwurm wie ihm muss das so scheinen. Gestern ist er mir fast auf die Spur gekommen. Da meinte er, ich würde die ganzen Bücher nur in meinen Gemächern auslegen, um die Frauen zu beeindrucken.«

Er zog die dicken Wälzer aus den Satteltaschen und reichte sie Laire, die freudig die Titel überflog. Wenn er ihr ein Buch brachte, das sie schon kannte, huschte immer für einen winzigen Moment Enttäuschung über ihr Gesicht, aber sie verriet es nie, und er sagte ihr nicht, dass er sie schon seit Monaten durchschaute.

»Danke, Desmond, vielen, vielen Dank. Du ahnst nicht, was mir das bedeutet.« Sie reichte ihm ihrerseits den Beutel mit dem obligatorischen Brief an Vika und den Büchern, die er in die Universitätsbibliothek zurückbringen würde. »Alle sind wie neu. Kein Wasserfleck, kein Eselsohr.«

Desmond fasste sich an die Stirn. »Verdammt, Laire, daran durchschaut der Alte also, dass ich die Schinken gar nicht lese.«

Laire lachte so sehr, dass sich winzige Tränenperlen in ihren Augenwinkeln bildeten. »Dank ihm auch, dem Guten, nur nicht von mir, sonst wirft er dich raus aus seinen heiligen Hallen. Hast du sonst noch etwas mitgebracht? Neues vom Hofe?«

»Natürlich. Lady Anister trägt nun bevorzugt Kleider in der Farbe reifer Zwetschgen. Ich weiß nicht, warum – sie sieht krank darin aus.«

»Vielleicht ersucht sie dein Mitleid. Aber du weißt, dass mich die Kleider der Ladys nicht interessieren. Außer du heiratest eine von ihnen.«

»Niemals! Ich wollte dich nur ärgern. Es gibt tatsächlich Neuigkeiten.« Und die gefielen ihm nicht, sie wehten ihm die Unbeschwertheit fort. »Zwischen Eshrian und Keppoch scheinen die Streitereien weiter zuzunehmen. Inzwischen wird offen von Krieg gesprochen.«

Auch Laire wurde ernst. Sie beide lebten von klein auf mit der Drohung, Krieg stünde vor der Tür, doch es waren immer nur ausgehungerte und bis ins Mark verängstigte Flüchtlinge gekommen.

Er beeilte sich weiterzusprechen: »Aber das wird nie zu uns über die Berge schwappen. Deinen Vater macht es sogar ganz zuversichtlich.«

»Natürlich«, erwiderte Laire seltsam glatt. »Die Eisenminen in den Bergen und die Waffenschmieden gehören allesamt dem Hause es Retneya. Er

verdient mit dem Krieg Gold, und jene Menschen, die nach Nemija fliehen, sind für die Sicherheit ihrer Familien bereit, sich halbtot zu schuften. Rate mal, wo?«

In den Minen und Schmieden und auf den Transportwegen der Waren, natürlich. Niemand wusste das besser als Desmond, und kein Mensch in der Burg verabscheute es mehr. Die Zeit, Nemijas Politik von Grund auf zu ändern, war lange überfällig. Aber dies erforderte eine Macht, die Desmond nicht besaß. Noch nicht. Und wenn er sie irgendwann erlangen wollte, durfte er sich nicht den kleinsten Fehler erlauben.

Seinem Herzen zu folgen und sich öffentlich als der Mann zu zeigen, der er tief in seinem Inneren war, wäre ein solcher Fehler. Desmond hatte früh gelernt, diesen Mann zu verbergen.

Niemand bemerkte den Unterschied. Manchmal, in den kurzen Augenblicken, in denen er er selbst war, kam er sich beinah selbst wie ein Fremder vor. Allein Laire erinnerte sich noch an ihn, den wahren, unmaskierten Desmond. Ohne die Gründe zu kennen, die ihn antrieben, brachte sie ihn immer wieder dazu, sich selbst nicht zu vergessen und weiterhin davon zu träumen, dass irgendwann eine Zeit kommen würde, in der er sich nicht mehr zu verstecken brauchte.

Das allein, dachte er und zwang mit Gewalt ein unbekümmertes Lächeln in sein Gesicht, wäre genug Grund, sie zu lieben.

Desmond aber hatte ein Dutzend solcher Gründe.

Er musterte sie, wie sie ihren eigenen Gedanken nachhing; ein wenig entrückt und so tief in ihre Überlegungen versunken, dass ein Wort ausreichte, um sie zusammenzucken zu lassen. Sie bekam immer diesen leichten Silberblick, wenn sie nachdachte, und unter ihren Sommersprossen färbten sich ihre Wangen rot. Was Desmond einmal als alberner Einfall in den Sinn gekommen war, als Schnapsidee nach einem Zug Himmelskraut zu viel, schien ihm plötzlich gar nicht mehr so lächerlich. Sie beide teilten ihre Vergangenheit. Was lag näher, als auch die Zukunft zu teilen? Eine bessere Frau als Laire würde er nicht finden. Warum verschwendete er Jahre darauf, nach einer zu suchen, die es nicht gab?

»Lord«, sagte Desmond, das Wort lag schlaff und schwach in seinem Mund, und jedes weitere kostete ihn Mut. »Was immer Ihr mir androht, ich kann Euch die Namen derer, die ich liebe, nicht nennen.«

Der Daemalord schnalzte mit der Zunge und verzog das Gesicht in schlecht gespieltem Mitleid. »Hast du sie vergessen? War ich zu grob zu dir, mein Prinzchen?«

Er schüttelte den Kopf. »Es wäre Verrat, würde ich Euch die Namen nennen. Man verrät nicht, wen man liebt. Demnach schweige ich. Oder liebe wohl niemanden.«

KAPITEL 11

LAIRE

»Sind wir tot?«, fragte Vika.

Ich rieb mir körnigen Gesteinsstaub aus den Augen. »Sieht nicht so aus.«

»Dann sind wir da? Im Reich der Daema?«

»Das, Ladys«, sagte eine tiefe Stimme, und Jero beugte sich über uns und half erst Vika und dann mir mit einem beherzten Ruck auf die Beine, »war lediglich ein Wegweiser in Richtung des Daemareichs. Wisst ihr denn gar nichts?« Sein Pferd stand mit entspannt halbgesenkten Lidern dicht hinter ihm und döste – wie hatte er Lassa derart entspannt über die Brücke gebracht?

»Entschuldige mal«, fuhr Vika auf. Sie war ein wenig bleich geworden und gewann nur langsam ihre gesunde Hautfarbe zurück. »Wir wären da drin fast draufgegangen.«

»Unwahrscheinlich«, murmelte der Paladin. »Diese Brücke spielt mit Illusionen. Ihr habt bloß die Nerven verloren. Daran sterben die wenigsten.«

Ich wünschte wirklich, ich hätte das ähnlich pragmatisch sehen können. Er schien jedoch recht zu haben, denn neben mir lag das Glas, in dem die Flussanemone wieder leuchtete, als wäre nichts geschehen. Was für ein Glück, dass sie nicht gestorben war, denn auch unter freiem Himmel wurde es langsam dunkel. Farblos und bleiern hing der Himmel über uns und erlaubte nur eine eingeschränkte Sicht auf von Flechten bewachsene Felswände, rissigen Steinboden und ein paar halb vertrocknete Gewächse. Staub lag in der Luft und erschwerte das Atmen. Zu meiner Verwunderung machte ich wenige Schritte neben uns einen Höhleneingang aus, der genauso aussah wie der Eingang zur Brücke auf der anderen Seite. Die Brücke war uns nicht unter den Füßen weggebrochen, und es herrschte auch kein Sturm – nein, es war windstill. Alles nur Illusion? Meine Handschuhe allerdings bewiesen, dass auch etwas Echtes geschehen sein musste, denn das Leder wies Schrammen auf und war an einer Stelle sogar eingeschnitten. Darunter brannte eine kleine Schürfwunde.

Ratlos sah ich mich um. »Wenn dies noch nicht das Daemareich ist, wohin müssen wir jetzt gehen?«

Jero stiefelte wortlos davon und suchte die nähere Umgebung ab, wo er Steine beiseiteschob, um darunterzusehen, und hinter stachelige Büsche lugte.

»Das Erste, was ein Paladin lernt«, erklärte er, »ist alles genau zu betrachten. Aus jedem Blickwinkel und von allen Seiten.«

Vika machte sich daran, ihm zu helfen und ebenfalls die Gegend abzusuchen. Während er sich auf den Boden konzentrierte, sah sie, soweit es in der Dämmerung noch möglich war, in die Ferne, wo sich Berge und Täler nur noch vage erahnen ließen. »Wonach genau suchen wir?«

»Nach dem Symbol für den Suchenden.« Jero klang seltsam düster. »Das kann alles oder nichts sein. Den Schriften nach ändert es sich immer wieder. Womöglich sind wir wirklich zu spät.«

Ein leises Pfeifen in der Luft drohte mich von meiner Aufgabe abzulenken. Ich richtete mich auf, neigte lauschend den Kopf. Nichts. Also blendete ich das unheilvolle Kribbeln aus, das das Geräusch in meinem Nacken verursacht hatte, und suchte weiter.

Vika stemmte die Hände in die Hüften. »Kann denn etwas Wahres an den Worten der Mistkröte dran sein? Dass uns jemand zuvorkam und wir nun warten müssen?«

»Wir sprechen über das Reich der Daema«, sagte Jero trocken. »Alles kann wahr sein.« Dann sah er mich unbehaglich ernst an. »Du kennst diesen Kerl, der die Zeit verkaufen will. Kann er es wirklich?«

Ich hob unsicher die Schultern. Am liebsten hätte ich einfach weiter nach diesem Zeichen gesucht. Ein Auge lag doch nahe, vielleicht war irgendwo eines in einen Stein geritzt. Doch es half alles nichts: Wenn ich mein Ziel erreichen wollte, musste ich mir wohl zu allem Überfluss noch über Alaric Cole Gedanken machen. »Er hatte damals schon dieses Medaillon, das er vorhin in der Hand hielt. Ich habe Magie darin gespürt. Damals hielt ich es für ein Cercerys, ein Artefakt der Clanmagier.« Und ihn für einen Clansmann auf der Flucht vor der Wahren Königin, die alle Clanmagie für sich besitzen will. Ich hatte davon geträumt, ihn zu beschützen, in unserem von der Welt vergessenen Senketal …

Fort mit diesen Gedanken. Weit fort! »Ich hab allerdings nie zuvor ein Cercerys gesehen.«

»Es könnte ein Zeitmesser sein«, sagte Jero. »Viele denken, so etwas misst die Zeit, aber das ist falsch. Ein Zeitmesser durchtrennt die Zeit wie mit einer scharfen Klinge und lässt dich hindurchgehen.«

Ich schüttelte den Kopf. »Noch ist nicht gesagt, dass wir wirklich zu spät sind. Alaric hat schon einmal hinter meinem Rücken mit dem Fürsten Handel getrieben. Er wird es wieder tun, wir dürfen ihm nicht trauen – egal, was er anbietet.«

Jero erhob sich von etwas Dunklem am Boden. Ich musste näher treten, um es in der Dämmerung erkennen zu können. Es waren die Überreste eines Feuers, mit Sand gelöscht, und das Holz war bereits kalt. »Sie waren hier, Laire. Vor Stunden schon.«

»Bei allen Winden«, flüsterte Vika.

Ich schluckte. »Wir holen sie ein. Irgendwie werden wir …«

»Das meine ich nicht.« Vikas Stimme klang ungewohnt klein. Und da spürte ich es auch. Warmer Wind strich schmeichelnd über meine Haut.

»Hört ihr sie auch?«, fragte Jero dunkel. »Das ist die Lassa. Wir müssen hier fort.«

Das Pfeifen kehrte zurück, wurde zu einem Heulen, und endlich begriff ich. Der Südwind kam. Hier, so hoch oben, ungeschützt in die Lassa zu geraten, war ein Todesurteil. Sie vernebelte die Sinne, gaukelte Wege vor, wo Abgründe waren, und riss die Willensstarken mit purer Gewalt in die Schluchten.

Es blieb uns keine Wahl, außer umzukehren und Schutz zu suchen.

Ich zögerte vor der Gebrochenen Brücke, am liebsten hätte ich sie nie wieder betreten. Doch obgleich es im Inneren wieder stockfinster wurde und ich sicher war, etwas Gefährliches im Gang knurren zu hören, gelangten wir diesmal ohne Probleme auf die andere Seite, wo uns Windböen warm und drückend in die Gesichter schlugen.

»Lassa!«, rief ich erschrocken und fasste Vika bei der Hand. »Sie ist schon hier! Lauft!«

Wir rannten, geleitet nur von meinem kleinen Anemonenlicht. Die Lassa peitschte uns entgegen, ich rannte blind, weil ich mir den flatternden Ärmel meines Umhanges vors Gesicht hielt. Auf den schmalen Steinwegen gerieten wir mehrmals ins Rutschen, und einmal stolperte ich und musste mich im Fall umdrehen und den Sturz mit dem Rücken abfangen, weil sonst mein Lichtglas zerbrochen wäre. Jero zerrte mich hoch, die Lassa zog mich in die andere Richtung, und ich kam nur stöhnend weiter, weil all meine Muskeln schmerzten.

Plötzlich erschien ein gewaltiger Schatten neben Jeros Pferd, über dem drohend ein langer, gebogener, klingenartiger Umriss schwebte.

»Säbelhorn!«, schrie ich und griff nach meinem Dolch. Meine Hand war wie gelähmt. Ein stumpfer Schmerz nahm meinem Unterarm alle Kraft. Ich versuchte freizukommen, schlug um mich und sah plötzlich in vermummte Gesichter. Laute klangen durch die Luft; Rufe in mir fremden Sprachen. Diese Gestalten hielten mich fest, sie umklammerten meinen Arm und hebelten mir meinen Dolch mit so viel Kraft aus den Fingern, dass ich Angst bekam, sie würden sie mir brechen. Mit meinem ganzen Gewicht warf ich mich gegen den Angreifer, versetzte ihm einen Stoß mit dem Kopf und versuchte zuzubeißen; versuchte, irgendwie freizukommen; versuchte, nicht in die Hände der Feinde zu geraten.

Das Letzte, was ich spürte, war ein heftiger Schlag ins Gesicht. Aussichtslosigkeit in tiefem Schwarz senkte sich über alles, was ich fürchtete.

KAPITEL 12

ALARIC

»Gebt mir noch einen.« Alaric schob dem Schankwirt, einem hageren, langen Mann mit fettigen Haaren, das Glas hin.

Der beäugte es nur kurz und fuhr fort, über den Tresen hinweg mit drei Gästen auf der anderen Seite Elementa zu spielen. Er hielt ein unvorteilhaftes Kartenblatt auf der Hand – Alaric hatte die Spiegelung in einer Whiskyflasche gesehen –, aber wer aus einem versteckten Vorrat Elementsteine nahm, wie er sie gerade brauchte, konnte wohl kaum verlieren. Die übrigen Gäste taten, was man eben tat, wenn man spätabends bei Unwetter in einer Schenke festhing; die einen mit etwas mehr, die anderen mit etwas weniger Anstand. Alaric war froh über den letzten freien Platz am Tresen, wo er sich nicht mit anderen Leuten an einem Tisch zusammendrängen musste.

»Erst fünf Schillinge«, erwiderte der Wirt, nachdem er seinen Zug beendet hatte. »Dann schenk ich nach.«

»Jeder andere hier zahlt drei.«

»Jeden anderen hier mag ich. Dich nicht. Du bist mir zu … neu.«

Alaric musste grinsen, auch wenn ihm nicht danach war, und schob vier Schilling über den Tresen.

»Hängst hier fest, was?«, fragte der Wirt, ohne ihn eines Blickes zu würdigen.

»Ich wäre lieber längst auf und davon, aber ich warte auf jemanden.« Hinter den blinden Fenstern der Kaschemme tobte der berüchtigte Wind aus Süden. Alaric hatte keine Ahnung, ob Laire und ihre Begleiter sich bereits auf den Rückweg gemacht hatten oder noch jenseits der Gebrochenen Brücke waren und nicht einsahen, dass manchmal nur der Weg zurück in die richtige Richtung führte.

Bis zur Brücke war er ihnen gefolgt, weiter war er nicht gekommen. Ohne einen Suchenden verfügte er über keinerlei Recht, die Grenzen der Daema zu übertreten. Sein größtes Problem hätte sein sollen, wie er Laire dazu bringen konnte, ihn mitzunehmen. Stattdessen grübelte er nun, ob sie in Sicherheit war, dabei war die Antwort klar: Nein, das war sie nicht. Weder diesseits noch jenseits der Brücke. Er würde durch seine Anwesenheit nicht dafür sorgen, dass sich ihre Situation verbesserte, aber was sollte er tun? Cadyz Hellna war mit an Sicherheit grenzender Wahrscheinlichkeit bereits im Reich der Daema angelangt. Alaric *musste* ihm folgen. Es war der einzige Weg, das Schuldholz zu brechen und Caleja endlich freizubekommen. Doch ohne Laire, die zweifelsfrei eine Suchende war, würde er es nicht schaffen.

Alaric musste sich nun auf die Lehren seiner Kindheit besinnen. In seiner Heimat riskierte man Hunderte, ach was, Tausende Leben für ein einziges, welches einem wichtig war. Seine Prüfung war da doch bestechend einfach. In der Theorie …

Ach, er war einfach zu lange fern seiner Heimat gewesen.

»Da wirst du eine Weile warten müssen«, sagte der Wirt und füllte sein Glas aus einer dickwandigen Flasche. »Bei Sturm aus Süden läuft hier keiner draußen rum. Die Lassa ist lebensgefährlich. Ich hätte ein Zimmer für dich. Ist das letzte für die Nacht, solltest dich schnell entscheiden. Zwölf Schilling. Na, sagen wir vierzehn. Weil du es bist.«

Alaric trank einen Schluck und verzog das Gesicht. An das Gesöff in Nemija würde er sich nie gewöhnen. »Ich denke darüber nach. Gibt es noch andere Möglichkeiten, in der Nähe unterzukommen?«

Der Wirt schnalzte abschätzig und ging zu seinen Karten zurück. »Billiger wird's nicht«, ließ er noch verlauten, bevor er derb über die Steine fluchte, die seine Mitspieler ausgelegt hatten.

Die Tür wurde geöffnet, ein Windstoß fegte durch den Schankraum, auf einem Tisch flogen Karten auf und wehten wie Laub zu Boden. Drei in Umhänge gehüllte Personen pressten sich in den Raum.

»Ab sofort kommt das Zimmer auf zwanzig Schilling«, brummte der Wirt ungerührt.

»Wir brauchen Wasser!«, rief eine Frau mit heller Stimme. »Heißes Wasser! Schnell!«

Alaric sprang auf, als er die kleine Gruppe erkannte. Es waren Laires Begleiter. Laire selbst hing schwach und aus der Nase blutend über der Schulter des großen blonden Mannes, der sie nun absetzte und auf wackelige Beine stellte.

»Was ist passiert?«, fragte Alaric, nahm ihr Kinn und drehte ihr Gesicht ins Licht. Sie war bei Bewusstsein, aber ihr Blick ging durch ihn durch, und dass sie sich von ihm berühren ließ, war ein ausgesprochen schlechtes Zeichen.

»Lassa«, knurrte der Krieger bloß.

»Wir brauchen heißes Wasser!«, wiederholte die zweite junge Frau, eine zierliche Person mit schmalem Gesicht und streng zurückgeflochtenem Haar. »Laire hat ein Kraut gegen den Lassa-Wahn dabei, wir müssen es aufgießen!«

»Wasser!«, befahl auch Alaric laut, und endlich setzte der Wirt sich in

Bewegung. Zwar murrte er genervte Worte, aber er füllte einen Kessel und stellte ihn auf die Feuerstelle.

Alaric leitete den Krieger samt Laire zu einem Tisch in der Ecke und wies die dort sitzenden Männer und Frauen an, Platz zu machen. Nur einer von ihnen widersprach, gab aber schnell klein bei, nachdem Alaric mit einem Griff in das Hemd des Kerls und einem kleinen Schubs in die richtige Richtung nachgeholfen hatte.

»Lassa verwirrt die Sinne«, sagte er dann tonlos zu dem Mann, der Laire behutsam auf die Bank schob. »Aber sie schlägt niemandem ins Gesicht, bis die Nase blutet.«

»Laire hat uns angegriffen«, antwortete die junge Frau und schien darüber noch immer vollkommen entsetzt. Mit einem Tuch aus ihrer Tasche tupfte sie Laire das Blut von der Oberlippe.

»Das macht Lassa«, sagte der blonde Hüne schlicht.

Alaric rieb sich die Stirn. Verdammt, das begann alles nicht gut. »Warum seid ihr bei Südwind überhaupt zurückgekommen?«

»Wo hätten wir denn hingehen sollen?«, fragte die kleine Frau aufgebracht. »Auf der anderen Seite war ebenfalls Sturm, und auf der Brücke fühlte es sich an, als wären all die verdammten Daema mit uns in der Dunkelheit.«

Alaric wandte sich ab und trat zum Tresen. »Ist das Wasser bald heiß? Der Frau geht es schlecht.«

Der Wirt zuckte mit den Schultern, ohne den Blick von seinen Karten zu heben. »Jeder hier kennt die Lassa. Wenn sie nicht besser aufpasst, ist es ihre eigene Schuld.«

Wütend biss Alaric die Zähne zusammen. Er richtete seinen Blick auf die Feuerstelle und erlaubte seinen hitzigen Emotionen, die Glut anzufachen. Keine drei Herzschläge später stieß der Kessel ein hysterisches Pfeifen aus.

Der Wirt schüttelte irritiert den Kopf, fasste mit einem dicken Handschuh nach dem Kesselgriff und knallte ihn nebst einem Becher auf die Theke. »Drei Schilling«, verlangte er.

Für verdammtes Wasser? Das war doch wohl nicht sein Ernst! »Auf die verzichtest du«, sagte Alaric, »sonst schiebe ich dir zwei Münzen in den Hals und die dritte woanders hin.« Er nahm Kessel und Tasse und trug beides zum Tisch, wo Laires Begleiterin bereits ein scharf riechendes Kraut zwischen den Fingern zerrieb.

Laire war zu sich gekommen; sie lächelte angestrengt, als sie ihn erkannte. »Alaric«, murmelte sie müde, und einen Moment lang fühlte er sich an die Zeit erinnert, als sie beide ihrer gemeinsamen Illusion von Glück auf den Leim gegangen waren.

»Alles in Ordnung?« Die Worte kratzten in seinem Hals. Sie war so blass, ihre sonst so klaren grünen Augen wirkten verschleiert, und er hielt es kaum aus zu sehen, wie sie zitterte. Nach allem, was passiert war, blieb der Wunsch, sie an seine Brust zu drücken, wo er sie beschützen konnte, immer noch übermächtig. Nein, das lief wirklich nicht gut.

»Weiß nicht«, murmelte Laire, sie klang wie betrunken oder von Himmelskraut berauscht. »Bin ich es? Wo … wo bin ich denn? Und du? Alaric?«

»Ich bin hier.«

»Wirklich? Aber wo warst du so lange? Ich hab nach dir gesucht, ich hab überall da draußen im Sturm nach dir gesucht …«

Die zweite Frau berührte Laires Schulter und schüttelte sie sanft, als wolle sie sie aus einem Traum wecken. »Laire, sprich jetzt nicht so viel«, sagte sie und schoss Alaric einen Blick voller Abscheu entgegen. »Du bist nicht ganz bei dir.«

»Ich bin zurückgekommen«, sagte Alaric, die andere Frau ignorierend und mit ihr die Tatsache, dass sie recht hatte. Er konnte einfach nicht anders, die Illusion, Laire würde sich freuen, ihn zu sehen, war zu schön. Sie legte einen lindernen Film über eine schwelende Wunde, die er sich selbst zugefügt hatte.

Laire zog die Schneidezähne über ihre volle Unterlippe und rieb sich die Augen. »Das sehe ich, ja. Aber warum bist du hier? Wenn ich dich sehe … bekomme ich sofort dieses Bedürfnis …«

»Bedürfnis«, wiederholte er und musste sich räuspern.

»Ja. Dieses Bedürfnis, wieder nach draußen zu gehen«, mit jedem Wort gewann ihre Stimme an Klarheit zurück, »und mich all den Monstern zu stellen, die mir der Wind vorgaukelt, solange ich mich nur nicht mit dir in einem Raum aufhalten muss.«

Alaric goss Wasser in den Becher. »Den Aufguss können wir uns auch sparen«, sagte er an die andere Frau gewandt. »Ihr geht es besser.«

»Gut genug, um dich weit fortzuwünschen«, erwiderte Laire erschöpft.

Er hob eine Augenbraue. »Weit fort, so so. Zum Daemalord vielleicht?«

Laire wurde noch blasser, als sie ohnehin schon war. Für einen Moment sah sie aus, als würde sie sich gleich übergeben müssen. Abwechselnd schluckte sie und presste die Lippen zusammen. Dann zischte sie: »Verschwinde, Alaric!«

»Gern.« Es war nicht so, dass er ihre Wut nicht verstand. Trotzdem traf sie ihn an empfindlichen Stellen und fachte seine Wut an wie Zugluft ein Feuer. Er hatte das doch alles nicht gewollt, verdammt! »Ich gehe dann wohl besser in mein überteuertes Zimmer. In das *letzte* Zimmer, das diese Kaschemme frei hat.«

»Tu das, ich wünsche den Bettwanzen ein rauschendes Fest. Wir brauchen keins dieser heruntergekommenen Zimmer hier, wir bleiben ohnehin nur, bis der Wind sich legt.«

»Und dann wirst du was tun?« Da war er doch mal gespannt. Er hätte nicht gedacht, dass sie so schnell aufgeben und ins Tal umkehren würde.

Doch Laire hielt seinem Blick stand, auch wenn sie sogar im Sitzen noch schwankte. »Dann suchen wir weiter nach dem Weg.«

Er stieß die Luft aus. »Verstehst du es immer noch nicht, Laire? Hat die Lassa dir den Verstand aus den Hirnwindungen gepustet? Ihr seid zu spät.«

»Lassa!«, rief Laire plötzlich erschrocken und blickte zu dem Krieger hinüber. »Jero, was ist mit deinem Pferd?«

»Dem geht es bestens«, sagte der Angesprochene und schmunzelte in sich hinein. »Mach dir keine Sorgen, Lassa kommt immer zurecht.«

»Gut.« Sie schenkte ihm ein kurzes, aber ehrliches Lächeln und wandte sich wieder Alaric zu, worauf alle Freundlichkeit aus ihrer Miene schwand. »Du bist ja immer noch hier. Nun geh schon, die Bettwanzen warten.«

Der Krieger grinste, die zweite Frau rutschte unbehaglich auf ihrem Platz hin und her und beschäftigte ihre Hände damit, ihren Kräuteraufguss unnötigerweise zu schwenken.

»Er muss dir sehr wichtig sein«, sagte Alaric leise. »Der Mann, für den du all das auf dich nimmst.«

Sie machte eine wegwerfende Handbewegung. »Das ist das Problem mit euch Männern. Ihr glaubt, die Welt würde sich um euch drehen. Du hast keine Ahnung, was mir wichtig ist.«

»Dann sag es mir.« Er ließ sich auf dem freien Stuhl neben dem Krieger nieder. »Warum tust du das, wenn nicht für deinen Verlobten?«

Sie überlegte und nahm einen zaghaften Schluck von dem heißen Aufguss, ohne die Miene zu verziehen. »Findest du die Vorstellung, dass ich es für mich tue, so abwegig?«

Er lachte leise, lachte die Wut weg. Laire weckte ein Brodeln in ihm, heiß und riskant wie ein Feuer unter einer Schicht Papier. Er musste sehr vorsichtig damit umgehen. »Du willst bloß eine Reise machen? Land und Leute sehen? Dem Lord deine Aufwartung machen und in seinen berühmten Hallen tanzen? Oh, Laire. Sei vorsichtig mit deinen Wünschen, sie könnten wahr werden.«

»Wirklich? Gerade wünsche ich dir einen Gierwurm ins Gehirn.«

»Tust du nicht. Du wünschst dir ganz andere Dinge.«

»Ich bin bei Hofe aufgewachsen, Alaric Cole«, sagte sie, ohne auf seinen Spott einzugehen. »Vierzehn Jahre lang war ich eine Lady. Die Princessa von Nemija. Was ich danach wurde … nun, du hast es gesehen. Aber ich bin keine Ziegenhirtin, keine Kräutersammlerin und keine Händlerin. Ich bin eine Lady. Ich weiß das, und nach der Hochzeit mit Desmond wird die Welt es ebenfalls wieder wissen.«

»Du willst einen Höfling heiraten?«

»Nicht irgendeinen Höfling. Den Sohn und Amtserben des Obersten Ministers von Nemija. Den Mann, der vielleicht in Nemija nur die Nummer zwei ist, auf dem Westlichen Kontinent allerdings der mächtigste Nema. Und ich *will* ihn nicht heiraten. Ich werde.«

Die zierliche Frau räusperte sich. »Laire, du solltest jetzt wirklich nichts mehr sagen. Du bereust es, wenn die Wirkung der Lassa nachlässt.«

»Einen Verfluchten wirst du heiraten«, sagte Alaric.

»Das spielt keine Rolle.«

»Du weißt also, wofür er verflucht wurde? Oder von wem?«

»Er ist und bleibt der Amtserbe seines Vaters und damit der wohlhabendste Mann in Nemija gleich nach *meinem* Vater. Das spielt eine Rolle. Nichts anderes.«

Er forschte in ihrem Gesicht, aber da war kein Hinweis auf eine Unwahrheit zu erkennen. Hatte er sie so falsch eingeschätzt? Er hatte angenommen, ihr würden weder Vermögen noch gesellschaftlicher Stand viel bedeuten. Er hatte sie sogar für glücklich gehalten, sah man von der Sorge um ihre kranke Mutter ab. Aber zum einen war das vor seinem Verrat an ihr gewesen. Und zum anderen … Nun, sie hatte sich damals sicher auch niemals träumen lassen, wer *er* wirklich war.

KAPITEL 13

LAIRE

»Ich verstehe eins nicht«, sagte Alaric und lehnte sich provokant lässig auf seinem Stuhl zurück. »Wenn dir deine Rückkehr an den Hof so wichtig ist – warum nutzt du dann nicht jede Gelegenheit, dein Ziel zu erreichen? Ich biete dir meine Hilfe an, und du lehnst sie ab.«

Ich blickte in meinen Tee und wiederholte einen Satz wie ein Mantra in meinen Gedanken.

Nicht provozieren lassen. Nicht provozieren lassen.

Er war ohnehin schon Gift für meine Nerven. Mit dem Lassagift zusammen konnte er meinen Verstand ruinieren. Vika hatte zweifelsfrei recht, dass ich besser gar nichts sagen sollte. Aber ich ertrug die Vorstellung nicht, dass Alaric Cole sich einbildete, mein Leben zerstört zu haben. Er sollte nicht wissen, wie wichtig mir Desmond war. Er sollte keine meiner Schwächen kennen – er sollte überhaupt nichts mehr von mir wissen. Wenn er mich nicht wiedererkannte und nicht einmal ahnte, dass ich in Wahrheit doch noch das Mädchen von damals war … vielleicht ging er dann weg.

»Ich verstehe, was du vorhast«, sagte ich, als das Schweigen peinlich wurde, weil es von Hilflosigkeit sprach. »Du willst mir ein schlechtes

Gewissen machen, weil ich nicht auf deinen Handel eingehe. Aber da kommst du zu spät, Alaric. Mich bei meinem Gewissen zu packen, hat jeder Scharlatan in den vergangenen fünf Jahren versucht. Alle hatten angeblich *das* Heilmittel für meine Mutter, und keiner von ihnen konnte verstehen, dass ich diese große Chance nicht am Kragen ergriff und alles, was wir hatten, verkaufte, um ihr Wundermittel bezahlen zu können.«

»Aber ich will dir kein Wunder verkaufen, Laire, sondern nur ein wenig ganz banale Zeit. Und der Preis, den ich verlange, ist nicht hoch.«

Er lächelte dieses gefährliche Lächeln, das seine Augen blau glühen ließ und mich an all die gestohlenen Küsse in unserem einen gemeinsamen Sommer erinnerte. Die Lassa in meinem Kopf verstärkte die Erinnerung, sodass meine Lippen kribbelten und ich glaubte, Alarics Geruch in der Nase zu haben, als hätte ich mein Gesicht in seinen schwarzroten Haaren vergraben. Das musste aufhören!

»Du hast nicht einmal nach diesem Preis gefragt.«

»Weil ich dir nicht weiter traue, als ich meinen Freund Jero hier werfen könnte.«

Jero brummte amüsiert. »Wenn das Wurfgeschoss einen Vorschlag machen darf: Ich wäre dafür, dass wir die Zeit nutzen, um etwas zu essen zu bestellen. Der Eintopf hier riecht besser als alles, was wir jenseits der Brücke erwarten dürfen, und es kann nur von Vorteil sein, unsere Vorräte zu schonen.«

Ich nickte knapp und stemmte mich von der Bank hoch. »Gute Idee. Vielleicht hat der Wind nach dem Essen schon nachgelassen. Ich hole uns etwas.«

»Und während wir essen, sollte der Vogel uns verraten, was er für seine Zeit haben will«, fuhr Jero fort. »Wir sollten es uns zumindest anhören.«

Ich stützte mich auf dem Tisch ab und senkte den Kopf. Das Haar fiel mir zerzaust ins Gesicht und nahm mir den Blick auf Alaric, der vermutlich selbstzufrieden über seinen Erfolg grinste.

Leider, leider musste ich eins zugeben: »Mir fällt nichts Besseres ein. Allerdings auch nichts Dümmeres. Wir werden das bereuen.« *Ich* würde das in jedem Fall bereuen.

»Irgendwas werden wir ohnehin bereuen«, meinte Jero. »Holen wir etwas zu essen.«

Ich hatte ausnahmslos alles von Alaric Cole erwartet. Doch als er wenig später über seine Schale Eintopf pustete und dann sagte »Ich will mit euch kommen«, fühlte es sich an, als würde ich überraschend in eiskaltes Wasser einbrechen: Erst blieb mir die Luft weg, dann tat es weh. Schließlich schrie jede Faser meines Körpers nach Flucht, dennoch blieb ich fast bewegungslos sitzen. Ich legte lediglich den Löffel auf den Tisch und faltete die Hände im Schoß, damit niemand sah, dass sie zitterten. Erst recht nicht er.

»Das ist doch nicht dein Ernst«, hörte ich mich sagen. »Was willst du im Reich der Daema?«

»Kein Kuhhandel, kein Haken. Ich will dich bloß begleiten.«

»*Warum?*«

»Weil ich …«, er blickte kurz auf seine dampfende Schale, dann wieder zu mir, »dich beschützen will. Deine Reise ist gefährlich, du hast keine Vorstellung, wie sehr, und ich kann dich …«

In so vielen Situationen steht man endlos herum und überdenkt jede mögliche Reaktion, um nur keinen Fehler zu machen. Später fragt man sich dann, warum man nicht gehandelt hat.

In diesem Moment geschah das Gegenteil mit mir. Ich dachte überhaupt nicht. Mein Kopf war vollkommen leer, als gäbe es dort keine

Gedanken mehr, sondern nur einen schwarzen Abgrund, in den die Vernunft endlos tief stürzte, ohne jemals aufzuschlagen. Ich sprang auf. Meine Beine bewegten sich von allein um den Tisch herum, meine Hand packte in Alarics dunkles Feuerschimmerhaar und riss ihm den Kopf in den Nacken. Meine andere Hand umklammerte meinen Dolch. Ich atmete aus, die Gedanken tauchten aus der Tiefe auf, und ich war regelrecht verblüfft, die Klinge an seiner Kehle zu sehen. Sie dellte seine Haut an der Stelle, wo sein Puls eine eilende Bewegung verursachte und er beim Rasieren ein paar Stoppeln übersehen hatte. Zu meiner Irritation lächelte er kurz, wirkte einen Augenblick lang beinah erleichtert. Die Hände hielt er leicht angehoben und legte sie nun langsam auf die Tischplatte. Ich spürte ihn schlucken, das Messer übertrug die Bewegung in meine Hand.

Vika keuchte erschrocken auf, selbst Jero wirkte besorgt.

»Wirt?«, rief Alaric und es befriedigte eine wunde, verletzte und zutiefst bösartige Stelle in meinem Inneren, dass seine Stimme zitterte. »In Eurem Schankraum wird ein Mann bedroht, Wirt.«

Der Wirt sah zu uns rüber, stockte kurz und zuckte dann doch nur mit den Schultern. »Wenn ein Mädchen dir die Kehle durchschneidet, hast du's verdient.« Er wandte sich ab, während alle anderen im Saal nun zu uns rübersahen. Stühle rutschten knarzend über den Holzboden, weil die Leute bessere Sicht auf das Schauspiel bekommen wollten.

Irgendjemand lachte. Ich tat es nicht, sondern hielt mein Messer und ein dickes Büschel Haare fest. Was tat ich denn hier – wie konnte ich das tun?

Die Lassa hatte mich getrieben, einfach das zu tun, was der unvernünftigste und verletzteste Teil von mir tun wollte. Das war keine Entschuldigung, doch nun war ich zu weit gegangen, um umkehren zu können. Um noch umkehren zu wollen. Ich hatte mich selbst in die hinterste Ecke dieser scheußlichen Kaschemme gedrängt, und es gab nur noch den Weg nach vorn.

»Noch mal«, flüsterte ich, während die Erinnerungen in mir hochkamen, die ich seit drei Jahren jeden verdammten Tag erfolglos zu verdrängen versuchte. »Schickt dich der Fürst es Retneya?«

»Nein.«

»Warum willst du dann ins Daemareich? Und verarsch mich nicht noch mal, Alaric. Verarsch mich nie wieder.«

Das eine Mal, dass er es getan hatte, war mehr als genug für ein ganzes Leben gewesen.

Mein Vater blickte mir entgegen, als ich den Raum betrat. Er sah mir genau in die Augen, aber ich erkannte ihn kaum, und dieser Umstand ließ mich nicht länger hoffen, er hätte eine gute Neuigkeit für mich. Unsere Beziehung war in letzter Zeit besser geworden, beinah unbeschwert, und manchmal, wenn die Gefühle mit mir durchgingen – im Geheimen nur, ich erwähnte es niemandem gegenüber –, wagte ich zu hoffen, dass er Mutter irgendwann verzieh und sie an die Burg zurückkehren ließ.

Als ich nun in sein Gesicht sah, verdorrte die Hoffnung in mir, dieses Irgendwann konnte heute sein. Meine Hände begannen zu schwitzen und mein Mund trocknete aus. Irgendetwas stimmte nicht.

Er hatte mich in ins Verhandlungszimmer bestellt, das im Abglanz des großen Saales gleich daneben beinah nüchtern wirkte, dabei war jeder Stuhl gepolstert und mit Samt bezogen und jede Tischplatte auf matten Glanz poliert. Briefpapier, Feder und Tintenfass wirkten wie eine subtile Erinnerung, dass hier gearbeitet wurde, nicht gefeiert. Ich wusste allerdings genau, dass mein Vater seine Briefe und Erlasse niemals hier aufsetzte, sondern in dem kleinen Büro, das an sein Schlafzimmer angrenzte. Als kleines Mädchen – als sein kleines Mädchen – hatte ich meine Schularbeiten manchmal an seinem Schreibtisch erledigen dürfen, was sich wie eine große Ehre angefühlt hatte.

»Es ist schön, Euch zu sehen, Vater.« Ich musste die höfliche Begrüßung an dem unguten Gefühl vorbeizwängen, das mir den Hals eng machte. Er schwieg, nur sein Blick wurde kalt, und ich trat nicht weiter auf ihn zu, sondern blieb stehen. »Ist … alles in Ordnung?«

Ich sah ihn schlucken, ein Zeichen der Gefühle, die hinter seiner glatten Fassade brodelten, und es steigerte meine Unruhe ins Unermessliche.

»Wie viele Sommer bist du alt, Luilaire?«

Warum fragte er mich das? Er kannte doch die Antwort. Mein Herz raste, und unter meinen Kleidern brach mir kalter Schweiß aus. Als verstünde mein Körper bereits, was hier geschah, noch bevor mein Verstand es begriff.

»Sechzehn«, kiekste ich.

Seine Lippen verzogen sich. Er hasste es, wenn ich Schwäche zeigte, und so straffte ich die Schultern, und wiederholte mich laut und deutlich. »Sechzehn, Vater.«

»Seit sechzehn Jahren also«, sagte er langsam, »füttere ich einen Bastard durch.«

Was? Was sagte er da? Mir fehlte der Atem in der Lunge, um die Frage auszusprechen, wie er dazu kam, so etwas zu behaupten. »Vater«, stammelte ich bloß.

Er schüttelte den Kopf. »Nenn mich nicht mehr so. Du bist nicht meine Tochter. Warst es nie.«

Warum sagte er das? Wie kam er denn nur darauf? Ich fühlte mich wie ins Gesicht geschlagen. Aber ich hatte nichts getan! »Wer behauptet das, Vater?«

»Nenn mich nie wieder so«, wiederholte er leise. »Der Mann, der diese

Behauptung aufstellte, brachte mir den Kerl, der deine Mutter zur Hure gemacht hat. Ich habe keinen Zweifel daran, dass er die Wahrheit spricht.«

»Aber ich …«

»Schweig! Deine Mutter war mir niemals treu. Bist du nicht alt genug, das zu verstehen? Kennst du sie nicht? Und kennst du mich nicht gut genug, um dir im Klaren zu sein, dass ich keine Niemandstochter dulden oder gar mit meinem Namen beerben werde?«

Mir rann eine Träne übers Gesicht. Ich wischte sie hastig weg, aber er hatte sie längst gesehen. Und weitere folgten ohnehin zu schnell, um sie zu verbergen.

»Ich hätte es wissen müssen«, sagte er voller Verachtung. »Du hattest nie die Stärke der Nema.«

Es waren einzig seine brutalen Worte, die mich aufrecht hielten. Sie erinnerten mich an den Stolz, den er mich gelehrt hatte, und dieser verbot mir, mich zusammenzukrümmen und zu weinen.

»Ich bin gütig«, sagte er zu mir, »ich lasse dir deinen Vornamen. Den Namen es Retneya wirst du nie wieder nutzen. Nun geh mir aus den Augen.«

Ich musste jeden Muskel anspannen, um nicht aus dem Raum zu stürzen, sondern ergeben zu nicken und mich dann beherrscht umzudrehen und gemessenen Schrittes zur Tür zu gehen. Aus irgendeinem Grund war sie schwerer geworden, ich bekam sie kaum aufgezogen.

Die Leute auf den Gängen starrten mich an. Konnten sie es schon wissen? Hatte mein Vater – nein, hatte der Fürst es Retneya es bereits verkündet? Oder war es meine Dörflerkleidung, die sie anstarrten, als befürchteten sie, dass Flöhe und Läuse von meinen Hosen auf ihre langen Seidenkleider hüpften?

Erhobenen Hauptes, die Tränen fest in mir verschlossen, eilte ich an ihnen vorbei, sehnte mich nach Erde und Gras unter meinen Stiefeln statt der weichen Teppiche in den Gängen der Burg. Ich redete mir ein, dass sich nichts ändern würde. Seit zwei Jahren lebte ich im Senketal im Exil. Damals hatte der Fürst meine Mutter verstoßen, nachdem sie ihm gestand, ihn nicht zu lieben. Ich wusste bis heute nicht, ob es einen anderen gegeben hatte, und falls ja, wen und ob der Mann noch lebte oder längst tot war. Konnte es wahr sein, dass meine Mutter einen Geliebten gehabt hatte und er … mein Vater war?

Der Fürst hatte kein Mitleid gezeigt und seine Frau vom Hof gejagt, auch wenn sie es wegen der Welke kaum hundert Schritt weit geschafft hat. Dass ich damals mit ihr gegangen war, was mich zwang, mein Studium abzubrechen, hatte ihn schwer getroffen. Doch unter Tränen hatte er meine Entscheidung respektiert und mich mutig und loyal genannt, weil ich hingab, was ich so sehr geliebt hatte.

Und nun?

Nun ließ er mich endgültig fallen. Ich war nicht mehr sein Kind, war eine Niemandstochter. Schutzlos. Nicht mehr wert als ein Stück Vieh.

Wie in einem bösen Traum gefangen lief ich durch die Burg und war doch ganz weit weg. Im Nichts war ich. Niemandstochter. *Ich war fort, wusste nicht wo und brauchte einen Halt, um nicht zu verschwinden.*

Alaric! Ich musste zu Alaric, er musste mich in die Arme schließen und mir zuflüstern, dass alles gut werden würde, dass das, was ich glaubte, richtig war.

Doch Alaric war im Dorf und baute an einem Dachstuhl in der Nachbarschaft mit, und der Abstieg ins Tal würde mehrere Stunden dauern, bis tief in die Nacht.

Mit Tränen in den Augen landete ich schließlich vor Vikas Gemächern. Meine Hand stieß schwach gegen ihre Tür. Keine Antwort. »Vika«, rief ich, und meine Stimme drohte zu brechen. Niemand öffnete. Natürlich nicht, wie dumm von mir. Sie war ja in der Universität.

Zerstreut wandte ich mich ab. Nach Hause gehen, Alaric treffen, das war die einzige Option. Der lange Weg würde mir helfen. Wenn mir erst die Füße schmerzten und die Beine schwer wurden, würde mein Herz nicht mehr so quälend wehtun. Wenn ich allein war, ganz allein zwischen den Felsen des Volarians, konnte ich loslassen und um meinen Verlust weinen.

Kalter Wind aus Norden – die Myr – peitschte mir ins Gesicht, als ich an einem Tor nach draußen stürmte. Und verharrte. Denn dort, auf dem Pflasterboden des Nebeneingangs, war ich nicht allein. Mein Vater … nein, mein Fürst stand dort, vor ihm drei Reiter.

»Vielen Dank für Eure Hilfe, Ser.« Mein Vater hatte mich nicht gesehen, er stand mit dem Rücken zu mir. »Ich hätte das Niemandskind ohne Euch zu meiner Erbin gemacht. Nie hätten die Berge mehr Scham empfunden.«

Seine Worte hätten mich vernichtend treffen müssen. Schließlich sprach er über mich. Aber sie bedeuteten mir nichts. Sie waren nichts im Vergleich zu dem herablassenden Lächeln des ersten Reiters.

»Das konnte ich nicht zulassen, Fürst.«

»Alaric?«

Mein Vater fuhr zu mir herum. Alaric schlug die Lider hoch, sein Gesichtsausdruck klar und verschlossen zugleich. Fremd.

Mein Stolz hatte mir einst viel bedeutet. Die Verbannung ins Exil hatte ich still hingenommen, ohne ein Wort der Klage. Auch meinen Vater zu verlieren hatte ich beherrscht ertragen und mich, egal wie schwer es mir fiel, daran erinnert, wie eine Nema sich zu verhalten hatte.

Doch in diesem Moment war mir alles egal. Die Beherrschung brach mir weg, und ihre letzten Fetzen schleuderte ich freiwillig von mir. Ich schluchzte auf und versuchte nicht einmal mehr, die beschämenden Laute zu unterdrücken. Hastig rannte ich an meinem Vater vorbei, zu Alaric, griff nach dem Zügel seines Pferdes, hielt inne und berührte den teuren Stiefel, den er trug. »Alaric, erklär mir, was das bedeutet.«

»Armes Mädchen«, sagte er von oben herab. Er redete nicht mit mir, er sprach über mich hinweg zum Fürsten. Dann rümpfte er die Nase, als würde ich stinken. »Sie scheint nicht sehr begeistert, mich zu sehen.«

Mir wurde schwindelig, mir wurde schlecht. Ich musste das falsch verstehen, es war sicher nur ein Irrtum.

»Alaric, bitte. Sprich mit mir. Was geht hier vor?«

»Wachmänner«, rief er über meinen Kopf den Soldaten des Fürsten zu, der uns anglotzte wie eingefroren. »Dieses Mädchen muss zurück in sein Dorf. Sorgt dafür, dass es dort landet, wo es hingehört. Bei seinen Ziegen.«

Er gab seinen Begleitern ein Zeichen, indem er mit dem Kopf nickte. Dann trieb er sein Pferd aus dem Stand in den Galopp, der Schweif peitschte mir ins Gesicht. Und Alaric war fort, und mit ihm alles, wovon ich dachte, es sei mir wichtig.

Jahrelang sollte ich ihn nicht wiedersehen. Bis heute.

»Warum«, wiederholte ich nun, da ich seine Angst vor mir fast auf der Zunge schmeckte, »willst du ins Daemareich? Ausgerechnet mit mir?«

»Ich nannte dir meinen Grund«, presste er durch die Zähne, und meine Hand mit der Klinge an seiner Kehle begann zu zittern. Seine ruhten scheinbar locker auf der Tischplatte. Aber neben den blau schimmernden Adern in seiner so hellen Haut zeichneten sich vor Anspannung all die langen, schlanken Sehnen ab.

»Laire, lass uns doch in Ruhe reden«, murmelte Vika. »Du willst doch niemanden …«

Nein. Ich wollte niemanden umbringen. Nicht einmal Alaric Cole. Aber ich wollte ihm wehtun, so sehr. Er sollte denselben Schmerz fühlen, den ich gefühlt hatte. Hätte Vika die ganze Wahrheit gewusst – sie hätte ihm eigenhändig die Zunge herausgeschnitten, ohne eine einzige weitere seiner Lügen zuzulassen.

Doch dann wurde mir klar, dass ich gar nicht imstande war, ihm derart wehzutun, und die Enttäuschung drang tiefer in mich, als er es je zuvor vermocht hatte. Ihn mit einem Messer zu verletzen, würde nicht reichen. Selbst jetzt, mit meiner Klinge an seinem Hals, gelang es ihm noch, mich zu verspotten.

»Mädel?«, rief der Wirt. »Das letzte Zimmer kostet dich zehn Schilling. Acht, wenn heute Abend noch Blut fließt und meine Gäste was zu sehen kriegen!«

Die Leute lachten. Was stimmte nicht mit denen? Was stimmte nicht mit mir? Auf verquere Art waren sie mir wohlgesonnen, weil ich jemanden bedrohte, der hier fremd war – und ich hasste uns alle dafür.

»Letzte Chance«, flüsterte ich Alaric zu. Keine Ahnung, was ich danach tun würde. Ich hoffte nur, er würde die Wahrheit sagen und mir eine Möglichkeit geben, das hier zu beenden. »Den wahren Grund, Alaric. *Jetzt.*«

»Laire …«

»Nichts Laire!« Ich wollte meinen Namen nicht mehr von seinen Lippen hören, nie wieder. »Die Wahrheit!«

»Laire!«, keuchte Vika, und ich spürte mehr, wie ein Tropfen Blut über Alarics Haut perlte, als dass ich es sah.

»In Ordnung«, sagte er endlich. »Ich sag es dir. Aber bitte, nimm dieses Messer weg.«

»Du kannst hervorragend mit einem Messer am Hals sprechen«, erwiderte ich. »Es reicht für Laire, Laire, Laire – da sollten alle anderen Worte auch gehen.«

Ein Kerl zwei Tische weiter applaudierte. »Und sprich laut! Wir wollen es alle hören!«

»Auf die Wahrheit!«, grölte eine alte Frau. Ich hatte geflüstert, als wir über das Daemareich sprachen, niemand konnte es mitangehört haben. Trotzdem schien es mir, als würden die Leute mich durchschauen, während sie ihre Krüge und Becher aneinanderstießen. »Auf die Wahrheit«-Rufe schallten durch den Raum, und ich fühlte mich inmitten all dieser Menschen schrecklich allein.

Ich ließ das Messer sinken und warf es vor Alaric auf den Tisch. Meine Knie wurden weich, ich kämpfte mich zurück zu meinem Platz und es kostete mich alle Kraft, mich langsam hinzusetzen und nicht einfach auf die Bank plumpsen zu lassen. Was bei der verfluchten Lassa war in mich gefahren?

»Sag, was du willst, Alaric.« Müde stellte ich die Ellbogen auf und stützte meinen Kopf in die Hände. »Sprich wahr oder lüg mich an. Wir werden dich nicht mitnehmen.«

»Dann jagt ihr einer verlorenen Chance nach.« Er sah mich an, als wäre nichts gewesen. Nur der winzige Schnitt und der Tropfen Blut, der einer der feinen Linie auf seinem Hals hinabgefolgt und in seinem Kragen versickert war, bewiesen, dass ich keinen schrecklichen Tagtraum gehabt hatte.

Vika sprang auf. »Ich kümmere mich dann mal um … Getränke. Ich brauchen etwas Wein. Oder viel Wein. Vielleicht kommst du mit, Jero? So viel Wein, wie wir brauchen, kann ich nicht allein tragen.« Die beiden begaben sich zum Tresen, und Vika buhlte um die Aufmerksamkeit des wieder desinteressierten Wirts.

Alaric griff in seine Tasche, zog sein Zeitmesser heraus und legte es mit einem dumpfen Geräusch vor mir auf den Tisch. Die Luft um das messingfarbene Amulett flimmerte wie ausgedörrter Boden bei großer Hitze. Ich musste es nicht einmal berühren, um die Magie zu spüren.

»Es zertrennt die Zeit. Ihr braucht Zeit, um vor den anderen über die Grenze zu gelangen. Und ich habe nicht viel davon, was bedeutet, dass du dich schnell entscheiden musst. Ich will euch begleiten und der Grund dafür ist«, er stockte, »meine Schwester.«

»Das wirst du genauer erklären müssen. Was hat deine Schwester damit zu tun?« Ich wusste nicht einmal, dass er eine Schwester hatte. Wie hatte er so etwas Elementares verschweigen können? Was mochte ich noch nicht wissen? Was von dem, was ich zu wissen glaubte, war gelogen? Wer war dieser Alaric Cole überhaupt?

»Ich will sie bloß wiedersehen.«

Etwas in meinem Inneren zog sich zusammen. »Deine Schwester ist … dort?« Allein die Vorstellung war schrecklich. Wie war es geschehen? Warum? War es zu viel, ihn danach zu fragen? Was, wenn es mit seinem Verrat an mir zu tun hatte? Ich rieb mir die Stirn und versuchte, die Gedanken im Zaum zu halten, aber der Stress, die Sorge und nicht zuletzt der Einfluss der Lassa verhinderten, dass ich mich konzentrieren konnte. Meine Haut fühlte sich durchlässig an, als hätte ich jeden Schutz verloren.

»Wie … Seit wann …?«

Sein Lächeln tat mir weh. »Ich habe Caleja seit zehn Jahren nicht mehr gesehen.«

Er war noch ein Kind gewesen. Zwölf Jahre alt. »Aber dann ist sie …« Er musste doch wissen, dass sie unweigerlich zu einer Daema geworden war, oder? »Du wirst sie nicht mehr wiedererkennen.«

»Caleja ist meine Zwillingsschwester«, sagte er schlicht. »Wir sind in der gleichen Flamme geboren. Wo auch immer und in welchem Licht – ich werde sie wiedererkennen.«

Mit den behandschuhten Fingern strich ich über das Amulett. Die Magie war unscheinbar, nicht besonders auffällig, aber deshalb nicht weniger präsent. Es war die Magie, die ein außergewöhnlicher Sonnenaufgang besaß, eine Blüte, die sich vor dem Verwelken nur ein einziges

Mal öffnete, oder eine sternenklare Nacht. Das Wort »natürlich« passte zu ihr.

»Darf ich?«, fragte ich. Alaric nickte, und ich nahm das Amulett in die Hand und ließ es durch zarten Druck auf den seitlichen Hebel aufspringen. Unter dem Deckel befand sich eine Glasscheibe, und darunter wirbelte eine winzige Windhose schimmernden goldenen Sand im Kreis herum. Nie zuvor hatte ich etwas Ähnliches gesehen, nicht einmal in den Büchern der Universitätsbibliothek.

Alaric behielt mich im Blick. »Denk erst gar nicht dran, es zu stehlen. Es nützt dir nichts, weil du nicht weißt, wie man es benutzt. Ich sage es dir nicht, nicht einmal mit einem Messer am Hals – oder sonst wo, wo es wehtut.«

Ich glaubte ihm. Artefakte wie dieses waren mitunter schwierig zu bedienen.

Nachdenklich zwang ich ein paar winzige Löffel meines Eintopfes in meinen verkrampften Magen, aber sosehr ich auch grübelte, ich kam nicht weiter. Ich wollte nicht, dass Alaric mitkam. Ich wollte nicht in seiner Nähe sein, am liebsten wäre es mir gewesen, wenn wir uns nicht einmal im gleichen Land aufgehalten hätten. Ich ertrug ihn einfach nicht mehr. Weder seine sturmblauen Augen noch die Erinnerung von Funken in meinem Bauch, wenn er lächelte. Funken, die einmal warm in mir geglommen hatten und mich nun versengten.

»Sag mir, warum«, verlangte ich. Er senkte den Blick, er verstand also, was ich meinte: seinen Verrat an mir. »Und wie du herausgefunden hast, dass der Fürst nicht mein Vater ist – warum du es überhaupt wissen wolltest. Und wer …?« *… wer mein wahrer Vater ist.*

Alaric sah auf und blickte mich derart müde an, als hätte er die letzten drei Jahre über die Fragen gegrübelt. »Alles, was ich dir sagen kann, ist, dass ich es …« Er verstummte und fasste sich an den Hals, rieb über die kleine Schnittstelle, die ich ihm zugefügt hatte und die sich fast nahtlos in seine seltsamen weißen Tätowierungen einfügte. Er würgte sich beinah selbst, so verkrampft wirkten seine Finger. »Ich habe es getan, Laire. Ich habe es getan und bereut. Ich werde es bereuen, solange ich lebe, und es bleibt dennoch getan, und das ist alles, was ich dir dazu sagen werde.«

»Was hat er dir dafür gegeben?«

Vika und Jero standen mit ihren Weinkelchen an der Theke und kamen nicht zurück. Vielleicht vermuteten sie eine Aussprache, während ich mich hier mit *nichts* begnügen musste.

»Gold?«, vermutete ich. »Schillinge? Macht?« Lächerlich – worüber denn? Nemija hatte nicht viel zu bieten, und Alaric musste nach dem Verrat an mir das Land verlassen haben, sonst hätte ich von ihm gehört.

Alaric schwieg mir mit klarem Blick mitten ins Gesicht, und ich wollte schreien und wurde doch immer stiller.

»Du hättest fort sein können, als der Fürst mich zur Burg befehligte. Du hättest wenigstens nicht auf mich spucken müssen, nachdem du mich schon verraten hast.«

Er stemmte sich vom Tisch hoch. »Ich wollte, dass du weißt, dass ich es war.«

Ein bitteres Grinsen bewegte meinen Mund. »Ja, die Freude an meiner Situation sah man dir an.«

Er schüttelte schwach den Kopf. »Ich wollte nicht, dass du mich vermisst. Du solltest wissen, dass ich …« Er hielt inne.

»Dass du ein Arschloch bist? Danke, das ist angekommen.«

»Gut«, sagte er, meinen Sarkasmus vollkommen ignorierend. Dann ging er durch die Schenke zur Nebentür, die zum Stall führte. »Denn genau das musstest du erfahren.« Damit ging er hinaus.

Ich machte mir keine Hoffnungen, ihn nicht wiederzusehen.

Wir nahmen das Zimmer für zehn Schillinge. Als wir am Morgen zum Frühstück vor dem Aufbruch im Gastraum erschienen, sah ich Alaric durchs Fenster draußen warten. Ob er dort geschlafen hatte? Im Windschatten der Stallungen oder im Schutz der Büsche? Wenigstens hatte sich der Sturm gelegt.

Jero fasste mich am Arm. »Deine Entscheidung ist richtig, Laire. Ich traue ihm auch nicht, aber für den Fall, dass der Vogel auf dumme Ideen kommt und vor den falschen Leuten singen will, ist es doch besser, jemand behält ihn im Blick.« Jero war vernünftig, ich hatte es gehofft und gleichzeitig befürchtet. Er war es, der mich überzeugt hatte, dem Handel mit Alaric zuzustimmen.

»Jemand wie du?«, fragte Vika ihn, und er nickte. »Dann kann er kein Unheil anrichten.«

Aber da irrten meine Freunde.

»Ich ruf ihn rein.«

Ich widersprach Jero nicht. Stattdessen starrte ich auf eine Karte, die an der Wand hing, festgepinnt wie eine drittklassige Zeichnung, die ohnehin bald ersetzt werden würde. Doch dies war keine einfache Karte. Wie hatte ich sie am Vorabend übersehen können?

Fasziniert trat ich näher. Die Karte zeigte Nemija – in winzigen Details in Kohle gezeichnet … und in magischer Bewegung. Ich sah die grauen Flüsse fließen, die Felder sich wiegen und die Winde an den Felswänden der Berge herumwirbeln. Hinter Vara, der Bergkette im Osten, ging auf der Karte sowie draußen vor dem Fenster die Sonne auf.

Ich hatte bisher erst einmal eine magische Karte gesehen – eine aus edlen Garnen in leuchtenden Farben gestickt. Sie hing im Tempel der Burg, und ich hatte sie als Kind stundenlang betrachtet. Sie fehlte mir. Ebenso wie diese hier hing sie einfach da, und niemand außer mir bemerkte, wie besonders sie war.

Die kleine Kohlekarte hier an der Wand dieser Kaschemme tat mir richtig leid. Man sollte kein Leben führen müssen, in dem niemand das wahre Potential erkannte.

»Nette Zeichnung«, sagte ich zu dem Wirt, der mit struppigen Haaren und verquollenen Augen ein Brett mit Brot und Käse auf die Theke hievte. »Verkaufst du sie mir?«

»Wohin willst du denn, dass du den Weg nicht kennst?«, fragte er mürrisch.

»Sag mir einfach, was du haben willst.«

Er sah mich lange an, und mir war klar, dass ich verloren hatte. »Fünfzehn Schillinge.«

Ich lächelte freudlos. »Ja, du mich auch.«

Er zuckte nur grienend mit den Schultern.

Zurück am Tisch hob Vika fragend beide Augenbrauen, aber ich schüttelte den Kopf. Fünfzehn Schillinge waren kein Problem für Vika, aber ich gönnte dem Wirt das viele Geld nicht. »Ist nicht so wichtig«, murmelte ich.

Alaric saß bereits am Tisch, und obwohl seine Haare vom Wind zerzaust waren, ließ er sich nicht anmerken, dass er im besten Fall schlecht und im schlechtesten gar nicht geschlafen hatte. Seine sturmblauen Augen blickten mich trotz der Frage, die in ihnen lag, so selbstbewusst an wie eh und je.

Ich sparte mir alle Worte, nickte ihm bloß zu. Es war ein Fehler, ihn mitzunehmen. Aber einer, den ich begehen musste.

Desmond war jedes Opfer wert.

KAPITEL 14

ALARIC

»Wenigstens regnet es nicht.«

Alaric hatte die Stille nur mit belanglosen Worten füllen wollen, damit der Marsch nicht noch weiter an den Nerven zerrte. Doch nun starrten ihn alle entgeistert an. Vika stöhnte sogar entnervt auf, und er hob ahnungslos die Schultern.

»Meinst du, die Wolken lassen sich von dir zum Narren halten?«, fragte Laire. »Das mag dir bei Menschen gelingen, aber merk dir eins: Versuche das nie mit dem Wetter, den Winden und Nemijas Bergen.«

»Natürlich nicht.« Er verkniff sich ein Lachen. »Ich werde mir merken, dass man hierzulande nicht mit Wetter und Bergen streitet.« *Und nicht mit dir, Laire.*

Laire schüttelte fassungslos den Kopf. »Halt zu unserer aller Sicherheit zur Abwechslung mal den Mund.«

Daraufhin wurde er wieder konsequent ignoriert. Dummerweise blieb ihm nicht die Möglichkeit, Laires Worte als abergläubisches Gewäsch abzutun, denn es begann tatsächlich zu regnen, ein hinterhältiger, kalter Sprühregen, der ihm in den Kragen rann, die Wege rutschig und die Launen der anderen noch viel schlechter machte.

Erst an der Gebrochenen Brücke sprachen Alarics Begleiter wieder miteinander. Kurze Blicke, wenig Worte, keines davon an ihn gerichtet. Gut, wenn sie es so wollten, sollte es so sein. Es würde die Sache erleichtern, wenn es keine Freunde waren, die er am Ende enttäuschen würde.

»Ich hätte nicht gedacht, dass ich da noch mal freiwillig reingehe«, sagte Vika vor dem Eingang. »Aber dank dieses Mistwetters«, sie schoss Alaric einen giftigen Blick zu, »tue ich es beinah gern.«

Hinter der Brücke, die sie problemlos passieren ließ, regnete es nicht, und Alaric würde einen Teufel tun, dies zu kommentieren. Er sah sich um. Ein Felsplateau, ein paar verkrüppelte Büsche und jede Menge Steine. Er wog die Zeit in seiner Hand.

»Kommt her«, wies er die anderen an, und sie traten näher. Unruhig scharrte sein Pferd mit den Hufen, als hätte es Angst vor Alaric oder der Zeit, die er festhielt. Er konnte dem Tier sein Misstrauen nicht verdenken. Tiere spürten, dass es riskant war, mit der Zeit zu spielen.

»Wann genau wart ihr hier?«, erkundigte er sich.

»Bei Sonnenuntergang«, sagte Laire. »Und die andere Gruppe muss Stunden vor uns hier gewesen sein. Wir sollten ihnen besser nicht begegnen.«

»Schlimmer wäre es, ihr würdet euch selbst begegnen.«

Weit fort gab ein Tier einen klagenden Laut von sich.

»Was bedeutet ›uns begegnen‹?«, fragte Vika in einem Tonfall, als sei das Risiko, dass dies geschah, allein seine Schuld.

»Ich werde jetzt Zeit über uns streuen«, erklärte Alaric. »Sie schneidet ein Loch in die bereits vergangene und lässt uns an anderer Stelle wieder hinaus.« Er erwartete Empörung oder eine Erklärung, dass das unmöglich sei. Aber Vika wechselte nur einen Blick mit Laire, und nachdem diese nickte, presste Vika die Lippen aufeinander.

»Was würde passieren, wenn wir aufeinandertreffen?«, fragte Laire, doch sie klang eher interessiert als besorgt.

»Die meisten Menschen, die sich selbst begegnen, nehmen das nicht besonders gut auf. Euer vergangenes Ich weiß noch nichts von der Möglichkeit, die Zeit zu durchtrennen. Vielleicht geratet ihr nur in Panik und betet die halbe Nacht durch. Bestenfalls trefft ihr mich dann nicht. Das wäre nicht tragisch, wir hier würden uns dann einfach auflösen, denn zu der Situation, in der wir uns gerade befinden, wäre es nie gekommen.«

»Dann wäre unsere Chance, rechtzeitig zum Lord zu gelangen, aber verwirkt«, stellte Laire fest.

»Ja. Und mit etwas weniger Glück wärt ihr verwirrt, würdet eure verschwundenen Doppelgänger suchen und womöglich nicht mehr schnell genug in Sicherheit sein, wenn die Lassa kommt. Ungefährlich ist es nie, und selten bringt die Veränderung der Vergangenheit der Gegenwart einen Vorteil.«

Er ließ ihnen kurz Zeit, die Konsequenzen zu überdenken, dann fragte er: »Wollt ihr es dennoch riskieren?«

»Natürlich«, erwiderte Laire mit fester Stimme.

Alaric hatte keine andere Antwort erwartet. Er öffnete den versteckten Mechanismus am Amulett und ließ mehrere Stunden aus fein geriebener Zeit in seine Handfläche rieseln.

Er hatte es seit Monaten nicht mehr getan. Nicht mehr, seit die Zeit ihn beinah mit sich gerissen hätte. Trotzdem packte sie sofort wieder mit der altvertrauten Gier nach ihm, sog und zerrte, lockte und zwang. Er war schon vor Langem gewarnt worden, dass Zeit süchtig machte, aber er hatte nicht gedacht, dass es so schnell und so unausweichlich passieren könnte. Endlich brannte das Feuer in seiner Brust wieder, wenn die Zeit ihn durchdrang, vernichtend und wunderschön zugleich. Und es würde noch heißer brennen, noch lebendiger, wenn er mehr Zeit nahm. Nur ein paar Körnchen mehr? Um auf Nummer sicher zu gehen?

»Halt das!«, presste er durch die Zähne und drückte dem Paladin das Amulett mit der verbliebenen Zeit in die Hand. »Halt es fest und gib es mir nicht zurück, egal, was ich sage.«

Dann hob er seine verkrampfte Faust vors Gesicht und zwang sich, sie zu öffnen. Sein Körper wehrte sich, wand sich, versuchte, seinem Willen zu trotzen. Er wollte die Zeit für sich haben – sie allein nutzen. Und er hatte nicht die geringste Ahnung, was es war, das gegen seinen eigenen Körper kämpfte und verhinderte, dass er einfach nachgab und allein mit der Zeit entfloh. Ein bisschen Vernunft, ein wenig Ehre?

»Ist alles in Ordnung?«, fragte Laire irritiert.

Er nickte, die kleine Bewegung ließ das Pferd scheuen, der Paladin vermochte kaum, es festzuhalten. »Haltet die Luft an«, keuchte Alaric. »Wenn ich es sage, dann atmet ein.«

Sie taten, was er verlangte. Der Paladin legte seine Handflächen über die Nüstern des Pferdes. Es gab ein unwirsches Geräusch von sich, ein Knurren fast, wie Alaric es nie zuvor von einem Pferd gehört hatte.

Mit roher Gewalt zwang er seine verkrampften Finger, sich zu öffnen. Es fühlte sich an, als würden die Fingerknochen brechen, die Sehnen reißen und das Fleisch verbrennen, aber er gewann den Kampf. Die Zeit schillerte wie zu Pulver geschlagenes Messing, Silber und Gold.

»Jetzt«, sagte er, blies in seine Handfläche, und die Zeit wirbelte auf, senkte sich langsam zu einer Wolke herab und umschloss sie. Der altbekannte Schwindel überkam ihn, ließ alles leicht und hell und möglich erscheinen, was in der Realität schwer und dunkel und nie zu schaffen war. Er sah noch, wie die anderen die Augen schlossen, registrierte am Rande ihre erleichterten Gesichter. Zwischen den Zeiten gab es keinen Kummer, keine Sorgen und keine Angst. Es war ein herzzerreißender

Anblick, wenn all diese Gefühle von einem Menschen abfielen und pures Staunen in seinem Gesicht zurückblieb. Menschen sahen sonst nur so aus, wenn sie gerade geboren wurden oder starben – und im Reinen damit waren.

Auch Alaric schloss die Augen und gab sich dem Gefühl hin. Es war endlos und doch nur einen Moment.

Als er die Lider aufschlug, rappelten sich Laire und Vika vom Boden auf, und der Paladin stützte sich schwer gegen sein Pferd. Dieses beäugte Alaric mit mehr als bloß Misstrauen im Blick. Es verabscheute ihn, vielleicht, weil es ihn durchschaute.

Laire sah sich um und breitete dann verunsichert die Arme aus. »Es hat sich gar nichts verändert!« Der Wind trug ihre Stimme in Richtung Berge, ließ sie schwächer wirken, als sie war. »Es war nicht genug Zeit, wir brauchen mehr.«

»Nein!«, erwiderte Alaric hastig, bevor er eine Dummheit begehen und ihrer Aufforderung folgen konnte. Er wollte so gern mehr Zeit zertrennen … »Nein, es war schon bedenklich viel. Und ich bin sicher, dass es genug war. Du wirst den Weg finden.«

»Dann sind wir falsch«, sagte Vika frustriert. »Hier ist alles noch genauso wie vorhin. Nur Staub und Steine, aber kein Zeichen.«

»Nicht immer erkennt man den Weg auf Anhieb«, sagte der Paladin, aber mit dieser Antwort tat er sich keinen Gefallen. Vika stemmte die Hände in die Hüften und verengte die Augen. »Ich weiß nicht, ob es einen wirklich guten Moment für altkluge Weisheiten gibt, aber ich bin mir ziemlich sicher, dass dieser Moment nicht jetzt ist!«

»Komm schon, Vik. Nicht aufregen. Du bist bloß müde, das kratzt an der Geduld.« Laire tat ihr Bestes, ihre Freundin zu beruhigen, aber Vika schnaubte nur.

»Jero hat versprochen, uns zu helfen. Er hat die Ausbildung dazu – er ist der Einzige von uns, der dieses verdammte Reich der Daema studiert hat. Und was tut er?«

Vikas Ärger schien den Paladin kaltzulassen. Nichts an seiner gelassenen Fassade wies auch nur die Ahnung eines Risses auf. »Meine Aufgabe ist nicht das Suchen. Paladine schützen die Suchenden. Die Suchende ist Laire. Solange sie den Weg nicht findet, kann ich nichts tun.«

Laire senkte den Kopf und vergrub die Hände in ihrem windzerzausten Haar. Sie sah so verloren aus, und Alaric musste sich zwingen, nicht zu ihr zu gehen. Er würde ihr alles, aber kein Trost sein.

Vika wandte sich ab und kickte einen Stein den Abgrund hinunter. Interessant. Diese Nema hatten offenbar doch nicht alle die Selbstbeherrschung mit der Muttermilch aufgesogen. Der kleine Ausbruch machte ihm Vika richtig sympathisch.

»In Ordnung«, überlegte Laire und ging auf und ab. »Nicht immer erkennt man den Weg auf Anhieb«, wiederholte sie Jeros Worte. »Das hast du nicht nur so dahingesagt. Du weißt etwas.«

»Ich weiß vieles«, sagte der Paladin. »Aber die Lösung, die du suchst, kann ich dir nicht geben.«

Laire blieb unvermittelt stehen. »Was hindert dich?«

»Meine Ausbildung. Mein Schwur.«

»Was gilt der Schwur noch, wenn du ein einzelner, verstoßener Paladin ohne Hand bist?«, rief Vika aufgebracht.

Jero knurrte. »Der gilt auch noch, wenn ich der letzte Mensch auf dieser Welt bin. Er dient dem Schutz der Suchenden. Wer nicht einmal den Weg allein findet, überlebt keine Nacht jenseits der Grenzen. Laire muss ihn selbst finden. Das ist Gesetz!«

»Ich mische mich ungern ein«, sagte Alaric, »aber ich an seiner Stelle hätte jetzt einen Dolch an der Kehle, bis ich ausspucken würde, was ich weiß.«

»Du hast den Dolch gleich ganz woanders, Klugscheißer!«, zischte Laire.

Alaric hob die Augenbraue und raunte ein dreckiges »Versprochen?«.

»Halt deinen Mund, Alaric, oder ich entscheide mich um und du bleibst genau hier.«

»Ich habe bereits geliefert. Wenn du mich betrügst, kann ich kaum erneut die Zeit durchschneiden, die ich dir gegeben habe.«

»Ruhe!«, blaffte sie. »Ich muss nachdenken. Nicht immer erkennt man … auf Anhieb. Wartet. Die Feuerstelle!«

»Was ist damit?«, fragte Jero. Sein schmeichelnder Tonfall verriet, dass er die Antwort kannte.

»Sie ist weg. Nein, es gibt sie noch nicht! Wir sind die Ersten hier, das Zeichen *muss* da sein.« Laire stiefelte auf dem Plateau auf und ab. Vika setzte sich auf den Boden, zog die Knie an und legte die Stirn darauf.

Alaric trat zu Jero, der das Sattelzeug seines Pferdes überprüfte. »Darf ich dich etwas fragen, Paladin?«

»Nein.«

»Danke. Ich grübel die ganze Zeit darüber nach, wie es kommt, dass ein Paladin ganz allein unterwegs ist. Versteh mich nicht falsch, ich würde zwei junge und ausgesprochen hübsche Frauen vermutlich auch vier kräftigen Kerlen vorziehen. Wobei …« Alaric verzog vielsagend das Gesicht, doch Jero ignorierte selbst das. »Aber worauf ich hinaus will ist …«

»Ich sag dir nicht, wo meine Hand ist«, erwiderte Jero, als kommentierte er nur das Wetter. »Und auch nicht, warum ich nicht bei ihr bin. Sie ist weg.«

»Ich wollte eigentlich nur wissen, welcher Finger du warst. Der Daumen, der entscheidet? Der Zeigefinger, der die Buchseiten umschlägt und das größte Wissen angesammelt hat? Oder eher …«

Jeros Faust schoss auf ihn zu. Wenige Zentimeter vor seiner Nase verharrte sie plötzlich, und Jero hob gemächlich den Mittelfinger. »Der hier. Und der haut dir mit allen anderen zusammen aufs Maul, wenn du weiter versuchst, mir auf die Nerven zu gehen.«

»Interessant«, murmelte Alaric. »Dieses Zeichen scheint auf dem ganzen Kontinent ungefähr dieselbe Bedeutung zu haben.«

Jero wollte darauf etwas erwidern, aber ein heller Schrei lenkte sie beide ab. Laire winkte aufgeregt in einiger Entfernung, und sie liefen zu ihr. Alaric hatte mit einer Schlange oder einem Skorpion gerechnet, doch Laire hatte etwas viel Gefährlicheres auf dem staubigen Boden entdeckt.

»Erkennt ihr es? Es sieht aus wie ein Schlüsselloch!«

Alaric sah es. Die Sonne hatte sich langsam abgesenkt und stand nun genau hinter einer spitzen Bergkuppe im Westen. Es war mit bloßem Auge nicht zu erkennen, aber irgendwo musste ein Tunnel durch den Berg führen, durch den nun das Licht schien wie ein langer, dünner Finger. Durch die Schatten von Steinen und Sträuchern fiel es mit den Umrissen eines Schlüssellochs auf den kargen Boden.

»Das könnte es sein«, sagte Vika verblüfft, und Laire trat an die Stelle, tappte von einem Fuß auf den anderen und wippte, als bestünde die Möglichkeit, der Boden würde nachgeben und sie ins Reich der Daema stürzen lassen.

Nichts geschah.

Laire beschattete ihre Augen und blickte zum Berggipfel, wo der Tunnel nur durch ein helles Funkeln zu erahnen war. »Kann das unser Weg sein?«

Jero schmunzelte. »Die Suchende muss über unseren Weg entscheiden.«

»Dann ist das unser Weg.« Laire lief zu den zurückgelassenen Rucksäcken und schulterte ihren. »Gehen wir!«

KAPITEL 15

LAIRE

Der Marsch bergauf war weit und anstrengend, weshalb wir die meiste Zeit schwiegen. Dass das Pferd ihn bewältigen konnte, grenzte an ein Wunder. Wo wir Mühe hatten, die Steigungen hochzuklettern, fand es immer Felsvorsprünge, die eben groß genug für seine Hufe waren. Es besaß die Geschicklichkeit einer Bergziege, und während uns die Kleider schweißnass an der Haut klebten, kräuselte sich bei Lassa nur leicht das Fell an Brust und Flanken. Alaric kletterte uns so weit voraus, dass ich hin und wieder dachte, er wäre verschwunden; eine Vorstellung, die mich zu gleichen Maßen erleichterte und besorgte, wusste ich doch nicht, was er vorhatte. Jero hielt allerdings sein Wort und hatte stets ein Auge auf Alaric.

Wir erreichten den Tunneleingang im felsigen Berg in der Dämmerung.

»Dieser Tunnel ist ein Gang in die nächste Welt«, erklärte Jero und sah uns alle ernst an.

Vika rieb sich schaudernd die Arme.

»Noch kannst du umkehren«, flüsterte ich ihr zu, aber sie sah mich nur verärgert an.

»Ich bin nervös. Nicht feige. Das ist ein Unterschied.«

»Die Zeit der Feigheiten ist für euch vorbei«, sprach Jero weiter. »Durch diesen Tunnel führt nur ein Weg: nach vorn. Es gibt kein Zurück. Wer verharrt, bleibt zwischen den Welten, wo kein Mensch lange überleben kann.«

»Wie … wie kommen wir zurück?«, fragte ich mit trockenem Mund. »Wenn wir Desmond gefunden haben?«

»Nur durch die Burg des Daemalords.« Zu meiner Überraschung war es Alaric, der mir antwortete.

Jero nickte, schien aber verwundert.

»Woher weißt du das?«, hakte ich skeptisch nach.

Alaric zuckte mit den Schultern. »Ich bin einfach vom Schlimmsten ausgegangen.«

»Die Einstellung lobe ich mir.« Jero schlug Alaric so kräftig auf den Rücken, dass dieser einen Schritt nach vorn stolperte. »In diesem Tunnel beginnt die erste Ebene des Daemareichs. Die Zwischenebene, in der die Welten langsam ineinander übergehen.«

»Werden wir Daema sehen?«, flüsterte Vika, während Alaric in den Tunneleingang spähte.

»Vorerst nur ein paar und eher schwächere. Sie können in der Zwischenwelt nicht lange überleben, versuchen aber immer wieder, die Grenzen zu überwinden und in unsere Welt zu gelangen.«

Vika sah zum Berggipfel hoch. »Wie kommt es, dass die Daema ihre Welt nicht verlassen können? Der Weg über den Berg sieht nicht einladend aus, aber durchaus zu schaffen. Und die Biester haben doch Flügel, oder nicht?«

»Einige«, murmelte ich.

Jero überprüfte den Gurt, der seinen Myrodem hielt. »Ihr denkt zu viel in Dimensionen, die ihr kennt. Die Welt der Daema hat ihre eigenen. Ihr Reich beginnt nicht an diesem Berg, es liegt an einem Ort, den eure Karten, Kompasse und Globusse nicht erfassen können. Die Entfernungen dort bemessen sich nicht in Länge, sondern in Höhe und Tiefe. Dieser Tunnel ist ein Zugang in ihre Welt, aber ihr dürft es euch nicht wie ein Tor vorstellen. Eher wie eine Metamorphose. Wie die Geburt oder den Tod. Du wirst zu etwas anderem, wenn du dich auf den Weg machst. Und es gibt keinen Weg zurück. Noch könnt ihr umkehren.«

Mir schauderte. »Ich kann nicht umkehren.«

Alaric wandte sich zu uns um. »Erzählen wir uns noch Schauergeschichten oder wollen wir los? Ich dachte, eure Zeit wäre kostbar.«

So ungern ich es zugab, er hatte recht, und ich sammelte meinen Mut und trat in den Tunneleingang. Verglichen mit der Gebrochenen Brücke sah es nicht schwierig aus. Man musste sich unter den Stalaktiten ab und an hindurchbücken und über Felsen am Boden steigen. Wind pfiff hindurch und trug den Geruch von Eis und Schnee heran, ohne wirklich kalt zu sein. Aber man konnte das Ende des Durchgangs bereits erkennen, und dort schimmerte noch ein wenig Licht, was bedeutete, dass wir die Zwischenwelt nicht im Stockfinsteren erreichen würden. Von dieser Aussicht ermutigt, ging ich voran.

»Es ist ganz einfach«, rief ich über meine Schulter, als ich knapp die Hälfte des Tunnels geschafft hatte. Alaric war wenige Meter hinter mir, und auch Vika bückte sich unter den Stalaktiten hindurch.

»Nicht zurücksehen«, mahnte Jero, doch obgleich ich ihn hörte, konnte ich ihn nicht sehen. Ob er mit Lassa hier durchkam? Oder musste er sie zurücklassen?

Mein Blick streifte Alaric, der mir zulächelte. »Das hatte ich mir schlimmer …«

In diesem Moment brach der Boden unter ihm weg. Ich sah noch, wie sein Gesicht sich entsetzt verzerrte, hörte ihn Atem holen wie zu einem Schrei. Und dann stob eine Staubwolke auf, ein Krachen ließ die Tunnelwände beben, und Felsbrocken stürzten in die Tiefe. Steine trafen mich am ganzen Körper, ich schützte meinen Kopf mit den Händen. Halb fiel ich hin, halb ließ ich mich zu Boden fallen, um nicht in den Abgrund gerissen zu werden, der plötzlich dicht hinter mir klaffte. Alaric war verschwunden – einfach fort, in die Tiefe gestürzt. Der Rückweg war eine Mauer aus Staub und Leere, in der meine Rufe und Schreie verklangen, wie Steine, die in tiefes Wasser fielen.

Das konnte doch nicht sein – das *durfte* nicht sein! Hatte ich einen Fehler gemacht? Verbot mir eine Regel, das Reich der Daema zu betreten? Aber ich wollte Desmond doch zurückholen – ich wollte es wirklich! Nichts anderes hatte mehr Bedeutung für mich.

Ich riskierte ihrer aller Leben dafür. Was auch immer ihnen zustieß – Jero, Vika, selbst Alaric –, ich musste mit der Schuld leben und nahm sie auf mich.

Auf Händen und Knien krabbelte ich von einem Instinkt getrieben von dem klaffenden Loch weg. Meine Gedanken rasten. Ich zwang die Bilder von Alarics Sturz aus meinem Kopf, aber das gelang nicht, und der Versuch schob nur neue Szenarien über das Gesehene. Vika – wo war Vika? Sie war direkt hinter Alaric gegangen.

Weiter. Zwischen all dem Chaos war die Erinnerung an eine ruhige Stimme, die mich weiterschickte. Vorwärts, nur nicht anhalten und nicht umkehren. Eine Metamorphose. Eine Geburt. Ein Tod.

Es gab kein Zurück. Mir liefen Tränen übers Gesicht, Schluchzer schüttelten mich, so sehr wollte ich umkehren und nach ihnen suchen, aber ich kämpfte mich weiter.

Doch auch der Tunnel machte eine Metamorphose durch. Er wurde enger, niedriger, sodass ich nur noch kriechen konnte. Ich sah den Ausgang nicht länger. Und zu allem Überfluss hatte ich das Gefühl, dass der Weg sich langsam, aber sicher nach unten neigte. Sich tiefer in den Berg bohrte.

Ich atmete und arbeitete mich weiter. Wind strömte mir entgegen, roch noch immer angenehm nach frisch gefallenem Schnee. Und war da nicht der Hauch einer Stimme zu vernehmen? Ich stoppte kurz, um besser hören zu können, aber selbst mit angehaltenem Atem konnte ich die Stimme nicht verstehen, so laut und nachhallend pochte mein Herz, und in meinen Ohren rauschte das Blut.

Weiter, immer weiter, einfach weiter.

Denken konnte ich später. Fühlen *musste* ich später. Verzweifeln würde ich später. Es gab kein Zurück.

Ich stieß mir den Kopf an, gleich darauf die Schulter. Es wurde enger, ich war gezwungen, auf dem Bauch weiterzurutschen und mich mit den Ellbogen voranzuziehen. Wenige Meter später war es so eng geworden, dass ich den Kopf senken musste. Gezackte Steine streiften meinen Rücken und hinterließen selbst durch die Kleidung lange Schürfwunden. Doch da musste, musste, musste irgendwo ein Ende des Tunnels sein. Mit aller Disziplin klammerte ich mich an meiner Hoffnung fest, weil mir klar war, dass ich ohne sie in tiefe Panik stürzen würde.

Jero hatte gesagt, es gäbe kein Zurück. Also kroch ich voran.

Tropfen fielen von meinem Gesicht auf meine Handschuhe, Tränen und Schweiß. Kleine Steine brachen aus der Decke und regneten vor mir in den Gang. Ich schob sie beiseite und rutschte weiter.

Die Geräusche am Ende des Tunnels waren jetzt eindeutig als Stimme auszumachen – es war eine helle Frauenstimme. Vika! Ohne jeden Zweifel war es Vika, die nach mir rief! Dass sie lebte und offenbar nicht nur gesund war, sondern auch den Weg irgendwie geschafft hatte, verlieh mir Mut.

»Vika!«, schrie ich mit aller noch verbliebenen Kraft. »Vika, bitte warte auf mich. Ich komme!«

Bäuchlings arbeitete ich mich weiter, schob mich durch die enge Lücke, die die Steine mir ließen, blieb einen Moment stecken und konnte mich mit aller Kraft doch wieder befreien.

»Laire«, rief Vika, und ich keuchte ihren Namen, damit sie nicht fortging.

Immer mehr zerbröselte Gesteinsbrocken lagen vor mir auf dem Boden, und ich musste mich regelrecht hindurchgraben.

»Laire«, sagte Vika plötzlich von ganz nah. »Laire, warum hast du das getan?«

Was denn? wollte ich antworten, aber der Staub verklebte meine Lippen, und ich bekam kein Wort heraus.

»Wie konntest du das tun? Laire, wie konntest du nur?«

Ich musste schneller kriechen, musste Vika schneller erreichen und ihr sagen, dass ich … Ich schluchzte auf. Sosehr ich mich auch mit den Füßen abzudrücken versuchte – ich kam nicht mehr weiter. Es ging einfach nicht mehr vorwärts. Ich steckte fest. Schmerzhaft bohrten sich spitze Steine in meinen Bauch und meinen Rücken. Staub schneite auf mich herab. Ich wollte mir die Lippen benetzen, aber meine Zunge war staubtrocken. »Vika! Vika, bitte hilf mir! Bitte, hol mich hier raus.«

Steine fielen von der niedrigen Decke. Einige landeten klackernd vor mir und verschmälerten den engen Tunnel immer weiter. Andere landeten auf meinem Körper – überall dort, wo noch das geringste bisschen Platz war. Es wurde immer enger, nach kürzester Zeit konnte ich meine Beine nicht mehr bewegen. Ich hob den Kopf, so weit es die niedrige Decke erlaubte, trotzdem reichten mir die Steine schon bis zum Gesicht. Und immer weitere kamen dazu – stürzten aus der gewölbten Steindecke auf mich herab und begruben mich Stück für Stück.

»Man wird bestraft, wenn man es wagt, Magie zu gebrauchen«, flüsterte eine Stimme ganz nah an meinem Ohr. Es war Vika. »Du kennst die Strafen, du hast es selbst gesehen. Tu nicht so, als wüsstest du nicht, was man zu erwarten hat.«

Wie konnte sie das sagen? Sie hatte doch Verständnis für mich gehabt. Ich konnte doch nichts dafür!

»Du kannst nichts dafür?«, höhnte sie. »Du bist ganz unschuldig, nicht wahr? Laire, Laire. Wer sollte dir das noch glauben? Wir alle wissen, was du getan hast. Das Unverzeihliche hast du getan. Da hilft dir keine Reue und kein Retten. Du trägst alle Schuld allein, nur du.«

Geräusche erklangen. Ich hörte Menschen rufen, Händler Waren anpreisen, irgendjemanden lachen. Da war Gebell von Hunden, der Hufschlag eines Pferdes und dumpf rollende Räder. Als wäre ich nicht mehr in diesem schrecklichen Tunnel im Berg, sondern läge unter Steinen begraben auf dem Platz vor der Burg meines Vaters.

»Warum passiert das?«, flüsterte eine Kinderstimme, die mir so vertraut vorkam. So vertraut wie … meine eigene? »Warum lässt Vater so etwas Schlimmes zu?«

»Die Frau hat sich mit Magie eingelassen und verdient, was ihr geschieht. Schau nur!«

Meine Brust zog sich zusammen wie unter einem Faustschlag, denn auch die zweite Stimme kannte ich. Es war die meiner Mutter.

»Mama!«, wimmerte ich. »Mama, ich bin hier. Ich hab nichts Böses tun wollen, es war nur …«

»Die Magie tut böse Dinge mit Menschen«, sprach meine Mutter weiter, ohne meine Rufe zu beachten. »Sie macht sie schwach und beeinflussbar – und am Ende zu gefährlichen Bestien.«

»Nein, Mama«, hauchte ich. Die Luft wurde mir knapp, die Steine wogen so schwer auf mir. Ich wollte ihr so gern sagen, dass ich die Magie nie meinetwegen gesucht hatte, sondern nur, um ihr zu helfen. »Du brauchtest mich, Mama. Ich wollte doch nur …«

Doch die Stimmen meines jüngeren Ichs und meiner Mutter wurden leiser. Sie entfernten sich, ohne sich weiter um mich zu kümmern. Stattdessen ertönte ein wiederholtes Klackern, und mit jedem kalten Ton nahm das Gewicht der Steine zu und drückte auf meine Verzweiflung. Mein Atem wurde flacher, gezwungener. Nur noch wenig Luft erreichte meine Lunge; ein Gefühl, als würde ich nach einer haltenden Hand greifen und nur die Fingerspitzen mit den meinen streifen.

Zeit verrann. Schon lange war mein Mund zu trocken, um zu schlucken, und tiefste Erschöpfung wusch die Panik fort. Die Geräusche nahmen erst zu, als der Abend kam, und verstummten dann, als es Nacht wurde. Jeder meiner Versuche, mich aus den Steinen zu befreien, endete kläglicher, und langsam überkam mich eine Gewissheit, die mein Inneres toben ließ, während mein Körper zu absoluter Reglosigkeit gezwungen war. Ich würde tagelang hier sterben. Ganz allein. Mein verdammtes Herz schlug stark und gab nicht auf. Es würde mich am Leben halten, bis ich elendig verdurstete.

Wie lange mochte ich schon hier liegen? War ich womöglich schon tot und musste mich mit meinen Fehlern und Sünden auseinandersetzen, bevor sich die Welt von Lyaskye vor mir öffnete?

Ein unbändiges Gefühl brandete in mir auf, als ich mir vorstellte, die Steine würden von mir abfallen und mich freilassen in den frühen Morgen nach dem Sterben, von dem die Lieder und Verse erzählten. Ich konnte noch nicht gehen – ich durfte noch nicht sterben! Desmond brauchte mich. Ich war es ihm schuldig, ihn von seinem Fluch zu befreien. Ich hatte es geschworen, so wahr, wie der Wind wehte. Ich trug alle Schuld allein, nur ich.

Plötzlich bewegte sich etwas. Meine Brust schmerzte, weil ich einen

Hauch mehr Luft bekam. Und wenn ich meine Augen öffnete, flackerte das Dunkel, als würde sich Lichtlosigkeit mit Schwärze abwechseln.

»Hilfe!«, presste ich hervor, die Lippen direkt an einem scharfkantigen Stein. »Ich brauche … ich bin hier! Ich brauche Hilfe!«

Knirschende Laute. Da war jemand! Jemand war gekommen und grub mich frei! Ein paar der Steine auf meinen Beinen gerieten in Bewegung, und ich konnte mit den Füßen wackeln. Ich wimmerte vor Erleichterung, als ich meine Hände bewegen und den Kopf drehen konnte, sodass mein Gesicht nicht mehr in die schartigen Steine gedrückt wurde.

»Ruhig«, raunte mir jemand zu. Eine männliche Stimme, die mir vertraut schien. So als hätte ich sie oft in meinen Träumen gehört und beim Aufwachen wieder vergessen. »Du bist vielleicht verletzt, beweg dich nicht.«

Ich gehorchte. Gern hätte ich mir die Tränen verkniffen, aber sie flossen vor Erleichterung, und man kann sich noch so sehr unter Kontrolle haben und Angst und Wut und Trauer und Liebe sorgsam versteckt halten – die Erleichterung ist das einzige Gefühl, das sich nie ganz verbergen lassen wird.

»Danke«, flüsterte ich, als ich endlich meinen Kopf heben, die letzten Steine abschütteln konnte. Ich wandte mich zur Hälfte um. Meine Augen tränten, und meine Lider zuckten, weil das Licht nach der endlosen Dunkelheit so blendete. Doch langsam fügten sich die Punkte, die ich sah, zu einem Bild zusammen, und dieses Bild ließ mich wünschen, die Höhle würde ein zweites Mal über mir zusammenbrechen.

Über mir hockte eine Kreatur wie die Vulkanglasskulpturen aus dem Tempel. Das Wesen hatte Dornen auf seinen Schultern und zusammengefaltete Flügel, sein Kopf war unter einer Kapuze verborgen. Ich kannte dieses Wesen und wusste nicht, woher.

»Bedank dich nicht. Du hast keinen Grund. Nicht den geringsten.« In aller Seelenruhe sammelte es die letzten Steine von meinem Körper.

Was sollte das bedeuten? Was hatte das Wesen vor? Ich lag immer noch auf der Seite. Wenn ich mich sehr vorsichtig bewegte, konnte ich den Dolch an meiner Hüfte erreichen, um mich zu verteidigen. Doch als ich danach griff, fasste ich ins Leere, und das Wesen lachte leise. »Wie unhöflich, mich angreifen zu wollen, wo ich dich doch gerade gerettet habe.«

Oh, bei allem, was der Morgen gab. Es konnte meine Gedanken lesen.

»Nein«, sagte der Daema. »Ich kenne dich bloß, Laire.«

Darauf fiel mir nichts zu erwidern ein, nicht einmal in Gedanken. Warum kannte mich ein Daema? Warum rettete er mich? Wie hatte er mich in dieser schrecklichen Höhle überhaupt gefunden? Und wo waren Vika, Jero und – tatsächlich, sogar um den verdammten Alaric machte ich mir Sorgen. Ob er auch irgendwo um Atem ringend unter den Steinen lag?

»Du wurdest oft genug gewarnt«, sagte der Daema. »Und doch sind wir nun beide hier. Es musste wohl so kommen.«

»Was willst du von mir?«, keuchte ich und versuchte zurückzuweichen. »Lass mich in Ruhe!«

Der Daema packte mich grob am Kragen und fauchte mir ins Gesicht. Es war mein Glück, dass mein Körper ausgetrocknet wie ein leeres Flussbett war, anderenfalls hätte ich mich vor Angst wohl eingenässt. Doch hinter meiner Angst nahm ich noch etwas anderes wahr. Da war eine Erinnerung, die die Panik nicht ausgelöscht hatte.

Der Daema ließ von mir ab und gab mir genug Platz, mich auf die Beine zu kämpfen. Meine Knie waren weich und nachgiebig, und beide Füße waren eingeschlafen, sodass es wehtat, sie zu belasten. Seltsamerweise umgab uns kein Tunnel, sondern eine eigenartige Leere. Fast meinte ich, auf dem Marktplatz vor der Burg es Retneya zu stehen, doch alle Mauern und Türme versanken in Schatten, und alles, was ich hörte, war ein weit entfernter Wind, von dem nichts zu spüren war.

Der Daema trat mir in den Weg.

Ich erinnerte mich nun wieder ganz genau an Jeros Worte. Ich durfte nicht zurück! Ins Reich der Daema führte nur ein Weg – und ich war absolut sicher, dass die Kreatur versuchte, mir diesen zu versperren. Das Wissen gab mir genug Mut, einen Schritt auf das Monster zuzumachen. »Lass mich vorbei!«

Es verschränkte erschreckend menschliche Arme vor der muskulösen Brust. Es hatte lange, beinah feingliedrige Finger, bloß die Krallen zeigten, dass das nicht die Hände eines Mannes waren. Ich hatte ein bösartiges Grinsen erwartet, stattdessen lachte es dunkel, rollend und leise.

»Du gibst mir keine Befehle. Ich bin nicht gekommen, um dir zu helfen, Laire.«

»Und doch hast du es getan«, erwiderte ich und machte einen Schritt auf das Wesen zu.

»Ich wurde herbefehligt.« Die grauen Augen blitzten und erinnerten mich an eine Nachtkatze, die bei ihrer Jagd ein gewisses Maß an Grausamkeit genüsslich einplante. »Ich habe getan, was ich tun musste.«

»Lass mich vorbei.« Noch ein Schritt nach vorn. »Du musst mich vorbeilassen.« Fast hatte ich den Daema erreicht. »Wer bist du, dass du mir verwehren willst, was Rian Cira, Lord der Daema, *dein* Lord, mir zugesteht?«

Er reagierte nicht darauf, dass ich es wagte, den Namen auszusprechen, der den Menschen nur im Fluch gestattet war. Ebenso wenig trat er beiseite. Aber ich glaubte nun zu verstehen, was hier geschah. Es war ein Test – ich wurde auf die Probe gestellt.

Ich schloss die Augen, vertraute auf Jeros Worte. Noch ein Schritt. Meine vor mir ausgestreckten Hände stießen gegen einen lebendigen, warmen Widerstand, und kurz zuckte mein gesamter Körper unter der magischen Energie des Daemas zusammen. Er war nicht zur Seite gewichen, und meine Sicherheit bröckelte, bröckelte wie Stein aus einer Höhlenwand. Mein Atem ging hastig, in der Ferne grollte der Berg, in dem wir uns befanden – alles andere war nur eine Illusion. Ich fand den Gedanken an Desmond, klammerte mich an eine Erinnerung. Wir waren noch fast Kinder gewesen und hatten unsere Lippen aus unbändiger Neugier auf all die Gefühle dieser Welt aufeinandergedrückt. Später hatten wir stundenlang darüber spekuliert, was die Älteren an dieser Form der Zuneigung wohl fanden. Wie hatten wir später gelacht, als wir selbst diese Älteren geworden waren.

Von allein schuf der Daema mir keinen Platz. Doch als ich weiterging – ich würde Desmond retten, so wahr, wie der Wind wehte –, ließ er sich von mir ein Stück zur Seite schieben.

»Es ist keine Probe«, sagte er leise, grollend. Ich hielt die Augen geschlossen, weil ich gar nicht wissen wollte, wo meine Handflächen durch die dünnen und an manchen Stellen zerrissenen Handschuhe das Biest berührten. War da ein Herzschlag? Schlug in den Leibern der Verfluchten überhaupt noch ein Herz? Ich sollte es in Erfahrung bringen, denn ein Herz bedeutete Blut, und Blut bedeutete Verwundbarkeit, und Verwundbarkeit bedeutete, dass meine Mission nicht aussichtslos war. Zumindest nicht vollkommen. Aber ich zitterte zu sehr, um meinen Puls von seinem zu unterscheiden. Falls dieses Ding denn einen besaß.

Ich ging weiter. Kam dem Biest nun ganz nah. Es ließ mir gerade eben genug Platz, um mich eng an ihm vorbeizuschieben. Mein Körper direkt an seinem. Die erzwungene Nähe war hart wie der Haufen Steine vorhin. Sie presste mir die Luft aus dem Brustkorb, und ich wagte nicht, neue einzuatmen. Seine Zähne waren vermutlich nur Zentimeter von meiner Kehle entfernt.

»Ich bin eine Suchende«, wisperte ich. »Es ist mein Recht, das Reich deines Lords zu betreten.«

Als ich an ihm vorbei war, schrie alles in mir danach, loszurennen, aber ich widerstand, weil meine Flucht sicher seinen Jagdtrieb ausgelöst hätte. Mit jedem Wort wurde seine Stimme etwas leiser, und die Gänsehaut auf meinem Rücken kribbelte schlimmer. »Es ist dein Recht. Doch denk daran, dass es, sobald du den ersten Fuß in unsere Welt bewegst, unser Recht ist, mit dir zu tun, was immer wir tun wollen.«

KAPITEL 16

DESMOND

»Da wir so was wie Nachbarn sind … Ich heiße Kedren.«

»Desmond. Ich würde ja sagen, freut mich, dich kennenzulernen, aber um ehrlich zu sein, wäre das gelogen.«

Ein leises Lachen kam aus der anderen Zelle. »Glaub mir, Desmond, freu dich einfach. Allein ist es noch schlimmer hier.«

Schwer zu glauben, dass das möglich war. Desmond schmerzte jeder einzelne Knochen, und er wagte es trotz verkrampfter Glieder seit Stunden nicht, sich zu bewegen, da die Steine in seinem Rücken endlich seine Körperwärme angenommen hatten. Doch die Vorstellung, zusätzlich zu den Verhören ganz allein in diesem Loch zu hängen und nur mit der Dunkelheit und den Ratten sprechen zu können, erschreckte ihn dennoch. Kedren war weder Freund noch Hilfe oder Trost. Aber er war ein Mensch und kam dem damit wohl am nächsten.

»Wie lange warst du hier allein?«

Wieder dieses Lachen. Kedren lachte offenbar oft, auch wenn es dafür keinerlei Gründe gab. »Woher soll ich das wissen? Minuten fühlen sich wie Stunden an. Stunden wie Tage. Ich weiß seit einer Ewigkeit nicht mehr, ob Tag oder Nacht ist.«

Das ging Desmond jetzt schon so. War er drei Tage hier? Sechs? Zehn? Man gab ihnen keine Anhaltspunkte. »Und warum bist du hier?«

Nun lachte Kedren nicht mehr. »Habe das falsche Mädchen geküsst, fürchte ich.«

»Verdammt, ist das dein Ernst? Dafür hat jemand den Fluch gesprochen? Wegen eines Kusses? Was war das für ein Mädchen? Die Frau eines anderen?«

»Keine Ahnung. Nein, ich glaube nicht. Sie war … irgendein Mädchen. Das ist das Schlimmste, weißt du? Ich war nicht mal verliebt in sie. Ich wollte eigentlich heiraten und hatte plötzlich das Gefühl, es wäre ein Fehler. Außerdem hab ich jede Menge Wein getrunken und schließlich …« Er brummte missmutig. »Wenn es das wenigstens wert gewesen wäre.«

»Wer hat dich verflucht?«, fragte Desmond. Er schloss die Augen. Das Elend war besser zu ertragen, wenn er es nicht sehen musste. »Hast du eine Ahnung?«

»Ich weiß es – ich war dabei. Bitte lach mich nicht aus, Mann, aber es war … nun ja. *Mein* Mädchen. Meine Verlobte.«

»Verflucht.«

»Du sagst es. Falls ich hier als Mensch rauskomme, schwöre ich dir eins, Desmond: Ich versprech keiner Frau mehr irgendwas. Nie wieder. Ich werde …«

»Was soll das heißen? Als Mensch rauskommen? Hier kommt keiner raus.«

In der Nebenzelle raschelte das Stroh. »Die Dienstboten«, sagte Kedren, und am Hall seiner Stimme war zu hören, dass er seine Lage geändert hatte. »Jetzt, da du Neuling hier bist, schweigen sie wieder. Aber wenn sie sich an dich gewöhnt haben, dann reden sie manchmal, als wärst du einer von ihnen. Sie erzählen von den Scherereien, die ihr

Lord hat. Und sie haben angedeutet, dass er etwas wie Gnade kennt, wenn man einen Daemafluch nicht verdient hat.«

Desmond schnaubte.

»Doch, doch, ich glaube ihnen. Manche Dienstboten und Wachleute sind Menschen, Desmond. Keine Daema.«

Das war ihm natürlich auch aufgefallen. Bislang schwieg er in den Verhören, was seine Aussicht auf Gnade sicherlich nicht gerade erhöhte. Aber der Lord stellte ihm auch ausschließlich die eine Frage: wen er am meisten liebte. Und warum sollten diese Namen so wichtig für den Lord sein, wenn nicht, weil er genau diese Menschen gegen Desmond benutzen wollte? Das war sein Überleben nicht wert. Er konnte den Fluch ertragen, solange er nur wusste, dass alle, die er liebte, in Sicherheit waren.

»Femarshall Phylles«, sagte Kedren, »ist auch ein Mensch. Obwohl der Lord das sicher inzwischen bereut, da sie sich von ihm abgewandt hat.«

Wovon redete der Junge da? Es gab Legenden, die von dem treusten und grausamsten Gefolgsmann des Lords erzählten, seinem Feldherrn Phylles. Aber eine Frau? »Wer ist diese Femarshall?«

»Ich weiß auch nur, was die Dienstboten sich erzählen«, sagte Kedren. »Sie behaupten, sie stünde seit Hunderten von Jahren in seinen Diensten und hätte in dieser Zeit sein Vertrauen gewonnen. Es heißt, sie wäre ihm seit Langem ebenbürtig und er befehligte längst nicht mehr über sie, sondern regierte mit ihr zusammen. Sie besaß jede Freiheit, zu tun und zu lassen, was immer sie wollte. Doch dann geschah das Einzige, was er ihr nicht durchgehen ließ: Sie wandte sich von ihm ab. Gerüchten zufolge versuchte sie, ihm seine Macht zu entreißen. Manche behaupten gar, sein Leben. Doch der Lord durchschaute ihren Verrat und schlug sie in die Flucht. Mag sein, dass er etwas für sie empfand, denn warum sonst hätte er ihr Leben verschonen sollen? Vielleicht wollte er sie auch töten und scheiterte bloß.«

Eine Frau, die gegen den Lord intervenierte. Desmond wusste noch nicht, was er mit diesem Wissen anstellen sollte, aber sein Instinkt zwang ihn, intensiv darüber nachzudenken. Vielleicht stand diese Frau auf der Seite der Menschen. Ob es wohl eine Möglichkeit gab, mit ihr in Kontakt zu treten? Aber wie – in einem Kerker?

»Hey, bist du eingeschlafen?«, rief Kedren und lachte nervös. »Oder schon gestorben? Tu mir das nicht an, Mann. Ich hab mich gerade an dich gewöhnt.«

»Ich war in Gedanken. Hattest du noch etwas gesagt?«

»Ich wollte wissen, warum du hier bist.«

Desmond lehnte sich vor. Sein Rücken schmerzte, als müsse er ihn Wirbel für Wirbel aus der Steinwand brechen. Stöhnend zog er die Beine an und legte die Stirn auf die Knie. »Wenn ich es doch nur wüsste.«

»Du hast keine Ahnung?«

»Nicht die geringste. Die Nacht vor dem Fluch fehlt in meinen Erinnerungen. Aber ich kann mir beim besten Willen nicht vorstellen, jemanden derart brüskiert zu haben, dass er mich verfluchen würde.«

»Irgendwelche Feinde?«, fragte Kedren.

»Wenn, dann kenne ich sie nicht. Aber irgendetwas ist merkwürdig. Der Lord kennt meinen Namen, er weiß, dass ich der Sohn des Obersten Ministers bin. Und trotzdem nennt er mich einen Prinzen.«

»Einen Prinzen, ja natürlich.« Wieder raschelte Stroh, schnell und hektisch nun. »Die Diener sprachen von einem Prinzen, auf den der Lord seit Ewigkeiten wartet. Es gibt wohl eine Art Versprechen, das der Lord erhalten hat, als er den Thron bestieg.«

Desmonds Herz schlug laut und nachhallend wie eine Glocke. »Sprich weiter.«

»Es heißt, ein junger Prinz kommt ins Reich des Daemalords. Und mit ihm der Erbfolger, der dem Lord Krone, Thron und Königreich nimmt.«

»Lächerlich.« Desmond hätte ausgespuckt, wenn sein Mund weniger trocken gewesen wäre. »Als würde irgendjemand, der bereit ist, mir zu folgen, dieses Reich aus Albträumen haben wollen.«

»Nein, nein, du verstehst nicht«, fuhr Kedren eilig fort. »Niemand will die Bürde, die der Daemalord tragen muss. Nicht mal der Lord selbst. Aber er wurde nie gefragt. Und wird ein anderer auf den Thron gezwungen, jemand, der es an Verderbtheit mit ihm aufnehmen kann, ist der Lord frei.«

Das erklärte, warum der Lord so interessiert an den Namen derer war, die Desmond liebte: Er glaubte, unter ihnen müsse sich sein Nachfolger befinden. Doch keiner der Menschen, die infrage kamen, war verderbt.

»Desmond, überleg doch mal!« Kedren klang ganz aufgeregt. »Womöglich hast du gar nichts getan, das den Fluch erklärt. Jemand hat einen Unschuldigen verflucht! Wenn das mal nicht der Gipfel von Sünde und Selbstsüchtigkeit ist! Und auch wenn du kein Prinz bist, nah dran in jedem Fall. Näher offenbar als irgendeiner sonst, der während seiner Herrschaftszeit verflucht wurde. Sonst wäre er nicht so sicher, dass du derjenige bist, von dem die Prophezeiung spricht.«

Desmond seufzte. Entweder dieser Kedren war noch ein sehr junges Bürschchen, oder er war naiv. Vermutlich stimmte sogar beides. »Wenn mich jemand verflucht hat, wird er kaum kommen, um mich zu retten.«

»Aber genau das besagt die Prophezeiung.«

»Das ist bloß eine Geschichte, Kedren. Die Dienerschaft erfindet solche Legenden, um ihre Herrschaften in strahlenderem Licht erscheinen zu lassen. Um sich nicht mitschuldig fühlen zu müssen für die Fehler, die gemacht werden.«

»Klingt, als würdest du dich da auskennen.«

Fürwahr. Denn nicht nur Diener taten das. Auch Kinder vermochten es gut, die Fehler ihrer Eltern mit Heldengeschichten schönzufärben. Desmond hatte das erkannt und sich geschworen, sich nicht länger blenden zu lassen. Zu regieren mochte hart sein und die eine oder andere unbequeme Entscheidung verlangen. Doch es durften nicht immer dieselben Menschen sein, für die es unbequem wurde.

Er hatte gerechtere Entscheidungen treffen wollen, wenn er erst die Macht seines Vaters übernommen hätte, und es enttäuschte ihn zutiefst, dass dies nun nie geschehen würde.

»Ich kenne mich hinreichend mit menschlicher Selbstgerechtigkeit aus, um eines zu wissen: Jemand, der einen anderen unschuldig verflucht, wird ihm niemals folgen und für ihn vor den Lord treten.«

KAPITEL 17

LAIRE

Gleichmäßig wie eine Aufziehpuppe ging ich weiter. Der Tunnel hatte sich wieder um mich herum zusammengezogen. Der Daema war mir nicht gefolgt, jedoch spürte ich seine Anwesenheit hinter mir und rechnete jeden Augenblick damit, dass er aus dem Nichts in meinem Rücken auftauchte. Ich hatte nicht geahnt, dass sie zu sprechen vermochten, dass man mit ihnen kommunizieren konnte. Das machte sie auf verquere Art noch unheimlicher. Bisher hatte ich sie als Tiere betrachtet – wie Berglöwen oder Windwölfe, die stärker waren als wir, deren Angriffe wir aber meist abwenden konnten, weil wir Menschen und damit klüger waren. Dieser Daema allerdings war mir geistig ebenbürtig. Und er hatte mir deutlich zu verstehen gegeben, dass er mich nicht einfach töten würde, sollte er mich erwischen. Dass er Schlimmeres mit mir anstellen könnte – eine Möglichkeit, die ich bisher nicht in Betracht gezogen hatte.

»Er wollte dir nur Angst machen«, flüsterte ich mir selbst zu, einen Fuß vor den anderen setzend. »Aber das schafft er nicht. Hörst du, du hässliche Monsterfratze?« Ich brüllte in den Tunnel. »Du. Machst mir. Keine. Angst!«

Meine Stimme klang als Echo zu mir zurück, und dann vernahm ich plötzlich eine zweite Stimme und schrak angesichts des Déjà-vus zusammen.

»Laire?«

Es war Vika! Doch diesmal passierte nichts Furchteinflößendes, keine Vision und kein Albtraum ängstigten mich. Stattdessen wurde der Tunnel lichter, und ich erkannte einen hellen grauen Ausgang, vor dem sich eine schmale Silhouette abzeichnete. Ich begann zu rennen und stolperte Vika beinah in die Arme. Ganz fest drückten wir uns, nahmen uns Sekunden, um uns in die verheulten Gesichter zu sehen, uns zu vergewissern, dass wir beisammen und nur verschrammt, aber nicht ernsthaft verletzt waren, lachten laut auf und umarmten uns wieder.

Zutiefst erleichtert stellte ich fest, dass Jero und Lassa und selbst Alaric es ebenfalls auf die andere Seite geschafft hatten. Jero und Alaric schienen unbeeindruckt von dem Übergang und stänkerten harmlos miteinander herum, als wären sie tätsächlich bloß durch einen Tunnel gegangen.

»Hast du da drinnen Pilze gesammelt, oder warum hat das so lange gedauert?«, fragte Jero gutmütig.

»Wie lange?«, erkundigte ich mich, und Jero zuckte mit den Schultern.

»Etwas länger als ich und der Vogel hier.« Er deutete auf Alaric und wurde dann ernst. »Ist alles in Ordnung, Laire? Hat dir etwas Angst gemacht?«

Ich nickte schnell und wandte mich an Vika. Sie war bleich wie ein Laken, ihre Pupillen groß wie schwarze Monde. Nach der ersten Erleichterung, mich zu sehen, wirkte sie nicht weniger entsetzt, als ich mich fühlte.

»Was ist dir in dem Tunnel passiert?«, flüsterte ich ihr zu, aber meine Freundin schüttelte schnell den Kopf, als hätte ich etwas Verbotenes ausgesprochen.

»Es waren nur Visionen«, sagte ich leise. »Trugbilder. Ich habe sie auch gesehen, und sie waren scheußlich. Aber sie können uns nichts tun.«

Ich sah, wie Vika mit sich kämpfte, aber sie schien kein Wort herauszubekommen.

»Willst du nicht darüber reden, oder kannst du nicht?«

»Nicht jetzt«, sagte Vika. »Und nicht hier. Später. Wir sind zu nah an diesem Berg, er kann uns hören.«

»Ihr tut gut daran, auf eure Worte und Gedanken zu achten.« Obwohl Jero zu uns sprach, sah er uns nicht an, sondern nahm Lassa die Lederpanzer ab, die ihre Flanken schützten. Brauchte sie hier nicht viel mehr Schutz als in Nemija? Und was meinte er mit diesen verstörenden Worten?

»Der Lord kann euren Wünschen lauschen, nun, da wir hier sind. Wenn er in der Nähe ist, erfüllt er sie womöglich. Behaltet im Hinterkopf, dass dieses Reich nicht natürlich entstanden ist. Es wurde auf einem Fluch erbaut, aus den Seelen, die hier verloren gingen. Der Lord hat es aus den Gedanken, Wünschen und Ängsten der Menschen geformt, die er unterjocht. Und was die Magie treibt, die hier alles beherrscht, vermögen wir nicht zu benennen. Seid achtsam mit euren Wünschen, sie könnten schrecklich wahr werden.«

Ich rieb mir die Stirn. »Von Wünschen kann wohl kaum die Rede sein.«

Jero lächelte. »Worin unterscheiden sich Wünsche von Ängsten? Beides beherrscht dein Herz, lässt es klopfen, macht, dass deine Gedanken darum kreisen. Beides macht es dir schwer, an etwas anderes zu denken.

Erwartest du, dass der Lord einen Unterschied erkennt, wenn dein eigenes Herz keinen macht?«

Zu meinem Erschrecken begann Alaric plötzlich zu lachen. Für einen Moment fürchtete ich, er würde den Verstand verlieren, denn er starrte das Pferd an, während er so sehr lachte, dass ihm der Atem knapp wurde. »Ich dachte wirklich«, keuchte er, »sie wäre ein Pferd!«

Erst als Vika und ich näher traten, erkannten wir, was er meinte. Nur, dass wir die Sache überhaupt nicht komisch fanden, sondern ziemlich … »Nein, oder?«

Vika fror regelrecht in der Bewegung ein. »Sag bitte, dass es nicht das ist, wonach es aussieht.«

Jero hob unbeeindruckt die Schultern. »Ich habe nie behauptet, Lassa wäre ein Pferd.«

»Die hätte uns alle umbringen können«, flüsterte Vika. Ihr Gesicht verriet, dass sie lieber geschrien hätte, aber dazu war vermutlich ihr Respekt vor dem Tier zu groß. Denn dort, wo die Lederpanzerung Stirn und Nasenrücken der Stute geschützt hatte, erkannte man nun knapp oberhalb des Mauls eine ebene schwarze Hornschicht, von welligen grauen Linien durchzogen und glänzend wie Obsidian. Der Rest eines abgesägten Horns.

»Hat sie aber nicht«, erwiderte Jero, und Alaric begann wieder zu lachen.

»Ich wollte dich vor dem Berg noch fragen, ob du gar kein Futter für den Zossen dabeihast. Langsam verstehe ich, warum du keins brauchst.«

»Tja, dann weißt du ja jetzt, warum ich dafür war, dich mitzunehmen«, erwiderte Jero trocken. »Falls sie keine Jagdbeute macht, kann sie dich fressen. Macht euch nicht nass. Sie weiß nicht mal, dass sie ein Säbelhorn ist.«

Alaric verschränkte skeptisch die Arme. »Ach, wirklich? Was frisst sie denn? Und erzähl mir keine Märchen, ich habe sie noch keinen Moment lang grasen sehen.«

»Sie jagt bei Nacht«, knurrte Jero. »Aber keine Menschen. Sie hat noch nie einen Menschen auch nur hungrig angesehen.«

»Hat sie dir vermutlich so erzählt«, stänkerte Alaric weiter. »Falls sie auch sprechen kann, solltest du es uns vielleicht jetzt sagen.«

»Ich kann nichts dafür, dass ihr nicht gefragt habt, was sie ist.«

»Wie ist dir das nur gelungen?« Zögernd trat ich näher, und war mir bewusst, wie absurd meine plötzliche Angst war. Abstellen konnte ich sie dennoch nicht. Lassa streckte ihre weiche Nase in meine Richtung, und obwohl ich sie mehrmals unbekümmert gestreichelt hatte, schlug mein Herz jetzt viel schneller. Säbelhörner galten als blutrünstig. Und als absolut unzähmbar.

»Ich habe sie als Fohlen bei einer Wette gewonnen«, berichtete Jero, und sein belegter Tonfall machte klar, dass er eigentlich kein Wort darüber verlieren wollte. »Und fand den Gedanken scheußlich, sie in die Arena zu geben und dort für mich kämpfen zu lassen. Ich habe ihr das Horn abgeschliffen, den Überrest versteckt und sie von meiner braven alten Stute aufziehen lassen.«

»Und die Zähne?« Vika wagte sich neben mich und linste in Richtung Maul der Stute.

»Jedem Pferd muss man die Zähne schleifen, damit sich keine Haken bilden. Ihr ein wenig häufiger, damit die Fangzähne nicht auffallen.«

Unweigerlich musste ich lächeln. Er hatte tatsächlich ein Säbelhorn gezähmt, und allein dadurch war es in Sicherheit. Denn niemand schöpfte Verdacht, nur weil ein Pferd ein wenig zu groß geraten war. Dass ein Paladin ein so verdammt großes Herz haben konnte!

Es galt nicht nur als unmöglich, Säbelhörner zu zähmen. Es war außerdem strengstens verboten. Wäre Jero je mit dem Säbelhorn in Nemija erwischt worden, hätte man ihn aufs Härteste bestraft. »Ist Lassa der Grund, warum du deine Hand verloren hast?«

»Nein.« Abrupt wandte Jero sich ab, und ich begriff, dass ich zu weit gegangen war. »Aber wenn wir nicht bald aufbrechen, ist sie der Grund, aus dem wir unser Ziel nicht erreichen. Oder besser gesagt: eure Angst vor ihr. Wir müssen jetzt los und diesen verfluchten Berg hinter uns lassen.«

Unbehaglich sah ich zurück zum Berg und nickte. »Jero hat recht. Ich will auch so schnell es geht hier verschwinden.« Am liebsten hätte ich nie wieder daran gedacht, was ich an diesem Ort erlebt oder zu erleben geglaubt hatte. Was war Wirklichkeit gewesen und was nur Illusion? Die Steine auf meinem Körper konnten unmöglich echt gewesen ein. Und doch spürte ich die schmerzhaften Prellungen, die sie verursacht hatten, noch immer.

Nach einer weiteren Ermahnung Jeros, unsere Ängste unter Kontrolle zu behalten, gingen wir los. Zu meinem Erstaunen stand der Berg, durch den wir gekommen waren, auf dieser Seite vollkommen allein auf einer geraden Ebene. Der Boden erinnerte an Wüste, schien ausgedorrt und war von Rissen durchzogen, durch die ein paar farblose Farne an die Oberfläche wuchsen. Silbrige, mit grauen Flechten bewachsene Steine lagen verstreut, so weit das Auge reichte. Die Landschaft wirkte mehr als karg ... sie schien das Atmen eingestellt zu haben. Tot. Das war der einzig passende Begriff.

Der Himmel allerdings war das pure Gegenteil. Blaue Wolkenberge, gesäumt von gleißend hellen Rändern, türmten sich am Horizont auf und verwoben sich über uns zu einem gewaltigen Dach. Sie waren in kontinuierlicher Bewegung, wie bei einem Tanz, und die Winde sangen, sodass man es bis zu uns hinab hören könnte, wo sich allerdings kein

Lüftchen regte. Mir war, als wären in dieser Zwischenwelt die Erde gestorben und die Winde in Trauer fortgegangen.

Wir wanderten schweigend. Nicht einmal Alaric ließ einen seiner stets so unnötigen Kommentare fallen. Jero schien zumindest zu wissen, in welche Richtung wir gehen mussten.

»Müssen wir mit Nacht rechnen?«, fragte ich ihn und behielt die wallenden Wolkenberge im Blick. »Oder mit Wetterextremen?«

»Wir sollten mit absolut allem rechnen, aber nichts erwarten.«

Vika räusperte sich. »Aber die Landschaft wird sich verändern, oder? Wenn es so bleibt, werden wir bald schon Probleme mit den Vorräten bekommen. Hier gibt es ja absolut nichts, was man essen oder trinken kann.«

»Sorg dich nicht«, sagte Jero schlicht. »Achte auf deine Ängste, damit sie nicht wie Wünsche klingen.«

KAPITEL 18

ALARIC

In den Stunden des Marschs veränderten sich weder Landschaft noch Licht. Bloß die Wolken am Himmel formierten sich ohne jeden Wind immer wieder neu. Hätte es nicht längst dämmern müssen?

Ganz dicht an Alarics Seite, wie ein Schatten, von denen es hier keine gab, schwebte das Gefühl, auf der Stelle zu treten, wie der Zeiger einer Uhr, der hilflos tickte, sich aber keinen Millimeter voran bewegte. Er kam sich vor wie in der Zeit stecken geblieben, und es gab weder vor noch zurück.

Als die Erschöpfung sich bei niemandem mehr verbergen ließ, schlug Laire zur Rast zwei Schichten vor und bat ihn, mit ihr die erste Wache zu halten. Kurz wallte Hoffnung auf, sie könne mit ihm reden wollen. Doch sie schottete sich wieder von ihm ab. Vermutlich wollte sie die Schicht mit ihm teilen, weil sie ihm zu wenig vertraute, um zu schlafen, wenn er wach war.

Die anderen legten sich hin, und während Jero bloß zu entspannen schien und mit vor der Brust gefalteten Armen und leerem Blick in die seltsamen Wolken hinaufsah, schlief Vika sofort ein.

Auch Laire beobachtete das Spiel am Himmel. Und Alaric beobachtete Laire, wie sie silberhelle Linien mit den Blicken nachfuhr, kaum merklich lächelte, wenn sich Farben unerwartet veränderten, oder den Mund vor Staunen öffnete, wenn die Wolken Formen bildeten, die er nie gesehen hatte, und Laire offenbar ebenso wenig.

»Worauf wartest du?«, fragte er irgendwann. »Was suchst du da oben?«

Zuerst dachte er, sie würde nicht antworten und seine Frage ebenso wie ihn ignorieren. Doch dann seufzte sie. »Eine Symmetrie. Ich warte auf eine Wiederholung, auf ein Muster. Ich will ahnen können, dass Zeit verrinnt.«

»Soll ich es dir zeigen?« Es war dumm von ihm, doch er nahm das Medaillon mit der Zeit aus der Tasche und ließ es aufspringen. Prompt musste er scharf die Luft einziehen, weil sein Körper so glühend danach verlangte, die Zeit zu nutzen. Es kostete ihn viel Beherrschung, das Verlangen zu unterdrücken, und noch mehr, sich das schmerzende Brennen nicht anmerken zu lassen.

Laire rutschte ein Stück näher, nur um besser sehen zu können, nah genug, um Alaric an den Duft ihrer Haare zu erinnern und das Gefühl ihrer Fingerspitzen auf jeder einzelnen Linie seines Körpers.

Alaric warf einen kurzen Blick zu Jero, doch der reagierte überhaupt nicht. Vermutlich schlief der Paladin mit offenen Augen.

»Sieh genau hin.« Seine Stimme war heiser. Das fiel ihr sicher auf, was mochte sie denken? »Beobachte den Sand.«

Sie legte den Kopf schief.

»Das ist die Zeit. Während sie außerhalb des Medaillons verrinnt, entstehen im Inneren weitere Quäntchen.«

Konzentriert blickte Laire in das kleine Häufchen in Messing gefangener Zeit. »Da entsteht gar nichts. Es müsste doch mehr werden, oder?«

»Ja.«

»Aber nichts passiert.«

Damit die Zeit ihn nicht verführte, sah er Laire an. Ihre Wangen waren in den letzten Jahren schmaler geworden, erwachsener, was ihre Schläfen konturierter und ihr Kinn beinah spitz wirken ließ. Sie war schön wie gemalt und wusste es, aber es bedeutete ihr rein gar nichts. Schönheit hatte in dem harten Leben, das sie führte, keinen Vorteil, sie brachte nur Risiken. »Du musst Geduld haben. In unserer Welt entsteht mit jedem Herzschlag ein Körnchen. Doch hier verläuft die Zeit sehr langsam.«

»Woher weißt du das?«

Er wies auf seine geöffnete Handfläche. »Das zeigt die Zeit.«

Und der Zeit konnte er vertrauen, egal wie gefährlich sie für ihn war, wie gern sie ihn verschlingen und vernichten wollte. Sich selbst dagegen … Woher nahm er seine Vermutungen über Laire? Ihre gemeinsame Zeit war lange vorbei. Damals war sie eine Träumerin gewesen, aber sie hatte von Sonnenaufgängen auf dem Gipfel der Ostbergkette geträumt und davon, das Meer zu sehen, nicht von edlem Schmuck und Kleidern und davon, bewundert zu werden. Vielleicht bedeutete ihr ihre Schönheit inzwischen mehr. Immerhin gab es den Verlobten, der sie an den Hof zurückbringen sollte. Ob das wirklich alles war, was dahintersteckte? Es war schwer vorstellbar, dass sie diese unsägliche Gefahr auf sich nahm, nur um wieder am Hof zu leben, in der Burg, wo all die Konventionen galten, die so gar nicht zu ihr zu passen schienen. Aber was wusste er schon über ihre Ziele und Wünsche?

»Da!«, rief sie plötzlich verhalten. »Ich hab ein Schimmern gesehen. Ein neues Körnchen ist entstanden.«

Alaric klappte das Medaillon zu, und Erleichterung durchfloss ihn. »Dann glaubst du mir jetzt, dass die Zeit weiterläuft?«

Sie nickte. »Danke, dass du es mir gezeigt hast.« Damit wandte sie das Gesicht wieder ab und schien kurz darauf in ihren Gedanken weit fort.

»Es ist so lange her, Laire.« Er sprach so leise, als wäre ungewollt ein besonders intensiver Gedanke aus seinem Kopf geflogen.

Sie schluckte bloß.

»Ich würde dir wirklich gern erklären, was damals geschehen ist.« Wenn er nur einen Weg finden würde, das möglich zu machen! Doch die Fesseln verschwanden nicht, auch wenn man die Schuldhölzer brach.

Laire schüttelte den Kopf, und ihr helles Haar fiel ihr vors Gesicht. »Ich möchte es nicht hören.«

»Du willst nicht darüber reden? Du willst keine Bitte um Verzeihung hören, nicht einmal eine Erklärung?«

»Nein«, sagte sie, und er fragte sich, wie es sein konnte, dass dieses knappe Wort der Ablehnung aus ihrem Mund respektvoll, beinah freundlich klang.

»Warum nicht? Hast du dir denn nie Fragen gestellt? Ich für meinen Teil stelle sie mir bis heute.«

»Ich habe akzeptiert, dass ich keine Antwort auf die Frage bekommen werde, wie du mir das antun konntest.« Sie sah in die Ferne und zog mit dem Finger die Wolkenlinien des Himmels in den Staub zu ihren Füßen. »Und damit bin ich zufrieden. Viel mehr, als ich es mit einer Erklärung sein könnte.«

Diese Nema waren ihm manchmal so fremd. Ihre Neugierde war gering ausgeprägt, dafür besaßen sie so viel Nachsicht und Geduld. Sie verziehen nichts, aber sie verboten sich, auf Unverzeihlichem herumzureiten. Sie zogen schlicht ihre Konsequenzen und beließen es dabei.

Doch Laire war noch nicht fertig. »Angenommen, du würdest mir eine Erklärung liefern. Dann würde ich sie dir glauben. Ich habe dir alles geglaubt, weißt du noch? Und warum sollte ich es nicht wieder tun, wenn wir beide noch die Gleichen sind? Ich bin noch dieselbe – ich *würde* dir glauben.«

»Das ergibt keinen Sinn.« Denn warum wollte sie dann nicht, dass er sprach?

»Doch, Alaric, das tut es. Denn auch du bist noch derselbe. Und zu lügen ist ein Teil von dir.«

»Das ist nicht wahr. Ich habe Fehler gemacht, und das weiß ich.«

Vika bewegte sich und gab im Schlaf ein Seufzen von sich.

»Scht, bitte.« Laire wandte sich noch ein wenig mehr von ihm ab, sodass er nun gar nichts mehr von ihrer Mimik erkennen konnte. »Oh nein, das war kein Fehler. Fehler sind oberflächlich – falsche Entscheidungen, wenn man die Wahl hat. Fehler verärgern Menschen, vielleicht tun sie sogar weh. Aber du hast etwas ganz anderes getan. Etwas Tieferreichendes. Du hast mich absichtlich gedemütigt. In aller Öffentlichkeit. Und das ist etwas anderes, als eine falsche Entscheidung zu treffen. Jemanden zu demütigen, zu brechen oder gar zu töten kommt aus dem tiefsten Inneren der Seele und zerstört genau dieses Herz der Seele des anderen. Du würdest es wieder tun, Alaric. Es ist ein Teil von dir. Und nun auch von mir.«

Es klang bestechend logisch und gleichzeitig so bitter und aussichtslos. »Du wirst mir das nie verzeihen.«

»In dem Moment des Verzeihens, Alaric, lasse ich die Möglichkeit zu, dass du mich ein weiteres Mal so schwer verletzt. Darum verzeihe ich nicht mehr – nie wieder. Verzeih du mir, dass ich es nicht tue, oder lass es. Dir bin ich nichts schuldig. Ich muss für meinen Schutz sorgen. Und Desmond befreien.«

»Verstehe.« Das war nicht gelogen. Auch er vergaß keinen Moment lang, warum er hier war. Und dass es kein Zeichen der anderen Gruppe um Cadyz Hellna gab, nicht das geringste, zerrte an seinen Nerven. »Du liebst ihn. Was du da neulich gesagt hast, von wegen es ginge dir nur um deinen Stand …«

»Wen ich liebe oder nicht, ist meine Sache. Darüber spreche ich nicht mit dir.«

Sie war so kalt. Und er verstand es so gut. Sie war eine Frau, die aus Liebe ins Reich der Daema ging. Aus vollerem, mutigerem Herzen konnte man nicht lieben. Und er hatte die Liebe, die sie zu empfinden vermochte, so abgrundtief verletzt.

»Würdest du trotzdem ein Geschenk von mir annehmen, Laire? Ganz ohne dass ich eine Gegenleistung will?«

»Besser nicht.« Sie schüttelte den Kopf, doch dann fiel ihr Blick auf die papierne Rolle, die er aus der Innentasche seines Hemdes zog, in der auch das Schuldholz steckte.

»Schau es dir nur an.«

Sie nahm das Papier nach kurzem Zögern und rollte es auseinander. Was dann geschah, hatte er nicht erwartet, denn ein schockierter Eindruck huschte über ihr Gesicht. Dann füllten sich ihre Augen mit Tränen, die sie rasch wieder wegblinzelte. Warum reagierte sie so emotional auf eine simple Karte von Nemija?

»Das«, sagte sie rau, »das nehme ich an. Danke, Alaric.«

»Ich habe mitbekommen, dass du sie dem Wirt abkaufen wolltest, aber er hat versucht, dich über den Tisch zu ziehen.«

Sie hob ihre Mundwinkel, ohne richtig zu lächeln. »Du hast sie vermutlich nicht bezahlt, oder?«

»Wenn es deinem Gewissen guttut, dann könnte ich es behaupten.«

»Nein. Der Wirt ist ein Wucherer. Ich finde es gut, dass du sie … nicht gekauft hast.«

Er war nicht sicher, ob er ihr mit der nächsten Frage zu nah trat, aber verkneifen konnte er sie sich nicht. »Warum bedeutet sie dir so viel?« Hatte sie Angst, ihre Heimat nie wiederzusehen?

»Es ist nur eine Karte«, sagte sie. »Sie zeigt den Weg zurück zu meinem Zuhause.«

KAPITEL 19

LAIRE

»Seht ihr das?«

Seit Tagen behielt der Himmel seine unwirklichen Farben. Gab es denn keine Nacht in dieser Welt? Nur einen ewig andauernden Tag, an dem wir nicht weiterkamen?

Alaric wusste es nicht, aber mit der Karte von Nemija hatte er mehr als nur eine Zeichnung meiner Heimat für mich gestohlen. Denn nach wie vor lebte die Magie in dieser Karte. Die Felder bewegten sich im Wind, die Flüsse glitten in kleinen Wellen durchs Land, Regen fiel ins Senketal. Am Himmel stand die Sonne am Tag und bei Nacht der Mond. Die Sichel wurde Nacht für Nacht einen Hauch schmaler. Auch wenn uns die Tage diesseits der Grenze zu verwirren versuchten, wusste ich nun, wie viel Zeit uns noch blieb. Bis Neumond, bis zur dunkelschwarzen Nacht, musste ich Desmond befreit haben. Danach verwandelte der Lord ihn in einen Daema, und er war für immer verloren.

Ich hatte mit Jero und Vika über die Karte gesprochen – heimlich, als Alaric uns nicht belauschen konnte – und erwähnt, wie praktisch eine Karte des Daemareiches für uns wäre, aber Jero hatte nur geschmunzelt. »Dieses Reich wäre kein so großes Mysterium, könnte man es auf einer

Karte abbilden. Du darfst hier nicht in den Dimensionen denken, die du kennst.«

Der Wasserschlauch in meinem Rucksack war beunruhigend leicht geworden. Bislang waren Flechten und knochentrockene Farne, die in den Händen knisterten wie Papier, das einzige schwache Zeichen von Leben gewesen. Bis jetzt. Denn endlich erkannte ich etwas, das sich merkwürdig vom Boden abzeichnete. Wir waren noch zu weit entfernt, um zu erkennen, was es war – aber es war zweifelsfrei eine Veränderung.

»Sind das Büsche?«, fragte Vika. »Wenn da etwas wächst, muss es Wasser geben.«

Alaric kniff die Augen zusammen. »Für mich sieht das aus wie Pfützen. Wasserlöcher oder etwas Ähnliches.«

»Eine Fata Morgana?«, riet Jero. »Ein Trugbild von Wasser?«

Alaric grinste. »Wenn ein Trugbild als solches zu erkennen ist, ist es vermutlich kein Trugbild mehr.«

Wir alle gingen schneller, bis Vika plötzlich zögerte, mich am Arm fasste und stehen blieb. »Wartet bitte. Büsche oder Wasserlöcher … bewegen die sich in dieser Welt?«

Ich erkannte es nun auch. Was auch immer dort war, es glitt über den Boden wie große, auf Wasser im Wind treibende Blätter. »Das sind … Schatten. Aber wie können Schatten entstehen, wenn da kein Licht ist und nichts, was sie wirft?«

»Scheiße«, murmelte Jero und rieb sich über die Stirn.

»Was soll das heißen?«, fragte ich. »Was ist das dort?«

»Daema.«

Meine Finger schlossen sich um das Heft meines Myrodems. »Wir wussten, dass es hier welche gibt.«

»Das schon«, erwiderte Jero. »Aber ich hatte nicht damit gerechnet, *denen* zu begegnen.«

Bevor ich nachhaken konnte, was er damit meinte, fuhr er uns an: »Kontrolliert eure Gedanken! Wie oft soll ich das sagen? Ich kann eure Angst beinah hören, ihr lockt sie her!«

Vika und ich wechselten ertappte Blicke.

»Sollen sie kommen«, flüsterte Vika, und ich stimmte ihr grimmig zu, denn ein anderer Weg fiel mir nicht ein, um die Angst zu beherrschen. »Dafür sind wir hier.«

Jero zog seine Klinge und grinste. »So gefallt ihr mir.«

»Ich möchte eure Vorfreude nicht schmälern.« Alaric war auf einen hüfthohen Stein gestiegen, von wo aus er bessere Sicht hatte. »Aber was immer da kommt, es hat nichts mit dem zu tun, was man sich in Nemija unter dem Wort Daema vorstellt.«

»Sie sind tot«, sagte Jero und prüfte seine Klinge. »Nicht viel mehr als Legende, selbst in den Studien der Paladine. Es heißt, das Grenzland tötet die Daema, die sich zu lange hier aufhalten, um nach einem Weg in die Welt der Menschen suchen. Sie sterben. Aber sie verschwinden nicht. Nicht vollends. Sie erinnern sich, und diese Erinnerungen sind voller Hass.«

»Es sind Schatten.« Ein Schauder ließ selbst Vikas Schultern beben. »Sehr, sehr viele Schatten. Und ich fürchte, sie sind näher, als ihr denkt.«

Die Schattendaema, eben noch so weit entfernt, erhoben sich plötzlich in überwältigender Zahl hinter einigen Steinen, als wären dort Löcher, die sie ausspien.

»Bleibt zusammen«, rief Jero. Vika und mir musste er das nicht zweimal sagen. Wir eilten zu ihm, die Rücken einander zugewandt, die Klingen erhoben. Alaric gab seine Position auf dem Stein nicht auf – aber was nützte ihm dieser Vorteil bei fliegenden Gegnern? Die ersten umkreisten ihn bereits. Konturlose Schatten, schnell wie ein Wind und kaum mit dem Auge zu erfassen. Ob sie uns überhaupt …?

Vika stieß einen Kampfschrei aus, und im nächsten Moment zischte ihr Myrodem durch die Luft und schlug mit einem knirschenden Geräusch gegen einen Widerstand. Die Kreatur gab einen schrecklichen Laut irgendwo zwischen Reißen und Brüllen von sich. Er drang mir durch die Ohren direkt ins Mark, und mir war, als müsse sich mein Geist reflexartig tief in meinen Körper zurückziehen. Ich fühlte mich vollkommen hohl. Dann schoss das nächste Daemawesen heran, und meine Instinkte übernahmen die Kontrolle. Sie waren eher unsichtbar als körperlich, wirkten wie die Schatten großer Vögel, doch die Bosheit strömte aus ihnen heraus und sang in der Luft.

So hart ich konnte, schlug ich mit dem Myrodem zu, doch die Wesen wichen ihm immer wieder aus. Eines streifte meinen linken Arm, und ein eiskalter Schmerz lähmte mein Ellbogengelenk. Die Biester, die Jero mit seiner Klinge aus der Luft fegte, brüllten vor Wut, fielen zu Boden und lösten sich auf, ehe sie ihn berühren konnten.

Eine Schattendaema schoss auf mich zu. Nur ein formloser Klecks Dunkelheit, in dem kurz etwas aufflackerte, das eine Kralle hätte sein können oder ein dünner, gebogener Schnabel. Ich zielte mit dem Schwert auf den winzigen Punkt, den ich hatte sehen können. Erneut dieses Kreischen, das einen höllischen Schmerz durch meinen Körper jagte. Eine abgetrennte, glänzend schwarze Klaue fiel vor meine Füße. Das nächste Wesen schoss heran, verfehlte mich um Haaresbreite, war an mir vorbei und machte einem weiteren Platz. Sie folgten einander wie Perlen an einer Kette.

Jero, Vika und ich bliesen sie mit den Myrodem-Klingen vom Himmel. Alaric schlug sie mit einem Schwert in der Linken aus der Luft und hielt sich mit einem Dolch in der Rechten jene vom Leib, die ihm von hinten zu nahe kamen. Sie umkreisten ihn so dicht, dass ich nur kürzeste Blicke auf sein Gesicht werfen konnte. Er war voll konzentriert, fokussierte seine Aufmerksamkeit auf keines der Wesen im Speziellen und nahm sie dadurch alle wahr. Die in seinem Rücken traf er mit dem Dolch, als könnte er ihre Anwesenheit spüren.

Mir half es, ein Ziel zu fokussieren, mich auf das Detail zu konzentrieren, das sich wahrnehmen ließ, und eine Daema nach der anderen zu bekämpfen. Eine Kralle, ein schuppiger Hals, ein Gebiss mit spitzen Zähnen in einem verzerrten Gesicht. Hinter ihren Schatten besaßen sie Körper, auch wenn nur ein Bruchteil davon zu erahnen war. Erkannte man diese, wusste man, wo man sie treffen musste.

Neben mir stieß Vika einem Schatten gleich über ihr von unten das Schwert in seine dunkle Mitte. Wie Nebel sank das sterbende Wesen auf sie herab. Im nächsten Moment begann Vika zu schreien, als wäre Säure aus der Daema geflossen.

»Reiß dich zusammen!«, knurrte Jero und trat ein Stück vor sie, um sie mit seinem Körper und seinem Schwert abzuschirmen. »Es ist nur eine Illusion, Vika! Nicht echt! Kämpf weiter!«

Doch Vika schien seine Worte nicht wahrzunehmen. Ihre gebogene Klinge fiel in den Staub. Zitternd drückte sie die Fäuste gegen ihren Mund, doch ihre Schreie pressten sich an ihren Fingern vorbei. Ich erschlug eine Daema, betete, dass es die letzte war, weil ich meinen Myrodem nicht mehr lange würde halten können. Doch als ich mich hastig umsah, waren überall nur Schatten. Es wurden mehr und mehr, als kämen für jede erschlagene Daema ein halbes Dutzend neue. Vika kippte auf die Knie und drückte das Gesicht schreiend in den Sand.

»Durchhalten.« Jeros Klinge zerfetzte die Dunkelheit, die sich um uns verdichtete. Die Schreie der Daema drangen mir wie Wasser in die Ohren, füllten meinen Kopf, machten mich taub.

»Es werden nicht weniger!«, keuchte ich. Feuchtigkeit lief mir den Unterarm entlang und färbte mein Hemd dunkel. Ich wusste nicht einmal, wo ich verletzt war, geschweige denn, was mich erwischt hatte. Ich trennte krüppelige Füße mit scharfen Krallen von den Schattenleibern und Köpfe, die nach mir bissen, von dürren Hälsen. Vikas Schreie waren zu einem Wimmern geworden. Mein Myrodem wog unendlich schwer, und meine Schwerthand wurde kalt und begann zu kribbeln. Gleich würde sie taub werden, die Klinge würde in den Staub fallen, und ich könnte mich nicht länger verteidigen.

Eine Daema schrie, als ich sie zerteilte, schrie und schrie, und mich überwältigte die nackte Panik, ich würde diese Schreie nun mein Leben lag hören müssen. Ein weiterer Schatten näherte sich. Ich holte aus. Hielt mitten in der Bewegung mit einem Japsen inne.

Es war Alaric! Und mir wurde sofort klar, warum er sich nun doch bei uns eingruppierte, rechts von mir. Er war verdammt gut mit dem Schwert in der einen und dem Dolch in der anderen Hand. Wenn er beide Waffen dicht vor der Brust kreuzte, die Biester beängstigend nah an sich heranließ und die Klingen dann singend in beide Richtungen öffnete, schlitzte er ein halbes Dutzend der Kreaturen gleichzeitig auf und ließ sie zu kreischender Vergangenheit werden. Allein war er trotzdem chancenlos. Sein zerfetzter linker Hemdsärmel und das Blut, das die Risse säumte, verrieten, dass er einiges hatte einstecken müssen.

»Wir schaffen es nicht«, brüllte ich ihm durch die Todesschreie der Daema zu. »Es sind zu viele.«

Ohne langsamer zu werden oder auch nur eines seiner Ziele zu verfehlen, warf er mir einen Blick zu. »Glaubst du nicht, dass ich sie dezimieren würde, wenn ich es könnte?«

»Es werden immer mehr! Und Vika ist schwer ver…«

»Laire, ich hab Augen im Kopf!«

Dieser Idiot! »Alaric, du musst die Zeit benutzen! Wir müssen hier weg!« Egal wohin, egal in welche Dimension. Wir mussten fliehen.

Er tötete zwei angreifende Biester mit einem Streich, sprang aus unserem Kreis und zerfetzte mit beinah einstudiert wirkenden Bewegungen unzählbare Daema. Unter ihren Schreien blieb mir die Luft weg, für einen Moment wurde mir schwarz vor Augen.

»Spar deine Kräfte, verdammt!«, brüllte Jero, und ich begriff nur zeitversetzt, dass er Alaric meinte.

»Einfach. Weiter. Machen!« Mit jedem von Jeros Worten zerfielen Schattenwesen zu vergessenen Erinnerungen.

»Alaric, es geht nicht mehr.« Ich hatte schreien wollen, aber ich konnte nicht mehr. »Du musst die Zeit schneiden.«

Er sah mich an, die konzentrierte Ruhe verschwand aus seinem Gesicht und machte einer Verzweiflung Platz, die ein abgrundtief falsches Gefühl in mir auslöste. »Das geht nicht.«

Irgendetwas biss mir in die Wade; ein glühender Schmerz, der mir bis in die Leiste schoss. Ich stach mit dem Myrodem blindlings nach unten, stieß mir die Spitze fast durch den Stiefel, doch es gelang mir, das Wesen zu töten. Es schrie so entsetzlich, und in meinem Kopf und in meinem Bauch war dieses schrecklich falsche Gefühl, und mein Herz musste brechen.

Denn es waren zu viele hasserfüllte Schatten.

Alaric hatte eingesehen, dass wir verloren waren. Ich hatte es in seinem Gesicht erahnt.

»Habt ihr schon genug?«, feuerte Jero uns noch einmal an. Vika rührte sich nicht mehr, und selbst Alarics Schwert wurde langsamer.

»Durchhalten, Laire!«

Aber was wollten wir noch halten? Um uns herum waren so viele Daema, dass sie das fahle Licht schluckten. Wir konnten immer weniger sehen. Ich bekam die Spitze meines Myrodems kaum noch vom Boden, stach nur noch wie mit einem Messer mit der langen Klinge nach den Biestern, die mich fast erreicht hatten. Wenn doch nur die Schreie, mit denen sie starben, nicht gewesen wären. Diese entsetzlichen, nervenzerfressenden Schreie. Sie versengten meinen Verstand, verbrannten meinen Mut und fraßen sich durch meinen Kopf. Warum war ich hergekommen? Um zu sterben? Waren wir zum Sterben hier?

Etwas biss mir in beide Knie. Ich sah nicht mehr hin, meine Waffe fiel, und ich schlug mit leeren Händen in Richtung der schmerzenden Stellen, um die Daema von mir zu lösen. Da waren jedoch keine. Ausgedörrter Boden zitterte unter meinen Fingern. Oder war ich es, die so zitterte?

»Sie sind fort, Laire.« Alaric kniete neben mir, seine Hand schwebte irgendwo über meinem Rücken, aber er zögerte, mich zu berühren.

»Wo … wohin?«

»Sieh dich um. Es ist Nacht. Als das Licht schwand, verschwanden sie auch.«

Er hatte recht. Perplex starrte ich ins Dunkel. Innerhalb weniger Augenblicke war es fast vollständig finster geworden. Der Nachthimmel leuchtete kobaltblau, kalt und endlos tief wie ein Meer. Und die Schattendaema waren alle fort.

Ein leises Stöhnen erinnerte mich daran, was nun wichtig war. Mit einem Satz war ich bei Vika und drehte sie behutsam auf den Rücken. Das kühle Licht ließ sie auf den ersten Blick nur schrecklich blass erscheinen, aber dann fielen mir hauchfeine Linien auf ihrer Haut auf, sie erinnerten an vor langer Zeit verheilte Brandnarben. Ihr ganzes Gesicht war davon bedeckt, selbst ihre flatternden Augenlider und die farblosen Lippen.

»Was ist los?«, flüsterte sie, als sie die Augen öffnete und ihr mein erschrockener Blick bewusst wurde. Sie tastete nach ihrer Wange.

Ich wollte sie festhalten, aus Angst, sie könnte sich wehtun, war aber zu langsam.

»Ich weiß nicht, was es ist«, flüsterte ich. »Aber es vergeht sicher wieder.«

Ratlos sah ich zu Jero, der stumm den Kopf schüttelte. Hatte er nicht behauptet, es sei nur eine Illusion? Nichts an diesen Biestern war illusorisch. Aber vielleicht hatte er mit seiner Lüge nur versucht, ihre Panik zu mildern.

»Tut es weh?«

Sie beantwortete meine Frage mit einem Kopfschütteln und wirkte mehr verwundert als verzweifelt. »Was mag das gewesen sein? Ich habe etliche von diesen Schattenwesen getötet. Sie haben sich alle aufgelöst. Bis auf das eine …«

»Du standest genau unter ihm, als du es getötet hast«, sagte Alaric leise. »Ich verstehe nicht viel davon, aber du hast wohl das durchbohrt, was dem Herz am nächsten kommt. Die Herzen der toten Daema sind mit Hass gefüllt, und der ganze Hass ist über dich gelaufen.«

Wir konnten Vika keine Pause gönnen. Niemand von uns wusste, wie lange die Nacht andauern würde, und es war zu vermuten, dass die Schattendaema bei Tag zurückkamen. Wir reinigten unsere Wunden, und ich verteilte eine heilende Salbe aus meinem Tiegel. Er hatte eine Magie an sich, die nach Salbei und Minze duftete und bewirkte, dass die Ringelblumensalbe, die ich hineingab, nicht nur genauso roch, sondern auch Wunden wie die Verätzungen, die wir von den Schattenwesen davongetragen hatten, schneller heilen ließ.

Anschließend hoben wir Vika in Lassas Sattel und führten unseren Weg fort. Zu unserer Überraschung waren wir kaum ein paar Minuten gelaufen, als sich ein breiter Fluss vor uns auftat. Ölig glänzendes

Wasser floss darin in einem lautlosen Strom, und eine schmale Hängebrücke aus einem Metall, das mir bekannt vorkam, auch wenn ich es sicher nie aus der Nähe gesehen hatte, führte darüber hinweg. Es war glatt, strahlte ein wenig Wärme aus und leuchtete in einem blassgoldenen Schein.

»Eine Brücke aus Wolkenband«, sagte Jero beinah andächtig und lächelte sein seltenes Lächeln. »Wir sind auf dem richtigen Weg. Bald haben wir das Zwischenreich geschafft.«

»Wolkenband«, wiederholte ich leise. Und dann fiel mir ein, wo ich das Metall gesehen hatte. »Es sieht aus wie der helle Saum, der am Tag die Wolken voneinander trennt. Das Band aus Licht am Himmel.«

Jeros hellblaue Augen funkelten im Schein der Brücke. »Nun weißt du, wie weit wir gehen mussten. Genau bis zur Nacht.«

»Aber wie kann etwas, das am Himmel leuchtet, bei Nacht herabfließen und eine Brücke bilden? Das ist doch …« … nicht möglich, hatte ich sagen wollen. Aber bevor ich es aussprach, fuhr ich mit den behandschuhten Fingern über die Brüstung und nahm Licht in meinem Herzen und einen prickelnden Silbergeschmack im Mund wahr. »Es ist Magie. Ich habe noch nie erlebt, dass sie etwas so Starkes tut.«

Alaric legte die Hände auf das Brückengeländer, lehnte sich darüber und sah hinab in den Fluss. »An diesem Ort muss man alles vergessen, was man gelernt hat. Hier formen Tag und Nacht das Land, und alles ist in ständiger Bewegung, verbunden durch Magie und Wege durch Dimensionen, die man in unseren Ländern nicht kennt.«

»Woher weißt du so viel über diese Welt?«, fragte ich. »Lernt man das in den Universitäten von Lyaskye?«

»Man lernt vermutlich alles in den Universitäten von Lyaskye. Aber das hier lerne ich in diesem Moment, weil es vor mir liegt und ich Augen besitze.«

Jeros Mundwinkel zuckten. »Ich nehme an, die Suchende sollte vorangehen.«

Aufgrund der Dunkelheit konnte ich nicht erkennen, was auf der anderen Seite des Flusses war, trotzdem setzte ich meine Füße angstfrei auf die Brücke. Die anderen folgten mir dichtauf. Ein leichtes Schwanken setzte ein, als Lassa als Letzte mit ihrem ganzen Gewicht auf die Brücke trat, aber da Jero auf das eigenartige Baumaterial zu vertrauen schien, tat ich es auch.

Die Dunkelheit schluckte uns. Eine Weile ließ sich weder vor noch hinter uns das Geringste erkennen. Der Fluss war in seiner finsteren Lautlosigkeit nur zu erahnen, nicht einmal das Licht der Brücke spiegelte sich in ihm, und am Firmament stand nicht ein einziger Stern. Wir liefen durch Schwärze, und ich verlor jede Vorstellung, wo vorn und hinten war, wo links oder rechts oder oben oder unten.

Dann zerfaserte das Schwarz vor uns, wurde zu Grau, in dem sich Schatten abzeichneten, gewaltig wie meterhohe Wesen mit erhobenen Flügeln. Träge bewegten sie sich hin und her, als würden sie langsam auf uns zuschreiten. Doch noch bevor ich Angst bekam, bemerkte ich einen mir bekannten Geruch.

»Es sind Bäume«, wisperte ich. Man hörte nun auch das Rauschen des Flusses und in einiger Entfernung das lockende Pfeifen eines Tieres, vielleicht eines Nachtvogels.

Wir erreichten das Ende der Brücke, und erleichtert stellte ich fest, dass meine Füße in weiches Gras sanken. Hier gab es lebendige Vegetation. Und damit vielleicht auch trinkbares Wasser.

Vika musste den gleichen Gedanken gehabt haben. Sie kletterte aus dem Sattel, packte das Anemonenlicht aus der Satteltasche und trat damit ans Ufer des Flusses.

»Es ist klar!«, rief sie, und bevor jemand sie warnen konnte, kniete sie sich hin, hielt die Hand hinein und schöpfte das Wasser, um es sich ins Gesicht zu schütten.

Sei nicht so leichtsinnig, hatte ich sagen wollen, aber offenbar behielt sie recht. Es war ganz normales, kaltes Wasser, und mir fiel ein Stein vom Herzen.

Vika kippte sich immer mehr ins Gesicht, rieb mit den Fingern über die feinen Narben, als könnte sie sie damit wegwaschen.

Es machte meine Brust eng, sie so zu sehen. Ich musste sie trösten, wusste jedoch einfach nicht wie. Es wäre nicht fair gewesen, ihr Hoffnungen zu machen, wenn ich doch selbst nicht wusste, womit wir es zu tun hatten. Was mit ihr geschehen war, sah nicht so aus, als würde es wieder verschwinden.

»Du kannst das nicht abwaschen«, sagte Alaric hinter uns. »Es bleibt für immer. Du musst nun dafür sorgen, dass es an der Oberfläche deiner Haut bleibt und nicht tiefer dringt.«

Seine nüchterne Beherrschung ließ etwas in meinem Bauch heiß auflodern. »Du kennst dich also damit aus?«

Er hatte doch gar keine Ahnung, wie Vika sich fühlte und was diese Narben für sie bedeuteten. Und er war der Falsche, um gut gemeinte Ratschläge zu erteilen.

»Mit Hass?« Er lachte leise. »Ja, sogar sehr gut. Seid vorsichtig damit. Es ist ein Gift, über dessen Wirkung jeder selbst entscheidet.« Damit wandte er sich ab und ging zu Jero, der uns zurief, der Ort sei ideal für eine Rast und der Wald zu dicht und zu dunkel, um bei Nacht weiterzugehen.

»Vergiss, was Alaric gesagt hat«, flüsterte ich Vika zu. »Er mag von weither kommen und viel gereist sein, aber deshalb weiß er noch lange nicht über die ganze Welt Bescheid. Gar nichts weiß er. Es gibt sicher einen Weg, das wieder in Ordnung zu bringen.«

»Wie es vorher war?« Vika sah mich nicht an, sie starrte ins Wasser, als könne sie sich Dunkelheit und Strömung zum Trotz darin spiegeln. Zu sehen war im Schein des Anemonenlichts aber nur ein Flackern, wo ihr Gesicht war.

»So nah dran, wie es möglich ist. Ich kenne eine gute Apothekerin, der ich oft Kräuter oder Gefäße verkaufe, in denen ich Magie spüre. Ich werde sie um Hilfe bitten, wenn wir zurück sind.«

»Schon in Ordnung, Laire.« Vika tastete über ihre Lippen, spürte dem Linienmuster nach. »Ich wünschte, ich könnte es sehen.«

»Morgen«, sagte ich. »Wenn es hell wird, kannst du dich im Wasser spiegeln. Es sieht gar nicht so schlimm aus.«

»Du lügst, oder?«

Ja. Nein. »Ich bin nicht sicher.« Es sah aus, als wäre ihr Gesicht mit feinen Schnitten in Abertausende von Teilen zertrennt und wieder zusammengesetzt worden. Doch gleichzeitig, als sei dies eine Ewigkeit her. Es hätte beinah hübsch ausgesehen, hätte es nicht unweigerlich Assoziationen von schrecklicher Gewalt geweckt. »Es sieht ungewohnt aus.«

»Lässt du mich bitte einen Moment allein, Laire?«

»Ungern.« Niemand sollte allein mit so viel abgrundtiefer Traurigkeit sein. Erst recht nicht meine heitere beste Freundin. Sie war an solche Gefühle nicht gewöhnt, und ich hatte das dringende Bedürfnis, sie festzuhalten, damit die Flut von Unglück sie nicht überwältigte und mit sich riss. Wir hatten doch noch nicht mal über das gesprochen, was uns in dem Berg passiert war. Doch meine Antwort ließ ihre Schultern nach vorn sacken und entlockte ihren Lippen einen frustrierten kleinen Laut.

»Aber … wenn es dir wichtig ist …«

Sie nickte, und ich wusste: Ich konnte nun nur noch Fehler machen.

Sie allein zu lassen war ebenso falsch, wie ihr nicht zuzugestehen, allein sein zu dürfen.

»Darf ich in der Nähe bleiben? Falls du es dir anders überlegst?«

Sie seufzte. »Du tust doch immer, was du willst. Dafür habe ich dich gern. Und das neide ich dir.«

Über diese Worte grübelte ich die ganze Nacht, selbst in den Stunden, in denen ich schlief.

Wir brachen auf, als der Morgen graute, und liefen durch einen Wald, wie ich ihn noch nie gesehen hatte. Die Bäume trugen farnartige, lange Blätter, die sich in den Kronen zu Dächern über unseren Köpfen verflochten. Es wäre im ganzen Wald finster geblieben, hätten sich am frühen Morgen nicht zahlreiche helle Blüten geöffnet, aus denen Licht wie ein Duft strömte. Smaragdgrünes, leuchtendes Moos überzog Steinbrocken wie ein Samtpolster, und aus Felsen ragten Bäume heraus, sodass man kaum erkennen konnte, wo der Stein aufhörte und das Wurzelwerk begann.

Staunend passierten wir winzig kleine Blumen, die kichernde Laute von sich gaben, als würden sie über uns spotten, und braun marmorierte Falter, die sich zu einem Schwarm zusammenschlossen, der wie ein einzelnes Wesen aussah – eine Raubkatze mit peitschendem Schwanz und misstrauisch verengten Augen. Zudem entdeckten wir kleinere Nagetiere und Wachteln, die man jagen, sowie Früchte, die man essen konnte, und unsere Vorräte waren bald aufgefüllt.

Ein paarmal versuchte ich, mit Vika zu sprechen, aber sobald ich mich nur in die Richtung dessen wagte, was ihr zugestoßen war, blockte sie ab. Umso erstaunter war ich, als sie mich plötzlich fragte: »Was hast du eigentlich in dem Berg gesehen?«

Ich wollte nicht darüber reden, aber nun musste ich, wenn sie sich mir ebenfalls öffnen sollte. »Ich lag unter Steinen. Zuerst in der Höhle und dann auf dem Markplatz, wie jene, die sich dem Magiegesetz widersetzen und dort unter den Steinen sterben müssen.«

Ihre braunen Augen weiteten sich erschrocken. »Das habe ich befürchtet. Was, Laire, wenn dieser Berg die Zukunft zeigt?«

Ich schüttelte den Kopf. »Wie sollte er denn? Was Zukunft wird, entscheidet sich in jedem Moment neu.«

»Und dennoch haben wir uns mit Alarics Zauber durch die Zeit bewegt. Auch das dürfte nicht möglich sein.«

»Ist es aber.«

»Ist es. Doch er will es nicht wiederholen.« Ihre Stimme brach am letzten Wort. »Ich habe ihn gefragt, aber er hat Nein gesagt.«

Mir schauderte. Ich hatte ihn ebenfalls gebeten, ihn fast angefleht, als der Kampf gegen die Schatten so aussichtslos schien. Er hatte es verweigert. Natürlich – er hatte ja bereits bekommen, was er wollte. Warum sollte er uns mehr zugestehen, jetzt, da wir ihm nichts mehr anzubieten hatten?

»Wenn ein unbedeutender Mensch wie Alaric Cole die Zeit auftrennen kann«, fuhr Vika fort und fasste nach meiner Hand, »vermag ein Berg das erst recht. Ein Berg hat so viel mehr Stärke als ein Mensch mit einer Handvoll Magie.«

Darin lag eine überwältigende Logik. Dass ausgerechnet meine tapfere Vika plötzlich so viel Furcht zeigte, grub mir eine tiefe Sorge ins Herz. Ich umfasste Vikas Nacken, zog sie an mich und legte meine Stirn an ihre. »Der Berg hat nicht die Zukunft gezeigt.«

»Das weißt du nicht. Für wie unwahrscheinlich hältst du es, unter den Steinen zu sterben? Es wird unweigerlich passieren, wenn jemand erfährt, dass du mit Magie handelst. Und ich?« Sie stieß ein freudloses Lachen aus. »Liegt es denn nicht nahe, dass ich im Kindbett sterbe?

Dass mein Kind mich tötet, weil ich eine furchtbare Mutter sein werde, die ihr Kind nicht will? Und ich will keins, Laire, ich will alles, aber kein Kind! Doch das wird niemanden interessieren, denn es wird meine Aufgabe sein, meinem Ehemann Erben zu gebären. Und all das ist es, was ich dort drinnen gesehen habe. In aller Klarheit.«

Mein erster Impuls war, sie zu trösten, sie zu beruhigen, dass das nicht geschehen würde. Nie würde Vika sich von einem Mann zu etwas zwingen lassen, das ihr so widerstrebte. Doch wie realistisch waren meine Gedanken? Waren es nicht naive Vorstellungen des Kindes, das ich gewesen war, als ich den Hof verlassen hatte? Vika hatte mir manchmal erzählt, dass der Druck ihrer Eltern Jahr für Jahr zunahm. Und ich kannte Nemija zu gut. Man hatte die Erwartungen zu erfüllen, die die Familie an einen stellte – erst recht als Frau. Vikas Eltern würden es nicht akzeptieren, dass ihre einzige Tochter Ehe und Mutterschaft verweigerte. Wie viel Mitbestimmungsrecht würde man ihr bei der Wahl ihres Mannes zugestehen? Wie viele wohlhabende oder politisch bedeutsame Männer gab es auf der Welt, die so respektvoll wie Desmond waren?

»Diesen Sommer noch«, sagte Vika leise, »wird ein erster Bewerber anreisen. Ein reicher alter Mann aus Eshrian, dessen erste Frau unfruchtbar ist. Meine Mutter hält die Idee für wunderbar, weil eine Frau dort ist, die mich unter ihre Fittiche nehmen könnte. Ich hätte«, ihre Stimme wurde Wort für Wort bitterer, »nicht viel mehr zu tun, als schwanger zu werden und für die lieben Kinderchen zu sorgen. Ist das nicht eine traumhafte Vorstellung?«

Für Vika war das ein Albtraum. Einen Moment lang war ich zu schockiert, um zu antworten. Es dauerte eine beklemmende Ewigkeit, bis ich die Bilder, die Vikas Worte in meinem Kopf erscheinen ließen, verdrängt hatte. Das hatte der Berg ihr gezeigt? »Du wirst kein Kind bekommen, solange du keins willst. Es gibt Mittel – wenn alle Stricke reißen, verhindern wir, dass du ein Kind empfängst.« Dazu durfte es nicht kommen. Dieser Eshrianer musste ohne Braut zurückreisen oder besser noch nie über die Berge zu uns kommen.

»Ich werde bestraft«, flüsterte Vika. »Der Berg hat es gezeigt. Ich wollte das Kind nicht und dafür wurde ich bestraft.«

Ich zog sie fest an mich und streichelte ihre fest geflochtenen Haare. »Was hast du gesehen? Erzähl es mir. Es wird leichter, wenn du es mit mir teilst.«

Sie schluckte schwer. Dann sagte sie: »Ich war schwanger. Das Kind sollte kommen, es war schon weit über die Zeit. Ich hab die Schmerzen gespürt und geschrien, aber ich wollte dieses Kind doch nicht! Hebammen sprachen auf mich ein, ich müsse es endlich gebären, es sei meine Pflicht. Aber zwischen meinen Beinen kam nur Blut, die ganze Zeit nur Blut. Meine Eltern sahen zu, und ein Mann war dabei. Sie wollten dieses Kind haben, aber es kam nicht. Da kam nur Blut. Ich konnte nicht mehr, ich konnte nicht einmal mehr schreien. Ich wimmerte und weinte und blutete. Bis sie sich alle abwandten und sagten, ich könne es nicht. Ich sei keine richtige Frau. Nutzlos. Nur meine Mutter blieb. Ich bettelte sie an, mir zu helfen, mir zu sagen, was ich tun sollte, aber sie sagte immer nur: ›Das Kind, Vikaray, gebär uns das Kind!‹ Irgendwann schlug sie auf mich ein, Laire, und ich hab so geweint und gefleht, weil immer mehr Blut kam, aber sie hörte nicht auf. Sie brüllte, ich würde es können und bloß nicht wollen. Weil ich stur und egoistisch sei und das Kind getötet hätte. Sie sagte: ›Du hast verdient, Vikaray, dass du nun in deinem Blut liegst. Du hast verdient zu sterben, denn du hast alle enttäuscht.‹ Und dann … dann starb ich tatsächlich.«

Ich hatte Vika manchmal weinen sehen. Zornige Tränen, wenn ihr etwas misslang, das ihr wichtig war, oder unaufhaltsame, wenn sie sich verletzt hatte. Aber nie war sie beim Weinen so verzweifelt gewesen wie jetzt.

»Es war nur ein Traum«, murmelte ich, während ich ihren Rücken rieb. »Nur ein Albtraum. Ein besonders scheußlicher, aber mehr nicht. Nichts davon wird passieren. Der Berg zeigt keine Zukunft. Er zeigt, was du fürchtest.«

»Woher willst du das denn wissen, Laire?«

»Weil ich unter diesen Steinen lag, dort aber nicht gestorben bin. Jemand hat mich gerettet, Vika, bevor ich sterben konnte. Und es war ein Daema.«

KAPITEL 20

LAIRE

Je tiefer wir in den Wald drangen, desto häufiger flatterten Vögel auf. Wir gewöhnten uns daran, dass Insekten und kleinere Tiere durchs Unterholz huschten. Dennoch machte ich irgendwann ein Knistern in den Büschen aus, das mir aus unerfindlichen Gründen im Nacken kribbelte. Ich ging weiter, lauschte, wartete darauf, dass uns etwas hinterrücks ansprang. Aber nichts geschah. Nichts außer einem weiteren Rascheln.

»Da ist etwas«, hauchte ich Jero zu.

Er sah sich nicht um, lauschte nur, während wir weitergingen. »Die Dunkelheit kommt bald. In diesem Teil der Welt dauern die Tage nicht lang.«

»Schleicht Dunkelheit in diesen Breiten in den Büschen herum und folgt uns?«

»Eher unwahrscheinlich. Aber sie macht die Augen schwach und die Ohren nervös.«

Da konnte etwas dran sein. Wir gingen weiter. Bis erneut etwas knisterte, ich zum Horchen innehielt und zu Jero sah.

»Ich hab es gehört«, sagte er leise. Vika griff nach ihrem Myrodem,

Jero allerdings schüttelte leicht den Kopf. »Wenn es gefährlich wäre, hätte es uns schon angegriffen.«

»Ich mag Optimismus.« Ich klang vermutlich ironisch, aber es war nicht so gemeint.

Eine Weile begleitete uns das Rascheln, kam mal näher, entfernte sich wieder. Ich zweifelte daran, dass es sich um ein friedliches Wesen handelte, und trug wie Vika den Myrodem in der Hand.

»Wo treibt sich nur Alaric herum?«, fragte ich, ohne eine Antwort zu erwarten. »Er soll nicht denken, dass wir nach ihm suchen, wenn er sich verläuft, oder ihn retten, wenn ihn etwas angreift.«

»Natürlich nicht«, erwiderte Vika mit freundlichem Spott. Seit unserer Aussprache ging es ihr sichtlich besser. »Du würdest den Daema, die ihn fressen wollen, noch Salz reichen.«

»Ohne schmeckt so ein Verräter ja auch fad.«

»Scht!« Dass es ausgerechnet Jero war, der sich nun besorgt umsah, brachte uns sofort zum Schweigen. Lassa schnaubte, selbst sie wirkte plötzlich alarmiert und starrte ins Unterholz, wo ich beim besten Willen nichts erkennen konnte.

Bis … Ich keuchte vor Schreck auf, als plötzlich eine gebückte Gestalt aus den Büschen brach, mitten auf dem Weg stoppte und sich fauchend nach hinten umsah. Das Wesen war klein, reichte mir vielleicht bis zur Hüfte und schien sich nicht entscheiden zu können, ob es auf zwei Beinen rennen oder auf vieren springen sollte. Auch uns fauchte es an – seine spitzen weißen Zähne in einem schuppenbedeckten Gesicht erinnerten an das Gebiss einer Katze. Seine Augen schimmerten zwischen Grau und Golden, nichts Weißes war zu erkennen. Zerzaustes Haar klebte der Daema in der Stirn, und ihr Körper war bedeckt von einem fadenscheinigen Hemd, das irgendwann mal ein Muster gehabt hatte und nun vor Dreck starrte. Voller Entsetzen klebte mein Blick an diesem Rest von Kleidung, der erahnen ließ, dass irgendetwas an diesem kleinen Monstrum … einmal menschlich gewesen sein musste.

Es krachte im Unterholz, und nun hob auch Jero seinen Myrodem und knurrte etwas, das teils Verwünschung und teils Einladung war. Allerdings war es kein größeres Untier, das sich durch die Büsche kämpfte, sondern Alaric. Er setzte der kleinen Daema nach, die nun den Weg entlang vor ihm flüchtete.

»Das kleine Mistvieh folgt uns seit Stunden«, rief Alaric über seine Schulter, was Jero mit einem herzhaften »Scheiße« beantwortete. Zu dritt rannten wir Alaric nach. Jero rief: »Lass es nicht entwischen!«

Und mir wurde aus irgendeinem Grund die Brust eng. »Wartet«, sagte ich und verlangsamte. Aber die Männer ignorierten mich.

»Wartet!«, rief ich lauter, und endlich stoppte zumindest Jero. Alaric war längst außerhalb unseres Blickfelds.

Ich wusste nicht, wie ich mich erklären sollte. Was wusste ich schon über die Daema? »*Müssen* wir es jagen?«, fragte ich kleinlaut. »Es sah nicht aggressiv aus. Eher ängstlich. Und es ist nur eines, ein ziemlich kleines noch dazu.«

»Graue Skorpione«, sagte Jero schlicht, und ich musste schlucken. Graue Skorpione wirkten harmlos, und ein einzelner war es auch. Das Gift in seinem kleinen Stachel war nicht stärker als das einer Biene. Trotzdem hatten sie große Säugetiere zu ihrer bevorzugten Beute erkoren. Sie riefen einander mit für Menschen unhörbaren Lauten und rotteten sich zur Jagd zu einem riesigen Schwarm zusammen, gegen den man selbst mit Waffen keine Chance hatte.

»Ganz sicher?«, hakte ich heiser nach.

Jero grinste schief. »Nein. Aber bist du sicher, dass es nicht so ist?«

In dem Moment hörten wir vor uns einen verhaltenen Fluch, dann ein markerschütterndes Kreischen wie von einer Katze im Todeskampf.

Jero und ich rannten wieder los, holten Vika ein und erreichten Alaric, der schwer atmend am Boden kniete und die Daema fixierte, indem er die breite Klinge seines groben Anderthalbers quer über ihren dünnen Hals hielt. Sein Hemd hatte seit dem Kampf gegen die Schattendaema Risse, nun war es an einer Seite völlig zerfetzt, und der Ärmel an seinem Schwertarm war auf Höhe des Ellbogens abgerissen. Ein paar Verletzungen kamen zum Vorschein, einige frisch, die meisten aber schon vernarbt. Es waren sehr viel mehr Narben geworden, seit ich ihn zuletzt gesehen hatte, und unwillkürlich zwang sich mir die Erkenntnis auf, dass die Jahre nach seinem Verrat an mir nicht gut zu ihm gewesen sein konnten. Der Gedanke ließ sich kaum verdrängen; nicht einmal indem ich mir sagte, dass er es nicht anders verdient hatte. Zu mir waren sie auch nicht besser gewesen.

Hämisches Gelächter erklang aus den Blüten der eigenartigen kleinen Glockenblumen, und meine Nackenhaare richteten sich auf.

»Mach schon«, sagte Jero, und Vika wandte schnell den Blick ab.

Zu meiner Überraschung schüttelte Alaric den Kopf. »Kann ich nicht.«

Jero schnaubte. »Das ist nicht dein Ernst. Glaubst du, die haben Mitleid mit uns? Bring es zu Ende, bevor …«

Alaric unterbrach ihn, indem er sich geschmeidig hochstemmte und in derselben Bewegung sein Schwert neben die Daema auf den Boden warf.

Und dann sah ich es auch.

»Bei all unseren Bergen«, entwich es mir.

Was auf den ersten Blick aussah wie zufällig von Krallen zerfurchte Erde, entpuppte sich als Buchstaben. Als Wort.

HILFE, stand dort in den Boden geritzt.

Vika und ich starrten die Daema an, die ihre Freiheit nicht zur Flucht nutzte, sondern nur sehr vorsichtig den Abstand zu Alaric vergrößerte. Sie hielt ihn dabei genau im Blick ihrer schimmernden Augen, die an die einer Schlange erinnerten und doch anders aussahen. Ich musste eine Weile überlegen, bis ich den Unterschied zu fassen bekam: Die Pupillen waren nicht schlitzförmig wie bei Reptilien oder in den Darstellungen der Daema in den Büchern oder Tempeln. Sie waren rund wie bei einem Menschen.

»Ach, Scheiße«, stieß Jero hervor. Neben ihm kicherten die scheußlichen Blumen.

»Was ist das?«, flüsterte ich. »Hat dieses … Ding das geschrieben?«

Alaric blickte mich an, als hätte er eine Bitte ausgesprochen, offen und verletzlich. »Ja. Es braucht Hilfe.« Ich spannte alle Muskeln im Brustkorb an, um mein Herz davon abzuhalten, stärker zu schlagen. Denn dieser Blick erinnerte mich an unsere kurze gemeinsame Zeit. An den Alaric, den ich zu kennen geglaubt hatte. Und mein nur unzureichend geschütztes Herz erinnerte sich ebenfalls.

Das Wesen – es konnte doch keine Daema sein, oder? – deutete mit einer Klaue auf das Wort. Es zitterte. Dann wies es in eine Richtung und zurück zu dem Wort.

»Können wir das denn?«, fragte Vika. »Ihm helfen?«

»Nein.« Jero trat einen entschlossenen Schritt vor, und das Wesen sprang erschrocken ins Unterholz, wo es zwischen den Zweigen verharrte. »Ich habe nicht die geringste Lust, diesen Biestern in eine Falle zu laufen. Wir haben einen Auftrag. Und das da«, er deutete auf das Wesen, das ihm die nadelspitzen Zähne zeigte, sich aber nicht wieder hervorwagte, »hat ebenfalls einen. Es ist hier, um uns aufzuhalten. Dabei ist unsere Zeit bereits knapp.«

Ein Kloß verengte meine Kehle. Noch nie in meinem Leben hatte ich jemanden abgewiesen, der mich um Hilfe bat. Aber es lag auch nie zuvor ein Leben in meinen Händen – Desmonds Leben. Jero hatte recht, und darum nickte ich, als er mich auffordernd ansah. »Wie sollten wir ihm auch helfen?«, fragte ich, wenn auch schweren Herzens.

»Vielleicht, indem wir nachsehen«, meinte Alaric, aber ich schüttelte den Kopf.

»Das ist nicht unsere Aufgabe. Ich bin aus einem Grund hier: um Desmond zurückzuholen! Ich riskiere nichts.«

Doch ein Teil von mir glaubte selbst nicht, was ich da sagte.

»Hier können wir unser Lager aufschlagen«, meinte ich, als wir eine Lichtung erreicht und uns gründlich umgesehen hatten. Mit der Dämmerung schlossen sich alle leuchtenden Blüten, und urplötzlich spendete uns nur noch mein kleines Anemonenlicht etwas Helligkeit. Uns damit zwischen Felsen, Schluchten und dem dichten Wald zu orientieren, in dem wer weiß was für Kreaturen herumstreunten, wäre selbstmörderisch gewesen.

»Die Tage sind hier sehr kurz«, sagte Vika besorgt. »Wenn die Mondphase sich trotzdem jede Nacht ein Stückchen ändert …«

Ich warf einen Blick zum Himmel, doch dort, wo die Lichtung den Blick freigab, verdeckten Wolken sie. Wieder einmal Wolken. Diese ganze Welt schien aus Wolken zu bestehen. Ich entrollte meine Karte und zeichnete für Vika in den Staub, wie schmal der Mond in Nemija bereits geworden war.

»Es sind nur noch wenige Tage bis Neumond«, fasste sie die Situation treffend zusammen. »Wir können nicht rasten.«

»Desmonds Zeit läuft ab, ich weiß das. Ihm ist aber nicht geholfen, wenn wir aus Müdigkeit irgendeine Felswand runterstürzen und zu wehrlosem Daemafutter werden.«

Vika murmelte eine halbherzige Zustimmung. Wir teilten einen letzten Rest hartes Brot und ein paar Früchte, und bald nach dem Essen rollte sie sich an meiner Seite zusammen, wo sie binnen von Minuten eingeschlafen war. Ob Alaric noch zum Lager kommen würde? Die letzte Nacht hatte er sein eigenes aufgeschlagen, nicht weit entfernt, aber allein.

Jero kaute an Brot und ich an Gedanken, und hin und wieder stand einer von uns auf, um etwas Holz nachzulegen und das winzige Feuer am Brennen zu halten.

»Willst du es aus mir rausstieren?«, murmelte Jero irgendwann mit gesenktem Kopf. »Frag mich schon.«

»Was war das heute?« Ich presste die Worte an dem Bewusstsein vorbei, es in Wahrheit gar nicht recht wissen zu wollen. Schnell, bevor ich darüber nachdenken konnte. »Du weißt, was es war, oder? Es war keine Daema.«

»Doch, genau das war es. Es war ein …«

Er stockte. Dass jemand wie Jero mit den glasklaren Überzeugungen und dem Mut eines Löwen ins Stocken geriet, brachte meine Nackenhärchen dazu, sich aufzurichten.

»Es war noch ein Kind.«

Das verstand ich nicht. »Sie … pflanzen sich fort?«

»Nein, Laire. Daema entstehen nur auf eine einzige Art. Durch einen Fluch. Manchmal aber kommt es vor, dass es einem Verfluchten nicht gelingt loszulassen. Sie reißen mit, wen sie am meisten lieben.«

Wider alle Vernunft an etwas festzuhalten – das kannte ich nur zu gut. Hastig wechselte ich das Thema. »Es hat kommuniziert, Jero. Es kann schreiben. Bedeutet das, dass die Daema sich … an ihr menschliches Leben erinnern?«

Im flackernden Feuerschein sah ich, wie Jeros Gesicht sich verzog, als hätten meine Worte einen empfindsamen Nerv freigelegt. »Was hast du dir vorgestellt? Der Prozess ist quälend langsam. Das menschliche Äußere verwandelt sich als Erstes, und nach und nach durchzieht das Wesen der Daema den gesamten Körper. Viel später erst den Geist. Und erst dann werden sie zu den Sklaven, die für ihren Lord zu den Waffen greifen.«

Ich presste mir eine Faust auf den Mund. Allein die Vorstellung, die Monstrosität würde Desmond bei lebendigem Leib langsam verschlingen und er könnte nichts dagegen tun, ließ mein Inneres kreischen. Ich brauchte alle Beherrschung, um die Schreie nicht hinauszulassen.

»Dieses arme, verlorene Kind«, flüsterte ich gegen meine Fingerknöchel. »Es erinnert sich noch gut genug, um schreiben zu können, aber das Sprechen gelingt ihm nicht mehr.«

»Alaric hätte es erlösen sollen«, sagte Jero. »Das wäre die einzig menschliche Entscheidung gewesen.«

Die tiefe Frustration, mit der er sprach, machte deutlich, dass der Vorwurf vor allem sich selbst galt. Er hatte es ebenso wenig tun können wie Alaric. Nicht mal er.

»Solange sie im Inneren noch so menschlich sind, versuchen sie oft, dieser Welt zu entkommen«, sprach Jero weiter. »Viele gehen in diese Zwischenwelt hier und verstecken sich irgendwo, um zu sterben. In dem Zustand denken sie noch, sie könnten es.«

»Aber sie werden zu den hasserfüllten Schatten, die uns angegriffen haben.«

Jero nickte. »Unweigerlich. Und die Schatten entstehen an jedem Morgen neu. Egal wie oft sie getötet werden, ob durchtrennt oder durchbohrt. Sie sterben, um neu geboren zu werden. Aus dem Reich des Daemalords gibt es kein Entrinnen, wenn man ihm erst gehört.«

Ein endloses Schattenleben war die Strafe, wenn man es versuchte? Ich zog die Knie an und schlang die Arme um meine Beine. »Danke, dass du dein Wissen mit mir teilst. Du siehst erschöpft aus, willst du nicht schlafen? Ich übernehme die erste Wache, wenn es dir recht ist.«

Ich sah dem Feuer noch zu, als es bereits zu Asche verbrannt war und der restliche Rauch in dünnen Fäden aufstieg. Langsam sollte ich Jero wecken, aber vermutlich würde ich ohnehin kein Auge zubekommen, da konnte ich ihn auch schlafen lassen. Urplötzlich erschien ein Schatten so dicht neben mir, dass ich beim Versuch, meinen Dolch zu packen, fast in die Klinge gegriffen hätte.

»Vorsicht«, flüsterte Alaric, und meine Wut auf ihn schoss mit so viel Intensität hoch, dass er wirklich froh sein konnte, wie sorgsam man uns Nema zu Beherrschung und Geduld erzog. Ansonsten hätte ich ihm vermutlich mit dem Dolchgriff eine Maulschelle verpasst, weil er mich so erschreckt hatte.

»Was pirschst du dich so an?«

»Mein Viertel Nacht an Wache erfüllen«, sagte er schlicht. »Ich war leise, da ich annahm, du wärst eingeschlafen.«

»Ich schlafe nicht ein, wenn ich Wache halte.« Und nach dem Schreck, den er mir eingejagt hatte, würde ich überhaupt nicht mehr schlafen. Leise fügte ich hinzu: »Auf *mich* kann man sich verlassen.«

Er stieß die Luft aus, und im gleichen Moment flackerte eine Flamme in der Feuerstelle auf, die ich für längst erloschen gehalten hatte. Sie spiegelte sich in Alarics Augen, was ihn kurz unwirklich aussehen ließ. Wie jemanden, der viel verbarg. Er hatte sich verändert in den letzten Jahren, innerlich mehr als äußerlich. Oder war ich bloß blind gewesen und hatte sein wahres Wesen damals schlicht nicht erfasst?

Ich stemmte mich hoch. »Kriegst du es hin, Jero zu wecken, bevor du wieder verschwindest?«, fragte ich kalt.

»Ich verschwinde nicht so schnell.«

»Zerstör nicht meine Hoffnungen. Lass einfach meine Freunde nicht unbewacht schlafen.«

Er legte den Kopf schief und blinzelte träge. »Zu Befehl, Lady es Retneya.«

Dafür hätte ich ihm gern vor die Füße gespuckt und tat es nur deshalb nicht, weil meine echte Lady es Retneya – meine Mutter – mir dafür schallend auf den Mund geschlagen hätte.

»Aber wohin gehst du?«

Ich griff nach meinem Myrodem und meinem Rucksack. »Irgendwohin, wo ich dich ein paar Stunden nicht ertragen muss.«

Ich bemühte mich, keinen Laut zu verursachen, als ich mich davonschlich – was schwierig war, weil ich innerlich so bebte. Wie gern hätte ich meine Wut an irgendeinem Felsbrocken oder einem Baum ausgelassen, aber es war nicht fair, die anderen zu wecken, und nicht klug, irgendwelche Nachttiere auf mich aufmerksam zu machen. Nichts von dem, was ich gerade tat, war fair oder klug. Ich war eine halsstarrige, emotionale, blöde Eselin, die sich aus völlig falschen Gründen unnötig in Gefahr brachte.

Dummerweise konnte ich nach dem Gespräch mit Jero einfach nicht mehr anders.

KAPITEL 21

LAIRE

Das kleine Wesen hatte sich in den Wald zurückgezogen. Wir hatten ihm unsere Hilfe verwehrt und es fortgejagt. Wie konnte ich annehmen, es in der Dunkelheit zu finden – und was wollte ich dann tun?

Doch Mitgefühl und Schuld waren eine schwere Last, wenn man einen langen Weg zu gehen hatte. Es gab zwei Möglichkeiten: Entweder ich versuchte wenigstens, dem Daemakind zu helfen. Oder ich ließ ein gutes Stück meiner Menschlichkeit zurück und wurde selbst ein Stück mehr zum Ungeheuer. Meine Metamorphose würde von innen beginnen, und es würde keinen Weg zurück mehr geben.

Den Rückweg zu der Stelle zu finden, an der wir der kleinen Daema begegnet waren, entpuppte sich trotz meines Anemonenlichts als schwierig. All die weit geöffneten, lichtspendenden Blüten, die auf dem Hinweg markante Markierungen gewesen waren, hatten sich fest geschlossen, wodurch alles vollkommen anders aussah. Trotzdem fand ich die Stelle, an der ein Abdruck verriet, dass das Wesen hier auf dem Pfad gelegen hatte. Ich konnte die scharfe Kante ausmachen, wo Alaric die Schwertspitze in den Boden gerammt hatte, und sah noch die Abdrücke seiner Stiefel. Die Buchstaben aber waren fortgewischt. Plötzlich war ich nicht einmal mehr sicher, ob sie überhaupt je da gewesen waren. Konnte ich mir die Bitte um Hilfe nur eingebildet haben?

Unruhig ging ich hin und her, sah in die Büsche und rief schließlich sehr leise »Hallos« in den Wald. Und dann schrie ich auf.

Denn als ich mich umwandte, um in der anderen Richtung zu suchen, hockte etwas auf dem Pfad. Fast wäre mir mein Licht aus den Händen gefallen. Vor mir kniete das Daemakind und sah mich aus grau-goldenen Augen ohne jeden Ausdruck darin an.

Ich schluckte. Zu wissen, dass es ein Kind war, machte seinen Anblick nicht leichter. Es mochte noch die Größe eines Menschenkindes von acht oder neun Jahren haben, aber es ging gebeugt, als reiche die Kraft seines Rückgrats nicht, um es aufrecht zu halten. Aus dem fadenscheinigen Hemdstoff ragten auf Höhe der Schulterblätter Stacheln hervor – vielleicht würden sie irgendwann zu Flügel werden, wenn es lang genug überlebte. Auch einen kurzen, hakenförmigen Schwanz besaß es. Seine Haut war übersät mit Schuppen – anthrazitfarben und glänzend wie bei einem Hecht –, und nun, da ich es anstarrte, wich es zurück, und ein paar dieser Schuppen richteten sich auf wie bei einer Katze, die ihr Fell sträubte.

»Schon gut«, flüsterte ich. »Ich tu dir nichts.«

Ob das andersrum auch galt? Seine Krallen wirkten scharf wie Messerklingen, und an die Zähne hinter den schmalen, blassen Lippen wollte ich gar nicht erst denken.

Das Daemakind huschte ein wenig näher. Ich wich zurück, doch es begann bloß, auf dem Boden herumzukratzen.

H – I – L …

»Du brauchst Hilfe.«

Sofort hielt es inne und blickte mich wieder an.

Augen wie der Mond, schoss es mir durch den Kopf. Vollmondaugen, in Nächten, wenn er fast golden scheint statt silbern.

»Ich weiß nicht, ob ich dir helfen kann. Du kannst nicht hierbleiben. Ist dir das klar? Dieser Ort wird dich …«

Unvermittelt schoss es los, eilte in hoppelnden Bewegungen zwischen Laufen und Springen den Pfad entlang und war sogleich in der Dunkelheit verschwunden.

Was sollte das? »He?« Ich lief ihm ein paar Schritte nach, wollte schon aufgeben. Wenn es weglief, konnte ich ihm nicht helfen. Doch dann sah ich es neben einem Gebüsch hocken. »Ich soll dir folgen?«

Es nickte.

Aber war es klug, ihm nachzugehen? Bei den Bergen, es war das Dümmste, was ich hätte tun können. So – genau so – jagte man Raubtiere. *Mach es neugierig, weck sein Interesse und lock es in eine Falle.* Wir verfuhren so mit Berglöwen und Säbelhörnern, indem wir hilflose Jungtiere benutzten, damit sich die Alten in Sicherheit wähnten. Mit ihren Reißzähnen und Hörnern fühlten sie sich vermutlich ebenso wehrhaft wie ich mich mit meinem Myrodem. Und waren doch verloren, wenn sie den Fährten folgten, die wir für sie auslegten. Aber obgleich ich mir dessen bewusst war, konnte ich nicht einfach zurück zum Lager gehen und dieses kleine Ding sich selbst überlassen. Es war doch ein irgendwie menschliches Wesen. Ein alleingelassenes Kind. Ich war kein Monster.

Und so ging ich ihm nach.

Es führte mich zwischen Felsen hindurch, vorbei an Gestrüpp, durch das ich mich mit meiner Klinge arbeiten musste. Mich streifte der Gedanke, wie ich den Rückweg finden sollte, aber ich verbot ihn mir.

Plötzlich blieb das Kind stehen, grub unruhig mit einer Hand in der Erde und blickte dabei zu mir auf.

»Was ist los? Sind wir da?«

Rückwärts kroch es unter ein paar Äste, die im Schein meiner Lampe eigenartig vertrocknet erschienen. Als ich vorsichtig daran zupfte, wurde mir klar, warum: Sie waren abgebrochen. Dahinter kam pure Dunkelheit zum Vorschein, die mein Licht verschlang. Ein Höhleneingang, niedrig und eng.

»Du denkst nicht wirklich, dass ich da reinkrieche.«

Das Kind senkte den Blick auf meine Füße und nickte erneut.

Ich atmete tief ein. Ich konnte das nicht. Oder? Es war zu verrückt. Und dumm. Es war vollkommen hirnrissig, mein Leben zu riskieren, und damit auch Vikas und Jeros und Desmonds!

Aber ich wollte dieses Leben auch nicht ruinieren. Und genau das würde geschehen, wenn ich nun kniff. Ich würde mir mein Leben lang Vorwürfe machen, nicht wenigstens versucht zu haben, diesem verlorenen Kind zu helfen.

Also ging ich auf die Knie, deutete dem Kind an vorauszukriechen und nahm den Henkel der Anemonenlampe zwischen die Zähne.

Der Tunnelboden war schartig, und ich war froh um meine Handschuhe, doch der enge Gang öffnete sich nach kurzer Zeit bereits wieder in eine Grotte. Ein seltsamer Geruch hing in der Luft, nicht ganz abstoßend, aber alles andere als angenehm. Er erinnerte an sterbende Blumen.

Erst als das Kind sich einem Schatten am hinteren Höhlenende zuwandte, erkannte ich, dass dort etwas war. Etwas … oder jemand. Auf einem Haufen Blättern und Zweigen lag eine Gestalt. Sie hatte die Knie bis an die Brust gezogen, den Rücken gerundet. Aus der hervorstehenden Wirbelsäule ragten Knochenstacheln wie Dornfortsätze hervor, die Füße waren zu Klauen verkümmert und verkrampft wie bei einem Vogel, der sich verzweifelt an einem zu dünnen Ast festzuklammern versuchte. Eine Daema. War sie tot?

Erst als ich selbst die Luft anhielt, hörte ich einen leisen, rasselnden Atem. Das Daemakind rückte ganz nah an die größere Daema heran, und mir stach ein langsamer, tiefer Schmerz in die Brust, als es begann, sie zu streicheln.

»Ist das …« Nein. Ich würde es nicht fragen, wer diese Daema war. Was sollte ich tun, wenn sie ihre Mutter war? Ich konnte das Kind doch unmöglich hier mit seiner sterbenden Mama zurücklassen – das war doch … Es war nicht menschlich. Und ich wollte ein Mensch bleiben.

Vorsichtig kniete ich neben der kranken Daema nieder. Ich wahrte Abstand zu den Zähnen und hielt die krallenbewehrten Klauen im Auge. Doch sie reagierte überhaupt nicht auf mich, schien nicht einmal das Kind wahrzunehmen. Ihr Atem ging flach und unregelmäßig, und an einer erkennbaren Ader unter der eingefallenen Haut der Kehle sah ich den Puls nur mehr flattern.

Ich hatte jede Menge Tiere sterben sehen und sogar einen Menschen und wusste genug, um mir darüber im Klaren zu sein, dass dieses Wesen dem Tod näher war als dem Leben. Sie war bereits losgegangen, es gab auf diesem Weg keine Umkehr für sie. Aber wie brachte ich das dem Kind bei?

»Ich versuche ihr zu helfen«, murmelte ich und grub in meinem Rucksack. Ich hatte die Salbe dabei, die letztlich aber nicht mehr war als die wohlriechende Essenz einiger Kräuter in Fett. Sie half beim Heilen von Wunden und linderte Husten, wenn man sie auf die Brust rieb. Durch den mit Magie gefüllten Tiegel vermochte sie sogar noch ein wenig mehr – aber noch lange keine Wunder zu wirken. Der Daema den verkrampften Rücken mit der Salbe einzureiben, war nicht mehr als ein hilfloser Versuch. Aber ich erinnerte mich daran, was meine Mutter getan hatte, wenn ich als Kind krank gewesen war und es keine hilfreiche Medizin gegen die Krankheit gab. Sie tat irgendetwas Wohltuendes, reicherte es mit Trost an und behauptete, es würde helfen. Und nichts hatte jemals besser gewirkt, vollkommen egal, ob ich rasch gesund geworden oder noch tagelang krank geblieben war.

Doch da sprang jäh das Daemakind auf, war mit einem Satz beim Höhleneingang und fauchte in die Schwärze. Ich hörte einen Fluch und stieß selbst einen aus, als ich die Stimme erkannte. Im gleichen Moment ging ein Ruck durch den Körper der sterbenden Daema. Sie krallte sich an mir fest, keuchte zischend auf, und ein brennender Schmerz bohrte sich in meine Hand. Ich wich ein Stück zurück, suchte mit der unverletzten Hand nach meinem Dolch, doch als meine Finger das Heft umschlossen, war die Daema bereits zurück auf ihr Lager gesunken. Mein Atem raste. Sie hatte im Schreck nach mir gebissen, es hatte ihre letzten Kräfte verbraucht. Unwahrscheinlich, dass sie es ein weiteres Mal versuchen konnte.

»Laire?« Alarics Stimme am anderen Ende des Tunnels klang, als stecke er in Schwierigkeiten.

Ich schnaubte, halb erleichtert, dass er es war und keine Horde Daema, halb empört, weil er mir nachgeschlichen war. »Schon gut, schon gut«, versuchte ich, die kleine Daema zu beruhigen. »Er ist ein … nein, so weit kommt es noch. Aber er tut dir nichts.«

»Behauptest du«, knurrte Alaric durchs Dunkel.

Ich schob meinen Rucksack zur Seite und kroch zu ihm nach draußen vor den Höhleneingang. »Was machst du hier?« Außerhalb der Höhle war es ohne mein Licht so finster, dass ich nicht einmal erkennen konnte, wo er war. Wie hatte er mir folgen können?

»Offenbar gibt es hier ja etwas zu sehen«, gab er trocken zurück. »Laire, hast du eine Vorstellung davon, wie gefährlich es ist, sich nachts allein hier herumzutreiben? Das ist mehr als nur riskant – es ist dumm.«

»Stimmt. Und es ist doppelt so dumm, mir nachzuschleichen. Du hast ja nicht mal ein Licht dabei. Und wenn du mir jetzt sagst, dass Vika und Jero ahnungslos allein im Lager schlafen …«

»Doppeldumm lasse ich mir gefallen, Laire. Aber jetzt gehst du zu weit. Jero hat die Wache übernommen und mich hinter dir hergeschickt. Kann ich irgendwie helfen?« Seine Frage klang schmerzhaft ehrlich gemeint, und ich musste unweigerlich an damals denken, als ich mit ihm glücklich gewesen war. Wie hilfsbereit er gewesen war. Nicht nur bei mir und meiner Mutter hatte er überall angepackt, wo er etwas zu tun gesehen hatte. Auch als unserer alten Nachbarin Grinna das Dach undicht geworden war, hatte er nicht gezögert, sondern war raufgestiegen, um es zu reparieren, und als Ankens Sohn, dem kleinen Henny von gegenüber, bei einem schrecklichen Gewitter der junge Hund in Panik nach draußen geflüchtet war, hatte Alaric zwei Stunden lang im Regen gesucht und schließlich den Welpen klitschnass, aber unversehrt zurückgebracht. Erinnerungen, die ich – mit so vielen anderen – liebend gern ausradiert hätte, denn sie nützten mir gar nichts mehr. Sie lockten mich eher schnurstracks in ein neues Dilemma. Ich begann, für Bruchstücke von Zeitfragmenten zu vergessen, dass er mich verraten hatte. Dass ich ihm auf keinen Fall je wieder trauen durfte.

Desmond, sagte ich mir still. Wie konnte ich an etwas anderes denken als Desmond? Wie war es möglich, dass Alaric schon wieder so viele meiner Gedanken einnahm?

»Wie hast du mich überhaupt gefunden?«, flüsterte ich, doch im gleichen Moment fragte er: »Was machst du hier?«, und leider gewann er das folgende Duell des stoischen Schweigens, und ich seufzte. »Die kleine Daema hat eine größere in der Höhle versteckt. Ich fürchte, sie stirbt, wenn wir ihr nicht helfen.«

Mit jedem Wort wurde meine Stimme kleiner, und nach dem letzten erwartete ich, dass Alaric mich auslachte oder mir eine Predigt hielt, wie blöd diese Idee war. Er würde mir nichts erzählen, was ich nicht selbst wusste. Doch zu meiner größten Irritation schwieg er. Er schwieg lange.

Als ich aufblickte, hatten sich meine Augen an die Dunkelheit gewöhnt, und ich sah die Schemen seines Gesichts, das sich hell vor den dunklen Haarsträhnen abzeichnete, die ihm über die linke Gesichtshälfte fielen. Dass er mich ansah, konnte ich nur erraten. »Worauf also warten wir?«

Ich hätte es gern unterdrückt, dieses Gefühl von Erleichterung, das über mich schwappte wie eine warme Welle. Es war falsch, und es war hartnäckig, und es war die größte Dummheit dieser Nacht. Ich konnte allein auf mich aufpassen – das tat ich seit Jahren. Ich durfte nicht damit aufhören, er jedoch … machte es mir schwer. »Also los.«

Ich krabbelte voran, zurück in die Höhle, wo unsere vom buttrig weichen Anemonenlicht verursachten Schatten träge über die Wände krochen und zu einem wurden, als wir uns an die Lagerstatt der Daema hockten. Sie fauchte Alaric schwach an, aber allein diese Regung kostete sie wieder alle Kraft. Das Daemakind war bis an die hinterste Wand zurückgewichen.

»Bleib hinter mir«, bat ich Alaric. Meine Nähe schien die kranke Daema weniger aufzuregen. »Gib mir bitte den Salbentiegel aus meinem Rucksack. Ich weiß nicht, ob es hilft, aber …«

Alaric hatte das Gefäß bereits in den Händen und hielt es mir hin. »Alles, was du jetzt tust, wird helfen.« Seine Stimme klang warm und leise, als hätten wir etwas angelockt und warteten nun auf sein Erscheinen. Er hatte die gleiche Vermutung wie ich. Wir warteten mit der Daema auf den Tod.

»Kannst du mich hören?«, flüsterte ich und verrieb die Salbe auf dem Rücken der Daema. Trotz der Stacheln, die sich aus ihrer Wirbelsäule erhoben, war ihre Haut weich. Diese Daema hatte sich vollkommen anders entwickelt als das Kind, dessen Körper mit Schuppen bedeckt war. »In der Salbe sind Kräuter, die dir helfen«, sagte ich, weil mich die Stille beunruhigte. »Melisse und Hopfen machen deinen Schlaf tiefer, damit du ausruhen kannst. Minze und Thymian erleichtern das Atmen. Und Schafgarbe und Salbei helfen gegen … gegen fast alle Krankheiten«, vervollständigte ich schnell, um nicht zugeben zu müssen, dass ich nicht wusste, woran dieses Wesen litt.

»Wasser?«, schlug Alaric leise vor, und ich nickte dankbar. Die Lippen des armen Geschöpfes sahen rissig und spröde aus, sicherlich brauchte es Flüssigkeit.

Alaric gab mir meinen Wasserschlauch. Es kostete mich Überwindung, ihn der Daema an den Mund zu halten, denn hinter den schmalen Lippen waren scharfe Zähne. Aber sie brauchte Wasser. Den Großteil des kalten Nasses ließ sie wieder aus dem Mund rinnen. Das Licht meiner Lampe schien ihr in den Augen zu brennen, denn sie presste sie zu, und bevor ich Alaric bitten konnte, sie etwas weiter weg aufzustellen, hatte er es selbst bemerkt und veränderte die Position der Lampe. Schließlich nahm ich ein frisches Hemd aus meinem Rucksack und deckte die Daema damit zu.

»Komm her«, bat Alaric in meinem Rücken das Kind. Es zögerte lange, aber schließlich gehorchte es. »Hast du einen Namen? Erinnerst du dich daran, wie du heißt?«

Es zuckte mit den Schultern.

»Das ist wichtig«, sagte ich, mich ganz auf meinen Instinkt verlassend. »Wenn du ihn mir sagst, dann wirst du nicht vergessen.« Nicht solange ich lebte. »Und ich werde jedem, den ich kenne, erzählen, was für ein tapferes kleines Mädchen du bist.«

Alaric blickte mich seltsam intensiv an, sodass ich schon Zweifel bekam, etwas Dummes gesagt zu haben. Doch auch die Vollmondaugen blinzelten mich an, und dann nahm es einen Stein und kratzte damit mühsam Buchstaben auf den Boden.

»Kae«, las ich ab.

»Das ist ein schöner Name«, sagte Alaric. »Ich heiße Alaric. Und das ist Laire.« Ein Schauer rieselte mir über den Rücken, als er meinen Namen so leise aussprach. Er legte noch immer diesen sanften Unterton hinein, so wie früher. Als würde er meinen Namen seufzen, statt ihn zu nennen.

»Wir müssen dir etwas Wichtiges sagen, hörst du?«, wandte ich mich an Kae und verbot mir, darüber nachzudenken, wie Alaric Cole meinen Namen aussprach. »Ich weiß, dass ihr aus dieser Welt fliehen wolltet, richtig? Wolltet ihr zurück nach Hause?«

Ein Zögern, dann ein Nicken in Richtung der kranken Daema.

»Sie wollte mit dir zurückgehen, ich verstehe. Aber das wird nicht gelingen. Es gibt keinen Weg zurück, Kae. Verstehst du das?«

Sie wandte den Blick ab. Sie *wollte* nicht verstehen.

»In dieser Grenzwelt hier werdet ihr krank«, sagte Alaric. »Du wirst genauso krank werden wie sie.«

Es fühlte sich schrecklich an, dem Mädchen so viel Angst einzujagen und es zu zwingen, ins Reich des Lords zu gehen, wo es unweigerlich seine übrige Menschlichkeit verlieren würde. Aber anderenfalls würde es sterben und zu einem Schatten werden, so viel hatte ich aus Jeros Schilderungen verstanden. »Ihr könnt hier nicht leben, verstehst du?«

Kae zog ihre Beine an und rollte sich zu einer kleinen Kugel zusammen.

»Vielleicht können wir sie mitnehmen«, überlegte ich laut. »Vielleicht erholt sie sich wieder, wenn wir sie über die Grenze bringen.«

Die Vorstellung, dass die Verwandlung beim Voranschreiten allen Rest der Menschlichkeit auslöschen und beide Daema gefährlich machen würde, behagte mir nicht – aber sie sterben zu lassen, weil sie *eventuell* überleben und gefährlich werden könnten?

Alaric sah zu der kranken Daema rüber und schüttelte den Kopf. Es war kein Verneinen aufgrund der Gefahr oder der Risiken. Er glaubte schlicht nicht daran. Wortlos nahm er ein Tuch aus meinem Rucksack und wickelte das Anemomenlicht darin ein, sodass Dunkelheit die Höhle ausfüllte.

»Was tust du?« Schlagartig war mein Misstrauen zurück. »Was soll das, Cole, was hast du vor?«

»Scht«, machte er ruhig, fasste mich an der Schulter und drängte mich zurück, als hätte ich weder Gewicht oder Kraft noch einen frisch geschärften Myrodem am Gürtel. Mühelos schob er mich an die Wand, drehte sich zu mir, sodass er direkt vor mir kniete, wo ich seine Anwesenheit intensiver spürte, als ich ihn mit meinen Augen je hätte sehen können, und flüsterte: »Sie geht jetzt. Sieh nicht hin.«

Ich begriff. Ohne Licht würde der Geist dieser Daema keinen Schatten werfen, der uns angreifen konnte.

»Schließ die Augen«, murmelte Alaric. Ich spürte seinen Atem an meiner Wange, und für einen Moment – einen sehr, sehr kleinen Moment – wollte ich nichts anderes tun, als ihm jede Entscheidung zu überlassen. Ob wir lebten, ob wir starben, ob wir siegten oder verloren. Ich schloss die Augen, und alles, was ich spürte, war ein kalter Hauch. Dann ein gepresstes Geräusch. Es klang, als wäre Kae von irgendetwas an der Kehle gepackt worden. Blitzschnell enthüllte ich die Lampe wieder. Doch da war niemand, der das Daemamädchen angegriffen hatte. Stattdessen war sie plötzlich ganz allein.

Dort, wo eben noch die andere Daema gelegen hatte, war nur noch platt gelegenes Laub und darüber mein Hemd. Der von Minze und Salbei dominierte Salbengeruch hing noch in der Luft.

»Sie ist weg«, flüsterte ich Alaric zu. »Zu Schatten geworden. Nichts habe ich erreicht.«

Alaric machte mir nicht sofort Platz. Er zögerte und sagte schließlich: »Nicht jeder darf mit dem Gefühl sterben, umsorgt zu werden. Du hast so viel erreicht.« Damit ließ er mich vorbei, und ich krabbelte mit einem viel zu schnell schlagenden Herzen zu Kae, die zusammengesunken vor dem Lager hockte und in die Leere starrte, die zurückgeblieben war.

»Es tut mir leid. Ich hätte gern geholfen, aber …« Es war zu spät. Es war … Ich sah mich zu Alaric um. »Hast du dein Amulett dabei? Das mit der Zeit im Inneren?«

Kurz starrte er mich an, völlig verwandelt mit einem Mal, als sei ich im Begriff, den Verstand zu verlieren. Dann schüttelte er langsam den Kopf. »Das ist kein Spiel. Es kostet einen hohen Preis, die Zeit zu schneiden. Den zahle ich nicht für eine Daema.«

Fassungslos starrte ich ihn an. Natürlich nicht. Was hätte er auch davon? Alaric Cole tat nie etwas, wenn er keinen Nutzen daraus zog. Das war schon damals so gewesen. Wie gut, dass er mich daran erinnerte.

Eine leise Stimme in meinem Kopf hakte nach, was er denn wohl davon hatte, der Daema und mir beigestanden zu haben. Mir fiel nichts ein. Aber sicher gab es da etwas.

Er kam ein wenig näher, die niedrige Decke machte seine Bewegungen ungelenk. »Ich erkläre dir den Preis der Zeit später, Laire. Aber selbst wenn ich alle Zeit gäbe, die ich hätte, würde es nicht reichen. Jero hat es mir erklärt: Die Zwischenwelt vergiftet die Daema. So schützt sich die unsere Welt vor ihnen, denn wenn sie sie durchqueren und die Grenzen überwinden könnten, wären unsere Länder allesamt verloren.«

Ich sah Kae ernst an. »Er hat recht. Hast du das verstanden? Du musst schrecklich traurig sein und dich verloren fühlen, aber du musst hier fort, sonst wirst du auch krank. Du kannst mit uns kommen.«

Doch es gelang mir einfach nicht, Kae aus der Höhle zu locken. Sie saß am leeren Lager der gestorbenen Daema und war nicht dazu zu bewegen, diesen Platz aufzugeben.

Draußen vor der Höhle öffneten sich die ersten Blüten, und der Himmel hellte auf. Wir konnten Vika und Jero nicht länger warten lassen.

KAPITEL 22

ALARIC

»Du bist verletzt.« Da war Blut an ihrem Handschuh, im ersten Licht des Tages sah er es deutlich.

»Das ist nichts. Nur ein Kratzer.«

»Hast du es dir angesehen?« Er hielt sie am Unterarm fest, und sie mochte zu müde sein oder zu niedergeschlagen oder einfach nur überrumpelt – sie wehrte ihn nicht ab. »Darf ich?«

Sie nickte schwach, den Blick auf seine Hand geheftet. Er schob die Spitzen von Zeige- und Mittelfinger zwischen ihr Handgelenk und das feine Leder ihres Handschuhs. »Warum trägst du die so oft? Du hast mir das nie gesagt.«

»Kalte Hände«, erwiderte sie.

Unter seinen Fingerkuppen spürte er nur Wärme, als er langsam das Leder zurückschob und ihr den Handschuh auszog. Sie biss die Zähne zusammen. Die Wunde sah aus wie ein Tierbiss, und die Ränder waren bereits dunkelrot und angeschwollen.

»Mist«, murmelte Laire. Offenbar erkannte sie nun auch, dass eine Entzündung kein Nichts war. »Das war die Daema. Sie hat sich erschreckt, als du kamst, und nach mir gebissen.«

»Tut mir leid«, sagte er, und das war bei Weitem nicht genug.

Sie sah so unglaublich erschöpft aus, dass er die hässlichsten seiner Erinnerungen brauchte, um sie nicht in die Arme zu schließen und irgendwo hinzubringen, wo sie sich ausruhen konnte. Aber das hätte sie niemals zugelassen. Immerhin ließ sie sich zu einem Stein führen und setzte sich darauf. Ihre verletzte Hand ließ sie in seiner, mit dem anderen Ellbogen stützte sie sich auf den Oberschenkel und legte die Stirn in die Handfläche.

»Geht es dir gut, Laire?«

»Nein. Ich brauche einen Moment.«

»Auch zwei«, sagte er leise und kniete sich neben sie. Sie zuckte nicht mal zusammen, als er Wasser aus seinem Schlauch über ihre Verletzung rinnen ließ und ihre Handfläche dann sachte trocken tupfte. Sie widersprach auch nicht, als er vorsichtig etwas von ihrer duftenden Kräutersalbe in ihrer Handfläche verteilte. Stattdessen seufzte sie kaum wahrnehmbar und schloss dann einen Moment lang, als hätte sie ihr Misstrauen kurz vergessen, ihre Finger um seine.

Verdammt Laire, dachte er. *Das ist alles nicht gut. Nicht gut. Aber ich kann nicht anders.*

Die Berührungen mochten klein und harmlos sein, doch die Erinnerungen, die sie weckten, waren weder das eine noch das andere. Sie drängten ihn drei Jahre durch die Zeit, als hätte diese sich selbst einen gewaltigen Schnitt zugefügt und Laire und ihn hindurchgestoßen in das Leben, in dem er eine Weile vergessen hatte, wer er war.

Laire wollte ihm etwas zeigen, verriet aber nicht, was. Gemeinsam wanderten sie ein Stück die östliche Bergkette hoch; zuerst auf Handelsstraßen, dann auf schmalen Wegen und schließlich auf verborgenen Pfaden, die außer Laire niemand zu kennen schien. Die Pflanzen wurden weniger, kleiner, bald schon wuchsen nur noch Flechten zwischen den Steinen und schließlich etwas anderes, das Alaric nie zuvor gesehen hatte. Steinerne Gebilde in allen nur erdenklichen Farben sprossen aus Felsspalten wie Pilze – zuerst hielt Alaric sie auch für solche. Doch als er eine granatfarbene Formation berührte, die gewachsen war wie eine große, rotglänzende Blüte, stellte er fest, wie hart das Material war.

»Mineralien«, murmelte er erstaunt. »So habe ich sie noch nie gesehen.«

Laire warf einen Blick über ihre Schulter, ein Lächeln auf den Lippen und ein Funkeln in den grünen Augen. Das Armband aus glutrotem Achat, das er ihr geschenkt hatte, glitzerte an ihrem Handgelenk und war doch verloren gegen das Irrlichtern der Sonne zwischen den Steinen. »Nur wenige haben das, ich kenne niemanden, der diesen Ort gefunden hat. Ich nenne es die Blumenwiese von Vara. Komm weiter.«

Sie kletterten über abschüssige Felsbrocken in ein schmales Tal hinab, und je weiter sie gingen, desto größer und farbenprächtiger wuchsen die Mineralformationen aus dem Berg. Einige leuchteten flammend rot, manche silbern, einige schimmerten in allen Blautönen des Wassers, von klarem Azur wie die Bergseen bis hin zu Petrol. »So stelle ich mir ein wildes, aufgewühltes Meer vor«, sagte Laire und strich sehnsuchtsvoll über die wellige Oberfläche.

Manche Mineralien fühlten sich glatt an wie geschliffene Edelsteine, andere bildeten Stacheln und Klingen, und Laire wich ihnen aus, um sich nicht die Kleider daran zu zerreißen.

Schließlich hatten sie das Tal erreicht. Laire blieb stehen und sah ihn erwartungsvoll an. Der Ort wirkte wie eine kleine Lichtung inmitten der unterschiedlichsten Steingebilde in allen Farben, die Alaric kannte. Goldfäden durchwebten Fächer in Smaragdgrün, orangene Adern durchzogen gelbe Gebilde, als strömten Blut und Leben hindurch. Ein mineralischer Geruch lag in der Luft, ein Hauch Salz darin. Schlucken aber musste Alaric, als er zwischen den Felsen eine Art Dach aus Zweigen erkannte, das jemand dort festgesteckt haben musste. In dessen Schatten lagen Decken und weiche, warme Felle am Boden.

»Manchmal«, sagte Laire leise, als sie seinen Blick bemerkte, »muss ich allein sein. Dann komme ich her, denn hier bin ich es. Immer.«

Zusammen allein zu sein war nicht einfach. In Laires Zuhause war stets auch ihre Mutter, und Laire wie ein Schillingsmädchen mit in das schäbige Gasthaus zu nehmen, kam nicht infrage. »Danke, dass du mir diesen Ort anvertraust.« Jedes Wort kratzte in seinem Hals.

Sie trat vor ihn, legte ihm die Hände auf die Schulter. Ihre Fingerkuppen strichen über die empfindsame Stelle, wo sein Hals in den Nacken überging. »Du bist der Erste, Alaric.«

Sein Herzschlag hallte nach. Sie hob den Kopf, leckte sich kurz über die Lippen und wartete auf seinen Kuss, aber er brauchte noch einen Moment, sie anzuschauen. Er wollte sie so genau sehen, dass er noch in vielen Jahren mit verbundenen Augen ihr Gesicht zeichnen und jede ihrer Sommersprossen an die richtige Stelle tupfen konnte.

»Weißt du, wie du aussiehst?«, flüsterte er an ihre Lippen, während sie vorsichtig mit seinen Hemdknöpfen spielte. Sie schüttelte den Kopf, das Lächeln im Mundwinkel versteckt, sodass er einen Kuss daraufdrücken musste, um es hervorzuholen. »Als gehörst du hierher. In diese Berge, inmitten dieser ewig blühenden Blumen. Ein bisschen hart, ein bisschen zerbrechlich, ziemlich windzerzaust und selbst ein bisschen wild.«

Sie lachte. Wie er es liebte, wenn sie lachte.

»Und sehr, sehr schön.«

»Das müssen deine Augen sein«, erwiderte sie, und ihre Finger öffneten den ersten Knopf seines Hemdes und fuhren über die vernarbte Haut darunter. »Ich glaube, in diesem Blau scheint alles wunderschön.«

Sie hatte keine Ahnung, wie sehr sie sich irrte, aber in diesem Moment wollte Alaric an nichts denken, was nicht wunderschön war. In diesem Mo-

ment hatte sie recht. Alles war wunderschön. Das zerzauste, vom Klettern leicht verschwitzte Mädchen in seinen Armen. Ihr Kuss auf seinen Lippen. Ihre Hände auf seiner Brust und seinem Bauch.

Er küsste ihren Hals, schob die Träger ihres ärmellosen Kleides beiseite und schmeckte mit Lippen und Zungenspitze jede Sommersprosse auf ihrer Schulter. Der Wind fing sich in ihrem Rock, eine Handbewegung von ihm und eine geschmeidige Hüftbewegung von ihr reichten aus, und der Stoff rutschte an ihrem Körper zu Boden. Sie schauderte und schmiegte sich enger an ihn, und sein Körper reagierte wie fremdbestimmt, bevor er auch nur darüber nachdenken könnte. Er schob sie in die Mulde zwischen den Felsen unter ihr selbstgebautes Dach, drückte sie zu Boden und hielt sie dabei fest, damit sie nicht auf harte Steine fiel. Doch Laire hatte dieses Lager gewissenhaft vorbereitet, es war windgeschützt, warm und weich, und sie zog ihn über sich, um nicht zu frieren. Alaric selbst fühlte sich, als würde er brennen, als würden seine Knochen glühen und sein Fleisch in Brand setzen. Sie streifte ihm das Hemd von den Schultern und die Hose von den Hüften, und überall, wo ihre weiche Haut die seine berührte, wurde das Feuer weiter angefacht. Er glitt an ihr herab, küsste ihre Brüste, berührte jeden Winkel ihres Körpers, bis jeder ihrer Atemzüge zu einem Seufzen wurde. Irgendwann – er hätte die Zeit anhalten und ewig so weitermachen können – hauchte sie seinen Namen, und als er aufsah, biss sie sich kurz in die Unterlippe und flüsterte: »Komm zu mir. Ganz nah.«

Noch näher bedeutete … »Sicher, Laire?« All die vielen Regeln der Nema – er hatte sie nie verstanden. Aber er wusste, dass Schwüre zu erfolgen hatten, ehe man miteinander schlafen durfte. Schwüre, die er – der Gedanke packte ihn eisig im Nacken wie eine große, starre Hand – nicht leisten konnte. Er konnte doch nicht wissen, wann der Schuldherr sich wieder an ihn erinnern würde.

»Was immer du jetzt denkst«, wisperte Laire, zog ihn zu sich hoch und

tupfte ein Dutzend kleiner Küsse auf seinen Mund. »Vergiss es einfach. Wir reden später darüber.« Einladend weich schmiegte sie ihre Beine um seine Hüften. Sie war bereit für ihn, das hatte er gespürt, und er war so hungrig nach dem, was sie wollte, dass es an seinem Verstand kratzte wie ein wildes Tier an einer kleinen Holzkiste, in die man es gesperrt hatte.

»Vergiss alles«, wiederholte sie. »Das tue ich auch.«

Und sie mochte wohl ein paar Zauberkräfte haben, denn Alaric vergaß. Für eine vorsichtige und mutige, eine sanfte und leidenschaftliche, eine lange und doch zu kurze Zeit, vergaß Alaric Cole, wer er war. Es war nicht mehr wichtig, weder der Schuldherr noch Keppoch, und selbst Caleja verschwand kurz in den Tiefen seiner Erinnerungen. Solange er bei Laire war, so nah, wie ein Mensch einem anderen nur sein konnte, war er schlicht der Mann, der Laire liebte. Und das war genug.

»Ich hoffe, Desmond hat dich verdient.« Alaric erschrak selbst ein wenig vor diesem Satz, der ihn jäh aus seiner Erinnerung in die Realität katapultierte. Seine Wangen fühlten sich heiß an. Ob Laire spürte, woran er gerade gedacht hatte?

»Ich habe dir das wirklich geglaubt, als du sagtest, du würdest hier nur für deinen Vorteil kämpfen. Um deinen Platz am Hof zurückzubekommen, das Ansehen und die Universitätsbildung.«

»Vergiss die Bälle, die schönen Kleider und den wertvollen Schmuck nicht«, warf sie tonlos ein. »Was sonst sollte ein Mädchen wollen?«

Sie war unverschämt schön, wenn sie herablassend spottete. Ihr Mund stand dann ein wenig offen, und in ihrem Blick lag diese Herausforderung, die er jederzeit gern annehmen würde. Selbst jetzt, da sie übermüdet, abgekämpft und traurig war, die Lider gerötet, die Lippen rissig, erinnerte alles an ihr an das Mädchen auf der steinernen Blumenwiese von Vara.

»Du willst in jedem Fall etwas anderes als all das, Laire.« Niemand, der nur für sich selbst kämpfte, setzte sich für ein Wesen wie die Daema ein.

Sie senkte den Blick, eine stille Art der Zustimmung.

»Du hast kein Vertrauen mehr zu mir, das kann ich verstehen.«

Sie lächelte müde. »Ihr Menschen von außerhalb Nemijas habt so eine seltsame Interpretation von Vertrauen. Du sagst, ich hätte *keines* zu dir. Das ist aber vollkommen falsch. Mein Vertrauen zu dir war durchaus da. Es war riesig. Aber es wurde gebrochen. Zerstört. Hätte ich kein Vertrauen, könnte es sich entwickeln. Als wir uns auf dem Marktplatz trafen, in der Nacht der Himmelslichter, *da* hatte ich keines. Es musste sich aufbauen, ganz langsam. Und als das geschehen war, habe ich dir mein Vertrauen geschenkt. Und mehr.«

Sein Mund wurde trocken. Die Erinnerung war so stark, dass er manchmal davon träumte und dann wach wurde und neben sich tastete, weil er fest davon überzeugt war, Laire müsse dort liegen, weich und warm von tiefem Schlaf, Liebe und Vertrauen.

»Und dann hast du es gebrochen.« Sie klang kein bisschen wütend mehr, nicht einmal bitter. Nur traurig.

»Es war keine Absicht«, sagte er und spürte sofort das warnende Kribbeln seiner Fesseln in der Brust. Natürlich war beinah alles, was er ihr angetan hatte, Absicht gewesen. Selbst dass sie dahintergekommen war – ihn im Gespräch mit ihrem Vater gesehen hatte, bevor er aufgebrochen war –, hatte er genau so entschieden.

Sie lächelte. Er konnte nicht verstehen, dass sie schon wieder lächelte.

»Aber das ist vollkommen irrelevant, Alaric. Und wenn es nur ein dummer Unfall gewesen wäre, an dem niemand Schuld trägt! Wenn dir ein Krug aus den Händen fällt und zerbricht, ist er genau so kaputt, als wenn du ihn im Zorn nimmst und zu Boden wirfst.«

»Wo ich herkomme, Laire, da schmelzen wir Gold ein und fügen damit Scherben wieder zusammen. Wir machen unsere Fehler wieder gut.«

Sie stand abrupt auf. »Schön für euch. Aber ich glaube, ihr habt viel zu viel Gold in Lyaskye! Bei uns in Nemija ist das anders!«

»Aber Laire.« Es war an der Zeit, es ihr zu sagen. Er hatte ohnehin nichts mehr zu verlieren. »Ich komme nicht aus …«

»Laire!«

Sie zuckten beide zusammen wie bei etwas Verbotenem ertappt. Vika kam durch den Wald auf sie zu und fiel Laire um den Hals.

»Ich hab mir Sorgen gemacht! Du kannst doch nicht einfach weggehen – noch dazu mitten in der Nacht!« Erleichtert sah sie zu Alaric. »Danke, dass du sie gefunden hast.«

»Das hätte sie auch allein geschafft«, sagte Alaric, wurde von Laire ignoriert und stand überflüssig daneben, während Laire Vika erzählte, wo sie gewesen war.

Kein einziges Wort führte auch nur ansatzweise dazu, dass Vika sich beruhigter fühlte. Am Ende des Berichts standen der zierlichen Nema die Augen weit offen, und sie grub die Schneidezähne in ihre Unterlippe.

»Es tut mir leid«, sagte Laire. »Ich wollte dich nicht erschrecken.«

»Erschrecken? Du hättest auch … verdammt, du hättest umkommen können! Unsere ganze Mission hätte daran scheitern können, wir alle könnten …«

»Vika, bitte. Du hast recht, es war nicht fair von mir. Beim nächsten Mal sprechen wir über alles. Aber reg dich nicht mehr auf. Es ist alles gut – keiner von uns ist gestorben.«

»Wir arbeiten einfach weiter dran«, warf Alaric zu ihrer Unterstützung ein.

KAPITEL 23

LAIRE

»Und dann sagte er, in seiner Heimat würde man zerbrochene Krüge mit geschmolzenem Gold kitten.« Ich zuckte mit den Achseln. »Hast du davon schon mal etwas gehört?«

Vika studierte unter anderem die Geschichte und Kultur Lyaskyes, aber sie schüttelte den Kopf. »Noch nie, nein.«

»Das dachte ich mir schon. Er wollte sich einfach nur aufspielen und mich als ahnungslos hinstellen. Ich wünschte, wir hätten ihn nicht mitgenommen.«

»Ohne ihn wären wir aber nicht weit gekommen.«

»Kann sein. Aber ich hatte es mir einfacher vorgestellt, ihn wieder loszuwerden. Ich vertraue ihm nicht.«

Das war nicht ganz richtig. Die Wahrheit war viel schlimmer. Ich vertraute ihm zwar nicht – aber in mir wucherte ungewollt das gefährliche Verlangen, ihm nahe zu sein. Ständig beschleunigten sich meine Schritte, und der Abstand zu Alaric, der gefolgt von Jero voranging, wurde etwas kleiner.

Doch Vika und ich hatten bewusst das Schlusslicht gebildet, um ungestört reden zu können. Ich hatte mich noch einmal für mein Verschwinden entschuldigt, Vika interessierte sich allerdings mehr dafür, was Alaric in der Nacht getan und gesagt hatte.

»Vielleicht«, sagte sie, meinen Blick meidend, »bist du ein wenig aus dem Gleichgewicht geraten.«

»Was soll das heißen?«

»Eigentlich dachte ich immer, unten drunter, unter der Laire, die sich seit Jahren durch ein beschwerliches Leben kämpft, wärst du grundsätzlich zu weich für die Welt, weil du immer allen helfen willst. Aber Alaric gegenüber bist du hart wie eine Felswand.«

Ich unterdrückte ein Stöhnen. »Ich hätte es mir denken können, du bist schon auf seiner Seite. Er ist einnehmend, ich weiß. Man will ihn mögen.« Ich wollte es ja auch. Selbst nach allem, was geschehen war, wollte ich über seine Scherze lachen und Dinge sagen, über die er lachte.

»Na ja, Laire! Schau ihn an. *Natürlich* will man ihn mögen.« Etwas in ihrem Tonfall klang wie die vierzehnjährige Vika auf es Retneya, und ich ließ den Impuls zu, mich selbst für einen kurzen Moment so zu fühlen wie früher, als wir über die Wehrgänge der Burg flaniert waren und heimlich Ranglisten über die Jungs und jungen Männern angefertigt hatten, denen wir häufiger über den Weg liefen. Zu zweit feierten wir jene mit dem nettesten Lächeln, den schönsten Augen und so weiter, ohne dass unsere Sieger je davon erfuhren.

»Er hätte all unsere Listen angeführt«, sagte Vika, und es wunderte mich gar nicht, dass sie denselben Gedanken wie ich gehabt hatte. »Und ich merke vor allem, dass ihm wichtig ist, von dir gemocht zu werden«, fuhr sie fort. »All seine Souveränität und Lässigkeit beginnt zu wackeln, wenn du nur ein Wort sagst. All diese Sprüche sind doch nur … Unsicherheit. Ich glaube, es tut ihm wirklich leid, was damals passiert ist, und er leidet unter deiner Ablehnung.«

»Hat er das gesagt?«, fragte ich und ballte die Fäuste. Wenn er nun versuchte, mich über Vika zu manipulieren, würde er mich kennenlernen.

Doch Vika verneinte. »Es ist nur mein Gefühl, Laire. Es tut mir leid, zu sehen, wie er immer an dir abprallt, als wärst du ein scharfkantiger Stein. Das bist du nicht, und ich habe Angst, dass du es wirst, wenn du so weitermachst. Die Sache zwischen euch ist vorbei, und das ist gut so.«

Einen kurzen Augenblick überlegte ich, ihr zu erzählen, was damals geschehen war. Dass er mich nicht bloß verlassen hatte, weil ich nicht die reiche Erbin es Retneya war, sondern dass er meinen Vater dazu gebracht hatte, mich zu enterben und zu verstoßen. Vika würde anders reden, wüsste sie, wie groß Alarics Verrat gewesen war. Sie würde Alaric in Einzelteilen wieder mit nach Nemija nehmen und an die Hofhunde verfüttern. Doch ich schwieg. Bis heute war die Scham darüber zu groß, mich so sehr in jemandem geirrt zu haben, dem ich blindes Vertrauen geschenkt hatte. Es lag den Nema nicht zu vertrauen. Man tat das niemals leichtfertig. Ich war dumm gewesen.

»Liebes, du wirst Desmond heiraten, wenn all das vorbei ist. Kannst du da nicht wenigstens versuchen, normal mit Alaric umzugehen? Wäre das so schwer?«

Ich schwieg, dabei wusste ich die Antwort genau. Es wäre nicht schwer. Es wäre unverfroren einfach. Ich müsste bloß aufhören, meine gesamte innere Kraft in diese Felswand zu pumpen, von der Vika gesprochen hatte. Doch dann würde ich nicht lange verhindern können, neues Vertrauen zu ihm aufzubauen. Mein ganzes Inneres wollte das, und allein mein kläglicher Verstand hielt eisern dagegen und erinnerte den Rest von mir immer wieder an das Leid, das er mir zugefügt hatte.

»Ich kann einfach nicht«, flüsterte ich gepresst. »Wenn ich noch einmal so gedemütigt werde, dann komme ich nie wieder auf die Füße, Vika.«

Sie legte mir einen Arm um die Schulter und zog mich an sich. »Es ist wegen deines Vaters, oder?«

»Mag sein.« Ich dachte ungern daran. Aber vermutlich hatte die Verletzung, die er mir zugefügt hatte, zu tiefe Wunden hinterlassen. Mein Vater war der einzige Mensch, dem ich es möglich gemacht hatte, mein Vertrauen zweimal zu brechen: zum ersten Mal, als er Mutter trotz ihrer Krankheit verstieß, ins Exil im Tal schickte und von mir verlangte, mich von ihr abzuwenden. Er warf mich aus der Burg, weil ich mich weigerte, doch das konnte ich mir noch mit seinen verletzten Gefühlen schönreden. Schließlich hatte er damals gerade erst erfahren, dass Mutter ihn nie wirklich geliebt hatte, sondern immer voller Sehnsucht nach einem anderen gewesen war. Sie hatte nie gefunden, wonach sie sich sehnte. Doch in den Jahren danach hatte sich das Verhältnis zwischen Vater und mir wieder gebessert. Ich war nie wieder seine Princessa gewesen, der er tagtäglich versicherte, ihr seine Burg zu Füßen und sein Land in die Hände legen zu wollen, was seine Form von inniger Zuneigung gewesen sein musste; die größte Liebeserklärung, zu der er imstande war, denn für Warmherzigkeit war er nie bekannt gewesen.

Bei meinen ersten Besuchen in der Burg lächelten wir uns allenfalls reserviert an. Später redeten wir, redeten ohne Zorn, sondern höflich, wie mit entfernten Verwandten, die man lange nur vom Hören kannte.

Doch irgendwann sagte er zu mir: ›Du bist immer noch Nemijas Princessa, und dieses Land ist stolz auf dich. Dein Wahlspruch passt zu niemandem besser als zu dir.‹

Ich hatte ihm erneut mein Vertrauen geschenkt.

Und dann erfuhr er, dass Mutter ihn nicht nur niemals geliebt, sondern auch betrogen hatte. Er verstand, warum seine erste Frau nie ein

Kind empfangen hatte und meine Mutter keines nach mir. Es hatte an ihm gelegen – er konnte keine Kinder zeugen. Und von einem auf den anderen Moment war ich ein Nichts für ihn. Weniger wert als eine Magd, weniger als ein Tier in seinem Stall.

»Sie haben mich beide verraten und fallen lassen«, sagte ich zu Vika. »Keinem von beiden werde ich jemals wieder ein Wort glauben. Du weißt, dass ich Risiken nicht scheue. Aber ich bin nicht lebensmüde.«

Der goldgrün strahlende Wald nahm ein jähes Ende, als wir eine Schlucht erreichten. Es sah aus, als wäre der Erdboden aufgebrochen. Aus der Tiefe drang ein Geräusch wie von tausend zischelnden Stimmen. Als wir uns an den Rand wagten, machte ich einen steilen Felsabhang in silbrigem Grau aus und in großer Tiefe einen türkisblauen Fluss. Teilweise verriet die Farbe des Wassers Untiefen, an anderen Stellen ragten Felsen aus dem Fluss, die die Strömung zerteilten wie scharfe Klingen.

Ratlos sah ich zu Jero. »Der Weg scheint hier aufzuhören. Hast du eine Idee, wie es weitergeht?«

Dass er keine Antwort gab, sondern mit zusammengekniffenen Augen das Ufer auf der anderen Seite absuchte, bedeutete wohl nein.

Vika zupfte an meinem Ärmel und deutete auf die Büsche hinter uns, wo sich Kae zaghaft hervorwagte. Lassa schnaubte unruhig, und Jeros Hand schoss zum Schwertgriff.

»Schon gut«, rief ich. »Es ist in Ordnung. Das ist Kae. Ich habe ihr angeboten, mit uns zu kommen.« Mehr noch, ich hatte sie angefleht. Ich war erleichtert, dass sie doch noch gekommen war.

»Kae«, wiederholte Jero tonlos. Er sah die kleine Daema nicht an, sondern fixierte mich mit seinen kristallblauen Augen. Mir fiel es schwer, diesen Blick zu halten, aus dem ich nicht schlau wurde. Hielt er mich für bescheuert? Für wahnsinnig geworden? Wahnsinnig genug, um mich gleich im Fluss zu ertränken, weil ich als Wasserleiche nicht mehr imstande war, unsere Mission zu gefährden?

»Sie ist doch hier verloren. Das hast du selbst gesagt.«

Er schüttelte den Kopf und wandte sich wieder dem Fluss zu. »Wir sind alle verloren, Lady Laire. Aber du bist die Suchende und entscheidest, welchen Weg in den Untergang wir wählen.«

»Moment«, fuhr Vika auf. »Wenn *du* keine Meinung dazu hast, ist es deine Sache. Aber *ich* würde gern gefragt werden.«

Als ich ihr von Kae erzählt hatte, war sie mitfühlend gewesen. Nun sah sie die kleine Daema an, als sei diese ein ihr unbekanntes Reptil, von dem man nicht wissen konnte, ob es giftige Säure versprühte, wenn man ihm zu nahe kam. Dummerweise war das nicht all zu weit von der Wahrheit entfernt: Ich hatte keine Ahnung, wie sich Kae entwickeln würde.

Alaric stand in einigem Abstand und sah mit an seine Schulter gelehntem Schwert zu uns rüber. Ich fühlte mich wie auf einem Prüfstein, nur dass ich nicht bewusst auf einen gestiegen war. Dennoch schien man Antworten von mir zu verlangen. Ich war die Suchende.

»Ich weiß nicht, ob wir ihr vertrauen können«, sagte ich schließlich. »Ich weiß nur, dass sie unverschuldet hier ist, denn kein Kind kann etwas getan haben, das den Daemafluch rechtfertigt. Und ich weiß, dass sie allein verloren ist.«

»Du willst, dass wir ein Risiko für ein kleines Monstrum eingehen«, fasste Alaric die Situation auf sehr hässliche Weise zusammen.

Ich biss die Zähne zusammen und nickte. »Ja. Weil ich das Risiko nicht eingehe, mich selbst für ein Monster halten zu müssen.«

Ich wünschte, er hätte über mich gelacht. Aber er lächelte bloß und dieses Lächeln sah echt aus, als gefiele ihm meine Antwort. Erst als ich ihn auffallend lange angestarrt hatte und spürte, wie mein tobender Herzschlag sich veränderte und statt heißer Wut auf ihn ein bittersüßes Schamgefühl durch meine Adern pumpte, wandte ich mich ab und nahm Vikas Hand in meine. »Bitte«, sagte ich leise. »Es wird gut gehen.«

Kae schien die ganze Sache unangenehm; sie tat so, als würde sie nicht merken, dass wir über sie sprachen. Konzentriert kratzte sie einen Stein im Boden locker und drehte ihn hin und her, um ihn herauszubekommen.

Vika schluckte. »Du musst mich nicht um Erlaubnis bitten. Entschuldige meine Worte, ich war nur nervös. Ich habe gar nicht das Recht …«

Rasch legte ich ihr zwei Finger über die Lippen. »Doch, das hast du. Weil du meine beste Freundin bist und jetzt, da Desmond nicht da ist, die Einzige, deren Meinung mir etwas bedeutet. Aber es würde mir viel bedeuten, wenn du mir in dieser Sache dein Vertrauen schenkst.«

Vika beugte sich zu mir und flüsterte: »Sie ist fast wie ein Tier, Laire.«

»Vielleicht«, gab ich zurück, dabei fand ich das überhaupt nicht. Inzwischen hatte ich mich an Kaes Aussehen gewöhnt und fand es nicht mehr abstoßend. Sie sah faszinierend aus, vor allem im Licht, das auf ihren Schuppen spielte und sie in unzähligen Schattierungen der Dunkelheit schimmern ließ. »Aber selbst wenn – ist das ein Grund, sie sinnlos sterben zu lassen?«

Vika seufzte. »Ich werde des Nachts kein Auge zubekommen. Aber in Ordnung. Nehmen wir sie mit.«

»Wir haben eine Freiwillige für alle Wachen«, meinte Alaric, und wäre der Scherz nicht auf Kosten meiner Freundin gegangen, hätte ich wohl gegrinst. So begnügte ich mich mit einem Blick, der ihm hoffentlich klarmachte, wie unangebracht sein Kommentar war. Vielleicht aber auch nicht.

Ich umarmte Vika und wandte mich dann Kae zu, um ihr zu sagen, dass sie bei uns willkommen war. Doch da hatte sie es gerade geschafft, den Stein aus dem Boden zu lösen, nahm ihn an sich und rannte damit zum felsigen Abgrund. Ein kurzer, blassgoldener Blick zu mir, und sie ließ den Stein fallen. Zuerst begriff ich nicht, doch dann trat ich näher und entdeckte den seltsamen Weg, in dem der Stein klackernd die steilen Felsen herabrollte. Fast, als würde er geleitet. Wie einen Pfad entlang. An der Wasserlinie angekommen, verschwand er plötzlich ohne ein Gluckern, ohne auch nur die geringste Wellenbewegung zu verursachen.

»Du kennst den Weg, oder?«, fragte ich Kae. »Du bist ihn schon gegangen. Wir müssen da runter?«

Wie hätte ich mich über etwas wie ein Lächeln gefreut, etwas, das mich hätte bestätigen können. Etwas Menschliches. Aber sie blinzelte bloß, und ich biss mir auf die Lippe bei der Vorstellung, dem kullernden Stein nachklettern zu müssen. Es sah alles andere als ungefährlich aus.

»Ich hoffe, ihr könnt schwimmen«, meinte Alaric und zog sich ungerührt das Hemd über den Kopf. Kurz hielt er es in der Hand, betrachtete seinen Rucksack und entschied sich dann dagegen, das schmutzige und halbzerrissene Kleidungsstück einzupacken. Stattdessen warf er es achtlos zu Boden und verschränkte die Arme vor der Brust. »Ich würde ja vorgehen, aber ich fürchte, das steht mir nicht zu.«

Einen Moment lang war ich unfähig, etwas anderes zu tun, als ihn anzustarren, und das lag nicht daran, dass er nach wie vor einen äußerst ansehnlichen Körper hatte: schlank, mit flachen Muskeln, die keiner Zuschaustellung dienten, sondern erahnen ließen, dass er sie zu nutzen wusste, wenn es darauf ankam. Was mir – nicht zum ersten Mal – den Atem raubte, waren die Tätowierungen – oder was immer seinen

Körper … zierte? Konnte man das so nennen? Weiße Linien wie die glänzenden Spuren von Wassertropfen, die sich ihren natürlichen Weg über seinen Körper gesucht und sich dann zu verschlungenen Ornamenten gefunden hatten. Die meisten davon kannte ich, tief bis in die Fingerspitzen, wusste selbst, wie sich die leichte Erhebung unter den Lippen anfühlte, auch wenn ich nicht mehr auseinanderhalten konnte, welche Zeichnungen älter und welche neu waren. Doch entscheidend war etwas anderes.

Ich begriff zum ersten Mal, was es war, woraus die Linien und Bilder bestanden. Wie sie gemacht worden waren.

Es war dasselbe, was Vikas Gesicht verunstaltet hatte.

Alaric Cole hatte sich mit der hasserfüllten Essenz toter Daema tätowieren lassen. Und das nicht nur einmal.

KAPITEL 24

LAIRE

Mir war nicht wohl dabei, in den Fluss hinabzusteigen. Doch Jero schien die Idee nicht einmal anzuzweifeln und begann, Lassa Sattel und Zaumzeug abzunehmen.

»Wie willst du sie mitnehmen?«, fragte Vika, und ich war erleichtert, dass sie dadurch von Alaric abgelenkt wurde und nicht sah, was ich erkannt hatte. Wir würden darüber reden müssen, wie man auf die Ideen kam, sich solche Tätowierungen stechen zu lassen, und wo bei allen Winden man jenseits der Grenzen an Daemagift gelangen konnte, aber der Zeitpunkt war denkbar schlecht.

»Lassa findet ihren Weg«, sagte Jero ruhig, aber seine Finger verweilten beim Öffnen der Schnallen doch deutlich länger als nötig auf dem Fell der braunen Säbelhornstute. Ob er sie je wiedersehen würde? Ein dicker Kloß verstopfte meine Kehle. Jero riskierte so viel und nahm so große Opfer auf sich, dabei hatte er Desmond seit Jahren nicht gesehen.

»Woher weißt du, dass das«, ich wies auf den Abgrund, wo Kae immer noch hockte und in die Tiefe blickte, »unser Weg ist?«

Lächelnd legte er mir eine Hand auf die Schulter. »Wir sind im Zwischenreich und damit dem Reich der Daema näher als der Welt der Menschen. Es gibt hier keine falschen Wege, sondern nur den einen.«

Irritiert sah ich mich um. Es gab vier Himmelsrichtungen und damit zahllose Wege, die man hätte gehen können.

Jero legte seine Handflächen zusammen und öffnete sie dann, als würde er ein Buch aufschlagen. »Deine Vorstellung von dieser Welt ist diese hier. Eine Dimension, die du kennst, die du auf einer Karte festhalten könntest. Das Daemareich aber …«, er schob seine großen Hände übereinander, verschränkte die Finger miteinander und ballte beide Hände zu einer verschlungenen Faust, »ist eher ein Körper als eine Fläche. In seinem inneren Kern schlägt das Herz, das Schloss des Lords, und alles, was das Reich einatmet, muss an diesem Herzen vorbei.«

Mir gefiel die Vorstellung nicht, eingeatmet zu werden. Es fühlte sich passiv an, als würde ich treiben. Aber das durfte ich nicht, denn Desmond hatte nicht viel Zeit.

Ich schaffe das, schwor ich mir still. Ich schaffe es rechtzeitig!

»Beeilen wir uns«, sagte ich. Wir zogen aus, was wir nicht zwingend brauchten, und stopften Jacken und Hemden in unsere Rucksäcke, dann begann ich den Abstieg. Obgleich ich mir genau eingeprägt hatte, wo Kaes Stein die Felswand hinabgekullert war, und ich geübt im Klettern war, fiel es mir schwer, die kleinen Vorsprünge zu finden, auf die ich meine Stiefelspitzen stellen konnte oder an denen meine Finger Halt fanden. Über mir kletterte Jero, dann Vika, um deren Kletterkünste ich mich nicht sorgen musste. Sie war ein Kind der Berge. Kae kauerte an der oberen Felskante und schien sich nicht überwinden zu können, und Alaric … Wo war nur wieder Alaric? Gerade als ich hoffte, er möge sich endlich von uns absetzen und einfach seine eigenen Ziele verfolgen, schob er sich über die Kante und folgte uns langsam und bedächtig, und ich sah stur zur Seite, um nicht mitansehen zu müssen, wie geschmeidig sich seine Muskeln beim Klettern wölbten. Verflucht!

Ich hatte die Wasserlinie inzwischen erreicht und tastete mit dem Fuß nach einem weiteren Absatz. Aber da war keiner. Ratlos blickte ich nach oben, wo Kae uns immer noch nachsah. Warum folgte sie denn nicht? Sie konnte doch nicht hierbleiben.

Plötzlich zuckte ihr Kopf herum, und im gleichen Moment klang ein dröhnendes Tösen durch die Schlucht. Der Stein unter meinen Handschuhen erbebte, und eine plötzliche Dunkelheit erfüllte das Flussbett, denn das Wasser änderte in Sekundenbruchteilen seine Farbe, und aus dem hellen Blau wurde Nachtdunkel.

»Raus hier!«, brüllte ich nach oben, doch es war längst zu spät. Bevor ich auch nur eine Hand bewegen konnte, stürzte bereits eine Wand aus weißem Schaum vor gewaltigen Wassermassen auf uns zu.

Worte und Gefühle gingen mir unsortiert durch den Kopf.

Desmond!

Nein!

Vika kann kaum schwimmen!

Hastiger Blick nach oben. Sie alle waren noch in der Schlucht. Niemand hatte es hinausgeschafft. Niemand!

Dann schlug mir erst die Gischt ins Gesicht. Ich konnte noch ein letztes Mal tief einatmen und mich von der Steinwand abstoßen, damit die Flutwelle mich mit sich riss und nicht sofort gegen den Felsen schmetterte.

Sie kam mit der Wucht eines Faustschlags – einer Faust von der Größe eines Mannes. Eines Mannes mit der Wut der ganzen Welt in seinem Inneren.

Die Welle prügelte mich unter Wasser, und mir war, als wäre ich unter einen Berg geraten – unnachgiebig und ohne jedes Mitleid. Unten war oben, oben war unten, meine Glieder schienen wie Fetzen um mich herumzufliegen und nur noch an einzelnen Sehnen mit mir verbunden zu sein. Ich sah Dunkelheit und Licht zugleich, wusste, dass es schrecklich schmerzen müsste, gegen Felsen und Steine zu prallen, und spürte doch gar nichts. Mein Versuch zu schwimmen war so erbärmlich, dass ich ein wildes Lachen zu hören glaubte. Ich konnte keinen Arm kontrollieren, nicht mal ansatzweise. An Schwimmen war überhaupt nicht zu denken – selbst wenn ich gewusst hätte, in welcher Richtung sich die Oberfläche befand. Gab es überhaupt noch eine Oberfläche?

Ein Strudel wirbelte mich herum, zog mich tiefer, immer tiefer und füllte mein Denken sowie jedes Fühlen mit einer einzigen Gewissheit: Es war hoffnungslos. Ich würde sterben.

In meiner Brust steigerte sich ein Ziehen zu einem reißenden Schmerz. Ich begriff zeitverzögert, dass es meine Lunge war, die verkrampfte und brannte, weil ihr die Luft fehlte.

Atmen, flüsterte das Wasser. *Atmen, dann ist es gleich vorbei. Atmen, dann wird alles gut. Atmen, dann kommst du zu uns.*

Atmen, flüsterte das Wasser in sein brüllendes Rauschen hinein. *Atmen, dann wird wahr, was du dir …*

NEIN!

Ich wünschte mir das nicht! Das. Nicht!

Es gab nur einen Wunsch, den ich hatte. Ich wollte Desmond befreien. Ich *musste* Desmond befreien. Ich würde …

Unvermittelt hörte das Wasser auf, an mir zu reißen und zu ziehen. Stattdessen schwebte ich plötzlich darin, als wäre ich ganz leicht geworden. Die Dunkelheit sank herab und gab genug Licht frei, damit ich etwas sehen konnte. Der kleine Stein, den ich um den Hals trug, hüpfte wie auf Wellen vor meinem Gesicht. Mehr erkannte ich nicht. Nichts außer einer endlos scheinenden Farblosigkeit um mich herum. Ein feiner roter Faden schwebte vor meinem Kopf und löste sich in Nichts auf. Blut. Ich blutete? Aber wo – ich spürte gar nichts.

Der furchtbare Drang, atmen zu müssen, war noch da, aber ich konnte den Schmerz nicht mehr fühlen. Für einen Moment durchfuhr mich heißkalte Panik. Es war kein gutes Zeichen, sich zu verletzen und nichts mehr zu spüren. War ich etwa … nein. Nein, ich durfte nicht tot sein.

Aber wenn ich nicht längst gestorben war, war ich zumindest nicht in der Lage, das Sterben zu verhindern. Alles Mühen und Erzwingen half nichts – ich schwebte in klarem, ruhigem Wasser und konnte mich nicht rühren.

Du wünschst dir Frieden, sagte das Wasser. Ich hörte es überall. Es sprach durch jede Pore meiner Haut, durch jede Faser meines Körpers. Es klang aus meinem Inneren.

Ich wollte den Kopf schütteln, aber es ging nicht. Also dachte ich mit aller Macht, was ich wirklich wollte.

Ich wollte Desmond retten. Vorher würde es niemals Frieden für mich geben. Dafür hatte ich zu schreckliche Dinge getan.

Plötzlich zerriss das Wasser um mich herum, ich stürzte in die Tiefe und klatschte auf Steinboden, als wären all meine Knochen aufgeweicht und labbrig. Ich hustete und würgte. Es fühlte sich an, als zerrisse meine Lunge. Als würgte ich sie hervor. Als würde ich nie wieder aufhören, nach Luft zu keuchen und sie doch nicht atmen zu können.

»So«, sagte eine kalte Stimme. »Es ist dir also wirklich gelungen, mein Reich zu betreten.«

Schritte erklangen um mich herum. Sie kamen von allen Seiten. Mühsam drückte ich mich auf die Ellbogen. Aus meinem Haar lief Wasser auf den Boden und sickerte in die Zwischenräume dicker Pflastersteine. Wo auch immer ich mich befand, es war unglaublich kalt. Ich bekam kaum den Kopf gehoben, und nur langsam schälten sich die Umrisse der Umgebung aus dem Nichts. Es war ein runder Raum, von dem etliche Türen abgingen. Ein Mann in schweren Stiefeln ging um mich herum, doch der Hall ließ es klingen, als wären da ein Dutzend Männer.

Die Worte, die er gesagt hatte, ergaben nur sehr langsam Sinn für mich. Ebenso langsam beruhigte sich meine Atmung. Es brannte in meiner Brust, aber die Krämpfe ließen nach.

»Ich habe dein Reich betreten«, presste ich hervor und zwang meinen Blick höher, sodass ich den Daemalord ansehen konnte.

Ich hätte es wissen müssen! Ich kannte ihn bereits, er hatte mich in dem einstürzenden Tunnel freigegraben. Ich hatte dem Daemalord bereits gegenübergestanden und es nicht einmal bemerkt.

»Mit meiner Hilfe«, sagte er amüsiert. »Du kannst mir später danken.«

Einen Scheiß würde ich tun. »Ich bin hier, um mein Recht einzufordern«, wisperte ich. »Ich verlange, dass du …«

»Ah, ah, ah«, machte er leise, und jeder Silbe war anzuhören, wie sehr er es genoss, auf mich herabzublicken. »Du bist noch nicht am Ziel.«

»Ich bin hier. Und du bist es auch. Es gibt keinen Grund, nicht sofort …« Ich schrie vor Schmerz und Entsetzen auf, als er mich brutal im Nacken packte.

»Ich bin großzügig.« Sein melodischer, sanfter Tonfall hatte beinah etwas Zärtliches, was im krassen Widerstand zu seinen Krallen in meinem Genick stand. »Und du so undankbar?«

Mir entfuhr nur ein Keuchen, aber wenigstens winselte ich nicht, sondern biss die Zähne zusammen.

»Ich habe dir Zeit gegeben.« Er riss mich hoch, sodass mein Gesicht direkt vor seinem war. Mir war klar, dass ich im Angesicht seiner fürchterlichen Erscheinung die Panik meines Lebens hätte haben sollen, doch ich war wie paralysiert. Die Magie, die von ihm abstrahlte und auf mein Gesicht prallte, war wie ein kühler, belebender Regen an einem glutheißen Tag. Die steinerne Kugel an meiner Brust pulsierte wie ein schlagendes Herz. Ich wurde wacher, aufmerksamer, meine Sinne schärften sich, und mich durchrieselte ein Gefühl von Stärke und Kraft.

»Ich habe dir deine Angst gezeigt«, fuhr er fort, »und dir geholfen, sie durchzustehen. Ich habe deine Wünsche auf die Probe gestellt – auf eine wirklich harte Probe.«

»Ich habe bestanden.«

»Und hier ist dein Lohn. *Zena Alsjana.*«

Zena Alsjana. »Was bedeutet das?«

Der Lord lachte dunkel auf. »Nicht einmal das dankst du mir? Ich komme, wann immer du mich rufst, Laire es Retneya. Aber du dankst es mir nicht, weil ich ein Monster bin.«

»Nein. Weil ich dir nichts schulde, Lord.«

Seine Wolfsschnauze verzog sich zu einem gefährlichen Lächeln. »Dann trennen sich unsere Wege hier. Ich habe eine Verabredung zu einem guten Essen. Und du … suchst weiter.«

Damit schlug er mich mit dem Gesicht voran auf den Boden. Die Steine zerbrachen unter meiner Haut, und alles wurde dunkel und rauschend und wild und laut.

Ich hielt an etwas fest, von dem ich nicht wusste, was es war. Nur, dass ich es nicht verlieren durfte.

Zena Alsjana.

KAPITEL 25
DESMOND

Porträts, die so gemalt waren, dass es aussah, als würden die Augen der abgebildeten Person dem Betrachter durch den Raum folgen, hingen überall in der Burg es Retneya, und Desmond konnte sich nur noch vage an das kindliche Gruseln erinnern, dass er ihnen gegenüber als kleiner Junge empfunden hatte. Im Saal der Daemalords jedoch hingen Gemälde, die selbst einem Mann Angst und Bange machen konnten. Desmond sah sich einer in Öl festgehaltenen Ahnenreihe gegenüber – monströsen Gestalten, denen allesamt Hörnerkronen aus Stirn und Schläfen wuchsen. Die vergangenen Lords dieses verfluchten Reiches – und der aktuelle Herr des Hauses thronte leicht versetzt über ihnen in der Mitte. Das Schaurigste an den Bildern waren nicht die Raubtieraugen, nicht die Schuppen, die Zähne oder die Stacheln der Monster. Die eigentliche Monstrosität war, dass die Bilder sich wandelten, sobald Desmond den Blick abwandte und sie nur noch aus dem Augenwinkel sah. Dann waren da plötzlich keine Monster mehr, sondern ganz normale Menschen. Ein alter Mann mit schlohweißem Bart und blinden Augen. Ein Mann aus Amisa mit dunkler Haut und goldenen Locken. Einer, dessen Augen kalt, und einer, dessen Lippen bitter wirkten. Und mittig ein sehr junger Mann, dessen halbes Lächeln nicht darüber hinwegtäuschen konnte, dass eine tiefe Trauer aus seinen blauen Augen sprach.

Schritte erklangen. Die Tür flog auf und brach aus ihren Angeln.

Desmond war bewusst gewesen, dass der feudal gedeckte Tisch, an dem er seit einer gefühlten Ewigkeit auf den Lord warten musste, eine Finte war. Irgendetwas ging hier vor sich, er sollte ein weiteres Mal beleidigt und gedemütigt werden.

Nun stapfte der Lord herein, würdigte ihn keines Blickes und ließ sich ihm gegenüber an der Tafel nieder. Mit großen Schlucken leerte er einen bereitstehenden Kelch und donnerte diesen dann wieder auf die Tischplatte. »Iss! Wir haben zu feiern.«

Desmond hatte beschlossen, vorsichtshalber nichts von den üppigen Speisen zu essen, die in seiner Reichweite standen. Das war zugegeben nicht einfach. Sein Magen brannte schon, als würde er beginnen, sich selbst zu verdauen, und der Braten und die karamellisierten Früchte dufteten so verführerisch, dass ihm übel davon wurde.

»Willst du nicht wissen, was?«, blaffte der Lord.

Desmond hatte ihn schon oft zornig erlebt. Aber heute war etwas anders. Der Lord wirkte ungeduldig. Fast nervös. Als lief womöglich ausnahmsweise einmal nicht alles nach Plan.

»Wir feiern deine drei Namen.«

Unter dem Tisch ballte Desmond die Hände. »Ich sterbe eher mit Stolz, als dass ich Euch auch nur einen Namen gebe, Lord.«

»Der erste war der einfachste.« Der Lord schob sich eine große Bratenscheibe im Ganzen zwischen die spitzen Zähne und sprach ungerührt mit vollem Mund weiter. »Es lag nahe, dass dein Vater dir wichtig ist, aber machen wir uns nichts vor. Dieser Mann ist ein Untier, den nicht mal ein Naivling wie du ernsthaft lieben könnte.«

Ungläubig starrte Desmond den Lord an. Woher wusste er …?

»Frag mich ruhig«, spottete dieser. »Du willst wissen, woher meine Informationen stammen? Befürchtest du Spione in eurem lächerlichen Land, das versucht, die Magie zu verbieten? Meine Spione kannst du nicht verbieten. Ich vermag durch die Augen der tiefen Gewässer zu sehen, mein Prinz. Durch die Ohren der Tiere zu hören. Durch die steinerne Haut der Berge zu fühlen.«

Bei Volarian. Das klang furchtbar. »Wie?«, brachte er heiser hervor.

»Das kann ich dir ebenso wenig erklären, wie du einem Schaf beibringen könntest, Musik zu komponieren. Diese Magie hat kein Interesse an dir. Aber lenk mich nicht ab! Drei Namen! Der erste ist der deiner Mutter. Latiss es Yafanna.«

»Lass sie in Ruhe«, entfuhr es Desmond.

Der Lord trank aus seinem Krug und ignorierte den Einwand. »Der zweite Name klingt vielversprechend. Ich habe Augen und Ohren überall, und diese haben genug gehört und gesehen, um zu bestätigen, was ich mir erhofft habe. Du bist ein Prinz, Desmond, oder zumindest das, was einem Prinzen in den heutigen Zeiten sehr nahe kommt. Jemand verlangt nach dir. Jemand, auf den ich seit Langem gewartet habe. Mein Erbfolger.«

Er warf etwas Kleines über den Tisch, es blieb mit einem kaum hörbaren Klimpern neben Desmonds leerem Teller liegen. Seine Brust krampfte, als er es erkannte.

»Oder besser: meine Erbfolgerin.«

Auf dem Tisch lag der perlrunde Stein, den Laire an einem Lederband um den Hals getragen hatte, seit sie beide Kinder waren.

»Lady Laire es Retneya«, sagte der Lord und genoss jede Silbe garniert mit Desmonds Entsetzen. »Doch so darf sie sich nicht mehr nennen, nicht wahr? Weil sie ein Niemandskind ist, ein Bastard. Und genau deshalb will sie dich befreien. Um ihren Titel und ihre Macht zurückzuerlangen. Das waren ihre Worte. Ein richtig böses Mädchen, du wärst überrascht. Lady Laire es Yafanna. Hm.« Er wiegte den Kopf. »Das geht noch besser. Lady Laire es Alsjana, Lady der Daema, Urteilssprecherin über die Verfluchten. Klingt das nicht wundervoll und einer so schönen Frau würdig?«

Eisige Kälte rann durch Desmonds Körper. Das würde nicht geschehen, oder? Dass Laire sich auf die Suche nach ihm begab, passte leider ausgesprochen gut zu ihrem Wesen. Mehr als einmal hatten sie sich gegenseitig versprochen, sich niemals im Stich zu lassen. Doch hiermit ging sie zu weit!

»Doch kommt die Lady noch rechtzeitig?«, fragte der Lord, als wäre das alles nicht mehr als ein Spiel. »Oder wird sie etwa aufgehalten? Denn da ist noch der dritte Name – und Desmond, ich muss sagen, du scheinst deine Qualitäten zu besitzen, wenngleich ich auch nicht herausfinden konnte, welche das sein sollen. Denn da ist noch jemand auf der Suche nach dir. Leider kann nur ein Mensch für dich vorsprechen, so will es das Gesetz. Die zweite Seele hat die Wahl, ob sie zu einer Daema werden mag – oder lieber vorher von ihnen gefressen wird. Du und ich, wir können unsere Gunst nicht aufteilen. Ich bin ja dafür, dass wir die Lady unterstützen.« Er lachte leise. »Verzeih mir den Eigennutz, aber ich bin diese Burg und all das Geschrei und Geheule der Verfluchten langsam überdrüssig und sehe in Laire weit größeres Potenzial für meine Nachfolge. Vielleicht willst du trotzdem dem zweiten Kandidaten Glück wünschen? Aber überlege gut und wähle mit Bedacht. Sie können dieses Rennen nicht beide gewinnen. Es wird einen Verlierer geben – und er wird viel verlieren, mein Prinz.«

Der Lord deutete auf die Serviette, die neben Desmonds Teller lag. Mit zitternder Hand hob er sie an, und sein Blick fiel auf einen darunterliegenden Dolch mit aufwendig gravierter Klinge. Er brauchte nicht näher hinzusehen, er wusste, dass sie die Berge Nemijas zeigte. Er hatte die Gravur selbst in Auftrag gegeben, die Skizze angefertigt und dem Goldschmied mit einem glühend warmen Gefühl im Herzen gezeigt, welche kleinen Details ihm besonders wichtig waren.

»Cadyz Hellna«, sagte der Lord dunkel und rau. »Der dritte Namen lautet Cadyz. Und nun sag mir, wen wir unterstützen – Cadyz oder Laire, Laire oder Cadyz. Warum sagt mir mein Gefühl, dass du nicht zum ersten Mal vor dieser Wahl stehst?«

KAPITEL 26

LAIRE

Zena Alsjana, Zena Alsjana, Zena …

Etwas riss mich aus dem Dunkel. Ich konnte nichts sehen, spürte nur einen ruckenden Schmerz am Arm und hörte ein Keuchen. Der Daemalord wird mich umbringen, dachte ich und schlug mit geballter Faust zu. In meinen Ohren rauschte das Blut, und immer wieder diese beiden Worte: Zena Alsjana, Zena Alsjana, Zena –

»Laire!«

Meine Faust traf irgendetwas, und im gleichen Moment erkannte ich das Wort als meinen Namen wieder.

Hastig rieb ich mir übers Gesicht, wischte etwas Glitschiges, Flaschengrünes zur Seite, das sich als Wasserpflanze herausstellte, und konnte endlich wieder sehen. Ich stand halbaufrecht und bis zur Brust im Wasser in einem Tümpel. Jero hielt mich an den Schultern fest, und wenn ich seine blutende Lippe nicht völlig falsch deutete, hatte ich ihm soeben voll ins Gesicht geschlagen.

»Oh nein«, flüsterte ich. Meine Stimme klang heiser. »War ich das? Tut mir leid.«

Jero sah mich besorgt an. Hätte ich ihn nicht besser gekannt, ich hätte seinen Ausdruck als verstört bezeichnet. Am Ufer des Tümpels hockte Vika und vergrub ihr verheultes Gesicht in den Händen. Alaric stand hinter ihr, bleich und durch leicht geöffnete Lippen schwer atmend. Gerade zog er sich ein Kleidungsstück über den klitschnassen Oberkörper, das ich noch nie gesehen hatte, weder an ihm noch an sonst irgendjemandem. Ich kannte es nur aus Zeichnungen in Büchern.

»Wir dachten alle, du wärst verloren«, sagte Jero leise zu mir. »Es hat ewig gedauert, bis du aufgetaucht bist, und als du da warst, lagst du flach und reglos im Wasser, als wärst du …«

Mir schauderte. Jero half mir das glitschige Ufer hoch und ließ mich regelrecht in Vikas Arme kippen.

»Was ist denn passiert?«

Vika brauchte ein paar Schluchzer, bevor sie halbwegs verständlich sprechen konnte. »Die Flutwelle hat uns unter Wasser gezogen. Hier sind wir rausgekommen – wir alle. Sogar die Rucksäcke sind in dem Tümpel aufgetaucht, und dein Myrodem samt Gurt. Du musst es verloren haben. Nur du … du warst weg.«

»Weg …« Ich tastete meinen Körper ab, ob noch etwas fehlte. Dass ich das Schwert im Wasser verloren hatte, war mir nicht aufgefallen. An meinem Hals verharrte meine Hand, und obwohl ich glücklich sein sollte, überlebt zu haben, sickerte mir Traurigkeit in den Bauch. Auch meine Steinperle war fort. »Wie lange war ich … weg?«

»Viel zu lang, um die Luft anzuhalten«, sagte Alaric nüchtern. Ich konnte seinen Blick schwer deuten. Er sah mich an, als ahnte er etwas über mich, das ihm Sorgen machte.

»Ich weiß nicht, was passiert ist.« Ich war zu ausgekühlt, um angesichts der Lüge zu erröten. Ich hatte durchaus vor, den anderen die Wahrheit zu erzählen, aber nicht Alaric. Er sollte nicht von meiner

Begegnung mit dem Lord erfahren, dazu traute ich ihm noch viel zu wenig.

In einiger Entfernung entdeckte ich zum Glück endlich auch Kae.

»Kae hat mich rausgezogen«, sagte Vika leise. »Ich kann ja nicht besonders gut schwimmen.«

Beim frühen Morgen, ich war so erleichtert, alle wohlbehalten vor mir zu sehen, dass ich nicht einmal widersprach, als Vika vorsichtig meine Kopfwunde untersuchte. »Ich fürchte, das muss so heilen«, sagte sie. »Wir haben nichts auch nur halbwegs Trockenes zum Verbinden.«

Alaric zog einen der wassertriefenden Rucksäcke am Riemen hoch. »Gehen wir weiter? Oder sollen wir, da eh alles nass ist, vielleicht weiterschwimmen?«

Da hat sich ja jemand ganz besonders große Sorgen um mich gemacht, dachte ich und rang die Enttäuschung nieder. Es war besser, wenn er sich keine Gedanken um mich machte.

Ich schwankte ein klein wenig, als ich mich aufrichtete. Die Bestandsaufnahme unserer Vorräte war bitter: Das Trockenfleisch konnten wir auch nass noch essen, aber nicht mehr länger aufbewahren. Brot und Kräuter waren hinüber und der Käse vom Wasser schleimig geworden. Meine Karte von Nemija war durchweicht, jede falsche Bewegung würde sie reißen lassen. Aber die Zeichnungen waren unversehrt. Es war Tag in Nemija – ein Sommerregentag, und ich spürte selbst auf die Entfernung diese fragile Mischung aus Erleichterung über den Regen, der für die Ernte wichtig war, und Angst vor Sturzbächen und Überflutungen.

Aber immerhin waren wir nun im Herzen des Daemareichs angelangt. Eine Sumpflandschaft umgab uns, wie ich sie noch nie gesehen hatte. Aus Nemija kannte ich Sümpfe in tiefen, dunklen Grün- und Brauntönen. Hier war alles überraschend hell – die Tümpel und Seen schimmerten in allen Farbnuancen zwischen hellem Blau und blassem Grün, nur tiefgrüne Schlingpflanzen zeichneten sich dunkel im klaren Wasser ab, rankten heraus und kletterten an den Bäumen empor. Eilige, bunte Fischschwärme flohen vor riesigen Schatten, die sich träge durch die Tiefen bewegten, oder Schildkröten, auf deren Panzern fluoreszierende Muster leuchteten.

Ähnliche Muster fanden sich auf Pilzen wieder, die abgestorbene Bäume übersäten, und der Geruch, der über allem hing, drohte mich schwindlig zu machen. Eine Mischung aus herber Erde, etwas Süßem und Kräutern, die entfernt an solche erinnerten, die ich kannte. Hätten wir Zeit gehabt, hätte ich welche gesammelt und Versuche angestellt, um herauszufinden, wozu man sie nutzen konnte.

»Ich hatte es mir anders vorgestellt«, musste ich zugeben.

Alaric trat an meine Seite. »Es ist ein Reich aus Wünschen. Würdest du dir ein Reich zurechtwünschen, wäre es sicher auch nicht schattengrau, albtraumschwarz und stinkend, oder?« Er grinste. »Wobei … so, wie du gerade gelaunt bist, wäre es das vermutlich doch.«

Ich musste lachen, und auch wenn mir wirklich nicht danach zumute war, spielte ich mit. »Wenn es nach meinen Wünschen ginge, würdest du gleich in den nächsten …«

»Stopp!«, rief Jero durchdringend, und ich zuckte zusammen. »In diesem Reich regieren Wünsche, das ist kein Aberglaube.«

Alaric verkniff sich das Lachen. »Das sollte es uns einfach machen, denkt ihr nicht?« Theatralisch hob er die Hände. »Ich wünsche den Lord der Daema herbei, damit Laire ihm in den Lord-Arsch treten kann.«

Ob es die Anspannung war oder die eben erst abgeebbte Panik – ich musste laut loslachen, und je mehr ich das Lachen verhindern wollte, desto schlimmer schüttelte es mich, bis mein Bauch verkrampfte und mir Tränen in die Augen traten.

»Lord Arsch, hört Ihr uns denn nicht?«, rief Alaric in die Luft. »Wir wünschen eine arschige Audienz.«

Was immer Alaric sich auch wünschte – er erhielt einen herzhaften Schlag in den Nacken von Jero. »Spar dir deine Witze, du Schmock! Damit scherzt man nicht. Zu wünschen ist tückisch. Hunderte von Wünschen mögen in diesem Reich ungehört verhallen. Aber du weißt nie, welcher erhört wird. Nicht selten sind es die unbedachten, die dummen – und dann will ich nicht in der Nähe sein. Wünsche sind unberechenbar wie das Wetter. Man legt sich nicht damit an. Und für dieses Moor hier gilt dasselbe. Wenn es nur einen Fuß von euch zu fassen bekommt, werde ich ihn euch sicherheitshalber abhacken, bevor es euch ganz verschlingt.«

Ich schluckte beschämt und kam mir vor wie eine Idiotin. Alarics schiefes Grinsen machte es keinesfalls besser.

Vika betrachtete grübelnd das nasse Hemd in ihrer Hand und streifte es schließlich über, auch wenn es warm genug war, um bloß unsere ärmelfreien Leinenunterhemden zu tragen.

»Ich glaube nicht, dass wir hier eine Kleideretikette verletzen«, sagte ich und band mir mein Hemd bloß um den Bauch.

Vika seufzte. »Nein, aber mich juckt es jetzt schon überall – hier ist bestimmt alles voller Mücken.«

»Seid nicht so pessimistisch«, warf Alaric ein. »Die werden doch von den Krokodilen gefressen.«

Wir mussten uns nur kurz einen Weg über sicheres Land zwischen den Seen hindurch suchen, dann tauchten schmale Stege vor uns auf. Nur teilweise waren sie mit einem einfachen Geländer in Form eines durchhängenden Seils versehen, und alle paar Meter musste man große Schritte über fehlende oder angebrochene Holzbretter machen. Es beunruhigte mich ein wenig, dass Daema sich Stege bauten, so viel Intelligenz hatte ich ihnen nicht zugetraut. Trotzdem kamen wir so deutlich sicherer und schneller voran. Unter den Pfaden wandelte sich das Wasser immer wieder zu einer zähen, petrolfarbenen Flüssigkeit, aus der blubbernde Gasblasen aufstiegen und die Luft mit dieser süßlichen Note schwängerten. In der warmen Luft trocknete unsere Kleidung langsam ab.

»Sagen euch die Worte Zena Alsjana etwas?«, fragte ich, als Jero und Vika in meiner Nähe waren und Alaric mal wieder ein gutes Stück vorausgelaufen war, als wollte er in seiner grenzenlosen Neugierde alles als Erster sehen.

Vika nickte, und auch Jero bejahte. Kurz überkam mich das Gefühl, dumm und ungebildet zu sein. Vermutlich kannte selbst Alaric die Bedeutung. Doch dann schob ich mein Selbstmitleid in eine stille Ecke, wo es mich nicht störte, und deckte meinen üblichen Pragmatismus darüber. Ich hatte in den letzten Jahren eben andere Dinge gelernt als den Stoff der Universitäten.

»Alsjana ist das alte Wort für das Reich der Schatten«, erklärte Vika. »Aus der Zeit vor dem Krieg der Neun Winter, als die Nema noch ihre eigene Sprache hatten. Eigentlich schade, dass man sie nicht mehr lehrt. Ganz hinten in den Bibliotheken stehen noch so viele alte Bücher in dieser Sprache – aber selbst unter den Professoren gibt es niemanden mehr, der die Schrift lesen kann. Was Zena heißt, weiß ich leider nicht.«

»Suchend«, ergänzte Jero. »Zena Alsjana ist eine Losung, mit der Suchende sich ausweisen, um überhaupt vor den Lord treten zu dürfen. Woher hast du sie, Laire?«

Ich zögerte. »Warum hast du mir das nicht gesagt? Sollte ich so was nicht wissen?« Ich hasste es, mir dumm vorzukommen, und wenn ich erfuhr, dass mein Begleiter Dinge wusste, die für mich essenziell waren, konnte ich mich beim besten Willen nicht anders fühlen.

Jero hob eine Schulter. »Für Suchende gibt es in der alten Sprache Nemijas ein gutes Dutzend Begriffe. Und jeder Suchende bekommt sein eigenes Geheimwort. Wer hat es dir verraten? Der Berg? Der Wind oder das Wasser? Es verrät viel über deinen Weg, zu wissen, was dich dabei unterstützt.«

Ich presste die Lippen aufeinander, aber wie sehr mich seine Frage erschreckte, ließ sich nicht verheimlichen, denn auf meinen nackten Armen richteten sich sämtliche Härchen auf.

»Laire, was ist denn?«, fragte Vika beunruhigt.

»Ich … also … Was verrät es über mich, wenn es der Lord selbst war, der mir das Wort gegeben hat?«

KAPITEL 27

ALARIC

Dieser Wald hatte Augen. So friedlich alles schien – die Vögel, die summenden Insekten und die Fische, die in eleganten Sprüngen lautlos von einem Teichbecken in das nächste setzten –, irgendetwas wartete hier.

Alaric spielte mit dem Gedanken, sich etwas vollkommen Absurdes in die Sumpflandschaft zu wünschen, nur um zu sehen, ob etwas geschah, aber sowohl Laires als auch seine Mission waren zu wichtig, um sie mit Unsinn zu gefährden. Er musste sich immer wieder daran erinnern, dass er bald frei sein würde. Dass *Caleja* bald frei sein würde. Vorausgesetzt, er fand diesen Cadyz Hellna. Viel zu lange hatte er gekämpft und zu viele Schlachten geschlagen, um jetzt noch zu scheitern.

Er war so nah dran.

Ein bitterer Geschmack füllte seinen Mund, denn das vermeintlich glückliche Ende dieser langen und unrühmlichen Geschichte würde dazu führen, dass er Laire nicht nur für immer verlor, sondern auch ein weiteres Mal schändlich verriet. Sosehr es ihn wurmte, permanent mit ihr zu streiten, sosehr es ihn schmerzte, wieder und wieder mit ihrer Abscheu konfrontiert zu werden, immerhin war er ihr dadurch nah, und die masochistische Seite in ihm genoss die Qual. Von ihr verachtet zu werden, war deutlich besser, als gar kein Teil ihres Lebens zu sein. Doch genau das würde geschehen. Sie würde Desmond es Yafanna retten und ihr Schicksal mit einem sauberen Schnitt von dem seinen abtrennen. Wie sehr musste sie diesen Mann lieben, wenn sie dieses immense Risiko für ihn einging? Alaric gegenüber zeigte sie sich dagegen nicht einmal mehr gesprächsbereit. Und vielleicht – nein, ganz sicher sogar – war es besser so. Wenn sie erst erfuhr, wer er war und was er getan hatte, würde sie Schlimmeres empfinden als Abscheu. Sie würde ihn auf den Marktplatz vor ihre Burg schleifen und erst auspeitschen, dann mit Steinen bedecken und schließlich liegen lassen. Und er konnte es ihr nicht einmal verdenken.

Plötzlich schoss oberhalb der Baumkronen etwas klappernd über den Himmel. Sein erster Eindruck war ein gewaltiger Vogel – ein Perryn vielleicht oder ein Drachenstar. Doch dann konnte er zwischen den Blättern etwas Längliches ausmachen und erkannte eine Hängebrücke.

Verdammt. Ein Impuls wollte rufen und Laire und den anderen eine Warnung zukommen lassen. Aber damit hätte er seine Deckung aufgegeben, verraten, wo er und die anderen waren. Stattdessen eilte er in den Schatten einer ausladenden Farnpflanze und versuchte, durch die Blätter mehr zu erkennen.

Kein Laut war zu hören, als mehrere Personen über die Hängebrücke liefen und sich direkt über den Stegen in Position brachten. Ein Militärkommando, das der Suchenden auflauerte? Was sollte das denn, bitte?

Aber es waren eindeutig Menschen, keine wilden Daema. Zumindest teilweise. Sie trugen der Witterung vollkommen unangemessen verstärkte Lederkleidung und brachten nun sogar Bögen in Bereitschaft. Was ging hier vor sich?

Alaric überlegte nicht lange. Er musste die anderen warnen, ohne dass die Angreifer dadurch einen Vorteil erhielten. Doch er kam nicht mehr ungesehen zu seinen Gefährten zurück. Leise lief er ein Stück weiter über den Steg und stieg dann an dem holzigen Stamm eines Farngewächses hoch, das stabil genug wirkte, sein Gewicht zu halten. Nun konnte er ausmachen, wo die Hängebrücke in einem der mächtigsten Bäume verankert war. Die Seile waren nur zu erreichen, wenn er seine Deckung aufgab, und das schien ihm zu riskant. Soldaten waren selten die klügsten Köpfe, die ein Reich zu bieten hatte. Oft schossen sie erst und fragten danach.

Alaric griff nach seinem Dolch. Wenn er ihn warf und zielgenau eines der Seile traf, die die Brücke an ihrem Platz hielten, würde es dort oben in jedem Fall verflucht unruhig werden. Laire und die anderen konnten die Soldaten dann nicht mehr übersehen – und der Paladin würde schon wissen, was zu tun war.

Leider, leider war Alaric ein ausgezeichneter Kämpfer mit dem Dolch, aber nur, solange er ihn fest in der Hand hielt. Das Werfen war nicht seine größte Stärke. Er ließ die Klinge stecken, er hatte eine bessere Idee. Flach atmend, um sich durch kein Geräusch zu verraten, kletterte er weiter den Stamm hoch. Auf der Hängebrücke kommunizierten die Soldaten mit Handzeichen, die ihm genug verrieten: Laire und die anderen waren fast da, und man würde sie nicht passieren lassen. Alaric zählte ein halbes Dutzend Daema und ebenso viele menschliche Soldatinnen und Soldaten unter eng anliegenden dunklen Helmen und schwarzen Augenmasken.

Noch ein wenig höher. Inzwischen wurden die Farnauswüchse lichter und er musste aufpassen, im Sichtschutz des Stammes zu bleiben, der allerdings mittlerweile auch zu schmal war, um Alarics Schultern zu verbergen. Von dem herabhängenden Ast des gewaltigen Baumes, an dem das tragende Halteseil der Hängebrücke befestigt worden war, trennten ihn fast drei Meter – und er müsste ein gutes Stück in die Höhe springen. Zu riskant. Besser, er …

Ein beinah vogelartiger Laut auf der Brücke, und die Hälfte der Bogenschützen nahmen Pfeile aus ihren Köchern, legten sie auf die Sehnen und visierten einen Punkt auf den Stegen an. Verdammt, sie mussten die anderen entdeckt haben und planten nun offenbar zu schießen.

Jetzt oder nie.

Alaric atmete tief aus und griff ein zweites Mal an seinen Gürtel. Diesmal zielgerichtet am Dolch vorbei zu dem Beuteln mit den beiden Steinen aus Keppoch. Er schloss die Finger darum, hielt sich mit der anderen Hand am Stamm fest und blieb mit dem Oberkörper unbeweglich, während er mit den Füßen höher stieg, bis er in einer hockenden Position am Stamm klebte.

In diesem Moment drangen Laires und Vikas Stimmen zu ihm hoch – bei allen Höllenfeuern, sangen die etwa? –, und seine Zeit verpuffte. Er bewegte den Oberkörper, um Schwung zu holen. Eins, zwei …

Ein Pfeil löste sich von der Sehne, eines der Mädchen schrie entsetzt auf – und Alaric sah rot. Feuerrot.

Mit aller Kraft stieß er sich ab, streckte die Beine durch und sprang. Im gleichen Augenblick, als sich seine Finger von Stamm lösten, warf er sich einen der Steine in die frei gewordene Hand und schlug beide dann mit voller Kraft zusammen. Im Sprung prallte Stein gegen Stein, und Alaric stieß seinen Atem hinzu. Aus dem Funken zwischen seinen Händen stob eine Flamme empor und versengte ihm die Haut. Endlich mal wieder ein guter Schmerz. Er streckte sich nach der Hängebrücke aus. Verdammt! Zu kurz!

Mit Mühe und Not erreichte er die Holzplanken mit den Spitzen seiner Finger. Eine Sekunde hing er unter der schwankenden Konstruktion und versuchte, das Schaukeln anzunehmen, es auszunutzen, um neuen Schwung zu holen. Das Zischen weiterer Pfeile.

Kraftvoll zog er sich hoch, stieß noch einmal den Atem in die verlöschenden Flammen zwischen seinen Händen und umfasste mit der einen das Seil der Brücke. Er schloss die Augen. Die Glut fuhr in das Seil. Er spürte nach, wie sie sich Faser für Faser holte. Konzentrierte sich auf die Lust des Feuers am Brennen. Brennen. Brennen.

Das Gefühl fuhr ihm selbst durch Mark und Knochen. Gefährliche Hitze ermächtigte sich seiner, und in jeder anderen Situation hätte er das Feuer nun kraft seiner Gedanken gelöscht und die Kontrolle übernommen, bevor es Kontrolle über ihn erlangte. Aber diese Menschen schossen auf Laire, und Alaric vergaß, was er sich nie zu vergessen geschworen hatte.

Alles, was er war und sein würde – Konzentration, Geist, Seele –, zog sich zusammen zu einem winzigen Teil aus übermächtiger Energie. Alaric tränkte diesen Teil mit aller Lust des Feuers am Brennen. Dann ließ er sich selbst schutzlos zurück und sandte den kleinen Funken seiner Existenz aus seinem Kopf und seinem Herzen direkt durch seine verbrannte Handfläche in das angesengte Seil. Jäh fühlte er sich leer und ausgelaugt, aber das Wissen, dass ein Funke von ihm sich gerade durch die gesamte Befestigung der Hängebrücke fraß, jeden Strick und jedes Stückchen Holz brennbar wie trockenes Laub machte, war genug, um die Kraft zu finden, sich weiter festzuhalten.

Sein Funken kehrte zu ihm zurück, ausgebrannt und müde, aber für die letzte Entscheidung brauchte Alaric keine Kraft mehr. Es war auch nicht mehr länger von Bedeutung, dass seinem Körper ein eiskalter Schmerz in die Schulter fuhr. Er registrierte es eher verwundert und staunte darüber, dass der Schaft des Pfeiles noch von der Wucht des

Einschlags zitterte und er selbst trotzdem an diesem Arm an der Brücke hing und mit den Beinen baumelte.

Eine kurze Erinnerung an ein Mädchen mit feuerroten Haaren machte ihm das Herz schwer.

Dann stürmte ihm jemand entgegen. Ein Soldat, maskiert, ein Schwert erhoben, einen zornigen Schrei auf den Lippen.

Alaric musste das Feuer nicht schicken, damit es sich die Brücke holen ging. Er musste es ihm nur erlauben. Und genau das tat er. Er dachte an Laire, schloss die Augen, und dann ließ er los.

KAPITEL 28

LAIRE

»Vika!«, schrie ich und riss meine Freundin zurück. Plötzlich bebte der Steg, auf dem wir standen, und ich starrte eine gefühlte Ewigkeit auf die glänzend schwarzen Pfeile, die vor uns im Holz steckten. Alles ging sehr schnell. Wir nahmen sofort eine schützende Formation ein.

Doch die nächste Salve an Pfeilen schien direkt aus dem Himmel auf uns niederzugehen, und ich brauchte Jeros erschrockenes Gesicht nicht zu sehen, um zu erkennen, dass wir ein Problem hatten. Ohne Schilde hatten wir bei einem Angriff mit Pfeilen keinerlei Chance.

»Lauft!«, rief Vika und warf sich herum.

»Warte!«, brüllte ich. Ich wusste auch nicht, was wir nun machen sollten, aber eine kopflose Flucht war immer der größte Fehler.

»Warum schießen die auf uns?«, rief ich, als würde eine Erklärung etwas daran ändern, dass sie es taten.

Doch Jero, der mit erhobenem Myrodem auf einen Gegner wartete, der nah genug an uns herantrat, um ihm die Klinge um die Ohren zu hauen, schien es selbst nicht zu verstehen. »Es sind keine Daema«, knurrte er. »Sie dürften nicht angreifen! Hey!« Seine Stimme schien den ganzen Sumpf auszufüllen. »Ihr greift eine Suchende an!«

Die Antwort war ein Pfeil, der seinen Hemdsärmel aufriss.

»Jero!«, rief ich, aber er schüttelte unwirsch den Kopf. Offenbar war er nicht verletzt.

In diesem Moment ertönte über uns ein wütender Schrei. Einen Moment später fiel etwas herab – als käme es direkt aus den Wolken. Bevor ich ausmachen konnte, was es war, ging der Himmel über unseren Köpfen in Flammen auf. Schritt für Schritt wich ich zurück, um nicht erschlagen zu werden, wenn – was auch immer es war – herabstürzte. Äste und Farne verglühten in der Hitze und gaben die Sicht auf ein riesiges Feuer frei. In seiner Mitte erkannte man gerade noch die sich in dunkler Glut abzeichnenden Reste einer Hängebrücke. Dunkle Gestalten retteten sich vor den Flammen, indem sie in die Bäume sprangen.

Wir flüchteten in den Sichtschutz einer Pflanze mit ausladenenden Blättern, aber lange würden diese uns kein Schutz sein. Über uns erklangen aufgebrachte Stimmen, Schreie.

Warum brannte diese Brücke? Wer hatte … und wo war …

»Alaric!«, schrie ich, als mir klar wurde, was eben von dieser Brücke gestürzt sein musste. Wer.

Eine Art Reflex ließ mich losrennen, etwas hielt mich, aber einen Moment lang war ich blind und taub, und alles schien weit fort. Ich wurde geschüttelt und erkannte Jeros Gesicht vor mir.

»Bist du verrückt geworden?«, herrschte er mich an und zerrte mich rückwärts. »Die greifen uns an – renn ihnen nicht noch in die Arme!«

Ich riss mich zusammen und nickte. »Warum … *warum* greifen die uns an?«

Und dann fiel es mir wie Schuppen von den Augen. Ich hatte ein Passwort erhalten. Konnte es so einfach sein?

»Zena Alsjana!«, brüllte ich in die Höhe, ins Feuer, dem Rauch entgegen, der den Himmel verdunkelte. »Zena Alsja …«

Ein Pfeil schoss herab und verfehlte mich um Haaresbreite. Mein erschrockener Blick verhakte sich mit Jeros.

»Wir müssen weg!«, befahl er und sah sich über die Schulter um. Es missfiel ihm, den Steg zurückzulaufen, aber wir konnten nicht bleiben. Früher oder später würden die Schützen uns zerlöchern.

»Aber Alaric«, flüsterte ich. »Er muss da vorn sein, wir können ihn nicht zurücklassen.« Jero hatte nicht gesehen, was ich gesehen hatte. Hinter den aus dem Sumpf wachsenden Büschen war etwas herabgestürzt. Und solange ich befürchten musste, dass es Alaric gewesen war …

»Der passt auf sich auf!«

Und wenn nicht? Unsere Angreifer hatten ihre Brücke definitiv nicht selbst angezündet. »Ich schaue nach. Wir sind ihm das schuldig!«

»Du bist ihm gar nichts schuldig.«

Damit hatte Jero recht. Alaric hatte mich gezwungen, ihn mitzunehmen, ich hatte ihn nicht darum gebeten.

Kae hatte sich klugerweise in Sicherheit gebracht, indem sie unter den Steg gekrabbelt war und an den Pfeilern Halt gefunden hatte. Ich sah nach oben. Momentan flogen keine Pfeile, aber wie lange? Was bereiteten unsere Angreifer vor?

»Laire, lass uns verschwinden«, beharrte Jero noch einmal. »Hier stimmt etwas nicht, wir dürften nicht angegriffen werden! Nicht von *Menschen.*«

Menschen, Daema – es war mir vollkommen egal, wer mir ans Leben wollte. Und ebenso egal war es mir, dass ich Alaric nichts schuldig war. Ich wusste nur eins: Ich konnte nicht aufhören, daran zu denken, dass vermutlich er es war, der von der brennenden Brücke gestürzt war. Was, wenn er in den Sumpf gefallen war? Oder auf den Steg, wo er nun lag, verletzt und …

Mit hämmerndem Herzen sah ich nach oben. Flammen leckten an den Bäumen. Brückenteile zerbarsten und brennende Teile fielen vom Himmel, verfingen sich in Pflanzen und verbrannten sie. Der Qualm verdichtete sich, schien tiefer zu sinken.

Ich rannte los, aus dem Sichtschutz der großen Blätter zu einem Stamm, an dem der Steg befestigt war, wo ich mich kurz ans Holz drückte und durchatmete.

Ein Land, aus Wünschen geschaffen, erinnerte ich mich. Nun, Wünsche hatte ich auch. »Sie sehen mich nicht«, wisperte ich lautlos. »Ich wünsche mir, dass sie mich nicht sehen.«

Und dann rannte ich weiter, vertraute blind darauf, dass dieser eine Wunsch erhört wurde, oder ich Glück hatte. Weil es meine einzige Hoffnung war.

Das Feuer fauchte über mir, Asche und Glut schneiten herab, aber der Rauch machte mich unsichtbar für unsere Angreifer hoch in den Bäumen. Der Steg führte in einem Bogen um die Büsche herum, doch dahinter war nichts. Hatte ich mich geirrt? Oder war Alaric gar nichts passiert und er hatte sich längst in Sicherheit gebracht?

»Alaric?« Ich wagte nur ein Flüstern, um von den Angreifern nicht gehört zu werden, aber das Brüllen des Feuers verschluckte meine Worte ohnehin. »Verdammt, Alaric!«

Statt einer Antwort vernahm ich ein leises Keuchen und folgte dem Laut. Zwischen zwei üppigen Pflanzen, die aus dem petrolblau leuchtenden Moor herauswuchsen wie aus fruchtbarster Erde, fand ich ihn endlich. Er lebte. Statt Erleichterung flutete mich jedoch eisiges Entsetzen, denn zum einen hatte er die Augen halb geschlossen, als würde er mich gar nicht wahrnehmen, und Blut rann ihm über die Stirn, zum anderen steckte ein schwarzer Pfeil in seiner Schulter. Und zu guter Letzt war er fast bis zu dieser Schulter in den Morast eingesunken. Um ihn herum stiegen langsame, zähe Blasen auf und zerplatzten an der Oberfläche, und mit jedem leisen Blubb schien er ein wenig tiefer zu sinken.

»Oh, verdammt«, flüsterte ich, lief so nah zu ihm, wie der Steg mich ließ, und kniete mich hin. »Gib mir deine Hand, ich zieh dich raus.«

Er schüttelte kurz den Kopf, schien sich zusammenreißen zu müssen, um auch nur seinen Blick auf mich fokussieren zu können.

»Laire? Verschwinde hier, Laire, die Soldaten … die Daema …«

»Danke, dass du …« Meine Stimme bebte und nahm eine mir unbekannte Höhe an. »Was auch immer du getan hast.«

»Alles in Ordnung, Laire?« Er musste auf den Kopf gefallen sein. Sein dichtes Haar verbarg die Wunde, aber ein Blutstrom rann unablässig über seine Schläfe, und er sprach, als wäre er nicht ganz bei sich.

»Komm, gib mir deine Hand«, verlangte ich und fasste nach seinen Fingern, doch er zuckte zusammen, versuchte, sie wegzuziehen. Ich konnte durch meine Handschuhe nichts fühlen, aber als ich seine Hand drehte und mein Blick auf die Innenflächen fiel, durchlief mich trotz der Hitze über unseren Köpfen ein eisiger Schauer. Unter der zähen Schicht aus Morast drängte sich eine pralle Brandblase an die nächste.

»Alaric, du musst da sofort raus!«

»Ist schon in Ordnung, weißt du. Ich hatte unrecht. Hier sind gar keine Krokodile.«

»Komm schon!«

Ein leichter Zug an seinem Arm reichte allerdings aus, um ihn aufstöhnen zu lassen, ein Laut, der mir in den Magen drückte. Aus der Austrittswunde des Pfeils quoll Blut und rann in den Sumpf, wo sich das dunkle Rot in eigenartigen Mustern vom Petrolblau abgrenzte, bevor es Tropfen für Tropfen verschwand, als würde das Moor es verschlingen.

Es half nichts – der Pfeil musste zuerst raus, anderenfalls konnte er den Arm nicht bewegen, und so würde ich ihn niemals aus dem Moor bekommen. Ihn zu entfernen, würde Alaric furchtbar wehtun, und das Wissen bereitete mir Übelkeit. Ich schluckte und zog meinen Dolch.

»Was hast du vor?«, fragte Alaric schwach und blinzelte misstrauisch die Klinge an.

»Frag nicht.« Er musste irgendwo draufbeißen, wenn ich verhindern wollte, dass er mit seinem Schrei das gesamte Moor und jedes lebendige Wesen auf uns aufmerksam machte. Hastig sah ich an mir herab und entschied mich für den Gurt, an dem ich den Dolch trug. Meine Finger zitterten, als ich ihn abschnallte und vor Alarics blasse Lippen hielt. »Draufbeißen.«

»Hör doch auf.« Sein Blick wurde ganz klar. Er sah kurz auf das Moor hinab und dann genau in meine Augen. »Du musst das nicht tun, es ist zu spät. Was Jero über das Moor gesagt hat …«

»Jero weiß nicht alles, ebenso wenig wie du.«

»Ich weiß mehr, als du denkst.«

»Und ich weiß, dass ich niemanden sterben lasse.«

»Nicht mal mich.« Es war keine Frage, nur eine verwunderte Feststellung.

Seine Irritation ging auf mich über. Die Vorstellung, es nicht zu schaffen, ihn hier und jetzt an dieses Albtraumreich zu verlieren, war so vernichtend schmerzhaft, dass es mir die Brust zuschnürte. Ja, er hatte mich verletzt, und das ging noch immer unglaublich tief. Aber glaubte er wirklich, ich würde ihn deshalb hassen? So sehr, dass ich ihm den Tod wünschte?

Ich legte den Gurt kurz beiseite. So weit ich konnte, lehnte ich mich vor, und schmiegte meine Hand an Alarics Wange. Selbst durch die Handschuhe bemerkte ich, wie kalt seine Haut war. »Erst recht nicht dich. Du musst kämpfen, hörst du? Du musst jetzt kämpfen!« Es war egal, was zwischen uns geschehen war. Hier und heute war es nicht mehr wichtig.

»Dann verzeihst du mir? Sag's mir, bitte, sag es mir ehrlich. Es ist mir wichtig.«

Meine Hand glitt in seinen Nacken, und ich lehnte meine Stirn an seine. Haut an Haut durchfuhr mich ein Kribbeln, vertraut und verstörend zugleich.

»Hab ich längst.« Mein Herz schlug nachhallender durch meinen Körper, als mir bewusst wurde, dass ich diese Worte nicht nur dahingesagt hatte, weil Alaric Trost brauchte.

Tief in meinem Inneren fiel ein starres, enges und luftabschnürendes Korsett von einem meiner Gefühle ab und gab es endlich wieder frei.

Ich liebte ihn immer noch. Die Verletzungen hatten daran nichts geändert. Egal in wie viel Wut ich diese Liebe vergraben und versteckt hatte, ihr war nichts geschehen. Sie war da und würde es immer sein, ganz egal, was er getan hatte oder noch tun würde oder welche Entscheidungen wir beide in unseren Leben noch treffen würden. Sie war bedingungslos.

Die traurige Gewissheit, dass wir nicht zusammen sein konnten, weil das mehr erforderte als nur Liebe, vermischte sich in mir mit der Erleichterung, endlich dieses Chaos in meinem Herzen zu verstehen. Ich liebte ihn. Ich vergab ihm. Aber vertrauen würde ich ihm dennoch nie wieder.

»Laire, der Grund, warum ich dich damals verraten habe … Du musst ihn wissen. Ich wollte das nicht, aber ich war …« Das Wort brach ihm im Satz weg, als schnürte ihm das Moor plötzlich die Luft ab. Seine Augen wurden schreckensweit, und aus seinem Mund kam nur ein röchelnder Laut. Es schien, als würde er keine Luft mehr bekommen.

»Alaric? Du musst atmen, bitte. Nicht reden, atme einfach, ganz ruhig.«

Er keuchte etwas Unverständliches. War er womöglich noch schwerer verletzt? Er musste aus dem Moor raus!

»Nicht sprechen, wir haben keine Zeit!« Das Feuer hatte die Brücke vollkommen verzehrt. Einzelne Glutnester qualmten noch, aber der Rauch ließ bereits nach, und die Soldaten würden nicht unverrichteter Dinge nach Hause gehen. »Erzähl mir alles später, in Ruhe.«

Er verzog den Mund, als wollte er mich auslachen.

Entschlossen griff ich über seine Schulter nach dem Pfeil. Alaric stöhnte auf vor Schmerz, aber zumindest atmete er dadurch wieder, wenn auch schnell und flach. Ich schob ihm den Gurt zwischen die Zähne und packte nach dem Dolch, ehe ich es mir anders überlegen konnte.

Der Pfeil war aus einem seltsamen Holz geschnitzt, mattschwarz, kalt und irgendwie ... tot. Die Spitze, die blutverschmiert aus seiner Schulter ragte, war schmal, an der hinteren Kante jedoch mit Widerhaken versehen, die eine schreckliche Wunde verursachen würden, wenn man sie aus dem Fleisch zog.

»Dein Glück, dass der Pfeil glatt durchgegangen ist.«

Und noch größeres, dass er dann stecken geblieben war. Denn die Federn am hinteren Ende des Pfeils stammten eindeutig von Trübsalskrähen. Eine sehr unauffällige Vogelart, die sich meist versteckt hielt. Aus gutem Grund, denn riss man ihnen mit Gewalt die schwarzen Federn aus, sonderten diese auf alle Zeit ein Gift ab, das, war es einmal in den Blutkreislauf gelangt, unweigerlich zum Tod führte.

»Ich kann das nicht«, keuchte Alaric trotz des Lederriemens im Mund.

»Du musst doch gar nichts tun.« Vielleicht war es grausam zu spotten, aber es beruhigte mich ein wenig. Wenn es meiner Mutter sehr schlecht ging, machten wir auch immer alberne Späße darum, damit ich in der Lage war, zu tun, was getan werden musste, selbst wenn sie dabei vor Schmerzen schrie. »Die ganze harte Arbeit hab ich, und immerhin sind wir dann quitt im einander Wehtun.«

Ein stiller Dank galt meinen Handschuhen, mit denen ich die Federn umfasste und den Schaft des Pfeiles so gut ich konnte stabilisierte. Unmenschlich schmerzen würde es trotzdem. Ich hatte eine Hand zu wenig.

»Tief ausatmen«, befahl ich. Mit leerer Lunge konnte man nicht so laut schreien. Als Alaric ausgeatmet hatte, schlug ich mit dem Schwert zu und hackte das hintere Ende des Pfeils ab.

Alaric gab ein atemloses Geräusch wie ein sterbendes Tier von sich und sackte vollständig in sich zusammen.

Mit einer Ohnmacht hatte ich gerechnet, auch damit, dass mehr Blut floss, nachdem ich den Pfeil mit einem harten Ruck herausgezogen hatte. Was mich vollkommen überforderte, war, dass Alaric mit einem Mal viel schneller zu sinken schien.

Das ergab keinen Sinn. Man sank schneller, wenn man sich bewegte, nicht wenn man reglos dalag. Doch das Moor wirkte nun gierig, wie in einem Blutrausch. Schon war er bis zu den Pfeilwunden versunken. Das entband mich vor der Notwendigkeit, die Blutung zu stillen. Das Moor nahm mir dieses Problem ab, aber gleich würde das Blut unsere geringste Sorge sein.

Ich geriet in Panik. Es ging viel zu schnell. »Jero! Vika!«, schrie ich. Nur vage schwebten Gründe in meinem Kopf herum, warum ich hatte leise sein müssen, aber sie waren nicht mehr greifbar. Alaric würde in wenigen Augenblicken versinken, wenn wir nichts taten. Allein konnte ich ihn unmöglich herausziehen.

Seine Lider flatterten, ich versetzte ihm einen Schlag auf die Wange. »Alaric, komm schon! Du sinkst ein!«

Er blinzelte, benetzte seine Lippen, und in seinem Blick war so viel. So viel zu sagen, zu verschweigen, zu erklären, zu verheimlichen. Aber er hatte keine Kraft mehr. Inzwischen steckte er so tief im blauen Moor, dass mir die Hoffnung verloren ging, ihn noch irgendwie herauszubekommen. Das Moor reichte ihm bis zum Hals, genau zu der Stelle, wo eine hauchfeine Linie daran erinnerte, dass ich ihn noch vor wenigen Tagen bedroht und verletzt hatte. Seine Schultern waren komplett eingesunken, nur noch die Unterarme und Hände ragten heraus.

Aber wie lange noch? »Wir müssen es allein versuchen!«, sagte ich und umfasste seine Handgelenke. Seine Hände waren zu verbrannt, um meine festzuhalten. »Hilf mit!«, keuchte ich. Aber jede Bewegung, die er tat, schien ihn nur tiefer zu ziehen, und ein paarmal verlor ich um ein Haar das Gleichgewicht.

»Es hat keinen Zweck«, flüsterte Alaric und löste seine Hände umständlich aus meinen.

»Jero!«, brüllte ich noch einmal aus voller Kehle. Am liebsten hätte ich getobt und geschrien. Meine Gedanken rasten, und ich bekam keinen von ihnen zu fassen.

Alarics Lippen bewegten sich still, und wieder vermochte er es irgendwie, das Sinken anzuhalten. »Laire«, sagte er dann sehr leise, aber in einem ernsten Tonfall, den ich unmöglich überhören konnte. Ich neigte mich ganz nah zu ihm, so nah, dass meine Wange fast seine Lippen berührten und ich jedes seiner leisen Worte wie ein Streicheln auf meiner Haut spürte. »Du musst jetzt hier verschwinden.«

Ich schüttelte den Kopf, schluchzte, mein Mund streifte seinen wie ein Versehen, wieder und wieder. »Kann ich nicht.«

»Lauf jetzt weg, Laire.« Jedes Wort war ein winziges Fragment eines Kusses – eines Abschiedskusses.

»Ich gehe nirgendwohin.« Im nächsten Moment hörte ich es. Zuerst klang es wie ein ferner Donner, dann spürte ich das Vibrieren des Steges in den Fußsohlen.

»Jero kommt«, flüsterte ich atemlos und hob den Kopf, um besser sehen zu können. »Endlich.«

Doch was sich da näherte, klang nicht nach den Schritten eines einzigen Mannes, und das wusste ich auch. Ich griff nach meinem Myrodem, der neben meinem Rucksack auf den Holzplanken lag.

»Geh«, sagte Alaric zu mir. »Noch kannst du es schaffen.«

Mit dem Myrodem in der Hand richtete ich mich langsam wieder auf. Ausatmen, tief und ruhig. Ich konzentrierte mich auf das, was Jero mir früher im Training wieder und wieder eingebläut hatte: ›Ein jeder Kampf wird im Kopf entschieden, Laire. Nur wer nicht genug Mut und Willen hat, braucht die Kraft seiner Muskeln.‹

Ich hatte das immer angezweifelt. Aber ich hatte auch noch nie jemanden verteidigen müssen, den ich liebte.

»Laire, das ist kein Spiel mehr«, rief Alaric. »Lauf weg. Ich bleibe hier und lenke sie ab!«

Fast hätte ich gelacht. Oder ihm etwas an den Kopf geworfen, damit er aufhörte, so einen Blödsinn zu reden. Ich würde hier keinen Schritt weg machen, nicht einen.

»Laire!« Schlagartig wurde er ernst. »Du bist aus einem Grund hier. Setz das bloß nicht aufs Spiel. Nicht für jemanden wie mich. Ich bin das nicht wert. Und du weißt es! Laire, wenn ich in der Lage wäre, dir die Wahrheit darüber zu sagen, wer ich bin und was ich getan habe, würdest du mich noch runterdrücken. Und dann würdest du ohne Zögern dein Leben und deine Mission retten!«

»Dann sag es mir doch.« Ich schloss die Augen, spürte meinen Schwertgriff durch die Handschuhe. Das Gewicht der Klinge. Mein Herzschlag schien mein Blut bis in ihre Spitze zu pumpen. »Wenn du es mir jetzt nicht sagst …«

Aber Alaric schwieg, und es war zu spät.

KAPITEL 29

LAIRE

Ein jeder Kampf wird im Kopf entschieden. Dies war das Reich der Wünsche, irgendeiner würde in Erfüllung gehen, und mein einziger Wunsch war, standzuhalten.

Als die Schatten der Angreifer vorauseilten und hinter den dicht bewachsenen Büschen über den Steg glitten, hob ich den Myrodem und trat ihnen mit energischen Schritten entgegen.

Wer zögert, verliert den Kampf.

Ich schwang die Klinge, als wäre ich allein in einer prunkvollen Waffenschau, und zog sie den ersten beiden Angreifern quer über die Brust, bevor mir bewusst wurde, dass es keine Menschen waren. Die Daema fauchten auf, die erste stürzte in den Sumpf. Die zweite hieb vom Boden aus mit den Krallen nach meinem Bein. Einen Moment fühlte ich mich furchtbar langsam und unbeholfen. Dieses schreckliche, schwarze Gesicht. Sie hatte nicht einmal Augen. Doch das Blut, das auf das Holz spritzte, war rot wie meines. Ich schlug bereits nach einer nachrückenden Daema – sie war viel größer als die ersten, sicher zwei Kopf größer als ich –, während ich der niedergeschlagenen einen Tritt versetzte, sodass auch sie vom Steg fiel.

Ich kämpfte wie von Sinnen. All meine Gedanken, waren bei Alaric. Er war wehrlos, und ich würde nicht zulassen, dass sie ihn erreichten.

Die große Daema fasste nach mir, ich parierte ihre Pranke mit dem Schwert, und sie kreischte auf und erwischte mich mit der anderen am Rippenbogen. Der Schlag drosch mir die Luft aus der Lunge, doch ich hielt vorerst stand, und mit dem nächsten Hieb gelang es mir, der Daema den Unterarm abzuschlagen. Klatschend fiel die Klaue aufs Holz, umgeben von Blut, Blut, Blut. Ein Würgen verkrampfte mir die Brust. Ich dachte an Alaric. Ich durfte ihn nicht auf diese Weise verlieren! Die Daema fletschte die Zähne, riss das Maul auf und ging auf mich los, und alles, was ich tun konnte, war das Schwert hochzureißen. In ihrem Wahn rannte sie mir genau in die Klinge. Röchelnd ging sie zu Boden. Ich setzte ihr einen Fuß auf die Brust, um meinen Myrodem aus ihrer Brust zu ziehen. Doch da musste ich bereits der nächsten ausweichen. Gleich neben ihr drängte sich schon eine weitere. Und hinter ihnen …

Mein Blick war verschwommen. Ich heulte Rotz und Wasser und hatte es kaum gemerkt. Ich durfte nicht fallen! Sie würden ihn … Schluchzend drosch ich ein weiteres Mal mit der Klinge los.

Es waren so viele, und wenngleich ich durchzuhalten versuchte, bis irgendetwas geschah, irgendjemand kam, um mir beizustehen, wurde mir langsam klar, dass das nicht passieren würde. Einzig und allein dem schmalen Steg war zu verdanken, dass sie mich nicht einkreisten, von allen Chancen abschnitten und von allen Seiten gleichzeitig angriffen. Noch hielt ich den Durchgang, und gleichzeitig schützte ich Alaric.

Wo waren nur Jero, Vika und Kae? Ich verbot mir die Frage, ob sie überrannt worden waren oder … nein. Sie mussten geflohen sein. Sie mussten.

Die nächste Daema fiel, eine weitere rückte nach.

Ein Blick aus der Menge streifte mich, erschreckend menschlich, und doch lag nichts auch nur ansatzweise Tröstliches darin. Ehe ich mehr wahrnehmen konnte, war die Person bereits wieder verschwunden. Und doch schien durch diesen Blick etwas an mir zu haften. Eine zähe Gewissheit.

Ein Kampf wird im Kopf entschieden.

Und wer auch immer da war – die Person war sich sicher zu gewinnen. Sicherer als ich.

»Zena Alsjana!«, keuchte ich und hieb ein weiteres Mal mit dem Schwert auf eine albtraumhafte Kreatur vor mir ein. »Ihr müsst mich passieren lassen! Ich habe das Recht ... Zena Alsja ...«

Und dann machte ich den Fehler. Vielleicht hätte ich ihn verhindern können, hätte dieser menschliche Blick mich nicht aus dem Konzept gebracht. Vielleicht hätte ich dann länger durchgehalten.

Die Zeit dehnte sich ins Endlose. Mein Verstand wurde schnell und klar, nur mein Körper kam mit dieser Geschwindigkeit nicht mit. Ich sah die Daema ausholen, wich ihrem Prankenschlag zur Seite aus und bekam einen weiteren einer anderen Daema gegen meinen Myrodem. Die Daema verletzte sich, kreischte, Blut rann über die Klinge. Doch die ersten Daema grinste mir böse ins Gesicht und sprang über meine Waffe hinweg. Meine Hand zuckte noch an meine Hüfte, um den Dolch zu ziehen, aber es war zu spät. Das Vieh warf mich nach hinten, ich schlug krachend auf den Planken auf. Spürte einen scharfen Schmerz im Kopf, als riss es mir büschelweise Haar aus. Wurde ein wenig hochgezogen und dann mit dem Kopf auf den Boden geschlagen. Mir stieg Blut in die Nase. Ich würgte.

Versagt, flüsterte eine Stimme in meinem Kopf.

Aber alles gegeben, eine andere.

Und dann zerbrach die Welt um mich herum, und ich fiel.

KAPITEL 30

LAIRE

Ich kam zu mir und wäre vor Magenschmerzen am liebsten gleich wieder bewusstlos geworden. Eine harte Faust schien mir rhythmisch in den Bauch zu boxen. Meine Kehle brannte, als hätte ich mich übergeben, bis nur noch Säure kam.

Ich schloss die Augen. Öffnete sie wieder. Die Faust verprügelte mich in einem vertrauten Takt.

War das … Ja, das war Galopp. Ich war doch nicht tot. Die Daema hatten mich … Ich kippte wieder weg.

Eine Weile darauf stoppte das Geschütteltwerden, und erstmals nahm ich etwas von meiner Umgebung wahr. Ich hing bäuchlings über einem Sattel. Der Vorderzwiesel drückte mir in den Magen, und meine Bewegungen waren eingeschränkt. Fesseln!

Hinter mir saß jemand auf dem Pferd, und vor mir waren Hals und Mähne des Pferdes mit einem gezackten Schutzpanzer versehen, sodass es aussah, als trüge das Pferd monströse Stacheln.

Eine Stimme erhob sich, sanft und ruhig, tief für eine Frauenstimme, aber unverkennbar weiblich.

»Gib uns etwas Weg frei, du gute Fenn.«

Um mehr zu sehen als Fell und falsche Stacheln, musste ich die Augen zusammenkneifen. Doch dann erkannte ich, dass das Pferd, auf dem ich verschleppt wurde, nach wie vor auf einem Steg lief. Nur dass das blaue Moor sich hier hochgearbeitet und den Steg überschwemmt hatte. Auf die schmeichelnden Worte der Frau hin zog der Morast sich zurück und bildete eine Gasse, sodass der Steg passierbar wurde.

Das Pferd galoppierte wieder an, und der Weg aus Holz führte bergan in einer sanften Spirale einen Hang hoch.

»Wo bin ich?«, wagte ich zu fragen, aber außer einem abschätzigen Geräusch bekam ich keine Antwort.

»Wo bringt Ihr mich hin? Und wo sind meine Leute?«

Um ehrlich zu sein, war dies die einzige Frage, die mich wirklich interessierte. Ich hatte angenommen, die Daema würden mich in Stücke zerfetzen, und wenn Jero, Vika und Alaric nicht mehr oder weniger wohlauf ebenso wie ich auf einem Pferd hingen, wollte ich, dass man dies auf der Stelle nachholte. Aber wenn man mich am Leben gelassen hatte – dann vielleicht auch meine Freunde?

»Wer seid Ihr?«

Doch erst als wir einen kreisrunden Höhleneingang im Berg erreichten, zügelte meine Entführerin ihr Pferd und lenkte es langsam in eine Art Saal, vorbei an gedeckten langen Tafeln, glotzenden Daema und Gestalten unter Masken und Helmen, die sowohl Daema als auch Menschen sein konnten. Schließlich kamen wir in einen kleinen Raum, den Fackellicht nur unzureichend beleuchtete. Dort warf sie mich auf den Steinboden wie einen Sack Kartoffeln, und ich ächzte auf. Eine Gittertür wurde hinter uns ins Schloss geworfen.

»Femarshall Sana Phylles«, sagte sie.

Ich hatte keine Ahnung, was das bedeuten sollte, und da mir ohnehin alles begann egal zu werden, sagte ich: »Hab ich noch nie gehört.«

Die Frau lachte und nahm ihren Eisenhelm ab. Sie hatte pechschwarzes Haar, grünlich schimmernd im Feuerschein wie das schwarze Gefieder einer Elster, und sehr blasse Haut mit grünen Augen. Ihr Körper wirkte gestählt und muskulös, aber auf jene Art, als hätte sie in ihrem ganzen Leben keinen Bissen mehr gegessen, als zwingend nötig war. Sie war beunruhigend fremdartig, aber durchaus schön dabei. Femarshall … ein weiblicher Marshall. Beinah ein faszinierender Gedanke, das Heer eines Reiches von einer Frau kontrollieren zu lassen. In Lyaskye war das keine Unmöglichkeit – aber in Nemija hätten sich die Männer über diese Idee allesamt totgelacht.

Sie trat bedächtig näher, während eine Gestalt das Pferd nach draußen führte. »Seid Ihr denn nicht meinetwegen hergekommen, Luilaire es Retneya?«

Ich stemmte mich trotz Magenkrämpfen in eine sitzende Position hoch. »Seid Ihr der Daemalord?«, fragte ich, obwohl ich die Antwort kannte.

»Leider nein.«

»Dann seid Ihr mir vollkommen egal, Femarshall Wieauchimmer. Lasst mich gehen.«

»Ihr lügt, Luilaire.«

Obwohl ich zu ihr aufsehen musste, zwang ich mich zu einem Lächeln. Ich mochte von der Universität geflogen sein, aber wie man sich im Falle einer Entführung verhalten sollte, um Nemija weder Nachteil noch Schande zu bereiten, hatten sie uns sehr früh eingebläut, schon als Kinder. »Ich würde mir niemals die Mühe machen, jemanden anzulügen, dessen Existenz mir egal ist«, sprach ich einen der Sätze, die wir hatten auswendig lernen müssen. »Wenn Ihr etwas von mir wissen wollt, Femarshall, dann beantwortet mir erst meine Frage. Wo sind die Menschen, die mit mir unterwegs waren. Sind sie …«

»Ihr seid nicht in der Position, mir Bedingungen zu stellen«, sagte die Femarshall mit verlogener Freundlichkeit. »Ich frage Euch noch einmal anders, damit wir uns nicht missverstehen. Warum seid Ihr hier?«

»Weil Ihr mich habt niederschlagen lassen und dann verschleppt habt.«

Kurz schien es, als würde sie lachen. Ehrlich lachen. Doch sofort bekam sie sich wieder in den Griff. »In Alsjana Daera, meine ich.«

»Was soll das sein? Diese Eure Welt?«

»Wie nennt Ihr sie außerhalb unserer Grenzen?«

Eine interessante Frage. Dass sie die Antwort nicht kannte, musste bedeuten, dass sie hier geboren war. War das überhaupt möglich? »Das Schattenreich, das Reich des Lords, das Daemareich …«

Sie nickte. »Aber den Namen unseres Landes nennt man Euch nicht. Ich verstehe. Was einen Namen hat …«

… hat einen Wert, führte ich den Satz in Gedanken zu Ende. Er war seit dem Krieg der Neun Winter die erste Grundlage unserer Gesetze und sollte für die Gleichstellung aller Menschen in Nemija stehen. Die Umsetzung war leider bis heute verbesserungswürdig, aber das hinderte die Nema nicht, den Satz über die Tore wichtiger Einrichtungen zu schlagen. Über den Eingängen der Arbeiterlager wirkte er allerdings wie Hohn. Wenn die Femarshall das wusste, kam sie vielleicht doch aus Nemija?

»Nun denn, Luilaire. Was führt Euch in unser wundervolles Alsjana Daera?«

»Die Gastfreundschaft ist es schon mal nicht«, murmelte ich, doch dann straffte ich meine Schultern. »Ich will vor den Lord treten und ihn bitten, einen Menschen freizugeben, den er sich geholt hat.« Und ich hätte meinen Myrodem darauf verwettet, dass sie das wusste. Leider besaß sie meine Klinge bereits.

»Und Ihr wollt leugnen, dass Ihr dem Lord bereits begegnet seid?«

Ich schnaubte. »Ihr habt nicht danach gefragt. Ich bin ihm begegnet, aber er war nicht bereit, mich anzuhören.«

»Natürlich nicht. Ihr müsst das Protokoll erfüllen.« Geschmeidig ging sie in die Hocke, sodass wir auf Augenhöhe waren, und fixierte mein Gesicht. »Aber was, Luilaire, hat er Euch aufgetragen?«

Irritiert schüttelte ich den Kopf. Fieberhaft überlegte ich, was sie meinen könnte. Oder ob sie mich in eine Falle lockte und meinen Antworten Informationen entnahm, die ich ihr nicht geben sollte. »Überhaupt nichts. Und hätte er es getan, hätte ich es gepflegt ignoriert.«

»Ihr lügt schon wieder.«

»Schon wieder haltet Ihr Euch für zu wichtig. Ich schlage Euch etwas vor: Ich habe Eure Fragen beantwortet. Vor der nächsten Frage, die Ihr mir stellt, gebt mir Eurerseits eine Antwort. Ich möchte doch nur wissen …«

»Schweigt«, sagte sie betont ruhig, und mich durchfuhr das blanke Entsetzen, als ich begriff, warum sie mir nichts verraten würde. Weil meine Freunde tot waren. Und sie sich im Klaren darüber war, dass ich nach dieser Information kein Wort mehr mit ihr sprechen würde.

»Es ist nur eine kleine Information, Luilaire, die über viel entscheidet. Macht nun keinen Fehler. Was verlangte der Lord für seine Hilfe?«

»Nichts, Femarshall Phylles.«

Ihr Blick war selbst im alles weich zeichnenden Fackellicht hart und kalt, aber ich hielt ihm stand. »Und hört mir besser gut zu, denn ich wiederhole mich nur noch dieses eine Mal. Ich bin nicht sicher, ob der Lord mir wirklich geholfen hat, auch wenn es sich so anfühlt. Ich vermute aber eher, dass dies eine Illusion ist – wie so vieles hier.«

»Ich versichere Euch, dass es keine ist.«

»Und ich glaube niemandem, der mich angreift, niederschlagen lässt und gewaltsam mithilfe von Monstern entführt, auch nur ein einziges Wort. Aber wie auch immer – der Lord verlangte nichts von mir. Gar nichts.«

»Aber wie auch immer«, imitierte sie mich höhnisch, »Ihr begreift hoffentlich sehr bald, dass Euch Lügen nicht weiterbringen. Guten Tag, Lady es Retneya.« Damit trat sie zur Tür, murmelte ein leises Wort und wurde hinausgelassen.

Ich blieb allein zurück, umringt von kalten Steinen, nur durchbrochen von einer eisernen Tür und zwei Fackeln. An Flucht war nicht zu denken, und trotzdem zog ich einen Handschuh aus und tastete mich die Wände entlang, für den unwahrscheinlichen Fall, dass auch nur ein einziger Stein einen Hauch Magie beherbergte. Auch wenn ich nicht sagen konnte, was mir das genützt hätte. Aber da war nichts. Wenn ich das Ohr an das kalte Eisen der Tür legte, vernahm ich schwache Geräusche; Hinweise darauf, dass in diesem Berg ein gewisses Maß an Leben stattfand. Doch wenn gesprochen wurde, dann zu weit entfernt, um Worte zu verstehen, alles, was bei mir ankam, war ein unregelmäßiges Rauschen, Summen und hin und wieder Geklapper.

Eine Weile wartete ich still. Dann begann ich zu rufen. Wenn meine Freunde ebenfalls gefangen waren, würden sie mir antworten. Ich rief leise und lauschte, ich schrie und lauschte, ich brüllte und lauschte. Doch es war, als würde kein Laut, den ich von mir gab, aus meiner Zelle nach außen dringen. Weder bekam ich eine Antwort, noch reagierten meine Entführer.

Zeit verrann und mit ihr meine Hoffnung.

Als Femarshall Phylles nach Stunden zurückkehrte und mir die gleiche Frage stellte wie zuvor, zitterte ich bereits, und meine Stimme bebte beim Versuch, ihr einen Hauch von Informationen über meine Freunde zu entlocken. Als sie wieder ging, brannten Tränen in meinen Augen, und meine Brust war wie zugeschnürt. Ich kämpfte gegen das Heulen an, weil mir klar war, dass ich nie wieder würde aufhören können, wenn ich einmal begann. Aber auch dieser Kampf ging verloren, und ohne dass ich es wollte, traf mich die Femarshall später von noch immer andauernden Weinkrämpfen geschüttelt an.

Ich hatte solche Angst. Es war nicht die Sorge, dass man mich hier verrecken ließ. Hätten sie mich foltern oder töten wollen, wäre das längst geschehen. Aber die Unwissenheit, was mit Jero, Vika und Alaric geschehen war, brannte wie Glut in meinem Inneren und verzehrte mehr und mehr meiner Gedanken.

Desmonds Zeit verrann mit meiner.

»Wir können das beenden«, sagte die Femarshall und reichte mir einen Wasserschlauch, den ich annahm. Sie beobachtete mich, wie ich die wenigen Schlucke darin gierig trank. Dann lächelte sie.

»Ich hatte angenommen, dass es schwieriger werden würde, Euch dazu zu bewegen, das Wahrheitswasser zu trinken.«

Wahrheitswasser? Der Schreck, sie könnte mir etwas untergejubelt haben, war nur kurz. Zum einen sprach ich die ganze Zeit die Wahrheit, und zum anderen war ihr Wahrheitswasser reiner Aberglaube – oder aber ein Trick. Denn auch wenn die meisten Menschen Magie im Wasser nicht einmal bemerkt hätten, wenn man sie mit dem Gesicht hineintunkte – ich würde sie ganz genau spüren.

»Also noch einmal, Luilaire«, sagte die Femarshall und ließ mich nicht aus den Augen. »Wozu seid Ihr nach Alsjana Daera gekommen?«

Ich stöhnte auf. »Um vor den Lord zu treten und von ihm die Freilassung von Desmond es Yafanna zu verlangen.«

»Und Euer Weg führt Euch direkt und ohne einen Umweg zum Lord?«

»Ich kenne den Weg nicht. Aber wenn Ihr ihn mir sagt, dann würde ich nicht eine Sekunde ruhen, bis ich den Lord gefunden habe!«

»Der Lord hat Euch keinen Auftrag gegeben?«

»Nein.« Wie lange würden wir uns noch im Kreis bewegen? Meine Nerven flatterten, zitterten unter der Anspannung, und mir war, als würden sie jeden Moment reißen, sodass sich all meine Wut, meine Angst und mein Frust entluden.

»Ganz und gar erstaunlich«, sagte die Femarshall. »Es scheint, als hätte ich mich geirrt. Ich habe eine weitere Frage an Euch.«

Etwas in mir zerbrach. Vielleicht der Stolz der Nema – und ich brach mit ihm zusammen. Ich kippte auf die Knie und ließ den Kopf sinken, bis meine Stirn gegen den harten Boden stieß. Ich konnte nicht mehr, es war zu viel.

»Angenommen, der Lord verlangt etwas von Euch«, sprach meine Entführerin ungerührt weiter. »Oder bietet Euch ein Geschäft an. Würdet Ihr Euch darauf einlassen?«

Ob an ihrem Wahrheitswasser doch etwas dran war? Eine Art der Magie, die ich nicht wahrnahm, weil sie zu fremd war? Oder hatte die stundenlange Angst mich mürbe gemacht?

»Das würde ich, wenn ich müsste«, kam es mir über die Lippen, auch wenn mir bewusst war, dass ich meine Worte genauer abwägen sollte. »Ich würde alles tun, um Desmond zu befreien.«

»Warum?« Es war die erste Frage der Femarshall, die auf eine Art interessiert klang, die mich hoffen ließ, dass das Verhör bald vorbei war.

»Mein Leben ist nichts mehr wert ohne ihn.«

»Liebe?«, erkundigte sie sich, ich hörte ihr Lächeln in dem Wort.

Auch ich hätte fast gelacht. Vor Erschöpfung, vor Verzweiflung, vor Aussichtslosigkeit. »Liebe ist ein Grund, ja, aber nicht der tragende.«

»Was ist der tragende Grund?«

»Schuld«, flüsterte ich.

»Schuld?«

Ich stöhnte auf und schüttelte die wirren Gedanken aus meinem Kopf. Diese Frau machte mich fertig, ich musste besser aufpassen, was ich sagte. »Wir haben uns geschworen, uns zu beschützen.« Das war nicht gelogen.

»Und Menschen halten ihre Schwüre?«

»Nein«, sagte ich müde. »Das tun sie nicht. Aber ich … ich schon.«

»Eine allerletzte Frage«, sagte Femarshall Phylles, und ich sah aus brennenden Augen zu ihr auf. »Angenommen, Ihr hättet einen Wunsch frei, sobald Ihr dem Lord entgegentretet, und egal, wie dieser auch lautet – allein die Tatsache, dass Ihr ihn aussprecht, würde Euren Desmond befreien. Wie würde er lauten?«

Was bei den dunkelsten Nächten wollte sie von mir hören? Die Wahrheit? Die würde ihr nicht schmecken. »Ich würde mir wünschen, Eurem Lord den hässlichen Kopf von seinen Schultern zu reißen, seinen Schädel zu zertrümmern und die Reste in seine Halsöffnung zu stopfen«, sagte ich dennoch. »Ich würde mir wünschen, den Lord auf ewig zu vernichten, sodass kein Nema mehr in Angst und Schrecken leben muss, weil irgendein anderer dummer Mensch seine verletzten Gefühle nicht im Zaum halten kann und seine eigenen Bedürfnisse für zu wichtig hält. Ich würde mir wünschen, dass nie wieder eine Daema geschaffen wird.«

Die Femarshall blickte auf mich herab und bewies, dass sie zumindest nicht impulsiv und rachsüchtig war, denn sie bestrafte mich nicht. Stattdessen hielt sie mir zu meinem Erstaunen die Hand hin. »Luilaire es Retneya. Warum sagt Ihr das nicht gleich?«

KAPITEL 31

LAIRE

Ich verstand nicht, was vor sich ging, und vermutete das Schlimmste, als die Femarshall meine Zellentür öffnete und mich bat, mit ihr zu kommen.

Nun gut. In dem tunnelartigen Korridor, den ich überblicken konnte, zählte ich allein drei Daema, die mich ausdruckslos von ihrem Platz aus anstarrten. Ich hatte vermutlich nicht viel Spielraum, die Bitte abzulehnen und in eine andere Richtung zu laufen. Außerdem ging sie in Richtung Ausgang – wohin sollte ich auch sonst gehen?

Erneut kamen wir in die Halle, die ich schon gesehen hatte, als sie mich hergebracht hatte. Die meisten Tafeln waren unbesetzt und leer, nur auf einer standen Speisen, Krüge, Flaschen und Essgeschirr.

»Setzen wir uns doch«, sagte Femarshall Phylles, und ich tat zwar, was sie verlangte, ließ mich aber sprungbereit nur auf der Kante der Holzbank nieder und sondierte im Augenwinkel den Weg zum Ausgang: Zwei Daema blockierten den Durchgang ins Freie. Zwei … mit zwei würde ich fertigwerden, mit etwas Glück und sehr viel Entschlossenheit sogar unbewaffnet.

Unauffällig ließ ich meinen Blick über den Tisch wandern, aber zwischen den Getränken, einer großen Schüssel mit dampfendem Getreidebrei und einem Teller voll aufgeschnittener Früchte lagen nur flache Essschalen, Becher und hölzerne Löffel. Keine Messer. Allerdings war es viel zu viel Essgeschirr für meine Entführerin und mich.

»Wer kommt noch dazu?«, fragte ich mit belegter Stimme.

In dem Moment klangen Schritte hinter mir, und als ich mich umwandte, wurde Vika zwischen zwei menschengroßen Daema mit vogelartigen Schnäbeln hereingeführt. Als sie mich sah, rief sie meinen Namen, und die Daema ließen sie los.

Ich stolperte beinah über die Bank, so schnell eilte ich meiner Freundin entgegen, schloss sie in die Arme und drückte sie, bis meine geprellten Rippen mich schmerzhaft keuchen ließen.

»Geht es dir gut?«, fragte sie mich, während ich gleichzeitig wissen wollte, ob sie verletzt war.

»Sie haben mich bloß eingesperrt, mir fehlt nichts.« Vikas Stimme zitterte. »Aber sie haben mir kein Wort darüber gesagt, ob du lebst oder nicht.«

Ich wischte ihr ein paar Tränen aus dem vernarbten Gesicht. Auch ich weinte vor Erleichterung. »Mir hat man auch nichts gesagt. Bloß Fragen gestellt, wieder und wieder, und mir stundenlang kein Wort geglaubt.«

»Ich dachte, es hört nie auf«, sagte Vika.

Wir zuckten zusammen und wichen rasch zurück, weil schwere Schritte erklangen. Ich hörte ein Ächzen, wie unter großer Anstrengung. Dann wurde Jero aus dem Durchgang in unsere Richtung gestoßen. Irritiert sah er sich um, und sein Gesicht hellte sich auf, als er uns entdeckte.

»Der Mutter und dem Morgen sei gedankt«, entfuhr es ihm. »Geht es euch gut?«

Wir nickten und stellten fest, dass Jero zwar eine größere Schramme auf der linken Gesichtshälfte abbekommen hatte und seinen Arm in Schonhaltung trug, aber ebenfalls nicht ernsthaft verletzt zu sein schien.

»Da wir vollständig sind«, sagte die Femarshall mit einer Stimme, die klar und volltönend durch den gesamten Saal trug, »bitte ich Euch zu Tisch.«

Vollständig? Hatte sie gesagt, wir seien … vollständig?

»Oh, kein Grund zur Sorge.« Sie hatte meinen erschrockenen Blick offenbar bemerkt. »Mir ist bewusst, dass ihr zu viert wart. Die kleine Daema haben wir nicht einfangen können. Aber ihr ist nichts zugestoßen, und sie ist meinen Leuten gefolgt und hält sich ganz in der Nähe auf. Ihr werdet sie sicher bald wiedersehen.«

Ich vernahm ihre Stimme, als steckte mein Kopf dabei in einem Eimer voller Wasser. »Da war noch jemand.«

Eine kleine Falte erschien zwischen ihren Augenbrauen. »Nein, Luilaire. Niemand.«

Vika umfasste meinen Arm. »Alaric wird längst fort gewesen sein. Er kann auf sich aufpassen.«

Aber sie wusste ja nicht, was ich wusste. »Im Moor«, flüsterte ich erstickt. »Einer von uns ist ins Moor gestürzt, bevor Eure Leute … Daema … mich angegriffen haben.«

Ein Ausdruck der Bestürzung glitt über das Gesicht unserer Entführerin.

»Ich habe versucht, ihn rausziehen, als ihr kamt.«

Jero trat an meine andere Seite und legte mir den Arm um die Schulter. »Du hättest nichts tun können. Es heißt, dieses Moor gibt nichts frei, was es einmal umschlossen hat.«

»Das tut mir aufrichtig leid«, sagte die Femarshall.

Ich senkte das Gesicht in die Hände. Scheiß doch drauf, dass eine hochrangige Soldatin des Daemalords mich heulen sah. Ich wollte weinen. Doch es kam keine einzige Träne. Nur trockenes Schluchzen schüttelte meinen Körper. Jero und Vika taten ihr Bestes, mich zu halten, sodass ich mich nicht vollkommen lächerlich machte. Aber sie scheiterten.

Und es war mir egal. Eine Frau aus Nemija heulte nicht wie ein Kind vor Fremden. Sie bewahrte ihre Gefühle in sich und erlaubte ihnen höchstens im Kreis der Vertrauten, ans Licht zu kommen. Niemals ließ sie sich vor hochrangigen Personen anderer Länder gehen.

Ich war keine gute Nema und wahrhaftig nicht meines Vaters Tochter.

Aber ich war mehr ich selbst als je zuvor.

KAPITEL 32

LAIRE

Zwischen Vika und Jero saß ich auf der Holzbank und zwang mich, wenigstens das Nötigste in den leeren Magen zu bekommen. Wir waren ausgelaugt von dem Kampf gegen die Daema, der Entführung und der Zeit in den Zellen und mussten wieder zu Kräften kommen, wenn unsere Mission nicht hier und jetzt scheitern sollte.

Und nein, das sollte sie nicht. Desmond konnte nichts dafür, dass Alaric im Moor ertrunken war. Er durfte nicht derjenige sein, der darunter leiden musste. Diese Schuld galt allein mir, und ich würde sie tragen. Bis Desmond gerettet war, musste ich es einfach durchstehen.

Trotzdem fiel es mir schwer, das beerenartige Fruchtfleisch aus den ledrigen Schalen der Früchte zu brechen, es zu kauen und runterzuschlucken. Den mit Nüssen, Gewürzen und Trockenfrüchten gekochten Getreidebrei rührte ich erst gar nicht an. Dafür trank ich den Wein in unvernünftig großen Schlucken. Er wärmte meinen Bauch und taute vielleicht auch meinen Mut wieder auf, der dort untätig wie eingefroren lag. Ich bekam die Vorstellung nicht aus dem Kopf, wie es sich anfühlen musste, tiefer und tiefer zu sinken. Langsam und quälend. Bis sich irgendwann das Moor über Mund und Nase schloss, die Brust verkrampfte und das Herz zum Zerreißen hart schlug.

Wieder und wieder drängten sich mir die Fragen auf, ob ich irgendetwas hätte anders machen können. Besser machen müssen.

»Ihr wollt sicher erfahren, warum wir Euch herbitten mussten«, sagte Femarshall Phylles schließlich. Sie gab sich freundlich, und es ärgerte mich, dass Vika darauf dankbar einging und kauend nickte.

»Ihr habt uns nicht hergebeten, sondern entführt«, stellte ich klar.

Unter dem Tisch versetzte Vika mir einen Tritt, doch die Femarshall nickte. »Das ist richtig. Wir haben das getan, weil wir davon ausgehen mussten, dass Ihr für den Lord arbeitet.«

»Für den Lord?«, wiederholte Jero verwundert. »Aber *Ihr* arbeitet für den Lord.«

»Das traf zu, für lange Zeit. Aber die Zeiten ändern sich. Oder entspricht der Eindruck unserer Halle etwa dem, was Ihr über die Anwesen des Lords studiert habt, Ser Jero?« Sie machte eine Handbewegung, die den ganzen ausgehöhlten Berg zu erfassen schien.

»Ich hatte einen großzügig ausgestatteten Folterkeller statt banaler Zellen erwartet«, gab Jero unbeeindruckt zurück.

Sie lachte. »Ihr seid dicht dran.«

Jero steckte sich ein Stück Frucht in den Mund, als interessiere ihn das Ganze nur am Rande. »Soll das bedeuten, Femarshall, dass Ihr Euch von Eurem Lord abgewandt habt?«

»Wir haben lange genug Banalitäten ausgetaucht. Wie ich es sagte: Zeiten ändern sich. Ihr kommt zu Zeiten des Umbruchs. Wir haben uns nicht bloß abgewandt. Wir planen einen Putsch.«

»Bedeutet das, der Lord hat keine Soldaten?«, hakte Vika nach und sah mich dringlich an, als wäre das die Lösung all unserer Probleme.

»Oh doch, die hat er. Leider. Immer noch halten Menschen und

Daema zu ihm, über die Gründe kann man viel sagen: aus Angst, aus Sorge vor dem Scheitern, aus Gewohnheit. Die Menschen sind leicht zu lenken.«

»Dann gibt es also wirklich Menschen in Alsjana Daera«, fiel ich ihr ins Wort.

Sie hob eine elegant geschwungene Braue und sah dann demonstrativ an sich herab. »Ich denke schon, ja.«

»Erklärt mir, wie das sein kann!«

»Später gern. Vorerst zum Grund Eurer Entführung. Meine Spione haben mir verraten, dass der Lord meine Existenz als enorme Bedrohung wahrnimmt, seitdem ich nicht mehr in seinen Diensten stehe.«

Jero legte den Kopf schräg und lächelte ein träges Lächeln, das ich nie zuvor an ihm bemerkt hatte. »Lady, Ihr plant einen Putsch. Er wäre Lord der Narren, würde er Euch als etwas anderes betrachten als eine Bedrohung.«

Ihre grünen Augen blitzten, offenbar fühlte sie sich geschmeichelt. »Es ist nicht so, als hätte ich mich grundlos gegen ihn gestellt. Ich war schlicht nicht länger bereit, seine rücksichtslosen Grausamkeiten mitzutragen. Und für den Lord gibt es nur zwei Kreise von Personen: die, die vorbehaltlos für ihn sind und all seine Taten gutheißen – und seine Todfeinde. Mich zurückzuziehen und mich und meine Vertrauten vor ihm zu verbergen, war eine notwendige Maßnahme, die zunächst nur unsere Leben schützen sollte. Nun aber ist die Zeit gekommen, da wir mehr wollen – wir werden Alsjana Daera von ihm befreien.«

»Wie stellt Ihr euch das vor?«, hakte Jero nach. »Dieses Land ohne Sonne – ohne einen Herrscher?«

»Natürlich nicht. Ich habe einen Weg gefunden, dem Lord seine Macht zu entwenden und sie selbst an mich zu nehmen. Es wird keinen Lord der Daema mehr geben. Dafür eine Lady.«

Jero grinste ironisch. »Das klingt, als sei viel gewonnen.«

»Nicht für mich.« Die Femarshall erwiderte sein Lächeln, ihres erschien mir im Gegensatz zu Jeros ehrlich. »Aber ich lebe bereits seit so langer Zeit in Alsjana Daera. In Eurer Welt erinnert sich niemand mehr an den Namen, den ich dort trug.«

Mein Denken war schwer und träge vor Kummer. Trotzdem gingen mir plötzlich unsagbar viele Gedanken durch den Kopf.

»Wäre das das Ende der Flüche?«, fragte Vika fasziniert und fasste damit alles zusammen, wofür ich keine Worte fand.

»Unter anderem«, bestätigte unsere Entführerin.

»Darum sind wir hier?«, fragte ich tonlos. Seit Minuten hatte ich ein Stück Frucht in der Hand und konnte mich doch nicht überwinden, es in den Mund zu schieben. Mein Magen war wie zugeschnürt.

»Ja und nein«, sagte die Femarshall. »Macht Euch keine Sorgen, Luilaire. Ich plane nicht, Euch als Söldnerin für mein Heer anzuheuern. Es hat sich ja gezeigt, dass meine Kämpfer Eurer Unterstützung nicht bedürfen.«

Eine sehr freundliche, aber deutliche Aussage, die uns zeigen sollte, wo wir standen.

»Meine erste Sorge war, der Lord könnte Euch aufgetragen haben, mich zu erledigen.«

Wieder fixierte sie mich, doch ihr Blick flog auch rasch über die Gesichter meiner Freunde. Ganz sicher war sie noch immer nicht, ob ich wirklich die Wahrheit gesagt hatte.

»Durch unsere Spione wissen wir genau, dass er das getan hat«, fuhr sie dann fort. »Er hat einen Suchenden für seine Zwecke manipuliert. Inzwischen wissen wir aber auch, dass eine weitere Gruppe die Grenzen nach Alsjana Daera überquert hat. Der Lord hat seinen Handel wohl mit ihnen abgeschlossen.«

»Desmonds Vater hat jemanden mit einer Hand von Paladinen losgeschickt«, erklärte ich. »Aber ich hatte kein Vertrauen in diese Gruppe. Darum bin ich ebenfalls ins Daemareich gereist.«

Femarshall Phylles ließ den Wein im Becher kreisen. »Daran hast du gut getan. Immerhin hat sich diese Gruppe sofort von den Verlockungen des Lords dazu bringen lassen, ihr eigentliches Ziel hintenanzustellen. Stattdessen trachten sie nun mir nach dem Leben.«

»Gut, dass wir da sind«, sagte Jero schmunzelnd. »Aber Ihr werdet verstehen, Femarshall, dass wir Euch aus genau diesem Grund nicht helfen können. Unser Ziel muss die Burg des Lords sein. Und das ohne jeden Umweg.«

»Daher will ich Euch auch nicht länger aufhalten. Ich entschuldige mich für das Missverständnis, aber vielleicht versteht Ihr nun, dass ich auf Nummer sicher gehen musste.«

Meine Freunde schwiegen dazu, und ich biss mit aller Kraft die Zähne zusammen. Nichts verstand ich. Der Angriff, der Überfall aus dem Hinterhalt war unentschuldbar, egal wie gut ihre Ziele sein mochten.

Wir hätten Alaric ohne all das nicht verloren.

»Wir haben einen gemeinsamen Feind«, sagte die Femarshall nur an mich gewandt. »Und mein Fehler kann vermutlich nicht wiedergutgemacht werden. Aber bitte glaubt mir, Luilaire, dass ich nun in Eurer Schuld stehe. Solltet Ihr meiner Hilfe bedürfen, lasst es mich wissen. Als Zeichen meines Vertrauens werde ich meinen Spion in der Burg des Lords bitten, sich Euch anzuvertrauen. Ihr könnt ihn jederzeit um Hilfe bitten – ich werde dann schnellstmöglich tun, was immer ich kann.«

»Das wird nicht nötig sein.«

»Bitte entscheidet das nicht voreilig. Denkt daran, dass der Lord Eure Konkurrenten unterstützt.«

»Ich konkurriere nicht, denn es geht mir nicht um den lächerlichen Ruhm. Wenn die andere Gruppe Desmond rettet, bin ich froh und dankbar.«

Sie hatte gerade den Becher zum Mund führen wollen, hielt nun aber in der Bewegung inne. »Ihr wollt Eure Leben doch nicht etwa einfach fortwerfen?«

Ratlos sahen wir uns an.

Ein unglückliches Lächeln überzog das schöne Gesicht der Femarshall. »Ihr wisst es nicht, oder?«

»Wovon sprecht Ihr?«, erkundigte sich Vika. »Was soll das bedeuten?«

Femarshall Phylles schlug die Wimpern nieder. »Die Burg des Lords kann ein jeder betreten. Aber verlassen kann man sie nur, indem man einen verfluchten Menschen befreit. Danach verschließt sich der Zugang und öffnet sich auch nicht wieder. Befreit Ihr Euren Ser es Yafanna, dürft Ihr zurückkehren in eure Welt. Gelingt es aber der anderen Expedition, werdet Ihr zu Sklaven des Dunklen Lords.«

»Und allein durch die Burg ist eine Rückkehr nach Nemija möglich«, murmelte Jero. »Aber dass die Tore sich nur ein einziges Mal öffnen, kann nicht stimmen. Wir würden doch davon wissen.«

»Ihr wisst in Euren *Akademien*«, sie gab dem Wort einen spöttischen Klang, »allein, was der Lord Euch wissen lassen will, Ser Jero.«

»Es ergibt keinen Sinn«, sagte Vika lauter als zuvor. »Wie können sich die Tore schließen? Spätestens wenn ein neuer Fluch gesprochen wird, müssen sie sich doch wieder öffnen lassen.«

»Sie öffnen sich nur dem Suchenden. Dem ersten, der den Namen des Verfluchten nennt.«

Vika sprang auf. »Dann sollten wir wirklich aufbrechen. Ich habe nicht vor, hierzubleiben.«

Auch Jero stand auf, wenn auch viel schwerfälliger.

Die Femarshall trank von ihrem Wein. »Für den Rest der Nacht müsst Ihr bleiben. Der Weg um diesen Berg herum ist gefährlich bei Nacht. Vielleicht nutzt Ihr meine sicheren Hallen, um etwas zu ruhen.«

Jero blickte von Vika zu mir und nickte dann. »Das wäre klug, ja.«

Ich blieb sitzen, mein Körper war zu schwer, um aufzustehen. Ich bekam das Gefühl nicht aus dem Kopf, das Alaric gehabt haben musste, bevor er …

»Was passiert mit jenen, die es nicht schaffen?«, erkundigte sich Vika. »Die die Burg nicht oder nicht rechtzeitig erreichen? Es gibt Menschen in Alsjana Daera …«

Die Femarshall schüttelte den Kopf. »Dieses Land atmet das uralte Gift, von dem es lebt. Es verwandelt einen jeden in eine Daema. Allein die Gnade des Lords vermag es, die Verwandlung aufzuhalten. Und glaubt mir, er vergibt diese Gnade niemals aus anderen Interessen als seinen eigenen.«

»Euch hat er die Gnade erwiesen«, stellte Vika fest.

Sie schluckte. »Ja. Aber viele Jahre meines Lebens habe ich mir gewünscht, er hätte sie mir verweigert. Die Daema zweifeln und leiden wenigstens nicht. Wer ein Monster ist, fürchtet sich nicht inmitten von Monstern.« Sie griff über den Tisch und nahm Vikas Hand, und zu meinem Erstaunen neigte sich Vika lediglich ein skeptisches kleines Stück zurück, zog ihre Hand aber nicht weg. »Haltet an Eurem Leben fest. Die Gnade des Lords kostet einen hohen Preis. Zögert nicht, die Hilfe anzunehmen, die ich Euch biete.«

»Danke, Femarshall.« Mein Dank war leer und hohl, aber es brachte Alaric nicht zurück, wenn ich mir eine weitere Feindin machte. Wahrscheinlich hatte sie recht, und ich würde eine Verbündete dringend brauchen. »Vielleicht könnt Ihr uns wirklich helfen. Wir müssen auf dem schnellsten Weg zur Burg des Lords, um meinen Verlobten zu retten. Und Ihr kennt den Weg.«

Sie lächelte. »Ihr seid Zena Alsjana und dies ist Alsjana Daera. Sie wird Euch auf dem schnellsten Weg führen, solange Eure Wünsche Euer Kompass sind.«

KAPITEL 33

DESMOND

Cadyz schmiegte sich an seinen Rücken, blies seinen kühlen Atem in Desmonds verschwitzten Nacken, nur um gleich darauf eine tiefe Furche in den Moment aus Glück zu schlagen, indem er flüsterte: »Du musst es ihr sagen. Hörst du mich, Des? Ich geb dich nicht her, wenn sie nicht weiß, dass sie nicht mehr als deinen Namen bekommt.«

Desmond seufzte. »Laire denkt doch selbst nur an die Versorgung ihrer Mutter. Diese Ehe ist nur Mittel zum Zweck.«

»Und warum verheimlichst du mich dann vor ihr? Würde sie uns verraten, Des?«

»Niemals. Eher verraten uns die Winde, als dass Laire es tut.«

»Dann verstehe ich dich beim besten Willen nicht. Sag ihr, dass dein Herz vergeben ist, egal wen du heiratest. Dass du mich liebst.« Cadyz' Hand glitt Desmonds Bauch hoch bis zu seiner Brust. »Des. Sie muss das wissen. Sie wird die politische Arbeit decken müssen, die wir in deinem Flügel machen. Nach der Hochzeit ist das euer Flügel. Was soll sie sagen, wenn da plötzlich die Vertreter der Dienstboten oder Minenarbeiter vor ihrem Schlafzimmer auftauchen, und sie weiß von nichts? Nachher schreit sie alles zusammen, weil sie denkt …«

»Unsinn, Cadyz.« Er musste fast lachen, so absurd war die Vorstellung einer kreischenden Laire. »Sie wird das großartig finden und unterstützen.«

Nun war es Cadyz, der leise lachte. Bittere Ironie färbte dieses Lachen. »Natürlich. Das Mädchen bringt ihre kranke Mutter zu dir. Beide kommen aus dem Exil. Sie wird begeistert sein, sofort in Verstrickungen verwickelt zu werden, die im besten Fall die Regierung Nemijas stürzen und im schlimmsten in Hochverrat enden. Verdammt, Desmond. Ich glaube dir, dass Laire sich für unsere Seite entscheidet und kein Problem damit hat, dass ihr Mann einen anderen Mann liebt statt ihr. Aber sie muss das vorher wissen.«

»Du hast ja recht.« Darin bestand nicht der geringste Zweifel. Und trotzdem fiel es ihm so schwer, Laire alles anzuvertrauen. Er würde ihr mit dieser Hochzeit geben, was sie jetzt wollte: Sicherheit für ihre Mutter und die besten Heiler der Burg. Aber das konnte niemals alles sein, was eine Frau vom Leben erwartete. Laires Mutter war das eine mahnende Beispiel. Desmonds Mutter das andere. Sie beide hatten Männer geheiratet, die sie nicht liebten. Und beide gingen daran langsam zugrunde.

Cadyz gab eine Mischung aus einem Seufzen und einem Knurren von sich. Die Matratze wackelte, als er sich aus dem Bett rollte und aufstand. Desmond sah über seine Schulter, Cadyz stand mitten im Raum, die Haare wie vom Wind zerzaust, der Körper nackt und schön wie ein Gemälde, der Blick verdunkelt von Unverständnis und Frust.

»Du kannst jetzt nicht gehen«, sagte Desmond. »Es ist zu früh, jemand könnte dich sehen.«

Cadyz ließ die Schultern hängen. »Ich weiß. Aber ich kann jetzt auch nicht bleiben, ohne mit dir zu streiten, Des. Und ich hasse das so sehr. Es schmerzt mich mehr als jedes Risiko, man könnte mich sehen und sich etwas dabei denken.«

»Tut mir leid. Du hast ja recht.« Das hatte er meistens. Cadyz sprach, wie er agierte: immer erst, wenn er sich wohl überlegt hatte, was er sagen oder tun wollte. »Mit jedem Wort. So recht«, flüsterte Desmond.

Cadyz griff nach einem Hemd, das am Boden lag. Er würde gehen, egal wie falsch es jetzt war. Sein Entschluss stand bereits fest, weil Desmond gezögert hatte. »Entscheide dich, Desmond.«

Schweißgebadet schreckte Desmond aus einem unruhigen Schlaf hoch. Stroh klebte ihm an der Brust und im Gesicht, und sein Herzschlag raste.

Ob er Cadyz und Laire so verraten hatte? Durch seine Träume? Seine Gedanken?

Die Verzweiflung ließ ihn schlimmer zittern als die Kälte in seinem Verlies. Er fühlte sich ausgeliefert, durchschaut und bis in den hintersten Winkel seiner Seele ausgehöhlt. Doch der Traum war ihm eine Warnung. Was immer der Lord von ihm wissen wollte, mehr würde er ihm nicht geben. Aufrecht setzte er sich hin und lehnte den Kopf an die Steinmauer.

Wenn er im Schlaf zum Verräter zu werden drohte, würde er eben wach bleiben.

KAPITEL 34

LAIRE

Dass unsere Wünsche uns ans Ziel führen würden, bezweifelte ich noch, als ein erster sich bereits erfüllte.

Wir hatten den Berg der Femarshall erst vor Kurzem verlassen und folgten nun einem Pfad, der durch Farnwälder in allen Schattierungen von Orange, Rot und Violett führte.

Vika und Jero ließen mir meine Ruhe. Ich ging ein gutes Stück vor ihnen, um sie mit meiner Trauer nicht anzustecken, hörte sie allerdings reden. Vika war fasziniert von der Femarshall. Eine starke Frau an der Seite des Lords, die dessen Grausamkeit nicht mehr mitzutragen bereit war. »Ich muss mir immer vorstellen«, hörte ich sie sagen, »was wäre, hätte eine Frau in Nemija so viel Macht. Ich wüsste sofort, was ich ändern und abschaffen würde.«

An jedem anderen Tag hätte ich ihren Gedanken zugehört und mit ihr zusammen Traumbilder gesponnen. Heute gelang es mir nicht. Am liebsten hätte ich mich irgendwo verkrochen, allein mit meiner Angst, meiner Wut und den kreisenden Gedanken um zähen Morast, der einfach so, als wäre es nicht von Bedeutung, ein Leben auslöschte.

Mir war so kalt. Ich glaubte, die kalte Nässe selbst zu spüren, wie sie mich umschloss, mich zu zerdrücken drohte, mir den Atem nahm. Immer wieder lief ich schneller, als könnte ich davoneilen, doch ich wurde von meiner Flucht nur atemlos und ein leichtes Opfer meiner eigenen fürchterlichen Fantasien.

Er hatte das nicht verdient. Alaric hatte mir das Herz gebrochen, das mochte sein, aber auch wenn ich nicht durchschaute, wie alles zusammenhing, und nun nie Antworten auf meine Fragen bekommen würde, war mir inzwischen klar, dass er kein schlechter Mensch gewesen war. Warum hatte ich ihm nicht helfen können?

Ich fühlte mich leer. Desmond war das kleine bisschen Trost, das mich daran hinderte, die leere Hülle zusammenbrechen zu lassen. Der einzige Grund, mich Schritt für Schritt weiterzuzwingen. Er hatte sein Schicksal noch weniger verdient. Ich schuldete es ihm, ihn zu retten, ich hatte keine andere Wahl.

Als es im niedrigen Gestrüpp raschelte, griff niemand an seine Waffen. Wir erkannten Kae inzwischen an den Lauten, mit denen sie sich anschlich.

Erleichtert ließ ich mich auf die Fersen nieder, als sie zögernd näher kam. »Wie gut, dass du zurückgekommen bist. Du hast mir gefehlt, Kleine.«

Irritiert legte sie den Kopf schief und verzog die Lippen, was eher wie ein Zähnefletschen aussah, aber wohl ein Lächeln sein sollte. »Mutige, kleine Kae.« Es versetzte mir einen Stich, dass sie uns – oder viel besser mir – zu vertrauen schien. Ich würde es nur schwer übers Herz bringen, sie irgendwo zurückzulassen, aber wir konnten sie auch unmöglich mit nach Hause nehmen. Selbst wenn die Grenzen des Reichs passierbar für sie wären, würde man sie in Nemija niemals akzeptieren. Man würde sie in einen Käfig sperren oder in die Universität bringen, um Versuche an ihr durchzuführen.

Mir schauderte. Kae knabberte an einer Frucht, die sie gefunden haben musste. Mit der anderen Hand hielt sie mir etwas hin, das sie in Gras eingewickelt hatte.

»Danke, Kleines. Aber ich hatte genug Essen. Ich habe auch etwas mitgenommen, ich teile meine Ration mit dir. Die Beerenfrüchte werden dir …«

In diesem Moment drückte sie mir ihr Bündel in die Hand, und die Magie surrte durch die Blätter, durch meine Handschuhe und meinen Arm hinauf bis mitten in mein Herz. Vor Schreck ließ ich es fallen und klaubte es hastig wieder vom Boden auf.

Das Zeitmesser. An der schmalen Öse, an der das feingliedrige Kettchen befestigt war, klebten die getrockneten Reste von bläulichem Morast.

»Vika, Jero!«, rief ich, und der magische Herzschlag des Amulettes sandte seinen Zauber in rhythmischen Stößen durch meinen Körper. »Seht euch das an. Seht, was Kae geholt hat!« Ich starrte die kleine Daema an, die verlegen zurückwich. Die geballte Aufmerksamkeit von uns allen schien sie einzuschüchtern. »Wie bist du darangekommen?«, fragte ich.

»Lebt Alaric?«, wollte Vika wissen.

Jero stand nur neben uns, rieb sich das Kinn und murmelte etwas, das ich nicht verstand.

»Kae.« Ich sprach leise, versuchte, meine Aufregung im Zaum zu halten, denn diese machte sie nervös, und wenn ich sie verschreckte, würde ich keine Antwort bekommen. »Ist Alaric freigekommen?«

Sie überlegte lange, als fiele es ihr zunehmend schwer, unserer Sprache zu folgen. Dann schüttelte sie den Kopf.

»Ist er versunken?« Ich hatte es doch gewusst. Dennoch brach mein Herz erneut, als Kae nickte.

»Aber … wie bist du an das Amulett gekommen?« Sie sah sich um. Schließlich nahm sie ein Stöckchen vom Boden und reichte es mir.

»Er hat es dir gegeben?« Ein Nicken. Dann zeigte sie auf mich. »Er hat es dir gegeben, damit du es … mir gibst?« Und wieder nickte Kae.

Ich fuhr zu Vika herum. »Ich gehe ihn holen.«

Vika legte ihre Hand über meine, die das Amulett umklammerte. »Denkst du denn, die Zeit reicht?«

»Sie muss!«, sage ich, während Jero im gleichen Moment »Nein!« sagte.

»Ich kann ihn da nicht sterben lassen!«, fuhr ich ihn an.

»Laire, das musst du nicht. Alaric ist schon tot. Du kannst niemanden von den Toten zurückholen.«

Ich vielleicht nicht. »Die Zeit kann es.«

»Sei vernünftig. Du verlierst dein Ziel aus den Augen.«

»Das stimmt nicht. Ich lasse nur niemanden zurück. Wir erreichen dieses Ziel gemeinsam.« Oder gar nicht.

Vika knetete unbehaglich ihre Finger. »Vielleicht hat Jero recht. Was, wenn es nicht gelingt, Alaric zu retten, und du die entscheidenden Stunden verschenkst? Wie stellst du dir das überhaupt vor? Du hast erzählt, Alaric hat den Angriff auf uns verhindert und ist dabei ins Moor gestürzt. Wenn du verhinderst, dass dies geschieht, könnte sich alles verändern. Nachher kommen wir im Kampf gegen die Einheit der Femarshall um.«

Sie hatte nicht unrecht. »Das werde ich bedenken. Danke für den wertvollen Hinweis, Vika.«

Jero fasste mich an beiden Schultern. »Ich weiß, was es bedeutet, jemanden zu verlieren, Laire. Aber wenn du diesem Impuls – diesem durch und durch menschlichen Wunsch – nachgehst, dann machst du einen Fehler. Das Daemareich ist auf Wünschen gebaut, es spielt mit den deinen, doch es wird dir nicht jeden erfüllen. Wenn du dich verstrickst, wirst du sie am Ende beide verlieren – Alaric und Desmond.«

Ich hörte heraus, was er nicht sagte. Ich riskierte nicht nur meine Mission und mein Leben. Ich setzte auch Vikas und Jeros Lebens aufs Spiel. Bei den Bergen von Nemija, bei ihrer Stärke, ihrer Beständigkeit – was sollte ich tun?

»Es ist furchtbar, wie Alaric umgekommen ist«, sagte Vika leise. »Aber er hat es hinter sich. Es ist vorbei. Willst du wirklich riskieren, dass er ein zweites Mal ertrinken muss?«

Jero nickte. »Das Moor lässt niemanden wieder gehen, den es einmal in seiner Umarmung hat.«

»Gib mir ein Seil«, verlangte ich. »Du hast recht. Ihr habt beide recht. Ich riskiere alles, das ist mir bewusst. Aber wenn ich es nicht wenigstens versuche, dann verliere ich Schlimmeres als mein Leben. Dann verliere ich mich selbst. Nennt mich egoistisch, aber das will ich nicht riskieren.«

Jero sah mich an, als wollte er es nicht fassen.

Vika schloss kurz die Augen und atmete hörbar aus. »Du bist die Suchende. Wir folgen dir.«

Ich umarmte sie. »Danke. Das bedeutet mir viel. Aber ich werde euch nicht da mit reinziehen.«

»Was soll das heißen?«

»Dass niemand mir verbieten kann, *dich* zur Suchenden zu erklären.«

Vika schnaubte erzürnt. »Du weißt nicht, ob das möglich ist.«

»Das wissen wir bei so vielem nicht. Ihr müsst weitergehen, Jero und du. Und für den Fall, dass ich nicht zurückkehre, wirst du vor den Lord treten, Desmond befreien und euren Weg nach Hause finden.«

»Laire, das kann ich nicht.«

»Du kannst. Du hast längst größere Opfer für Desmond gebracht. Du hast deine Eltern belogen, den Zorn deiner Familie in Kauf genommen und zuletzt …« Ich strich über das dünne Narbengeflecht auf ihrer Wange. Es wirkte fein wie exquisit gearbeitete Spitze und sprach gleichzeitig von so großer Brutalität.

»Ich wünsche dir alles Glück, das die Winde tragen.« Sie lächelte traurig. »Auch wenn sie hier leider nicht wehen. Wir werden hier warten, bis du zurückkommst. Aber solltest du scheitern und bis zum Abend nicht gekommen sein, dann gehe ich den Weg an deiner Stelle. Ich werde es zumindest versuchen.«

Ich schüttelte den Kopf. »Ich werde die Zeit schneiden. Du musst nicht warten, zumindest nicht so lange. Macht eine Rast, und wenn ihr fertig seid …«

Vika stieß nervös die Luft aus. »Wir entzünden eine Stundenkerze. Zwei Stunden hast du. Zwei Stunden und die Zeit, die das Zeitmesser dir verschafft.«

»Danke«, sagte ich schlicht, und vielleicht war nie ein Dank ehrlicher gemeint.

»Versprich mir einfach, dass du kein unnötiges Risiko eingehen wirst.«

Ich drückte sie fest an mich. »Ich verspreche es. Mein Wort ist so wahr, wie der Wind weht.«

Jero reichte mir ein Seil aus seinem Rucksack, konnte es sich aber nicht verkneifen, mir zu sagen, dass Glück und ein Seil nicht reichen würden. Da hatte er sogar recht. Aber ich besaß noch etwas, von dem er nichts wusste; etwas, das mir womöglich helfen würde.

Ich lief ein gutes Stück zurück und öffnete das Medaillon, woraufhin sich seine pulsierende Magie steigerte. Jeros Blick folgte mir, darin die unverkennbare Aussage, dass ich einen Fehler machte. Was soll's? Ich hatte schon zu viele Fehler gemacht, um mich um einen einzigen zu sorgen.

Ob ich überhaupt in der Lage war, die Zeit zu beugen?

Wie ich es bei Alaric gesehen hatte, öffnete ich die Glasscheibe und ließ den feinen Sand in meine Handfläche rieseln. Die Magie kribbelte in meinem gesamten Körper, von der Kopfhaut bis in meine Fingerspitzen und Fußsohlen. Ein leichter Schimmer umspannte mich wie Nebel. Das Medaillon war nur ein müder Abglanz dieses mächtigen Zaubers.

Wie viel der in Sand gebundenen Magie würde ich brauchen? Alaric hatte für eine Nacht ein kleines Häufchen in seine Hand gegeben. Um rechtzeitig zu kommen, ihn zu retten, würde ich etwas mehr brauchen, doch so viel mehr war überhaupt nicht vorhanden.

Kurzerhand nahm ich alles.

Tief atmete ich ein, um Mut zu sammeln. Schon spürte ich, wie ein Hauch der Magie durch meine Atemwege floss, mich dazu lockte, tiefer zu atmen, mich dem Zauber hinzugeben.

Wie durch einen zarten Schleier sah ich Jeros abschätziges Gesicht. Die Sorgen in Vikas Augen. Kaes Furcht vor dem, was nun geschah.

Aber was auch immer nun kam, nichts auf dieser Welt hätte mich noch länger zurückhalten können. Ich stieß den Atem in den feinen Staub, er flog auf, hüllte mich ein und nahm mich mit sich.

Die Magie hatte sich meiner bemächtigt. Ich lag vollkommen in ihrer Hand. Und fiel lang und tief in die Zeit hinein.

Sie war ein Flüstern, das in mir schrie.

Ein Locken, das mich mitriss.

Ein Streicheln, das mir die Luft abdrückte.

Eine Grausamkeit, die mich tröstete.

Eine Sekunde, die für immer währte.

Eine Ewigkeit in einem Wimpernschlag.

Eine Liebe, die mich vernichtete.

Ein Tod, der Leben schuf.

Ein Leben, das den Tod brachte.

Die Magie verschlang mich, und ich brauchte eine Ewigkeit, um mir klar zu werden, ob ich das wollte oder dagegen ankämpfen musste. Es war ein so unglaublich großes, weites und allumfassendes Glück, das sie mich spüren ließ. Und es war genau dieses Glück, das mich dazu brachte, ihm zu misstrauen. Es von mir abzulösen, schmerzhaft loszureißen, mir selbst Wunden zu schlagen, um es fortzujagen. Ich hatte dieses Glück nicht verdient. Es war nicht echt, es lenkte mich ab. Es log.

Diese Erkenntnis vertrieb es.

Ich brach auf dem Waldboden zusammen. Die Welt drehte sich in Spiralen um mich, orange, rot und violett. Meine Glieder kribbelten so sehr, dass sie sich nicht kontrollieren ließen. Meine Hände entwickelten ein Eigenleben, tasteten nach dem Medaillon. Meine Nägel kratzten in der Aushöhlung herum, auf der verzweifelten Suche nach mehr Zeit. Doch da war nichts mehr, und ich musste von Entsetzen gepackt dabei zuhören, wie ich vor Verzweiflung darüber schrie und heulte.

Ich wollte das nicht! Ich hatte eine Mission, ich musste mich beeilen – da war etwas unglaublich Wichtiges, das keinen Aufschub duldete. Aber was war das noch mal gewesen? Ich musste darüber nachdenken, aber meine Gedanken wurden wie von einer Windhose immer wieder fortgerissen und an den Anfang geschleudert.

Ich musste mich beeilen. Etwas unglaublich Wichtiges. Aber was? Ich musste darüber nachdenken!

Ich musste mich beeilen. Etwas unglaublich Wichtiges. Aber was? Ich musste …

Im Hintergrund dieser Gedankenschleife sammelte sich ein Rest meines Verstandes und begriff mühsam, was vor sich ging.

Mein jammernder, sich windender Körper wollte mehr von der Zeit. Sie war wie eine Droge, und losgelöst von all meinem bewussten Denken lechzte ich nach ihr.

Nur ganz langsam bekam ich mich wieder in den Griff. Der Druck, unter dem ich stand, dehnte jede Sekunde. Nun verstand ich, warum Alaric verweigert hatte, die Zeit zu beugen, als ich ihn darum gebeten hatte. Er wusste, wie machtvoll sie nach ihm griff.

Seltsam, dachte ich, dass man Zeit immer nur für bedeutungsvoll hält, wenn man zu viel oder zu wenig von ihr hat.

KAPITEL 35

LAIRE

Endlich war ich in der Lage, mich aufzurappeln. Auch wenn es sich anfühlte, als hätte mich die Magie an den Füßen quer durch das Land geschleift, war ich nach wie vor im Farnwald. Ich konnte nicht abschätzen, wie weit ich die Zeit durchtrennt hatte. Dieses verflucht-verwunschene Land hatte zwar einen Tag- und Nachtzyklus, aber es gab keinen Sonnenstand, denn sämtliche Helligkeit flutete aus Pflanzen heraus oder strahlte ohne eine sichtbare Lichtquelle vom Himmel.

Meine größte Herausforderung lautete nun, zurück zum Moor zu laufen, die Stelle zu finden, an der Alaric eingesunken war – nein, erst noch einsank –, und am Ende rechtzeitig da zu sein, um ihn zu retten.

So viele Möglichkeiten zu scheitern. Ich jedoch packte nach der Hoffnung, es schaffen zu können, und brach auf.

Zunächst lief ich zurück zum Berg der Femarshall. Hier musste ich vorsichtig sein, denn ich hatte Femarshall Phylles ja noch nicht getroffen. Noch hielt sie mich für ihre Feindin, ich sollte mich also keinesfalls erwischen lassen, wie ich um ihr Hauptquartier herumschlich. Doch meine Bedenken schienen unnötig, denn im Umkreis des Berges lag das

Heideland wie ausgestorben da. Femarshall Phylles und all ihre Soldaten waren fort – und ich hatte eine Ahnung, wohin sie gegangen waren. Tatsächlich fand ich die Spuren mehrerer Pferde, Menschen und Abdrücke von Pfoten. Ich folgte ihnen in einem kraftsparenden Trott und ging nur hin und wieder ein paar Schritte langsamer, um mich genauer umzusehen. Als das Moorland begann, führten die Fußabdrücke auf einen Holzsteg, und von dort aus reichte meine Orientierung, um den Weg selbst zu finden.

Zunehmend wurde es sumpfiger, Dotterblumen und Wiesenschaumkraut lugten noch aus dem Wasser heraus, das Gras war unter der Oberfläche. Die Grenzen verschwammen zwischen Wasser und Land. Schließlich näherte ich mich der Stelle, an der wir von den Kämpfern der Femarshall überwältigt worden waren. Meine Vorsicht steigerte sich nun zu Nervosität. Ich musste mich gut vor den Daema verbergen – aber ebenso wenig durfte ich von meinen Freunden oder gar mir selbst entdeckt werden. Wie hatte ich mir das vorgestellt, wenn ich mich nur über die Stege bewegen konnte? Mein Plan, mich vorsichtig neben den Wegen durchs Geäst zu schlagen, erwies sich als schlecht durchdacht. Das Moor war überall und die bewachsenen Stellen dazwischen allenfalls einzelne Inseln, bewachsen von etwas Gras und blau blühenden Nesseln. Trotzdem musste ich es versuchen – sonst würde ich Alaric niemals erreichen, ohne dabei Jero, Vika und mir selbst zu begegnen. Wer weiß, was das anrichten konnte.

Ich fand einen Strauch mit dickeren Ästen, über den ich hinwegstieg, bis ich einen umgestürzten Baum erreichte, über den ich zu einer dicht mit Farn und Schachtelhalm bewachsenen Insel klettern konnte. Schritt für Schritt arbeitete ich mich voran, parallel, aber in sicherer Entfernung zum Steg. Ich hörte Stimmen. Die Daema-Kämpfer! Ich erkannte die Stimme der Femarshall und eines Mannes, und am liebsten hätte ich aufgejubelt, denn sie schienen den Hinterhalt auf uns gerade vorzubereiten. Ich war zur richtigen Zeit gekommen!

Ich erhöhte den Abstand zum Steg und arbeitete mich weiter, einen Bogen schlagend, um mich dort zu verstecken, wo Alaric stürzen würde. Schon jetzt schlug mein Herz unruhig und schnell, denn ich würde eine Entscheidung treffen müssen: Wenn ich verhindern konnte, dass er ins Moor stürzte, würde ich ihn in jedem Fall retten, aber womöglich alles Geschehen unkontrollierbar verändern. Es wäre sicherer, abzuwarten und ihn zu retten, sobald ich geschlagen war und die Daema mit mir im Schlepp davoneilten. Aber was, wenn es mir dann nicht mehr gelang, ihn aus dem Moor zu ziehen?

Ein seltsames Klackern erklang oberhalb der Baumwipfel, aber die Blätter waren zu dicht, um etwas zu erkennen. Dafür hörte ich Schritte auf dem Steg. Rasch verbarg ich mich zwischen großen Blättern, immer genau darauf bedacht, wo ich auftrat. Wenn ich auf Schwinggras trat, das nachgab und mich einsinken ließ, war alles aus.

Aus meinem Versteck heraus konnte ich ein kleines Stück des Steges sehen. Ich hielt den Atem an, als Alaric vorbeilief; leise, leicht geduckt und ganz auf die Geräusche oben in den Baumkronen konzentriert. Schon war er hinter ein paar Büschen verschwunden. Dafür vernahm ich nun Stimmen aus der Höhe, man zischte sich leise Befehle zu. Vorsichtig änderte ich meine Position und erkannte, wie Alaric einen Stamm emporkletterte, innehielt und dann weiterstieg.

Warn ihn!, verlangte mein Herz mit hastigen Schlägen. Lass nicht zu, dass er stürzt!

Aber mein Verstand hielt dagegen. Zu gefährlich. Für uns alle. Kein wahnsinniges Risiko eingehen! Es war so schon groß genug.

Alaric stieg höher, und wieder verließ er mein Sichtfeld, ich sah lediglich noch, wie der Stamm leicht von seinen Bewegungen schwankte.

Ein Geräusch aus der anderen Richtung trieb mir plötzlich heiße Scham in die Wangen. Das waren wir – und Vika und ich … wir sangen. Ich fühlte mich schrecklich naiv, aber wir hatten die lauernde Gefahr einfach nicht bemerkt.

Dann kam ein leiser Befehlsruf aus der Höhe, im nächsten Moment zischte ein Pfeil über den Himmel. Obwohl ich wusste, dass man uns nur erschrecken und festnehmen, nicht aber töten wollte, zuckte ich zusammen. Ich erinnerte mich zu gut, dass der Pfeil direkt vor meinen Füßen tief in die Holzbohle eingeschlagen war.

Aus Alarics Richtung kam kein Laut. Der Stamm, auf den er geklettert war, bewegte sich nicht mehr. Überhaupt lag plötzlich eine beunruhigende Stille über dem Moor, als hielte die Welt den Atem an.

Plötzlich klackerte etwas, im nächsten Moment ging ein Ruck durch Alarics Baumstamm.

»Nein!«, rief ich und presste mir die Faust vor die Lippen. Doch es war zu spät. Er musste mich gehört haben.

Ein paar schnelle Atemstöße lang passierte nichts, als hätte die Zeit beschlossen, sich selbst zu durchtrennen. Dann flammte weit über unseren Köpfen das Feuer auf und wuchs rasch an. Ich wusste nicht, wie er es gemacht hatte, aber Alaric hatte die Brücke angezündet. Und er war selbst noch dort oben!

Ich wagte mich ein wenig aus meiner Deckung, als ich ein unterdrücktes Keuchen vernahm und aufsah. Dann sah ich ihn. Er stürzte von der Brücke; eine Sekunde lang glaubte ich, er würde gezielt springen. Doch dafür trudelte sein Körper viel zu sehr, er prallte mit dem Rücken gegen einen festen Ast, der brach, und durchschlug mehrere kleine Äste. Ohne einen Laut fiel er ins Moor, und all mein Denken kreiste um den Pfeil, von dem ich wusste, dass er in seiner Schulter steckte. Ich bildete mir ein, einen Abglanz des Schmerzes zu spüren.

Hol ihn doch raus!, schrie mein Herz. *Noch ist er nicht tief versunken, noch hast du eine Chance.*

Wer weiß, ob das Moor ihn später noch freigibt, sagte mein Verstand.

Aber ich erinnerte mich auch an mein Versprechen Vika gegenüber. So wahr, wie der Wind weht, hatte ich ihr versprochen, kein unnötiges Risiko einzugehen. Und ich konnte nicht einschätzen, was sich alles ändern würde, wenn mein Vergangenheits-Ich Alaric nicht im Moor finden, den Pfeil entfernen, sich die Liebe zu ihm eingestehen und am Ende für seine Sicherheit kämpfen würde.

Ich biss mir in die Hand, als ich Alaric hinter den Büschen leise aufstöhnen hörte. Verdammt, er war ganz allein, musste Schmerzen haben und Angst, weil er langsam tiefer sank, während über ihm die Brücke lodernd in Flammen stand. Glutflocken fielen wie Schnee herab und brannten Löcher in die Blätter der Pflanzen. Hin und wieder krachte tosend ein Trümmerteil herab. Wo blieb mein ahnungsloses, langsames, dummes Ich?

Endlich hörte ich meine eigenen Schritte, meine unterdrückte Stimme vor dem Knistern des Feuers und den Rufen der Soldaten. »Alaric! Verdammt, Alaric!«

Auf den Knien kroch ich durchs Gestrüpp, um besser sehen zu können, denn das musste ich, egal wie gut ich mich erinnerte, was nun geschehen würde. Es zog mich wie magisch an, ich war paralysiert davon, mich selbst anzusehen, wie ich den Steg entlangrannte, mir nervös eine Haarsträhne aus dem Gesicht wischte und verzweifelt nach einer Lösung suchte. Dann lief ich zurück zu Alaric, kniete bei ihm nieder und begann, leise mit ihm zu reden. Wie gern hätte ich den Abstand verringert, um zu hören, was ich sagte, um zu hören, was er antwortete. Gestern, in der Situation selbst, war ich viel zu aufgewühlt gewesen, um wahrzunehmen, was ich fühlte. Jetzt kam all das hoch: die Sorge um Alaric, still und zurückhaltend, aber fähig, jederzeit zuzuschlagen. Das versteckte Kribbeln dahinter, das ich, oh, so gut kannte. In unserer gemeinsamen Zeit hatte ich es oft gefühlt. Schwere im Bauch – gleichzeitig Leichtigkeit. Und ein Brennen, wo das eine das andere berührte.

Ich senkte das Gesicht in die Hände und presste die Handballen gegen meine Augenhöhlen, als mein Vergangenheits-Ich damit begann, den Pfeil aus Alarics Schulter zu entfernen. Rückblickend war mir unverständlich, wie ich das hatte tun können. Nun konnte ich nicht mal hinsehen, als Alaric einen Schmerzlaut von sich gab.

Gemeinsam mit meinem vergangenen Ich wurde ich unruhig, weil Alaric das Bewusstsein verlor. Ich hörte mich selbst nach Vika und Jero rufen. Gemeinsam atmeten wir auf, als Alaric zu sich kam, und ich sah mir dabei zu, wie ich meine Stirn an seine legte. Gestern hatte mein Adrenalin all meine Gefühle zurückgehalten. Nun traten mir Tränen in die Augen.

Gleich würden die Daema angreifen. Mein Zeitfenster danach war vermutlich nur klein, bevor Alaric vollends versank. Auf den Ellbogen kroch ich näher, duckte mich unter die Farne. Wie weit konnte ich mich näher wagen, ohne riskieren zu müssen, dass die Daema mich wahrnahmen? Jeros Worte hallten als bedrohliches Echo in meinen Ohren.

›Du brauchst gar nicht erst zu versuchen, dich vor den Daema zu verstecken. Sie wissen längst, dass du da bist.‹

Ja. Sie rochen mich, hörten mich, spürten mich. Aber sie würden *mich* ja auch entdecken, angreifen und schlagen. Höchstwahrscheinlich waren sie danach zufrieden. Woher sollten sie wissen, dass es mich zweimal gab? Ich musste nur sehr still sein, sehr unbeweglich.

Mein vergangenes Ich sprang auf und lief nervös hin und her, hätte mich um ein Haar sogar entdeckt. Aber ich erinnerte mich noch zu gut, in welche Richtung ich gesehen hatte, und wich mir selbst aus.

Sie kamen! Die Daema kamen. Ich hielt die Luft an, während mein vergangenes Ich seinen Myrodem nahm und aus meinem Sichtfeld trat. Mein Blick klebte an Alarics Gesicht, unter dem Holzsteg hindurch konnte ich ihn nun genau sehen und blieb unentdeckt, da er nur Augen für die vergangene Laire hatte, die fest entschlossen war, ihn mit ihrem Leben zu verteidigen. Er musste bereits absehen können, wie chancenlos sie war. Seltsam, so hatte es sich gar nicht angefühlt. Wie hatte ich nicht wahrnehmen können, dass nicht die kleinste Aussicht auf Erfolg für mich bestand?

Jeder Klingenstreich meines vergangenen Ichs spiegelte sich in Alarics Miene – und er wusste noch gar nichts und bangte um mich. In meiner Erinnerung war ich beinah sofort niedergeschlagen worden. Nun zogen sich die Momente, ich hörte das leise Singen meines Myrodems, mein Keuchen und Schluchzen, das Knurren und Fauchen und Stampfen der Daema. Doch alles, was ich sah, war die nackte Angst in Alarics Gesicht, die allein mir galt. Er schloss die Augen, als die Kampfgeräusche unvermittelt abbrachen. Tränen zogen helle Spuren über seine schmutzigen Wangen, und obgleich er wisperte, hörte ich die Worte in meinem Inneren, die seine Lippen formten.

»Nein, Laire. Bitte, Laire, bitte, nein.«

Ich hielt es kaum mehr aus, nicht sofort unter dem Steg hindurch zu ihm zu kriechen und ihn zu beruhigen. Ihm zu zeigen, dass alles gut gegangen war. Das Moor reichte ihm bis übers Kinn und hatte seine Lippen fast erreicht. Aber noch musste ich warten. Ein stiller Dank galt der Erziehung, die Eltern und Lehrerinnen mir zuteilwerden hatten lassen. Geduldig und beherrscht wie ein Berg, sollten die Nema sein, mit Gedanken so schnell und frei wie die Winde.

Ich hörte Femarshall Phylles Befehle rufen. Sie drängte zu einem raschen Aufbruch, und vermutlich warfen die Daema mein bewusstloses

Vergangenheits-Ich nun vor ihr über den Sattel ihres Pferdes. Immerhin schien sie die Wahrheit gesagt zu haben – sie hatte Alaric im Moor tatsächlich nicht gesehen und hielt unsere Gruppe mit mir nun für vollständig. Der Steg bebte, als sie mit ihren Soldaten, den Daema und *uns* als Gefangenen zu ihrem Berg aufbrach.

Um ein Haar hätte mich nichts mehr gehalten; keine Ruhe und keine Geduld. Die Berge würden auch ohne mich an ihrem Platz bleiben, und Wind gab es in Alsjana Daera ohnehin nicht. Im allerletzten Moment, bevor ich über den trügerisch bewachsenen Sumpfboden zu Alaric kroch, vernahm ich ein Rascheln und hielt ein weiteres Mal inne. Etwas grau Schimmerndes bewegte sich geschmeidig, beinah schlangenartig zwischen Pflanzen und den gefährlichsten Moorstellen hindurch auf Alaric zu.

KAPITEL 36

LAIRE

Kae! Fast wäre mir ihr Name herausgerutscht – aber auch sie durfte mich nicht sehen.

Alaric begann zu flüstern. Ich konnte seine Worte nicht verstehen, aber ich ahnte, was er zu ihr sagte. Sie sollte sein Zeitmesser zu mir bringen! Er begann sich zu bewegen, keine gute Idee, denn dadurch sank er tiefer und immer schneller. Trotzdem wand er sich mit vor Anstrengung verzerrtem Gesicht in seiner kalten Umklammerung. Kae bewegte sich ängstlich hin und her. Sie packte nach Alarics Hals, zerrte und zog und grub schließlich den Morast mit den Händen beiseite, damit er einen Moment länger atmen konnte, ehe sich der Sumpf wieder zusammenschob. Das alles schien es nur schlimmer zu machen. Schließlich gelang es Alaric, seine Hand ein kleines Stück aus dem Moor zu heben. »Bring es Laire!«, keuchte er. »Kae, mach schon! Nimm es und …«

Das Moor schluckte seine Worte. Mein Herz schlug so hart, dass ich Angst bekam, die kleine Daema könnte es hören. Was würde geschehen, wenn sie mich jetzt sah und *mir* das Medaillon gab, statt meinem vergangenen Ich? Vermutlich würde ich mich auflösen, weil ich in diesem Fall nie hierhergekommen wäre – und Alaric war endgültig verloren.

Verschwinde schon, Kae!, dachte ich. *Nimm das verdammte Ding und hau ab! Ich wünsche mir, dass du …*

Kae kreischte auf, ein Geräusch, das mir kalt ins Herz fuhr. Ich konnte Alaric nicht mehr sehen. Wo war er? Er konnte doch nicht schon versunken sein?

Alles, was ich erkannte, war Kae, die starr vor Entsetzen ins spiegelglatte Moor starrte.

Ich konnte nicht länger warten. Wenn ich nicht sofort etwas tat, war ohnehin alles aus! Als ich gerade entschied, zu ihr zu eilen, löste sich auch Kae aus ihrer Erstarrung. Energisch fasste sie ins Moor. Ihre Hand versank nur bis zum Handgelenk, trotzdem musste sie mit aller Kraft daran ziehen, bis sie sie wieder frei bekam und den Zeitmesser in einem Klumpen Matsch zwischen den Fingern hielt.

»Und jetzt lauf!«, flüsterte ich lautlos. »Lauf so schnell du kannst, Kae!«

Sie warf einen letzten Blick zurück, ihre Mondlichtaugen flackerten, als sie übers Moor sah. Direkt in meine Richtung. Doch dann sprang sie wie auf ein geheimes Zeichen los, huschte im Zickzack zwischen den Moorbecken und Bäumen entlang und verschwand im Schilf.

Ich achtete kaum mehr darauf, wohin ich trat, als ich zu Alaric stürzte. Unter meinen Füßen gab Schwinggras nach, ich fürchtete einen Moment zu versinken und tat es vielleicht nur deshalb nicht, weil mein Wille das Moor überraschte und seine Kraft vor mir zurückwich. Noch bevor ich die Stelle erreicht hatte, wo Alaric verschwunden war, hatte ich das Seil aus meinem Rucksack gerissen und mir die Schlaufe am Ende um den Oberkörper geworfen. In den Baumkronen schwelten noch kleine Brände, doch durch die Feuchtigkeit des Sumpfes waren die dickeren Äste auch angekokelt stabil genug für meine Zwecke – mussten es einfach sein. Ich warf das freie Ende doppelt über einen Ast und prüfte kurz, ob er mein Gewicht hielt. Verkohlte Blätter und glühende Rindenstücke regneten auf mich herab, aber solange der Ast oben blieb, kümmerte es mich nicht. Das Seil glitt leicht über die schmierige Schicht aus Asche. Einen besseren Flaschenzug würde ich auf die Schnelle nicht bekommen.

Eine langsam aufsteigende und an der Oberfläche zerplatzende Blase war der einzige Hinweis, wo ich nach Alaric suchen musste. Ich riss meine Handschuhe von den Fingern, und ohne weiteres Zögern grub ich meine Hände tief in den petrolblauen Morast.

Das Moor war unglaublich zäh. Ich hatte das Gefühl, durch dicke, nasse Erde graben zu müssen, kam nicht tief genug und spürte gleichzeitig, wie das Moor begann, mich nach unten zu ziehen. Ein seltsamer Geruch von Lilien hing dicht über dem Morast. War es vorhin schon so diesig gewesen, oder stieg der Nebel erst jetzt so eilends auf?

Endlich stießen meine Fingerspitzen auf einen Widerstand. Ich glaubte, Haut zu spüren, Alarics Gesicht, seinen Mund. Der Schreck sirrte mir durch alle Knochen wie unerwartete Magie von der bösesten Sorte. Warum bewegte er sich nicht? Konnte er nicht, weil das Moor ihn zu fest umklammerte? Er musste seine Hände an meine bringen, um sich das Seil um die Brust zu legen. Doch er schien vollkommen still im Moor zu liegen, als sei er bereits …

»Nein«, hauchte ich. *Keine Ängste formulieren, sie könnten wie Wünsche klingen.* Warum war das nur so schwer?

Ich schob meine Hände tiefer, sodass meine Arme bis zu den Ellbogen im Sumpf steckten. Wenn es mir gelang, das Seil um seinen Oberkörper zu schlingen, würde ich ihn rausziehen können.

Seinen Leichnam, flüsterte das Moor. *Soll ich ihn dir schenken? Willst du ihn haben? So wünsch ihn dir.*

Ich verlor den Verstand. Ich musste verrückt geworden sein. Wie sonst konnte man das Moor sprechen hören? Es lag an den Gasen, die aufstiegen, vielleicht waren sie wie Lassa-Winde und verursachten Halluzinationen.

Komm zu ihm, wenn du ihn willst, flüsterte das Moor. *Er wartet hier auf dich.*

Ich schob mich tiefer. Meine Finger glitten über Alarics Brust. War da ein Herzschlag? Ich wünschte es mir so sehr, dass ich meine Handflächen pochen spürte.

Er braucht dich. Er braucht Leben und Magie, Zauberin. Komm, komm, Zauberin. Komm, komm.

Das Moor oder was immer da zu mir flüsterte, hatte recht. Er brauchte mich. Er brauchte Leben und Magie: die Magie der Luft, die Menschen atmeten.

Ich schob die Hände tiefer – wie leicht das ging, wenn ich mich mit dem Moor bewegte und mich von ihm leiten ließ – und griff Alaric unter die Achseln. Kurz zog ich an ihm, als könnte ich ihn herauszerren, doch sofort wurde das Moor hart und widersetzte sich, sog mich seinerseits tiefer, sodass ich bis zu den Schultern versank und immer mehr Dämpfe einatmete. Es flüsterte nicht länger, es zischte und lockte und drohte und lachte.

Komm, komm, Zauberin. Komm, komm.

Du wirst mich kennenlernen, dachte ich. Denn plötzlich verstand ich die Magie des Moores. Sie ließ mich sanft gleiten, wenn ich mich entspannte, und wurde grausam und gierig, sobald ich Widerstand leistete.

Tief atmete ich ein, hielt die Luft an und spürte die Magie, von der die Menschen leben, in meinen Atemwegen, meinem Hals und meinen Mund. Sie prickelte wie Perlwein, und ich verbrauchte nicht ein kribbelndes Bläschen für mich, sondern tauchte in den Morast, entspannte mich und ließ mich tiefer sinken. Kaum dass das Moor sich über meinem Kopf schloss, wurde seine Stimme noch lauter, doch ich verstand kaum mehr ein Wort. Es war, als redeten Tausende von Stimmen auf mich ein, manche ganz nah, andere ganz fern, einige schmeichelnd und süß, wenige verärgert und zornig. Zauberin nannten sie mich, und die Halluzination, die sie damit aufrechterhielten, ließ mich glauben, sie hätten recht. In ihrer Welt war ich eine Zauberin.

Dies ist unsere Welt.

Die Stimmen überlagerten sich, schluckten sich gegenseitig und vermischten sich zu einem Rauschen, während ich mich fallen ließ und sank.

Plötzlich spannte sich das Seil, das ich immer noch in beiden Händen hielt. Es zog sich um meine Brust zusammen, und ich sank nicht tiefer. Sofort reagierte das Moor, wurde wütend und sog mit Kraft an mir. Ich war allerdings tief genug gesunken. Meine Nase streifte Alarics, und meine Lippen fanden seine. Ganz langsam schlang ich meine Arme um seine Brust und nahm das Ende meines Seiles dabei mit und führte es unter seinen Armen durch um seinen Körper. Das Moor erlaubte es mir, solange ich mich sanft bewegte. Behutsam drückte ich meinen Mund auf seinen, öffnete seine Lippen mit meinen und atmete die perlende Magie aus.

Komm, komm, Zauberin, klang es durch das Stimmenrauschen. *Komm, komm. Kommt beide, beide, beide.*

Wie verstörend verlockend der Gedanke war. Wie tröstlich, dass das Moor vielleicht die Luft und das Leben nahm und vermutlich auch alle Magie, die ein Mensch ein- und ausatmete – aber auch die Angst.

Meine Ziele nahm es mir jedoch nicht. Ich würde Desmond retten. Ich würde Alaric nicht zurücklassen. Ich würde ein Mensch bleiben und meine Träume behalten, bis sie alle erfüllt waren. Das hatte ich mir geschworen.

Ich konzentrierte all meine Gedanken, die nervösen und die getrösteten, die zornigen und die liebenden, zu den Worten, die ich der Femarshall gestohlen hatte, als sie einen Moment lang unachtsam gewesen war und dachte, ich wäre ohnmächtig. In meiner Lunge war keine Luft mehr, um zu sprechen, aber ich war ganz sicher, das Moor würde meinen Wunsch auch still verstehen.

Gib uns etwas Weg frei, du gute Fenn.

KAPITEL 37

ALARIC

»Wie viel … Magie … versteckst du noch?«

Was für eine dumme, nach Vorwurf und Misstrauen klingende Frage an die Frau, die ihm gerade das Leben gerettet hatte! Sie war Alaric einfach über die Lippen gekommen, kaum dass er wieder in der Lage war zu sprechen. In seiner Brust brannte ein Feuer, und sosehr er das Feuer normalerweise liebte … dieses genoss er nicht. Noch immer kniete er mit rundem Rücken auf dem Steg, die Unterarme auf den Boden gestützt, die Stirn gegen die verkrampften Fäuste gepresst, weil er nur so atmen konnte.

Laire wischte sich den bläulich schimmernden Schlamm aus dem Gesicht und schleuderte die Brocken von sich. Wie er war sie über und über damit bedeckt.

Er rechnete mit einer scharfzüngigen Erwiderung, stattdessen hob sie schwach die Schultern. »Ich weiß nicht.«

Mühsam stemmte er sich hoch. Jeder Atemzug tat weh. »Danke, Laire.«

Auch Laire war kurzatmig, aber längst nicht so schlimm wie er. »Es war vor allem *deine* Magie, die dich gerettet hat. Ich habe die Zeit zerschnitten.« Sie begann, hastig den Schlick aus ihren Haaren zu streifen, Strähne für Strähne, als sei es von enormer Wichtigkeit, sich schnell davon zu befreien. Erfolgreich waren ihre Versuche jedoch nicht gerade.

Alaric begriff nur langsam, was ihre Worte bedeuteten. Der Moornebel hing noch in seinem Kopf wie der schrecklichste Kater seines Lebens, und die Ohnmacht schien sich irgendwo hinter seinen Augen zu verbergen und nur darauf zu warten, dass er die Beherrschung verlor und sie ihn zurück ins Dunkle holen konnte. »Du bist den Daema damit entkommen?« Das hätte ja bedeutet, dass er einmal in seinem Leben etwas richtig entschieden hatte!

»So ähnlich.« Laire rieb an ihren Armen, wo sie den Schlamm aber nur verschmierte.

»Erzählst du mir, wie? Und wie hast du mich aus diesem Sumpf geholt? Laire, dieses Moor ist …«

Sie kratzte an ihren Armen, ohne auch nur das Geringste zu erreichen. Der Schlamm klebte wie Pech an ihr. »Mit einem Flaschenzug, verdammt!«

Fassungslos reckte er den Kopf und sah nach oben. Die Schulterwunde protestierte schmerzhaft gegen jede Bewegung. Über ihren Köpfen baumelte das Seil an einem Ast. »Das ist der primitivste Flaschenzug, den ich je …«

»Er hat funktioniert!«

Hatte er nicht. Etwas anderes hatte funktioniert. »Laire, ich … ich will doch nur wissen, wie du …«

Mit nackter Panik in den Augen fuhr sie zu ihm herum. »Ich weiß es aber nicht! Ich weiß es nicht, und ich will nicht darüber nachdenken! Hör auf, diese Fragen zu stellen. Wir müssen los, Jero und Vika werden nicht ewig warten, und ich muss dieses verdammte Zeug abwaschen und …«

»Das war Magie«, unterbrach er sie und hielt ihre Hände fest, weil sie weiterhin über ihre Haut kratzte. »Du tust dir weh.«

Ein dummer Fehler. »Das darfst nur du allein, nicht wahr?« Sie starrte ihn an, als könne sie sich nur knapp zurückhalten, ihn gleich wieder ins Moor zu stoßen. Stattdessen packte sie nach ihrem Rucksack, der unter dem Steg versteckt lag. »Und jetzt komm oder bleib hier und erzähl dir deine Märchen selbst. Ich werde gehen.«

Warum log sie ihn an? Er rieb sich die Stirn, verwischte den Schlamm, konnte aber einfach nicht nach den richtigen Gedanken fassen. Sein ganzer Kopf war ein Sumpf, und alles Nützliche schien versunken zu sein. Der Nebel über dem Moor legte sich langsam, es sah aus, als würde er sich schmollend zurückziehen, weil man ihn um ein Opfer gebracht hatte. Es war vielleicht keine schlechte Idee, zu verschwinden, bevor er zurückkam, um sie sich doch noch beide zu holen.

»Er verleiht Mut, dieser Nebel«, murmelte Alaric. »Das muss es sein.«

»Er macht dumm«, widersprach Laire.

»Das auch. Wir haben beide recht.«

Sie schüttelte den Kopf. »Kannst du laufen?«

»Ja.«

Das letzte Wort hatte er etwas voreilig gesprochen. Taumeln traf es eher, sie kamen langsam voran. Doch als unter den Holzstegen nur noch Bäche und Seen zwischen sattgrün bewachsenen Inseln verliefen und kein blaues Moor mehr zu sehen war, klärte Alarics Kopf auf. Die Wunde an der Schulter blutete nicht, weil eine Schicht aus Moorschlicke darauf festgetrocknet war, sie tat aber weh. Noch schlimmer waren seine Handflächen, auf denen sich Brandblasen gebildet hatten. Es fühlte sich an, als seien sie mit Scham gefüllt. Wie hatte er sich derart verbrennen können, als wäre er ein blutiger Anfänger?

Leider, um ganz ehrlich zu sein, war er genau das geworden. Er hatte seit Jahren nicht mehr mit dem Feuer gespielt. In Nemija sowie in Eshrian galt sein Talent als wilde Magie, und auf wilde Magie drohte nur eine Strafe: der Tod unter Steinen.

Die Erkenntnis, was Laire solche Angst machte, sandte einen kurzen, kalten Schmerz durch seinen Kopf wie einen Eispickel, der direkt ins Hirn stieß. Verdammt. Sie hatte Angst, er würde sie verraten.

»Ich schulde dir etwas«, rief er ihr nach, doch sie verlangsamte ihre Schritte nicht, sondern hielt den Abstand mehrerer Meter ein.

»Lass gut sein, Alaric.«

»Kann ich nicht. Ich schulde dir …«

»Ein Bad schuldest du mir, mehr nicht.«

Er lief ein paar Schritte, auch wenn seine gereizte Lunge protestierte und er husten musste. »Die Magie, Laire …«

»Da ist keine Magie«, sagte sie, den Blick nach vorn, das Gesicht ohne jeden Ausdruck darin. »Und da war keine. Nur ein Flaschenzug. Das Moor hat deinen Verstand aufgeweicht, du bildest dir Dinge ein.«

»Du lügst normalerweise besser.«

»Und du bist verflucht unverschämt dafür, dass ich dir eben erst das Leben gerettet habe.«

»Um mir meine Unverschämtheiten auszutreiben, hättest du mich länger drinlassen müssen. Mit der wurde ich geboren, und mit der werde ich sterben. So wie du mit deiner Magie.«

Abrupt blieb sie stehen und funkelte ihn an. »Ich hätte dich vielleicht wirklich besser noch dringelassen. Du bist doch verrückt! Ist dir eigentlich klar, was du da über mich behauptest?«

Er senkte den Blick. Es war ihm klar, aber er hatte tatsächlich nicht die Tragweite bedacht.

Hier im Reich der Daema war die Magie ein Vorteil. Doch zurück in Nemija bedeutete jeder, der wusste, wozu Laire imstande war, eine tödliche Gefahr für sie.

»Laire, ich weiß, was du versteckst. Ich weiß es, seit wir uns zum ersten Mal gesehen haben. Ich weiß es, und ich verrate es niemandem. Das habe ich nicht, und das werde ich nicht.«

Die Wut in ihren Augen flackerte und wurde zu Angst. »Es stimmt aber nicht. Ich wirke keine Magie! Das habe ich … ich habe das nie getan. Bis eben. Du hast mich dazu gezwungen, Alaric Cole, und das nur, weil du nicht auf dich aufgepasst hast. Ich hatte gar keine Wahl. Aber das Moor …«

»Macht mutig.«

»Macht dumm«, beharrte sie. »Du darfst das niemandem verraten. Das nicht! Die Nema interessieren sich nicht für die Gründe, warum man die Magie nutzt. Sie interessieren sich nur für ihr Gesetz.«

»Ich schulde dir eine Menge«, sagte Alaric. »Ein Bad, ein Leben und jede Menge Wahrheiten. Eine einzige kann ich dir geben: Ich bin auch nicht ohne Magie.«

Sie legte den Kopf schief, als wollte sie nachhaken, wagte es aber nicht.

Er hielt ihr seine verbrannten Hände hin. »Das wäre nie passiert, hätte ich nicht über Jahre hinweg verleugnen müssen, wer ich bin. Ich hatte vor, die Hängebrücke abzufackeln, nicht mich selbst zu grillen.«

Ihr Blick lag wie eine kühlende Berührung auf seiner geschundenen Haut. »Du erschaffst Feuer?«, wisperte sie.

»Ich kann es nur lenken, den Anfang haben meine Feuersteine gemacht. Das Feuer liebt mich, es lässt sich von mir leiten und beeinflussen. Aber genug Magie, um es aus dem Nichts zu erschaffen, habe ich nicht, nein.« Seit er denken konnte, fragte er sich, ob irgendjemand dazu in der Lage war. »Und du? Wie hast du es gemacht?«

Nervös strich sie sich eine schlammverklebte Haarsträhne zurück. »Ich weiß es nicht. Ich habe keine Erfahrung damit. Alles, was ich weiß, habe ich mir heimlich aus den Bibliotheken zusammengesucht, zu denen ich aber seit der Verbannung keinen Zutritt mehr habe. Ich weiß nur, dass ich Magie spüren, sehen oder hören kann, wo sie für andere versteckt ist. Ich nehme sie wahr und kann sie unterscheiden. Im Moor war es«, sie senkte den Kopf und berührte ihre Schläfen, »als würde die Magie mir verraten, wie ich sie nutzen muss. Als würde sie wollen, dass ich sie nutze.« Nachdenklich zog sie die Schneidezähne über ihre volle Unterlippe, als wollte sie noch mehr sagen. Doch dann schien ihr etwas anderes einzufallen, und sie nahm ihren Rucksack vom Rücken und griff hinein. »Hiermit war es ähnlich.« Sie hielt ihm das Zeitmesser hin. »Die Magie weiß, was sie braucht. Und wenn ich gut zuhöre, dann verrät sie es mir.«

»Du bist mit ihr geboren, Laire. Man muss dir nicht sagen, wie sie funktioniert. Ebenso wenig, wie man dir sagen muss, wie du atmen sollst. Man darf es dir nur nicht verbieten.«

KAPITEL 38

LAIRE

»Erzähl mir etwas über diese Feuersteine, von denen du gesprochen hast«, bat Laire, nachdem sie eine Weile gelaufen waren. »Sind sie auch … magisch?«

Er schüttelte lächelnd den Kopf. »Es waren normale Steine. Zwillingssteine, einer wie der andere.« Sein Lächeln bekam etwas Wehmütiges. »Ich hatte sie sehr lange, sie stammen aus meiner Heimat.«

»Aus Lyaskye.« Ich hatte nicht gewusst, dass man dort eine Art Feuermagie kannte.

»Aus Keppoch«, sagte Alaric tonlos. »Ich komme aus Keppoch, Laire.«

Darauf blieb mir keine Antwort. Nur Schweigen und viele, viele Gedanken und verirrte Gefühle, die nicht wussten, wohin sie sollten.

Ich hatte einmal geglaubt, Alaric zu kennen. Ich kannte die Geschichten aus seiner Kindheit, wusste, bis wann er am Daumen gelutscht hatte, dass er die Schlaflieder seiner Amme im Ohr hatte, wenn er die Augen schloss, und dass er an seinem sechsten Geburtstag frühmorgens von seinem gerade erst feierlich überreichten Pony gestürzt war, woraufhin er über Wochen im Bett liegen geblieben war und Schmerzen vorgetäuscht hatte, aus Angst, seinem Vater zu gestehen, dass das Pony ihn nicht mochte und er es nie wieder reiten wollte. Und nun das.

Es entsetzte mich, dass es mich immer noch traf. Ich wusste doch, dass Alaric log. Er hatte mir auch zugeflüstert, sich in mich verliebt zu haben, er hatte lachend in die Nacht gebrüllt, sie solle den Himmel aufreißen, damit wir gemeinsam wegrennen konnten, irgendwohin, wo ein jeder er selbst sein durfte. Und dann hatte er mich ausgeliefert und fallen gelassen, direkt aus dem von ihm beschworenen Himmel bis ganz nach unten in die tiefste Senke des Tals.

Wie konnte es mich überhaupt noch verletzen, zu erfahren, dass er mir noch mehr Lügen erzählt hatte?

Fast war ich ihm dankbar, denn in den letzten Minuten war ich zu aufgewühlt gewesen, um meine Distanz aufrechtzuerhalten; zu emotional, um im Hinterkopf zu behalten, wie gefährlich Alaric Cole nach wie vor für mich war. Mein Herz war wie vollgestopft von Gefühlen, und jedes buhlte um meine Aufmerksamkeit und betrachtete sich als das wichtigste von allen:

Die Erleichterung, dass wir in Sicherheit waren – wir beide.

Die Angst, er könne mich erneut verraten – diesmal endgültig, weil ich Magie genutzt hatte.

Die Scham: Wie konnte ich das von ihm denken, nachdem ich mein Leben riskiert hatte, um seins zu retten?

Die Vernunft, die bitter klagte, wie ich das hatte tun können.

Die Wärme, die seine Nähe verursachte, ohne dass ich das wollte.

Die Sorge, ob ich Desmond rechtzeitig finden würde.

Die …

»Laire?« Seine Stimme war leise, fast behutsam, und riss mich trotzdem abrupt aus meinen Gedanken. »Ich habe nie behauptet, ich käme aus Lyaskye.«

»Du hast es mich glauben lassen und meinen Fehler nie richtiggestellt. Ist das da, woher du auch kommst, etwa keine Lüge?«

Er senkte den Kopf und rieb mit den Fingerknöcheln über seine Nasenwurzel. »Doch.«

»Warum hast du mich dann all die Zeit belogen?«

Keppoch. Das Wort machte meinen Mund trocken. *Sie lieben das Feuer in Keppoch, sind grob und wild wie ihr felsiges Land und regeln jedes Problem mit Brutalität.* Viel mehr wusste ich nicht über das Land westlich von Lyaskye. Vermutlich war genau das der Grund. Alaric mochte viele schlechte Seiten haben, aber keine, die zu Keppoch passte.

»Anfangs war ich froh darüber, dass du dachtest, ich käme aus Lyaskye. Du dachtest, ich käme aus einem Land, in dem Fortschritt, Menschlichkeit, Gleichberechtigung, Glaube und Kultur herrschen. Aber ich stamme aus dem Land, das euch Nema Jahr um Jahr neue Flüchtlinge über die Berge jagt, das euch Armut, Angst und Ärger bringt. Ich war erleichtert, dass du anders über mich gedacht hast.«

»Das hat es in jedem Fall einfach für dich gemacht, mein …« Herz zu brechen, hätte ich beinah gesagt. Es wäre keine Lüge gewesen, aber warum sollte ich ehrlich zu ihm sein, wenn meine Ehrlichkeit so einseitig verlief?

»Darum ging es mir nie«, sagte er, bevor ich meinen Satz zu Ende bringen konnte. »Ich wollte es mir nie einfach machen. Ich wollte nichts von dem, was damals geschehen ist, außer dich. Ich wollte *dich.* Wenn es nach mir ginge, dann wäre ich bei dir geblieben.«

»Das bist du aber nicht.«

Eine Weile trotteten wir schweigend weiter, und ich wartete auf ein Wort der Erklärung und hoffte gleichzeitig, keines zu bekommen. Ich wollte gar nicht wissen, warum er mich damals verraten hatte. Denn wie sollte ich ihm ein Wort glauben? Wie viele Lügen konnte man sich in drei Jahren ausdenken?

»Ich schulde dir ein warmes Vollbad mit Seifenschaum«, sagte Alaric schließlich und wies zwischen ein paar Bäumen hindurch auf einen Felsen. »Das kann ich dir aber nicht bieten. Vielleicht möchtest du mit etwas klarem Wasser vorliebnehmen?«

Erst bei genauerem Hinsehen erkannte ich einen versteckt liegenden Wasserfall und atmete erleichtert durch. Der Morast war auf meiner Haut festgetrocknet, verklebte meine Haare und hing in Brocken in meinen Kleidern, was jeden Schritt erschwerte.

»Geh schon«, sagte Alaric. »Ich pass hier auf.« Damit ließ er sich auf den Steg sinken und stützte sich schwer auf den rechten Arm. Erstmals kam mir der Gedanke, dass er nicht schwieg, weil er stur war – nicht nur –, sondern weil es ihm verdammt schlecht gehen musste und ihn das Reden anstrengte. Für mich war es gestern gewesen, als ich ihm einen Pfeil aus der Schulter gezogen hatte. Für ihn selbst war es keine zwei Stunden her. Und in dieser Zeit wäre er um ein Haar ertrunken.

Ich kletterte vom Steg auf einen dicht bewachsenen Streifen Gras. »Komm lieber mit. Du bist gerade keine taugliche Wache, und dort hinten sieht uns niemand, wenn zufällig jemand hier entlangkommen sollte.«

Er stemmte sich hoch, stieß angestrengt die Luft aus und folgte mir. Als er vom Steg kletterte, geriet er ins Taumeln, und ich packte schnell nach seinem Arm, damit er nicht stürzte. Schwer stieß er gegen mich, war einen Moment zu nah und zu weit weg zugleich.

»Entschuldige«, murmelte er, löste sich von mir und tappte etwas wacklig zu dem Felsen, an dem ein Wasserstrom herablief.

Ich konnte es kaum erwarten, aus den schlammbesudelten Kleidern zu kommen, aber solange wir zu zweit am Wasserfall standen, beließ ich es dabei, meine Handschuhe abzustreifen, mir Gesicht und Hände zu waschen und meine Haare einzuweichen.

Alaric öffnete den Gürtel des fremdartigen Kleidungsstücks, das er statt einem Hemd trug, zog es sich über den Kopf und hielt den Stoff ins Wasser.

»Das stammt also aus Keppoch?«, fragte ich. Der Stoff – vor dem Moor einst cremefarben – war Ton in Ton mit Symbolen bestickt, die mit etwas Fantasie an Flammen erinnerten.

»Man nennt es eine Mowlee. Ein traditionelles Kleidungsstück, die Männer tragen es als Hemd, die Frauen als Kleid. In Nemija ist das Tragen unter Strafe verboten. Wusstest du das nicht?«

Tatsächlich nicht, aber ich konnte es mir vorstellen. Falls die Frauenvariante nicht zufällig vollkommen anders gebunden wurde, bot sie einen ziemlich freizügigen Einblick auf die Oberschenkel und Hüften. Der lange Stoff bedeckte nur die Vorderansicht und die Kehrseite, zur Seite hin wurde es … luftig.

»Daher hast du es angezogen, kaum, dass wir Nemija verlassen haben.« Zumindest hatte er mir die Wahrheit zeigen wollen. Es war nicht seine Schuld, dass ich zu ungebildet war, um es zu erkennen.

»Ich habe den Kontinent lange genug bereist, um sicher zu sein, dass Keppoch nicht besser ist als sein Ruf. Vielleicht ist es sogar noch schlimmer, denn außer den Heldengeschichten von Männern, die ohne mit der Wimper zu zucken durch ein Flammenmeer treten, ist fast alles wahr. Aber sie fehlt mir trotzdem, meine Heimat.« Mit einem Zipfel seiner Mowlee wischte er an seiner Schulter herum, um den getrockneten Schlamm von der Wunde zu bekommen.

»Lass mich das machen«, sagte ich, nahm ihm das wertvolle Kleidungsstück aus der Hand und legte es zur Seite. In meinem Gepäck waren noch halbwegs saubere Tücher, und meine Seife hatte im Fluss zwar gelitten, sich aber nicht vollständig aufgelöst. Um uns sauber zu bekommen, sollte es reichen. Sparsam rieb ich das Seifenstück über den angefeuchteten Stoff und fuhr Alaric dann damit über die Schulter.

»Geht es?«, fragte ich, als etwas Schaum über die Verletzung rann. Wie gern hätte ich ganz selbstverständlich geklungen, aber da machte meine Stimme nicht mit. Sie geriet verhalten und rau.

Er nickte mit verspannten Lippen, und ich begann, vorsichtig den verkrusteten Schlamm von der Wunde zu waschen.

»Das Moor hat die Wunde verschlossen. Du hast Glück gehabt, das hat den Blutverlust in Grenzen gehalten. Und infiziert hat sich bislang auch nichts. Ich habe noch ein bisschen Salbe.«

»Danke, Laire.«

Tröstete es mich, dass auch er nervös wirkte? Normalerweise sah er mir offen ins Gesicht. Jetzt folgte sein Blick fast verlegen dem Tuch, das seine Haut nach und nach vom Schlamm befreite. Und in meinen Blick rückte, worauf ich ihn ansprechen wollte, seit wir von den Schattendaema angegriffen worden waren. Die weißen Linien auf seiner Haut. Sie hätten wie Narben ausgesehen, wären sie nicht in absoluter Perfektion aufeinander abgestimmt gewesen und nicht miteinander zu einem Kunstwerk verschmolzen.

Filigrane Brutalität.

Diese beiden Begriffe sollten nicht so harmonisch nebeneinanderstehen. Aber das taten sie.

»Was genau ist das?« Ich wusch über seinen Oberarm, zum Ellbogen unter und über die Innenseite des Unterarms bis zum Handgelenk.

»Du hast gesehen, was das ist.«

»Der Moment wäre ideal für eine Lüge, Alaric.«

»Oder für eine Wahrheit. Es ist das Gift der Schattendaema.«

Ich fuhr seinen Arm wieder hoch. »Warum tut man so was?«

Er zog die Mundwinkel zu einem schwachen Lächeln hoch. »Es gibt zwei Gründe. Ich kann dir leider nur einen nennen. Kennst du die Art, mit der Keppochaner ihre Haut schmücken, wenn sie erwachsen werden?«

Ich hasste es, den Kopf schütteln zu müssen, denn ich *wollte* davon wissen. Ich wollte so vieles wissen und wusste doch so wenig.

»Es hat mit Feuer zu tun. Mit der Wut von Keppoch und der Glut von Keppoch. Aber ich war seit Jahren nicht mehr in Keppoch, und die Rituale meines Volkes sind weit weg. Sieh es als Ersatz, hinter dem ich verstecken kann, was mir fehlt.«

»Wo lässt man so etwas machen?« Die Linien waren mehr geworden in den letzten Jahren. Sie bedeckten fast seine gesamten Oberarme, seine Schultern, seine Brust und liefen zum Bauch, über den Rücken und an den Unterarmen aus, als warteten sie dort auf Vollendung.

»In den dreckigsten Spelunken an den Grenzen Nemijas. Wo sich jene verstecken, die in eurem Land keiner haben will. Dort, wo keiner Fragen stellt, woher das Gift kommt. Oder wohin es geht, wenn man es sich unter die Haut stechen lässt.«

Das Tuch verrutschte in meiner Hand, sodass meine Fingerspitzen über Alarics Brust strichen. Im gleichen Moment klopfte sein Herz, und ich wusste nicht länger, was ich tun sollte. Meine Hand zitterte, weil ich sie gleichzeitig wegziehen und näher an ihn heranschieben wollte, bis meine gesamte Handfläche über seinem Herzen lag. Da war so viel Magie in dem kurzen Moment, und ich wusste nicht, ob es seine war, meine, oder ob da etwas ganz Neues entstanden war.

Wassertropfen und ein wenig Seifenschaum rannen ihm über den Bauch und versickerten in seinem Hosenbund, und ich merkte zu spät, dass ich den Spuren mit dem Blick gefolgt war. Mein Mund war trocken und mein Kopf voller Impulse, die allesamt auf eine Nähe hinausliefen, die sich wundervoll und notwendig anfühlte … aber auch vollkommen unvernünftig.

»Den Rest … schaffst du allein«, stammelte ich, drückte ihm das Tuch in die Hand und wandte mich ab. »In meinem Rucksack ist die Salbe. Ich schau mal, ob … ich geh mal … Ich komme gleich wieder.«

Während ich mir einen Weg über den felsigen Untergrund um den Wasserfall herum suchte – nur noch weg, einen Moment lang irgendwohin, wo wir einander nicht sehen und ich meinen tobenden Herzschlag beruhigen konnte –, spürte ich Alarics Blicke in meinem Rücken und konnte mich nicht davon abhalten, mich über die Schulter umzusehen.

Er wirkte verwundert, irritiert. Und ich hatte keine Vorstellung, warum, wusste er doch seit Langem, wie er auf mich wirkte. Er sah jedoch beinah aus … als sei meine Wirkung auf ihn dieselbe.

KAPITEL 39

LAIRE

Als ich mich zurückwagte, war Alaric mit dem Waschen fertig. Seine Kleidung war tropfnass, aber zumindest trug er alles wieder am Körper. Gut. Das war … gut.

»Lässt du mich einen Moment allein?«, bat ich, und er verschwand ohne ein Wort. Erleichtert pellte ich mich aus meinen Sachen und stellte mich splitterfasernackt unter den frostigen Wasserfall, der zwar nicht mehr als ein besseres Rinnsal darstellte, aber mit dem kompletten Rest meiner Seife ausreichte, um mich wieder sauber zu bekommen. Ein Handtuch wäre unverschämter Luxus gewesen, aber zumindest hatte ich halbwegs trockene Kleider im Rucksack. Angezogen machte ich mich auf die Suche nach Alaric und fand ihn ganz in der Nähe, wo er Reisig zusammentrug. »Du magst bis ans Ende der Welt laufen können«, sagte er als Erklärung. »Ich nicht.«

Da ich ebenfalls vollkommen erschöpft war und Vika und Jero frühstens am Morgen treffen konnte, da sie im Augenblick in der Burg der Femarshall festsaßen, kam die Rast gerade recht.

»Ich mache ein Feuer«, sagte er, »wenn du ein paar Vorräte mit mir teilst. Meine hat das Moor gefressen.«

Mitsamt seinem Schwert, das nicht so leicht zu ersetzen war wie ein Schlauch Wasser und etwas Essen. Immerhin steckte sein Dolch noch in der Halterung am Gürtel. »Hoffentlich verdirbt es sich den Magen daran.«

Er lachte. »Ja. Woran verderben wir uns unseren?«

»An dem letzten Rest vom nassen Brot und Früchten von der Femarshall.« Ich musste grinsen. »Auch wenn sie mir diese Vorräte erst in ein paar Stunden geben wird.«

Das Feuer hätte qualmen müssen, weil das Holz feucht war. Aber Alaric schien seinen Einfluss zu nutzen, und es stieg nicht einmal Rauch auf, den jemand hätte sehen können. Vermutlich bestand aber ohnehin kein Risiko, denn es wurde dunkel, und die Sicht sank in sich zusammen. Wir verschwammen mit der Dunkelheit, wurden unsichtbar im Irgendwo.

Während wir aßen, erzählte ich Alaric von Femarshall Phylles. Er hörte still zu, und als ich fertig war, sagte er: »Ich würde sie bestimmt viel weniger hassen, wenn sie mich nicht übersehen hätte«, und wir mussten lachen, weil die Situation so todernst war und wir so todmüde.

»Wie gut, dass Kae da war«, flüsterte ich. Ich griff in meinen Rucksack, holte das Zeitmesser hervor und ließ es gedankenverloren aufschnappen. Ich stutzte, bevor ich begriff, was nicht stimmte.

Alarics Blick hatte sich verändert. Eben noch hatte er gelacht. Jetzt stahl sich ein Schmerz in seine Miene, den er zu verbergen versuchte, aber es gelang ihm nicht.

»Ist es … leer?«, fragte er.

Woher wusste er das? Ich konnte hinter die Glasscheibe sehen, wo Zeitsandkörner kreiseln sollten. Er saß mir gegenüber und hatte keinen Blick ins Innere des Medaillons.

»Ich spüre das. Nein, ich … spüre *nichts* mehr. Weißt du noch, was ich dir darüber erzählt habe? Die Zeit macht dich gierig danach, sie zu schneiden. Du verlierst dich in ihr. Das ist nun alles weg. Ist die Zeit … weg?«

Er wirkte so verloren in diesem Moment, dass mir jäh ganz kalt wurde. »Habe ich einen Fehler gemacht? Ich wusste nicht, wie viel Zeit ich nutzen musste. Also habe ich …«

Sein Mund lächelte, seine Augen nicht. »Du hast alles genommen.«

»War das falsch?«

»Es war deine Entscheidung.«

»Das ist keine Antwort.«

Er lehnte sich zurück und stützte sich auf den Ellbogen auf der unverletzten Seite. »Nichts hier ist *nicht* falsch. Du solltest gar nicht hier sein. Das allein ist schon aus tiefster Seele falsch.«

»Und du?«, fragte ich zurück. »Solltest du denn hier sein?« Meine Worte sollten ihn provozieren, aber das taten sie nicht, er legte nur den Kopf schief, als müsse er darüber ernsthaft nachdenken.

»Ich gehöre hierher, Laire. Dafür gibt es ein Dutzend Gründe, und einer davon ist, dass ich dir keinen davon nennen werde.«

Ich zog die Knie an und schlang meine Arme um die Beine. »Entweder bist du zu müde, um noch sinnvolle Antworten zu geben, oder ich bin zu müde, um dich zu verstehen. Vielleicht reden wir morgen darüber?«

Wieder dieses Lächeln, das keines war. Nicht in dieser Welt. In einer anderen würde er vielleicht ehrlich lächeln. »Vermutlich nicht. Leider nicht.«

Ich schloss die Augen. »Du bist anstrengend.«

»Danke. Ich gebe mir auch größte Mühe.«

»Das war kein Kompliment. Aber eine Sache möchte ich noch wissen.«

Alaric seufzte. »Du willst wissen, ob die Zeit sich wieder auffüllt, nicht wahr?«

Ich nickte, ließ jedoch die Augen geschlossen. Wenn meine schlimmste Befürchtung zutraf, hatte ich etwas von unvorstellbarem Wert zerstört.

»Zeit entsteht nicht aus dem Nichts. Sie vermehrt sich aus anderer Zeit heraus. Das ist in einem Medaillon nicht anders als in einem Leben. Wenn die Zeit einmal aufgebraucht ist, ist es vorbei. Demnach … nein. Das wird sie nicht.«

Ich bemühte mich, ruhig weiterzuatmen. »Das … das tut mir leid. Ich wusste nicht … ich hatte kaum Zeit, darüber nachzudenken.«

Er legte mir die Hand auf die Schulter. Ich zuckte zusammen, weil ich gar nicht gemerkt hatte, dass er sich so weit zu mir rübergelehnt hatte.

»Es war deine Entscheidung, und sie war gut. Am Ende hat sich erfüllt, was man mir vorausgesagt hat, als ich die Zeit geschenkt bekam.«

»Und … was … war das?«, fragte ich langsam und zögerte jedes Wort ein wenig länger hinaus, weil ich diesen Moment, in dem seine Hand warm auf meinem Körper lag, noch ein wenig spüren wollte. Ein wenig ausdehnen. Halten.

Als könnte ich die Zeit verändern. Jahre zurückdrehen, als ich ihm zum ersten Mal so nahe gekommen war. Ich war schon damals kein unbelastetes junges Mädchen gewesen. Aber frei.

Alaric ließ sich auf diesen Tanz mit der Zeit ein, denn auch er antwortete nicht sofort. Ich hörte, wie er ein leises, amüsiertes Geräusch ausstieß, einen stimmlosen Laut aus seiner Kehle. Dann Stille. Schließlich sagte er: »Eine Frau schenkte mir die Zeit, da war ich gerade vierzehn. Eine Frau, die älter war als jeder Mensch, den ich in meinen jungen Jahren je gesehen hatte. Dort, wo ich geboren wurde, wird niemand wirklich alt.«

Ich wollte eine Zwischenfrage dazu stellen, aber er kam mir zuvor und erzählte schon weiter.

»Sie sagte, ich solle sie gut verwahren, die Zeit, und sparsam mit ihr umgehen, als sei jedes Körnchen kostbar wie eine Kiste voller Gold. Und wenn mir das gelänge, würde die Zeit einst ein Leben retten.« Wieder dieser kehlige Laut, fast ein Lachen. »Nie hätte ich gedacht, dass es mein eigenes sein würde.«

KAPITEL 40

ALARIC

Seit zwölf Jahren war ihm beinah jede Nacht wie ein Winter vorgekommen. Lang, kalt, dunkel und stets von der Frage begleitet: Besiegst du diese verfluchte Zeit oder ist die deine nun beendet?

Die letzte Nacht dagegen war an ihm vorbeigeflogen. Sie hatte in ein paar Wimpernschlägen und einem Dutzend Gedanken Platz gefunden, hatte ihn nicht frieren, sondern sich in Dunkelheit verstecken und dort sicher fühlen lassen.

Er hatte Wache gehalten, als Laire schlief, das Gesicht in ihre Handfläche gelegt wie in ein Kissen; zarten, warmen Feuerschein auf ihren schönen Zügen. Es war lange her, seit er zuletzt gezeichnet hatte, vermutlich wären alle Striche ungelenk geraten, aber dennoch hatte er das Bedürfnis gespürt, sie zu malen. Er hatte Kohle. Aber letztlich entschied er sich dagegen, ein Stück Holz oder Stein zu suchen, das ihm als Leinwand hätte dienen können, weil er nicht riskieren wollte, dass Laire erwachte.

Ganz verkneifen ließ sich das Bedürfnis, mit der Fingerspitze über ihre weichen Züge zu streichen, dennoch nicht. Er zeichnete sie mit den Fingern in den Staub, verwischte das Bild und begann von vorn. Sie hatte ausgesehen wie früher, in der Nacht, als er zum ersten Mal allein mit ihr gewesen war: sie und er und ein Feuer. Die Nacht, in der er vergessen hatte, wer er war, wer *sie* war; die Nacht in der es bedeutungslos gewesen war, weil er der gewesen war, der sie liebte, und alles andere, alle Sorgen so weit fort schienen wie das Sonnenlicht.

Später hatte er geschlafen; nur kurz, vielleicht zwei oder drei Stunden, aber so tief, dass er weit vor dem Morgengrauen erwacht war, ausgeruht wie seit Langem nicht mehr.

Vielleicht war etwas dran, an den Liedern seiner Heimat, die davon erzählten, dass selbst die kleinste, lächerlichste Flamme energisch aufloderte, wenn man ihr mit dem Ersticken drohte.

Während Laire ihn durch den Wald führte, um die anderen einzuholen, fühlte er sich wie im Frühling, wenn ein Sommer in Aussicht stand, in dem alles etwas leichter und heller wurde, und dieses Gefühl labte sich daran, dass auch Laire schien, als sei ihr etwas leichter ums Herz als zuvor.

Dummkopf, schalt er sich mit einem stillen Lachen. Sie würde dich nicht retten und danach Trübsal blasen, weil es ihr gelungen ist.

Aber was mochte es sein, was sie fühlte? Sie hatte so sehr darauf beharrt, ihm nie wieder vertrauen zu können, und er kannte die Nema gut genug, um zu wissen, dass sie es ernst meinte. Wer das Vertrauen der Menschen von Nemija brach, durfte kein Vergeben erwarten. Niemand wusste das besser als er. Und trotzdem war ihr Kopf gestern Abend mit einem erleichterten Seufzen an seine Schulter gesunken. Trotzdem leuchteten ihre Augen ohne einen direkten Lichteinfall auf, wenn sie sich zu ihm umsah. Und trotzdem entdeckte er an ihren zuckenden Mundwinkeln, dass sie so gern lachen würde – oder wenigstens lächeln –, wenn er etwas sagte, von dem er recht sicher war, dass sie es witzig finden musste.

Mit einem Mal blieb Laire stehen, und obgleich nichts an ihrer Haltung oder ihrer Mimik Furcht verriet, war ihm klar, dass etwas nicht stimmte. Es war, als würde er ihren Herzschlag wahrnehmen; nicht als Geräusch in den Ohren, sondern eher wie ein Pochen in der Luft, das seine Haut vibrieren ließ.

»Ist alles in Ordnung?«

»Ja«, erwiderte sie zu schnell. »Es ist nur so, dass Vika und Jero hier an diesem Ort auf mich warten wollten. Wir sind spät. Wir hätten nicht so lange rasten sollen.«

Alaric sah sich um, fand aber keine Spur, keinen Fußabdruck, keinen Hinweis. »Sie werden nicht ohne dich weitergehen. Das können sie gar nicht. Du bist die …«

»Die Suchende, ich weiß.« In Laires Stimme klang kein bisschen Erleichterung mit. »Doch, sie können. Ich habe Vika zur Suchenden erklärt, für den Fall, dass ich nicht zurückkäme.«

Alaric hatte keine Vorstellung, wo der feste, trockene Kloß herkam, der plötzlich seine Kehle eng machte. Ihre Worte machten ihm mit überwältigender Wucht klar, was sie seinetwegen riskiert hatte. Sie war nicht nur allein durch die Zeit und einen fremden Wald gereist, um die womöglich überlebenden Reste dessen einzusammeln, was einmal seine Existenz gewesen war. Sie hatte ihr ganzes Leben in die Waagschale geworfen. Für ihn.

»Wenn Vika den Lord erreicht und vor ihm vorspricht …«

Sie schnaubte. »Ich weiß. Dann sitzen wir beide hier fest. Im Daemareich. Wir müssen sie einholen.«

»Nenn mir die Richtung und ich trage dich, wenn du willst.«

»Danke, aber das Denken und Tragen überlassen wir doch besser den Pferden. Die Richtung … gute Frage.« Sie drehte sich um ihre eigene Achse. »Die Femarshall sagte etwas ganz Ähnliches wie Jero: ›Dies ist

Alsjana Daera‹, sagte sie. ›Sie wird Euch auf dem schnellsten Weg führen, solange Eure Wünsche Euer Kompass sind.‹« Laire schloss die Augen und ihre Lippen formten stumm ein Wort, das ihm, als er glaubte, es von ihrem Mund abzulesen, einen Stich versetzte. Denn das Wort war ein Name: Desmond.

Er hatte fast vergessen, dass es dieser Mann war, für den Laire ihr Leben hundertfach riskierte. Um ihn zu heiraten.

»Da entlang«, sagte Laire schließlich und wies in die Richtung, in der der Wald am düstersten schien.

Laires Schritte hatten ihre Leichtigkeit und ihr Körper seine Geschmeidigkeit nicht verloren, und trotzdem schien es, als laste ein Gewicht auf ihren Schultern, das zuvor nicht da gewesen war.

»Macht es dir Sorgen, dass Vika und Jero weitergegangen sind?«, fragte er vorsichtig.

»Ja. Was, wenn ihnen etwas zugestoßen ist?«

»Dann hätten wir sicher Spuren eines Kampfes gesehen.«

Sie seufzte. »Du hast bestimmt recht. Es ist nur so: Wir können nicht wirklich zu spät sein. Warum haben sie nicht gewartet? Da muss es doch einen Grund geben.«

»Vertraust du beiden?« Alaric biss sich auf die Zunge. Er hatte in den letzten Jahren gelernt, erst nachzudenken und danach zu sprechen – Eigenschaften, die man in seiner Heimat unter ›Feigheit‹ zusammenfasste. Manchmal vergaß er, dass die Feigheit der einen die Besonnenheit der anderen war. Mit seinen drei Worten hatte er Laire im besten Fall beleidigt, im schlimmsten verletzt.

»Jero besitzt mein Vertrauen«, sagte sie. Klang da ein wenig Kälte in ihrer Stimme mit? Etwas mehr Distanz? »Für das, was ich Vika gegenüber empfinde, reicht ein Wort wie Vertrauen nicht aus. Ich bräuchte ein viel größeres. Vertrauen ist wie ein Mensch, wenn ich versuche, eine Gottheit zu beschreiben. Wie ein Haus, wenn ich doch einen Palast meine. Verstehst du?«

Er nickte. Er hatte sie nicht beleidigt. Sondern verletzt.

»Vika lässt mich nicht im Stich. Sie hatte einen guten Grund, schon aufzubrechen.«

»Mag sein. Aber hätte sie nicht eine Spur hinterlassen, sodass du sie finden kannst und dich nicht verirrst?« Alaric hielt das für eine berechtigte Frage.

Laire aber reagierte, als hätte er sie ein weiteres Mal zutiefst verletzt. Schnaubend wandte sie sich ab und lief schneller.

KAPITEL 41

LAIRE

Ungefähr bis zum Mittag liefen wir meiner Intuition hinterher, und ich hielt mich an der Hoffnung fest, Jero, Vika und Kae würden jeden Moment vor uns zwischen den Farnen auftauchen und wir könnten uns erleichtert in die Arme fallen. Doch wir trafen auf keine Menschenseele. Nur einzelne Daema kreuzten unseren Weg, hielten sich jedoch in respektvollem Abstand, die Augen voller Misstrauen, die Zähne gefletscht.

»Sie greifen gar nicht an«, murmelte ich halb zu mir selbst.

»Vorsicht mit deinen Wünschen«, erwiderte Alaric. »Vielleicht gehen sie kein unnötiges Risiko ein und warten auf Verstärkung.«

»Dein Pessimismus ist so …«

»Hilfreich? Vernünftig? Lebenserhaltend?«

»Pessimistisch«, sagte ich und blieb dann jäh stehen, sodass Alaric fast in mich hineinrannte. »Was ist das denn?«

Der Wald wurde lichter, und eine Wiese aus seltsam moosigen Gräsern und vielen kleinen, lichtspendenden weißen Blüten tat sich vor uns auf. In der Mitte der Wiese stand eine runde Steinmauer, einem Brunnen ganz ähnlich, nur breiter. Wäre es ein Brunnen gewesen, hätte man einen Eimer, groß wie eine Pferdekutsche, hineinlassen können.

Alaric verengte misstrauisch die Augen. »Was immer es ist, ich bin sicher, dass wir es nicht wissen müssen. Lass uns weitergehen.«

»Ich fürchte …« Ich ließ meinen Satz unvollendet und trat vorsichtig näher. Mir ging es wie ihm, ich fürchtete mich auch vor diesem … Ding. Es verströmte das Gegenteil von Hoffnung, das Gegenteil von Optimismus, wie einen Geruch, den der Wind mit sich brachte, der aber nie lange genug anhielt, um ihn zu identifizieren.

Und ich fürchtete mich umso mehr, weil dies die Richtung war, in die ich musste. Was da auf sich aufmerksam machte, war das Herz des verfluchten Reiches.

Ich legte meine Hände auf die Mauer, stellte mich auf die Zehenspitzen und lugte über die Steine. Eine Woge dieser unguten Gefühle schlug mir ins Gesicht, und ich hätte vor Entsetzen aufgestöhnt, wäre Alaric nicht neben mich getreten.

»Ist alles in Ordnung?«

»Absolut nichts. Wir müssen da runter. Das ist der Weg.«

Er folgte meinem Blick über die Mauer. Wo ich nur eine steinerne Treppe erkennen konnte, die an der gegenüberliegenden Innenseite der Mauer entlangführte, sah er vermutlich mehr, weil er größer war. Er schluckte, und etwas in seinen Augen gefiel mir ganz und gar nicht. Ich sprang hoch, stemmte mich auf den Mauersims und klettere darauf, um selbst bessere Sicht zu bekommen. Im nächsten Moment wünschte ich fast, ich hätte es nicht getan. Die Treppe führte spiralförmig an der Mauerwand entlang, die in eine sich immer weiter verjüngende Tiefe führte. Mit jedem Meter schienen mehr Farben zu verblassen, als bohrte sich dieser Weg dorthin, wo es keine Farben, kein Licht und keine Dunkelheit mehr gab. Alles war grau. Ich konnte nicht abschätzen, wie weit die Treppe reichte, aber es schien so, als ginge es tiefer, als ein Berg hoch war. Mir schwindelte von dem Anblick, es war, als würde die Spiraltreppe sich vor meinen Augen langsam zu drehen beginnen. Schnell schüttelte ich den Kopf.

»Weißt du, woran mich das erinnert?«, flüsterte ich. »An ein Lied.«

Es klang lächerlich, aber er lachte nicht.

»Ein Lied aus einem Land, in dem nichts und niemand das Singen entdeckt hat«, rezitierte ich den ersten Vers. »An einen vergessenen Traum. An einen Wunsch, den niemand hat. An ein Herz, das niemals schlagen wird, nicht mal für einen einzigen Moment.«

Er erwiderte nichts, er legte nur seine Hand auf die Mauer, gleich neben die Stelle, an der ich stand. Ich kniete mich nieder, ergriff sie und spürte ihn leicht zudrücken. »Da unten wartet das Ende von Dingen, die nie begonnen haben.«

»Eure Lieder sind seltsam«, sagte Alaric. »Sie handeln meist von euren Ängsten. Seltener von euren Heldinnen und Helden.«

»Vielleicht, weil wir keine haben.«

Er stieß die Luft aus. »Ja, vielleicht. Das sollten wir ändern, findest du nicht?«

Nein, das fand ich überhaupt nicht. »Ich will keine dieser Heldinnen sein. Ich will mein Leben zurück. Meine beste Freundin, Desmond und, wenn es irgendwie möglich ist, auch noch das bisschen meiner Unschuld, das noch zu retten ist.«

Alaric hob eine Augenbraue. »Ich will dich nicht desillusionieren, Laire, aber in der Hinsicht war ich gründlich.«

Und trotz meiner Angst musste ich lachen. Ich deutete eine Ohrfeige an und versetzte ihm einen leichten Stoß gegen die Schulter, während ich mich aufrichtete. »Nimm dich gefälligst nicht so wichtig. Das meine ich doch gar nicht. Was ist das überhaupt für eine lächerliche Formulierung – die Unschuld verlieren? Ich mache mich doch nicht schuldig, wenn ich mit jemandem schlafe. Ich meine etwas anderes.«

Und bitte, Alaric, belass es nun dabei. Denn ich will nicht über Schuld reden, nicht mit dir, dessen Meinung mir trotz allem immer noch wichtig ist.

Wie gut, dass Alaric so schlecht darin war, Emotionen zu erkennen. Oder war er gut darin? Denn er blickte mich zwar unumwunden an, so lange und ruhig, als hätte er eine Information bekommen und müsse diese nun in Ruhe überdenken, aber er sagte nichts dazu und stellte auch keine Fragen.

Ich räusperte mich. »Wie es aussieht, werde ich dort hinuntersteigen müssen. Ich kann es verstehen, falls du nicht mitkommen willst, aber …« Ich japste erschrocken auf, als er mit einem geschmeidigen Satz auf die Mauer sprang und so dicht neben mir aufkam, dass ich beinah zurückgetreten und in die Tiefe gestürzt wäre. Doch schnell fasste er wieder nach meiner Hand.

»Beleidige mich bitte nicht«, sagte er. Und so balancierten wir dorthin, wo der Abstand zwischen dem Mauersims und der ersten Stufe der Treppe am geringsten war, und kletterten ins Innere des Brunnens, auf dessen Grund kein Wasser auf uns wartete, sondern vollkommene Ungewissheit.

»Unsere Lieder«, murmelte er, »handeln meist von schönen Frauen. Eigentlich sind sie euren trotzdem recht ähnlich.«

Ganz still, ohne einen Laut, flüsterten meine Lippen: »Danke, dass ich nicht allein gehen muss, Alaric Cole.«

KAPITEL 42

LAIRE

Die steinerne Treppe besaß kein Geländer. Ein falscher Tritt, ein Stolperer nur, würde ins endlose Nichts führen. Dunkelheit oder ein Echo hätten mich beruhigt, denn das wäre vertraut gewesen. Doch die Tiefe, in die wir traten, Schritt für Schritt, Stufe für Stufe, war nicht dunkel. Sie war farblos und schwieg, als wäre da nichts, nicht einmal etwas Durchsichtiges, nichts, wovon ein Geräusch widerhallen könnte. Die Treppe war gerade eben breit genug, um nebeneinander zu gehen, und obwohl Alaric am Abgrund entlangstreifte wie eine Katze am warmen Ofen, war ich dankbar, ihn dicht neben mir zu haben.

»Weißt du, was falsch ist am Daemareich?«, fragte ich ihn, um die beklemmende Stille zu brechen.

»Daema.«

Ich lachte leise und nervös. »Nein, die hatte ich erwartet. Was ich nicht erwartet hatte, war, dass es beinah schön ist.«

»Nicht überall«, sagte er düster und dachte dabei wohl ans Moor.

»Ich hatte es mir unheimlicher vorgestellt. Und gleichzeitig ist es viel gruseliger als alles, was ich in meinen dunkelsten Träumen erleben könnte. Weil es unserer Welt so ähnlich ist. Nur eine Sache fehlt.«

»Welche?«

»Das Leben.«

Alaric zog die dunklen Brauen zusammen, während wir gleichmäßig weitergingen. Runde für Runde, und jede führte uns tiefer. »Die Daema wirken auf mich recht lebendig.«

»Sie sind es auch, aber ihr Leben haben sie nicht aus dieser Welt. Sie haben es mitgebracht. Hier gibt es nichts, was Leben spendet. Keine Sonne, keinen Mond und keinen Regen. Keine Winde, die die Samen der Pflanzen verteilen. Hier ist nichts davon.«

»Und die Pflanzen selbst?«

Ich zuckte mit den Schultern. »Sie sind da. Aber ich glaube, sie sind nicht in dieser Welt entstanden. Sie wurden hergebracht oder ...«, mein neuer Gedanke schien viel naheliegender, »vielleicht waren sie schon an diesem Ort, bevor er zum Daemareich wurde, und überdauern. Wo es keine Schöpfung gibt, da verfällt vielleicht auch nichts.«

»Woran erkennst du all das? Wie kommst du auf diese Gedanken? Sie kommen mir so fremd vor.«

»Ich versuche bloß, Alsjana Daera zu verstehen.« Und dadurch verstand ich plötzlich auch einen Teil von mir selbst. »Ich habe dir damals erzählt, wie sehr mir die Universität fehlte, oder?«

Er nickte, und ich sah ihm den Kummer darüber an, den die Erinnerung freilegte, wie etwas, das zuvor unter Staub bedeckt gewesen lag.

»Du hast nicht verstanden, warum ich solche Sehnsucht danach hatte. Nein, widersprich nicht – ich habe es ja selbst nicht verstanden. Die Kunst, die Kultur, die Wissenschaft: Auf den ersten Blick sind es nur Bilder, Statuen, Gedichte, Geschichten, Lieder und Entdeckungen. Aber das alles handelt nur vom Leben und von der Suche eines Sinns darin. Darin fließt die Magie des Lebens, die Frage nach dem Sinn –

und immer auch die Idee einer Antwort, wenn man nur richtig hinspürt und bereit ist, seinen Verstand zu benutzen. Alles, was Menschen schaffen, handelt von der Magie des Lebens. Nicht die, die großen Zauber schafft. Sondern die, die ein Lied dazu bringt, dir ans Herz zu greifen. Die eine Geschichte wahr werden lässt, nur für dich allein. Die ein Bild dazu bringt, dich Teil davon werden zu lassen. Das wollte ich in der Universität erforschen. Diese Magie.«

»Du musst an deine Universität zurück, das weißt du, oder?«, fragte Alaric.

So einfach war es leider nicht. »Dafür ist es zu spät.«

Entschieden schüttelte er den Kopf. »Du fehlst der Magie genau so wie sie dir, denn du bist eine der wenigen, die sie überhaupt wahrnehmen können. Sie braucht dich, Laire.«

»Sie lassen mich nicht mehr zur Universität gehen.«

»Aber wenn du Desmond ...« Er brach den Satz ab, als bekäme er ihn nicht über die Lippen. »Nach der ... Hochzeit?«

»Ich bin inzwischen zu alt für die Studiengänge in Kunst und Kultur. Haus- und Hofwirtschaft wäre möglich.«

Alaric verzog das Gesicht, als würde er die Bitterkeit im Mund schmecken, die ich bei den letzten Worten empfand. Doch dann sah er sich plötzlich irritiert um. »Laire? Irgendwas geschieht hier.«

Ich verstand nicht sofort, was er meinte. Ich merkte bloß, dass sich der Stein langsam zu wandeln schien. Oben war er grau und rau gewesen, von dunklen Adern durchzogen. Ganz einfacher Stein. Hier nun entdeckte ich aus dem Augenwinkel immer wieder ein Glitzern, als würden Erz- oder Silberfäden die Schichten durchziehen. Doch sobald ich hinsah, war das Schimmern verschwunden, flackerte dafür an anderer Stelle wieder auf. Alaric sah in die andere Richtung. In das Loch inmitten der Treppenspirale.

»Es dreht sich.« Sein nächster Schritt geriet viel zu weit nach außen an den Rand der Stufe.

Ich packte nach ihm, hielt seine Hand in meiner und umschloss mit der anderen zur Sicherheit sein Handgelenk.

Gleichzeitig wurde mir bewusst, dass er nicht irrte. Ihm war nicht bloß schwindlig geworden, was leicht passieren konnte, wenn man minutenlang im Kreis lief. Die Spirale, die wir runterliefen, bewegte sich mit uns. Die Treppe, die Steinwand – der ganze verdammte Zylinder wand sich wie ein Wurm tiefer ins Land hinein.

»Weiter«, sagte Alaric und zog mich ein paar Stufen hinab, doch plötzlich geriet er ins Schwanken, und ich zerrte ihn mit aller Kraft an die Außenwand. Ein eisiges Schaudern durchrann mich, als ich mit der Schulter gegen den Stein stieß. Er war pure Magie. Kalt und von tödlicher Gefahr. Ein menschenfressender Riese, dem wir durch die geöffneten Hände liefen. Doch er entschied, uns nicht zu zerquetschen. Noch nicht.

Ich zog Alaric neben mich, und wir setzten uns auf die Stufen, wobei ich eine über ihm nahm, sodass unsere Gesichter auf einer Höhe waren. Die Magie brummte in meinen Knochen und kribbelte in meinen Adern. Mein Herz schlug hart, als wolle es bersten. Trotzdem drückte ich den Rücken gegen die Wand aus Stein und Zauber. Wenn wir ins Wanken gerieten … Ich wagte nicht, den Gedanken zu Ende zu denken. Alaric starrte die Treppe hinab. Wieder arbeitete mein Verstand nur langsam, und ich begriff mit einer schier unerträglichen Verzögerung, dass wir uns schneller drehten, immer schneller. Alles drehte sich, ich konnte meinen Blick kaum noch fokussieren. Und da war noch etwas, etwas viel Seltsameres. Die Luft veränderte sich. Ich atmete ganz normal und hatte doch das Gefühl, jeden Moment zu ersticken. Mir schwindelte.

»Sollten wir nicht weitergehen?« Alaric machte Anstalten, sich hochzustemmen, aber er schwankte schon im Sitzen und würde straucheln und fallen, daher riss ich ihn zurück und er prallte gegen mich. Was geschah hier? Ob Gift in der Luft war? Ich blickte nach oben und musste mich fast übergeben. Weit über unseren Köpfen, oberhalb des Steinzylinders, wirbelte ein kreisrunder Fleck des Himmels so wild und schnell, dass ich die Farben nicht mehr auseinanderhalten konnte.

Ich schloss die Arme um Alarics Brustkorb und hielt ihn fest. Wenn er sich jetzt bewegte, würde er stürzen. »Nein, nicht weitergehen. Bleib hier. Wir gehen nicht weiter.«

»Aber dann war alles umsonst.«

»Ganz sicher nicht. Ganz sicher … nicht.« Meine Stimme wurde leiser, als läge eine Schicht Stoff über meinen Ohren. Ich schmiegte mein Gesicht in seine Haare. »Alle Wege führen ins Herz dieses Reiches. Wir kommen dort an. Ganz bestimmt.«

Ich war so sicher zu sprechen, aber ich hörte meine Stimme nicht mehr. Alarics Kopf war zur Seite gekippt, gegen meine Schulter, und ich lehnte meine Stirn an seinen Scheitel, atmete in sein Haar, roch seinen Duft und war plötzlich nur noch zur Hälfte hier an diesem Ort. Der Rest von mir durchtrennte die Zeit, als könnte ich diese Magie auch ohne Zaubersand aus einem magischen Medaillon beherrschen. Mein Körper blieb zurück. Der Rest von mir war Jahre her, in einer Welt, die lebte, in einem Leben, in dem ich glücklich werden wollte. Mit ihm. Mit Alaric Cole, weil er der Einzige war, dessen Nähe mein Herz weit genug machte für all das Glück, das wir empfanden. Wir waren füreinander bestimmt gewesen, und in dieser Welt, in diesem Leben, dieser naiven Zeit der ersten Liebe, wo ich damals war und jetzt. Ich hatte noch nicht gewusst, dass all das zerreißen würde. Mehr noch: Es war mir egal gewesen.

»Du musst weitergehen.« Mir rann ein Schauder über den Rücken, als ich die inzwischen vertraute Stimme vernahm. Diese Stimme … wessen Stimme war das?

»Nicht verharren. Es tötet dich, wenn du nicht weitergehst.«

Ich wollte ja. Ich wollte doch nichts anderes. Oder? »Es ist so schwer. Ich kann nicht … kann nicht aufstehen.«

»Das musst du, Laire.« Die Stimme sprach so sanft. Aber ich spürte sehr wohl die Gefahr. Sie war wie die Magie an diesem Ort. Mächtig und in der Lage, mich zu zerstören, als wäre nichts dabei. Aber er tat es nicht. Er wollte mir nicht schaden – er war nicht böse. Nicht in diesem Moment. »Du musst aufstehen. Öffne die Augen und geh weiter.«

Bei der Vorstellung des wild wirbelnden Himmels über mir hätte ich die Augen am liebsten noch fester zusammengepresst. Doch selbst das gelang mir nicht. Alles, was ich zustande brachte, war, meinen Kopf zu bewegen, sodass Alarics weiches Haar über meine Wange und meine Augenlider strich und Erinnerungen über mich fielen wie Schnee.

Ein Tanz über den Marktplatz.

Ein Kuss unter dem Lichtermeer einer Zaubernacht.

Ein tröstendes Wort und ein gemeinsames Lachen, das mir die Welt öffnete, die ich für eng und begrenzt gehalten hatte.

Eine sanfte Berührung, die eine Träne fortwischte.

Eine Umarmung, die das Weinen erlaubte.

Die Erinnerungen wurden mehr und mehr, sie kamen in großen Flocken und winzigen, die nur aus kleinen Details bestanden.

Das Wohlbefinden, wenn ich meine Nase an seiner Haut rieb.

Das Kribbeln, das seine Stimme in mir weckte, wenn er sie senkte und dunkel machte.

Das Lächeln, weil ihm gefiel, wie sehr ich auf seine kleinen Tricks ansprang.

Die Leichtigkeit seiner Scherze.

Die Wärme in seinem Blick, die allein mir galt.

Die Erinnerungen würden mich bedecken, wenn ich es zuließ. Kein wildes Kreiseln käme mehr an mich heran. Ich würde in meinen Erinnerungen liegen, wohlig weich.

»Und nie mehr erwachen«, sagte die Stimme. »Willst du das wirklich? Es ist ein schöner Tod. Der schönste, den man innerhalb meiner Grenzen finden kann. Aber Laire, willst du ihn wirklich? Ist es dein Wunsch zu sterben?«

Hier und jetzt? Mit Alaric in meinen Armen und ein paar wenigen Tränen, die in sein Haar sickerten?

Einen schöneren Tod würde ich vermutlich nie wieder finden.

KAPITEL 43

DESMOND

»Lass uns über Luilaire es Retneya sprechen, mein Prinz«, sagte der Lord, und Desmonds Kopf sank zu Boden. Er ließ die Stirn auf den eiskalten Steinboden sinken und schlug sich nur deshalb nicht selbst vor Verzweiflung den Schädel zu Brei, weil er dazu schlicht keine Kraft mehr hatte.

Seit einer Ewigkeit hockte er in dem Turmzimmer mit den vielen Türen und fror in seiner halb zerrissenen Hose und dem letzten Rest Lumpen, zu dem sein Hemd geworden war, seit der Lord ihn geholt hatte. Was Tage her war … Oder Wochen? Monate? Desmond wusste es nicht mehr, und es war ihm auch gleich, hier, wo jeder Moment sich anfühlte wie die Unendlichkeit. Der Lord stellte ihm ein ums andere Mal die gleichen Fragen. Er wollte Informationen über Laire und bekam keine von Desmond. In dem Moment, als Desmond einzuknicken drohte, als er nur noch einen Augenblick davon entfernt war, dem Lord alles zu sagen, was der wissen wollte, nur für den Preis von etwas Ruhe, einer Decke oder einem Becher schalen Wassers, sagte der Lord: »Ich werde es sehr bald selbst erfahren.« Und dann begann er erneut, verlangte aber diesmal Informationen über Cadyz.

Nicht einmal, wie lange dieses Verhör schon andauerte, wusste Desmond noch zu sagen. Stunden? Nein, länger, denn nach Stunden würde sein Geist sich nicht so wirr vom Wassermangel anfühlen. Doch nicht einmal der Lord der Daema vermochte es, tagelang nichts anderes zu tun, als ihm sinnlose Fragen zu stellen. Oder? Mussten diese Biester denn niemals essen, trinken oder einen Abort aufsuchen? Schlief der Herr der Abscheulichkeiten nie? Oder war Desmond in einer Zeitschleife gefangen, und der verfluchte Lord war überhaupt nicht hier, sondern nur ein Trugbild, das ihn in den Wahnsinn treiben sollte?

»Ihr werdet sie kennenlernen«, stöhnte Desmond in die Stille. Nichts und niemand antwortete ihm, nur ein Wassertropfen fiel vom Dach zu Boden und zerplatzte in einer Lache neben ihm. »Laire wird kommen, mein Lord.« Weil sonst alle Hoffnung verloren war. »Und Ihr werdet wünschen, ihren Namen nie genannt zu haben.«

Irgendwo hinter den Mauern erschallte ein Lachen, und ein Flüstern streifte Desmonds Gedanken: »Ich kann es kaum erwarten.«

Doch als er den Kopf hob, war er allein.

Nur einen Augenblick später öffnete sich in jeder Himmelsrichtung des Turms eine Tür, und je eine Wache trat ein. Desmond kannte das Ritual und wehrte sich für gewöhnlich nicht. Heute war er jedoch viel zu erschöpft, um umringt von den Wachen zurück zu seiner Zelle zu gehen. Dort wartete ohnehin nicht mehr als ein Stück vertrocknetes Brot, eine Kanne trübes Wasser und ein Eimer für seine Notdurft. Er konnte genauso gut hier liegen bleiben und darauf hoffen, dass sie ihn bewusstlos schlugen. Vielleicht verrann dann endlich Zeit. Sie schien stillzustehen in dieser Burg, in der es weder von Sonne noch Mond die geringsten Anzeichen gab.

Leider schlug ihn keiner der Maskierten nieder. Sie packten ihn schlicht an Hand- und Fußgelenken und zerrten ihn durch die Gänge, sodass die Bruchsteine am Boden ihm den Rücken aufschürften und jede Treppenstufe wie eine Tracht Prügel wirkte. Desmond ließ es teilnahmslos geschehen. Ihm war, als würde er neben sich herschweben und nur noch dabei zusehen, wie sie seinen Körper quälten. Er spürte es kaum noch.

Erst bei den Zellen kam er wieder richtig zu sich, denn die Nachbarzelle stand offen. Er warf einen Blick durch die Gitter, und obgleich seine Sicht trüb war und die Schatten in jeder Ecke nisteten, erkannte er sofort, dass Kedren fort war.

»Wo ist der Junge?«, presste er heiser hervor.

Die Wachen reagierten eigenartig, jeder auf eigene Weise. Der eine lachte hämisch, der zweite senkte den Blick. Die Augen des dritten wurden schmal vor Zorn, und der vierte starrte ihn an, und – Desmond war ganz sicher, obwohl er nur die Augenpartie sehen konnte – er lächelte.

Desmond aß den Abfall, den man ihm hingeworfen hatte. Er ruhte schlaflos in dem Häufchen aus schimmligem Stroh und benutzte den verhassten Eimer. Dazwischen flüsterte er immer wieder Kedrens Namen. Wenn der Junge im Verhör war, dann würde er doch irgendwann zurückkommen. Oder dauerte dessen Befragung etwa auch diese endlose Zeit, die wie in einer Schleife verlief und immer wieder von vorn begann?

Schließlich hinkte die gebückte Person heran, die immer die Eimer auswechselte, und Desmond erinnerte sich daran, dass Kedren behauptet hatte, diese Leute würden ihm vertrauen und ihm manchmal Informationen zuspielen.

»Kedren«, flüsterte Desmond dem Wesen zu, das männlich oder weiblich sein konnte, alt oder jung. Unter einer Kapuze aus Fetzen und einem Umhang aus verfilztem Fell war das kaum auszumachen. »Er ist fort.«

Bei den Winden der Heimat, was war nur mit ihm los? Der Diener würde durchaus selbst bemerkt haben, dass die Zelle leer stand. »Weißt du, wo er ist?«

Das Wesen starrte zu Boden. Dann nickte es knapp, und als Desmond fragen wollte, hob es die Hand zum Zeichen, dass er schweigen sollte. »Fort«, sagte es schließlich mit hohler Stimme. »Frei. Verurteilt.«

»Was? Was bedeutet das?« War er tot? Ein Daema geworden? Gab es einen Unterschied?

Aber was hatte der Junge denn Unverzeihliches getan? Wie konnte der Lord der Verfluchten ihn verurteilen?

»Warum?«

Das Wesen hob die Schultern und ließ sie wieder fallen. »Alle werden verurteilt. Einer darf bleiben, wer er ist, wenn die Nacht schwarz ist. Alle anderen werden wie wir. Früher oder später. Wie wir.«

Es war also ein Daema, der mit ihm sprach. Er hatte nicht gewusst, dass einige von ihnen sprechen konnten.

»Wenn die Nacht schwarz ist – du meinst Neumond, nicht wahr? Eine Nacht ohne Mondschein.«

Das Daemawesen zuckte mit den Schultern. »Über der Burg des Lords scheint nie ein Mond.«

Trotzdem war Desmond sicher, dass er recht hatte. »Und außer mir ist niemand hier?«

Da lachte der Diener, ein heiseres, freudloses Geräusch. Desmond kannte es gut. Krähen gaben diese Laute von sich, wenn sie die Nester anderer Vögel geplündert hatten und mit ihrem Erfolg prahlten.

»Diese Burg hat mehr Zelltrakte als ich lose Zähne in meinem Maul. Die meisten, Prinz, sind gut gefüllt. Einer darf bleiben, wer er ist, wenn die Nacht schwarz ist. Alle anderen werden wie wir. Früher oder später. Wie wir.«

Das Blut rauschte in Desmonds Ohren. Das sah nicht gut aus. Das alles sah überhaupt nicht gut aus. Der arme, arme Kedren. Der Junge hatte sicher seine Fehler gemacht, aber rechtfertigte das, ein Daema werden zu müssen?

»Tritt beiseite«, sagte das Wesen und drehte den Schlüssel im Schloss herum. »Und gib deinen Eimer heraus, damit ich ihn auskippen kann. Oder hängst du zu sehr daran, Prinz?«

Desmond blieb keine Zeit, um zu überlegen. Die Gelegenheit kam wie ein Luftzug und würde ebenso schnell verflogen sein. Aus seiner am Boden hockenden Position drückte er die Beine durch, und mit dem Mut der Verzweiflung schoss er mit einem Satz gegen die Gittertür. Das gebückte Wesen hatte keine Chance. Die Tür rammte gegen seinen Kopf, ein gurgelnder Laut quoll aus seiner Kehle hervor, und es taumelte zur Seite. Zwar versuchte es, sich zu fangen, und konnte einen Sturz abwenden, aber der Moment seiner Schwäche war genug für Desmond. Die Chance zur Flucht mobilisierte Kräfte, von denen er nicht mehr gewusst hatte, dass er sie besaß.

Blitzschnell war er durch die Gittertür und an dem Dienerwesen vorbei. Barfuß rannte er den ersten Gang entlang, vorbei an den leeren Zellen. Das Echo seiner Schritte hallte aus allen Richtungen, als wären ihm Dutzende Daema auf den Fersen, aber wann immer er sich hastig umsah, war da niemand. Nicht mal der Diener war ihm nachgelaufen. Wusste das Wesen, dass es ihn ohnehin niemals einholen oder gar aufhalten konnte? Oder wusste es, dass Desmonds Flucht zwecklos war?

Er war seit Tagen in der Burg gefangen und kannte doch nichts anderes als den Weg zum Turm und dem Speisesaal, in den ihn der Lord an einem Tag hatte bringen lassen. Nun galt es, den Weg nach draußen zu finden. An einer ihm bekannten Abzweigung nahm er den unvertrauten zweiten Weg. Damit war bereits jeder Hinweis erschöpft, er konnte nun nur noch auf Wind hoffen, der ihn führte. Doch in dieser vermaledeiten Burg schien nicht einmal ein Luftstrom unter einer Tür hindurchzuwehen. Desmond rannte, bis seine Kehle brannte und der Schmerz in die Lunge sickerte. Endlos waren diese Gänge, und er war sicher, dass sie ihn im Kreis führten. Erschöpft und schwer atmend blieb er stehen und stützte sich an einer Wand ab. Die Luft stank verbraucht und staubig, als stünde sie seit Jahren in diesen Gängen. Doch zumindest war es bis auf seine Atemzüge und seinen Herzschlag still, totenstill. Niemand schien ihm zu folgen.

Entschlossen lief er weiter. Bedachter nun, kraftsparend, ohne Hast. Er entschied sich, immer geradeaus zu gehen. An jeder Gabelung, jeder Kreuzung der Gänge ritzte er mit einem Stein eine Markierung in den Boden. Die verdammte Burg würde ihn nicht in den Wahnsinn treiben. Irgendwo musste es einen Weg nach draußen geben. Er würde ihn finden.

Weiter jetzt, weiter. Nicht aufgeben. Niemals aufgeben.

Es darf niemals Kapitulation geben im Streben nach dem Besseren.

Dies war sein Wahlspruch, und obwohl er schon mit zehn Jahren an Wirtschaft und eine gerechte Politik für die Menschen, die die härteste Arbeit im Land taten, gedacht hatte, als er sich für die Parole entschieden hatte, passte sie auch zu dieser Situation. »Es darf niemals Kapitulation geben«, flüsterte er, den Tunneln folgend, nach Markierungen suchend. Er fand keine. Er fand keine einzige.

Irgendwann passierte er eine Holztür, lief daran vorbei und war schon ein paar Schritte weiter, bevor er stutzte. War da etwas gewesen? Er wandte sich um und betrachtete die Tür. Nein, nichts. Weder eine Veränderung dieses unwirklichen, schwachen Lichts noch der geringste Hinweis, dass diese Tür sich von den tausend anderen unterschied, an denen er vorbeigelaufen war. Und doch … Er trat zurück. Kein Windhauch, kein Geräusch. Dafür aber etwas anderes. Ein Kribbeln, das er nicht auf der Haut spürte, sondern tief darunter. Ein Flüstern, das nicht seine Ohren erreichte, dafür aber die Knochen seines Schädels. Ein Duft, den er mit seiner ausgetrockneten Nase nicht riechen konnte … aber er wusste trotzdem, dass er da war.

Desmond legte die Hand auf die kalte Türklinke. Die Ziselierung im Eisen schien mit seiner Handfläche zu verschmelzen, als befänden sich genau dort, wo seine Haut von Linien durchzogen war, Erhebungen im Eisen. Er drückte die Klinke nach unten, und die Tür öffnete sich mit quietschenden Scharnieren.

Einen Augenblick stand Desmond stumm, als wäre vor ihm ein junger Berg aus der Erde gebrochen. Er blinzelte. Dann duckte er sich und trat durch den niedrigen, runden Türstock. Blinzelte erneut, in Erwartung, dass sich alles als Traum und Wahnvorstellung entpuppte. Aber nichts dergleichen geschah.

Vor ihm lag verdorrter Erdboden, bedeckt von einer Schicht aus schwarzen und weißen Ascheflocken. Nur wenige Schritte danach begann ein Wald aus starr dastehenden, kahlen Bäumen. Blass wie aus Mondstein ragten sie aus dem verbrannten Boden. Der Anblick trieb Desmond kalten Schweiß auf Brust und Rücken, doch allem Schauern zum Trotz spürte er eine unvergleichliche Euphorie. Denn über den blanken Ästen, die sich in die Höhe reckten, hing ein grauer, bleischwerer Himmel.

Er hatte es geschafft. Er hatte einen Ausweg aus der Burg des Daemalords gefunden. Ein erster Schritt war getan – der Rest würde ihm auch gelingen.

Kein Zögern mehr, er durfte nicht länger verweilen! Eilig lief er los. Aschebrocken zerfielen unter seinen Füßen, und seine Bewegungen wirbelten den feinen Aschestaub hoch, sodass er in seine Atemwege drang, seine Lippen austrocknete und einen tranigen Geschmack in seinem Mund hinterließ. Aber was machte das schon? Er war frei und würde seinen Weg nach Hause finden!

Die Bäume erinnerten eher an Skelette der Bäume seiner Heimat, aber egal, wie scheußlich sie auch waren – sie boten einen gewissen Sichtschutz und gaben ihm damit Hoffnung. Er würde laufen, er würde suchen und nicht aufgeben, bis er wieder echte Bäume fand, Bäume, die sich in den Winden wiegten. Winde, die die Beständigkeit und die Tapferkeit der Berge an ihn heranwehten. Berge, die einen schützenden Ring um seine Heimat legten, sein Nemija.

Irgendwann, Desmond hatte das Gefühl, er sei eine ganze Nacht durch den toten Wald gerannt, endete dieser abrupt, und der Weg führte eine steinige Anhöhe empor. Desmond kletterte sie hoch, der Anstieg war so steil, dass er die Hände zu Hilfe nehmen musste. Mehrmals rutschte Geröll unter ihm weg, und er schlitterte auf den Knien wieder ein Stück nach unten, bevor er sich fangen konnte. Doch schließlich hatte er es geschafft und den Hügel erklommen. Von dort aus sah er sich um, um einen Überblick zu bekommen. Doch das Bild verschwamm vor seinen Augen, kaum dass er begriff, was er vor sich sah.

Jenseits des Hügels, nur wenige Schritt entfernt, begann der Vorhof der Burg, vor der er doch weggelaufen war. Höhnisch erhob sie sich vor ihm, als hätte sie sich gerade erst dorthingestellt, um ihm den Weg abzuschneiden.

Auf einem Wehrgang, hinter steinernen Arkaden, ging gemessenen Schrittes eine Gestalt, die Desmond trotz der Entfernung sofort erkannte. Es war der Lord. In einem der Bögen blieb er stehen, verschränkte die Arme vor der Brust und sah unbeeindruckt zu Desmond hinab.

Eine leise Stimme klang in seinem Kopf. *»Versuch's noch mal, mein Prinz.«*

KAPITEL 44

LAIRE

»Nein«, sagte ich. »Ich will nicht sterben. Es ist nicht mein Wunsch. Ich habe einen anderen.«

»Welchen?«, fragte der Lord dicht an meiner Wange, sodass ich seinen Atem beinah zärtlich an meinem Ohr spürte. Er war hier? Wann war er zu mir gekommen? »Welchen?«, wiederholte er leise.

Ich musste überlegen. Es waren so viele Erinnerungen, die auf mich niederschneiten. So viele wundervolle, glückliche Erinnerungen. Und zu ihnen kamen die Träume, die ich gehabt hatte. Irgendwo in der Ferne sprach ein kleines Mädchen riesengroße Worte in einen Saal, dessen hohe Decken ihrer Stimme einen feierlichen Klang verliehen, der ihr ganzes Leben lang hätte nachhallen sollen.

»Ich verlange von mir die Erfüllung meiner Träume.«

War ich dieses Mädchen? Warum war mir nicht gelungen, was ich mir geschworen hatte? Warum hatte ich meinen Wahlspruch vergessen?

War ich denn nicht mehr dieselbe?

»Welchen Wunsch hast du?« Die Stimme wurde dringlicher. Der Schauder, der mir über die Schultern rann, fühlte sich nicht mehr angenehm an, sondern … furchtsam.

»Laire.« Eine Hand legte sich um meine Kehle. Sanft, aber sie zitterte, als könne sie sich nicht mehr lange beherrschen und davon abhalten, mir den Atem abzudrücken. Eine Kralle schabte über meine Haut, begann hinter meinem Ohr und zog eine Linie bis zur Mitte meines Kehlkopfs. »Welchen Wunsch?«

Ich wusste es nicht mehr. Es waren zu viele Erinnerungen, es war ein Gestöber geworden, wie ein Schneesturm, in dem ich eine einzelne Flocke erkennen musste.

Spielende Kinder. Bauchverkrampfendes Lachen. Lieder und Gedichte. Klebrige, kleine Hände, die meine hielten, links und rechts, und im Mund der verboten süße Geschmack von aus der Küche geklauten Kandisbrocken.

Zuhause.

Und hinter all diesen wohligen Gefühlen ein anderes, das mir hin und wieder still und leise zuraunte, ob ich denn nicht spüren würde, dass mir all dies gar nicht zusteht. Weil ich nicht dazugehöre. Nie dazugehört habe.

»Laire!« Die Klaue drückte zu. Ich bekam keine Luft mehr. »Welchen Wunsch?«

Ich wollte Alarics Namen rufen. Die Berührung tat mir weh, das war falsch, er durfte mir nicht wehtun – wie konnte er das tun? Desmond würde mir niemals weh …

Desmond.

Bei den Bergen von Nemija – Desmond!

Die Erinnerungen verwandelten sich. Statt Schneeflocken prasselte mir Eis ins Gesicht, hart und scharfkantig, und ich presste die Lider zusammen, um sie nicht sehen zu müssen.

»Desmond«, keuchte ich. »Mein Wunsch. Ich wünsche mir, Desmond zu retten.«

Stille setzte ein. Gespenstische Ruhe.

Ich spürte nichts und niemanden mehr, nicht mehr Alaric und nicht mehr mich selbst. Mir war, als schwebte ich in schwarzer Leere.

»So«, sagte die Stimme. »Dein Wunsch ist es, Desmond zu retten.«

Ich öffnete die Augen und blickte in das wölfische Grinsen des Daemalords. »Dann versuch es doch.«

KAPITEL 45

LAIRE

Als Kind hatten wir uns oft auf die Schaukeln im Garten der Burg gesetzt und uns von unseren Freunden drehen lassen, bis die beiden Seile zu einem dicken eingekordelt waren und wir einen guten Meter höher als sonst auf der Schaukel saßen. Sobald die Freunde losließen, drehten wir uns frei. Es fühlte sich an, als hätten die Winde Lassa und Myr sich an den Händen gepackt und uns wild herumgewirbelt. Die Welt verschwamm zu Schlieren, Wind und Lachen, und der Verstand wurde ganz weich und schwammig, als hätte man den Eltern Wein aus den Gläsern stibitzt. Oft waren wir am Ende von der Schaukel in den weichen Sandboden gefallen, und obwohl wir schon auf der Erde lagen – lachend und zugleich stöhnend vom Aufprall –, fühlte es sich an, als drehte sich alles noch weiter. Als drehte sich die ganze Welt um uns.

Genauso fühlte ich mich jetzt.

Unter mir war fester Boden, ich riss mir einen Fingernagel ein, so sehr versuchte ich, mich an ihm festzukrallen. Doch immer noch drehte ich mich – oder drehte sich alles andere?

Schwankend kam ich auf die Knie und wandte mich zur Seite. Alaric hockte auf dem Boden und stützte sich auf die Ellbogen. Das Haar fiel über sein Gesicht, die rötlichen Strähnen flackerten wie Flammen im Schwarz.

»Verflucht«, murmelte er benommen. »Ich werde mich nie wieder über störrische Pferde oder schlechte Straßen beschweren. Hier zu reisen ist die reinste Zumutung. Geht es dir gut, Laire?«

»Ja. Ich denke schon.« Ich hatte mit dem Daemalord gesprochen – mal wieder. Langsam sollte ich mich daran gewöhnen. Irritiert sah ich mich um. Ich hatte den Grund eines Brunnens erwartet, doch wir befanden uns auf freiem Feld, unter uns staubbedeckter, harter Boden, und in der Nähe ragte ein dunkler Wald empor. Es war mild, und der herbe Duft von Nadelbäumen lag in der Luft. »Weißt du, was geschehen ist?«

Alaric stemmte sich hoch, hielt mir die Hand hin, um mir aufzuhelfen, und setzte zu einer Antwort an, während er meinem Blick zum Himmel folgte, wo rein gar nichts vermuten ließ, wir können irgendwo aus einem Tunnel gestürzt sein. Der Brunnen war fort. »Ich weiß noch, dass wir … oh scheiße!« Plötzlich veränderte sich seine Miene, wurde hart und kalt, und er zog in einer blitzschnellen Bewegung seinen Dolch.

Etwas in mir taumelte und schwankte, obwohl ich mich nicht bewegte. Alaric sah auf mich herab, als würde er etwas *in mir* sehen, was er nicht erwartet hatte. Was ging hier vor sich?

Der Gedanke riss ab, als ein schwarzer Schatten über mich hinwegflog und Alaric zu Boden riss. Und endlich verstand ich. Wir wurden von Daema angegriffen! Wo kamen die so plötzlich her?

Alaric rang mit einer am Boden, aber es näherten sich bereits weitere, und eine von ihnen setzte an, Alaric in den Rücken zu springen. Hastig riss ich meinen Myrodem aus der Halterung an meinem Rücken, stieß die Spitze in den Boden und stützte mich darauf, um besser aufstehen zu können. Meine Knie zitterten, meine Hände bebten. Aber die lang trainierten Bewegungen des Schwertkampfes vollführte mein Körper dennoch so selbstverständlich, wie meine Lunge Atem holte. Die Daema sank mit metallischem Fauchen zu Boden, als ich die Klinge aus ihrer Brust zog.

Es waren viele. Eine weitere sprang auf uns zu, und Alaric und ich schlugen sie gemeinsam nieder: Mein Myrodem brachte sie zu Fall, sein Dolch durchbohrte ihre Kehle. Die meisten umkreisten uns in sicherer Entfernung, beobachteten uns und warteten. Ich war vor Entsetzen gleichzeitig schweißgebadet und fror. Diese Daema waren anders als jene, die für die Femarshall kämpften. Sie sahen genauso aus wie die Vulkanglasstatuen im Tempel und waren wild, unkontrolliert und böse. Dabei aber nicht dumm. Warum griffen sie nicht an?

»Etwas macht ihnen Angst«, flüsterte ich.

Alaric lachte dunkel. »Die fürchten höchstens, nicht genug abzubekommen, wenn es losgeht. Sie haben keine Angst. Sie warten.«

Ich wollte nicht wissen, worauf, aber es stand zu befürchten, dass er richtiglag. Ihre Überzahl war überwältigend, und ihr heiseres Kichern hin und wieder verriet, dass sie darum wussten. Sie folgten einem Plan.

Wir bewegten uns im Kreis, Rücken an Rücken, um den Biestern keine Gelegenheit für einen Überraschungsangriff zu geben. Wenigstens gab es hier keine dichte Vegetation, in der sie sich hätten verbergen können. Nur einzelne Steine lagen wie Würfel in einem gigantischen Spiel auf dem trockenen Sandboden, dazwischen wuchsen nur krüppelige Büsche und Kusseln. Alle Daema hielten ihre schwarzen Augen auf uns gerichtet. Sie schienen nicht miteinander zu kommunizieren. Aber das hieß nicht, dass sie nicht trotzdem einen gemeinsamen Angriff planen konnten. Ihre Übermacht würde uns keine Chance lassen – sie würden uns zerfetzen, uns beide.

»Siehst du das da hinten?«, fragte Alaric mit einem kurzen Blick über die Schulter, wodurch sein Gesicht nah an meines kam und er mir die Richtung vorgab, in die ich schauen sollte. In etwa zweihundert Metern Entfernung befand sich eine Art Wall oder gar eine Mauer. Man erkannte es schlecht, weil der graue Stein mit dem Boden verschmolz. Was auch immer da aufgeschüttet worden war – es war nicht hoch. Doch darüber veränderte sich die Sicht, als flirrte Hitze über einer gepflasterten Straße. Man konnte kaum hindurchblicken, doch das, was ich ahnte, machte Hoffnung.

»Sind das Hütten? Häuser?« War es eine Art Fata Morgana, oder kringelte sich da sogar Rauch aus dem Schornstein einer Behausung?

An meiner Schulter spürte ich, wie Alaric mit seiner zuckte. »Möglicherweise eine Zuflucht. Ich glaube kaum, dass diese Biester hier nach Feierabend in gemütliche Wohnhäuser gehen.«

Eine der Angesprochenen fauchte in unsere Richtung.

»Du hast recht. Wenn das Häuser sind, wohnen dort Menschen.«

»Oder etwas Ähnliches.«

Etwas Ähnliches wäre mir schon mehr als genug gewesen. Doch die Daema wussten zu verhindern, dass wir uns der Mauer näherten. Sie sammelten sich zwischen uns und der möglichen Zuflucht und trieben uns zurück ins Ödland.

»Sie wollen uns nicht dorthin lassen, weil sie sonst kein Abendessen mehr …«

»Alaric, danke!«, unterbrach ich ihn wirsch. »Ich kann es mir vorstellen, du musst nicht ins Detail gehen.«

»Nervös, Laire?« Er lachte, und ich hasste ihn ein bisschen dafür, dass er in dieser Situation ein müheloses Lachen vorspielen konnte, auch wenn die Wirkung auf die Daema beeindruckend war. Sie starrten ihn irritiert bis verstört an.

Ich hätte es ihnen nachgemacht, doch dazu hätte ich mich umwenden müssen, und mein Rücken wäre ungeschützt gewesen.

»Wir müssen dahin«, sagte ich leise und versuchte, meine Ängste für eine Weile sicher in meinem Herzen zu verwahren.

Mutter sagte immer: ›Die Zeit zum Angsthaben ist später, Laire.‹ Tausendmal hatte ich mich gefragt, wann dieses ominöse ›Später‹ wohl war und was passieren würde, wenn es kam und all die verschobenen Ängste gemeinsam auf mich einprasselten. Aber jetzt stellte sich der Rat meiner Mutter als meine einzige Rettung heraus.

»Guter Plan«, sagte Alaric. Im nächsten Moment schoss eine Daema vor, groß wie ein Bär, doch mit langen, dürren Gliedern, geschwungenen Krallen und schnellen Bewegungen. Wie im Reflex packte ich meinen Myrodem an der gebogenen Klinge und schwang den Griff über meine Schulter, sodass Alaric das Heft packen konnte. Für dieses Wesen mit der enormen Reichweite seiner langen Arme taugte sein Dolch nicht. Dummerweise schalteten zwei Daema ebenso schnell und erkannten meinen Nachteil, denn plötzlich war ich unbewaffnet. In großen Sprüngen setzten die Biester auf mich zu. Der Blick der einen – eng stehende Augen, die wirkten, als wollten sie zusammenwachsen und zu einem werden – haftete an meiner Kehle. Die andere, ein zweibeiniges Wesen mit Fell und einem Fuchsgesicht, röchelte ein irres Lachen. In meinem Rücken drosch Alaric mit meinem Myrodem unelegant und kunstlos auf die lange, dürre Daema ein, verletzte sie jedoch nicht schwer genug für einen schnellen Sieg. Wenn ich ihn nun ablenkte, könnte es ihn sein Leben kosten. Doch ich konnte nicht allein mit bloßen Händen gegen die Biester kämpfen!

Mit zitternden Fingern griff ich nach meinem Dolch, der für Kämpfe dieser Art nicht gemacht war. Die erste Daema erreichte mich, und ein schriller Schrei zerschnitt die Luft, als ich ihr die Klinge in den Bauch stieß. Kochend heißes Blut bedeckte meine Hand, ich spürte das Brennen durch die Handschuhe. Die Daema lebte noch, sie schlug mir gegen den Kopf und ins Gesicht und drängte sich mit ihrem ganzen stinkenden Leib näher an mich heran, um mich mit ihren klappernden Zähnen zu erreichen. Mit aller Kraft hielt ich das aufgespießte Wesen auf Abstand, als uns plötzlich die zweite erreichte. Sie sprang gegen die erste Daema, und durch deren Körper ging ein gewaltiger Ruck. Gleichzeitig hörte ich ein Stöhnen dicht hinter mir.

Alaric hatte einen Treffer abbekommen. Ich sah nichts, aber mich durchfloss ein plötzliches Echo von Schmerz. Ein kehliger Laut begleitete die Bewegung, mit der er mein Schwert hob, und mit einem Mal spürte ich seinen Rücken nicht mehr an meinem. Das lähmende Schmerzgefühl war weg, stattdessen fühlte ich eine Leere dort, wo keine sein sollte. Wo keine sein durfte.

Ich riss der Daema den Dolch aus dem Bauch und stieß erneut zu, irgendwohin, wo es weich war und ich Schaden anrichtete.

Stirb endlich, elendes Drecksvieh!, dachte ich, und die Daema sackte in sich zusammen. Die Fuchsgesichtige wirbelte den leblosen Körper ihres Artgenossen einfach zur Seite, um mich zu erreichen. Wieder stieß ich mit dem Dolch zu, doch wo ich eine Schwachstelle erwartet hatte, stieß meine mit voller Kraft gestoßene Klinge auf eine Knochenplatte. Der Schlag wuchtete mir den Dolch aus der Hand. Zähne blitzten auf, Speichel sprühte mir ins Gesicht und ich sah kein Entkommen mehr vor den messerscharfen Zähnen.

Irgendwo zwischen meinen Schädelknochen summte eine Stimme: »Laire! *Runter*!« Ich folgte der Anweisung unvermittelt, duckte mich tief und zog den Kopf ein. Silbern huschte ein Streifen dicht über mich hinweg wie der Flügel eines schimmernden Vogels, und im nächsten Moment stürzte der Kopf der Fuchsdaema von ihren Schultern.

»Dein Schwert«, drängte Alaric, während ich erst zu begreifen begann, dass er die Daema über mich hinweg geköpft hatte. Er drückte mir meinen Myrodem in die Hand und stürzte sich ohne ein weiteres Wort auf die nächste angreifende Daema. Ich tat es ihm nach. Mit meiner vertrauten Waffe war ich nicht mehr hilflos und konnte zwei Gegner rasch zur Strecke bringen.

Wie sehr Blut und Tod stanken, wenn kein Wind kam, um den Geruch wegzuwehen.

Und immer noch spitzte sich unsere Lage weiter zu. Es waren viele, und einige hielten sich wartend zurück, bis unsere Kräfte nachließen. Wir würden das nicht lange durchstehen.

»Wir müssen laufen«, brüllte ich Alaric zu, der einer gewaltigen Daema, die sich aus niedrigem Flug auf uns stürzen wollte, von unten die Kehle aufschlitzte. Schwarzes Blut regnete auf ihn herab. Hatte er mich überhaupt verstanden? »Alaric! Wir schaffen es nicht lange! Renn!«

Doch das war leichter gesagt als getan. Mehr Feinde drangen auf uns ein und schirmten uns den Weg zur Mauer ab. Ich konzentrierte mich auf meinen Myrodem – Verteidigung, Angriff, Verteidigung, Angriff. Die Umgebung verschwamm, wurde zu einem Durcheinander aus Bewegungen, Licht, Schatten, Geschrei, dem Trampeln endlose vieler Füße und Hufgeklapper. Ritten die Biester nun auf Pferden? Aus dem Augenwinkel glaubte ich eines zu sehen, gleich hinter mir, bei Alaric, aber als der Kampf mir Gelegenheit bot, mich umzusehen, war es im Getümmel verschwunden.

»Sie kreisen uns ein!«, schrie ich, und plötzlich hatte ich das Gefühl, Alaric verloren zu haben. Einen Moment lang hielt ich ihn mit seinem besudelten Gesicht und den dicht an den Kopf geklebten Haaren für eine Daema, die auf mich zuhielt. Blut rauschte in meinen Ohren.

Alaric packte nach meiner Schwerthand, umfasste meinen Unterarm und hielt mich eisern fest. Mit einer knappen Bewegung löste er das Heft meines Myrodems aus meiner verkrampften Hand.

»Stillhalten«, knurrte er durch die Zähne, und plötzlich setzte er eine Klinge, die mir vage bekannt vorkam, an die Innenseite meines Unterarms.

KAPITEL 46

ALARIC

»Was … tust du?«, keuchte Laire.

Es blieb keine Zeit, sie zu beruhigen. Alaric zog die Schneide der Länge nach durch die Innenseite ihres Handschuhs, und das feine Leder fiel zu Boden. In Laires Blick brannte das pure Entsetzen. Vielleicht trieb es sie an. Vielleicht konnte sie es nutzen.

Er wagte keinen Gedanken an die Konsequenzen, wenn es ihr nicht gelang, die Magie der Klinge zu zähmen.

Eilig drückte er ihr den magischen Dolch in die Hand und schloss ihre Finger um den Griff. »Nutze ihn. Du kannst das.«

Ihre Unterlippe zitterte. »Der gehört Jero. Wie kommst du an …«

»Nutze ihn!« Er stieß sie von sich, denn eine Daema stürzte auf sie zu, und er schlug das Biest mit Laires Nema-Waffe zurück.

Laire bewegte sich kaum, dabei näherten sich weitere Daema von hinten; kleinere zwar, aber sie wirkten wie ein ganzes Rudel.

Alaric warf einen Blick zu Jero, der auf seinem verfluchten Säbelhorn wie ein Sturm durch die Reihen der Daema fegte, die Biester unter den Hufen seiner Stute und durch seine Klinge zu Fall brachte. Und trotzdem wurden es nicht weniger. Jero und Lassa waren zu weit entfernt, um Laire zu helfen, und Alaric focht gegen ein Biest mit Flügeln, das seine Schwungfedern wie ein Dutzend Schwerter einsetzte.

»Komm schon, Laire!«, stieß er hervor, ohne zu wissen, was er von ihr verlangte. Aber Jero hatte sicher gewusst, was er tat, als er Alaric seinen Dolch zugeworfen und gebrüllt hatte, Laire solle ihn benutzen – ohne ihre Handschuhe.

»Komm schon.«

Und da schien sie ihn zu hören, obschon er dafür zu weit weg war und das Kampfgetümmel zu laut.

Sie kämpfte nicht länger. Stattdessen stand sie aufrecht da und führte Jeros Dolch mit zum Himmel gerichteter Klinge in kleinen Kreisen vor ihrem Gesicht herum. Die kleinen Daema erreichten sie, sahen leichte Beute in ihr, und Alaric blieb fast das Herz stehen. Doch im letzten Moment gelang es Laire, das erste angreifende Biest mit einem Fußtritt von sich zu schleudern. Die Kreisbewegungen des magischen Dolchs wurden größer, und etwas schien aus der Klinge aufzusteigen, fein und kräuselnd wie Rauch aus einer glimmenden Fackel. Laire schloss die Augen, und Alaric schlug sich erbarmungslos zu ihr durch, um sie zu schützen. Der Rauch aus dem Dolch änderte seine Gestalt. Er wurde dichter, webte sich selbst zu einem Strang und begann zu glitzern und zu funkeln. Es sah aus, als würden Lichtfäden aus ihm gesponnen werden, die sich zu einem Strang verflochten, dick wie ein Arm und lang wie ein Seil.

Laire flüsterte zu sich, zu dem Dolch oder der Magie – Alaric hatte keine Ahnung. Er hielt ihr die Daema vom Leib, so gut er konnte – aber auch mit ihrer fein ausbalancierten, tödlichen Klinge konnte er nicht überall sein. Quälend langsam öffnete Laire die Augen, und Alaric keuchte auf vor Schreck. Sie waren schneeweiß, und all ihr Leuchten, all ihr Ausdruck war wie fortgeweht von einem teuflischen Wind. Als wäre sie nicht mehr sie selbst, sondern nur noch ein Gefäß voll von wilder Magie.

Laire schwang den Dolch wie den Griff einer Peitsche. Das lange Geflecht aus Licht sauste zischend durch die Reihen der Daema, ließ diese zu Boden fallen und endete mit einem Knallen. Laire wandte sich um und wirbelte die Lichtpeitsche in die andere Richtung. Binnen von Sekunden war die Übermacht der Angreifer Geschichte. Der Boden war über und über von Blut bedeckt, leblose Körper lagen wie Laub verstreut, einige zuckten noch wie Blätter in einem Wind, der nicht wehte. Vereinzelte Daema zogen sich erschrocken zurück, zwischen ihnen ritt Jero auf Lassa – wo auch immer sie nun schon wieder hergekommen sein mochten. Er starrte Laire an wie eine Erscheinung. Und genau das war sie. Eine Erscheinung wie aus einem alten Lied; ein Wesen, das Monstrum oder Held sein konnte. Laires seelenloser Blick folgte den Flüchtenden, ein weiteres Mal hob sie den magischen Dolch an.

Alaric brüllte ihren Namen. Sah sie Jero nicht zwischen den Gegnern? Erkannte sie ihn nicht mehr?

Langsam wandte sie den Kopf und blickte nun ihn an. Einen endlosen Augenblick war er sicher, dass sie ihn nicht erkannte. Oder aber – was nicht besser war –, dass sie die Wahrheit in ihm erkannte. Das Dunkle, Verlogene, was er wirklich war.

Dann blinzelte Laire, und obgleich tiefste Irritation aus ihrem Blick sprach, war sie wieder sie selbst; ihre Augen wieder wie immer: zwei helle Flammen hinter Smaragd.

KAPITEL 47

LAIRE

Jero trieb uns energisch zur Eile an. Hatte er Angst, dass mehr Daema kommen würden, oder war ihm klar, was der Anblick der Gefallenen mit mir machte?

Es waren Daema, nur Daema. Ich war hergekommen, um sie zu töten, um so viele von ihnen zu besiegen, wie ich nur konnte. Ich hatte keine andere Wahl gehabt, als sie niederzuschlagen. Und doch erfüllten mich die vielen Kadaver mit Grauen. Ich hatte sie alle getötet. Mit einer Macht, der sie nichts entgegenzusetzen hatten. Nicht einmal sie, diese Monster, die zum Kampf geschaffen schienen. Angreifende, Wartende, Flüchtende. Alle tot.

Das Schlimmste jedoch war, dass ich es gern getan hatte. Ich hatte mich gefühlt wie ein Wind, der zum ersten Mal über das Land streift, und es war mir in diesem Moment gleichgültig gewesen, dass ich in meiner Euphorie zum Sturm geworden war. Völlig gleichgültig.

Der Gedanke schnürte mir die Kehle zu. »Nicht den Hauch einer Chance habe ich ihnen gelassen.«

»Laire.« Erst als Alaric meinen Unterarm umfasste und mir im Laufen vorsichtig den magischen Dolch aus der Hand löste, bemerkte ich, dass ich einige meiner Gedanken ausgesprochen hatte. »Sie hätten dir auch keine Chance gelassen. Sie hätten uns getötet.«

»Ich habe das nicht entschieden. Ich besaß keine Entscheidungskraft mehr. Ich wusste überhaupt nicht, was ich tun sollte.« Vor uns zügelte Jero sein Säbelhorn neben einer großen Daema, deren Klauen die blutnasse Erde aufwühlten. Er stieß mit dem Schwert zu, und ich erzitterte. »Die Magie«, flüsterte ich, »hat mich beherrscht. Nicht ich sie. Und es war … es war richtig, Alaric. Es hat sich … gut angefühlt.«

Alaric wollte mir etwas antworten, aber Jero brüllte: »Beeilt euch, ehe sie das Tor schließen!«, und so drückte er nur meine Hand und wir rannten los, dem trabenden Säbelhorn nach, das eilig auf die Mauer zuhielt.

Irgendwo weit hinten in meinem Kopf staunte etwas darüber, dass Jero hier war, und Lassa mit ihm. Doch ich war zu erschöpft, zu verwirrt, um Fragen zu stellen oder etwas anderes zu tun, als ihm blind zu folgen.

Die Mauer war tatsächlich nur hüfthoch. Wie sollte sie uns vor den Daema schützen? Doch als wir näher kamen, fiel mir das Flirren in der Luft darüber wieder auf. Man konnte andeutungsweise hindurchsehen und verschwommene Gebäude erkennen, außerdem geisterhafte Striche, die sich hin- und herbewegten. Vielleicht Menschen – doch falls es welche waren, verzerrte das Flimmern ihre Gestalt. Ein paar Schritte weiter begann ich, die Magie wahrzunehmen. Sie war nicht zu spüren – kein Kribbeln auf der Haut und keine sich ändernde Temperatur. Ich roch sie eher – Holz und etwas, das wie Lavendel duftete – und hatte das Gefühl, etwas Ähnliches im Mund zu schmecken. Außerdem lag ein Summen in der Luft, als nisteten Tausende von Bienen in der Mauer.

»Hier lang«, wies Jero uns an und deutete auf ein unscheinbares, halbrundes Symbol, das jemand mit Kreide auf die Außenseite der Mauer gemalt hatte. »Im Dorf können wir in Ruhe reden.« Und dann ritt er einfach in die Wand aus Stein und Magie hinein.

Ich japste erstaunt auf, und Alaric ließ sich zu einem »Beeindruckend!« herab. Wir folgten Jero, wobei Alaric mich vor sich herschob. Die Magie war klar und deutlich – sie war stark. Trotzdem rechnete ich damit, mir gehörig den Fuß anzuschlagen. Nur weil genau das nicht passierte, geriet ich ins Stolpern. Und kippte Vika beinah in die Arme.

»Laire!«, rief sie und presste mich so fest an sich, dass ich kaum Luft bekam. »Oh, Laire, ich bin so erleichtert, dass ihr es geschafft habt. Ich dachte … ich hab mir solche Sorgen gemacht. Und Vorwürfe – du glaubst gar nicht, wie viele Vorwürfe ich mir gemacht habe.«

Sie schrak zusammen, als Alaric durch die magische Wand kam. Als sähe sie einen wandelnden Toten vor sich. Zugegeben, sah er nicht viel besser aus. Ich hoffte, von dem Blut, das seine Haut besudelte, war nicht all zu viel von ihm. Doch ich wusste, Vikas Reaktion war darauf zurückzuführen, dass sie nicht damit gerechnet hatte, ihn jemals lebend wiederzusehen.

»Was ist das für ein Ort?«, fragte ich Vika und sah mich um. Schmale Straßen führten zwischen kleinen, strohgedeckten Häusern hindurch. Auf vereinzelten Wiesenstücken grasten Langhaarziegen, und Hühner pickten im Sand. Hinter Fenstern und in niedrigen Türstöcken machte ich Gesichter aus; scheu und misstrauisch und eindeutig menschlich.

»Sie leben hier«, sagte Vika, die meinem Blick gefolgt war. »Manche seit Jahren, andere ein Leben lang, und einige«, sie senkte die Stimme zu einem Raunen, »länger.«

»Menschen«, flüsterte ich.

Vika zuckte mit den Schultern. »Nichts deutet darauf hin, dass sie etwas anderes sind.«

Jero sprang von seiner Stute und trat zu uns. »Wollt ihr euch nicht erst mal waschen und wir reden danach? Hier ist es sicher, und es gibt Badehäuser in diesem Dorf. Ihr könnt auch erst einmal etwas essen und euch ausschlafen. Ihr seht aus, als sei es knapp gewesen für euch.«

»Die Zeit haben wir nicht«, widersprach ich und wollte bereits nach meiner Karte von Nemija greifen, um zu kontrollieren, wie viele Nächte Desmond noch blieben, doch Jero hielt meine Hand beruhigend fest.

»Doch, die haben wir. Vor dem morgigen Tag können wir ohnehin nicht weiterreisen. Du wirst sehen.«

»Es war tatsächlich knapp für uns«, sagte Alaric, und eine mir unvertraute Kälte schwang in seiner Stimme mit. »Für euch denn nicht?«

Vika hob die Hände und schüttelte den Kopf. »Uns hat bloß eine Daema angegriffen, bevor wir den Eingang zum Dorf fanden. Erst danach tauchten plötzlich mehr und mehr auf – als hätten sie gewusst, dass ihr kommt.«

Ich reichte Jero seinen Dolch zurück und spürte eine unsagbare Erleichterung, als dessen Magie von mir abließ. Mir war, als gäbe ich eine schwer auszuhaltende Verantwortung wieder in die Hände, in die sie gehörte.

»Und die Spiraltreppe?«, fragte Alaric.

Jero polierte mit einem Zipfel seines Hemdes Blut von der Klinge. »Die sind wir hinabgestiegen.«

»Und da war nichts Ungewöhnliches?«

»Wenn man davon absieht, dass eine Treppenspirale in die Tiefe führt und man an einem anderen Ort herauskommt statt in der Hölle – nein. Nichts Ungewöhnliches. Wobei – doch. Lassa war am Fuß der Treppe, ganz in der Nähe von der Stelle, wo ich euch gefunden habe. Ich habe keine Idee, wie sie hierhergekommen sein mag. Offenbar gibt es viele Wege. Der, den die Suchende wählt, ist nicht der einzige. Dafür offenbar aber häufig der schwerste.«

»Und Kae?«, fragte ich bang. »Wo ist sie? Wann habt ihr sie das letzte Mal gesehen?« Ich mochte das Daema-Kind erst seit Kurzem kennen. Aber sie hatte mich um Hilfe gebeten, und nun fühlte ich mich für sie verantwortlich.

Jero schmunzelte. »Vorhin war sie noch da und hat sich an Vikas Beine geklammert. Dann hat sie Alaric gesehen und ihn vermutlich für ein kleine-Daema-fressendes Monster gehalten.«

Ich wechselte einen Blick mit Alaric. Er sah wirklich abscheulich aus mit den roten und schwarzen Striemen im Gesicht, zu denen sich Blut, Daemablut, Schmutz und Schweiß vermischt hatten.

»Ich glaube, sie versteckt sich im Hühnerstall«, sagte Vika. »Und ich bin nicht sicher, wie lange das gut geht. Ich habe ihr gesagt, dass sie die Hühner nicht einfach essen darf und die Eier nur gekocht – aber ich weiß nicht, ob sie das verstanden hat. Und wenn ja, ob es ihr vielleicht egal ist, was ich dazu sage.«

Erleichtert, dass es Kae gut ging, musste ich fast ein wenig grinsen. Doch dann stellte ich die Frage, die ich nun schon so lange schwer mit mir herumtrug: »Warum habt ihr denn nicht gewartet?«

»Aber das haben wir doch!«, rief Vika irritiert. »Wir haben sogar fast vier Stunden gewartet statt zwei.«

Das verstand ich nicht. »Ich bin ganz sicher, am richtigen Ort gewesen zu sein.«

»Und die Hinweise?«, fragte Vika und sah hilfesuchend zu Jero, der finster dreinblickte. »Wir haben Markierungen für dich in die Baumrinden geritzt, Steine in die Form von Pfeilen gelegt und Felsen mit Kohlestücken beschriftet.«

»Wir haben nichts davon gesehen«, sagte ich leise. Ob wir unaufmerksam gewesen waren? Ich konnte es mir nicht vorstellen.

Auch Alaric bestätigte meinen Eindruck. »Wir haben nach Hinweisen gesucht, aber nichts gefunden.«

Jero blähte die Backen auf und stieß die Luft langsam aus. »Scheint, die Welt des Lords will es dir wahrhaft nicht leicht machen.«

»Uns aber schon?«, hakte Vika skeptisch nach. »Das verstehe ich nicht. Laire ist die Suchende. Wir sind unwichtig.«

»Womöglich ist das der Grund, und Alsjana Daera will es *mir* schwer machen«, sagte ich leise.

Jeros kaum merkliches Nicken verriet, dass ich aussprach, was er dachte.

KAPITEL 48

LAIRE

Wenig später – dunkler Abendhimmel hatte sich über das Dorf geschoben, und hinter den Fenstern flackerten kleine Laternen und Kerzen – trafen Vika und ich Alaric und Jero in einem winzigen Schankhaus, in dem wir die einzigen Gäste waren. Zum Glück. Denn es gab bloß einen Tisch, und um diesen standen nur vier Stühle. Für mehr Menschen wäre in dem abgesehen von dicken Kerzen in geschmiedeten Ständern schmucklosen Raum kein Platz gewesen.

Obwohl ich das heiße Bad genossen hatte wie noch nie eines zuvor, war ich erst in dem Moment wieder richtig bei mir, als ich Alaric wiedersah. Die kurze Zeit ohne ihn war mir seltsam erschienen. Als würde etwas Schlimmes mit ihm geschehen, wenn ich nicht bei ihm war. Dankbar rutschte ich an die Tischseite neben ihm. Er roch nach Seife, und jetzt, da er das ganze Blut abgewaschen hatte, war das amüsierte Funkeln in seine sturmblauen Augen zurückgekehrt. Immer wieder fühlte ich Hoffnung, wenn er in meiner Nähe war, immer wieder schien mir alles weniger aussichtslos. Allem Verrat und allen Geheimnissen zum Trotz hatte er dennoch etwas an sich, das mir wohltat und mich fühlen ließ, ich wäre sicherer als ohne ihn.

»Ich habe eine Bitte, bevor das Essen kommt«, sagte er und griff nach Brotstücken, die bereits in einem Korb bereitstanden. »Wenn hier irgendetwas serviert wird, was massiv an der Esskultur unserer Art vorbei geht, egal wie widerwärtig es auch sein mag – sagt es mir nicht. Sagt es mir morgen, wenn ich es überlebt und verdaut habe.«

»Wenn ich Eure Worte recht verstehe, habt Ihr Hunger«, sagte eine warme Frauenstimme.

Neugierig wandte ich mich um. Die Wirtin – wenn sie denn eine war – blickte uns mit Vorsicht in den Augen an. Trotzdem war sie das am wenigsten scheuste Wesen, das ich in dem Dorf bisher gesehen hatte – sah man einmal von meinen Freunden ab. Alle anderen Menschen waren uns ausgewichen und in ihre Häuser geflohen, als schleppten wir tödliche Krankheiten in ihre Welt, vor denen sie sich schützen mussten.

»Ich kann Euch versichern, nichts, was ich koche, bringt Euresgleichen um. Es macht Euch aber nicht zu Unseresgleichen, also habt keine falschen Hoffnungen. Ihr könnt nicht lang bleiben, das wisst Ihr.«

»Das wissen wir, und wir danken Euch für Eure Gastfreundschaft«, sagte Jero.

»Sie ist nicht selbstverständlich. Aber behaltet Euren Dank, denn damit kann ich nichts anfangen.« Damit drehte sie sich um und ging.

Ratlos sah ich zwischen Vika und Jero hin und her. »Euresgleichen? Unseresgleichen? Was meint sie?«

Vika knibbelte an einem Wachsfleck auf der Tischdecke. »Diese Menschen, die hier leben, sind … besonders.« Sie flüsterte beinah, als wäre es ihr peinlich. »Sie wurden verflucht, aber sind keine Daema geworden.«

Unvermittelt saß ich plötzlich kerzengrade auf meinem Stuhl. »Das geht?«

Vika nickte. »Die Frau ist außerhalb des Dorfes zufällig auf uns gestoßen und hat uns hergebracht. Sie ist eine Verfluchte.«

»Sie alle sind es«, ergänzte Jero. »Verflucht von einem Menschen – begnadigt von ihrem Lord.«

Mein Mund wurde trocken, ein Schluck aus dem bereitstehenden Becher – stark verdünnter Wein – half kaum gegen das Gefühl.

»Sie bevölkern diese Welt«, fuhr Jero fort, »als wären sie noch normale Menschen. Sie bauen Getreide an, züchten Vieh, und wann immer sie Zerstreuung suchen, gehen sie zum Schloss der Ewigen Wünsche.«

Schloss der Ewigen Wünsche. Ich hatte nie davon gehört, und doch wusste ich instinktiv, dass unser Weg uns dorthin führte. Aber bevor ich darauf eingehen und Fragen stellen konnte, sprach Vika schon weiter, die Stimme zu einem andächtigen Hauchen gesenkt.

»Sie leben ewig, wenn sie es wollen. Sie altern nie.«

»Wie soll das gehen?«, fragte Alaric, er klang ein wenig heiser. »Diese Welt verwandelt Menschen in Daema.«

»Nicht, wenn der Lord sie begnadigt. Dann verändert sich nichts. Nie wieder.« Ihr Blick huschte zur Tür, ich hatte die Schritte auch gehört. Eilig fügte Vika hinzu: »Sie will es uns morgen zeigen.«

»Morgen?« Ich richtete mich auf meinem Platz auf. »Aber wir müssen so schnell wie möglich weiter.«

Jero schüttelte knapp den Kopf. »Dieses Dorf verbindet sich nur zu bestimmten Zeiten mit der restlichen Welt der Daema. Wir werden das nächste Zeitfenster abwarten müssen, bevor wir es wieder verlassen können.«

Ich fluchte, aber nur leise, denn die Wirtin stieß die Tür mit dem Fuß auf und trug eine Terrine herein. Für einen winzigen Augenblick machte die Kombination aus Erschöpfung, Hunger und dem Duft der kräftigen Brühe meinen Verstand neblig, und ich hatte nichts anderes mehr im Kopf als in Suppe getauchte Brotstücke. Es war eine einfache, sparsame Mahlzeit. Aber ich konnte mich nicht erinnern, je so gut gegessen zu haben.

Nach dem Essen führte uns die Wirtin eine schiefe Stiege empor in einen Raum, in dem Heu und Stroh in Ballen und Säcken lagerte. Erst jetzt dämmerte mir, dass wir in keiner Gaststätte waren, sondern bei der misstrauischen Frau zu Hause. Spontan fand ich sie überhaupt nicht mehr misstrauisch, sondern bewunderte sie eher für ihre Nervenstärke, vier dahergelaufene Fremde bei sich einzuquartieren. Warum tat sie das?

Ich würde sie morgen fragen müssen, jetzt war ich viel zu erschöpft. Mit schweren Armen und Beinen half ich den anderen, die Strohballen so auszulegen und mit derben Wolldecken abzudecken, dass wir uns drauflegen konnten. Das Flussanemonenlicht leuchtete uns, und obwohl wir alle todmüde waren, legten wir uns in seinem Licht hin, dicht aneinander. Bloß Alaric hielt ein wenig Abstand. Als ich irgendwann kurz erwachte, um mich umzudrehen, bemerkte ich, dass er sich aufrecht hingesetzt hatte und seine Augen offen waren.

»Schläfst du nicht?«, hauchte ich, um niemanden sonst zu wecken.

»Einer sollte Wache halten«, gab er zurück.

»Du? Du allein? Die ganze Nacht?«

Er lehnte sich vor und strich mir mit sanftem Druck durch die Haare, sodass mein Kopf zurück aufs Bett sank. Kurz ließ er seine Hand an meinem Kopf ruhen, und ich drehte das Gesicht und streifte – ganz unbeabsichtigt natürlich – mit den Lippen über seinen Unterarm. Ein angenehmer Schauder rieselte durch meinen Körper, und mein nächster Atemzug geriet sehr tief.

Alaric bewegte sich nicht, er flüsterte nur ein »Gute Nacht, Laire« in die Dunkelheit. Und ich stellte mir vor, wie er wartete, bis ich eingeschlafen war, um sich dann neben mich zu legen; so dicht neben mich, dass seine Brust bei jedem Atemzug meinen Rücken berührte, und ich spüren konnte, wie sein Herz schlug, während ich schlief. Vielleicht träumte ich bereits, dass er sagte: »Niemand würde besser auf dich aufpassen als ich, Laire. Niemand.«

KAPITEL 49

LAIRE

Unsere Gastgeberin hieß Amella, und als wir ihr Haus tags darauf in ihrer Begleitung verließen, bemerkte ich schnell, dass sie eine Außenseiterrolle in ihrem Dorf zu haben schien.

»Gehen sie Euch immer aus dem Weg, oder liegt es an uns?«, fragte ich sie geradeheraus, und als Antwort lächelte sie zum allerersten Mal.

»Es liegt an Euch. Auch an mir, natürlich, aber sobald Ihr weg seid, verzeihen die Leute mir wieder. Wir sind hier nicht nachtragend. Man hätte bald zu viel zu tragen, es kommt ja einiges zusammen über die Zeit.«

»Wie alt seid Ihr?«

Ich stieß Alaric gegen den Arm. »Entschuldigt bitte, Amella. Alaric Cole kommt aus einem Land, in dem man keine Manieren kennt. Sollte er Euch beleidigen – ignoriert ihn.«

Nun lachte sie tatsächlich ein wenig. »Ich würde es Euch sagen, Alaric Cole. Aber wie soll man Jahre zählen, wenn ihnen die Zeiten fehlen?«

Keine Jahreszeiten also. Kein Wind, kein wahres Leben, keine Jahreszeiten … Keine Kultur hätte in meine Aufzählung gemusst, aber in dem Moment bogen wir um eine Ecke, und ich musste erkennen, dass ich mich geirrt hatte. Die allermeisten Häuser hier waren einfach, ihrem Zweck entsprechend und schmucklos. Doch nun stand es vor mir, das eine Haus, das anders war. Es war zweistöckig, aus Steinen gebaut, und man hatte jeden in einer anderen Farbe angemalt – vor langer Zeit allerdings, denn die meisten waren verblasst. Allein die Farben zu sehen, die bedeuteten, dass sie jemand bewusst aufgetragen hatte, um einen Zweck zu erfüllen, ließ meinen Nacken erwartungsvoll kribbeln. »Was ist das?«

»In Eurer Welt gibt es Sammlungen und Galerien«, sagte Amella. »In unserer kommt dieses Haus dem wohl am nächsten.«

Mir klappte der Mund auf. Amella erzählte von Viccard, einem seltsamen alten Mann, den der Lord verschont hatte, dabei war er der verschrobenste und mürrischste Mensch, den sie selbst je gesehen hatte. In seinem alten Leben war er Kunsthändler gewesen – zumindest behauptete er das immer, die Dörfler hielten ihn jedoch eher für einen Landstreicher und Taugenichts. Eine Ewigkeit reiste er seitdem zwischen den einzelnen Dörfern des Daemareiches sowie dem Schloss der Ewigen Wünsche umher, sammelte Legenden und Geschichten und tauschte diese gegen andere aus. Selbst der Lord soll mit ihm gehandelt haben. Zwischenzeitlich kehrte er zurück, suchte talentierte Steinhauer, Maler, Dichter und Musiker und ließ seine Geschichten von ihnen in etwas Bleibendes verwandeln. Die Ergebnisse sammelt er seitdem in diesem Haus.

»Kann man den Mann sprechen?«, fragte Alaric. »Er kann uns sicher weiterhelfen.«

Amella seufzte. »Von seiner letzten Reise ist er nie zurückgekehrt. Wer weiß, vermutlich hat er sich wie so viele im Schloss der Ewigen Wünsche verloren.« Amella sah die Straße entlang, Wehmut im Blick. »Gehen wir hinein. Die Tür ist offen, niemand hier würde Viccard bestehlen.«

Wir traten ein und blickten uns um.

»Es scheint, als würde sich ohnehin niemand für das interessieren, was sich in diesem Haus befindet«, sagte Alaric.

Ich teilte seinen Eindruck: Über allen Schränken und Regalen, auf Tischen und selbst auf den Bodendielen lag eine dicke Schicht Staub. Unsere Schritte ins Innere wirbelten etwas davon auf, sodass er sich zu Flocken verdichtete. Es sah aus, als wäre außer uns seit Jahren niemand mehr hier gewesen.

Der Anblick tat mir fast körperlich weh. Ich sollte wohl doch recht behalten. Es gab hier keine Kultur. Niemand der Bewohner dieses Dorfes interessierte sich für die angesammelte Kunst. Sie war da und war es gleichzeitig nicht, weil sie nichts mit den Menschen machte. Sie ignorierten sie.

»Ungelesene Bücher«, murmelte ich und schritt die Regalreihen ab. »Sie tun mir leid.«

Alaric ging dicht hinter mir und sagte nichts. Wir betrachteten Gemälde, die die seltsamsten Daema zeigten, die ich mir hätte vorstellen können. Chimären, halb Mensch, halb Tier; oder Meeresbewohner, die an Land gekommen waren. Wir pusteten Staub von Statuetten und klopfen ihn aus wollenen Wandbehängen, in die fremde Schriften eingestickt waren. Ob Vika in der Universität gelernt hatte, eine davon zu lesen? Oder Jero in seiner Akademie?

Vor einer blieb Alaric erstaunt stehen, und sein Blick huschte die mattgoldenen Linien auf blauem Grund nach.

»Was ist? Kannst du das etwa lesen?«

Er zog konzentriert die Brauen zusammen. »Nein«, sagte er dann. »Ich erkenne die Muster der Buchstaben wieder, aber ich habe sie nie zu lesen gelernt.«

»Eine Schneidermeisterin aus Keppoch hat das gemacht«, erklärte

Amella. »Die meisten hier reden nicht über ihr Leben vor dem Fluch und der Begnadigung. Sie war da anders. Sie hing daran.«

»Wo ist sie, ist sie noch hier?«, fragte Alaric.

Amella schüttelte den Kopf. »Sie war eine von denen, die ins Schloss gingen und nie zurückkamen. Das passiert den meisten, die am Leben hängen. Sie verlieren sich im Schloss in all ihren vielen Wünschen.«

Mir fröstelte. »Was bedeutet das?«

Doch Amella schien darauf keine Antwort zu wissen, sie starrte nur auf den schmutzigen Boden zu meinen Füßen, ohne die richtigen Worte zu finden. »Das Schloss ist sehr schwer in Worte zu fassen. Ich zeige es Euch.« Sie ging zu einem der Buchregale, zog einen in Leder gebunden Folianten heraus und hielt ihn mir hin. Das gewaltige Buch wog mehr als ein kleines Kind, ich wuchtete es auf einen Tisch und schlug es, in einer Staubwolke stehend, auf. Dann begriff ich.

Die Buchstaben wirkten auf den ersten Blick ganz normal, wenn die Tinte auch durch die Jahre verblasst war. Doch sobald man sich darauf konzentrierte, sie lesen zu wollen, schmolzen sie in sich zusammen, als wäre die Tintenlinie ein Faden aus Eis und mein Auge eine Sonne. Es war unmöglich, auch nur ein Wort zu erkennen.

»Siehst du es auch?«, fragte ich, als sich Alaric über meine Schulter beugte und sein Atem meine Wange streifte.

»Leere Seiten«, sagte er schlicht.

Erstaunt wandte ich ihm das Gesicht zu und war ihm plötzlich sehr nah. Zu nah. In erster Linie zu nah, um noch zurückzuweichen. Seine Augen besaßen diese Art von Magie, die einen gefangen nahm. Wenn man einmal damit anfing, herausfinden zu wollen, welche Farbe in ihnen überwog – Blau mit grauen Sprenkeln oder Grau mit blauen Sprenkeln –, war man verloren. Ich zumindest. Noch dazu vermochte Alaric es, seine Augen zu verfinstern, während man hineinsah, sodass man mit ins Dunkle gezogen wurde. Ich hätte wetten können, er machte das mit Absicht. »Sie sind nicht leer«, sagte ich. »Nur äußerst schwer zu lesen.«

»Dachte ich's mir doch«, sagte Amella mit einem seltsamen Unterton. »Eine Magiekundige.«

Alaric und ich erschraken beide und fuhren zu ihr herum. Verdammt, verdammt. Ich hätte ahnen müssen, dass es ein Trick war.

Amella hob beschwichtigend die Hände. »Das ist nichts Verbotenes, Laire. Nicht hier. Ich weiß, dass es in Eurer Welt anders ist. Das war es immer schon. Aber es erklärt die vielen Daema, die Euch aufhalten wollten. Sie lieben Magie. Auf eine ganz bestimmte Weise.«

»Als Mahlzeit«, sagte Alaric trocken. »Wir müssen uns also darauf einstellen, dass sie uns erwarten, wenn wir das Dorf verlassen?«

»Ich nehme nicht an, dass ihr das Dorf verlassen werdet«, sagte Amella und brachte Alaric damit sofort in Alarmbereitschaft. Seine Muskeln verspannten unter seiner Haut.

»Sie ist doch die Suchende.« Amella wies auf mich. »Ihr wollt zum Lord.«

»Und der ist hier?«, fragte Alaric ironisch. »Hab ihn noch gar nicht gesehen.«

»Unsinn.« Amella trat an uns vorbei, klappte den Folianten zu und räumte ihn zurück an seinen Platz. »Aber die Brücke zum Schloss der Ewigen Wünsche beginnt in diesem Dorf. Wusstet Ihr das nicht? Natürlich nicht, ich hatte nur mit dem Paladin darüber gesprochen. Der Moment, ab dem sie sich überqueren lässt, ist gleich gekommen.«

»Ich hatte gehofft«, sagte ich leise, »hier einen Hinweis zu finden, wie man diese Welt übersteht, ohne zur Daema zu werden.«

Amella sah mich an, als forderte ich etwas, das mir nicht zustand. Etwas, das sie mir nicht geben wollte. Oder durfte?

»Wie ist es Euch gelungen?«, fragte Alaric geradeheraus.

»Durch Gnade«, gab sie frostig zurück, als wäre Gnade in diesem Dorf ein anderes Wort für Gift. »Aber versprecht Euch nicht zu viel davon. Die Gnade unseres Lords beschränkt sich auf einen winzigen Tropfen in jeder finstersten Nacht.«

»Ihr meint Neumond?«, hakte ich nach.

»Vermutlich meint es Euren Neumond. Ich habe den Mond schon fast vergessen.«

Natürlich, es gab hier ja keinen. Einen Tropfen Gnade pro Monat … durfte man darauf hoffen? Ich hatte keine Vorstellung davon, wie viele Menschen jeden Monat verflucht wurden.

»Es gibt Goldgrundtafeln«, sagte Amella. »Sie erzählen eine Geschichte, die der Lord selbst Viccard geschenkt haben soll. Kommt, seht sie an. Dann versteht Ihr.«

Amella führte uns eine wackelige Treppe hoch. Wir durchquerten eine Kammer, in der ein Bett und eine Truhe standen; die Bettwäsche war fleckig und fadenscheinig. Federn und Stroh staken daraus hervor. Auf dem Fußboden in den Ecken sammelte sich Vogelkot.

Eine Tür führte in einen zweiten Raum. Hier gab es große Fenster, die allerdings von Vorhängen aus Spitzenstoffen bedeckt waren, in deren Löchern der Staub wucherte. Falter hingen darin fest, die Flügel pudrig und grau geworden. Es sah aus, als hätten sie dort auf einen Frühling gewartet, der nie gekommen war. Über die lange Zeit hatten sie womöglich das Weiterleben vergessen. In der Mitte des Raums stand ein Arbeitstisch, auf dem mehrere Platten aus Gold lagen.

Alaric klopfte mit dem Fingerknöchel dagegen und pfiff dann durch die Zähne. »Das ist massiv.«

»Das ist hier nichts wert«, erklärte Amella. »Diese Welt hat so viel Gold, es ist billiger als Papier.«

Jetzt erst, da ich Meißel und Punziereisen in verschiedenen Größen um die Platten und im Schmutz trübe gewordene Späne auf dem Boden sah, erkannte ich, dass hier vor Ort an diesen Goldgrundtafeln gearbeitet und graviert worden war. »Das hat Viccard selbst hergestellt?«, fragte ich und trat näher. Mit dem Ärmel meines Hemdes wischte ich den Staub von den drei Platten.

Amella lehnte sich an den Türrahmen. »Er wollte die Geschichte niemandem erzählen, konnte sie aber auch nicht für sich behalten. Er versuchte zu schreiben, aber fand die Worte nicht. Er versuchte zu singen, aber traf die Töne nicht. Also versuchte er, die Geschichte in Gold zu punzieren, aber er war unzufrieden mit dem Ergebnis und ließ die Arbeit halbfertig liegen.«

Ich betrachtete die Goldgrundtafeln. Alle waren bereits bearbeitet, Linien waren hineingraviert. Durch das Anrauen oder Aufpolieren der goldenen Oberfläche hatte der Künstler eine erstaunliche Dreidimensionalität geschaffen. Alaric stand schon wieder so dicht neben mir, dass ich mich zusammenreißen musste, damit er mich nicht ablenkte, als er mir über die Schulter spähte. »Wie kann man damit unzufrieden sein?«

Die erste Tafel zeigte ein Gefängnis im Querschnitt, sodass man mehrere Stockwerke sah. Hinter Gitterstäben presste sich ein verzweifeltes Gesicht an das andere, Hände streckten sich nach draußen, größere von Männern, kleinere von Frauen. Und dazwischen immer wieder Kinderhände, ein Anblick, den ich zu ignorieren versuchte.

Die zweite Goldgrundtafel wurde von ihm beherrscht – dem Lord. Viccard mochte nur seine Umrisse in Gold graviert haben, doch ich sah ihn, wie er wirklich war. Ich sah die verfilzten Haarsträhnen, die die Hörner fast verbargen, die Bewegungen seiner Brust beim Atmen und das düstere Schimmern seiner Augen.

»Diese Tafel zeigt das Geheimnis der Begnadigung«, sagte Amella und wies mit von harter Arbeit schwieligen Fingern auf einen Kelch, der vor dem Lord auf einem Podest stand. Ohne ihre Worte hätte ich dem keine Bedeutung beigemessen; zu sehr dominierte der Daemalord das Bildnis. Doch jetzt, da ich genauer hinsah, bemerkte ich, dass der Kelch eine hauchfein in das Gold eingearbeitete Aura besaß. Jedes Mal wenn ich blinzelte, nahm ich wahr, wie Dampf aus dem Gefäß aufstieg. Und plötzlich begriff ich, dass Viccard weit mehr als ein Kunstliebhaber gewesen sein musste.

»Er war wie ich«, flüsterte ich. »Er erkannte die Magie in den Dingen. Und er war in der Lage, sie in seine Werke zu weben. Was ist das für ein Kelch?«

»Der Lord nennt es einen Brunnen«, erklärte Amella. Ihr Tonfall hatte sich verändert, war tief und leise geworden, als spräche sie über etwas, das ihr heilig war. Heilig … oder verboten. »Einen Tropfen pro finsterster Nacht führt dieser Brunnen. Eine Träne.«

»Eine Träne?«, wiederholte Alaric. Er war blass geworden. Oder machten das das gedämpfte Licht und der Staub, der sich bereits auf unsere Haut legte? »Wer weint sie? Der Lord? Weint er vor Lachen über seine vollen Kerker?«

»Lyaskye weint diese Träne«, sagte Amella, ohne auf Alarics Sarkasmus einzugehen. »Diese Welt erfüllt die Göttin aller Länder mit Schande, und so weint sie seit Anbeginn unserer Zeit.«

Diese Geschichte kannte ich. Sie erzählte von dem schrecklichen Riss in Lyaskyes Leib und davon, wie die Magie zu den Menschen gekommen war, für unvorstellbares Leid gesorgt hatte und schließlich auf die Clans verteilt worden war. Ein Magier spielte die Hauptrolle in dieser Geschichte. Der Herr aller Magie, der diese vom Nachthimmel herabbefahl.

Ich trat vor die dritte und letzte Goldtafel. Auf dieser stand der Lord mit erhobenem Kinn vor einer am Boden knienden Frau und neigte den Kelch über ihr. Im Hintergrund erkannte man schemenhaft die Gesichter der anderen Gefangenen. Ich berührte die Tafel mit den Fingern der rechten Hand, für die ich keinen Handschuh mehr besaß, seit Alaric ihn zerschnitten hatte.

Plötzlich bewegten sich die eingravierten Figuren. Der Lord kippte die Träne Lyaskyes auf den Kopf der knienden Frau. Die rang die Hände und neigte die Stirn zu Boden. Über ihr, schattenhaft wie ein Geist, erschien das Antlitz einer zweiten Frau: Alt war sie, das Gesicht zerfurcht von Falten oder Narben, doch ihre aufmerksamen, klugen Augen besaßen die Strahlkraft von polierten Kristallen. Sie wachte über die Szene, wobei mir war, als behielte sie vor allem den Lord genaustens im Blick.

Irgendetwas an ihrem Anblick ließ mich nicht los. Sie kam mir vage bekannt vor, als hätte ich sie schon einmal irgendwo gesehen, als hätte sie eine Bedeutung für mich. Wer mochte das sein? Sie erschien über dem Daemalord, als stünde sie in der Hierarchie über ihm, aber von einer solchen Frau hatte ich nie zuvor gehört. Nur der Magier, der das Reich der Daema erschaffen hatte, war dem Lord höhergestellt.

Doch was … wenn dieser Magier in Wahrheit eine Magierin gewesen war?

In dem Moment, als die alte Frau wieder verschwand, bemerkte ich, dass sie eine Kette um den Hals trug, an der ein kleiner runder Stein schimmerte. Der Eindruck war so kurz und verschwommen, dass ich unmöglich sicher sein konnte, aber mein Gefühl sagte mir, dass es ein sehr ähnlicher Stein war wie der, den ich besessen und erst kürzlich verloren hatte. Wenn es nicht sogar … derselbe war?

Die alte Frau verschwand aus dem Bild, als hätte es sie nie gegeben.

Die Begnadigte sah dankbar zu ihrem Lord auf. Die Gesichter im Hintergrund aber – die Männer, Frauen und Kinder – verwandelten sich in die Fratzen von Daema.

Und der Lord mit seiner wölfischen Schnauze grinste ihnen erwartungsvoll zu.

Als Alaric und ich Vika und Jero beim Stall vor Amellas Haus wiedertrafen, war endlich auch Kae bei ihnen. Sie huschte zu mir, legte den Kopf schief, und ohne darüber nachdenken zu müssen, streichelte ich ihre Wange und umarmte sie. Einen Moment lang starrte sie mich verblüfft an, dann verzog sie ihr Raubtiergebiss zu einem Grinsen.

Wie schnell ich mich an sie gewöhnt hatte. Und wie bitter die Vorstellung war, sie würde sich weiter verwandeln, all ihre Menschlichkeit vergessen und werden wie die Daema, die uns angefallen hatten.

Da fiel mir etwas ein, worüber ich mit Amella allein sprechen wollte, und da sie erklärte, zum Brunnen gehen zu müssen, bat ich sie, sie begleiten zu dürfen.

»Sollten wir nicht aufbrechen?«, fragte Vika. »Amella sagte, die Brücke zum Schloss sei jetzt passierbar.«

Einerseits hatte sie recht. Und meine Karte von Nemija zeigte den Mond nur noch als sehr feine Sichel. Andererseits wollte ich diese eine Frage nicht unbeantwortet mit mir tragen, denn der Wind allein wusste, wann ich noch einmal Gelegenheit bekommen würde, sie zu stellen. Jero hatte mir am Morgen unter vier Augen zugeraunt, ich solle mich von der Zeit nicht zu sehr unter Druck setzen lassen. Nun legte er Vika die Hand auf die Schulter und sagte: »Gib uns allen ein wenig Zeit. Manchmal muss man der Schnellste sein. Weit häufiger aber der Klügste. Der Tag ist lang genug, wir können uns noch ein wenig Zeit lassen.«

»Bist du sicher?«

»Mein Gefühl sagt Ja.«

»Treffen wir uns doch später in meinem Haus zu einem Essen, bevor Ihr weiterreist«, schlug Amella vor, reichte mir zwei Holzeimer, und wir gingen die breite Straße entlang Richtung Brunnen.

Die Menschen hier – wenn sie denn Menschen waren – hatten Angst vor mir, das war mehr als offensichtlich. Ob es an der Magie lag? Wenn sie Viccard ebenso skeptisch gegenübergetreten waren, verstand ich gut, dass er nicht zurückgekehrt war.

»Ihr solltet auf Vika achten«, sagte Amella, als wir uns vom Haus entfernt hatten. »Sie stellt schwierige Fragen nach der Femarshall Phylles.«

»Inwiefern schwierig?«

Amella schmunzelte freudlos. »Sie lässt ihre Bewunderung erkennen, Eure Freundin. Der Lord und sein treues Gefolge haben die Femarshall allerdings die längste Zeit bewundert.«

Ja, das konnte ich mir vorstellen.

»Verärgert ihn nicht, Ihr seid auf seine Gunst angewiesen.« Ehe ich weitere Fragen darüber stellen konnte, fuhr Amella fort: »Was ist es, das Ihr wissen wolltet? Wir haben nicht viel Zeit, um lange darum herumzureden, nicht wahr?«

Hatte sie recht? Oder wollte sie verhindern, dass ich ihre Motive hinterfragte? Der Wink war in jedem Fall deutlich, und ich besann mich auf jene Information, die mir vorerst am bedeutsamsten schien.

»Wenn der Lord pro Monat nur einen Verfluchten begnadigen kann«, begann ich, meine Worte sorgsam wählend, »wie wählt er aus, wem er die Gnade zugesteht?«

Amella seufzte. Die Eimer klapperten in ihrer Hand gegeneinander. »Wann immer jemand hierherkommt, versuche ich herauszufinden, was er oder sie an sich hat, was dem Lord gefallen haben könnte. Seit tausend, vielleicht zehntausend schwarzen Nächten und allen dazwischen frage ich mich, warum ich es war, die die Gnade erhielt. Bis heute weiß ich es nicht. Vielleicht«, sie wirkte verdrossen, »weiß der Lord es selbst nicht und wählt vollkommen willkürlich.«

»Dieses Scheusal«, zischte ich und ließ meinen Eimer an der Kette in den Brunnen hinabgleiten.

»Pscht«, machte Amella, und zum ersten Mal schien sie mir wirklich furchtsam. Sie sah sich hektisch nach Zuhörern um. »Haltet Eure Zunge im Zaum – wisst Ihr nicht, wo Ihr seid?«

In seinem Reich, ja. Aber ich wünschte, es wäre anders.

»Wir erkennen uns in unserem Lord, ob begnadigt oder nicht«, sagte Amella. »Ihr versteht irgendwann.«

KAPITEL 50

ALARIC

Jero und Alaric hatten Holz gehackt; ein kleiner Dank für Amellas Gastfreundschaft, und eine gute Gelegenheit für ein Gespräch.

»Dass unsere Markierungen allesamt verschwunden sind, ist wirklich seltsam«, sagte Jero, während sie die letzten Scheite unter dem Vordach aufschichteten. »Ob das Land selbst sie entfernt hat, oder der Lord? Habt ihr geglaubt …?«

»Jepp«, antwortete Alaric, ohne den Paladin zu Ende sprechen zu lassen. »Wobei, nein, Laire hat nicht geglaubt, dass ihr sie verraten und im Farnwald zurücklassen wolltet. Ich habe es allerdings für sie mitgeglaubt.«

Jero griente. »Und nun bist du eines Besseren belehrt?«

»Nein. Aber nun ist es egal, denn es ist euch ja nicht gelungen.«

Vika, die in etwas Entfernung mit Kae auf dem Boden saß und versuchte, ihr ein Spiel mit Stöckchen und Steinen begreiflich zu machen, gab ein empörtes Zischen von sich. »Jero hätte euch kaum im Kampf gegen die Daemahorde unterstützt, wenn wir das gewollt hätten.«

Alaric lachte, was Vika erst recht empörte.

»Ist dir eigentlich bewusst, dass das, was du für Humor hältst, unter zivilisierten Menschen zu den Unverschämtheiten zählt?«, fauchte sie ihn an.

Er verneigte sich in ihre Richtung. »Und das, was man in Nemija Humor nennt, taugt in meiner Heimat gerade mal dazu, dass Mütter es ihren Kindern erzählen. Und zwar zum Einschlafen.«

Vika warf einen ihrer Spielsteine in seine Richtung, und er nickte ihr anerkennend zu, denn wäre er nicht ausgewichen, hätte sie ihn getroffen. So aber traf der Stein Jero, der genervt brummte.

Alaric wurde wieder ernst und wandte sich dem Paladin zu. »Hast du gewusst, was dein Dolch kann?«

Im Inneren des Blockhauses erklang Geklapper, und es roch bereits seit Längerem verführerisch nach frisch gebackenem Brot.

Jero schichtete weiter Holz auf, ohne ihn anzusehen. »Ich wusste, dass er Magie in sich trägt, weil Laire ihn schon einmal in ihre Finger bekommen hat.« Wie in Gedanken griff er sich in den Nacken und fuhr die Narbe nach, die er dort hatte. »Ist Jahre her. Ich hatte nie vor, ihn Laire ohne jede Vorwarnung nutzen zu lassen. Aber ihr wart in einer Situation, da hätte es auch nicht schlimmer kommen können, wenn der Dolch Laire vor unseren Augen in eine Schabe verwandelt hätte.« Er zuckte mit den Schultern. »Daema scheren sich nicht um Schaben, soweit ich weiß.«

»Ich will mich nicht beschweren«, sagte Alaric. Im Gegenteil, was er wollte, waren *erleichternde* Informationen. Die Frage, wie ein einfacher Paladin an eine Waffe von solch überwältigender – noch dazu ungezähmter – Magie kommen konnte, blieb dennoch.

Mit einem Mal wurde Jeros Blick starr, und im nächsten Augenblick hörte Alaric es auch: der Hufschlag galoppierender Pferde. Ein alltägliches Geräusch in jedem anderen Dorf – aber nicht in diesem.

»Vika, bring Kae ins Haus«, befahl Jero – eine Ansage, die es nicht gebraucht hätte, denn Vika hatte die kleine Daema längst an der Hand gefasst und war bereits auf dem Weg zur Tür. Diese schlug im nächsten Moment auf, und Amella streckte den Kopf hinaus. »Rein mit Euch! Schnell!«

»Wer kommt da?«, fragte Alaric, aber Amella wies ihn mit einer harten Handbewegung an zu schweigen. Er wechselte einen kurzen Blick mit Jero, der zögerte nur einen Moment, nickte dann und kam mit ins Haus. Bevor sie die Tür ins Schloss zogen, waren am Ende der Straße bereits die Silhouetten der Reiter zu sehen. Ihre Pferde waren fast unsichtbar in der Staubwolke, die ihre Hufe aufwirbelten.

»Was geht hier vor sich?«, fragte auch Laire, die aus der Küche trat.

»Reiter kommen«, sagte Jero, »etwa ein halbes Dutzend, würde ich sagen.«

Alle Augen richteten sich auf Amella, die die Lippen zusammenpresste und sich offenbar zwingen musste, zu sprechen. »Ein ganz schlechtes Zeichen. Besser wir warten, bis sie fort sind.«

»Was wollen sie?«, hakte Laire nach. »Bedeuten sie Gefahr? Warum?«

»Sind es Menschen oder Daema?«, wollte Vika wissen.

Amella rieb sich die Stirn. »Sie bedeuten Ärger, das ist alles, was ich weiß. Geht raus und legt Euch mit ihnen an, wenn Ihr denkt, dass es Euch hilft. Aber glaubt mir eins: verletzt oder tot werdet Ihr Euren Weg hier nicht fortsetzen.«

Alaric rannte die schmale Holztreppe hoch, die in die Schlafkammer führte. Dort gab es ein schmales Fenster, aus dem er hinaussehen wollte. Es gefiel ihm nicht, sich vor jemandem zu verstecken, den er nicht kannte. In Keppoch hätten sie ihn dafür ein Jahr lang verspottet. Aber er war nicht in Keppoch, und es war Laires Mission, die auf dem Spiel stand.

Doch als er das Fenster erreicht hatte, erlebte er eine Überraschung.

Die Männer, sechs an der Zahl und allesamt in leichte, aber stabile Lederrüstungen und Helme der nemijaner Oberschicht gekleidet, hatten ihre Pferde vor dem Haus durchpariert. Einigen schleppten Holzbretter heran, zwei trugen Hämmer in den Händen. Die Erkenntnis brannte in seinem Schädel: fünf Paladine. Und Cadyz Hellna. Der Schlüssel zu seinem letzten Schuldholz.

»Sie verrammeln von außen!«, brüllte Alaric, und seine Stimme hallte durchs Haus. »Die schließen uns ein!«

Ehe er zurück nach unten laufen konnte, erschien Jero hinter ihm, presste sich an ihm vorbei und sah nach draußen. Im gleichen Moment begann das Hämmern, hart und schnell.

»Paladine«, sagte Jero schlicht, dann folgte ein Fluch, Jero wandte sich um und polterte die Stiege hinab. Alaric warf noch einen Blick hinaus. Mit einem Sprung setzte er Jero hinterher. Beinah gleichzeitig warfen sie sich zusammen gegen die Haustür, doch es war zu spät. Zwar brachen zwei lange Risse durch das Holz, aber die ersten Bretter verhinderten von außen, dass die Tür sich öffnen ließ.

»Ihr verfluchten Scheißkerle!«, brüllte Jero. »Seymour, du Drecksack, du verletzt die Regel!«

Beim Blitz und Donner – der war sauer. Einen kurzen Moment starrte Alaric ihn an, erstaunt und fasziniert, wie wütend der sonst so beherrschte Paladin werden konnte. Offenbar war diese Regel – was auch immer sie besagen mochte – ein Pfeiler, auf dem sein Leben stand.

Vika und Laire packten bereits nach Möbelstücken, um damit die Tür zu bearbeiten. Kae hatte sich längst versteckt. Nur Amella stand auffällig still im Türrahmen zur Küche, die Augen leer, die Wangen rot. Alaric war das Gefühl zu vertraut, um es nicht zu erkennen: Scham.

Aber darum konnten sie sich später kümmern. Er schob Amella zur Seite und rannte in die Küche. Neben dem Holzofen lehnte der Schürhaken an der Wand, Alaric packte ihn und verwarf die Idee sofort, den anderen damit beim Aufbrechen der Tür zu helfen.

Die Hinterwand der Küche, an deren Außenwand das Holz gestapelt war, bot eine Schwachstelle. Er hatte vorhin bemerkt, dass sie recht dünn war und wohl der Wind hindurchgezogen wäre, hätte es in diesem Reich welchen gegeben. Tatsächlich fand er auf Anhieb eine Stelle, an der er den Schürhaken als Stemmeisen ansetzen konnte, und es brauchte nur einen beherzten Krafteinsatz, und das erste Brett brach krachend aus der Wand.

»Wartet!«, rief Amella hinter ihm erstickt. »Bitte wartet einfach. Die Reiter werden verschwinden, sie wollen nichts als einen Vorsprung.« Die Verzweiflung in ihrer Stimme ließ kaum mehr einen Zweifel offen: Amella hatte etwas mit dieser Sache zu tun.

Alaric entschied sich dennoch oder genau deshalb fürs Weitermachen. Er brüllte nach Jero, der ihm einen dankbaren Blick zuwarf und mit bloßen Händen dabei half, Bretter aus der Wand zu reißen. Rasch war die Lücke groß genug, und sie konnten sich durchzwängen und um das Haus herumlaufen. Auf der Straße saßen die Männer schon wieder auf ihren Pferden. Woher hatten diese Mistkerle Pferde? Die meisten hatten ihre Klingen gezogen, nur ein Mann, den die anderen abschirmten, trug seinen Myrodem in der Rückenscheide. Mit einem lächerlichen Dolch würde Alaric nicht bis zu ihm vorstoßen können. Aber musste er das denn?

Einer der Bewaffneten trieb sein nervös tänzelndes Pferd ein Stück vor.

Jero stieß ein abfälliges Geräusch aus. »Seymour. Dass ausgerechnet du mal zu solch billigen Tricks würdest greifen müssen. Das verletzt die Regeln.«

»Du bist der Letzte, der über Tricks urteilen darf«, gab der Angesprochene zurück. »Dir gegenüber gibt es keine Regeln, Jero. Du bist keiner mehr von uns. Wir sind dir nichts schuldig, Verräter.«

»Eure Schuld gilt nicht mir, sondern der Suchenden.« Jero wollte näher treten, aber die anderen Männer drohten sogleich mit ihren Waffen. »Ihr seid ihr verpflichtet. Erfüllt Ihr so Euren Schwur, die Suchende zu unterstützen und zu beschützen, mit Eurem Leben, wenn es sein muss?«

Der erste Reiter lachte. »Diese Hand dient dem Suchenden. Es gibt nur ihn.«

»Du irrst dich, Seymour. Es gibt eine zweite. Und das weißt du. Was bedeutet, dass du lügst. Der Anführer einer Hand an Paladinen – ein Lügner?«

Alaric wurde es zu dumm. Warum einen Gesprächskreis gründen, wenn man Fakten schaffen konnte? Nie war er der Freiheit näher gekommen als in diesem Moment. Cadyz Hellna musste lediglich hierbleiben. Wenn sie ihn begruben, tat er das ganz sicher. Alaric griff seinen Dolch an der Klinge, hielt ihn nur einen Wimpernschlag lang zwischen den Fingern und warf ihn ohne ein Wort und ohne eine Warnung.

Doch er hatte die Kampfkünste dieser verfluchten Paladine unterschätzt. Blitzschnell waren zwei von ihnen bei ihrem Suchenden und schirmten ihn ab. Die Klinge, die seine Kehle hatte treffen sollen, schlugen sie einfach aus der Luft wie eine lästige Mücke.

»Alaric!«, fuhr Jero ihn an. »Bist du des Wahnsinns?«

»Ich bin es nicht, der lügt«, höhnte der erste Paladin und ritt noch etwas dichter an Jero heran, sodass er auf ihn herabschauen konnte. »Ich weiß bloß mehr als du, Jero, der den Verrat geschwängert und die Lüge gezeugt hat. Aber du wirst sehr bald auch erkennen …« Er brach ab, als im Haus ein schriller Schrei ertönte.

Jero erstarrte, und Alaric ging dieser Schrei durch Mark und Knochen.

Es war Vika, die wie in Todespanik geschrien hatte.

Und es war Laires Name, den sie schrie.

KAPITEL 51

LAIRE

Ich wachte auf und fühlte mich, als hätte ich bloß fürchterlich verschlafen. Dass Vika, Alaric und selbst Kae mich besorgt ansahen, verstärkte das Gefühl nur.

»Was ist los?«, fragte ich und richtete mich auf. Erinnerungen zogen an mir vorbei wie ein Traum, der sich in der Realität nicht halten konnte. Doch als ich die halbeingerissene Küchenwand und Amella mit wundgeweinten Augen an ihrem Tisch sitzen sah, wurde mir klar, dass es wirklich Erinnerungen waren. »Was ist hier passiert?«

»Unsere liebe Amella hat dich vergiftet«, sagte Vika. Konnte es sein, dass sie in der Zeit meiner Ohnmacht gelernt hatte, Blitze aus ihren wütend verengten Augen zu schießen?

»Wie geht es dir?«, erkundigte sich Alaric und drückte mir eine Tasse mit Brühe in die Hände. Als ich nicht sofort zugriff, wollte er mir die würzig duftende Flüssigkeit an die Lippen halten.

Ich schüttelte den Kopf. »Was ist denn passiert? Bin ich krank?« Unwahrscheinlich, es ging mir gut.

»Fühlst du dich so?« Alaric war ganz blass, seine Augen groß und dunkel vor Sorge. Er schien wirklich Angst um mich gehabt zu haben.

»Nein. Nein, gar nicht.« Ich fühlte mich sogar besser als die ganzen letzten Tage. So ... ausgeruht. »Bei den Bergen! Wie lange habe ich geschlafen?«

»Nur ein paar Stunden«, sagte Vika und bestätigte damit meine schlimmste Befürchtung.

»*Nur?* Ein *paar* Stunden? Bedeutet das ...?« Ich sah zu der zerstörten Wand und erhielt meine Antwort. Draußen wurde es dunkel. Wir hatten einen ganzen Tag verloren. »Warum habt ihr mich denn nicht geweckt?«

Ich blickte in die überrumpelten Gesichter meiner Freunde. Vermutlich hatten sie es versucht. Ratlos rieb ich mir über das Gesicht. Nun war es ohnehin zu spät, wir konnten erst am nächsten Tag weitergehen. »Erklärt mir, was passiert ist«, verlangte ich. »Alles.«

Alaric und Vika stellten uns ein kleines Abendessen aus Brot, Käse und Brühe zusammen; Amella blieb allein in der Küche sitzen.

»Habt ihr sie festgebunden?«, fragte ich Jero leise.

Er griente. »Nah dran. Alaric hat sie sich zur Brust genommen, und seitdem traut sie sich kaum zu atmen.«

»Was hat sie getan?« Ich konnte keinen Moment länger auf eine Erklärung warten, auch wenn die anderen noch etwas zu trinken aus der Vorratskammer holten.

Jero seufzte. »Ein paar Stunden, bevor Vika und ich dieses Dorf erreichten, kam offenbar die Vorhut der zweiten Gruppe. Sie haben gedroht, die Schutzmauern dieses Dorfes zu zerstören, wenn die Dorfbewohner ihnen nicht helfen, uns aufzuhalten. Die meisten haben abgelehnt – es erzürnt ihren Lord, wenn sie sich in seine Angelegenheiten einmischen. Amella ließ sich schließlich trotzdem überzeugen, uns Zeit zu stehlen. Sie hatte einfach Angst.«

»Alles diente nur dazu, uns aufzuhalten?« Ihre Hilfsbereitschaft und Gastfreundschaft? Unser Besuch in Viccards Haus? Und am Ende … »Hat sie mir ein Schlafmittel untergejubelt?«

Jero nickte, und ich fühlte mich plötzlich unsagbar naiv. Amella und ich hatten Tee getrunken, nachdem wir beim Brunnen gewesen waren, und ich hatte mich noch über die Honigsüße des Tees gewundert, denn im ganzen Daemareich hatte ich nicht eine einzige Biene gesehen.

»Aber warum?«

Alaric und Vika kamen zu uns und stellten verkorkte Flaschen auf der Tischplatte ab. Na, hoffentlich waren Amellas Vorräte sicherer als ihr Tee.

»Der zweite Suchende will mit einem Vorsprung auf Nummer sicher gehen«, sagte Alaric und rutschte neben mir auf die Bank. »Wenn du mich fragst, wird er äußerst zielorientiert beraten.« Den knappen, ernsten Blick zu Jero konnte ich nicht einschätzen.

Jero zögerte, und als er weitersprach, schien irgendetwas seine Stimme zu belegen. »Der Suchende wird begleitet von einer Hand von Paladinen, deren Anführer sich selbst als den besten unserer Zunft bezeichnet. Für Seymour stehen mehr als nur sein Leben und seine Ehre auf dem Spiel. Er existiert dafür, zur Legende zu werden. Das kann er nur mit Erfolgen, und dafür wird er alles tun.«

Ich ließ mir das durch den Kopf gehen. »Desmonds Vater hat also wirklich jemanden losgeschickt. Weißt du, wer der Suchende ist?«

»Wissen wir.« Jero entkorkte eine Flasche und nahm einen Schluck. »Und ich muss sagen, die Wahl des Obersten Ministers irritiert mich. Kennst du Cadyz Hellna?«

»Cadyz!« Zum Glück hatte ich nichts im Mund, ich hätte es vor Überraschung quer über den Tisch gespuckt. »Das ist ein Irrtum, oder? Du verwechselst ihn.«

»Das dachte ich auch zuerst«, sagte Vika, »aber Jero ist sich sicher.«

»Aber Cadyz ist nicht im Militärdienst. Cadyz ist …« Um ehrlich zu sein wusste ich sehr wenig über ihn. Er war geringfügig älter als Desmond, Vika und ich, und ich kannte ihn vor allem daher, weil er Gerüchte und Mädchen gleichermaßen um sich scharte.

Vika nickte. »Cadyz steht gern im Mittelpunkt, tut dafür aber selten mehr, als überragend gut auszusehen.«

»Wenn man es allein damit weit bringen kann in Nemija, weiß ich nicht, was bei mir schiefgelaufen ist«, meinte Alaric, aber für den Moment ignorierten wir seine Scherze geschlossen.

»Vielleicht will seine Familie, dass er sich beweist«, überlegte ich laut. »Oder – oh nein – was, wenn sie ihn loswerden wollen?« Sofort bekam ich Mitleid und musste mich daran erinnern, dass er mich gerade mit hinterlistigen Tricks auszustechen versucht hatte.

»Scheint ja voll aufzugehen, der Plan.« Alaric tat unbekümmert, aber da war ein Hauch von Düsternis in seinem Blick.

»Wir holen ihn ein«, versprach Jero und nahm sich Käse von der Platte. Wenigstens er hatte seinen Appetit nicht verloren.

»Mir bereiten die Paladine mehr Sorgen als der Schönling«, sagte Alaric. »Die sind verdammt gut. Warum nennen sie dich einen Verräter, Jero?«

Unvermittelt kippte die Stimmung. Jeros Kiefermuskeln zeichneten sich plötzlich hart und kantig an seinem Kinn ab.

»Jero besitzt mein Vertrauen«, sagte ich, denn ich ahnte, dass ein Streit vom Zaun brechen würde, den wir nicht gebrauchen konnten. »Er muss nichts sagen, was er für sich behalten will. Erst recht nicht lassen wir uns von außen Druck machen oder entzweien. Wir müssen jetzt zusammenhalten, wenn wir nicht so kurz vor dem Ziel scheitern wollen.«

»Sind wir das denn?«, fragte Vika kühl. »Kurz vor dem Ziel? Es fühlt sich nicht so an.«

Ich griff über den Tisch nach ihrer Hand und drückte sie. »Ist es nicht immer so, dass die Erschöpfung am größten und die Zuversicht am kleinsten ist, wenn man es fast geschafft hat?«

»Laire hat recht«, sagte Alaric und nickte Jero zu, was in seiner Welt vermutlich einer Entschuldigung am allernächsten kam. »Vergiss meine Frage. Die Antwort bist du mir nicht schuldig. Jedem hier eher als mir.«

Jero kaute eine ganze Weile an einem winzigen Stück Käse herum. »Das stimmt. Jedem hier, aber dir nicht. Du darfst trotzdem bleiben.«

Alaric zog einen Mundwinkel zu einem halben Lächeln hoch.

»Ich bin Vater«, sagte Jero schließlich, und prompt fühlte sich mein Mund wie ausgetrocknet aus. Er hatte ein Kind? Aber wo? Mit wem?

Er stieß die Luft aus, bevor er sprach, und seine Stimme klang so rau, als hätte er sie noch nie benutzt. Wie lange mochte er nicht über das Kind gesprochen haben?

»Es kommt nicht oft vor, dass Paladine sich verlieben. Wir werden wie normale Menschen geboren, aber vollkommen anders erzogen. Liebe hat keinen Platz in unserem Leben. So wird es uns gelehrt. Einige von uns«, er senkte den Blick auf die Tischplatte, »stellen jedoch fest, dass jede Regel, selbst die wichtigste, immer auch ihre Ausnahmen hat.«

»Deine Freundin – war sie auch ein Paladin?« Das Mitgefühl machte meine Stimme dünn.

Er nickte. »Wir gehörten zu einer Hand, Arva und ich. Wir lebten zusammen, wir aßen zusammen, wir schliefen zusammen. Wir teilten jedes Geheimnis, jeden Wunsch und jeden Traum. Und irgendwann … na ja.« Der Schmerz war ihm anzumerken und strahlte auf mich über. Vika krallte ihre Finger ineinander, Kae saß mit angezogenen Knien auf dem Boden, und selbst Alaric schwieg.

»Wir wussten früh, dass wir uns liebten, und wir waren glücklich allein mit diesem Wissen. Hätten wir es dabei belassen, wären wir glücklich geblieben. Dann wären wir heute noch zusammen. Aber es reichte irgendwann nicht mehr, unsere Liebe nur zu denken. Wir wollten sie fühlen. Nur einmal. Doch Arva wurde schwanger.«

»Deshalb wurdet ihr von eurer Hand getrennt?«, fragte Vika fassungslos.

Ich wagte keine Frage nach dem Verbleib seiner Freundin oder des Babys. Ich fürchtete die Antwort.

Jero schüttelte langsam den Kopf. »Wir wurden bestraft und in die Isolation geschickt. Drei Monde lang in eine Einzelzelle ohne Licht. Danach folgte die Auslese – eine übliche Prozedur in unserer Ausbildung. Wir müssen einen Mond lang ohne Essen auskommen, danach ein paar Tage ohne Wasser.«

Ich schluckte an einem dicken Kloß in meinem Hals. Arva war doch schwanger …

»Sie hat alles überstanden«, sagte Jero, und erstmals spielte ein Lächeln um seine Lippen. »Arva – und meine Tochter in ihrem Leib ebenfalls. Doch Arva und ich haben in dieser Zeit eine Entscheidung getroffen – getrennt, jeder für sich, und im Ergebnis doch zusammen. Wir haben entschieden, unser Kind nicht in die Akademie zu geben, wo es zu einem Paladin erzogen wird.«

»Lass mich raten«, sagte Alaric düster. »Sie waren nicht erfreut, das zu hören.«

»Sie haben uns Strafen auferlegt, die eine Schwangere nicht überleben kann«, erwiderte Jero schlicht. »Sie hätten Arva getötet und unser Kind mit ihr. Arva sah eine einzige Chance zur Flucht. Sie hat sie genutzt. Ich habe sie nie wieder gesehen.«

Schweigen füllte den Raum und machte die Luft zu dick, um sie normal zu atmen. Wir mussten sie mit Mühe in unsere Lunge ziehen und mit Druck wieder herauspressen.

»Hast du … weißt du wenigstens, ob …« Ich bekam nur noch Gestammel heraus. Alaric legte seine Hand auf meine, warm und schwer und tröstlich.

»Es gibt jemanden, der hin und wieder kurz Kontakt zu jemandem hat, der sie kennt. Sie ist vorsichtig – das ist gut. Ich weiß nicht, wo sie lebt, nur dass sie es tut. Ich weiß, dass das Kind ein Mädchen ist, aber ich kenne ihren Namen nicht. Arva … sie ist irgendwo und hält sich fern von allem, was ihr gefährlich werden kann. So auch von mir. Manchmal aber, da lässt sie mich wissen, dass sie mich nicht vergessen hat.«

KAPITEL 52

LAIRE

Früh am nächsten Morgen brachen wir auf, doch nicht, ohne dass ich mich bei Amella verabschiedete. Ich verstand, warum sie uns die Zeit gestohlen hatte, und in gewisser Weise verzieh ich ihr.

»Bitte, Laire, glaubt mir, dass ich Euch trotz allem wünsche, dass Ihr Euer Ziel erreicht«, sagte sie, als nur noch sie und ich im Haus waren und die anderen draußen auf mich warteten.

»Vorher gebe ich ohnehin nicht auf«, sagte ich leichthin. Aber ich fühlte mich längst nicht so selbstsicher, wie ich mich gab. »Lebt wohl, Amella.«

»Viel Glück, Laire. Möget Ihr die Winde irgendwann wieder auf der Haut spüren.«

Ihre Worte begleiteten mich zum Dorf hinaus. Tatsächlich könnte ich mir ein Leben in dieser Welt ohne Winde nicht vorstellen. Ebenso wenig wie ein Leben ohne meine Mutter. Und ohne Desmond.

Was Amella wohl damals hatte hinter sich lassen müssen?

Die Vorstellung zu scheitern, den Weg zum Lord nicht zu finden und hierbleiben zu müssen, lag wie eine harte, kalte Hand in meinem Nacken, und sosehr ich eilte, sie ließ sich nicht abschütteln.

»Ich habe etwas für dich«, sagte Alaric, als wir das Dorf gerade verließen und zwischen brachliegenden Feldern entlangliefen. »Eigentlich wollte ich dir weismachen, dass ich es gekauft oder eingetauscht hätte, aber inzwischen ist der Punkt erreicht, an dem selbst ich von Lügen genug habe. Ich habe es Amella gestohlen. Für dich.«

Mit diesen Worten zog er ein in Leinen gebundenes Buch aus seinem Rucksack und hielt es mir hin.

Ich starrte ihn an.

»Amella hat einen kleinen Verlust verdient. Und sie wird es überleben. Bitte nimm es. Komm schon. Ich muss es sonst selbst tragen – ich wusste ja nicht, wie schwer Bücher sind!«

Ich musste lachen. »Bist du etwa noch nie umgezogen?«

»Ständig. Aber du weißt, woher ich komme. Wir sind kulturlos.«

»Sie unterscheidet sich durchaus von unserer, eure Kultur. Aber vielleicht muss sie nur jemand genau erforschen und bringt dabei ganz außergewöhnliche Erkenntnisse zutage.«

»Das kannst du tun, ich bin gern dein Forschungsobjekt.«

Ich ließ meinen Blick demonstrativ an ihm herabgleiten. In dem traditionellen Kleidungsstück der Keppochaner, das seine muskulösen Arme und die brachialen Tätowierungen zeigte, war er ein durchaus spannendes Forschungsobjekt, kulturlos hin oder her.

»Du kannst all deine Erkenntnisse auf Seite siebzehn festhalten – die wird reichen.«

Irritiert schlug ich das Buch auf und blätterte es durch, um Seite siebzehn zu suchen. »Aber das ist ja komplett leer.«

»Es ist ja auch für dich. Du kannst diese Welt und ihre Kultur erforschen und alles, was du herausfindest, in dem Buch festhalten. Dann hast du etwas, das du in keiner Bibliothek findest, nicht in der größten, nicht mal in Lyaskye.«

Ich konnte nichts sagen. Ich war vollkommen überrascht, dass er noch alles wusste, was ich ihm erzählt hatte. Als würde er mich … sehen. Das echte, wirkliche Ich, das sich derzeit doch hinter so viel anderem verstecken musste.

»Du wirst dich nie wieder sorgen müssen, nicht in die Universitäten zu dürfen – die Universitäten werden sich um dich reißen, damit du zu ihnen kommst und sie einen Blick in deine Aufzeichnungen über das Daemareich werfen lässt.«

»Und in das Kapitel über die Kultur von Keppoch.«

Er brummte. »Da reicht eine Seite. Seite siebzehn.«

»Danke, Alaric«, sagte ich leise, ganz kleinlaut geworden angesichts des Gefühls, das sich in mir ausbreitete. Ich fühlte trotz der ganzen Sorgen im Kopf ein unverschämtes, unangebrachtes Glück. Und es passte so hervorragend zu meinem Herzen, dass ich mich nicht einmal dagegen wehren wollte. »Noch nie hat jemand für mich ein Buch geklaut.«

»Nicht?«, fragte er empört. »Was ist mit den Männern im Nemija los, dass sie den Mädchen keine Bücher stehlen?«

»Ja, was?« Denn ich musste zugeben, dass ich in meinem ganzen Leben nie ein schöneres Geschenk bekommen hatte.

»Erinnert mich daran«, sagte Vika trocken und starrte in den vor uns liegenden Abgrund, »dass ich, sollte ich in eine machtvolle Familie einheiraten und in Nemija jemals etwas zu sagen haben, alle Brücken abreißen und verbrennen lasse. Ich will keine Brücken mehr sehen. Niemals mehr, am besten keine einzige.«

Niemand widersprach ihr. Was sich vor uns über den Abgrund ins Nichts spannte und in tiefhängenden Wolken zu enden schien, war doch nicht wirklich dazu gedacht, um Menschen zu tragen. Oder? Die Brücke sah aus wie aus hauchdünnen, fast durchsichtigen Fäden gewebt, wie das Kunstwerk einer gewaltigen Spinne. Ein ätherischer Hauch aus Nichts, an Ahnungen und Vermutungen befestigt. Und da sollten wir drübersteigen?

»Laire, sag einfach nur, dass es einen anderen Weg gibt«, bat Alaric.

Aber wenn mein Gefühl unser Kompass war, dann hatte er die Richtung noch nie so deutlich angezeigt. »Tut mir leid.«

»Dann endet unser gemeinsamer Weg an dieser Stelle«, sagte Jero so leise, dass ich ihn nur verstand, weil alle anderen nicht einmal zu atmen wagten.

Ich fuhr zu ihm herum. »Was sagst du da? Du verlässt uns?«

»Aber nein. Lassa verlässt uns an dieser Stelle. Leb wohl, alte Freundin.«

Die Säbelhornstute trug schon lange weder Sattel noch Zaumzeug. Seit dem Kampf gegen die Daema war Jero nicht mehr auf ihr geritten, trotzdem war sie uns frei gefolgt und hatte sich nie weit von Jero entfernt. Nun stand sie mit gesenktem Kopf, als würde sie die Worte ihres Herren verstehen.

»Du hast sie schon einmal freigelassen«, sagte ich zu Jero. »Und sie hat ihren Weg selbst gefunden und ist zu dir zurückgekommen. Glaubst du nicht …?«

Jero schüttelte den Kopf. »Wir sind dem Schloss nun ganz nah. Hinter dieser Brücke liegt das Herz des Daemareiches. Dorthin kann Lassa nicht gehen.«

»Du hast das die ganze Zeit gewusst, oder? Dass der Weg für sie irgendwo in diesem Land enden würde.«

»Ja, das wusste ich.«

»Warum hast du sie dann mitgenommen? Wäre Lassa in Nemija geblieben …«

»Wäre sie in Nemija geblieben«, unterbrach Jero meine Worte, »hätte früher oder später jemand gemerkt, dass sie kein Pferd ist. Man hätte sie mir weggenommen und in der Arena zum Kämpfen gezwungen. Ich habe unzählige Male versucht, sie freizulassen, sodass sie eine Herde Säbelhörner findet und soweit in Sicherheit leben kann, wie es ihresgleichen möglich ist. Aber sie kam immer zurück.«

Ich verstand. Aus dem Daemareich gab es für Lassa keine Wiederkehr. Sie würde Jero nicht mehr folgen können, egal wie lang sie nach ihm suchte.

Tu euch das nicht an, hätte ich beinah gesagt. Ich konnte es mir gerade noch verkneifen. Denn Jero hatte diese Wahl getroffen, vor vielen Tagen schon, als wir aufgebrochen waren. Er konnte die Entscheidung nun nicht mehr widerrufen, ebenso wenig wie ich. Wir waren den Weg gegangen, und egal was es kostete, wir würden ihn zu Ende gehen müssen.

»Geh schon.« Jero versetzte Lassa einen Klaps auf die Flanke. Seine kristallblauen Augen glänzten feucht und wirkten dadurch noch heller als sonst. »Du wirst zurechtkommen. Hier bist du sicherer.«

»Das ist nicht richtig.« Vikas Stimme klang belegt. »Sieh sie dir doch an, sie will nicht sicher sein. Sie will bei dir sein.«

»Bei mir zu sein bedeutet Gefahr«, sagte Jero, zog sich den Riemen vom Gürtel, an dem sein Wasserschlauch hing, und ließ ihn unvermittelt und mit einem lautem »Hey!« auf Lassas Kruppe klatschen. Erschrocken stob die Stute einige Meter davon, blieb dann stehen und drehte sich zu ihm um. Jero aber beachtete sie nicht mehr. Er trat nah an den Abgrund und griff nach einem der Fäden, aus denen die Brücke bestand.

»Sie mag nicht so aussehen«, sagte er, als wäre überhaupt nichts gewesen, »aber ich glaube, sie ist äußerst stabil.«

Vika sah mich an, als wollte sie mich bitten, etwas zu tun. Aber ich fürchtete, dass Jero recht hatte. Wo er war, war die Gefahr ganz nah. Seine einzige Möglichkeit, die Wesen, die er liebte, zu beschützen, bestand darin, sie von sich fernzuhalten. Sehr weit fern.

Doch wie viele solcher Verluste konnte jemand ertragen?

»Wollt ihr hierbleiben?«, rief Jero ungeduldig. Er hatte sich entschieden, es war nicht fair von uns, es ihm und Lassa noch schwerer zu machen.

»Leb wohl, Lassa«, flüsterte ich in die Richtung der Stute, und ihre Ohren wandten sich kurz mir zu.

»Immerhin hat dieses Reich nun wenigstens einen der vier Winde«, sagte Alaric. »Vielleicht ist es doch nicht verloren.«

Ich nahm Vika an der Hand, und wir folgten Jero zur Brücke.

»Das Material ist stabil«, sagte er und achtete akribisch darauf, sich nicht umzuwenden. »Es ähnelt Spinnenfäden.«

»Großartig.« Vika seufzte. »Und dort hinter den Wolken wartet die Spinne?«

»Die ist vermutlich der Grund, warum man die Brücke nur bei Tag überqueren kann«, murmelte Alaric, fasste nach dem Gewebe und zog daran. »Wenigstens klebt es nicht. Die Spinne scheint uns wohlgesonnen.«

»Oder das ist eine Falle«, widersprach Vika. »Wir wiegen uns in Sicherheit, und mitten auf dieser Brücke beginnen die Fäden zu kleben, und die Spinne kommt.«

Alaric grinste. »Vielleicht reißt sie auch, und wir stürzen der Spinne ins Maul.«

»Schluss damit!«, rief ich. »Das ist keine Falle, und die Brücke wird nicht reißen.« Zumindest nicht, wenn ein Sturz in den Abgrund nicht zwingend dazugehörte, wenn man das Schloss erreichen wollte. Aber die Option behielt ich für mich. »Es ist der Weg.«

Ich griff nach den dünnen Fäden, die bedenklich schwankten, und erkannte die Magie darin. Sie war gewaltig und doch vollkommen unauffällig. Es war die Magie, die die Sonne über den Himmel zog, so langsam, dass man keine Bewegung wahrnahm; die Magie, die in unserer Heimat die Winde auf ihre Wege schickte, ohne dass je jemand in der Lage gewesen wäre, ihren Ursprung zu finden. Gewaltig, aber zurückhaltend. *Verlässlich.* Vor allem verlässlich.

Mit dem Fuß tastete ich nach dem ersten hauchdünnen Seil, das über dem Abgrund hing.

»Laire«, flüsterte Alaric besorgt. Aber wenn wir noch länger furchtsam zusammenstanden, würden wir nie weiterkommen. Also los!

Es schaukelte, als ich mein Gewicht verlagerte und den zweiten Fuß nachzog. Mein Herz raste. Ich hatte nur einen einzigen Schritt gemacht und hing bereits über dem Abgrund. Es war nicht klug, nach unten zu gucken. Den Boden der Schlucht konnte ich nicht sehen, und trotzdem schien er näher zu kommen, sich wieder zu entfernen, näher zu kommen, sich wieder zu entfernen …

Ich schloss die Augen und versuchte, der Magie zu vertrauen. Sie hielt mich, sie würde mich nicht fallen lassen. Ich musste mich bloß festhalten und von einem Querfaden auf den nächsten treten. »Seht ihr?«, flüsterte ich, als ich sicher war, dass meine Stimme nicht zu einem erbärmlichen Piepen wegkippen würde. »Die Brücke hält. Wir müssen bloß große Schritte machen.«

Der Abstand zum nächsten Querfaden war viel weiter, als es vom festen Boden aus ausgesehen hatte. Aber wenn ich etwas Schwung nahm und auf dem ersten Faden schwang wie ein Kind, das sich auf die Schaukel stellte, kam ich nah genug heran, um den zweiten zu erreichen.

Plötzlich ging ein Ruck durch die Brücke. Alles schwankte. Als ich mich umsah, stand Alaric hinter mir, suchte einen Moment nach seinem Gleichgewicht und lächelte mich dann an; nervös aber aufmunternd. »Weiter«, murmelte er.

Und er hatte recht. Wir mussten weiterklettern, damit die anderen folgen konnten. Vika war die Nächste, wie erwartet hatte sie mit ihrer guten Körperkontrolle kaum Schwierigkeiten. Kae folgte ihr eilig und sicher wie ein Eichkätzchen. Jero kam als Letzter und brachte durch sein Gewicht noch einmal alles zum Wackeln. Doch schließlich kletterten wir alle über den Abgrund hinweg. Die Seilbrücke hielt, und nach einigen Metern, die wir uns unbeholfen vorwärtsgehangelt hatten, fanden wir nach und nach einen Rhythmus. Man musste nach vorn schwingen, den vorderen Faden mit dem Fuß angeln und stabilisieren, noch einmal zurückschaukeln und beim nächsten Schwung weitersteigen. Wir tauchten in Wolken aus weißem Nebel.

Vorschwingen, stabilisieren, warten, abspringen.

Die Stille war verstörend. So hoch über einer Schlucht sollte es nicht so leise sein. Kein Wind toste uns um die Ohren oder pfiff durch die Schlucht. Wir stiegen durch einen Himmel aus Stille, aus Leere, aus nichts. Und aus irgendeinem Grund passten wir uns diesem Nichts an und waren ebenfalls still.

Vorschwingen, stabilisieren, warten, abspringen.

Mit einem Mal wurde es kälter. Zuerst nur ein wenig, kaum der Rede wert. Doch dann sanken die Temperaturen mit jedem Schritt, den wir vorankamen, um mehrere Grade. Die Kälte stieg uns unter die Kleider, verursachte uns Gänsehaut und sandte ein leises Geräusch durch die Stille: Vika schlotterte, und ihre Zähne klapperten.

Meine Knie zitterten. Der Rhythmus kam uns abhanden. Meine Hände wurden so kalt, dass ich meine Finger nicht mehr spürte. In meinem Rucksack befand sich mein Umhang, so nah und doch so weit entfernt, denn ihn hier auf der Brücke auszupacken und umzulegen war ein Ding der Unmöglichkeit.

»Wir müssen weiter«, rief Jero von hinten. Hatte ich gezögert?

Vorschwingen, stabilisieren, warten, abspringen.

»Laire!«, schrie Alaric, und zeitversetzt bemerkte ich erst, dass meine linke Hand sich nicht fest um den Faden geschlossen hatte. Ich rutschte ab, hielt mich an der anderen Seite fest, umklammerte den hauchfeinen Faden mit beiden Händen, so fest ich konnte. Meine Kraft würde nicht reichen. Meine Finger bebten so sehr, dass ich zwangsweise loslassen würde. Die ganze Brücke geriet in Schräglage, weil ich nicht mehr im Gleichgewicht war.

Und immer noch wurde es kälter.

Die anderen redeten auf mich ein. Jero ruhig, Vika voller Unruhe. Kaes Laute drangen dazwischen. Worte verstand ich erst, als Alaric die anderen bat, still zu sein.

»Leise«, sagte er immer wieder. »Wir müssen leise sein. An diesem Ort regiert die Stille. Verärgert sie nicht.«

Die anderen gehorchten und verstummten, nur mir gelang es nicht, still zu sein. Vollkommen ungewolltes Gewimmer floss aus meinem Mund. »Ich kann nicht weiter. Es ist zu kalt.«

»Steh auf, Laire.« Alarics Stimme war nur ein Wispern. »Steh auf und geh weiter. Du kannst es.«

»Ich will ja. Aber es …«

»Ist schwer. Ich weiß. Doch du kannst das. Du wärst nicht hier, wenn du es nicht könntest.«

»Meine Hände verkrampfen. Ich kann sie nicht mehr öffnen, und wenn ich sie öffne, dann …« Dann würde ich fallen.

»Nein, Laire. Du schaffst das. Du musst das jetzt schaffen. Wenn du es nicht schaffst, dann hält Kae nicht mehr lange durch. Und dann

Vika. Und Jero und ich werden auch nicht ewig hier stehen können. Du musst jetzt weitergehen.«

Er hatte recht. Ich musste für sie alle weitermachen. Und ich wollte ja weitergehen, ich wollte es so sehr. Aber mein Körper gehorchte nicht, er tat nichts, außer zu verkrampfen und zu zittern.

»Ich hab deine Handschuhe zerschnitten«, sagte Alaric. »Weißt du noch? Wenn du sie jetzt noch hättest …«

Aus irgendeinem Grund musste ich an meine Kette denken, die mit dem runden Stein. Wenn ich sie jetzt noch hätte … Die Magie, die in ihr war … vielleicht hätte ich mit ihrer Hilfe einen Zauber wirken können.

Ich stellte mir vor, wie dünnes Leder um meine Unterarme entstand, meine Handgelenke umschloss und am Schluss meine Finger.

»Du hast mir doch nicht wirklich einfach so verziehen, dass ich deinen Handschuh zerschnitten habe.«

»Nein«, flüsterte ich.

»Nicht?« Wo nahm er nur diesen Klang seiner Stimme her, diese amüsierte Herausforderung, als wäre alles nur ein Spiel und wir könnten von vorn beginnen, wenn wir scheiterten? »Du willst dich also rächen?«

»Da … da kannst du Gift drauf nehmen«, bibberte ich.

»Was schwebt dir vor?«

»Einen Handschuh habe ich noch«, hauchte ich, und umhüllt von der Vorstellung meiner Magie löste ich meine Hand vom Faden und streckte sie zur anderen Seite aus. Es fehlte noch ein halber Meter, um die andere Seite zu erreichen. »Ich bekomme festen Grund unter die Füße.« Ich musste die Beine durchstrecken, ob meine Knie zitterten oder nicht. »Und dann nehme ich diesen verbliebenen Handschuh aus meiner Tasche, Alaric.« Es half nicht, ohne Schwung erreichte ich die andere Seite nicht – und ohne die andere Seite würde ich mich niemals ausbalancieren können. Ich stieß mich ab, meine Hand fasste zu. Die Kälte und die Realität kämpften gegen die Magie und den Schutz und die Wärme, die sie mir vorgaukelte. Ich griff zu, und meine Finger umfassten den Faden. Sie zitterten. Der hauchdünne Faden schnitt mir in die Finger. Ich bemerkte es nicht, meine Hände waren taub. Ich sah nur das Blut. »Und haue ihn dir um die Ohren«, presste ich hervor. »So fest ich nur kann.«

Alaric lachte leise. »Und wenn mir das gefällt?«

Ich blinzelte zu Eiskristallen gefrorene Tränen fort und richtete meinen Blick auf einen Ort jenseits der eiskalten Wolken. Es gab kein Blut mehr. Und keine Kälte. Die Magie hüllte mich in einen Kokon. Es war, als wäre sie der Schlüssel, den ich zuvor nicht gefunden hatte. Ich musste weitergehen.

Vorschwingen, stabilisieren, warten, abspringen.

Ich kämpfte mich für Vika, Kae und Jero voran. Für Alaric, der nichts mehr sagte und mich dennoch mit seiner stillen Präsenz vorwärtspeitschte. Für meine Mutter, die mir all das mitgegeben hatte, was ich nun brauchte.

Die Kälte löste sich auf – das Eis, das meinen Körper umhüllt hatte, schmolz. Ich fand zu meinem Rhythmus zurück, zu meinem Mut.

Wir würden das schaffen und dem Lord der Daema vor die Füße spucken.

Ich würde Desmond befreien.

KAPITEL 53

LAIRE

Die Brücke endete auf einem in hellgrau-weißem Schachbrettmuster gepflasterten Hof. Ich gab mir einen winzigen Moment, den festen Boden unter meinen Füßen zu genießen und meine geschundenen Hände zu öffnen, um die Finger zu entspannen. Dann fiel ich erst Vika, Kae und Jero in die Arme und am Ende Alaric.

»Danke«, flüsterte ich an seinem Hals. »Ich hätte es nicht geschafft ohne dich.«

»Ich wäre nicht hier ohne dich«, erwiderte er leise.

Doch für Gefühle, Worte oder das Wundenlecken blieb uns keine Zeit. Wir alle waren bereits jetzt im Bann des Schlosses.

»Das ist es also«, sagte ich. »Das Herz des Daemareiches. Wenn einer von euch behauptet, es sich so vorgestellt zu haben, dann ist es die größte Lüge, die ich je gehört habe.«

Das Schloss des Lords, der Kern seiner Welt. Ich hatte mit einem Herz aus Schuld, Dunkelheit und Verzweiflung gerechnet. Und nun?

Das Schloss war riesig, groß genug, um ganze Städte in sich zu vereinen. Gewaltige Mauern, von Arkadengängen und einem Dutzend Türmen mit spitzen Dächern gekrönt. Und jede Wand bestand aus einer Vielzahl an Spiegelscherben. In diesen spiegelte sich der makellos blaue Himmel, sodass es den Anschein hatte, als würde man in die Unendlichkeit schauen.

Höflinge flanierten die Wege um das Schloss entlang und durch die Bogengänge. Ich konnte nicht erkennen, ob sie Menschen waren oder Daema, aber ihre farbenfrohen Kleider warfen lange, schlanke Reflexionen die Schlosswände empor.

»Was bei allen Bergen ist das?«, fragte Vika. Sie wirkte zutiefst entsetzt, und ich konnte es ihr nicht verübeln. Mitten im Herzen dieser Welt aus Schrecklichkeiten ein solches Schloss vorzufinden, brachte auch meine Grundfesten zum Beben.

Jero trat zwischen uns. »Das Schloss der Ewigen Wünsche«, sagte er dunkel, als würde das alles erklären. »Lasst euch nicht verführen. Dieser Ort besteht aus Täuschung.«

»Dann ist es nicht real?«, fragte ich, während wir uns in Bewegung setzten.

Jero blickte an die Schlossmauer, an der man unsere Silhouetten in den Spiegelscherben flackernd erkennen konnte, als würde das Schloss uns eine Begrüßung zukommen lassen. »Wer weiß schon, wer oder was hier Wirklichkeit ist.«

Ich versuchte, mir jedes Detail einzuprägen. Dieses Schloss würde ebenso wie die Brücke seinen Platz in meinem Buch bekommen. Hoffentlich vergaß ich nicht zu viel, ehe ich Zeit fand, mir Notizen und Skizzen zu machen.

»Und er ist hier, der Lord?«, fragte Vika mit einer Mischung aus Sorge und Kampfgeist in ihrem vernarbten Gesicht.

Jero lachte leise. »Der Lord, so heißt es, verlässt seine Burg nur, um die Welt der Menschen heimzusuchen. Nie würde er das Schloss betreten.«

Seine Worte ließen mein Herz losjagen. »Wo ist diese Burg? Müsste man sie nicht sehen?« Hinter dem Schloss zogen sich seichte Hügel einer Steinwüste bis zum Horizont. »Wir haben kaum mehr Zeit!«

Jero schüttelte den Kopf über mich. »Du kannst nicht aufhören, dir dieses Reich so vorzustellen, als wäre es auf einer Karte darstellbar, oder? Die Burg des Lords ist gewiss weit fort. Man würde tagelang reisen – vielleicht Wochen, wer weiß. Und dennoch bin ich sicher, dass es einen Zugang durch dieses Schloss gibt.«

»Warum bist du sicher?«, fragte Alaric, und Jero hob leichthin die Schultern.

»Wir wären sonst nicht hier.«

Ich sah dem Schloss entgegen. Seine überwältigende Schönheit machte mir plötzlich Angst, und ein Teil von mir wollte sich umdrehen und über die Brücke zurückeilen, egal wie kalt und unbarmherzig der Weg durch die Wolken war. Der Rest von mir besann sich auf mein Ziel.

»Wir müssen gut aufeinander aufpassen«, schwor ich die anderen ein, und wir gingen los.

Je näher wir kamen, desto mehr Details sprangen mir ins Auge. Hinter großen Buntglasfenstern tanzten Lichter und Schatten, glitten hin und her, als fänden hinter jedem von ihnen Tänze statt. Der Kitt zwischen den Spiegeln schien aus purem Gold zu bestehen. Die Spiegelscherben der Fassaden waren überwiegend winzig klein, kaum größer als ein Fingernagel. Nur wenige hatten größe Umrisse. In jenen erkannte ich, dass Zerrspiegel verwendet wurden, die alles, was darin reflektiert wurde, viel näher wirken ließen – oder eine Ewigkeit weit weg. Einige der Spiegel waren leicht geneigt, sodass man regelrecht um die Ecken und über die Dächer hinwegschauen konnte. Die Außenwände warfen die Farben der Fenster zwischen sich hin und her wie in einem Spiel, und ganz leise drang ein Hauch einer fremdartigen Musik zu uns nach draußen; harmonische und wohltuende Klänge, jedoch ohne eine Melodie. Als ich einen Blick mit Alaric wechselte, wusste ich sofort, dass er das Gleiche dachte wie ich: Wir erinnerten uns beide an die Nacht, als wir uns kennengelernt hatten. Wir hatten getanzt und uns dann einfach geküsst, als würden wir uns ewig kennen, als hätten wir ein Leben lang zusammen getanzt. Auch damals hatten Lichter über uns gespielt.

»In der Lichternacht«, flüsterte ich aus einem Impuls, »in der Nacht, als wir uns trafen. War das echt, Alaric?« Oder hast du damals schon geplant, mich zu verraten?

Er schluckte. »Nur wenig in meinem Leben war wirklich echt. Aber diese Nacht gehört dazu.«

Eine ungeahnte Erleichterung durchflutete mich, so groß war sie, dass meine Augen feucht wurden. Er hatte sich damals wirklich in mich verliebt. Es mochte nichts mehr bedeuten – aber mir bedeutete es alles.

Was hätten wir beide heute darum gegeben, unser Leben von damals zurückhaben zu dürfen.

»Dort scheint ein Eingang zu sein«, sagte Jero, und meine Wünsche zerplatzten.

Ich folgte seiner Geste mit dem Blick zu einem bogenförmigen Portal. Ein Dutzend Ritter in prunkvoll schimmernden Rüstungen bewachten es, standen dabei jedoch so still, dass ich nicht sicher war, ob es sich um lebendige Wesen oder Statuen handelte. Nur einer trat uns einen Schritt entgegen, als wir uns näherten, blieb aber im Schatten des Torbogens.

»Willkommen«, sagte er mäßig interessiert und unterzog uns einer kurzen Musterung. »Seid Ihr eingeladen, Reisende?«

Ich gab mir größte Mühe, ihn nicht anzustarren. Seine Handschuhe ließen fellbedeckte Finger mit langen schwarzen Krallen frei, die irgendwie *gepflegt* wirkten, fast als hätte er sie auf Hochglanz poliert. Er hatte schwarze Augen, rund wie Knöpfe, und ein längliches, von dunklem Fell bedecktes Gesicht mit spitzen Zähnen und ergrauten Schläfen, was ihm das Aussehen eines sprechenden, angekleideten Dachses verzieh.

Ich räusperte mich. »Ich bin die Suchende, mein Name ist Luilaire es …« Es geschah mir immer noch, dass ich den Nachnamen meines Vaters nannte. Wie dumm von mir. »Luilaire aus Nemija«, korrigierte ich mich. »Das sind meine Begleiter, Ser Jero, Lady Vika …«

Mit einer Handbewegung brachte er mich zum Schweigen. Das interessierte ihn offenbar überhaupt nicht.

Ich räusperte mich verschämt, als mir einfiel, was ich vergessen hatte. »Zena Alsjana«, sagte ich. »Das bin ich.«

»Wen sucht Ihr, Zena Alsjana, Luilaire aus Nemija?«

»Meinen Verlobten Desmond es Yafanna.«

Obgleich der Dachsmensch kaum einen Muskel im Gesicht bewegte, geschah etwas mit seiner Miene. Sie wirkte plötzlich neugierig.

»Den Prinzen, soso.«

Ich verstand nicht, was er meinte. Desmond war der Sohn des Obersten Ministers, aber damit kein Prinz. Es gab keinen Prinzen von Nemija, denn mein Vater hatte keinen Sohn.

»Ihr seid spät.«

»Was bedeutet spät?« Schlagartig wurde mir kalt. »Zu spät? Ist Desmond …?« *Verurteilt?* Das Wort war zu scharf und zu spitz, um es auszusprechen.

»Es bedeutet, dass ein Suchender vor Euch eintraf. Sein Vorsprung ist groß. Allerdings setzt der Lord große Stücke auf Euch, und falls Euch das Mut macht: Er verliert selten eine Wette.«

Der Lord der Abscheulichkeiten hatte gewettet? Auf mich? Was war das hier, ein perverses Spiel? Ich versuchte, mir meine Wut nicht anmerken zu lassen, und nickte beherrscht. »Das freut mich für Euren Lord, Ser. Ich sehe es allerdings nicht ein, ihm Glück zu wünschen.«

Der Torwächter zog eine buschige Augenbraue in die Höhe. »Und dann«, er sah mich aus seinen schwarzen Augen fest an, »gibt es da noch jemanden in Alsjana Daera, der fest darauf vertraut, dass Ihr es seid, die das Rennen gewinnt.«

Ich nickte kaum merklich. Ich hatte also den Spion der Femarshall gefunden. Ob ich ihn tatsächlich um Hilfe bitten sollte, wusste ich noch immer nicht. Irgendetwas in mir sperrte sich.

»Den Suchenden gefällt Alsjana Daera meist nicht hinreichend, als dass sie freiwillig bleiben«, sagte der Dachs, lehnte sich zu Vika und sagte dicht an ihrem Ohr, »doch mit Verlaub, als Mensch altert man auch nicht immer schön. Und womöglich begnadigt der Lord jemanden von euch. Ein Weg, an dessen Ende die Unsterblichkeit wartet – ein Ziel, für das viele Menschen alles geben würden, was sie haben.«

Vika sah ihn irritiert an und lächelte dann. Mir aber rauschte das Blut in den Ohren, seine Worte rannen ineinander und wurden zu sinnbefreiten Lauten. »Wir müssen zum Lord«, sagte ich hastig. Die Vorstellung, dass Jero, Vika und Alaric hier gefangen blieben, weil ich zu spät kam, war absolut unerträglich. Damit würde ich nicht leben können, nicht als Mensch und nicht als Bestie.

Alaric legte mir beruhigend die Hand in den Rücken.

»Nun«, sagte der Torwächter, »dies ist das Schloss der Ewigen Wünsche.«

»Dann bringt mich zu ihm.«

»Er ist nicht hier.«

»Aber Ihr sagtet doch …«

»Dass dies das Schloss der Ewigen Wünsche sei. Das sagte ich.«

Ich glaubte zu verstehen. »Ich wünsche mir, dass Ihr mich zu ihm bringt.«

»Leider ist er nicht hier.«

»Aber ich wünsche mir, dass er hier ist!«

Der Dachs schüttelte freundlich den Kopf. »Hat sich denn je ein Wunsch für Euch erfüllt, nur weil Ihr ihn ausgesprochen habt? So einfach ist es nicht in Alsjana Daera. Ihr müsst für Eure Wünsche schon kämpfen.«

»Wie?«, fragte ich.

Vika stöhnte auf. »Noch mehr Schikanen also. Na toll.«

Der Dachsmensch hob die Hände. »Dieses Reich ist eigen«, sagte er und nahm dann Vikas Hand in seine. »Aber es lügt nicht. Es zeigt nur seine Trümpfe nicht voreilig. Das tut Ihr doch auch nicht, Lady Vika.«

Vika entzog ihm ihre Hand und ballte sie zur Faust. »Mag sein, dass Ihr recht habt. Aber ich vertraue diesem Ort nicht.«

»Das solltet Ihr auch nicht, Lady Vika. Ihr vertraut den richtigen Personen. Behaltet das bei, und Eure Wünsche werden wahr.«

Als ich zu Kae sah, fiel mir auf, wie sehnsuchtsvoll sie durch den Torbogen ins Schloss sah. Dabei erkannte man gar nichts, der Weg führte durch Dunkelheit.

Ich kniete mich zu ihr. »Denkst du, wir sollten reingehen?«

Sie sah mich an, aus großen, ernsten Augen, und legte mir ihre Hand an die Wange. Eine Erinnerung zuckte durch meine Gedanken. Der Lord hatte gesagt, ich würde mir noch wünschen, dass er zu mir kam.

Kae nickte langsam.

»Darf sie denn mit rein?«, fragte ich den Dachsmenschen, und dieser hob nur erstaunt eine Augenbraue. »Selbstverständlich. Das Schloss wurde nicht für Euch erbaut und nicht für den Lord, sondern für Ihresgleichen. Für Unseresgleichen. Unsere Wünsche werden hier erfüllt. Wenn wir wünschen, dann für die Ewigkeit.«

Und so war es entschieden. »Wir wünschen Einlass«, sagte ich leise, und der Dachsmensch lächelte ein friedvolles Lächeln, wie ich es einem Dachs gar nicht zugetraut hätte.

»Ein guter Wunsch, Zena Alsjana«, sagte er und neigte den Kopf. »Und wenn ich Euch einen Rat geben darf: Der zweite Suchende scheitert gerade an der ersten und einfachsten Aufgabe.«

KAPITEL 54

ALARIC

»Hast du gehört, was er gesagt hat?«, flüsterte Alaric Laire zu, als sie dicht beisammen in die Dunkelheit traten. »Der zweite Suchende scheitert. Wir können es noch schaffen. *Du* kannst es schaffen, hörst du?«

»Ich habe Angst, was geschehen wird. Ob wir es schaffen oder nicht, es wird einen Preis kosten, einen hohen.«

»Laire«, mischte sich Vikas helle Stimme ein. »Es wird Schreckliches passieren – ganz egal, was nun mit uns geschieht. Es ist nicht deine Schuld, verstehst du? Ja, womöglich bleiben wir hier. Womöglich kehren wir aber auch zurück und müssen uns dem Willen anderer unterordnen und ein Leben führen, das wir nicht wollten.«

Alaric verstand sie so gut. Auch er fürchtete, was nach dem Daemareich vor ihm lag, dabei war seine Situation ungleich vorteilhafter als Vikas, die man zwingen würde, einen Mann aus den falschen Gründen zu heiraten und Kinder zu gebären, die sie sich nicht wünschte.

Urplötzlich endete die Finsternis. Sie standen in einer Vorhalle, von der große, stoffbehangene Flügeltüren nach links und rechts in Räume führten, aus denen erneut diese melodielosen Klänge drangen. Vor ihnen führte eine breite Treppe nach oben, teilte sich in zwei schmalere.

Diese wanden sich in Bögen zu beiden Seiten, teilten sich erneut und führten so in unzähligen weiteren Treppen, Windungen und Spiralen in schwindelerregende Höhe und zu Türen über Türen über Türen …

Alaric verlor sich kurz in Gedanken, als er sich vorstellte, all die vielen Räume zu erkunden.

»Kae«, rief Laire plötzlich erschrocken, und er schüttelte irritiert den Kopf, weil es sich anfühlte, als hätte ihre Stimme ihn aus einem kurzen Schlummer geweckt.

Das Daemakind war verschwunden. Sie sahen sich um, blickten unter die nächstgelegene Treppe, um Ecken und hinter mannshohe, ovale Standspiegel, von denen einige in protzigen Rahmen in den Gängen standen wie Kunstwerke in einer Galerie.

»Wir müssen sie in dem dunklen Tunnel verloren haben«, sagte Laire besorgt und wollte zurücklaufen, da hallte ein helles »Nicht!« durch die Vorhalle.

Ein struppiges Mädchen in den dreckstarrenden, zerfledderten Überresten eines Kleids, das einmal aufwendig geschneidert geworden sein musste, schob sich hinter einem Spiegel hervor, wo es sich versteckt gehalten hatte. »Nicht zurücklaufen, ihr würdet euch verirren.«

Laire zog irritiert die Brauen zusammen und ging dann ganz langsam ein paar Schritte näher. »Wer … bist du?«

Vika lief an ihr vorbei, sie strahlte übers ganze Gesicht. »Kae!« Kurz vor dem Mädchen blieb sie stehen und kniete sich hin, um mit ihm auf einer Höhe zu sein. »Du bist es doch!«

Das Mädchen nickte, vor Aufregung über all die Aufmerksamkeit stieg ihm die Röte ins Gesicht. »Kaeleigh«, sagte sie dann. »Ich heiße Kaeleigh.«

»Wie hast du das gemacht?« Laires Stimme klang heiser. Zaghaft berührte sie das strohblonde, zerzauste Haar des Mädchens, als hätte sie

Angst, es würde sich in Luft auflösen, wenn sie nicht vorsichtig genug war.

Kae – Kaeleigh – zuckte mit den Schultern. »Das hat der Spiegel gemacht. Ich habe mir gewünscht, wieder so zu sein, wie ich war. Ich habe mich erinnert, dass ich so aussah, als ich mich das letzte Mal in einem See gespiegelt habe, ehe ich zur Daema wurde.«

»Die Spiegel erfüllen Wünsche?«, fragte Vika.

»Diese hier nur die einfachen. Aber es gibt Spiegel, die können noch viel, viel mehr.«

»Woher weißt du denn das alles?«, hakte Laire verwundert nach.

Verlegen senkte Kaeleigh den Blick. »Ich weiß es halt. Alle hier wissen es.« Sie blickte zu einer offenen Tür. Mehrere elegant gewandete Damen und Herren standen im Türstock und starrten herüber.

»Denen gefällt ganz und gar nicht, was sie sehen«, fasste Alaric ihre Mienen zusammen. Sie wirkten regelrecht angewidert.

»Das sind Daema«, sagte Kaeleigh nach einem kurzen Blick. »Sie kommen her, um sich zu erinnern, wer sie waren. Aber die meisten machen sich schöner und ihre Kleider so edel und teuer, wie sie sich es nur vorstellen können. Die Spiegel schaffen das alles. Aber wenn die Daema das Schloss verlassen, sehen sie wieder aus wie …« Sie brach ab und fügte sehr leise hinzu: »wie Daema eben.«

»Dann erinnern sie sich wirklich«, flüsterte Laire.

Das kleine Mädchen zupfte einen Strohhalm von seinem Hemd. »Irgendwann nicht mehr. Dann kommen sie nicht mehr her.«

Ein Ort aus Wünschen und Träumen, dachte Alaric, wo man eine Weile sein kann, wer man sein möchte.

Erneut spürte er, wie seine Gedanken davonschwebten, als hätte er zu viel getrunken. Noch nicht genug, bis der Kopf schwieg, sondern nur so viel, bis die Gedanken nicht mehr schwer wie Steine waren, sondern zu schweben begannen. Wenn man hier doch sein konnte, wer man wollte … Er rieb sich die Stirn. Nur nicht ablenken lassen. Nichts hier war echt, es war ein Traum, und an dessen Ende kam ein bitteres Erwachen.

»Du weißt, dass ich zum Lord muss, nicht wahr, Kaeleigh?«, fragte Laire und nahm die Hand des Mädchens zwischen ihre. Kae lächelte dabei, als würde die Magie sie kitzeln. »Weißt du, wie ich den Weg finden kann?«

Das Mädchen nickte stolz. »Es ist schwer. Aber das Schloss will dir den Weg gern zeigen.«

»Das Gefühl habe ich auch. Aber wohin muss ich gehen? Es sind so viele Räume, so viele Türen.«

»Hast du die erste und einfachste Aufgabe verstanden?«

Laire schüttelte den Kopf. »Ich fürchte nicht. Ich habe eine Stimme gehört, im dunklen Tunnel. Sie hat gesagt, dass ich dem Zauber folgen und der Magie vertrauen soll. Ich muss noch tiefer in das Herz dieses Reiches fallen. Aber was bedeutet das?«

Kaeleigh lachte ein unbeschwertes Kinderlachen. »Du musst dich nur darauf einlassen. Möchtest du nicht tanzen?«

Laire setzte zu einem Kopfschütteln an, hielt dann aber inne. »Ja«, sagte sie verwundert. »Ich möchte. Ich *wünsche* es mir.«

»Wir haben keine Zeit zum Tanzen«, wandte Vika ein. »Vielleicht sollten wir die Zimmer absuchen, und in jedem solltest du den Wunsch aussprechen. In irgendeinem wird er vielleicht erfüllt.«

Doch Laire schien nicht überzeugt. »Vielleicht ist das der Fehler, den Cadyz und seine Gruppe machen. Wir dürfen nicht zu gradlinig denken. Vielleicht müssen wir diesmal unseren Wünschen folgen?«

»Du bist die Suchende«, sagte Jero.

Laire zuckte mit den Schultern. »Ich weiß nicht, ob ich auf der richtigen Spur bin. Aber Cadyz und seine Handvoll Paladine wollten auf Zeit spielen. Sie haben uns aufgehalten, um schneller zu sein, sie werden weiterhin in Eile ihren Weg suchen und vermutlich alles hastig durchkämmen. Aber ihr habt gehört, was der Dachsmann gesagt hat: Sie scheitern bisher. Vielleicht versuchen wir es vollkommen anders und nehmen uns in diesem Schloss das, was wir uns am meisten wünschen: mehr Zeit.«

»Das klingt nicht ganz dumm«, sagte Jero, und Alaric musste ihm zustimmen. Es klang im Gegenteil so, als würde Laire Alsjana Daera und seinen Lord inzwischen wirklich gut verstehen. Es machte ihm ein wenig Angst.

»Also dann«, sagte Laire, »folgen wir der Magie. Gehen wir tanzen.«

»Aber nicht so!«, rief Kaeleigh. Sie nahm Laire bei der Hand und zog sie an einen Spiegel heran. »Geht man denn so zu einem Ball in ein Schloss?«

Längst waren sie nicht mehr allein. Herren mit Gehstöcken und schwingenden Reitröcken stolzierten vorbei und schüttelten ihre Köpfe über ihren Anblick. Untergehakte Damen bedeckten ihre Münder und wandten schnell die Blicke von Alarics nackten Oberarmen ab. Andere starrten und tuschelten, und eine Gruppe junger Frauen steckte im Vorbeihuschen die Köpfe zusammen und kicherte.

»Wir sollten nicht so auffallen«, murmelte Vika und trat an Laire vorbei vor den Spiegel. »Ich versuche es als Erstes.«

Einen Moment wurde sie von einem farb- und formlosen Nebel eingehüllt, der so schnell verschwand, wie er gekommen war. Danach stand Vika in einem langen, auf den ersten Blick unscheinbaren Kleid aus Leinen vor ihnen. Darüber trug sie ein ledernes Korsett, das so stabil gearbeitet war, dass es vermutlich Pfeilen standhalten würde. Sie trat einen Schritt zurück, um sich besser betrachten zu können, wobei der

Saum schwang und erkennen ließ, dass es sich in Wahrheit um weite Hosen handelte, nicht um einen Rock. Reitstiefel mit kleinen Sporen blitzten darunter hervor. Sie erschien Alaric wie eine zur Parade zurechtgemachte Kriegerin eines ihm unbekannten Volkes.

Laire starrte sie fast ehrfürchtig an, während Vika zufrieden nickte.

Jero gab Laire ein aufmunterndes Zeichen.

»Ich … weiß nicht«, murmelte sie.

Hinter Alaric flüsterte jemand »Skandal«, und eine andere Frauenstimme bestätigte: »Aber einer dieser Skandale, die man nicht verpassen will, nicht wahr?«

Die Pferde gingen mit ihm durch – aber warum nicht jetzt und hier im Schloss der Wünsche? Er trat vor, betrachtete kurz die Lumpen, die er am Körper trug, und wünschte sich das Erscheinungsbild, das einst für ihn gedacht war. Zumindest für den Alaric, der er hatte werden sollen, bevor man ihm sein Leben aus den Händen gerissen hatte.

Vielleicht hätte dieser Alaric eine Chance bekommen, mit Laire glücklich zu sein.

KAPITEL 55

LAIRE

»Bei der Lassa und der Myr«, flüsterte ich und hätte mir im gleichen Moment am liebsten auf den Mund geschlagen. Man sollte einen Mann niemals merken lassen, dass er atemberaubend gut aussah. Erst recht nicht, wenn es sich um Alaric Cole handelte, dessen Selbstbewusstsein auch ohne Komplimente regelmäßig überschäumte.

Er trug schwere Stiefel, eine enge schwarze Hose und darüber eine schwarze, mit feinen roten Flammen bestickte Mowlee, jene gebundene Weste aus Keppoch, die nur die Schultern bedeckte. Wo sich vorhin ein schmutziger Verband um seinen Oberarm gewunden hatte, saßen nun kupferne Armringe. Auch am anderen Unterarm und an seinen Fingern trug er Kupferschmuck. Sein Haar war glänzend glatt gekämmt, die roten Strähnen schimmerten wie eine Lichtquelle. Sein Gesicht raubte mir die Fassung. Ich hatte gehört, dass die Keppochaner sich vor ihren Schlachten archaisch schminkten. Darauf hatte er verzichtet, nur seine Augen waren dünn schwarz umrandet, was das dunkle Blau kalt leuchten ließ. Vor allem aber leuchtete sein Lächeln. Es war ein diabolisches Lächeln über die Reaktionen der Höflinge, die sich uneinig zu sein schienen, ob man ihn ablecken oder aus dem Schloss werfen sollte.

»Ja, wirklich sehr unauffällig«, kommentierte Vika ironisch und verdrehte die Augen, bevor sie Jero mit einem Schubs vor den Spiegel bugsierte.

Schnell und ohne Aufsehen verwandelte sich seine Paladinrüstung mit den Spuren zahlreicher Kämpfe in eine neue, saubere aus hellbraunem Leder ohne jeglichen Schmuck.

Kae flüsterte derweil mit Vika und trat dann ein zweites Mal vor den Spiegel. Sie schloss die Augen und erschien in einem Kleid, das blau schimmerte, hellblau wie der Himmel.

Nun fehlte nur noch ich. Ich trat vor den Spiegel und erschrak, wie blass, lädiert und zerrupft ich aussah. Rasch schloss ich die Augen und dachte an mein grünes Kleid, das ich auf dem letzten Ball in der Burg meines Vaters getragen hatte, versuchte, es mir genau vor Auge zu rufen und mich daran zu erinnern, wie der Stoff über meine Haut floss. Ich kannte das Kleid so gut wie die Linien in der Innenseite meiner Hände. Doch vollkommen ungewollt drängten sich mir andere Bilder auf; Bilder, von denen ich nicht wusste, woher sie kamen, denn etwas Derartiges hatte ich nie zuvor gesehen, geschweige denn getragen.

Als ich die Augen öffnete, keuchte ich erschrocken auf. Ich trug ein rabenschwarzes Kleid, schulterfrei und mit Schlitzen, die bis zu meiner Hüfte hochreichten. Mein Haar war streng zurückgebunden und mit einem dunkelroten Stirnband fixiert. Die Farbe fand sich in meinen hohen Stiefeln und an der Innenseite des Rockes wieder, die – nebst meiner nackten Beine – bei jedem Schritt zum Vorschein kamen.

Alaric starrte mich mit offenem Mund an, was seiner Erscheinung zu meiner Erleichterung einen kleinen Dämpfer gab. »Einmal in deinen Kopf sehen, Laire«, sagte er.

Und genau das war mein Problem. Das hier stammte nicht aus meinem Kopf. Es sah zweifelsfrei atemberaubend aus, aber das konnte unmöglich mein Wunsch gewesen sein.

Etwas bewegte sich an meinem Hals, und als ich danach tastete, wich ein Teil meiner Verwirrtheit Erleichterung. Denn ich hatte meinen Stein wieder. Er hing wie eh und je an meinem Hals, als wäre er nie fort gewesen, und atmete seine prickelnde, rotglühende Magie.

»Hatte ich das mit dem weniger Auffallen falsch verstanden?«, fragte Vika erstaunt und sah an mir herab. »Du siehst verboten gut aus. Ihr … beide«, fügte sie mit einem Blick zu Alaric hinzu. »Zumindest, solange Alaric sich beherrschen kann und nicht sabbert. Aber wollen wir wirklich das ganze Schloss voller verwunschener Daema auf uns aufmerksam machen?«

»Suchen wir unseren Weg«, sagte ich leise, statt ihr zu antworten, da ich ohnehin keine Erklärung gehabt hätte. Dieses Schloss musste seine eigenen Wünsche haben, und ich bezweifelte, dass das ein gutes Zeichen war.

Jero rieb sich nicht vorhandene Fussel von seinem Reitrock. »Also dann … gehen wir tanzen.«

Wir folgten Klängen, die uns mehr anzogen als die anderen, über blank polierte Marmorböden zu einer weit geöffneten Flügeltür, die von zwei hochgewachsenen, schlanken Frauen flankiert wurden, deren Gesichter von Masken mit langen Schnäbeln verdeckt wurden, sodass man nicht erkennen konnte, ob sie Daema waren oder Menschen. Lichter, die sich in bunten Glasskulpturen brachen und in allen Farben des Regenbogens leuchteten, ließen den Raum hinter ihnen funkeln.

»Ich will da nicht rein«, flüsterte Kaeleigh, und ein Blick reichte aus, um zu verstehen: Die maskierten Gesichter beunruhigten das Mädchen, sie hatte Angst. »Ich möchte hier auf euch warten.«

»Ich bleibe bei ihr«, bot Vika an. »Vielleicht können wir uns in der Zeit woanders umsehen. Und uns ein wenig unterhalten«, fügte sie mit einem warmen Unterton hinzu.

Ich konnte mir denken worüber, und die Dankbarkeit machte mir das Herz weit. Immerhin waren wir vor wenigen Tagen noch Fremde für Kaeleigh gewesen und nun plötzlich ihre einzigen Freunde. Das Mädchen hatte seine einzige Bezugsperson auf grausame Weise verloren. Ich war erleichtert, dass Vika sich um sie kümmern und ihr Raum zum Reden geben wollte. Vika war die beste Zuhörerin, die es gab.

»Dann schlage ich vor, dass ich bei Vika und Kae bleibe«, meinte Jero, »und Alaric mit Laire geht.«

»Wo die beiden schon mal so passend gekleidet sind«, scherzte Vika und knuffte mich in die Seite. Ich drückte sie kurz an mich und schob Alaric in den Saal.

»Dieses Kleid«, sagte ich leise, während wir uns zwischen den Tanzenden einen Platz suchten. »Damit stimmt etwas nicht. Es macht mich ein bisschen nervös, denn … ich habe es mir gar nicht so gewünscht.«

Er beugte sich zu mir und flüsterte mir ins Ohr: »Und mich macht es *verdammt* nervös.«

Ich hörte seine Worte kaum, aber ich spürte jedes Wort an der dünnen Haut meiner Ohrmuschel. Es war ein Gefühl, das ich lange nicht mehr hatte fühlen dürfen, ein Gefühl, von dem ich bis zu diesem Moment gar nicht gewusst hatte, wie sehr ich es vermisste.

Unweigerlich lehnte ich mich etwas dichter an ihn, spürte seine feste Brust an meiner, die Muskeln seines Oberarms an meiner Handfläche. Sirrende, lebendige Magie überall.

Dieses Schloss ließ die Gedanken flattern und die Nervenenden jeden Eindruck doppelt so intensiv wahrnehmen.

»Vielleicht ist es doch keine gute Idee, zu tanzen«, murmelte ich.

Alaric lachte leise. »Hast du eine bessere?«

»Tut mir leid, nein.«

»Was für ein Glück. Komm.«

Und dann tanzten wir.

KAPITEL 56

LAIRE

Die Musiker auf ihrem Podest spielten keine Melodien und Lieder, sondern Erinnerungen und Träume.

Alaric und ich waren die Einzigen und doch inmitten vieler anderer. Als Schatten nahmen wir die Tanzpaare wahr, als vorbeischwebende Farbkleckse ihre Ballkleider und als Kulisse die Sorgen, die uns hergeführt hatten. Alles trat in den Hintergrund, bis es nur noch ihn für mich gab und allein mich für ihn. Wir waren hier – meine Brust an seiner, meine Hand in seiner, mein Atem an seiner Kehle und seiner an meinem Haaransatz –, und gleichzeitig waren wir in der Vergangenheit und in der Zukunft.

»Ich habe das geträumt«, flüsterte Alaric, seine Stimme eine Melodie, die zur Musik gehörte. »Tausendmal, jede Nacht.«

»Du hättest bei mir bleiben müssen.« Nichts von alldem, was wir durchmachen mussten, wäre geschehen, wäre er damals bei mir geblieben.

Er schloss für einen Moment die Augen. »Ich wäre deiner nicht würdig, wenn ich nicht gegangen wäre. Ich wäre meiner selbst nicht würdig.«

»Jetzt bist du es?«, fragte ich halb im Scherz.

»Nicht annähernd. Aber jetzt kann ich es noch werden.« Er senkte den Kopf, sein Haar streifte meine Wange, seine Lippen kamen der Haut über meinem Schlüsselbein so nahe, dass ich ihre Wärme spürte, ein leichtes Flackern wie von Hitze, die das Licht flirren lässt. »Bald. Wenn du mir vergibst.«

Meine Hand glitt in seinen Nacken, meine Fingerspitzen gruben sich in sein Haar. Sein Körper antwortete mit einem Schaudern, und er zog mich enger an sich.

Irgendetwas kitzelte mein Herz und verhinderte, dass es sich ganz und gar in diesem Tanz verlor, auch wenn ich sehr nah dran war und mein Herz sich danach sehnte, sich zu verlieren. Was war das, was da störte? Ich spürte dem Gefühl nach, aber es war wie ein loser Faden, der im Wind wehte.

Wind?

»Mach dir keine Sorgen«, murmelte Alaric. »Nicht jetzt und nicht hier.«

Ich wollte ihm widersprechen – es ist nicht so leicht; ich mache sie mir nicht, die Sorgen, sie kommen zu mir; was, wenn diese Sorgen wichtig sind? –, doch Alaric zischte ein leises »Scht« und strich mit seinen Fingerspitzen über meine Schläfe.

Etwas – Sorgen, Kummer, ungestellte Fragen? – sank tiefer und legte sich schlafen.

Alaric legte seine Hand auf mein Dekolleté, wo mein Herz schlug. »Besser?«

So viel wärmer, so viel ruhiger. »Ja.«

»Davon werde ich träumen.«

»Wieder tausend Nächte?«

»Tausend Jahre, wenn ich muss.«

Ich lachte, war so glücklich. Wir wirbelten herum, viel schneller als die anderen Paare, als spielte die Musik nur für uns.

Eine Drehung später war ich atemlos vor Schwindel und verlor das Gleichgewicht. Alaric fing mich auf, drückte mich an seine Brust, und plötzlich waren seine Lippen meinem Mund so nah, dass ich seinen Atem atmete und er meinen.

»Ich will allein mit dir sein, Laire.«

Ich sah mich um, lachte ohne einen Laut. »Schick sie alle fort!«

Er schüttelte lächelnd den Kopf. »So große Erwartungen. Ich habe eine bessere Idee.« Er hielt meine Hand, und wir liefen auf eine riesige Buntglasfensterfront zu. Erst als wir beinah in das Glas hineinrannten, bemerkte ich die Tür, die Alaric für mich öffnete. Ich trat auf einen Balkon mit steinerner Brüstung, hinter der sich eine atemberaubende Landschaft erstreckte. Wiesen, Felder, tiefgrüne Wälder bis zu den Bergen. Klare, warme Luft umfing uns; beinah perfekt, wenn nicht … Nein. Ich konnte nicht ausmachen, was falsch war oder mir fehlte.

Alaric trat hinter mich, legte seine Arme um mich und seine Lippen auf meine Schulter. Eine Gänsehaut rieselte über meinen Körper, mir fröstelte, und gleichzeitig war mir heiß.

Ich wand mich in seiner Umarmung, drehte mich zu ihm und sah ihm in die Augen, auf die Lippen, während ich mit allen zehn Fingern durch seine Haare fuhr. Er schob mich über den Balkon, bis ich mit dem Po an die Brüstung stieß. Kurzerhand hob er mich hoch und setzte mich auf die Steinmauer, und ich schlang die Beine um seine Hüften und zog nun ihn näher.

Eine seiner Hände lag auf meinem Oberschenkel. Fuhr langsam höher. Unter den Stoff des Rockes.

Mein Gesicht war direkt an seinem. So nah, dass nicht mehr auszumachen waren, ob seine Augen blau oder grau waren.

»Ich habe davon ge…«, begann er, aber ich unterbrach ihn.

»Nicht mehr träumen«, sagte ich und küsste ihn. Ganz langsam. Ganz zart.

Die Musik klang zu uns heraus, spielte Erinnerungen und Träume, und ich küsste Alaric Cole noch einmal so, wie ich ihn zum ersten Mal geküsst hatte. Tastend, vorsichtig, jedes bisschen Haut und Geschmack und Lust ein wenig haltend und genießend, bis ich ein Stück weiter ging.

Er flüsterte meinen Namen an meinem Mund, und ich hätte noch so viel mehr geflüstert – dumme, verliebte Worte, die ich später bereuen würde –, wenn mir Worte eingefallen wären. Doch ich bestand längst nur noch aus einem schwindenden Kopf und einem halb verhungerten Herzen, das ihn so sehr brauchte – unaushaltbar brauchte. Ich bestand aus kribbelnden Lippen, aus Haut, die seine Berührung wollte, aus einer Zunge, die ihn schmecken musste.

Ich bestand aus mir, aus Laire allein. Und ich wollte Alaric so sehr wie noch nie etwas zuvor.

Er küsste mich mit einer beinah verzweifelten Mischung aus Leidenschaft und Zärtlichkeit. Schließlich, meine Lippen brannten bereits von seinen Bartstoppeln, nahm er mein Gesicht in beide Hände. Ich hielt mich an seinen Unterarmen fest, um nicht zu fallen, sodass der Wind mich mitnahm.

Etwas streifte meinen Gedanken kalt. Der … Wind? Irgendetwas stimmte nicht. Da war ein Gedanke, der drauf und dran war, mich zu fassen und hier fortzubringen, zurück in eine Realität, in der das alles nicht mehr sein durfte und nichts als ein verbotener Wunsch war.

»Bleib bei mir«, bat Alaric ernst, und ich schob den seltsam störenden Gedanken fort, lächelte ihn an und neigte den Kopf, damit er mich noch einmal küssen konnte.

Er tat es allerdings nicht. In seinen Augen tobte ein Sturm. »Wenn das vorbei ist, Laire, dann bitte, bleib bei mir.«

Das war sein Wunsch? Sein … Wunsch?

Und plötzlich ergab alles Sinn – einen furchtbaren Sinn.

Wir verloren uns in unseren Wünschen.

Das Kitzeln an meinem Herzen. Der Wind – der nicht da war. Der Name, den ich vergessen hatte.

»Wenn das … wenn das vorbei ist«, stammelte ich, weil es mir so schwerfiel, mich zu erinnern, »dann werde ich heiraten.«

»Laire, nein.« Alaric hielt mich verzweifelt fest. »Tu es nicht. Du musst das nicht tun. Wir wissen beide, dass er …«

»Desmond«, flüsterte ich. Endlich war der Name wieder da, und mit ihm mein Ziel. Bei der Lassa und der Myr – wie hatte ich ihn vergessen können?

Ich musste nach dem Weg suchen. Dieses Schloss spielte Spiele mit uns. Es verführte und verwirrte mich.

Alaric hielt meine Hände fest, als ich ihn zur Seite schieben wollte. »Laire, sei ehrlich zu mir – zu dir! Du liebst ihn nicht!«

Ich riss mich los, wäre fast nach hinten gekippt und musste mich an der Brüstung festklammern. Die Landschaft, die Wiesen, Felder, Wälder und Berge verliefen vor meinen Augen wie ein nass geregnetes Aquarell.

»Das ist alles nicht echt. Ich muss Desmond retten.«

»Laire.« Alaric gab nicht nach. Er hielt mich so fest, dass es fast wehtat. »Ich lass dich nicht gehen, bis du mir sagst, dass ich mich irre. Du liebst ihn überhaupt nicht.«

Ich wollte ihn wegschieben und wollte es nicht. Meine Hände lagen an seinen Oberarmen, um Abstand zu schaffen – und zogen ihn doch wieder näher. »Es ist nicht so einfach.«

Doch damit gab ein Alaric Cole sich nicht zufrieden. »Und ob es einfach ist!« Er sah so verzweifelt aus. Beinah zornig. »Du wirst ihn befreien, Laire, ich glaube an dich. Aber du darfst ihn nicht heiraten!«

Ich musste doch. Ich hatte meine Gründe, wenngleich Alaric sie nicht verstand. Und meine Wahl war längst getroffen. »Du verbietest mir nichts! Nicht du!«

»Du liebst ihn nicht«, wiederholte er bloß.

Und vielleicht war es die schlichte Tatsache, dass er recht hatte, die mich zornig werden ließ, in jenem Moment, als meine Wünsche, die das Schloss groß und mächtig gemacht hatten, in sich zusammenbrachen und mich unter sich begruben.

»Doch, das tue ich!«, sagte ich, die Worte klangen zittrig, weil mein Atem plötzlich so schwer ging. »Das tue ich. Weil ich ihm vertrauen kann. Ihm. Dir nicht, egal, was zwischen uns passiert und wie sehr wir uns wollen. Das macht dieses Schloss. Es flüstert uns Wünsche ein. Aber das ist nur Illusion und Lüge. Weil ich dir nicht vertrauen kann. Nie wieder!«

Einen Moment lang starrte er mich an. Ein Beben ging durch seinen Körper, und seine Augen wurden feucht, ohne dass er auch nur blinzelte. »Das macht dieses Schloss, ja? Wenn das der Fall ist, vergiss, was ich gesagt habe. Geh und heirate Desmond. Ich wünsche euch Glück. Aber, Laire. Mit *meinen* Wünschen hat dieses Schloss überhaupt nichts gemacht.«

Ich hatte es nie zuvor gesehen. Hatte nicht geglaubt, dass man es sehen konnte, im Gesicht, in der Haltung, in den Augen. Doch jetzt begriff ich: Man konnte ihn sehen, ganz genau sogar. Den Moment, in dem ein Herz brach.

KAPITEL 57

DESMOND

Es war aussichtslos.

Desmond war in alle Richtungen durch den toten Wald gelaufen, stundenlang, vermutlich Tage. Es blieb beständig Nacht, eine ewige, allumfassende Nacht. Die Stille war absolut und dröhnte in seinen Ohren wie lautes Geschrei. Sie trieb ihn in die Verzweiflung. Und immer wieder endete seine Flucht an den Außenmauern der Burg, als veränderte sie ihren Standpunkt, um ihm jedes Mal zuvorzukommen und sich höhnisch in seinen Weg zu stellen.

Er hatte sitzend und mit an die Brust gezogenen Knien an vermoderten Baumstämmen gelehnt geruht, war hochgeschreckt mit dem Gefühl, zu erfrieren, wenn er nicht weiterlief, hatte das Kondenswasser von der kalten Mauer geleckt, um nicht zu verdursten.

Manchmal zweifelte er an, überhaupt noch am Leben zu sein.

Irgendwann gab er nach. Dieser Wald, der die Burg umringte, war eine Sackgasse, das Ende eines Weges. Er war falsch abgebogen.

Als die Burg ein weiteres Mal vor ihm erschien, kalt und ohne jedes Mitleid, trat er ihr entgegen, trottete an den Mauern entlang und lehnte sich schließlich erschöpft gegen die erste Tür, die er finden konnte.

Flucht war keine Lösung, er hätte es wissen müssen. Wie kam er überhaupt auf die Idee zu fliehen, wenn Laire und Cadyz auf dem Weg waren, um für ihn vorzusprechen? Was würde mit ihnen geschehen, wenn er … nicht da war? Warum hatte er sich diese Fragen nicht vorher gestellt?

Er klopfte an das Ebenholz, polterte mit den Fäusten und schlug schließlich die Stirn dagegen. Er wollte nicht schuld sein, wenn jene, die ihm die Liebsten waren und für ihn durch den Sturm gehen würden, allein vor dem Lord standen. Er würde seinen Zorn an ihnen auslassen.

Lange passierte nichts. Desmond rutschte kraftlos am Holz entlang zu Boden. Vielleicht war er nicht zu Unrecht verflucht. Er konnte sich an keinen unverzeihlichen Fehler erinnern – aber er beging ihn doch gerade. Er ließ die im Stich, die für ihn Berge versetzten. Er war richtig hier, er hatte den Fluch verdient.

Da ging unvermittelt die Tür auf, und das bucklige Daemawesen erschien. »Na, dachte ich mir, dass du zurückkommst. Komm. Geh dahin, wo du hingehörst.«

Zurück in den Kerker also. Schlurfend setzte es sich in Bewegung, und Desmond humpelte ihm durch feuchte, dunkle Gänge nach. Dass seine Füße voller Schnittwunden waren, bemerkte er erst jetzt. Zuvor hatte die Kälte seine Gliedmaßen taub gemacht.

»Wir kommen alle zurück«, sagte das Wesen. »Früher oder später.«

Es führte ihn treppauf, treppab. Die Steine am Boden wurden mal glatter, mal rauer; die Wände enger, dann wieder weiter.

»Still nun«, raunte das Wesen, denn sie durchquerten einen Tunnel, auf dem weicher, dunkler Teppich lag, eine kurze Wohltat für Desmonds geschundene Füße. Er blickte hinter sich und sah die Blutflecken, die jeder seiner Schritte zurückließ. Als er wieder nach vorn schaute, entdeckte er eine offen stehende Tür zur Linken. Licht strömte aus dem Raum, rotgolden flackerndes Licht, das knisternd Wärme versprach. Ein Feuer. Desmond war so durchgefroren, dass es ihn wie magisch anzog. Er blieb stehen, während das Daemawesen einfach weiterzockelte, ohne sich umzudrehen.

Desmond schmulte in den Raum und stellte erleichtert fest, dass niemand darin war. Im offenen Kamin brannte ein Feuer, dessen Wärme bis an die Tür nach ihm tastete und ihn mit feinen Rauchfingern umgarnte und näher zog. Bücherregale drängten sich an den Wänden aneinander, bis an die Decke vollgestellt mit in Leinen und Leder gebundenen Büchern. Das Zentrum des Raumes bildete ein runder Tisch auf schlanken, gebogenen Beinen, auf dem ein Kelch aus Stein thronte. Ein einzelner Sessel stand neben dem Kamin, davor lag ein weicher Teppich auf dem Boden.

Desmond war so unglaublich erschöpft. Er hielt die Hände so nah ans Feuer, wie er es ertrug, und spürte, wie die lähmende Kälte in ihm langsam taute. Er taumelte, die Erleichterung war zu anstrengend für seinen ausgezehrten Körper. Nur einen Moment ausruhen, das würde schon helfen. Doch er wagte es nicht, sich in dem weichen Sessel niederzulassen, er wusste ja, wem dieser gehörte. Ob er sich … heiße Scham stieg ihm in den Kopf. Hatte er – Desmond es Yafanna – gerade ernsthaft überlegt, sich auf den Teppich zu legen wie ein Hund?

Er riss sich zusammen und blieb stehen. Die Wärme würde reichen müssen, sie brachte sein Blut wieder zum Fließen. Ihm war, als würden sich seine Gedanken zu bewegen beginnen, als wären sie zuvor festgefroren gewesen und lösten sich nun.

Erneut sah er sich um, mit klarerem Kopf nun. Ob er irgendwo einen helfenden Hinweis fand? Die Bücher waren so viele, dass man Jahre daran hätte lesen können, trotzdem zog er das eine oder andere aus dem Regal, blätterte darin und sah nach, ob etwas dahinter versteckt war. Nichts. Kein Hebel, der einen Geheimgang öffnete. Keine Waffe. Nichts, was ihm weiterhalf. Aber seine Lebensgeister waren wiedererweckt. Es musste eine Möglichkeit geben, den Lord zu besiegen. Desmond konnte sich nicht allein auf Hilfe von außen verlassen. Das war doch nicht er! Ein es Yafanna, der verzweifelt winselnd auf Rettung wartete, sollte wohl besser in ein Monstrum verwandelt und vergessen werden.

Er betrachtete den Kelch genauer. Steinmetzarbeit, erstaunlich einfach gearbeitet, dafür handwerklich herausfordernd. Die Außenwände des Kelchs waren dünn wie Glas, das war nicht leicht zu arbeiten. Dafür hatte der Steinmetz auf jegliche Verzierung verzichtet. Der Stein selbst war hellgrau, aber glatt wie Vulkanglas. Und – Desmond zuckte fast zurück, als er die Außenseite berührte – er war warm. Es war nicht die Art von Wärme, die entsteht, wenn ein Kelch aus Stein in der Nähe einer Feuerstelle steht, sondern eher eine lebendige Wärme. Die eines Körpers.

Desmond nahm den Kelch in beide Hände – er war erstaunlich schwer. Auf den ersten Blick war er leer, auf den zweiten sah er im Feuerschein einen letzten Tropfen Flüssigkeit am Boden, der eilig hin- und herrollte und dabei schimmerte wie eine Perle, wenn Desmond den Kelch bewegte.

Er stellte ihn zurück auf den Tisch und überlegte, den Finger hineinzutupfen, um herauszufinden, um was für eine Flüssigkeit es sich handelte.

»Du würdest eine schwere Schuld auf dich nehmen«, sagte eine ruhige, samtdunkle Stimme. »Aber mir eine Last abnehmen, also nur zu.«

Desmond wich zurück. Wie war der Lord in den Sessel gekommen, ohne dass er auch nur das Geringste gemerkt hatte? Er saß dort in aller Ruhe, die Beine überschlagen, ein Glas mit einer rubinroten Flüssigkeit in der Hand. Bei den Bergen, hoffentlich handelte es sich um Wein.

»Ver ... verzeiht, mein Lord«, stammelte Desmond. »Ich wollte ... ich ...«

»Warum so nervös, mein Prinz?« Er lachte, ein leises, rollendes Geräusch. »Du hast dich umgesehen, kam mir zu Ohren. Ist der Park nicht wunderschön?«

Desmond schwieg, weil er nicht wusste, was er sagen und was er tun sollte. Ein Teil von ihn wollte davonlaufen wie ein Feigling, aber so unbemerkt, wie der Daemalord gekommen war, hatte sich auch die Tür geschlossen, und Desmond war sicher, dass sie verriegelt war.

»Ich liebe die Aussicht im Park. Leider wird sie mit den Jahrhunderten etwas eintönig. Du wirst schon bemerkt haben, dass sie nicht viel Abwechslung bietet. Aber dafür habe ich ja dich, mein Prinz, und die tapferen Helden, die kommen, um sich für dich aufzuopfern. Ihr seid sehr unterhaltsam, ihr drei. Ich beginne, richtig mitzufiebern.«

Bei den Bergen und dem Wind. Laire und Cadyz – tut es nicht!

»Du möchtest sie warnen, nicht wahr?« Der Lord ließ die rote Flüssigkeit im Glas kreisen. »Aber dafür ist es lange schon zu spät. Und auch für mich ist es zu spät. Die Zeichen sind eindeutig, es wurde mir versprochen. Die Zauberin selbst war es, die mir schwor: ›Ein Prinz wird kommen und mit ihm ein Erbfolger.‹ Meine Zeit endet. Die Frage ist nur noch, wer den Weg zu mir findet, mir die Krone vom Kopf hebt und meinen Platz einnimmt. Ich habe eine Favoritin. Das Reich wird sie lieben. Ach, was sage ich. Das Reich liebt sie jetzt schon. Niemandem hat dieses Land es bisher so schwer gemacht wie ihr. Sogar das Schloss der Wünsche buhlt um ihre Bewunderung.«

Laire. Und Desmond konnte nichts tun.

»Du solltest sie sehen. Wie wunderschön sie ist!« Er trank einen Schluck, schüttete dann mit einer nachlässigen Bewegung den Rest der Flüssigkeit ins Feuer. Es zischte, Dampf stieg auf, und inmitten der hellen Schwaden erschien ein Gesicht. Laires Gesicht. Ein seltsamer Ausdruck machte ihre Züge ganz weich. Sie wirkte erstaunt, irritiert, sogar ein wenig verstört – aber was immer dies verursachte, es machte ihr keine Angst. Er wusste nicht, was sie sah. Aber es faszinierte Laire.

»Ja, ich war auch ganz ergriffen. Wie schön sie wohl erst mit Hörnern auf der Stirn aussähe? Das Schloss selbst hat sie eingekleidet, es *wünscht* sich diese Frau als Lady.« Der Lord lehnte sich im Sessel weit zurück, legte die Beine über eine Armlehne und fläzte sich bequem hin. Dann schöpfte er mit dem Glas im Feuer, als wäre es Wasser. Glut schwappte ins Glas, erlosch und wurde zu neuer Flüssigkeit, an der der Lord nippte.

»Aber vergessen wir Cadyz nicht«, schnurrte der Lord. »Er hat sich einen großen Vorsprung erarbeitet, der böse, böse Junge. Ich verstehe, was dir an ihm gefällt. Momentan fischt er leider im Trüben und beraubt sich durch zu viel Verstand seiner eigenen Chancen. Aber keine Sorge. Ich werde es unserer Laire nicht zu leicht machen, damit Cadyz auf der Zielgeraden noch einmal alles geben kann.« Er schloss die Augen, und erneut quoll Dampf aus dem Feuer, in dem abermals ein Bild zu erkennen war. Laire, diesmal nicht von nah, sondern aus etwas Entfernung, sodass man sie komplett sah, in einem fremdartigen, verruchten Kleid. Sie nahm die Hand eines Mannes, der ihren Aufzug offenbar noch in den Schatten stellen wollte. Nicht nur, dass sein Haar fast zu seinen Schultern reichte, er trug noch dazu ein sittenloses Kleidungsstück, das seine Schultern freiließ. Laire legte ihre Hand auf die Brust des Mannes und lehnte sich an ihn.

»Was ist denn das?«, fragte der Lord amüsiert. »Deine Verlobte so innig tanzend mit einem anderen? Wenn du mich fragst, sieht sie nicht aus, würde sie gerade an dich denken.«

Desmond atmete schwer. Die beiden sahen atemberaubend schön aus, so eng aneinandergeschmiegt, die Blicke wie in einem gefährlichen Rausch ineinander verwoben. Laire öffnete leicht den Mund und leckte sich über die Unterlippe. Der Lord seufzte auf, als gelte diese Geste ihm.

»Ich liebe es immer, wenn es spannend bleibt bis zum Schluss«, murmelte er mit halb geschlossenen Augen und lehnte den Kopf zurück. »Und diesmal garantiere ich dafür. Immerhin erlebe ich es nie wieder.«

KAPITEL 58

LAIRE

Wenn man von Menschen absah, die mir fehlten, vermisste ich den Wind am meisten. Verheult auf einem Balkon zu stehen und in einen Wald zu starren, der wie abgebrannt aussah – kahl und tot und aschig –, ohne dass der Wind einem tröstend übers Gesicht strich und die Tränen trocknete, war das falscheste Gefühl, das ich je gehabt hatte.

Ich konnte mir nicht mehr vorstellen, wie ich auf die Idee gekommen war, mit Alaric zu tanzen und ihn zu küssen. Niemand mit einem funktionierenden Verstand hätte das in meiner Situation für eine gute Idee halten können. Ich hatte mich so idiotisch verhalten wie ein Mädchen auf seinem ersten Frühlingsfest nach dem zweiten Glas Wein. Dabei hatte ich nicht einmal einen Schluck getrunken. Und trotzdem flimmerte es immer noch in meinem Kopf. Es war das Schloss, das die Gedanken fliegen ließ und dann – wie ein launischer Wind – irgendwohin pustete.

Wohin hatte es mich geführt? Ich hatte jeden nur erdenklichen Fehler gemacht. Mein Ziel verloren, Desmond im Stich gelassen und mit ihm meine Mutter. Ich hatte Jeros und Vikas Leben riskiert. Und zuletzt Alaric mehr als nötig verletzt.

Ich musste jetzt an Desmond denken, aber auch Alaric durfte ich nicht einfach so gehen lassen. Wer wusste, wohin das verfluchte Schloss ihn nun führte? Solange wir im Reich des Lords waren, mussten wir zusammenbleiben; allein hatte niemand von uns eine Chance. Wir mussten aufeinander aufpassen.

Ich wischte mir das Gesicht ab, zog die Nase hoch und eilte ihm nach. Allerdings kam ich nur bis zur Tür, hinter der er verschwunden war. Sie war verschlossen. Ich lehnte meine Stirn ans Glas, beschattete meine Hände und konnte schemenhaft die Tanzpaare im Inneren erkennen. Doch so fest ich auch klopfte – alle hatten offenbar nur Augen und Ohren für ihre eigenen Wünsche, niemand beachtete mich. Verdammt!

Ich sah mich um. Der Balkon war größer, als ich aus dem Augenwinkel bemerkt hatte. Er führte viele Meter an den Buntglasfenstern und der Spiegelscherbenfassade entlang. Alle paar Schritte unterbrach eine Tür das Gemäuer, aber ich musste das halbe Schloss umrunden, bis endlich eine nachgab, als ich auf die Klinke drückte.

Der Raum, in den ich trat, war verlassen. Überall standen weiß abgedeckte Möbel und in Leinentücher gehüllte Bilder. Meine Neugierde führte mich zu einem, bei dem der Stoff verrutscht war, sodass eine Ecke freilag. Vorsichtig hob ich das Leinen an, um drunterzusehen.

Das Bild war in Grüntönen gehalten, es dominierten Türkis und ein dunkles, sattes Smaragd. Der einzige Farbakzent war ein goldenes Tor. Irgendetwas daran faszinierte mich. Ich konnte es nicht benennen. Vielleicht war es der Farbauftrag, der mich erstaunte. Ohne darüber nachzudenken, fuhr ich den Bogen des Tors mit dem Finger nach, und da geschah es. Ein Wispern erklang, stimmlos und in einer Sprache, die ich noch nie gehört hatte. Ich verstand kein Wort. Es endete abrupt, ein Klackern ertönte, und plötzlich schwang vor meinen Augen das gemalte Tor einfach auf.

Ich schüttelte den Kopf, blinzelte, und schon war das Bild wie zuvor. Wie seltsam. Ich konnte mich nicht davon abhalten, es noch einmal zu berühren, und wieder geschah dasselbe, wobei das Flüstern diesmal nach einer anderen Person klang, aber wieder verstand ich die Worte nicht. Beim dritten Mal dann war ich sicher, dass in meiner Sprache gewispert wurde, doch auch, wenn ich das Ohr nahe ans Bild hielt, war die Stimme einfach zu leise.

Frustriert ließ ich das Tuch wieder sinken. Ich vertrödelte hier meine Zeit. Besser, ich suchte endlich die anderen. Wir brauchten einen Plan.

Die zweite Tür des Raumes entließ mich auf eine Empore, von der aus ich freie Sicht auf die gesamte Eingangshalle des Schlosses hatte. Ich befand mich fast ganz oben in schwindelerregender Höhe und hatte keine Ahnung, wie ich hierhergekommen war, denn bislang war ich nicht eine Stufe hochgegangen. Treppen wanden sich in Bögen und Spiralen durch die ganze Höhe der gewaltigen Halle. Vermutlich würde ich leicht einen Weg nach unten finden.

Eine ganze Weile später stand mir vor Nervosität der Schweiß auf der Stirn und ich war noch keine Stufe nach unten gekommen. Im Gegenteil, ich schien noch höher gelaufen zu sein, bis unter das spitz zulaufende Dach. Hin und wieder kreuzten Höflinge meinen Weg, aber wenn ich sie ansprach, nach dem Weg fragte oder um Hilfe bat, wanderten ihre Blicke bloß irritiert an mir herab, als stünde ich nackt vor ihnen, sie wandten sich schnell ab und eilten davon. Irgendwann folgte ich Personen, aber sie traten durch Türen, die zuschlugen und für mich verschlossen blieben.

Ich machte einen Fehler. »Denk nach«, sagte ich zu mir selbst. »Das Schloss der Ewigen Wünsche. Ich muss etwas tun für meine Wünsche.«

Das hatte mir der Dachsmann gesagt. »Folge der Magie und lass dich auf sie ein.« Das war die erste und einfachste Regel, die er erwähnt hatte. Ich hatte sie in der Dunkelheit hinter dem Eingang zum Schloss vernommen.

Ich schloss die Augen und konzentrierte mich auf meine Empfindungen. Und da war es. Leise, aber ganz klar. So deutlich, dass ich mich wunderte, wie ich es vorher hatte übersehen können. An meinem Hals pochte ein winziges, in Stein gefasstes Herz. Mein magischer kleiner Perlenstein.

Seine Magie sandte eine vage Ahnung aus, in welche Richtung ich gehen sollte. Folgte ich ihr, bekam ich das Gefühl, leichter atmen zu können. Zuerst schlich ich ihr nach, langsam, mit vielen Pausen, um nachzuspüren. Doch dann, nach Fluren, Emporen, Treppen und Türen, die sich mir öffneten, wurde ich selbstsicherer und musste keine Fragen mehr stellen. Mein Instinkt trieb mich der Magie hinterher. Ich folgte ihm wie einem Faden, den die Magie mir durch das Schloss gelegt hatte, und mit jedem Schritt fühlte es sich selbstverständlicher an. Als leitete der Stein mich schon mein ganzes Leben lang und ich hätte aus irgendeinem Grund verlernt, seine Signale wahrzunehmen. Nun waren sie wieder klar zu spüren.

Plötzlich stand ich am Ende eines Ganges vor einer Tür, die anders war als alle anderen. Das ganze Schloss bestand aus poliertem Holz, kunstvollen Schnitzereien, Gold- und Silberbeschlägen. Diese Tür war aus groben, splittrigen Holzbalken zusammengehämmert. Die Scharniere rosteten.

Mir wurde flau. Die Magie hatte mich geführt, aber nicht zu meinen Freunden. Ich hatte eine Ahnung, wo ich angelangt war. Um ganz sicherzugehen, nahm ich meinen Mut zusammen, hielt die Luft an und öffnete die Tür.

Und von einem auf den anderen Moment schlug mir ein Sturm ins Gesicht.

Ich war richtig. Ich war so richtig, dass ich vor Schreck aufschrie und die Tür mit aller Kraft wieder zuschlug. Ich hatte meinen Weg in die Burg gefunden. Aber ich durfte ihn nicht allein gehen.

KAPITEL 59

LAIRE

»Vika! Jero!« Ich war so froh, die beiden zu sehen. Und da kam auch Kae herangeflitzt und umarmte mich auf Höhe meiner Taille. »Habt ihr Alaric gesehen?«

Vika sah mich aus großen Augen an. »War er nicht bei dir?«

»Ja, aber … er ist gegangen. Wir hatten Streit und …« Ich rieb mir übers Gesicht, übte Druck auf meine Lider aus, um nicht zu heulen. »Ich habe den Weg gefunden. Den Weg zum Lord.« Nachdem ich die Tür geschlossen hatte, war es mir ein Leichtes gewesen, auch meine Freunde zu finden. Es war, als hätte mich das Schloss förmlich in ihre Richtung geschubst, nachdem es mir den Weg in die Burg gezeigt hatte. Vielleicht hatte ich mich geirrt und es arbeitete mit seinen Wünschen doch nicht gegen mich an? Aber warum hatte ich mich dann fast in ihnen verloren?

»Sicher?«, fragte Jero.

So schnell ich konnte, erzählte ich alles, was passiert war.

»Du denkst, es sei ein Fehler gewesen, mit Alaric zu tanzen«, sagte Jero. »Und zu streiten. Aber ist dir aufgefallen, dass du dadurch den Weg gefunden hast? Dieses Schloss ist auf deiner Seite, Laire.«

Vika nickte. »Es scheint dich in jedem Fall zum Lord führen zu wollen. Hoffen wir, dass das gut ist. Aber wir müssen uns nun beeilen. Cadyz ist leider nicht dumm.«

Das war mir bewusst. Aber … »Wie meinst du das?«

»Er scheint zu ahnen, dass du ihm voraus bist. Er hat uns beobachten lassen. Womöglich hat er uns selbst ausspioniert, die Spiegel können das Äußere verändern.«

Ich schüttelte den Kopf. »Moment, das geht zu schnell für mich. Woher weißt du das denn?«

»Kaeleigh hat seine Paladine belauscht«, erklärte Vika stolz.

»Ich habe nur zugehört«, sagte Kae unschuldig.

»Ein Kind hielten sie offenbar für harmlos.« Vika grinste. »Aber wichtiger ist: Sie wissen, in welchem Flügel der Weg zum Thronsaal des Lords liegt. Sie wissen es von dir.«

»Und welche Treppe zu diesem Flügel geht«, fügte Kaeleigh hinzu. »Sie sammeln sich jetzt und wollen bald aufbrechen.«

Ich biss mir auf die Lippe. Ob Cadyz mir selbst gefolgt war? In Gestalt einer herumstolzierenden Hofdame etwa?

»Das bedeutet jetzt oder nie, Laire«, sagte Vika, eine eigenartige Schwere in ihrer Stimme.

Ich schluckte. »Wir können Alaric doch nicht zurücklassen.«

Kaeleigh hob ihr Kinn. »Ich suche ihn. Und folge euch dann mit ihm zusammen.«

»Du würdest uns nicht wiederfinden.«

»Natürlich würde ich das. Ich bin eine Daema.« Zu meiner Überraschung schwang in ihrer Stimme etwas mit, das entfernt an Stolz erinnerte. »Ich habe euch immer gefunden. Ich folge eurem Geruch. Und so finde ich auch Alaric.«

»Ich halte das für keine gute …«

Vika trat neben mich und legte mir die Hand auf die Schulter. »Laire? Kaeleigh wird hierbleiben.«

»Was?« Nein! Wir konnten die Kleine doch nicht im Stich lassen!

»Wir können sie nicht mitnehmen, und das weißt du auch«, bestätigte Jero. »Sie kann das Reich nicht verlassen, die Grenzen würden sie töten. Und in der Burg des Lords können wir sie ja wohl kaum zurücklassen.«

Er hatte recht, nur dass ich all das bisher erfolgreich verdrängt hatte. »Aber …« Sie war doch dann ganz allein!

»Ich bin hier sicher«, sagte Kaeleigh, und für einen Moment erschien sie mir so vernünftig, dass ich nicht mehr wusste, wer von uns erwachsen und wer das Kind war. »Ich kann hierbleiben, solange ich will. Und irgendwann …«

… würde sie nach draußen gehen und vollends zur Daema werden? Wie die, die in der Höhle gestorben war? Mir war klar gewesen, dass sich unsere Wege trennen würden; aber dass der Moment nun gekommen war, schockierte mich trotzdem.

»Ihr habt keine Zeit mehr«, drängte sie mich, bevor ich nachfragen konnte. »Ich will nicht schuld sein, wenn ihr zu langsam seid, weil ihr mir nicht glaubt, dass ich allein auf mich aufpassen kann.«

Zu meinem größten Erstaunen nickte Vika mir zu. »Sie hat recht, Laire. Sie kann das. Sie tut es seit Jahren.«

Ich kniete mich hin und zog Kaeleigh an den Schultern zu mir heran. Ich wollte nicht Lebwohl sagen; nicht, solange ihre Zukunft so unsicher war. Aber es war das einzig Vernünftige.

Kaeleigh biss sich auf ihre Unterlippe, bis ein kleiner Tropfen Blut kam, und ich riss mich zusammen. Es war unfair, es ihr so schwer zu machen.

»Du bist ein tapferes Mädchen, Kae. Unglaublich schlau. Und sieh dich an – du bist so hübsch, egal in welcher Gestalt. Du wirst mir schrecklich fehlen.«

Sie sagte nichts, blinzelte mich nur an und umarmte mich dann fest. »Danke«, flüsterte sie an meine Wange.

»Wofür denn?«

»Für deine Hilfe, als ich gefragt habe.«

»Das war selbstverständlich.«

»Ja.« Kaeleigh nickte überzeugt. »Und deshalb helfe ich nun dir. Leb wohl, Laire.«

Ich bekam einen feuchten Kuss auf die Wange gedrückt, und schon wandte sie sich ab, um Jero zu drücken und danach, sehr lange, Vika.

»Die tote Daema«, sagte Vika, als wir wenig später zu dritt der Magie folgten, »war nicht ihre Mutter. Kaeleigh war sehr lange allein. Sie ist schon eine Ewigkeit in Alsjana Daera. Sie hatte versucht, sich um die Frau zu kümmern, weil diese Hilfe brauchte.«

»Tapferes Mädchen«, sagte Jero. »Ich wünschte, ihre Eltern würden noch leben, sodass man ihnen sagen kann, wie stolz sie sein müssten.«

Ich wischte mir über die Augen und zwang den Impuls nieder, mich hier und jetzt auf den Boden zu hocken, um Skizzen in mein leeres Buch zu zeichnen. Wenn ich nur ein Detail von Kaes Erscheinungsbild – als Menschenkind oder als Daema – vergaß, war das unverzeihlich und einen Fluch wert.

Schwer vorstellbar, dass wir uns auf die Begegnung mit dem Lord konzentrieren sollten. All meine Gedanken kreisten um Kae und Alaric. Ich wünschte mir abwechselnd, dass für Kae alles gut werden würde und dass Alaric rechtzeitig zu uns fand. Wir verliefen uns einige Male, weil ich so abgelenkt war, und ein paar andere Male gingen wir absichtlich Umwege, weil Höflinge plauschend beisammen standen und womöglich aus den Augenwinkeln beobachteten, wohin wir gingen.

Komm schon, Alaric! Mehr Zeit kann ich dir nicht verschaffen.

Doch schließlich standen wir vor der groben Holztür, und ich spürte den Sturm aus dunkler Magie bereits durch die Ritzen im Holz quellen.

Nervös sah ich mich um. »Er kommt sicher gleich.«

Doch ich konnte Wünsche flüstern, konnte rastlos hin- und herlaufen und mir die Fingernägel in die Innenseite meiner Fäuste drücken, so viel ich wollte. Alaric kam nicht.

»Dann muss er nachkommen«, sagte Jero, dem seine sonstige Ruhe langsam abhandenkam. »Wir können nicht länger warten, Laire. Denk an dein Ziel. Willst du alles riskieren für Alaric?«

Ja, ich wollte. Es war mein Wunsch, mein sehnlichster, dass er kam und bei mir war. Aber ich trug zu große Verantwortung, um meinen Wünschen zu folgen, auch wenn das Schloss sie hervorholte und in bunten Farben kleidete. Ich musste an Desmond denken, der das alles nicht verdient hatte. An meine Mutter, der ich ein Versprechen gegeben hatte. An Jero und an Vika. Mein eigenes Leben hätte ich zehnmal für Alaric riskiert. Aber es ging hier nicht um mich.

»Gehen wir«, presste ich hervor und riss die Tür auf.

Die anderen mussten mich festhalten und stützen. Der Sturm aus Magie, der mich von den Füßen riss, war für sie nicht zu spüren. Ich dagegen konnte kaum atmen, so stark schlug es mir ins Gesicht. Auf verquere Weise genoss ich es – endlich wieder Wind –, auch wenn ich sicher war, dass er mir Striemen ins Gesicht peitschte. Blind, mit geschlossenen Augen, tappte ich zwischen Jero und Vika her, als ich meine Freundin plötzlich schreien hörte.

»Laire! Laire, wenn du kannst – dann sieh dir das an!«

Ich zwang meine Lider auf. Es fühlte sich an, als müsse ich in einen gleißend hellen Sandsturm blicken. Tränen rannen mir aus den Augen. Dennoch erkannte ich, was Vika mir hatte zeigen wollen.

Die Tunnelwände aus groben Steinbrocken und unregelmäßigen Mörteladern verströmten nicht nur ein diffuses Licht, sie waren außerdem bemalt. Die Farben mussten jahrhundertealt sein, abgeschliffen von Magie und Zeit und bleich geworden wie Gebeine. Ich konnte nur Bruchstücke des gesamten Werkes erkennen – lieb- und kunstlos an die Wand gebrachte Figuren – und wusste doch sofort, dass ich alles sehen musste. Hier stand eine Geschichte auf den Steinen, und auch wenn es kein Künstler gewesen war, der sie gemalt hatte – sie war wichtig.

»Wartet«, schrie ich durch das Gebrüll der Magie. Ich legte die Handflächen auf die Wände, die Finger gespreizt, um so viel Farbe wie möglich abzudecken. Da war Magie in den Bildern, aber sie war schwach geworden, wie in Stücke zerbröselt im Lauf der Jahre. Ich versuchte, das Gefühl heraufzubeschwören, das ich gehabt hatte, als das Bild vom goldenen Tor zum Leben erwacht war. Sofort spürte ich, dass etwas anders war als sonst – ich versuchte etwas vollkommen Neues, und es war, als würden plötzlich Gedanken durch Teile meines Gehirns rinnen, die ich noch nie benutzt hatte.

Ich hatte die Magie bisher immer nur angenommen, wie sie war, und sie dann einfach durch meinen Körper fließen lassen. Nun sammelte ich die letzten schwachen Fragmente der Bildmagie auf und verband sie mit der Energie des starken Bildes von dem Tor, das so eindringlich auf mich gewirkt hatte. Ich stieß die kräftige Magie dorthin, wo die der Wandgemälde schwach und unscheinbar geworden war. Smaragdgrün und Türkis dominierten meine Gedanken, und ich bündelte die strahlende Magie und sandte sie durch meine Hände zurück auf die Mauer.

Und dann schrie ich auf, denn was nun passierte, hatte ich nicht erwartet.

Von einer Sekunde auf die andere veränderte sich mein Umfeld. Jero und Vika waren fort. Die Luft flirrte um mich herum, sodass ich alles wie durch zitternden Nebel sah. Die lieblos gemalten Figuren schwebten um mich herum wie Geister. Stimmengesumm schwoll an, teilte sich und wurde zu Gesprächsfetzen. Die Figuren verwandelten sich und wurden zu Menschen, die ich nicht im Detail erkannte, aber gut genug, um sie auseinanderzuhalten. Gut genug, dass mein Herz einen Schlag übersprang. Oder auch zwei. Oder drei.

»Du bist nicht länger mein Sohn«, flüsterte ein alter Mann, der wohl geschrien hätte, wenn ihm nicht die Kraft dazu gefehlt hätte. »Einen Fluch über deinen eigenen Bruder zu legen.«

Der junge Mann – schwarzes, schulterlanges Haar, ein sinnlicher Mund und breite Schultern, von einer Mowlee in Szene gesetzt – blieb gelassen. »Enterbst du mich, Vater, stirbst du ohne einen Erben und ohne einen Sohn. Denn den Bruder hat der Lord geholt. Jammere um ihn. Es ändert nichts.«

»Wie kannst du mir das antun?«, keuchte der Alte.

»Wie kannst du mir einen Vorwurf machen?«, gab der junge Mann lakonisch zurück. »Warst du es nicht, der meinem Bruder Anerkennung zollte, als er versuchte, mich zu töten, um der Erste in der Erbfolge zu sein?«

Die Szenerie wandelte sich, die Figuren flogen herum und ordneten sich neu. Ich begriff langsam, wo ich war. Ich hatte das Bild verlassen. Die türkisfarbene und smaragdgrüne Magie hatte mich tiefer geführt, ich sah Momente aus der Erinnerung, die den Bildern zugrundelag. Ich sah der Kunst auf den Grund, sah das, was den Maler bewegt hatte, die Bilder zu malen.

»Er hat sie eingesperrt. Ins tiefste Loch!«

Der junge Mann erneut. Er war es, der die Wände bemalt hatte; es waren seine Erinnerungen. Diesmal war er alles andere als gelassen. Ein Glas flog gegen die Wand, und einen Moment darauf folgte seine Faust. »Damit ich seinen Lieblingssohn zurückhole, sonst will er sie …« Seine Stimme brach, er kippte vornüber auf die Knie. »Sonst will er sie töten.«

Sein Schmerz fasste nach mir, die Erinnerung war so lebendig, dass ich den Stein kalt und hart an meinen eigenen Knien spürte, den Kummer in der Brust.

Wieder wirbelte alles herum. Länger diesmal, nur bruchstückhaft waren Daema zu erahnen, klirrende Waffen und Schreie. Schließlich erschien eine Frau mit langem silbernem Haar und aufmerksamen, klugen Augen. Ich hatte sie nie zuvor gesehen und erkannte sie dennoch von der Goldtafel im Haus des Kunstsammlers wieder. Und aus meinem eigenen Spiegelbild. Sie war älter als ich, älter noch als meine Mutter.

Aber sie sah uns beiden unfassbar ähnlich.

Sie stand über dem jungen Mann, der in Ketten und Seile gebunden auf dem Boden lag und verzweifelt gegen die Fesseln ankämpfte.

»Mein Lord«, flüsterte sie. »Gib nach und nimm das Geschenk an, das ich dir mache.«

»Nein«, brüllte er heiser. »Ich gehöre nicht hierher. Ich muss zurück. Ich muss sie retten. Er will sie töten. Ich muss sie retten!«

Die Frau schüttelte mitleidig den Kopf. »Du machst es dir schwer. Doch ob schwer oder leicht. Du bist jetzt mein Lord. Der neue Lord der Daema. Lord meines Reiches für viele lange Jahre, und wirst es schon noch einsehen.«

KAPITEL 60

LAIRE

»Bist du wirklich in Ordnung?« Vika klopfte den Staub aus meinen Kleidern und begutachtete mich skeptisch. »Du warst noch nie so blass – du bist fast so weiß wie ein Keppochaner.«

Ich nickte. »Es geht schon. Wir müssen weiter.«

»Abzweigung oder geradeaus?«

»Geradeaus. Eindeutig.«

Ich hatte ihr und Jero von den Erinnerungen erzählt. Es waren die des Daemalords, ich kannte den Namen des Mannes, der er damals gewesen sein musste. Dass er nicht freiwillig Lord von Alsjana Daera war, hatte allerdings niemand von uns gewusst, nicht einmal Jero. Das Gefühl, in seinen Erinnerungen jemanden erkannt zu haben, verschwieg ich meinen Freunden.

Mit der Handfläche bedeckte ich den Stein um meinen Hals. Die schreckliche alte Frau besaß eindeutig denselben. Ich hatte eine vage Vermutung, wer sie sein könnte, und der Gedanke machte mir Angst.

»Ein Tor«, sagte Jero plötzlich ein paar Meter vor uns, und dankbar über die Ablenkung lief ich zu ihm.

Was uns da mitten im Tunnel den Weg versperrte, war nicht bloß ein

Tor. Es war das goldene Tor, das ich auf dem Gemälde gesehen hatte. Jero schien recht zu behalten, jeder Schritt, den ich im Schloss getan hatte, schien sinnvoll und nötig gewesen zu sein. Was ich mir als Fehler angekreidet hatte, war eine schicksalhafte Verwicklung, die mich hergeleitet hatte.

Ich trat an das Tor heran, es hatte exakt den gleichen seltsamen Goldton wie auf dem Bild. Nur die Magie war ganz anders. Ich sah kein Smaragdgrün und kein Türkis – diesmal waren gar keine Farben im Spiel. Stattdessen fühlte ich mich zutiefst bekümmert und hatte einen Geschmack im Mund, als würde ich weinen müssen, Tränen wegblinzeln und sie runterschlucken.

Die Magie, die dieses Tor geschlossen hielt, *litt.*

Ich streckte mich auf die Zehenspitzen und berührte den Torbogen. Das Bild hatte nun zu flüstern begonnen, und das Schloss war aufgesprungen. In der Realität geschah allerdings überhaupt nichts.

Wir versuchten alles, was uns einfiel. Wir tasteten das Tor ab, rüttelten daran, wünschten es auf und flüsterten ihm alles zu, was uns einfiel. Nichts.

Das Tor blieb verschlossen.

»Schritte! Da kommt wer«, warnte uns Jero und zog seinen Myrodem.

Doch ich erkannte diese Schritte schon an ihrem Klang, bevor ich Alaric sah. Die Erleichterung flutete warm durch meinen Körper, und ich lief ihm entgegen. Ein paar Meter entfernt zwang ich mich, stehen zu bleiben; zerrissen von dem Bedürfnis, ihm endlich alles zu sagen, und dem Wissen, dass es aussichtslos war. Wir konnten nicht zusammen sein, und diese Erkenntnis – ich konnte sie hundertmal haben – würde niemals an Schmerz verlieren.

Er musste mir meine Gefühle in den Augen ablesen, denn derselbe

Schmerz erschien auch in seinem Gesicht, wie eine Spiegelung meiner Gefühle. Das war falsch. Wir sollten uns nicht auf diese Weise ansehen.

»Du hast den Weg gefunden«, sagte er tonlos.

»Und du hast mich gefunden.«

Und wer war ich denn, mir länger meine Gefühle zu verbieten? Ich mochte stärker sein als meine Gefühle – ich war in Nemija erzogen worden –, aber ich wollte diese kalte Beherrschung nicht länger. Tief in meinem Inneren spürte ich Magie glühen, und als sich mir das Bild aufdrängte, wie diese meine Herzensmagie sämtliche Kälte in mir fortschmolz, ließ ich es zu. Von einem auf den anderen Moment lief mir schier das Herz über vor Erleichterung. Es war so viel geschehen zwischen Alaric und mir – aber wir hatten uns gefunden. Er hatte mich so tief verletzt, mein Herz regelrecht zerrissen – aber es war geheilt.

In dem Moment, als ich die letzten Schritte überwand und mich wortlos an ihn presste, machte dieses Herz sich groß und weit und pumpte Glück in meinen Körper, als wäre es perfekt, unversehrt und ohne jede Narbe. Einen Herzschlag lang, nur einen, erfüllte ich mir meine Träume.

Alaric wirkte verwirrt von meiner Heftigkeit, schloss mich allerdings bereitwillig in seine Arme. Ich zog sein Gesicht an meine Schulter und küsste die Haut an seinen Wangenknochen. »Verzeih mir«, flüsterte ich. »Es war nicht das Schloss, das mich verwirrt hat. Es war nie das Schloss. Du bist es, immer nur du, die ganze Zeit.«

Er atmete durch, als hätte er lange die Luft anhalten müssen. »Dann hast du es dir überlegt?«

»Ich liebe Desmond«, sagte ich und legte meine Stirn an Alarics Lippen. »Aus ganzem Herzen. Wie ich einen Bruder lieben würde. Dich aber …« Die Tränen waren kaum aufzuhalten. »Dich liebe ich auf die

Art und Weise, die nichts und niemand je wird auslöschen können. Nicht einmal du.«

»Ich habe dich verletzt«, murmelte er und streichelte mir die Tropfen aus dem Gesicht. »Und ich werde dir nie erklären können, warum. Ich habe dich nicht verdient. Hatte es nie.«

Ich lachte unglücklich. Wie viele Tränen kann ein Mensch weinen in so kurzer Zeit? »Ich habe keine Ahnung, was du verdienst und was nicht. Aber in jedem Fall verdienst du etwas Wahrheit.« Ich räusperte mich mühsam und versuchte, für ein paar Worte nicht zu heulen. »Du bist die erste Liebe meines Lebens, Alaric. Das wirst du immer sein. Aber ich kann nicht mit dir gehen, wenn all das hier vorbei ist. Ich muss meinen Schwur erfüllen, verstehst du?«

Alaric schluckte schwer. »Nein.«

»Ich heirate Desmond, weil meine Mutter im Dorf nicht lange überleben wird. Du weißt, dass sie krank ist.«

Alaric schluckte. Er hatte nicht gewusst, wie schlecht es meiner Mutter ging. Sie war stolz wie eine Katze und ließ sich vor den wenigsten anmerken, wie sehr sie litt. »Das kann sie nicht von dir verlangen, Laire.«

»Und das tut sie auch nicht. Aber ich muss es tun – weil es das Einzige ist, was ich ihr geben kann. Niemand sonst hilft ihr, außer mir. Ich würde mir nie verzeihen, sie im Stich zu lassen.« Er sagte nichts. »Das musst du verstehen.«

»Nein«, erwiderte er schließlich mit tiefer, hohler Stimme und räusperte sich. Mit den Daumen rieb er mir die Tränen unter den Augen weg. »Nein, ich verstehe es nicht. Aber ich akzeptiere deine Entscheidung. Nimm es mir nicht übel, wenn ich nicht zur Hochzeit komme, Laire. Aber ich will verdammt sein, wenn es diese Hochzeit nicht geben wird. Holen wir deinen Verlobten raus!«

»Hört ihr das?«, zischte Vika, die in einiger Entfernung gewartet hatte. Auf Zehenspitzen kam sie zu mir. »Die anderen Paladine kommen.«

Rasch huschten wir in den Nebengang und drückten uns dort in die Schatten, um nicht sofort entdeckt zu werden. Ich presste mich an die Wand, um besser lauschen zu können. Doch alles, was ich vernahm, waren Schritte. Viele, schwere Schritte. Cadyz und die Hand seiner Paladine kamen. Ich ballte die Hände zu Fäusten, als sie nach kurzem Zögern wortlos an der Gabelung vorbeimarschierten. Sie gingen zum Tor.

»Wollen wir sie aufhalten?«, flüsterte Jero, der sich an mich herangeschlichen hatte.

Ich schüttelte den Kopf, aber sicher war ich nicht. Einerseits wollte ich keinen Kampf riskieren. Cadyz war nicht hier, um gegen mich zu kämpfen. Sein Auftrag lautete, Desmond zu retten. Er war nicht mein Feind, und ich wollte ihm nicht schaden. Davon abgesehen waren sie in der Überzahl und hatten fünf Paladine – wir nur einen.

Doch was, wenn Cadyz das Tor zu öffnen wusste? Wenn kein Wunder geschah, war dann für uns alles verloren, unsere Leben waren verwirkt. Was also sollten wir tun?

Wir lauschten in die Stille. Bald erklangen die Stimmen der Paladine, ich erkannte auch Cadyz', verstand aber nur Bruchstücke ihrer Unterhaltungen. Das Echo der Tunnel vermischte ihre Worte. Verständlich war nur, dass die Männer zunehmend hektischer wurden. Wo sie sich eben noch ruhig unterhalten hatten, blafften sie sich nun an.

»Hört ihr es?« Ich bewegte mehr meine Lippen, als dass ich zu den anderen sprach. »Sie finden die Lösung auch nicht. Das Tor öffnet sich ihnen nicht.«

Im nächsten Moment schraken wir alle zusammen, denn ein ohrenbetäubendes Knallen drang durch die Tunnel und hallte in Dutzenden

Echos wider. Kaum war der Hall verklungen, knallte es erneut, diesmal begleitet von einem Brüllen.

»Sie wollen das Tor mit Gewalt öffnen«, murmelte Jero.

Ich schüttelte den Kopf. Das würde ihnen niemals gelingen. Magie, das hatte ich schon als Kind begriffen, ließ sich nie mit Gewalt bezwingen.

»Genug!«, vernahm ich schließlich Cadyz' Stimme. »Das bringt überhaupt nichts.«

»Das hätte ich ihm vorher sagen können«, wisperte ich.

»Lasst uns zurückgehen. Vielleicht offenbart das Bild doch mehr als auf den ersten Blick.«

»Wir schlitzen es auf«, knurrte eine zweite Männerstimme. »Vielleicht liegt der Schlüssel unter der Leinwand.« Dann hörte ich die Männer zurückstampfen und schließlich ganz weit fern eine Tür ins Schloss klappen.

»Wie kommen wir durch das Tor?«, fragte Alaric.

Ich sah ihn eine Weile an. »Wenn einer die Geheimnisse des Daemalords erklären kann«, murmelte ich in Gedanken, »dann am ehesten du, Alaric.«

Ratlos sah er mich an. »Wie kommst du darauf?«

Erst jetzt fiel mir ein, dass er vorhin, als ich Vika und Jero von der Geschichte des Lords erzählt hatte, nicht dabei gewesen war. »Weil er Keppochaner ist, Alaric. Er hat seine Geschichte mit Magie in die Wände des Tunnels gezeichnet. Da habe ich es gesehen. Er trug eine Mowlee. Er verfluchte seinen Bruder, und der Vater schickte ihn, diesen Bruder wieder auszulösen. Der Vater hat dem Sohn angedroht, jemanden zu töten, hätte er sich verweigert, ich nehme an, es war die Geliebte des jungen Mannes.«

»Das klingt tatsächlich nach Keppoch«, murmelte Alaric düster.

»Im Daemareich erwartete ihn statt des Lord jedoch eine Frau. Sie ließ ihn nicht mehr gehen und ernannte ihn zum neuen Lord.«

»Eine Frau?« In Gedanken sah er zu Boden. »War es die Frau von der Goldtafel?«

»Ja, genau die. Warum fragst du?«

Er schüttelte fasziniert den Kopf. »Ihr Abbild hat mich an ein Lied unserer Amme erinnert. Es war ein ziemlich umstrittenes Lied in meiner Heimat, eines, das die Frauen liebten und die Männer verboten. Unsere Amme sang es immer nur meiner Schwester vor, wenn sie dachte, ich würde schlafen.«

»Kannst du dich an den Text erinnern?«, fragte ich.

»Leider nur bruchstückhaft. Aber in dem Lied hieß es, der Magier, der Lyaskyes Willen brach und die Magie vom Himmel befohlen hatte, sei eine Frau gewesen.«

»Typisch«, sagte Vika bitter. »Aus der mächtigsten Frau der Geschichte wurde kurzerhand ein Mann gemacht. Wie bei Femarshall Phylles.«

»Ich habe diese Frau von der goldenen Tafel schon einmal gesehen«, sprach Alaric weiter. »Ich war erst nicht sicher, aber inzwischen glaube ich nicht mehr an Zufälle. Von ihr habe ich vor ein paar Jahren ein Geschenk bekommen. Sie gab mir …«

»Das Zeitmesser«, vermutete ich.

Er nickte. »Ja. Um damit ein Leben zu retten. Ich habe das nie verstanden, denn ich hatte gerade erst …« Er brach ab, keuchte auf, als hätte er sich an der Erinnerung verschluckt.

Jero klopfte ihm auf den Rücken. »Alles klar bei dir, Mann?«

Alaric fing sich sofort wieder. »Alles in Ordnung.«

»Leider«, sagte Jero, »löst eure Magierin nicht das Geheimnis des goldenen Tores.«

Seine Worte brachten etwas in mir zum Schwingen. *Ein Geheimnis.* Das Bild vom Tor hatte auf meine Berührung hin geflüstert. War es nicht ein Geheimnis, das man nur flüsternd verriet?

»Was«, murmelte ich, »wenn das Tor kein Geheimnis hat, sondern eines hören will?«

Ich musste es wissen – sofort. Wir eilten zurück. Vor dem Tor ging ich in die Knie und lehnte mich vor, sodass meine Lippen beinah das Metall berührten. Ein Geheimnis also, na gut. Da musste es etwas geben.

Die Steinkugel an meinem Hals sirrte, als befände sich ein Insekt darin, das nach draußen wollte. Die Kugel war kein Geheimnis mehr, Vika wusste von der Magie in ihr. Was sie nicht wusste, war der genaue Umstand, wie sie in meinen Besitz gelangt war.

»Ich habe nie um Erlaubnis gebeten, die Kugel behalten zu dürfen«, flüsterte ich in das Schloss. »Ich habe sie gestohlen.«

Das Tor vibrierte. Kurz war ich euphorisch vor Freude, dass es zu funktionieren schien, doch dann erstarb das Vibrieren, und ich senkte enttäuscht den Kopf.

»Nicht aufgeben«, sagte Alaric. »Es ist etwas passiert, es … reicht nur noch nicht.«

Mein Herzschlag wurde langsamer und nachhallend, als mir klar wurde, dass er recht hatte. *Ich* hatte recht gehabt. Das Tor forderte ein Geheinmis – aber kein kleines, unbedeutendes.

Ich ahnte, was es von mir wollte. Eine Weile musste ich meinen Mut sammeln. Dann wisperte ich die abscheulichste Wahrheit, mein innigstes Geheimnis ins Schloss. Das, was ich seit Wochen versuchte, vor mir selbst zu verschweigen, und nicht einmal in Gedanken aussprach.

Zunächst geschah nichts.

Doch einen Wimpernschlag danach hallten meine Worte zwischen den goldenen Gitterstäben hindurch, schwollen an und wurden so laut, dass sie den gesamten Tunnel zu fluten schienen.

»ICH HABE DESMOND VERFLUCHT.«

Ich sprang zurück, eine Hand auf den Mund gepresst. Doch das Geheimnis war zur Wahrheit geworden und ließ sich nicht wieder zurücknehmen. Alle hatten es gehört.

Alaric, Jero. Vika.

Sie starrten mich voller Entsetzen an. Ihre Blicke pressten mir die Luft aus der Lunge. Sie würde mich verachten, jetzt, da sie es wussten. Sie mussten. Das tat ich doch selbst.

Ich zog mich in mich selbst zurück, zog mich zusammen, wurde kleiner und kleiner, bis ich nichts weiter mehr war als ein pulsierender Herzschlag.

»Das ist doch Schwindel«, murmelte Jero.

»Sag sofort, dass das nicht wahr ist!«, schrie Vika.

»Es ist aber wahr.«

In dem Moment sprang das Schloss auf, und das Tor öffnete sich mit einem leisen Quietschen.

KAPITEL 61

LAIRE

Niemand sagte ein Wort, aber ich spürte ihr Verlangen nach einer Erklärung, als würden sie mich anschreien.

Vika sah auf den Boden vor meinen Füßen. Sie war mir gefolgt, aus Freundschaft und Loyalität, hatte ihr Leben für mich riskiert und ihre Schönheit geopfert, als wäre es nicht mehr als eine Kleinigkeit. Für eine Lügnerin. Für eine Fluchsprecherin. Für eine Frau, die ihren Verlobten verflucht hatte – den besten, freundlichsten und gerechtesten Menschen, den unsere Welt hatte.

Jero hielt meinen Blick, in seinem stand das pure Unverständnis.

Und Alaric … mein Kopf war voll von den Vorwürfen, die ich ihm gemacht hatte. Unsere Gespräche über Vertrauen klangen wie ein höhnisches Echo durch meine Gedanken. Und trotzdem las ich keinen Vorwurf in seinen Augen. Nur eine erstaunte Frage nach dem Warum.

Ich schuldete ihnen das, was es nicht gab, nicht in dieser Welt und nicht in meiner: eine Erklärung.

»Willst du nichts sagen?«, fragte Vika hohl. »Gar nichts?«

»Ich … ich habe es nicht gewollt.« Die Worte waren wie Glasscherben in meinem Mund. Ich wollte es schnell hinter mich bringen und sie ausspucken, aber die Angst, mich an ihnen zu schneiden, sie alle mit meinen Worten zu verletzen, lähmte mich. »Es ist passiert … Ich habe die Nerven verloren … ich …«

»Der Reihe nach«, sagte Jero ruhig und sicherte das Tor, sodass es nicht zufallen konnte. »Und ich schlage vor, wir gehen schon mal weiter, es sieht nicht so aus, als wären wir bald da.«

Er hatte recht. Der Tunnel führte tiefer durch den Berg, und wir folgten ihm. Mit jedem Schritt konnte ich mich ein wenig mehr sammeln, bis ich endlich zu sprechen vermochte. »Bei den Winden. Es fühlt sich an, als wäre es ewig her.«

In der Burg es Retneya wurde ein kleines Fest gefeiert, aus Freude über eine erfolgreiche Jagd. Nichts Offizielles, weder der Fürst noch die Minister waren dabei, nur darum hatte ich kommen können. Ich wollte nicht lang bleiben, bloß Vika und Desmond sehen und mich ein paar Stunden lang nicht sorgen. Und so hatte ich mein letztes Kleid aus alten Zeiten angezogen, dazu aus einem seltsamen und doch vertrauten Impuls heraus den Armreif, den Alaric mir geschenkt hatte. Er war eben das letzte richtige Schmuckstück, das ich noch besaß.

Ich hatte ein bisschen getrunken, nicht viel, und ich hatte mit Desmond getanzt. Es waren eher die vielen Drehungen, die mich schwindelig gemacht hatten, weniger der Perlwein. Aber schließlich wollte ich ihn küssen, doch er wandte den Kopf ab, sodass ich nur seine Wange mit den Lippen berührte. Dabei schaute er über die Tanzenden hinweg, und ich ahnte mehr, als dass ich es sicher wusste, dass er eine andere im Blick hatte. Eine Frau, die er lieber geküsst hätte als mich.

Wir waren so eng miteinander, so vertraut. Und trotzdem hielt er mich immer auf Abstand. Und ganz gleich, wie winzig dieser Abstand auch sein mochte: Er blieb ihm wichtig.

Plötzlich muss ich an meine Mutter denken. Sie drängte mich nicht, Desmonds Antrag anzunehmen, und niemals hätte sie es gewagt, ihn zu bitten, mich zur Frau zu nehmen. Und doch war sie der Grund für alles. Desmond hätte mich niemals gefragt, wäre sie nicht krank gewesen. Und ich hätte nicht Ja gesagt. Meine Mutter war der Grund dieser Verlobung – und warnte mich zugleich vor ihr. Denn auch sie hatte einen Mann geheiratet, den sie nicht liebte. Ihr ganzes Leben lang sehnte sie sich nach einem anderen als dem Fürsten. Hatte ihn betrogen, nicht aus Leichtsinn und dem Wunsch nach Abwechslung, sondern weil sie so dringend brauchte, was er nicht war und niemals sein würde. Sie war so schrecklich allein gewesen, immer schon. Vielleicht war die Welke nur die Folge eines Lebens ohne Liebe und Erfüllung.

Diese Gedanken waren mir nicht fremd. Neu war, dass sie mir Angst einjagten, ich könnte genauso enden, eng an der Seite eines Mannes, den ich nur mochte, während der, den ich liebte …

Ich vertrieb die Erinnerungen an Alaric, jagte sie fort. Es war dumm gewesen, den Armreif anzulegen. Ich musste das verfluchte Ding endlich verkaufen.

»Wir können uns lieben«, flüsterte ich Desmond zu. »Ist es nicht so? Unsere Freundschaft ist so groß, so stark, sodass wir irgendwann lernen werden, uns zu lieben – uns richtig zu lieben.«

Desmond reagierte eigenartig. »Wir lieben uns doch«, sagte er zu mir, aber es klang nicht so. Es klang wie: Sei dankbar für das, was du bekommst. Es steht dir eigentlich nicht zu.

Ich legte meine Hände auf seine Brust, streifte über die glatten Muskeln unter dem Hemdsstoff. Er war bildschön, klug und freundlich. Es musste doch ein Leichtes sein, ihn zu lieben. Meine Finger glitten über seine Schultern in seinen Nacken.

»Hör auf damit, Laire.«

»Magst du das nicht?« Ich hörte selbst, wie verzweifelt ich klang. Wie sollte ich einen Mann heiraten, dem es nichts bedeutete, von mir berührt zu werden? Aber wie konnte ich diese Hochzeit noch infrage stellen, wenn sie all unsere Probleme löste? Ich durfte nicht egoistisch sein. Nicht jetzt.

»Es hat nichts mit mir zu tun«, sagte Desmond und löste sich von mir. Ich folgte ihm aus dem Saal hinaus. Er ging in großen Schritten, als wollte er mich abhängen.

»Warte! Womit hat es denn zu tun? Bereust du den Antrag? Willst du alles rückgängig machen?« Sag Ja, bat eine Stimme in mir. Sag Ja, denn ich kann es nicht. Mutter stirbt, bitte lass mich nicht schuld daran sein.

»Nein«, presste Desmond durch die Zähne. »Natürlich nicht. Die Hochzeit ist beschlossen und findet statt!«

»Das klingt richtig nach Begeisterung!«, erwiderte ich voller Ironie, den Blick auf seinen Rücken gerichtet.

Ein Wort ergab das andere. Wir stritten. Das konnten wir normalerweise gut, wir hatten fast zwei Jahrzehnte Übung. Doch diesmal war alles anders, denn etwas hatte sich verschoben. Er hatte plötzlich Macht über mich, ich fühlte mich ihm ausgeliefert, und etwas tief in meinem Inneren vermochte nicht, das zu akzeptieren.

»Warum weist du mich ab?«, rief ich hinter ihm her. »Warum lässt du mich betteln? Gibt es eine andere?«

Er blieb plötzlich stehen, wirbelte zu mir herum, sodass ich in ihn hineinrannte und wir zusammenstießen. »Und wenn es so ist? Angenommen Laire, ich liebe einen anderen Menschen auf die Art, mit der man lieben sollte, ehe man sich sein Leben lang Treue verspricht. Reicht es dir immer noch nicht, dass ich trotzdem dich heirate, weil du ohne mich verloren bist und ein Niemand in deinem nassen Tal? Was willst du denn noch, außer meinem Glück, Laire?«

Alle starrten mich an. Alaric nahm zaghaft meine Hand, umschloss zärtlich meine Fingerspitzen. »Das hätte er niemals sagen dürfen. Das war unnötig und grausam.«

Jero nickte stumm.

Nur Vikas Gesicht war vom Zorn und ihren Narben verzerrt. »Gut, Des hat die Nerven verloren. Und da ist dir ein Fluch rausgerutscht? Kann ja mal passieren?«

»Ich sagte zu ihm, dass ich ihn unter diesen Umständen einfach nicht heiraten kann. Er tat das ab, wir würden schon sehen, sagte er, und dass ich keine Wahl hätte, ich solle an meine Mutter denken, und ich erwiderte: ›Weißt du was, Desmond? Heirate wen anders. Heirate den Daemalord, aber nicht mich!‹«

»Das ist eine angebrachte Antwort auf Desmonds Gemeinheit, kein Fluch«, sagte Alaric.

Ich schüttelte den Kopf. »Nein, das nicht. Aber dann flirrte die Magie in mir. Sie wurde ganz groß und mächtig und gleichzeitig …« Meine Stimme verklang regelrecht, so sehr fürchtete ich mich vor der Erinnerung. »Gleichzeitig fühlte ich mich … gut. Als wäre ich endlich ich selbst. Mein Zorn war so groß, ich war so verletzt und in die Enge getrieben. Und wusste gleichzeitig, dass ich das nicht akzeptieren muss. Dass ich stark bin und niemand mich zu etwas zwingen wird. Es hat mich einfach überwältigt. Ich wiederholte meine Worte, sagte: ›Heirate den Daemalord, heirate …‹ Und dann nannte ich den Namen des Lords.«

Rian Cira, hatte ich gesagt. Allein beim Gedanken an seinen Namen verkrampfte mein Magen.

»Mir war nicht mal bewusst, dass ich den Namen ausgesprochen hatte, er schwirrte einfach durch meinen Kopf.«

»Woher kennst du den Namen des Lords?«, hakte Jero mit tiefer Stimme nach. »Die wenigsten Menschen sollten ihn wissen.«

Und das aus gutem Grund. »Ich würde es euch sagen, wenn ich könnte. Ich weiß ihn, seitdem ich denken kann, als wäre er Teil meiner Wiegenlieder gewesen. Aber ich erinnere mich nicht.«

Jero stieß die Luft aus. »Wirst du es Desmond sagen?«

»Natürlich.« Vermutlich wusste er es ohnehin längst.

»Glaube nicht, dass er dich noch heiraten wird.«

Aber da kannte Jero Desmond schlecht.

»Ich will nicht unken«, meinte Alaric, der ein wenig vorausgegangen war, nach der nächsten Biegung. »Aber ich hoffe, Laire, du hast noch ein zweites Geheimnis.«

Zwei Schritte darauf verstand ich, was er meinte. Ein weiteres Tor versperrte uns den Weg. Kurz überkam mich tiefste Hoffnungslosigkeit. Was sollte ich diesem blöden Tor noch sagen? Es gab kein Geheimnis mehr in meinem Leben, das die anderen nicht schon kannten. Und alles andere würde kaum etwas nützen.

Meine einzige Idee war …

Ich warf Alaric einen kurzen Blick zu, beugte mich vor und flüsterte. Verriet dem Tor, dass ich ihn liebte. Doch nichts geschah.

Wütend trat ich dagegen. »Was willst du denn noch, du verdammtes Ding?«

Jero schob mich beiseite, neigte sich vor, und plötzlich donnerte seine Stimme durch den Gang, als wollte er damit jemanden erschlagen.

»ICH WÜNSCHTE, ICH WÄRE ZU HAUSE GEBLIEBEN!«

Was? Das war genug? Das konnte kein Geheimnis sein – wer wollte schon hier sein?

Doch das Tor sprang auf, und Jero schüttelte auf meine Frage, was seine Worte zu bedeuteten hatten, den Kopf. »Wir müssen weiter, lass uns nicht noch mehr Zeit verschwenden.«

Wenige Meter später kam bereits das nächste Tor in Sicht, und langsam verstand ich. »Das Bild hat jedes Mal, wenn ich es berührt habe, mit einer anderen Stimme geflüstert.«

»Dann muss jeder von uns ein Geheimnis verraten?«, fragte Vika. Sie wandte sich dabei an Jero, mich sah sie seit meinem Geständnis nicht mehr an.

Ob ich sie verloren hatte? Ich hätte es ihr nicht verdenken können.

Vika allerdings verfolgte dasselbe Ziel wie ich: Desmond zu retten. Entschlossen trat sie ans Tor. Es dauerte lange, bis sie sich zurechtgelegt hatte, was sie sagen wollte, und als sie es tat, zog sich meine Brust wie eine Klemme um mein Herz zusammen.

»ICH MÖCHTE IN DIE DIENSTE DER FEMARSHALL TRETEN!«

Das konnte sie nicht ernst meinen!

Doch das Tor öffnete sich, und Vika wandte sich von mir ab und ging voran, Treppen hinab, Treppen hinauf, um Kurven und Biegungen. Hatte ich ihren Wunsch, eine eigenständige Frau, eine Kriegerin zu werden, so stark unterschätzt? So weit würde sie dafür gehen?

Als noch ein Tor in Sicht kam, lächelte Alarics Mund. Seine Augen wurden müde. »Würdest du etwas für mich tun, Laire?«

Ich hob die Hand, berührte sein Gesicht in einem nutzlosen Versuch, diese plötzliche Erschöpfung aus seinen Zügen zu streichen. Ich machte es uns schwerer, als es war, aber ich konnte nicht anders. Es war ohnehin nicht aushaltbar. »Was denn?«

»Sorge dafür, dass Cadyz dieses Reich nicht mehr verlässt.«

Totenstille vergiftete die Luft. »Was hast du da gesagt?«

»Du hast mich verstanden.« Er blieb so gelassen, als hätte er mich gebeten, einen Gruß zu bestellen, aber hinter der Fassade, da spürte ich ihn beben. Und ich bekam eine Ahnung, wie geübt Alaric darin war, seine Ängste zu verbergen.

»Wenn wir hier lebend rauskommen«, sagte Vika beklommen, »dann kann Cadyz es ohnehin nicht mehr schaffen.«

Alaric nickte. »Darauf spekuliere ich. Das ist alles, was ich verlange.«

»Was hast du gegen ihn?«, fragte ich verwirrt.

Er lachte bitter. »Nichts. Nicht einen schlechten Gedanken, nicht ein Argument. Rein gar nichts. Ich kenne ihn nicht, habe ihn nur einmal gesehen. Ich brauche nur die Gewissheit, dass er zurückbleibt. Stell das sicher und zerbrich das.« Er griff in die Innenseite der Mowlee und reichte mir einen dünnen Stock. Es war ein ausgetrockneter Zweig, blass und hell geworden, und die Bruchstellen wiesen Fransen auf. Alaric schloss meine Finger zärtlich darum, hob meine Hand an seine Lippen und küsste meine Fingerknöchel. »Du hältst zehnmal mein Leben in der Hand, Laire. Und alle sind verwirkt, wenn du nicht tust, worum ich dich bitte. Wenn du zurück in Nemija bist und Cadyz zurückgelassen hast, brich das für mich durch.«

»Was ist das?«, fragte ich. Es machte mir Angst, denn ich zweifelte keinen Moment daran, dass es unsagbar wichtig für ihn war. Aber warum? Und warum, Alaric, tust du es nicht selbst?

»Ein Stück Holz«, sagte er. »Friedhofslinne. Der Baum wächst in Lyaskye und Keppoch. Hab in Nemija nie eine gesehen.«

»Und warum soll ich …«

In diesem Moment hallte eine Stimme durch den Tunnel. Sie kam von weit her und erreichte uns doch, als stünde der Sprechende gleich hinter der nächsten Ecke.

»ICH, CADYZ HELLNA, LIEBE DESMOND ES YAFANNA!«

Nur ein paar Worte. Aber sie erschütterten meine gesamte Welt.

»Cadyz ist am ersten Tor!«, rief Jero. »Schnell jetzt. Die Paladine werden nicht zögern!« Und Jero wusste, dass wir es auf keinen Kampf ankommen lassen durften. Jetzt erst recht nicht! Denn während Cadyz für mich vorhin bloß ein Mann gewesen war, den der Oberste Minister geschickt hatte, um Ruhm und Ehre zu erbeuten, indem er Desmond rettete, war von einem auf den anderen Moment alles anders.

Er liebte ihn. Cadyz liebte Desmond.

Und Desmond ... Um ein Haar hätten meine Knie nachgegeben. Desmond liebte Cadyz ebenfalls. Das musste er die ganze Zeit mit sich herumgetragen haben, unschlüssig, ob er es mir erzählen konnte. Cadyz war der Grund für Desmonds Zweifel.

»Ich verstehe das nicht«, sagte Vika und sah mich erstmals wieder direkt an. »Cadyz und Desmond? Das würde Desmonds Vater niemals zulassen! Zwei verbundene Männer – das mag in Lyaskye akzeptiert sein, aber in Nemija ...«

Sie hatte recht, und das erklärte alles. »Sie wollten es geheim halten! Ich sollte die Alibi-Ehefrau sein. Deshalb ist Desmond so komisch zu mir gewesen. Er dachte, ich würde ihn lieben, und hatte Angst, mir zu sagen, dass er diese Liebe nie erwidern würde.«

In Vikas Blick erschien etwas wie Mitgefühl, zumindest ein Hauch davon.

In mir wuchs die Aussichtslosigkeit. Wenn wir Desmond befreiten, würde er Cadyz für immer verlieren. Konnte ich ihm das antun?

»Laire, ich weiß, was du denkst«, sagte Jero, fasste mich an den Schultern und sah mir eindringlich in die Augen. »Aber Cadyz wusste, worauf er sich einlässt, nur darum hat er dir die Zeit im Menschendorf gestohlen. Er hatte kein Mitleid mit uns. Du musst jetzt an dich denken. An dich und Vika. Desmond wird frei sein und leben. Er wird es verstehen.«

Mir wurde ganz flau.

»Laire, die werden nicht zögern, uns niederzuschlagen, wenn sie uns einholen. Seymour, der Anführer von Cadyz' Paladinen, will gewinnen, um jeden Preis.«

»Laire?« Alarics Stimme kam von Tor. Er sah mich an, als würde er sich meinen Anblick einprägen müssen, als würden wir uns nun trennen und dann eine lange Zeit nicht wiedersehen.

»Bitte vergiss es nicht! Zehnmal mein Leben.« Dann beugte er sich über das Schloss.

»VOR DREI JAHREN ERHIELT ICH DEN AUFTRAG, DIE ERBIN ES RETNEYA ZU VERNICHTEN«, klang seine melodische Stimme durch die Gänge. »DAS HABE ICH GETAN.«

Wir starrten uns an. Hätte er hier und jetzt zugegeben, der Daemalord höchstpersönlich zu sein – es hätte mich nicht minder entsetzt.

Ich war doch … die Erbin es Retneya? Ich war meines Vaters Tochter. Aber …

»Es öffnet sich nicht«, sagte Vika.

Alaric zog den Atem durch die Zähne und klammerte sich mit beiden Händen an den Gittern fest. »Du nimmersattes, gieriges Biest«, beschimpfte er das Tor und hustete heftig, ehe er sich erneut dem Schloss zuneigte. »UND AUCH JETZT BIN ICH IM AUFTRAG MEINES SCHULDHERREN HIER.«

Er schien die Worte mit allem Atem ins Schloss zu hauchen, die seine Lunge hergab. Und diesmal sprang es auf.

»Geschafft«, rief Vika erleichtert.

Doch Alaric kniete immer noch am Tor, hielt sich am Gitter fest und hob den Kopf nicht.

»Ist nicht schlimm«, sagte ich hastig zu ihm. »Wir können das alles klären. Wirklich, Alaric, ich hatte Schlimmeres erwartet. Mein Geheimnis *war* schlimmer.«

Nun gut, ich hatte niemanden töten – oder *vernichten* – wollen. Aber immerhin war ich noch am Leben und weit entfernt von vernichtet. »Komm schon, wir müssen weiter.«

Er hörte nicht auf mich. Er kauerte vor dem Tor, und sein Rücken zuckte.

»Verdammte Scheiße«, murmelte Jero und trat neben ihn.

»Was ist mit ihm?«, fragte ich zitternd.

Jero seufzte. »Der Junge besitzt ein Schuldholz. Und er hat soeben unerlaubt über diese Schuld gesprochen.«

Ich hatte keine Ahnung, was das bedeuten sollte. Klar war nur, dass ich dieses Schuldholz nun in der Hand hielt.

Alaric flüsterte etwas, Jero neigte das Ohr an seinen Mund. »Zehn?«, fragte er erstaunt. »Er hatte zehn davon, Laire. Das ist das letzte.«

»Caleja«, krächzte Alaric. »Ihre … Freiheit.«

»Nicht sprechen«, sagte Jero, warf sich Alarics Arm um die Schulter, zog ihn hoch und schleppte ihn mit sich. Der Blick, den er mir zuwarf, befeuerte meine Sorgen. »Caleja ist deine Schwester? Sie ist in Gefangenschaft? Wenn deine Schuld beglichen und das letzte Schuldholz gebrochen ist, wird sie freigelassen?«

Alaric nickte immer wieder knapp, als wäre diese einfache Geste eine große Anstrengung. Ich lief an seine Seite, drehte sein Gesicht mit den Händen zu mir. Er starrte durch mich hindurch. Sein Atem machte ein quietschendes Geräusch in seiner Brust. Er bekam keine Luft, konnte sie nur unter größter Anstrengung in die Lunge ziehen.

Vika riss die Hände in die Höhe. »Schuldhölzer! Das ist eine Legende!«

»Sieht für mich wahr aus«, knurrte Jero.

»Kannst du ihm helfen?«, fragte ich. Wir mussten irgendetwas tun.

»Nein.«

»Kann irgendjemand ihm helfen?«

»Weiß ich nicht. Aber wir müssen weiter. Ich nehme an, dass du ihn nicht liegen lässt, solange er noch atmet.«

»Nein«, sagte ich schnell. »Wir lassen ihn nicht zurück. Hörst du mich, Alaric? Wir lassen dich nicht zurück.«

Mir fiel die Salbe aus dem mit Magie geladenen Tiegel ein. Meiner Mutter half sie, wenn die Welke ihr Atemnot bereitete. Jero wartete nur ungern so lange, bis ich etwas davon auf Alarics Brust und unter seine Nase gerieben hatte.

»Das bringt nichts.« Man hörte ihm an, wie ungern er das von sich gab. »Der Schuldbund legt ein magisches Seil um seine Brust und seinen Hals. Es zieht sich zu, sobald er darüber spricht – da kannst du salben und ihn in Kräutersud auskochen, es wird nicht helfen.«

Ein magisches Seil … ich tastete behutsam über Alarics Haut, den Linien nach, die sich um seinen Hals und über seinen Brustkorb wanden und versuchten, ihn zu töten.

Nein, Alaric. Das wird nicht passieren!

»Das passiert, weil er darüber gesprochen hat?«, fragte ich Jero. »Weil er sein Geheimnis verraten hat?«

Jero nickte. Alaric zwang sich zu einem verkrampften Lächeln. »Denk dran«, presste er kaum hörbar hervor und kämpfte mit einem weiteren Wort.

Ich legte ihm einen Finger auf die Lippen, die bereits an Farbe verloren. »Schschsch. Nicht reden. Caleja wird frei sein. Ich verspreche es.«

Du wirst dein Holz allerdings schön selbst brechen.

Unvermittelt fand ich etwas auf seiner Haut. Eine der weißen Linien fühlte sich anders an als die anderen. Die Magie hatte sich gut versteckt, aber inzwischen war ich geübt und fand sie. Hatte er sich deshalb mit dem Daemablut tätowieren lassen? Um die Narben des Schuldholzbundes zu verstecken? Um den Hass dieser brutalen Magie zu übertünchen? Ich würde ihn fragen, sobald er mir wieder antworten konnte.

»Schneller!«, rief Vika. »Ich glaube, sie kommen!«

Ich konzentrierte mich auf die Magie in Türkis und Smaragd, mit der ich so gut zurechtkam, und streckte sie wie mit einem zarten Fühler nach der magischen Fessel über seiner Brust aus.

Im nächsten Moment stöhnte Alaric auf, seine Augen verdrehten sich, sein ganzer Körper verkrampfte, sodass Jero ihn kaum halten konnte.

Rasch zog ich die Magie zurück. »Es geht nicht«, rief ich erschrocken. »Es bringt ihn um, wenn ich einen Fehler mache.«

Jero packte Alaric fester. »Wir haben ohnehin keine Zeit mehr. Er muss durchhalten. Oder …«

Wir schleppten Alaric mehr, als dass wir ihn stützten. Nach wenigen Metern schleiften seine Füße fast nur noch über den Boden, während wir rannten, verfolgt von schweren Schritten hinter uns. Cadyz kam offenbar allein – darum war er schneller durch den Tunnel gelangt. Solange er allein war, gab es nur ein Tor für ihn. Er hatte uns fast eingeholt.

Ich hätte beinah vor Zorn gebrüllt, als ein weiteres goldenes Tor vor uns erschien, aber diesmal öffnete es sich von allein, als wir heraneilten. Hastig schlüpften wir hindurch und fanden uns inmitten eines Turms wieder.

Nervös sah ich mich um. So viele Türen. Die, aus der wir gekommen waren, fiel langsam zu. Von außen war sie ein goldenes Gittertor gewesen – von innen eine Tür aus eisenbeschlagenem Holz. Einen Augenblick bevor sie ins Schloss fiel, wurde sie plötzlich wieder aufgeschlagen. Cadyz stand im Türstock, schwer atmend und verschwitzt; das goldene Haar klebte ihm im Gesicht. Er beachtete mich gar nicht, sondern starrte an mir vorbei und schluckte.

Ich wandte mich um, und in der gegenüberliegenden Tür stand Desmond. »Nein«, sagte er, als hätten Cadyz und ich, als hätten wir alle, etwas absolut Fürchterliches getan. Aber hatten wir das nicht auch?

»Laire«, sagte Desmond. Er trug helle Hosen und einen schlanken cremefarbenen Reitrock, als wolle er ein Fest besuchen. Doch keines, wie es sie in Nemija gab. Sein Gesicht sah so müde und erschöpft aus, wie ich es in all den Jahren nie gesehen hatte.

»Geht es dir gut?«, fragte ich, bevor ich mich wieder Alaric zuwandte, dessen Atemzüge zu einem hektischen, flachen Zittern geworden waren.

Desmond nickte halbherzig. Dann ging er an mir vorbei, drückte kurz Vikas Hand und lief zu Cadyz. Die beiden fielen sich in die Arme, hielten sich und pressten sich aneinander. Ihre Sehnsucht, dieses Glück … Es trieb mir die Tränen in die Augen, sie so zu sehen.

Wie hatte mir das bisher entgehen können? Die Liebe leuchtete aus ihnen heraus wie strahlende Magie. Nein. Sie *war* Magie. Jene Magie, die sich nur ganz selten fand, weil sie zwei Arten von Magie zu etwas Neuem verwob. Der Schleier, den ich in den letzten Jahren an Desmond wahrgenommen hatte und der ihm sein Strahlen genommen hatte – in Cadyz' Nähe war er fort.

Etwas drückte schmerzhaft in meinen Bauch. Es war Alarics Schuldholz, und sofort flogen in meinem Kopf die Gedanken im Kreis.

Ich durfte sie nicht trennen.

Aber ich hatte Alaric geschworen, seine Schuld zu erfüllen und seine Schwester zu befreien. Er hatte mir sein Leben geschenkt, damit ich mein Ziel erreichte. Doch was war dieses Ziel noch wert, wenn ich Desmond den Mann nahm, den er liebte?

Und doch: Was war mein Leben wert ohne denjenigen, den ich liebte?

Eine Antwort wusste ich nicht. Dennoch musste ich nun die Entscheidung treffen.

Vika erschien plötzlich neben mir und drückte meine Hand. »Hab keine Angst, Laire. Was auch immer passiert ist, wir werden das schaffen. Nichts ist hoffnungslos. Ich bin bei dir und werde kämpfen.«

Ich legte den Kopf in den Nacken, sah in die Spitze des Turms, wo ich den, den wir suchten, aus irgendeinem Grund vermutete. Ich wusste, was ich zu tun hatte.

»Ruf ihn her, den Lord der Bastarde«, flüsterte Vika.

»Du nennst dich Lord der Daema«, flüsterte ich, und meine Worte erhoben sich und stiegen den Turm empor. »Ich aber rufe dich bei deinem wahren Namen, Rian Cira.«

KAPITEL 62

LAIRE

Er kam nicht zu mir, Rian Cira, der Lord der Daema. Stattdessen war ich plötzlich bei ihm.

Er saß in einem Sessel an einem schwach glimmenden Kaminfeuer und schlug gerade ein Buch zu, als hätte er sich die Zeit des Wartens mit Lesen vertrieben.

»Da bist du ja«, sagte er mit weicher Stimme und wandte sich mir zu. Zu meinem Erstaunen hatte er menschliche Gestalt angenommen. Dunkles Haar, große Augen, ein sinnlicher Mund und die helle Haut der Keppochaner. Auf dem Kopf trug er eine kupferfarbene Krone mit einer Reihe kurzer Hörner an der Stirn, wo auch seine Daemagestalt welche besaß.

»Ich habe nicht viel Zeit, Rian. Kommen wir zur Sache.«

Er warf nachlässig sein Buch in den Kamin, wo weder die Glut entfachte noch die Seiten Feuer fingen. »Wo wir sind, ist die Zeit nicht«, erklärte er schlicht. »Wozu bist du hier, Laire? Und nun überlege gut, was du sagst. Du hast nur einen einzigen Wunsch.«

»Ich bin nicht für Wünsche hier«, sagte ich. So weit hatte ich die Bücher gelesen: Man durfte sich nicht vom Lord manipulieren lassen.

Man musste nach dem Verfluchten verlangen. Von Wünschen stand nichts in den Geschichten.

Er lächelte, es sah so verunsichernd ehrlich aus. Seine Augen verrieten noch den Daema, sie schimmerten schwarzgrau. »Du glaubst also den Geschichten«, spottete er und erinnerte mich damit an Alaric.

»Diese Geschichten sind meine Kultur«, sagte ich. »Ihr habt auch eine sehr interessante Kultur, nicht wahr? Ihr stammt doch aus Keppoch, Rian?«

Er lachte, es ging in ein Nicken über. »Fürwahr, Keppoch. Feuer und Blut. Und die schönsten und mutigsten Mädchen. Dachte ich bisher.«

»Ich bin nicht für Schmeicheleien hier.«

»Ach nein.« Das schien sein Stichwort zu sein. »Doch wozu dann, Laire? Sag nichts, du weißt es ohnehin nicht.«

Ich hob eine Augenbraue. »Aber Ihr wisst es?«

»Natürlich. Ich bin der Lord. Leider habe ich mich wohl geirrt. Ich hielt dich, meine süße Laire, für meine Nachfolge. Ein Mädchen, das aus Eifersucht den Verlobten verflucht … wenn das mal nicht ein gutes Argument ist, Lady über die Daema zu werden.«

Mein Herz raste, mein Mund wurde trocken. Was redete er denn da? »Nein«, sagte ich heiser. »Das werde ich nicht …«

»Das«, unterbrach er mich akzentuiert, »habe ich damals auch gesagt. Meinem Gefühl zufolge ungefähr vier oder fünf Jahre lang. Dann war ich bereit. Und die Zauberin löste endlich die Fesseln.«

Ich hatte die Erinnerung gesehen, und sie bewirkte, dass sich alles um mich herum ein wenig drehte. »Es war also wirklich eine Zauberin, die dieses Reich erschuf.«

»Ihretwegen bist du hier«, sagte der Lord.

»Ich bin hier, um …«, setzte ich an, doch eine Macht – vermutlich die seine – schnitt mir das Wort ab.

»Die Zauberin schwor es mir, Laire. Sie sagte: ›Ein Prinz wird kommen und mit ihm ein Erbfolger.‹ Hast du es nicht verdient?«, fragte er leise. »Nach all der Schuld, die du auf dich genommen hast? Desmond – verflucht. Die hübsche Vika – ganz entstellt. Cadyz – verloren. Alaric … er liegt im Sterben, nicht wahr? Und am Ende musst du, um Desmond zu befreien, auch noch den guten, treuen Jero opfern.«

»Was?«

»Du kannst ein Leben von mir verlangen, das ist gar kein Problem. Du musst allerdings eins hierlassen. Oh, haben sie dir das nicht gesagt? Natürlich nicht.«

Jeros Worte, die ihm das Tor geöffnet hatten, ergaben plötzlich Sinn. Er hatte es gewusst. Und er war mit dem Plan hergekommen, an Desmonds Stelle hierzubleiben.

»Damit wir uns gleich verstehen«, fuhr der Lord fort. »Dieser Handel funktioniert nicht mit Toten und nicht mit dir selbst. Ich lasse mich allerdings auch auf Vika ein, solltest du für den Paladin noch Verwendung haben. Will die hübsche Narbenprinzessin nicht ohnehin lieber hierbleiben?«

Er klimperte mit den Wimpern, und ich fragte mich ernsthaft, wie groß meine Chance war, ihm seinen schönen Kopf an den Haaren von den Schultern zu reißen. »Das ist kein Spiel, Rian.«

»Alles hier wird ein Spiel, wenn man nur lange genug ernst geblieben ist. Komm, ich zeig es dir.« Er erhob sich leichtfüßig und durchmaß den Raum. Vor einem Kelch, den ich schon einmal gesehen hatte, blieb er stehen. »Komm näher. Das ist der Kelch der Tränen Lyaskyes. Eine einzige weint sie uns nach, an jedem Vollmond in ihrer Welt. Damit meint sie, sie hätte ihre Schuld beglichen. Mit einer lausigen Träne. Und wenn Neumond ist in Lyaskye und in meiner Welt die Finstere Nacht, dann darf ich diese Träne einer Person überlassen.«

»Eine Person darf Mensch bleiben«, murmelte ich.

Er verzog das Gesicht. »Ja. Und dabei sind die Verfluchten längst nicht alle besonders menschlich, wenn sie herkommen. Alle anderen, für die das Tröpfchen Mitleid der gütigen Mutter Lyaskye nicht gereicht hat, werden zu Daema und vergessen sich.«

»Außer im Schloss.«

Er schwieg zu meinem Einwand, und auch sein Gesicht blieb still und ernst.

»Habt Ihr das Schloss so erbaut? Als Zuflucht für Erinnerungen?«

Er sagte nichts. Das sagte Ja.

Er war also nicht immer so grausam und sadistisch gewesen. Vielleicht hatte der Kummer ihn dazu gemacht. Vielleicht spielte er sich bloß vor, es sei ein Spiel. Weil er … weil er unter all dieser Grausamkeit, von der er ein Teil geworden war, litt.

»Wenn ein Fluch gesprochen wird«, flüsterte ich. »Könnt Ihr ihn nicht einfach ignorieren?«

Er lachte freudlos, und ich hatte meine Antwort. Er war ein Sklave und trug die Krone eines Lords, nicht in der Lage, sie abzunehmen.

»Ihr berührt mein Herz«, sagte ich aus einem Impuls heraus, denn er tat mir aufrichtig leid. »Aber ich kann Euch nicht helfen.«

Diesmal lachte er ehrlicher, wenn auch leise. »Ich weiß es doch. Du bist nicht hier, um Lady der Daema zu werden.«

»Ihr sagtet …«

»Ich dachte es. Aber ich muss mich geirrt haben. Die Worte falsch interpretiert. Ich habe tatsächlich eine Wette verloren und bin nicht einmal traurig drum. Du kannst gar nicht die neue Lady sein, Laire, denn du hast nichts Böses getan.«

Ich verstand nicht. »Aber ich habe einen Fluch ausgesprochen.«

»Möchtest du so gern, dass das die Wahrheit ist?«, fragte er und schüttelte den Kopf. »Nichts hast du, du denkst es bloß. Zugegeben, zu Anfang dachte ich es ebenfalls. Du warst dir so sicher, deine Schuld strahlte hell und heiß wie die Sonne. Aber ich habe dich beobachtet, ich habe mich lange mit Desmond unterhalten, und schließlich kamen Zweifel in mir auf.«

»Aber das Tor der Geheimnisse …«

»Ging auf, weil du *glaubtest,* den Fluch gesprochen zu haben. Diesen Toren geht es darum, dass du *deine* Wahrheit sprichst.«

»Aber wer sonst sollte Desmond verflucht haben?«

Er lehnte sich an ein Bücherregal und kreuzte die Beine. »Das herauszufinden hat mich viel Zeit und Arbeit gekostet. Wie stehst du zu dem Mann, der dein Schwiegervater hätte werden sollen?«

»Desmonds Vater?«

Der Lord nickte. »Die Verbindung, die sich im Schatten eurer kleinen Scharade andeutet, behagt dem Obersten Minister nicht. Er versucht mit allen Mitteln, dies zu verhindern.«

Ich konnte es nicht glauben. »Wegen Cadyz? Das ist doch absurd. Desmonds Vater ist altmodisch, und es würde ihm sicher missfallen, wenn Desmond keine Frau heiratet und keine leiblichen Kinder hat. Aber er würde ihn deshalb niemals verfluchen.«

»Deshalb nicht«, sagte der Lord lakonisch. »Aber Cadyz und Desmond haben mehr als nur ein Gehänge zu viel zwischen den Beinen. Sie haben Ideen. Das Traumpaar hat ein paar politische Veränderungen im Sinn, sobald Desmond Oberster Minister wird. Und lassen wir mal dahingestellt, wie erfolgversprechend diese Ideen sind – sie würden das Lebenswerk seines Vaters in seine Einzelteile zerlegen. Und das deines Vaters ebenso, Laire. Das würde er seinem ältesten Freund, dem Obersten Minister, nie verzeihen.«

Ich wollte ihm nicht glauben. Kein Wort. Leider tat ich es dennoch.

Er hatte recht, Desmond strebte nach Veränderungen, und wenn Cadyz in die gleiche Kerbe schlug, würde das die politische Agenda des Obersten Ministers gefährden. Es war nicht unvorstellbar, dass Desmonds Vater ihn dafür verfluchte und ihm seinen Geliebten nachschickte – weil er wusste, dass der kaum eine Chance haben würde, ihn zu retten. Er wollte sie beide aus dem Weg schaffen.

Ich begriff nun auch, warum Desmonds Vater mich trotz meiner Skandalherkunft als geeignete Schwiegertochter empfand: Ich war ungebildet, verglichen mit anderen Frauen vom Hof, leicht einzuschüchtern und stets erpressbar durch das Wohl meiner Mutter. Er hielt mich für leicht kontrollierbar.

Geistesabwesend fuhren meine Finger an meinen Stein, den ich um den Hals trug.

Der Lord folgte der Bewegung mit dem Blick. »Schade für dich, dass du Alsjana Daera nicht erben wirst.«

Nun, da war ich entschieden anderer Meinung. Dieses Land ohne wahres Leben und ohne Wind würde immer ein Albtraum für mich bleiben.

»Aber immerhin hast du bereits etwas anderes geerbt.«

»Was soll das heißen? Schleicht nicht um den heißen Brei herum, das machen nur Katzen.«

»Die Zauberin, die mich gefangen hält, ist Eure Vorfahrin«, sagte er geradeheraus und ließ damit einen Kloß in meinem Hals anschwellen. Ich hatte es geahnt. Auf meinem langen Weg zu seiner Burg hatte der Verdacht mich stets begleitet, wie ein Tier, von dem ich nicht wusste, ob es meine Nähe suchte oder mich erlegen wollte. Um ganz ehrlich zu sein, war diese Ahnung sogar noch viel älter. Mein Leben lang hatte ich mich gefragt, warum ich anders war als andere in Nemija. Warum mir schwerfiel, was leicht für sie war, warum ich Dinge sah, hörte und roch, die niemand anders wahrnahm. Ich war ihr davongelaufen, dieser raubtierhaften Ahnung, mit dem Wissen, ihr irgendwann Auge in Auge gegenübertreten zu müssen.

Der Moment war gekommen. »Ich bin nicht wie sie.«

»Noch nicht.« Etwas Unheilvolles klang in seinen Worten mit. »Vermutlich fließt nur ein kleiner Tropfen ihres mächtigen Blutes in deinen Adern. Aber selbst das wäre mehr als genug, hättest du nur den Mut, die Macht zuzulassen.«

Ich habe keine Angst, wollte ich sagen. Aber ich schwieg. Denn er hatte recht. Keine Angst zu haben bedeutete nicht, genug Mut zu haben, eine Veränderung zuzulassen, die ins Unbekannte führte.

Und was bedeutete diese Erkenntnis nun für ihn? Die Zauberin hatte ihn furchtbar gequält – tat es immer noch. Unterhielt er sich vielleicht deshalb so angeregt mit mir, weil er vorhatte, mich aus Rache zu töten? War das eins seiner Spielchen?

»Sie ist also tot.« Er klang fast verwundert, und ich hob ahnungslos die Hände. Sie musste bereits vor vielen Tausend Jahren gestorben sein.

»Zeit hat nicht viel Bedeutung für jene, die sie nach Belieben schneiden und neu zusammenfügen. Doch du würdest ihre liebste Halskette nicht tragen, wäre sie noch am Leben. Das verdammte Ding hat schon einige vergiftet, die es zu stehlen versucht haben. Es lässt sich nur mit sehr viel Magie der richtigen Herkunft kontrollieren.«

Die Vorstellung, mein harmloser kleiner Stein könnte jemandem schaden, war absurd. Doch als würde er auf die Worte des Lords reagieren, ging plötzlich ein Vibrieren durch ihn, wie ein leises, aber ernst gemeintes Knurren.

Schnell legte ich meine Hand darüber. »Und was bedeutet das für mich?«

»Bin ich Lord der Daema oder ein Zauberlehrer? Frag nicht mich. Stell dir selbst deine Fragen und finde deine Antworten.«

Ich nickte. Ich wollte auch viel lieber allein darüber nachdenken. Ich hatte das Gefühl, ein einziges falsches Wort dem Lord gegenüber könnte ausreichen, um etwas Schreckliches auszulösen. Ich holte Luft, um auszusprechen, was ich verlangen wollte, da hob der Lord die Hand.

»Sie hat mir etwas geschworen, deine Vorfahrin. Ihre Worte lauteten: ›Ein Prinz wird kommen und mit ihm ein Erbfolger.‹« Er verbeugte sich spöttisch in meine Richtung. »Du bist also nicht meine Erbin – aber die Person ist mit dir.«

Ich schüttelte verwirrt den Kopf. »Ich verstehe nicht, was Ihr meint.«

Er lachte leise. »Hast du denn die alten Sprachen Nemijas nicht zu lesen gelernt? Ob Mann oder Frau tat zu der Zeit keinen Unterschied. Es gab ein Wort für Magierinnen und Magier sowie eines für den Prinzen und die …«

»… Princessa«, führte ich seinen Satz zu Ende. Alaric hatte gesagt, er hätte die Erbin es Retneya vernichtet. Was bedeutete, dass ich es vor seinem Verrat wirklich gewesen sein musste. Er hatte meinen Vater belogen. Ich *war* die Princessa von Nemija. Und damit Teil der Vorhersehung meiner Vorfahrin – die niemals wahr werden durfte. Keiner meiner Freunde sollte Lord über diesen Albtraum werden.

Oh, bei den vier Winden – Alaric. Selbst wenn die Zeit hier tatsächlich nicht weiterlief, hielt ich es nicht aus, zu wissen, dass er um sein Leben kämpfte.

Der Lord setzte sich zurück in seinen Sessel am Kamin und sah in die Flammen. »Deine Wahl muss weise sein.«

»Welche Wahl?«

»Du kannst Desmonds Freilassung verlangen. Das kostet dich Jero oder Vika.«

»Und auch Cadyz muss hierbleiben.«

Er nickte. »Ja. Und ich kann dir nicht zusagen, ihm die Träne zu geben. Sie ist bereits versprochen.«

Die verdammte eine Träne. Ich dagegen hatte plötzlich mehr Tränen in den Augen, als man zählen konnte. »Und Alaric?«

»Stirbt.«

»Nein.«

»Doch, aber an den Details können wir etwas ändern. Du kannst von mir nicht verlangen, dass ich ihn rette. Du kannst mich allenfalls ... bitten.«

Eine Warnung schoss durch meinen Kopf. Niemals handeln mit dem Lord. Ich ignorierte sie. »Du könntest ihn retten?«

»Ich bin der Lord der Daema, seit annähernd tausend Jahren.« Es klang wie eine dunkle Drohung. »Ich vermag mehr, als du dir vorstellen kannst.«

Aber so einfach konnte es nicht sein, oder? Da war ein Haken. »Was geschieht, wenn ich dich bitte, Alaric zu retten?«

»Dann vergibst du deine Möglichkeit, etwas von mir zu verlangen. Cadyz kann dies tun. Er kann mit seinem Liebsten gehen. Ihr anderen bleibt hier.«

»Und werden Daema«, sagte ich tonlos.

»Der Weg ins Schloss der Ewigen Wünsche steht euch offen.«

»Das ist die fürchterlichste Wahl, die ich jemals treffen sollte.« Eine Furchtbarkeit gegen die andere. Ich würde das niemals entscheiden können, nie. Aber konnte ich von den anderen verlangen, es für mich zu entscheiden?

Der Lord zuckte desinteressiert mit den Schultern. »Sei dankbar für diese Wahl. Du hast eine.«

KAPITEL 63

LAIRE

Gerade hatte ich noch neben Rian Cira im Kaminzimmer gestanden. Im nächsten Moment war ich zurück im Turm und blinzelte erschrocken.

Vika stand dicht neben mir und hielt immer noch meine Hand. Jero hockte bei Alaric auf dem Boden, und Desmond und Cadyz lösten sich langsam aus ihrer Umarmung. Ich war nicht länger als einen Wimpernschlag fort gewesen. Mehr noch – ich war *überhaupt nicht* fort gewesen.

Vika keuchte plötzlich auf und starrte in einen schattenverhangenen Teil des runden Saals. Da sah ich ihn auch. Der Lord bewegte sich nicht, aber da meine Augen sich erst noch an das wenige Licht gewöhnten, wirkte es, als stiege er langsam aus der Dunkelheit. Als würde er dort aus Finsternis langsam zu Fleisch und Blut werden.

Sein Blick war vollkommen mitleidslos, wie der eines Windwolfes, der zwar keinen Groll gegen sein Opfer hegt und es trotzdem angreift, einfach weil die Jagd seiner Natur entspricht. Er ruhte auf mir, dieser Blick.

Ich musste etwas sagen, aber ich konnte nicht. Ich durfte diese Entscheidung nicht treffen, ohne mit Vika und Jero darüber gesprochen zu haben!

»Laire.« Jeros Stimme klang hohl und leer. Ich sah zu ihm und stellte fest, dass er den Lord noch gar nicht wahrgenommen hatte. Er konzentrierte sich ganz auf Alaric, der vor ihm lag und …

Ich starrte eine Ewigkeit in sein blasses Gesicht. Auf geschlossene Augen. Auf Lippen, die jede Farbe verloren hatten. Dann auf seine Brust. Sie bewegte sich doch, oder? Sie musste.

Der Lord trat einen Schritt vor und hob das Kinn.

Du musst dich entscheiden, klang seine tiefe Stimme in meinem Kopf.

Ich atmete tief ein. Meine Entscheidung stand. »Bitte …«

Jäh trat Vika vor mich. Mutige, treue Vika. Aber was tat sie?

Jetzt!, hörte ich den Lord, und ich flüsterte: »Bitte. Rettet Alaric, Mylord.«

»Überraschung«, presste Vika im selben Augenblick eisig hervor. Dann warf sie etwas auf den Boden, es glitzerte kurz im Flug. Was immer es war, es zerbrach in feine Splitter, und ein violett schimmernder Nebel stieg empor. Ich schmeckte Lavendel und Eisen; mächtige Magie, stark genug, um mir die Luft aus der Brust zu pressen wie Saft aus einer Frucht.

Wir brachen in die Knie. Es rauschte und kreischte in meinen Ohren, alles schien sich zu drehen, und ich wusste nicht mehr, wo oben und unten war. In kurzen Fragmenten sah ich die anderen, die sich wanden, niedergedrückt von einer Welle aus Magie, wie ich sie nie erlebt hatte. Selbst der Lord der Daema kniete am Boden und stützte sich auf seine Fäuste.

Von einem auf den anderen Moment war es vorbei.

Ich rappelte mich auf und starrte auf das halbe Dutzend Gestalten, die wie aus dem Nichts in der Mitte des Turms erschienen waren. Sie trugen Rüstungen aus pechschwarzem Leder, das an empfindlichen Stellen mit bronzenen Beschlägen verstärkt war. Und jeder von ihnen trug ein langes Schwert in der Hand.

»Alles wird gut«, flüsterte Vika. »Sie kommen uns zu Hilfe.« Da erkannte ich inmitten der Neuankömmlinge das überirdisch schöne Gesicht der Femarshall Phylles unter dem Helm.

Ich hob die Hand, wollte sie zum Innehalten bewegen. Sie musste erfahren, dass wir gesprochen hatten, der Lord und ich. Alle mussten es wissen.

Doch auf mein »Wartet!« drängte mich einer der Soldaten, ein hochgewachsener Daema, der mich um mehr als drei Köpfe überragte, energisch zurück.

Die Femarshall wirbelte herum. Zwei, drei Schritte, fast wie die einer Tänzerin. Eine elegante Drehung. Dann stand sie still vor dem Daemalord, und da ich sie nur von hinten sah, ließ sich bloß erahnen, dass sie den Kopf vor ihm neigte. »Rian. Mein alter Freund.«

»Ihr wart nicht eingeladen, Sana Phylles.«

Sie lachte ihr dunkles Lachen. »Ganz im Gegenteil. Ich wurde sogar hergebeten. Und noch einmal werft Ihr mich nicht aus diesen Hallen.«

Was ging da vor sich?

Die Femarshall bewegte ihren Arm. Es sah fast wie ein Angriff aus, doch der Lord blieb ungerührt stehen, statt sich zu verteidigen. Sie versperrte mir die Sicht, doch im nächsten Augenblick sank der Lord in die Knie, und mir stockte der Atem. Er griff sich an die Brust und sah an sich herab, sodass ihm das Haar vor die Augen fiel.

Die Femarshall verlagerte ihr Gewicht. Ein Fackellicht schien auf ihr Schwert und ließ es rubinrot leuchten. Und erst jetzt begriff ich, dass sie ihn schwer verletzt hatte.

»Ich hatte dir versprochen, dass wir uns wiedersehen würden, Rian.«

Der Lord öffnete den Mund, doch statt Worten kam nur Blut heraus. Sein Gesicht verzog sich, seine Wolfsschnauze und die Hörner zogen sich zurück, seine Flügel streckten sich wie in einem Krampf und verschwanden dann in seinem Körper. Innerhalb von zwei Atemzügen wurde ihm seine leichte Rüstung zu weit. Als er zur Femarshall aufsah, hatte er seine menschliche Gestalt angenommen. Blut rann ihm über die Unterlippe.

»Tu's nicht«, flüsterte er.

Sie aber zog einen Dolch und stieß ihm die Klinge in einer einzigen geschmeidigen Bewegung bis zum Heft in die Brust.

Rian Cira, der Lord über Alsjana Daera, brach zusammen, kippte gegen die Femarshall, die ihm mit einer Kniebewegung von sich stieß. Ohne jedes Geräusch schlug sein Kopf auf den Steinboden. Und dieser ... reagierte. Ich spürte es in meinen Fußsohlen. Es war, als söge die Magie den Atem ein. Wie Ruhe vor dem Sturm, wenn man bereits am Knistern in der Luft spürte, dass etwas Gefährliches nahte.

»Ist er ... tot?«, fragte Vika. Es klang, als wäre sein Tod etwas Gutes, aber die Magie sirrte so angsterregend im Gemäuer, dass mir sofort klar war, wie sehr sie sich in ihrem Glauben irrte.

Wie sehr, wie schrecklich sie sich irrte. Hier geschah etwas Furchtbares.

Die Wände erzitterten, begannen zu beben. Kleine Steine und Staub regneten auf uns herab.

»Ist gleich vorbei.« Vika klang, als würde sie sich selbst nicht glauben. Ihr Blick huschte zur Femarshall, die den Körper des toten Lords am Kragen zu sich hochzog. »Alter Freund«, sagte sie, es klang fast ehrlich, und ich lächelte ihm ins blasse Gesicht. »Ich wäre diesen Weg in die Freiheit wirklich gern an deiner Seite gegangen. Du und ich und unsere Armee von Daema. Aber du hast dich anders entschieden. Ich sagte dir ja, dass du uns lang genug in diesem Land ohne Sonne und Mond eingesperrt hast. Nun sind wir frei.« Sie stieß den Leichnam von sich, sodass er auf dem Boden aufschlug, wo sein Körper neue Risse in den Stein brach. Das war nicht richtig, es war widerwärtig – aber für den Moment konnte ich nichts tun. Denn wenn ich ihre Worte nicht vollkommen missverstand, würden wir gleich ganz andere Probleme bekommen.

Ich zerrte Vika zu Jero und Alaric, kniete mich an seine Seite, um seinen Kopf vor herabfallenden Steinen zu schützen, während ich fassungslos verfolgte, wie die Magie an den Wänden rüttelte.

»Alaric, komm schon!« Meine Stimme bebte. »Halt noch ein bisschen durch. Bitte.«

Sein Kopf kippte zur Seite, ich verbot mir zu denken, was das bedeutete. Kein Puls, kein Herzschlag, keine lebendige, warme Magie. Ich spürte nichts außer Wärme an seinem schweren Körper. Aber wie sollte ich auch etwas fühlen, vor Zittern konnte ich kaum meine Finger kontrollieren.

Die Risse im Boden wuchsen und verzweigten sich immer schneller, zogen sich immer brutaler durch den gesamten Turm. Desmond und Cadyz hatten sich bis an eine Tür zurückgezogen. Vielleicht war eine Flucht das Beste, was sie machen konnten.

»Was hat sie getan?«, schrie Vika entsetzt, als ein Grollen durch den Turm fuhr, so laut und dröhnend, als würde alles über uns zusammenbrechen.

»Sie hat ihn getötet.« Während ich das letzte Wort sprach, begriff ich, was das bedeutete. Rian Cira war tot. Er konnte Alaric nicht mehr retten. »Die Femarshall hat den Lord getötet.«

Jero starrte mich an, als wollte er es nicht wahrhaben. »Er ist tot?«

Vika rüttelte an meiner Schulter. »Aber die Femarshall hilft uns doch! Sie hat uns ihre Hilfe versprochen.«

»Sie hat ihn getötet«, wiederholte Jero leise. Dann brüllte er uns unvermittelt an: »Wir müssen sofort raus hier! Hier wird alles einstürzen – alles, begreift ihr? Die Grenzen dieser Welt reißen ein!«

»Aber … Was geht hier vor sich?« Vika war vollkommen verzweifelt, und auch ich verstand nicht recht, was das bedeutete. Doch die Ahnung, die sich mir aufdrängte, war schrecklich.

»Es gibt keinen Daemalord mehr«, brüllte Jero. Er drückte mir seinen Myrodem in die Hand und wuchtete sich Alarics schlaffen Körper wie einen Sack über die Schulter. »Die Femarshall kann sich nicht selbst krönen, jetzt, nachdem der Lord tot ist. Mit dem Lord stürzt sein Hof. Und mit dem Hof fallen alle Grenzen.«

»Nein!«, schrie Vika. »Das kann nicht sein!«

»Doch. Die Daema strömen aus ihrem Reich.«

»Nach Nemija? Das dürfen wir nicht zulassen!«

In diesem Moment brach der Riss im Boden tosend auf, und nur einen Schritt neben mir klaffte eine Lücke, die in bodenlose Schwärze führte. Der Riss zerfetzte die Turmmauer wie ein Blatt Papier. Die eine Hälfte des Turms brach grollend zusammen, trieb uns bis an die hintere, noch stabile Wand zurück und hüllte uns in eine Staubwolke. Kleinere und größere Steine trafen uns, doch sie waren nichts im Vergleich zu der freigelassenen Magie, die herumschoss wie ein Schwarm blinder Libellen. Sie prallte gegen Wände, entzündete Feuer aus dem Nichts, krachte gegen das Nichts, stürzte zu Boden, wand sich wie ein sterbendes Tier, nur um wieder aufzusteigen, sich in den Himmel zu drehen und wieder herabzufallen. Sie schrie, die Magie, sie schrie wie in Todesangst – doch außer mir konnte niemand sie sehen oder hören. Mich dagegen riss sie mit in ihre Verzweiflung.

Die Femarshall schritt wie eine Göttin durch den Rauch quer durch die Überreste des Turms. Den Leichnam des Lords schleifte sie wie eine Puppe ohne jedes Gewicht hinter sich her. Vor sehr kurzer Zeit hatte ich selbst ihn noch töten wollen, für das, was er war. Nun entsetzte und bekümmerte mich sein Tod. Er war nicht nur gut gewesen. Aber auch nicht schlecht. Vielleicht hatte er das Beste aus seiner Situation gemacht, was ihm möglich gewesen war.

Am in die Tiefe reichenden Abgrund blieb die Femarshall stehen und sah mit hocherhobenem Kinn nach draußen. Langsam legte sich der Staub, schmiegte sich zu ihren Füßen an den Boden. Sie beachtete uns gar nicht, und ich wagte mich im Schutz von Steinbrocken ein wenig näher, um an ihr vorbeizuschauen.

Die Burg lag in Trümmern. Kleine Flammen stießen an mehreren Stellen aus ihnen hervor. Und überall waren Daema. Daema, Daema, Daema. Ich sah die monströsesten Gestalten. Wesen mit gewaltigen Flügeln, fauchende Chimären, Monster, die so riesig waren, dass sie selbst gebückt durch keine Tür gekommen wären. Alles Menschliche war vergangen.

Und alle blickten sie hoch zur Femarshall, die einen Arm hob und sich in der geifernden Bewunderung der Monster sonnte.

»Die Herrschaft des Tyrannen ist beendet«, rief sie. Ihre Stimme schallte über die Trümmer, über den toten Wald, über steinerne Wüsten hinweg. »Ihr seid befreit! Wir alle sind nun frei! Lange genug waren wir gefangen in dieser Welt, die nicht echt ist. Vergessen von den Menschen, die uns verflucht haben. Die Zeit unserer Rache ist nun gekommen. Es ist an der Zeit, dass die Menschen vergessen werden, so wie wir bislang vergessen wurden. Holen wir uns die Welt zurück!«

Mit diesen Worten schleuderte sie den Körper des Lords in die Tiefe, die Daema stürzten sich auf ihn und kämpften zu ihren Füßen um seine Überreste.

Mir wurde schlecht.

Atmen, Laire. Atmen. Bestenfalls auch denken.

Jero zog mich zurück. »Hast du gehört, was sie sagt?«

Er nickte. »Sie muss es so geplant haben. Sie hat«, er sah einen winzigen Moment zu Vika, »uns benutzt, um Zugang zur Burg des Lords zu bekommen.«

Ich verstand es noch immer nicht und sah Vika verwirrt an.

»Der Dachsmann«, hauchte sie. Tränen liefen ihr übers Gesicht, folgten den Wegen ihrer Narben. »Er gab mir diese Phiole und sagte, damit solle ich sie rufen.«

»Warum hast du kein Wort gesagt?«, fragte Jero, sein Tonfall klang eher erschöpft als anklagend.

»Das durfte ich nicht. Der Dachsmann sagte, der Lord würde hören können, was in seinem Schloss gesprochen wird.«

Sie hatten an alles gedacht, die Femarshall und ihr Helfer. Uns in Sicherheit gewiegt und Vikas Sehnsucht nach einer starken, freien Retterin bedient.

»Sie hat doch versprochen, uns zu helfen. Laire, ich wollte das alles nicht. Ich hatte nur so furchtbare Angst, weil alles …«

»Alles war aussichtslos«, bestätigte ich. Ich hätte mir allerdings nicht träumen lassen, dass es noch schlimmer kommen konnte.

»Ich dachte wirklich, die Femarshall würde uns helfen.«

»Ich weiß.« Wie hätte ich ihr einen Vorwurf machen können? Ich hätte sie geopfert – sie, Jero, mich. Weil es keine richtige Entscheidung gegeben hatte. Vika wusste viel weniger als ich. Sie hatte trotzdem aus bestem Gewissen entschieden.

»Laire?« Das Flüstern ließ meinen ganzen Körper heißkalt erbeben und stellte sogar die tobende Magie in den Schatten.

Alaric … Er lebte? Ich brach zusammen, schlug mir die Knie auf, als ich neben ihm zu Boden sackte, als hätte man mir die Fäden durchtrennt.

»Oh, den Bergen sei gedankt!« Ich wollte seinen Namen schreien, aber die Stimme brach mir weg. »Bist du in Ordnung? Geht es dir gut?«

»Ich … weiß nicht. Wo sind wir?« Er sah fahl aus, schneeweiß im Gesicht, mit tiefen Schatten, die seinen Augen die Farben nahmen. »Was ist passiert?«

Er war zu schwach, um meinen Blick zu halten, und sah an mir vorbei in einen schiefergrauen Himmel. Lichtblitze schossen darin herum. Die entfesselte Magie war plötzlich überall. Sie trieb wie ein Sturm umher und suchte nach Halt.

»Der Lord kam zu mir. Er sagte seltsame Dinge …«

Fantasierte er? Der Lord hatte sich ihm nicht genähert. Doch als Jero ihm die Mowlee hochzog bis unter sein Kinn, sodass ich seinen Oberkörper ansehen konnte, entdeckte ich die wulstige, bläulich-rot unterlaufene Narbe. Es sah aus, als hätte er eine der weißen Linien aus seinem Körper brachial herausgerissen.

Rian Cira hatte nicht zu viel versprochen. Er hatte meine Bitte erfüllt. Kurz sah ich ihn in meiner Erinnerung starr dastehen, als die Femarshall ihn angegriffen hatte. In diesem Moment musste er innerlich bei Alaric gewesen sein. Womöglich war es der Moment gewesen, den er zu seiner Verteidigung gebraucht hätte.

Sein Wort an mich zu halten, hatte ihn das Leben gekostet. Und uns …?

Ich fiel Alaric um den Hals, drückte ihn an mich, küsste seine Schläfen und spürte dabei das bemühte, aber kraftvolle Heben und Senken seiner Brust an meinem Herzen.

»Danke«, flüsterte ich.

Er antwortete nicht.

KAPITEL 64

LAIRE

»Wir müssen weg hier«, flüsterte jemand. Ich drehte mich um. Dicht an einen Steinhaufen geduckt erkannte ich Desmond und Cadyz. »Kommt schon, wir müssen los«, wiederholte Desmond.

Er hatte recht und hatte es nicht. Denn natürlich konnten wir nicht darauf warten, dass Femarshall Phylles ihre glühende Rede an ihr befreites Volk beendete und uns dann hier auffand. Vika mochte ihr geholfen haben, aber jemand, der wilde Daemahorden über unsere Heimat kommen ließ, würde kaum Gnade mit uns zeigen. Allein aus Selbstschutz. Jetzt, da der Kummer schwand und der Schock langsam nachließ, drang ein anderes Gefühl in mir an die Oberfläche. Ich wollte der Femarshall ihr großes Mundwerk so weit aufreißen, dass ich ihre Füße reinstecken konnte.

Alaric fasste nach meiner Hand, als hätte er meinen Gedanken gelauscht und wollte mich aufhalten. Immer noch wirkte er desorientiert.

»Keine Sorge«, flüsterte ich ihm zu. »Wir bringen dich in Sicherheit.« Meine Wut ließ sich sicher bezwingen. Ich musste Prioritäten setzen. Ich hatte dieser Frau und ihren Horden eh nichts entgegenzusetzen. Zumindest nichts, was ich kontrollieren konnte. Alles andere wäre ein zu großes Risiko gewesen, um damit in den Angriff zu gehen.

»Nein.« Er musste sich anstrengen, um zu sprechen. »Denk daran, wer du bist. Wer du wirklich bist.«

Instinktiv schoss mein Blick nach oben, wo die Magie wild geworden über den Himmel tobte.

Ich war die Erbin es Retneya. Doch Rian Cira hatte mich anders genannt: die Erbin der Zauberin. Der Zauberin, die dieses Reich von Lyaskye gefordert, die Magie vom Himmel geholt und am Ende, nach einer Vielzahl anderer Lords, Rian Cira versklavt hatte. Ich hatte sie in Viccards Goldtafel gesehen und später in Rians Erinnerung. Sie musste eine unvorstellbare Macht besessen haben. Dafür keinerlei Mitleid. Und ich trug ihren liebsten Stein um den Hals.

Als ich danach griff, spürte ich nicht den gleichmäßigen Atem, den er sonst verströmte. Ich spürte eine Leere, ein Vakuum. Einen Platz, der danach schrie, gefüllt zu werden.

»Jero«, keuchte ich, als mir klar wurde, was ich versuchen musste. Nein, was mir *gelingen* musste. »Wer kann Nemija jetzt noch von den Daema retten?«

Er schüttelte verzweifelt den Kopf. »Vergiss es. Du kannst ein paar töten, mit diesem Dolch auch einige mehr. Aber ihre Zahl ist überwältigend, die Grenzen sind überall, und alle werden fallen. Du kannst nicht überall sein.«

»Wer kann es denn?«, beharrte ich.

»Nur das Reich selbst.« Es war Alaric, der das sagte, so laut seine Stimme gerade eben trug. »Es braucht Grenzen, es braucht einen Lord.«

Ich sprang auf die Beine und riss mir den Perlenstein von der Kette, ohne eine Ahnung, was ich genau tun sollte. Doch Alsjana Daera hatte mich eins gelehrt: dass ich meinen Weg hier nur finden konnte, wenn ich meiner Intuition folgte. Und genau das tat ich nun.

Wenn die Magie mein Erbe war, besaß ich vielleicht alles Wissen, das ich brauchte. Womöglich lag es tief unter Erinnerungen und Gelerntem verschüttet; dort, wo ich auch den Namen des Daemalords gekannt hatte, ohne dass jemand ihn mir hatte sagen müssen.

Wach auf, dachte ich und legte eine Spur der türkissmaragdfarbigen Magie in meinen Befehl, einen Hauch der Magie, die mir leichtfiel. Wach auf, du hast lange genug geruht. Ich brauche dich jetzt.

Das Vakuum knisterte. Gleichzeitig fuhr die verirrte Magie des Lords mit so viel Verzweiflung über den Himmel, dass es einen Moment lang gleißend hell wurde und die anderen ihre Augen abschirmen mussten.

Sie reagierten aufeinander, diese wilden, ursprünglichen Arten der Magie, und ihre Kraft war so immens, dass alle es sehen konnten.

»Die Magie reißt alle Grenzen ein«, stöhnte Jero. »Nicht nur die nach Nemija, sie wird *alle* Grenzen zerstören.«

»Ich weiß«, murmelte ich. Ich wusste nicht, woher, aber tief in meinem Inneren, so tief, wie ich mit bewussten Gedanken nie gelangt war, wusste ich, was ich zu tun hatte. Rian hatte recht gehabt. Die Zauberin hatte mir dieses Wissen tief ins Herz gepflanzt, wo es bis heute geschlafen hatte. Ich glaubte ganz fest daran. Es war meine einzige Chance. »Ich weiß.«

Etwas in Jeros Blick veränderte sich. »Sag mir, was du vorhast, Laire.«

»Die Magie braucht eine Heimat. Ich muss sie einfangen.«

Er nickte ernst. »Dann tu es. Und wenn du sie gefangen hast, Laire, dann gibst du sie mir.«

Ich verstand nicht sofort. »Was willst du mit …« Ich stockte, als ich begriff. Jero war bereit, sich zu opfern und der neue Daemalord zu werden! »Nein. Nein, das kann ich nicht! Du weißt nicht, was du da sagst.

Ich habe mit Rian gesprochen – es ist furchtbar. Er hat schrecklich gelitten, über eine ewige Zeit. Er war ein Sklave, es hat ihn zerstört. Er …«

Jero legte seine große, warme Hand in meinen Nacken und hielt mich fest. Mich überschwemmte eine tiefe Zuneigung, die mir eigenartig schien und gleichzeitig ganz natürlich, als wäre sie immer schon in mir gewesen. »Mich kann nicht viel zerstören. Außer die Angst um meine Liebste in einer Welt, die sich die Daema holen. Und das Wissen, dass ich sie hätte retten können.«

Mir brach das Herz. Denn er hatte recht.

»Laire, in jeden Moment, der verstreicht, strömen mehr Daema über die Grenzen nach Nemija. Jetzt sind es bereits Hunderte, vielleicht tausend. Bis wir den Weg zurück gefunden haben, gibt es womöglich schon kein Nemija mehr.«

Innerlich war ich wie erstarrt. Verwundert sah ich mir selbst dabei zu, wie ich nickte, durchatmete und mich konzentrierte.

Die wilde Magie reagierte sofort auf mich, flüsterte um mich herum, brach aber immer wieder aus, wenn ich mir vorstellte, ein Band aus meiner Magie um sie zu legen. Sie entschlüpfte mir, riss sich los oder zerfetzte meine Begrenzungen, als wären sie aus nassem Papier.

Ich versuchte es wieder und wieder, die Anstrengung machte meinen Herzschlag laut und zäh wie eine Basstrommel.

»Ich schaff es nicht«, keuchte ich. Es war so schwer.

»Doch, das tust du«, entschied Jero. »Du bist ganz nah dran.«

Ein Klirren riss mich aus meiner Konzentration.

Wir waren entdeckt worden. Desmond und Cadyz kämpften Seite an Seite gegen die Soldaten der Femarshall. Alaric drückte sich, völlig entkräftet wie er war, mit dem Rücken an einen Steinhaufen auf die Beine, Jeros Dolch in der Hand und Entschlossenheit im Blick. Auch Vika hob ihren schlanken Myrodem, um Jero und mich zu verteidigen.

Ich wandte mich wieder ab. Der Kampf mit den Klingen konnte nicht gewonnen werden, sie kämpften dort nur um die Zeit, die ich brauchte. Ich musste ihnen auf meine Art helfen, das war ich ihnen schuldig.

Erneut fokussierte ich mich auf die wilde Magie. Sie war wie eine riesige Menge Wasser, eine Sturmflut, die ich mit bloßen Händen unter Kontrolle bringen musste. Es war vollkommen aussichtslos. Und doch begann ich immer wieder von vorn.

Ich säuselte der Magie zu. Ich bat sie. Ich schrie sie an, mir zu gehorchen. Verzweiflung tastete nach mir, ich schüttelte sie immer wieder ab, musste aber irgendwann erkennen, dass ich nicht weiterwusste.

»Komm schon, Laire!«, rief Jero.

Mein Blick fuhr zu ihm hoch, und ich brüllte seinen Namen, wollte ihn warnen!

Hinter ihm stand die Femarshall, ihr gewaltiges Zweihänderschwert auf ihn gerichtet. Jeros Schwert lag vor uns auf dem Boden, wo ich es hatte liegen lassen.

Er begriff schneller, als meine Augen ihm folgen konnten. Mit einem Fußtritt kickte er sich das Schwert in die Hand, schoss in einer engen Drehung herum und parierte den Angriff der Femarshall. Ihre Klingen krachten ineinander, im nächsten Augenblick blitzte das Schwert seiner Gegnerin bereits wieder über ihrem Kopf. Sie war unglaublich schnell. Ein Wimpernschlag, und sie war einen Sprung zurück, unerreichbar für Jeros Waffe. Ein Atemzug, und sie attackierte zwei, drei, vier Schläge, die Jero keuchend parierte.

Er bewegte sich geschmeidig und flink, und konnte sie eine Weile beschäftigen. Aber nicht besiegen.

Weiter. Konzentration. Die Magie.

Die Femarshall schrie euphorisch auf. Jero riss das Schwert hoch, packte es an Griff und Klinge und konnte den Schlag, der seinen Kopf spalten sollte, abfangen. Die Femarshall trat ihm in den Bauch. Er prallte gegen mich und warf mich zu Boden. Jero rollte sich ab, sprang auf und ging in den Angriff über – eine schnelle Folge von Schlägen.

Ich aber blieb am Boden, zog die Knie an die Brust, machte mich klein und schloss die Augen. Mit Gewalt würde ich es nicht schaffen. Warum hatte ich das denn nicht erkannt? Ich wusste es doch.

Komm zu mir, flüsterte ich. Ich tu dir nicht weh. Ich will dich beschützen.

Und da kam die Magie. Allerdings nicht jene, nach der ich gerufen hatte. Was meinen Kopf, mein Herz und meine Gedanken füllte, war meine eigene Magie. Sie schimmerte türkis und smaragdgrün, legte sich wie ein lindernder Film aus kühlender Salbe über meine Ängste. In meiner Faust bewegte sich etwas. Mein Stein wuchs an, wurde größer und größer, zu einer Kugel, die von einer feinen Haut umgeben war. Ich öffnete die Augen, sah einen Moment lang in ein zartes Schimmern und dann in eine Welt, die dieser glich, doch noch vor der Zeit der Daema.

Eine Frau steht dort über einer knienden Gestalt, von der ich bloß den gebeugten Rücken und das lange Haar sehen kann. Die Frau erkenne ich auf Anhieb, auch wenn ich sie bisher nur alt und mit grauem Haar gesehen habe und sie nun jung ist, das Haar blond, die Haut rosig und voller Sommersprossen. Auch ihre Augen sind wie meine.

Die Frau hebt die Hände, und die Magie – alle Magie des gesamten, neu erschaffenen Reiches – strömt über das Land, aus dem Himmel nieder und aus der Erde empor. Sie nimmt die Magie in sich auf, bläst sie in ihre Hände, und eine Kugel entsteht, schimmernd und leicht wie eine Seifenblase. Alle Farben reflektieren auf ihren hauchfeinen Wänden.

Ich blinzelte. Jero wich einem Angriff aus, einen Moment später war die Femarshall gleich hinter ihm, und ich sah schon fast ihre Kinge an seiner Kehle. Jero aber stieß das Schwert über seine Schulter nach hinten und traf den Arm der Femarshall, die zurücktaumelte.

Konzentration! Ich war der Lösung nun ganz nah. Meine Steinperle war zu einer Kugel geworden wie in meiner Vision. Nur schillerte sie nicht, sie war kristallklar. Die Frau – wo war die Frau?

Da ist sie. Sie hat die Magie des Reiches, das sie soeben erst von Lyaskye erhalten haben muss, in ihre schillernde Kugel gebannt, ganz sanft, ganz liebevoll, ohne Zwang.

Nun aber schließt sie die Hände um die magische Kugel und drückt zu. Die Magie schreit auf, aber die Zauberin bleibt unerbittlich. Sie zerquetscht die Kugel in ihren Händen. Eine glänzende, quecksilbrige Flüssigkeit perlt zwischen ihren Fingern hervor. Sie tropft auf den nackten Rücken des knienden Mannes, in sein langes Haar. Seine Haut absorbiert die Magie. Er holt tief Luft, und als er sich erhebt, brüllt er einen Schmerz hinaus, den das ganze Land hören kann.

Er ist nun kein Mensch mehr.

Die Zauberin aber nickt zufrieden und verneigt sich vor dem Lord, den sie erschaffen hat. Die magische Kugel ist nun nicht mehr als eine ausgepresste kleine Perle aus Stein.

Ich schüttelte den Kopf, um aus der Vision freizukommen. Was ich gesehen hatte, verstand ich nur ansatzweise, und doch war es mir genug, um zu wissen, was ich zu tun hatte.

Hastig kam ich auf die Füße, hielt meine farblos schimmernde Kugel so hoch ich konnte und wisperte: »Komm nach Hause.«

Und die Magie kam. Endlich kam sie.

Sie kroch über das Land, wurde schneller, bis sie raste. Sie stieg aus der Erde empor und regnete vom Himmel.

Ich brach zusammen, als die Magie in die Kugel fuhr und ihre ganze Energie durch meinen Körper schoss. Jero hielt mich halb aufrecht. Von der Femarshall war nichts mehr zu sehen. Sie musste geflohen sein.

»Du musst es nun tun, Laire.«

KAPITEL 65

LAIRE

Ich bewegte mich, ohne es zu wollen. Ohne es steuern zu können. Meine Beine waren wie gelähmt, wie in zähem Morast. Und trotzdem schwebte ich.

Ich träumte. Ich träumte von mir selbst, von dem tief in meinem Inneren versteckten Teil, der kein Mensch aus Nemija war, sondern das vergessene Erbe der Zauberin.

Ich träume, wie ich Alaric einen Kuss gebe und er mich festzuhalten versucht, aber ich löse mich von ihm.

Ich träume, wie ich Vika das Versprechen abnehme, die anderen nach Hause zu führen, und zwar jetzt und schnell, solange die Grenzen noch offen sind und alle passieren können.

Ich träume, wie ich Desmond und Cadyz bitte, alles wahrzumachen, was sie sich für Nemija vorstellen, und sich von niemandem aufhalten zu lassen, egal wie nah diejenigen ihnen scheinen. Nemija braucht sie.

Ich sehe mir zu, wie ich die gesamte wilde Magie von Alsjana Daera zähme. Sie kommt zu mir, als hätte sie sich nach mir gesehnt. Sie fließt in meine Kugel, weiter und weiter, und all ihre wilde Kraft vermischt sich mit meiner Magie, schimmert smaragdgrün und türkis. Sie ordnet sich meinem Willen unter, wird zu meiner Magie, verneigt sich und tut es gern. Langsam, ganz langsam, fließen Farben in meine Kugel, bis sich die ganze Magie dieses Reiches in meinen Händen befindet.

Zärtlich schließe ich meine Handflächen darum. Wie kann etwas derart Mächtiges so fragil sein? Etwas so Schreckliches so schön? Etwas so Unverzeihliches absolut notwendig?

Ich bin dort, wohin mich meine Bestimmung geführt hat. Hier soll ich sein. Diese Macht soll mir gehören.

Ich weiß nun, wer ich bin.

Wie kann es sein, dass es mich so traurig macht?

Ich presse mit aller Gewalt zu und drücke die Magie aus der Kugel heraus, Tropfen für Tropfen. Mit ihr kröne ich einen neuen Lord von Alsjana Daera; einen Lord, der Nemija vor den Daema schützt, wie Rian Cira es all die lange Zeit getan hatte.

Verzeih mir, Jero; verzeih wenigstens du mir. Mir selbst wird es wohl nie gelingen.

Im Aufwachen wispert eine Kinderstimme zu mir: »Ich verlange von dir die Erfüllung deiner Träume.«

Es ist meine Stimme.

KAPITEL 66

LAIRE

Als ich aufwachte, verwebte mein Traum gerade seinen letzten offenen Fäden mit den Nebelschwaden der Wirklichkeit. Ich war allein, ganz allein mit vielen kleineren und größeren Feuern in den Ruinen der Burg.

Da begriff ich, dass ich gar nicht geträumt, sondern mir zugesehen hatte, wie ich, geleitet von der Magie, getan hatte, was ich tun musste.

Meine Beine zitterten. Zwischen den Trümmern sackte ich zu Boden, schwer wie selbst zu Stein geworden. Die Magie der Zauberin, sie war zu schwer für mich. Gleich würde ich eins werden mit den Trümmern der Burg, in den Stein sinken und selbst zu Stein werden.

Es kümmerte mich nicht länger. Ein Stein konnte nicht verzweifeln. Ein Stein konnte nicht grausam werden. Wer ein Stein war, litt nicht unter den Entscheidungen, die er hatte treffen müssen.

Ich glaubte zu hören, wie mein Herz versteinerte und einen letzten Schlag tat. Ein Knirschen ertönte. Meine Hand tat weh.

Ich kam wieder zu mir, weil etwas meinen Traum störte. Ich war doch ein Stein. Warum war ich dann so weich, so nachgiebig, so schlaff? Mein Kopf sank gegen etwas Warmes, und ein leichtes Schaukeln hüllte mich gleich wieder ein in einen neuen Traum, der aus Erinnerungen gesponnen war. Den schönsten Erinnerungen. Sie schmeckten nach einer versprochenen Zukunft, süß und bitter zugleich, weil die Versprechen ein Traum bleiben würden.

»Du musst jetzt gehen.« Die Worte ließen den Traum verschwimmen. Ich wäre böse darum gewesen, wenn ich die Stimme nicht so vermisst hätte. Das Gefühl, von starken Armen gehalten zu werden. Dieses Atmen, das ich mehr liebte als alles andere.

»Du hast Unglaubliches vollbracht, Laire.«

»Ich habe unglaublich gelogen«, murmelte ich. »Ich will bei dir bleiben. Ich *muss* doch bei dir bleiben. Ich wollte das immer, weißt du? Ich kann doch nirgendwo sein, wo du nicht bist.«

Er hätte lachen sollen. Er lachte immer. Stattdessen durchlief ihn ein Zittern. Er küsste mein Haar und sagte nichts. Lange nicht. Irgendwann dann, nachdem sich das Zittern beruhigt hatte und ich Feuchtigkeit in meinen Haaren spürte, als hätte es zu regnen begonnen, sagte er: »Ich lag mein Leben lang in Fesseln. Erst in denen meiner Herkunft, meines Standes. Dann, zehn lange Jahre, in denen des Schuldherren. Und nun …« Er schluckte. »Aber Laire, bei dir war ich frei, weißt du? In der Zeit, als wir zusammen waren, du und ich, da konnte ich atmen. Ich habe wirklich gedacht, ich sei frei. Doch dann kam der Bote des Schuldherren, und ich erhielt den Auftrag, die Erbin es Retneya zu töten – vollständig zu vernichten. Ich bin fast zerbrochen, als ich herausfand, dass du es warst.«

»Aber du hattest keine Wahl. Caleja …«

»Ja, Caleja wollte ich retten. Aber auch dich. Der Schuldherr hätte einen anderen geschickt, wenn ich mich verweigert hätte.«

»Dann hast du über meine Herkunft gelogen, um mich …«

»Ich habe dein Leben zerstört, um es zu retten. Es war nicht schwer, einen Mann zu finden, der dir etwas ähnlich sieht und bereit war, für

Geld zu behaupten, zur richtigen Zeit mit deiner Mutter geschlafen zu haben. Ich wusste genug von ihr, von dir, um mir eine glaubwürdige Geschichte für ihn auszudenken, an der der Fürst keinen Zweifel haben würde. Fortan gab es keine Erbin es Retneya mehr, mein Auftrag war erfüllt. Und dein Leben zerstört.«

Ich schüttelte den Kopf. »Nur tief erschüttert, Alaric. Nicht zerstört.«

Er lachte leise. »Das wusste ich in dem Moment, als ich deinen Dolch an meiner Kehle spürte.«

»Du hättest es mir sagen können«, murmelte ich in seine Mowlee, doch dann fiel mir ein, dass der Schuldholzzauber dies ja verhinderte. Er hatte Alaric um ein Haar getötet, als er darüber gesprochen hatte, um mir zu helfen.

»Das habe ich«, sagte er leise. »Ich habe dafür gesorgt, dass du siehst, wer dich verraten hat. Du solltest mich hassen, damit du mich nicht vermisst. Damit es dir leichter fällt, die Liebe auszulöschen. Mein Schuldherr ist ein Monster. Ein Mensch, aber weit schlimmer als jede Daema, die ich sah. Nach meinem Verrat an dir bin ich nach Eshrian gegangen, drei Jahre lang, so weit fort von dir wie möglich.«

»Und doch haben wie einander am Ende wieder gefunden.«

»Sie hat es gewusst, deine Vorfahrin. Sie hat mir das Zeitmesser gegeben, damit ich ein Leben damit rette. Mein eigenes. Sie hat es für dich getan, Laire. Weil ich noch gebraucht wurde.«

»Und was ist mit diesen schrecklichen magischen Bändern? Sind sie fort? Bist du jetzt frei?«

»Bestimmt.« Ein erneutes Zittern ging durch seine Brust, und mir fuhr der Schreck in die Glieder. Ich hatte sein letztes Schuldholz verloren. Es war weg. Und Cadyz war auf dem Weg nach Nemija. Ich hatte Alarics Auftrag nicht ausgeführt, ich hatte es nicht geschafft.

»Ich habe versagt. Es tut mir so leid. Deine Schwester …«

»Ist schon gut, Laire. Es war nicht deine Schuld. Es war immer nur die meine. Ich hätte sie dir nicht auferlegen dürfen. Ich weiß jetzt, warum man über den Schuldholzbann nicht sprechen darf, niemals und unter keinen Umständen. Um genau das zu verhindern, was ich getan habe: die Schuld an jemand anderen weiterzugeben. Du hast nicht versagt. Ich habe es.«

»Und deine Schwester?«

»Du musst jetzt gehen«, sagte er, meine Frage ignorierend. Ich spürte seinen Schmerz in jeder Silbe. Bedeutete das, Caleja war verloren? Das durfte nicht sein. Nicht nach all den Jahren, in denen er für sie gekämpft hatte.

»Ich geh nicht. Ich geh nicht ohne dich!« Ich wollte mich aufrichten, in sein Gesicht sehen, ihn festhalten. Aber es war zu dunkel und ich zu schwach. Er zog mich mit Leichtigkeit enger an sich und verdammte mich so zur Untätigkeit. »Was hab ich nur getan?«

»Du hast alles richtig gemacht. Alles. Jetzt musst du schlafen, hörst du?«

»Warum?«

»Weil ich dir Dinge sagen muss, die du nicht hören sollst. Am Ende würdest du mich für ein sentimentales Weichei halten«, flüsterte er. »Weil ich dich hier fortbringen muss, denn Nemija wird dich brauchen. Und weil ich nicht länger warten kann, jeder Augenblick ist ein weiterer Fehler. Ich muss die Grenzen neu errichten, Laire. Sonst wird es bald kein Nemija mehr geben.«

Ich spürte seine Lippen an meiner Stirn und Schwere senkte sich über mich, wie sehr ich mich auch wehrte. Was meinte er denn mit ›Grenzen‹? Was hatte all das zu bedeuten?

Wenn ich nachher aufwachte … Ich musste unbedingt daran denken, ihm rasch zu sagen, wie sehr ich ihn liebte.

INTERLUDE

EINEN MONAT SPÄTER

Er konnte die Feuer nicht ewig brennen lassen.

Es gefiel ihm, sein Reich aus Flammen, Asche und Rauch. Zwar ertrug er den Blick in die Flammen nicht mehr, denn seine Augen hatten sich verändert, waren kohlefarben geworden und sahen bei Dunkelheit, während er sich von jeder Lichtquelle geblendet abwenden musste. Aber allein ihre Anwesenheit war ein Trost, ihre Wärme ein Stück Heimat an diesem eiskalten Ort, der nun ihm gehörte.

Langsam hatten sie jedoch alles verzehrt, alles ausgelöscht, was nicht rechtzeitig in die Weiten des Landes geflüchtet war, und es war an der Zeit, dass er dem Feuer Einhalt gebot, bevor es schwach wurde und versiegte. Das mitanzusehen, würde er nicht ertragen.

»Mylord.«

»Nenn mich nicht so, Kedren.«

Kedren und der alte, bucklige Diener waren die Einzigen, die geblieben waren. Der Diener aus Treue, die nicht Alaric galt, sondern der Krone, die mit seinem Kopf verwachsen war; Kedren nur, weil er sich in einem Flügel der Burg versteckt gehalten hatte, in dem ihm die Flammen den Fluchtweg abgeschnitten hatten.

Der Diener redete kaum mehr, Kedren dafür umso lieber. Nach Tagen des Schweigens und des Starrens, des Heulens und des Wütens hatte Alaric jemanden zum Reden gebraucht und die Kammer geöffnet, in die er Kedren zunächst gesperrt hatte, um zumindest diese eine vertraute Seele nicht zu verlieren.

»Ich nenn dich, wie immer du willst, solange du das Problem vor unserer Tür löst«, sagte Kedren.

»Wir haben wieder eine Tür?«

»Ja, seit gestern. Hat der Alte aus Möbelstücken zusammengezimmert. Ein halbes Dutzend Daema steht davor und sucht Schutz.«

Er musste lachen, es geriet bitter, denn die Suche nach Schutz war in diesem Reich das humorloseste Unterfangen von allen. Das Land brannte und verdorrte, und wo noch Daema leben konnten, herrschten die übrigen Anhänger der einstigen Femarshall Phylles, gegen die Alaric – Lord hin oder her – nicht kämpfen konnte, da er im Gegensatz zu ihnen keine Waffen und nur eine Handvoll tauglicher Kämpfer hatte. Seine Fähigkeiten bildeten sich langsam, so wie sich auch die körperlichen Veränderungen Zeit ließen. Bis man ihn auf einem Schlachtfeld so ernst nahm, wie sein Titel es forderte, würden Jahre ins Land ziehen. Es war aussichtslos und das Land bis dahin dazu verdammt, eine öde Wüste zu sein.

»Wir müssen anfangen, die Burg wiederaufzubauen«, sagte Kedren. Wenn selbst er vernünftig wurde, war die Lage ernst.

»Ich weiß.« Er ließ das Gesicht in die Handfläche sinken und zuckte zusammen, weil er wieder einmal unvorbereitet in die scharfkantigen Hörner griff, die aus seiner Stirn wuchsen. Sie verursachten einen Kopfschmerz, der ihn manchmal das Bewusstsein kostete. Die sich verändernden Zähne brachen ihm tagtäglich den Kiefer, und immer wieder wünschte er, die Knochen würden zumindest gespalten bleiben, statt stets binnen Stunden zu heilen und neu zu bersten. Was in seinem Rückgrat geschah, wollte er gar nicht wissen. Er würde die dreckstarrende Mowlee einfach nie wieder ausziehen, um es nicht sehen zu müssen.

Der Diener meinte, es würde Wochen dauern, bis die Wandlung vollendet war. Irgendwann würde er zwischen den Gestalten wechseln können, wie Rian Cira es getan hatte. Bis dahin taumelte Alaric durch die Dunkelheit und zerbiss Nacht für Nacht ein aus Leder geflochtenes Tau, um trotz der Schmerzen ein paar Augenblicke Schlaf zu finden.

»Sie bringen auch Kunde aus dem Reich«, sprach Kedren weiter. Stur wie er war, hatte er Tag für Tag an dem Glauben festgehalten, es würde seinen neuen Lord interessieren, was er ihm über die Entwicklungen des Reiches erzählte. Wie seltsam, dass er am Ende recht behalten hatte.

»Lass sie rein, wenn sie gute Nachrichten bringen.«

Kedren grinste gequält. »Eher nicht. Es finden sich zwar überall Truppen der Femarshall – und sie werben um mehr Anhänger –, aber Phylles selbst ward nicht mehr gesehen. Es könnte bedeuten …«

»… dass sie es über die Grenzen geschafft hat«, vollendete er den Satz. »Verdammt. Laire! Phylles wird sie suchen. Wenn ich nur wüsste, ob es ihr gut geht.«

»Alaric«, sagte Kedren eindringlich. »Was ist jetzt mit den Daema vor der Tür?«

»Lass sie rein, mein Freund. Aber wenn sie Kammern wollen, werden sie sich welche freigraben müssen.«

Kedren nickte und eilte davon.

Und Alaric sprach in Gedanken, wie oft in den letzten Wochen, mit Rian Cira. Nur antwortete der nicht mehr.

Er hatte sich überhaupt nur zu einem einzigen Gespräch herabgelassen. Es war einen Monat her und hatte in jenem Moment stattgefunden, als Alaric im Sterben lag und Rians Todesurteil gefällt wurde, da soben die Femarshall vor ihn trat, ihr Schwert bereits in der Hand.

»Jetzt reiß dich mal zusammen und komm zu dir. Was für ein Keppochaner bist du?«

Alaric öffnete die Augen und sah sich verwundert um. Eben noch hatte er um Atem ringend am Boden gelegen, weil der Schuldholzbann ihm Brust und Kehle zuschnürte. Nun rappelte er sich in einem Kaminzimmer auf und atmete den würzigen Rauch des Feuers gierig ein. An einem Regal voller Bücher lehnte ein Mann, nur wenig älter als er und eindeutig ebenso Keppochaner. Er trug eine Krone auf dem Kopf, als wären die wildesten Träume des Feuerlandes wahr geworden und Keppoch unabhängig, unter einer eigenen Krone. Doch zu schnell verrann der Traum, und Alaric wurde klar, wer der Keppochaner mit der Krone wirklich war. Rian Cira.

»Lord«, sagte er, abwartend, ob dem anderen dies als Ehrerbietung reichte.

Rian nickte knapp. »Ich wurde um einen Gefallen gebeten, den ich zu erfüllen gedenke. Doch dazu brauche ich deine Hilfe, Feuerprinz.«

Alaric schüttelte den Kopf. »Ich wurde als Prinz geboren, aber ich konnte mich nicht bewähren.«

»Weil du von der Reise nicht zurückgekommen bist? Nun, manch ein guter Fürst reiste länger. Du jedoch wirst nicht Fürst von Keppoch. Du wirst Lord der Daema.«

Alaric lachte. »Ich denke nicht, nein.«

»Wetten wir, dass du zusagen wirst? Noch bevor«, er nahm wahllos ein Buch aus dem Regal und warf es in die Flammen, »alle Seiten verbrannt sind?«

»Selbst wenn ich wollte, Lord. Ich stehe unter dem Schuldholzbann.«

»Ohne den du nie genug Schlechtigkeiten auf deiner Seele gesammelt hättest, um meiner Krone würdig zu sein. Tritt näher.«

Alaric gehorchte, und der Lord strich die Mowlee beiläufig beiseite und legt ihm eine Hand auf die Brust. Ein brachialer Schmerz zerriss plötzlich seinen Körper, als zerre der Lord ihm mit purem Willen das Herz zwischen den Rippen heraus. Stattdessen hielt er im nächsten Moment eine sich windende Schlange in der Hand, die sich um seine Faust zusammenrollte. Mit einer angewiderten Bewegung schleuderte er sie in die Flammen. Der Bann.

»Nein!«, keuchte Alaric. »Caleja! Ich muss …«

»Hör auf!«, herrschte der Lord ihn an. »Vergiss deine Schwester! Du kannst sie nicht retten. Du konntest es nie! Das Mädchen aber, das kannst du retten.«

»Das Mädchen?«

»Luilaire es Retneya. Die Erbin der Zauberin. Du und dein Keppoch, das du hasst und liebst, ihr seid dicht mit ihr verwoben.«

Was ihn betraf, ließ sich das nicht abstreiten. Eine innigere Verbindung als das, was er für Laire empfand, konnte es kaum geben. Doch was mochte Keppoch damit zu tun haben?

Was auch immer, die Zeit drängte, denn irgendwo wurde Laire gerade von einem Haufen Daema angegriffen. »Was muss ich tun?«

»Der Preis wird hoch, Alaric. Mein Reich, Alsjana Daera, braucht einen Lord, damit seine Grenzen neu entstehen können.«

»Es hat einen Lord. Ich stehe vor ihm. Es hat Grenzen.«

Zum ersten Mal wirkte Rian Cira verunsichert. Er sah zu Boden, lächelte kurz, ehe sein Gesicht wieder kalt wurde. »Noch. Doch jede Zeit endet irgendwann. Luilaire wird den Paladin zum Lord machen, dessen Bestimmung es war, das Reich nicht lebend zu verlassen. Aber sie vergisst, dass sie noch immer mächtige Feinde hat. Der Name des Paladins ist diesen Feinden bekannt.«

»Verdammt«, flüsterte Alaric. »Diese Feinde können Jero beschwören und Laire verfluchen, und mit ihr alle, die ihr etwas bedeuten. Sie wäre verloren.« Laire, gefangen in diesem Reich ohne Winde – nein. Das war unvorstellbar.

»Begreifst du jetzt?« Der Lord blickte zum Kamin, wo die letzte Buchseite gerade von den Flammen verzehrt wurde.

Alaric verstand. Er selbst musste zum Lord werden, es war die einzige Möglichkeit. »Niemand kennt meinen wahren Namen. Ich habe ihn abgelegt, als mein Leben vor zehn Jahren ein anderes wurde. Es können keine Flüche gesprochen werden, wenn die Menschen den Namen des Lords nicht kennen.«

»Hoffen wir, dass du recht hast und sich niemand an ihn erinnert.«

Wer sollte sich erinnern? Alle, die seinen Namen kannten, waren tot oder hielten wiederum ihn für tot. Die anderen kannten ihn bloß als Alaric Cole.

»Ich sehe nur ein Problem«, sagte Alaric. »Laire wird es nicht tun. Ich kenne sie.«

»An dieser Stelle brauche ich deine Zustimmung. Es ist ein Leichtes für mich, den Paladin in deinen entkräfteten Körper zu stecken. Er hat nicht genug Luft, um überhaupt mitzubekommen, wer er ist. Aber wenn ich dich in die Gestalt des Paladins hülle, dann musst du das Spiel mitspielen, bis es vollbracht ist.«

Zu nicken fiel Alaric schwer, aber es war der einzige Weg, die zu retten, die er liebte. Was zögerte er noch?

»Ich sehe sie dann nie wieder, oder?«

»Das solltest du hoffen. Ansonsten hast du wohl versagt.«

Alaric stemmte sich von dem Steinbrocken hoch, auf dem er meistens saß und sich fragte, wie es Laire wohl ging und wann er in der Lage sein würde, einen kurzen Blick über die Grenzen zu werfen, um nachzusehen, was von Nemija noch stand. Niemals würde er sich in seiner neuen, abscheuerregenden Daema-Gestalt in ihre Nähe wagen. Aber allein zu wissen, ob die Burg ihres Vaters standgehalten hatte, würde ihm helfen. Ob sie und Desmond …?

Es knirschte, als er mit den Nägeln Furchen in den Stein zog.

Kedren hatte recht, wenn er sagte, dass die Zeit des Wundenleckens vorbei sein sollte. Viele Daema waren über die Grenzen geflohen, ehe Alaric sie wieder hatte schließen können, und viele waren umgekommen, sei es durch die wilde Magie, die Femarshall oder seinen eigenen Feuerzorn. Aber Alsjana Daera war riesig, und es beherbergte noch Menschen sowie Daema, und sie alle verdienten es, dass jemand sich um sie kümmerte.

Langsam, weil nahezu jeder Knochen seines deformierten Körpers schmerzte, trat er durch einen Torbogen hinaus auf das letzte Stück der Arkarden, das noch übrig war. Er blinzelte. Das Licht der Feuer war immer noch zu hell für seine Augen. Und doch liebte es ihn mehr als zuvor, das Feuer, wollte sich wie eine rollige Katze an ihn schmiegen und ihm alle Wünsche erfüllen. Obgleich es viel schwieriger war, ein Feuer zu beruhigen, statt es anzufachen, gehorchten ihm die Flammen sofort, als er ihnen mit einem Gedanken befahl, nicht länger zu brennen.

Die Zeit der Feuer war vorbei. Nun galt es, das Land wiederaufzubauen. Er musste nach jenen rufen, die bereit waren, dem Ruf zu folgen. Es mussten Schutzmöglichkeiten geschaffen werden für jene, die sie benötigten; es musste eine Garde rekrutiert und die Versorgung sichergestellt werden.

Zuallererst aber musste er das Land verstehen lernen. Die Wege begreifen, die sich weder in Längenmaßen noch Himmelsrichtungen erklären ließen, sondern in Wünschen und Gedanken – und das nur, wenn das Land einem gewogen war.

Er musste nun …

Ein sengender Schmerz brachte all seine Gedanken unvermittelt zum Verstummen. Er war anders als alle Qualen zuvor, denn er tat nichts mit seinem Körper, sondern kam tief von innen. Etwas rief nach ihm, schrie, nein … befehligte.

Und dann, als sein erster, schreckstarrer Gedanke lautete: »Wer hat meinen Namen herausgefunden?«, schlug ihm hier, in dieser Welt, in der es keinen Wind gab, ein Sturm ins Gesicht und riss ihn mit sich.

»Ich bitte nicht, Mylord, ich befehle dich her«, säuselte eine Stimme, die fremd und vertraut zu gleichen Teilen war. »Ich rufe dich bei deinem Namen, Prinz Alaric Coljas.«

Und der Daemalord verschwand.

Mit einem Schlag erschien neuer Boden unter seinen Füßen. Er wäre fast gestürzt, fing sich mit den Fäusten ab und fuhr mit einem Brüllen herum.

Flammen blendeten seine Augen, er beschattete sie mit dem Unterarm, doch es waren viele. Die Feuer bildeten einen Kreis um ihn herum, und auch, wenn alle Flammen sonst ihn liebten – diese taten es nicht. Sie zwangen ihn zurück, hielten ihn mit unvorstellbarer Macht auf Abstand und verhinderten gleichzeitig, dass er verschwinden konnte, zurück ins Daemareich, wohin es ihn instinktiv zog.

»Vergiss es«, sagte eine weiche Stimme jenseits der Flammen. »Sie brennen als Bannschutzzauber. Du kannst sie nicht überwinden, und ebenso wenig kannst du fliehen.«

Die Stimme trieb ihn in den Wahnsinn. Er musste das Gesicht sehen, musste sehen, dass er sich irrte! Aber wenn er den Blick zu fokussieren versuchte, sandten die Flammen ihre Glut mitten in seine Augen.

»Was wollt Ihr?«, fragte er rau. »Einen Fluch sprechen? Dann tut es, ich habe nicht die ganze Nacht Zeit.« Innerlich schauderte ihm. Nun musste er also den ersten Menschen mitreißen in seine einsame, verbrannte Welt?

»Für einen lächerlichen Fluch hätte ich mir diese Mühe nie gemacht.« Die Person kam näher. Angstfrei trat sie in die Flammen, hielt ihre Hände ins Feuer, als würde sie bloß damit spielen. Das Lodern schuf ihr etwas Platz und gab den Blick auf ihr Gesicht frei.

»Nein«, sagte Alaric tonlos. Am liebsten hätte er geschrien. Gebettelt. Bitte, bitte nicht.

»Erstaunt, mich zu sehen?« Feuerhaar und Eisaugen. Caleja war wunderschön geworden. Sie musterte ihn mit kaltblütiger Erheiterung. »Ich hatte mir unser erstes Zusammentreffen auch anders vorgestellt. An einem anderen Ort.« Sie sah zur Decke. »Wir sind unter der Burg es Retneya, weißt du? Und hier findet soeben ein Handel statt. Kommt, Fürst, seht ihn Euch näher an. Habe ich zu viel versprochen?« Sie lachte glockenhell. »Habt keine Angst! Es ist Bannschmiedemagie, die ihn hält. Mein Diener hat Ketten in diesen Flammen geschmiedet.«

Alaric hörte ein Rasseln. Noch mehr Ketten. Der Gedanke machte ihm jetzt schon die Brust eng. Was meinte Caleja mit Bannschmiedemagie? Er hatte nicht gewusst, dass Derartiges noch existierte, es für Legenden gehalten.

»Damit könnt ihr ihn sichern, ihn in Eure Kerker sperren oder«, ein Lächeln erschien auf ihrem Gesicht, »ihn auf dem Marktplatz ausstellen, als Zeichen für Euer Volk, dass ihr Land unter Eurer Herrschaft wieder sicher ist. Die Menschen Nemijas wollen Rache für ihr Leiden, nehme ich an.«

Ein Mann trat näher, entstieg der Schwärze der unterirdischen Kammer.

Alaric fletschte die Zähne, als er ihn erkannte. »Fürst es Retneya.« Laires Vater. »Bei unserer letzten Begegnung wart Ihr freundlicher zu mir.«

Der Fürst erwiderte seinen Blick angeekelt. »Da ahnte ich nicht, dass Ihr ein Untier werden würdet, das mein Land verwüstet.« Er spuckte nach Alaric, sein Speichel traf zischend in die Flammen.

»Ihr habt keine Ahnung, wovon Ihr sprecht.«

»Schweig!«, befahl Caleja. »Du kannst dem Fürsten deine langweilige Lebensgeschichte erzählen, sobald der Handel abgeschlossen ist.«

»Caleja«, sagte Alaric, und für den Bruchteil eines Augenblicks lächelte sie ihn an, und er glaubte, doch nicht versagt zu haben. Wie auch immer es geschehen war – sie war doch frei. »Ich weiß nicht, was dir zugestoßen ist, Schwester. Aber es tut mir leid, dass ich dich damals nicht retten konnte. Ich habe zehn Jahre lang für dich gekämpft.«

»Das weiß ich doch. Alaric, ich möchte, dass du dir nun deine Fesseln anlegen lässt.«

»Caleja, begreifst du denn nicht? Ich …«

»Ich. Weiß.«

Der Ring aus Flammen drang plötzlich näher an ihn heran, presste sich um ihn zusammen.

»Deine Hände für die Ketten.«

»Bedeutet es dir gar nichts, dass ich alles für dich gegeben habe? Zehnmal mein Leben, Caleja.«

»Achtmal«, korrigierte sie kalt. »Einmal hast du mich betrogen und einmal versagt. Ich habe mehrmals bereut, dich damals nicht verkauft zu haben. Aber da konnte ich ja auch noch nicht ahnen, welchen Preis du einmal wert sein würdest.«

Und endlich … endlich begriff er. Es riss ihm den Boden unter den Füßen weg, allein das Bannfeuer verhinderte, dass er fiel. »Du«, keuchte er. »Du bist mein Schuldherr. Du warst es immer, vom ersten Tag an.« Die Entführung war eine Inszenierung gewesen. »Caleja, warum?«

»Da fragst du noch?« Zum ersten Mal brach ihre Erheiterung, sie klang berührt. »Ich war die bessere Schülerin. Die härtere Kämpferin. Unserem Vater das stärkere Kind. Die Erstgeborene.«

»Das stimmt. Das warst du, das warst du alles.«

»Aber du, Alaric, du warst Vaters *Sohn*. Du hättest alles geerbt. Und ich nichts.« Sie gab einen kleinen Laut von sich, der Abscheu oder Verzweiflung sein konnte. Dann klatschte sie in die Hände. »Ich hab im Guten versucht, ihm die Fesseln anzulegen. Schlagt ihn nieder. Er will es nicht anders.«

Gardisten kamen mit Knüppeln, Schwertern und einer Lanze. Schläge prasselten über die Feuerwand auf Alaric ein, noch lange, nachdem er nicht einmal mehr seinen Kopf schützte.

Es bedeutet alles so wenig.

Irgendwann kam die Ohnmacht, aber sie kam ohne das tröstende Gefühl, dass nun alles vorbei war.

Sie kam mit dem Wissen, dass er wieder aufwachen würde. In Ketten.

Ein weiteres Leben in Ketten.

DIE
HERRSCHAFT
DES NEUEN
DAEMALORDS
BEGINNT!

#DasReichDerSchatten

#HerWishSoDark

#HisCurseSoWild

Im Herbst 2021 erscheint der Abschluss der
epischen Fantasy-Reihe.

Ravensburger

Jennifer Benkau
One True Queen, Band 1:
Von Sternen gekrönt
ISBN: 978-3-473-40179-6

Jennifer Benkau
One True Queen, Band 2:
Aus Schatten geschmiedet
ISBN: 978-3-473-40184-0

KEHRE ZURÜCK IN DIE WELT VON LYASKYE!

Dunkelheit. Das Gefühl, zu fallen. Und dann: nichts. Eben noch stand Mailin in ihrer irischen Heimatstadt, plötzlich wacht sie in einer anderen Welt auf. Hier, im Königreich Lyaskye, trachtet ihr alles und jeder nach dem Leben – nur nicht der mysteriöse Fremde, der Mailin aus einer tödlichen Falle rettet. Der so gefährlich wirkt und sie dennoch beschützt. Und der ihr nicht verrät, wer er in Wahrheit ist. Erst, als er sie zum Königshof bringt, erkennt Mailin, dass sie aus einem ganz bestimmten Grund in Lyaskye ist: Sie soll Königin werden. Und das ist in dieser Welt ein Todesurteil.

Herzzerreißend. Episch. Atemberaubend.

#OneTrueQueen

#VonSternenGekrönt

#AusSchattenGeschmiedet